Daphne DuMaurier

Rebecca

Roman

Aus dem Englischen
von Karin von Schaub

Daphne DuMaurier, 1907 als Tochter eines Schauspielers in London geboren, stammt aus einer alten französischen Familie, die während der Französischen Revolution nach England emigrierte. Sie wuchs in London und Paris auf und begann ihre schriftstellerische Tätigkeit 1928 mit Kurzgeschichten und Zeitungsartikeln. Sie schrieb in der Folge zahlreiche historische Biographien, Novellen und Romane, die zum Teil verfilmt und in viele Sprachen übersetzt wurden und in Millionenauflagen in der ganzen Welt verbreitet sind. Weltruhm erlangte sie vor allem mit dem Roman »Rebecca«, der mit Sir Laurence Olivier verfilmt wurde. Für ihre Verdienste als Schriftstellerin verlieh ihr die englische Königin 1969 den Titel *Dame*. Daphne Du Maurier starb im April 1989.

Von Daphne DuMaurier sind außerdem erschienen:

Dieses Buch wurde auf chlor- und säurefreiem Papier gedruckt.

Vollständige Taschenbuchausgabe April 1996
Droemersche Verlagsanstalt Th. Knaur Nachf., München
Dieses Buch erschien im Knaur Verlag als vollständige Taschenbuch-
ausgabe bereits 1982 unter der Bandnummer 60244.
Lizenzausgabe mit freundlicher Genehmigung des Scherz Verlags,
Bern und München. Alle Rechte vorbehalten durch den Scherz Ver-
lag, Bern und München.
Titel der Originalausgabe »Rebecca«
Copyright © 1940 Daphne DuMaurier
Umschlaggestaltung Agentur ZERO München
Umschlagfoto Kinoarchiv Engelmeier, Hamburg
Druck und Bindung Elsnerdruck, Berlin
Printed in Germany
ISBN 3-426-60542-2

2 4 5 3 1

Gestern Nacht träumte ich, ich sei wieder in Manderley. Ich sah mich am eisernen Tor der Einfahrt stehen, und ich konnte zuerst nicht hineingelangen, denn der Weg war mir versperrt. Schloß und Kette hingen am Tor. Ich rief im Traum nach dem Pförtner und erhielt keine Antwort, und als ich dann durch die rostigen Gitterstäbe spähte, sah ich, daß das Pförtnerhäuschen unbewohnt war.

Kein Rauch stieg aus dem Kamin, und die kleinen Butzenfenster starrten verlassen. Dann aber besaß ich plötzlich wie alle Träumer übernatürliche Kräfte, und wie ein körperloses Wesen durchschritt ich das Hindernis. Vor mir wand sich die Auffahrt, wand und schlängelte sich wie von altersher, aber als ich weiterging, merkte ich, daß sich etwas verändert hatte; der Weg war nicht mehr der, den wir gekannt hatten; er war schmal und ungepflegt. Zunächst verwirrte mich das, und ich verstand es nicht. Und erst als ich mit dem Kopf einem tief herabschwingenden Ast ausweichen mußte, wurde mir klar, was geschehen war. Die Natur war wieder zu ihrem Recht gekommen; ohne Hast, in ihrer leisen, heimlichen Art hatte sie nach und nach mit langen klammernden Fingern auf den Weg übergegriffen. Der Wald, der auch früher schon eine drohende Gefahr gewesen war, hatte schließlich doch den Sieg behalten. Regellos, in finsterer Dichte drangen seine Bäume immer näher zur Weggrenze vor. Buchen neigten ihre grauweißen nackten Stämme gegeneinander, ihre Zweige in seltsamer Umarmung verschlungen, und bauten ein Gewölbe über meinem Haupt wie der Bogengang einer Kirche. Die Anfahrt war ein schmales Band, ein dünner Faden im Vergleich zu früher, der Kiesbelag verschwunden, unter Gras und Moos erstickt. Die Bäume streckten niedrige Zweige aus, die den Schritt hemmten; ihre knotigen Wurzeln ragten wie Totenkrallen hervor. Hier und dort erkannte ich in diesem Urwald Büsche: Hortensien, deren blaue Köpfe eine Berühmtheit gewesen waren. Keine Hand hatte sie beschnitten, sie waren verwildert und ragten jetzt blütenlos zu Riesengröße empor, schwarz, häßlich wie das namenlose Unkraut neben ihnen.

Weiter, immer weiter, bald nach Osten, bald nach Westen, wand sich der kümmerliche Pfad, der einst unsere Auffahrt gewesen war. Manchmal dachte ich, jetzt sei er ganz verschwunden, aber er tauchte wieder auf, hinter einem gestürzten Baum vielleicht oder mühsam den Rand eines morastigen Grabens erkletternd, den die Winterregen ausgewaschen hatten. Ich hatte nicht gedacht, daß der Weg so lang sei. Die Meilen mußten sich vervielfacht haben, genau wie die Bäume es getan hatten, und dieser Pfad führte zu einem Labyrinth, in eine erstickte Wildnis, aber nicht zum Haus. Ich stand plötzlich davor; das hemmungslos nach allen Seiten wachsende Dickicht hatte die Sicht versperrt, und ich stand da, das Herz pochte mir in der Brust, und ich fühlte den Schmerz aufquellender Tränen in meinen Augen.

Da war Manderley, unser Manderley, schweigend, verschwiegen, wie es immer gewesen war; das graue Gestein schimmerte im Schein meines Traummondes, die hohen zweiteiligen Fenster spiegelten das Rasengrün, die Terrasse wider. Die Zeit konnte das vollkommene Ebenmaß jener Mauern nicht zerstören und nicht die Harmonie der Lage – ein Kleinod in einer offenen Hand.

Die Terrasse fiel zu den Rasenflächen ab, und die Rasenflächen zogen sich zum Meer hin, und als ich mich umwandte, erkannte ich die silbrige Weite, gelassen unter dem Mond wie ein See, den Wind und Sturm nicht berühren. Keine Wellen würden dieses Traummeer je beunruhigen, keine Wolkenwand vom Westen vermochte die Klarheit dieses blassen Himmels zu verfinstern. Ich wandte mich wieder zum Haus, und mochte es selbst auch unversehrt, unangetastet stehen, als hätten wir es gestern verlassen, ich sah, daß auch der Garten dem Gesetz des Urwalds gehorsam gewesen war. Von Dornensträuchern durchwachsen und verwirrt, ragten die Rhododendronbüsche hoch und hielten unnatürliche Hochzeit mit der Masse namenlosen Gestrüpps, das sich um ihre Wurzeln klammerte. Ein Fliederbaum hatte sich mit einer Blutbuche vereint, und um sie noch enger aneinander zu fesseln, hatte der boshafte Efeu, von jeher ein Feind der Anmut, seine Fangarme um das Paar geschlungen, um es nie wieder freizugeben. Der Efeu beherrschte diesen verlorenen Garten; die langen Ranken krochen über den Rasen vor, und bald würden sie auch vom Haus Besitz ergreifen. Nesseln wuchsen überall, der Vortrupp der feindlichen Scharen. Sie überschwemmten die Terrasse, sie lümmelten sich auf den Wegen herum, gemein und ohne Haltung lehnten sie sich sogar gegen die Fenster des Hauses. Sie taugten aber nicht viel zum Wachtdienst, denn an vielen Stellen durchbrach die Rhabarberstaude bereits ihre Reihen, und mit zertretenen Köpfen und kraftlosen Stengeln lagen sie am Boden, wo Kaninchen sich einen Pfad gebahnt hatten. Ich verließ die Anfahrt und stieg auf die Terrasse; mir boten die Nesseln in meinem Traum kein Hindernis, ich schritt verzaubert, und nichts hielt mich auf.

Das Mondlicht kann der Einbildung merkwürdige Streiche spielen, auch der Einbildung eines Träumers. Wie ich da still, mit verhaltenem Atem stand, hätte ich schwören können, das Haus sei nicht bloß eine leere Schale, sondern belebt und beseelt, wie es früher gelebt hatte.

Die Fenster waren hell erleuchtet, die Vorhänge bauschten sich leise im Nachtwind, und dort, in der Bibliothek, stand gewiß noch die Tür halb offen, die wir zu schließen vergessen hatten, und mein Taschentuch lag auf dem Tisch neben der Vase mit den Herbstrosen.

Alles in dem Zimmer mußte noch beredt von unserer Anwesenheit sprechen: der kleine Bücherstoß aus der Bibliothek, als gelesen abgezeichnet, um wieder zurückgestellt zu werden; und die alten Nummern der *Times*; Aschenbecher mit zerdrückten Zigarettenstummeln; die zerknüllten Kissen in den Stühlen, die noch den Abdruck unserer Köpfe trugen; die verkohlte Glut unseres Holzfeuers, die schwelend den Morgen erwartete; und Jasper, unser lieber Jasper, mit seinen ausdrucksvollen Augen und seinen schweren hängenden Lefzen, lag bestimmt noch vor dem Kamin ausgestreckt und würde mit dem Schwanz auf den Boden trommeln wie stets, wenn er die Schritte seines Herrn vernahm.

Eine Wolke war ungesehen heraufgekommen und bedeckte den Mond für einen Augenblick. Mit ihm verlöschten die Fenster; das Traumbild war verflogen, und um die starrenden Mauern raunte nicht länger die Stimme der Vergangenheit.

Das Haus war ein Grabmal unserer Hoffnungen, und unsere

Leiden lagen in den Ruinen begraben. Es gab keine Wiederauferstehung. Wenn ich bei Tag an Manderley dächte, würden die Gedanken nicht bitter sein. Ich würde so daran zurückdenken, wie es hätte sein können, wäre ich ohne Furcht dort gewesen. Ich würde mich an den sommerlichen Rosengarten erinnern, an den Vogelsang in der Morgenfrühe; wie wir den Tee unter dem Kastanienbaum tranken und das Flüstern der See von unten über die Rasenflächen zu uns heraufdrang. Ich würde mich an den blühenden Flieder erinnern und an unser glückliches Tal. Diese Dinge waren dauernd, sie konnten nicht vergehen; diese Erinnerungen taten nicht weh.

Alles klärte sich in mir auf, während die Wolke das Gesicht des Mondes verhüllte, denn wie die meisten Schläfer wußte ich, daß ich träumte. In Wirklichkeit lag ich viele hundert Meilen weit weg in einem fremden Land, und in Kürze würde ich in dem kleinen kahlen Hotelzimmer erwachen, das gerade durch seine Nüchternheit so beruhigend wirkte. Ich würde aufseufzen, mich strecken und auf die Seite drehen; und beim Öffnen der Augen würde mich die blendende Sonne verwirren, dieser harte hohe Himmel, dem sanften Mondschein meines Traums so gar nicht ähnlich. Der Tag würde vor uns beiden liegen, lang ohne Zweifel und ereignislos, aber von einer Stille, einer vollkommenen Ruhe erfüllt, die wir früher nicht gekannt hatten. Wir würden nicht von Manderley sprechen; ich würde meinen Traum für mich behalten. Denn Manderley war nicht mehr unser. Manderley bestand nicht mehr.

2

Wir können nie wieder zurück, das steht fest. Die Vergangenheit ist uns noch zu nah. Alles, was wir zu vergessen versuchten und hinter uns lassen wollten, würde wieder aufgerührt, und jenes Gefühl von Furcht, von heimlicher Unruhe, das schließlich in blinde, unsinnige Panik ausartete – und sich nun Gott sei Dank gelegt hat –, könnte auf unvorhergesehene Weise zum ständigen Begleiter unseres Lebens werden, wie es das fast schon einmal geworden war.

Er ist bewundernswert geduldig und beklagt sich nie, selbst

dann nicht, wenn die Erinnerungen ihn heimsuchen ... was, glaube ich, viel öfter geschieht, als er mich wissen lassen möchte.

Ich merke es sofort daran, wie abwesend und wie verwirrt er plötzlich aussieht; jeder Ausdruck schwindet aus seinem geliebten Gesicht, als ob eine unsichtbare Hand ihn fortwische, und statt dessen formt sich eine Maske, ein steinernes Antlitz, starr und kalt, immer noch schön, aber leblos. Er raucht dann eine Zigarette nach der anderen, ohne daran zu denken, sie auszudrücken, und die glühenden Stummel liegen auf dem Boden wie rosig schimmernde Blütenblättchen. Hastig und eifrig spricht er über die belanglosesten Dinge, greift nach jedem beliebigen Thema wie nach einem schmerzlindernden Mittel. Ich glaube, es gibt eine Theorie, daß Männer und Frauen geläutert und gekräftigt aus Leid hervorgehen und daß wir, um in dieser oder einer anderen Welt voranzukommen, durchs Feuer gehen müssen. Das haben wir getan, und kein Schritt ist uns geschenkt worden, so widersinnig es auch klingen mag. Wir haben beide die Furcht und die Einsamkeit gekannt und die tiefste Verzweiflung. Ich vermute, daß im Leben jedes Menschen früher oder später ein Augenblick der Prüfung kommt. Wir alle haben unseren besonderen Teufel, von dem wir geritten werden und der uns quält, und müssen uns eines Tages zum Kampf stellen. Wir haben den unseren besiegt, oder jedenfalls bilden wir uns das ein.

Wir werden nicht mehr vom Teufel geritten. Wir haben unsere Krise überwunden, natürlich nicht unversehrt. Seine Vorahnung kommenden Unheils bestand von A...ang an zu Recht; und wie eine pathetische Schauspielerin in einem mittelmäßigen Stück konnte ich sagen, daß wir für unsere Freiheit gezahlt haben. Aber mein Leben war reich genug an Melodrama, und ich würde bereitwillig meine fünf Sinne hergeben, wenn ich uns dafür die Fortdauer unseres gegenwärtigen Friedens und unserer Geborgenheit sichern könnte. Glück ist kein Besitz, der seinen Preis hat, es ist eine geistige Eigenschaft, ein Gemütszustand. Gewiß, wir haben unsere Augenblicke der Niedergeschlagenheit; aber es gibt auch andere Augenblicke, in denen die Zeit nicht von der Uhr gemessen wird, sondern in die Ewigkeit führt, und ich sehe ihn lächeln und weiß, wir gehören zusammen und sind uns einig; in unseren Gedanken und Meinungen gibt es keinen Gegensatz, der eine Schranke zwischen uns aufrichten könnte.

Wir haben keine Geheimnisse mehr voreinander; wir erleben

alles gemeinsam. Zugegeben, unser kleines Hotel ist langweilig und das Essen fade, und jeder neue Tag, der heraufdämmert, unterscheidet sich kaum vom vergangenen, und doch möchten wir es gar nicht anders haben. In einem der großen Hotels würden wir zu viele Bekannte von ihm treffen. Wir wissen beide die Einfachheit zu schätzen, und wenn wir uns auch manchmal langweilen – nun, Langeweile ist ein gutes Mittel gegen Furcht. Wir leben mehr oder weniger nach einem festen Tagesprogramm, und ich – ich habe im Vorlesen geradezu ein Talent entwickelt. Ich habe ihn nur ungeduldig werden sehen, wenn der Briefträger einmal ausblieb, denn dann mußten wir bis zum nächsten Tag auf unsere Post aus England warten. Wir haben es mit dem Radio versucht, aber der Lärm ist so aufreizend, und wir ziehen es vor, unsere Spannung auf eine Geduldsprobe zu stellen; das Ergebnis eines Kricketspiels, das bereits vor mehreren Tagen stattfand, bedeutet uns sehr viel.

Wie viele Länderspiele, Boxkämpfe und sogar Billardmeisterschaften haben uns schon vor Langeweile bewahrt! Die Schlußkämpfe im Schulsport, Hunderennen und die merkwürdigen Wettbewerbe abgelegener Provinzstädtchen – sie alle sind Wasser auf unsere Mühle. Zuweilen geraten mir alte Exemplare einer Jagd- und Pferdesportzeitschrift in die Hände, und ich fühle mich von dieser gleichgültigen kleinen Insel in die Wirklichkeit des englischen Frühlings versetzt. Ich lese von fischreichen Gewässern, von Köderfliegen, von jungen Rotfüchsen auf grünen Wiesen, von Krähen, die über den Wäldern kreisen, wie sie es in Manderley zu tun pflegten. Aus den zerlesenen und abgegriffenen Seiten steigt der Duft feuchter Erde zu mir auf, der säuerliche Geruch des Torfmoors und der Dunst des nassen Mooses, auf dem hier und dort die weißen Flecken von Reiherschmutz aufleuchten.

Einmal geriet ich an einen Artikel über Waldtauben, und als ich ihn vorlas, kam es mir vor, als sei ich wieder in den tiefen Wäldern von Manderley, und die Tauben flatterten über meinen Kopf hinweg. Ich hörte ihr sanftes behagliches Gurren, und nichts vermochte ihren Frieden zu stören, bis Jasper auf der Suche nach mir durch das Unterholz gelaufen kam, mit seiner feuchten Nase auf dem Boden schnüffelnd. Dann flatterten die Tauben erschreckt aus ihrem Versteck auf, und mit wildem, heftigem Flügelschlag flogen sie von uns weg, hoch über die

Baumwipfel, außer Seh- und Hörweite. Als sie fort waren, senkte sich neues Schweigen über den Platz, und ich – unruhig, ohne zu wissen, warum – stellte nun fest, daß die Sonne nicht mehr auf den rauschenden Blättern lag, daß die Zweige dunkler und die Schatten länger geworden waren; und zu Hause gab es frische Himbeeren zum Tee. Da erhob ich mich von meinem Farnkrautlager, schüttelte den leichten Staub des vorjährigen Laubes von meinem Rock, pfiff Jasper und machte mich auf den Weg nach Hause; und während ich ausschritt, verachtete ich mich wegen meiner eiligen Gangart und dem hastigen Blick zurück.

Merkwürdig, daß ein Artikel über Waldtauben die Vergangenheit so lebhaft wachrufen und mich zum Stottern bringen konnte, als ich vorlas. Es war der verlorene graue Ausdruck in seinem Gesicht, der mich unvermittelt abbrechen und die Seiten umwenden ließ, bis ich einen Bericht über ein Kricketspiel fand, sehr sachlich und nüchtern – Middlesex war am Schlag und sammelte unendlich langweilige Läufe. Wie dankbar ich jenen sturen weißen Spielern war, denn innerhalb von wenigen Minuten hatte sein Gesicht wieder ein ruhiges Aussehen gewonnen, die Farbe war zurückgekehrt, und in gesundem Ärger verspottete er die Werfer von Surrey.

Der Rückzug in die Vergangenheit war uns erspart geblieben, und ich hatte wieder etwas gelernt; ja, lies nur die Nachrichten aus England vor, Sport, Politik und das ganze gesellschaftliche Getue, aber behalte in Zukunft die Dinge, die weh tun könnten, für dich! Ich kann ihnen ja heimlich frönen. Farben, Düfte und Geräusche, der Regen und der Anprall des Wassers, sogar die Herbstnebel und der Geruch des Seewindes, der die Flut anzeigt – das alles sind Erinnerungen an Manderley, die sich nicht verleugnen lassen. Manche Menschen haben die Angewohnheit, im Kursbuch zu lesen. Sie denken sich unzählige Reisen aus, kreuz und quer durchs Land, einzig um des Vergnügens willen, die unmöglichsten Zugverbindungen herzustellen. Mein Stekkenpferd ist weniger ermüdend, wenn auch vielleicht ebenso sonderbar. Ich bin eine unerschöpfliche Informationsquelle über das englische Landleben. Ich kenne die Namen aller Besitzer sämtlicher britischer Hochmoore, jawohl, und auch die ihrer Pächter. Ich weiß, wie viele Schnee- und wie viele Rebhühner erlegt werden, wieviel Wild zur Strecke gebracht wird. Ich weiß, wo Forellen auf Fliegen gehen und wo der Lachs springt. Ich bin bei jedem Stelldichein zur Fuchsjagd und folge jeder Hatz. Selbst die Namen der Züchter von Jagdhunden sind mir vertraut. Der Stand des Getreides, der Preis von Schlachtvieh, die rätselhaften Krankheiten der Schweine – ich interessiere mich für alles. Ein kümmerlicher Zeitvertreib vielleicht und nicht gerade ein sehr kluger, aber ich atme die Luft Englands, während ich davon lese, und kann diesen glänzenden Himmel hier mit größerer Gelassenheit betrachten.

Die struppigen Weingärten und die bröckligen Steine werden zu unwesentlichen Dingen, denn wenn ich will, kann ich meiner Einbildungskraft die Zügel schießen lassen und gelben Fingerhut und die zarten Pechnelken von einem feuchten Wiesenrain pflücken.

Armselige Spielereien der Phantasie, tröstend und lindernd! Sie sind der Feind von Bitterkeit und Heimweh und versüßen dieses Exil, zu dem wir uns selbst verurteilt haben.

Ihnen verdanke ich es, daß ich meine Nachmittage genießen kann und erfrischt und lächelnd ins Hotel zurückkehre, um die kleine Zeremonie unseres Nachmittags-Tees über mich ergehen zu lassen. Das Gedeck ändert sich nie. Zwei Scheiben Brot mit Butter für jeden und chinesischer Tee. Wir müssen schon recht stumpfsinnig wirken, so an einer Sitte festzuhalten, nur weil wir es von England her gewöhnt sind. Hier, auf diesem schmucklosen Balkon, weiß und unpersönlich in der ewigen Sonne, denke ich an die Teestunde um halb fünf in Manderley, wenn der Tisch vor den Kamin in der Bibliothek gerückt wurde. Pünktlich auf die Minute öffnete sich die Tür, und das sich stets gleichbleibende Schauspiel des Tischdeckens begann mit Silbertablett, Wasserkessel und weißem Leinentuch, während Jasper mit seinen hängenden Spanielohren dem Kuchen gegenüber Gleichgültigkeit heuchelte. Dieses reich bestellte Tischleindeckdich wurde immer wieder vor uns ausgebreitet, und doch aßen wir so wenig.

Das buttertriefende Gebäck – ich sehe es noch genau vor mir. Kleine knusprige, dreieckige Toastscheibchen und ofenheiße, hauchdünne Plätzchen. Sandwiches mit dem verschiedenartigsten Belag, schmackhaft und wirklich köstlich, und der ganz besonders gute Honigkuchen. Sandtorte, die im Mund zerging, und ihr so viel schwererer Begleiter, der von Rosinen und Zitronat nur so strotzte. Es war genug zum Essen da, um eine hungernde Familie eine Woche lang am Leben zu halten. Ich habe nie erfahren, was mit all dem Überfluß geschah, und habe mir über diese Verschwendung manchmal Gedanken gemacht.

Aber ich wagte Mrs. Danvers nicht zu fragen, was sie eigentlich damit anfing. Sie hätte mich nur geringschätzig angesehen und ihr überlegenes, eiskaltes Lächeln gelächelt, und ich kann mir vorstellen, wie sie mir geantwortet hätte: «Als Mrs. de Winter noch lebte, hat es niemals irgendwelche Klagen gegeben.» Mrs. Danvers – ich möchte wohl wissen, was sie jetzt tut. Sie und Favell. Ich glaube, es war der Ausdruck in ihrem Gesicht, der zum erstenmal ein Gefühl von Unbehagen in mir erzeugte. Instinktiv dachte ich: «Sie vergleicht mich mit Rebecca»; und scharf wie ein Schwert fiel der Schatten zwischen uns ...

Nun, jetzt ist es überstanden, erledigt und abgetan. Ich leide keine Folterqualen mehr, und beide sind wir jetzt frei. Selbst mein treuer Jasper hat Einlaß in die glücklichen Jagdgründe gefunden, und Manderley lebt nicht mehr. Wie eine leere Schale liegt es mitten in dem Waldesdickicht, genauso, wie ich es in meinem Traum gesehen habe. Eine Heimstätte für das Unkraut, eine Zuflucht für die Vögel. Bisweilen kommt vielleicht ein Landstreicher dort vorüber, um Schutz vor einem plötzlichen Regenschauer zu suchen, und wenn er beherzt ist, mag er auch ungestraft in diese Wildnis eindringen. Ein furchtsamer Bursche aber, etwa ein lichtscheuer Wilddieb – der hält sich dem Wald von Manderley besser fern. Er könnte das Sommerhäuschen in der Bucht entdecken, und er würde sich unter dem eingesunkenen Dach nicht wohl fühlen bei dem unablässigen Getrommel des leichten Regens. Es könnte immer noch ein Hauch von dem alten Leid darüber liegen ... Auch jene Biegung des Anfahrtswegs, wo die Bäume sich nun auf dem Kies breitmachen, ist kein Aufenthaltsort, jedenfalls nicht nach Sonnenuntergang. Wenn die Blätter rauschen, klingt das so ähnlich wie die leisen Bewegungen einer Frau im Abendkleid, und wenn sie plötzlich erzittern und abfallen und den Boden entlang fortgeweht werden, könnte man es für das Tapp-Tapp hastiger weiblicher Schritte halten und die Blattspur auf dem Kies für den Abdruck eines hochhackigen Seidenschuhes.

Wenn derartige Erinnerungen mich überkommen wollen, dann wende ich mich erleichtert der Aussicht von unserem Balkon zu. Diesen harten Glanz trüben keine Schatten; die steinigen Weingärten funkeln in der Sonne, und die Glyzinien sind weiß vor

Staub. Eines Tages werde ich das alles vielleicht mit Wohlgefallen betrachten. Im Augenblick flößt es mir – wenn auch keine Liebe – so doch wenigstens Selbstvertrauen ein. Und Selbstvertrauen ist eine Eigenschaft, die ich sehr schätze, obwohl ich sie erst ziemlich spät im Leben erworben habe. Ich glaube, es ist seine Abhängigkeit von mir, die mich endlich mutig gemacht hat. Jedenfalls habe ich meine Unsicherheit, meine Schüchternheit und meine Scheu Fremden gegenüber verloren. Ich unterscheide mich sehr von jenem Ich, das zum erstenmal nach Manderley fuhr, eifrig und hoffnungsfroh, gehemmt durch sein verzweifelt linkisches Wesen und von dem glühenden Wunsch erfüllt, zu gefallen. Natürlich war es mein Mangel an Haltung, der auf Leute wie Mrs. Danvers einen so unvorteilhaften Eindruck machte. Wie muß ich wohl nach Rebecca gewirkt haben? Ich kann mich heute noch deutlich sehen: mit straffem, kurz geschnittenem Haar und dem jungen Gesicht ohne Make-up, mit einem schlecht sitzenden Mantel und selbst verfertigten Rock und Pullover bekleidet, zokkelte ich hinter Mrs. Van Hopper her. Wie stets ging sie mir voraus zum Mittagessen, mit ihrem gedrungenen Körper unsicher auf den allzu hohen Absätzen schwankend, in einer kokett berüschten Bluse, deren Jugendlichkeit ihrem üppigen Busen und wackelnden Hintergestell schmeicheln sollte, ihren von einer riesigen Feder durchbohrten neuen Hut schief auf dem Kopf, so daß die breite Fläche ihrer Stirn nackt wie das Knie eines Schuljungen hervorleuchtete. Die eine Hand trug eine ungeheuer große Tasche, in der Reisepässe, Notizbücher und Bridgeblocks Platz fanden, und die andere spielte mit dem unvermeidlichen Lorgnon.

So schritt sie auf ihren gewohnten Tisch neben dem Fenster in der Ecke des Speisesaals zu und musterte, das Lorgnon vor ihre Schweinsäuglein hebend, rechts und links den Schauplatz, um schließlich auszurufen: «Nicht eine einzige bekannte Persönlichkeit; ich werde der Direktion sagen, daß sie meine Rechnung heruntersetzen müssen. Was glauben die denn, weshalb ich herkomme? Um mir die Hotelpagen anzusehen?» Und dann rief sie den Kellner mit einer Stimme, so scharf und abgehackt, daß sie die Luft wie eine Säge durchschnitt.

Wie sehr unterscheidet sich doch das kleine Restaurant, in dem wir jetzt zu essen pflegen, von dem geräumigen, prunkvoll eingerichteten und festlich geschmückten Speisesaal des Hotels Côte d'Azur in Monte Carlo; und wie anders ist mein gegenwärtiger Gefährte, der mit seinen sicheren, schön geformten Händen so methodisch und ruhig eine Mandarine schält und dann und wann von dieser Beschäftigung aufsieht, um mir zuzulächeln; wie anders im Vergleich zu Mrs. Van Hopper, die mit ihren dicken, beringten Händen nach einer gehäuften Schüssel Ravioli griff, während ihr Blick mißtrauisch von ihrem Teller zu meinem wanderte aus lauter Besorgnis, ich könnte die bessere Wahl getroffen haben. Das hätte sie nicht zu beunruhigen brauchen, denn der Kellner hatte mit der unheimlichen Schnelligkeit der Leute seines Berufes bereits seit langem meine untergeordnete Stellung erkannt und mir eine Platte mit Schinken und Zunge vorgesetzt, die irgend jemand vor einer halben Stunde zum Buffet zurückgeschickt hatte, weil das Fleisch schlecht geschnitten war. Sonderbar, diese Mißgunst von Bediensteten und ihre offensichtliche Ungeduld! Ich entsann mich, wie ich einmal mit Mrs. Van Hopper in einem Landhaus zu Gast war und wie das Stubenmädchen dort niemals mein zaghaftes Klingeln beachtete, mir nie meine Schuhe heraufbrachte und den morgendlichen Tee einfach vor meine Zimmertür stellte. Im Côte d'Azur war es dasselbe, wenn auch nicht ganz so arg, und manchmal verwandelte sich die vorsätzliche Gleichgültigkeit in plumpe Vertraulichkeit, was mir beispielsweise den Einkauf von Briefmarken beim Portier zu einer Strafe machte, der ich mich entzog. Wie jung und unerfahren muß ich damals gewirkt haben, und wie sehr fühlte ich mich auch so! Ich war zu zart besaitet, zu unreif; so viele Worte empfand ich als Dornen und Nadelstiche, die in Wirklichkeit nur leichthin geäußert worden waren.

Ich erinnere mich jener Platte mit Schinken und Zunge noch genau. Sie sahen so trocken und unappetitlich aus, diese unförmigen Stücke vom Anschnitt und vom Rest, aber ich hatte nicht den Mut, sie zurückzuweisen. Wir aßen schweigend, denn Mrs. Van Hopper liebte es, sich ganz aufs Essen zu konzentrieren, und die Art und Weise, wie ihr Sauce über das Kinn lief, verriet mir, daß die Ravioli ausgezeichnet schmeckten.

Dieser Anblick war nicht geeignet, mir großen Appetit auf meine kalte Platte zu machen, und als ich fortsah, bemerkte ich, daß der Tisch neben uns, an dem drei Tage lang niemand gesessen hatte, wieder besetzt werden sollte. Der Empfangschef führte den Neuankömmling mit den besonders tiefen Verbeugungen, die er nur angeseheneren Gästen zukommen ließ, zu seinem Platz.

Mrs. Van Hopper legte ihre Gabel hin und griff nach dem Lorgnon. Ich errötete für sie, während sie so starrte, aber der Fremde warf, ohne zu ahnen, welches Interesse er erregt hatte, einen prüfenden Blick auf die Speisekarte. Dann klappte Mrs. Van Hopper ihr Lorgnon mit einem Knips zusammen und beugte sich über den Tisch zu mir; ihre kleinen Augen leuchteten vor Erregung, und ihre Stimme war eine Nuance zu laut.

«Das ist Max de Winter», sagte sie, «der Besitzer von Manderley. Sie haben doch gewiß davon gehört. Er sieht elend aus, finden Sie nicht? Man erzählt sich, daß er über den Tod seiner Frau nicht hinwegkommen kann ...»

3

Ich möchte wohl wissen, wie mein Leben heute aussehen würde, wäre Mrs. Van Hopper nicht so ein Snob gewesen.

Komisch, daß meine Zukunft von dieser Eigenschaft abhängen sollte. Ihre Neugier war eine Krankheit, fast eine Manie. Anfangs war ich entsetzt und peinlich berührt; ich fühlte mich wie ein Prügelknabe, der die Leiden seines Herrn auf sich nehmen muß, als ich beobachtete, wie die Leute hinter ihrem Rücken lachten, schleunigst das Zimmer verließen, wenn sie es betrat, oder gar oben im Korridor hinter der Tür, die zu der Treppe für das Personal führte, verschwanden. Seit vielen Jahren kam sie nun schon in das Hotel Côte d'Azur, und abgesehen vom Bridge bestand ihr hauptsächlichster Zeitvertreib, für den sie in Monte Carlo bereits berüchtigt war, darin, vornehme Reisende als ihre Freunde auszugeben, selbst wenn sie sie nur einmal von weitem in der Post gesehen hatte. Irgendwie brachte sie es fertig, sich bekannt zu machen, und bevor ihr Opfer noch die Gefahr witterte, hatte sie es bereits mit einer Einladung in ihr Appartement überfallen. Ihre Angriffsmethode war so unverfroren und plötzlich, daß sich den Betroffenen nur selten eine Gelegenheit bot, die Flucht zu ergreifen. Im Côte d'Azur belegte sie ein gewisses Sofa im Gesellschaftszimmer, das sich zwischen der Empfangshalle und dem Durchgang zum Speisesaal befand, mit Beschlag und

trank dort regelmäßig nach den Mahlzeiten mittags und abends ihren Kaffee. Jeder, der von dem einen Raum in den anderen ging, mußte an ihr vorbei. Bisweilen benutzte sie mich als Köder für ihre Beute, und widerwillig und unglücklich mußte ich quer durch das Zimmer gehen mit dem mündlichen Auftrag, ein Buch oder eine Zeitung zu entleihen, die Adresse irgendeines Ladens zu erfragen oder Grüße von einem soeben entdeckten gemeinsamen Freund auszurichten. Es schien, daß sie zu ihrem Wohlbefinden Berühmtheiten benötigte, wie Kranke ihre Süppchen, die man ihnen einlöffelt; und obwohl Titel von ihr bevorzugt wurden, tat jedes Gesicht, das sie einmal in einer mondänen Zeitschrift abgebildet gesehen hatte, denselben Dienst. Und ebenso Namen, denen man in der Skandalecke begegnet: Schriftsteller, Schauspieler und Künstler aller Art, selbst zweitrangige, wenn sie ihre Namen nur gedruckt gelesen hatte.

Ich sehe sie noch genau vor mir, als ob es erst gestern gewesen wäre, wie sie an jenem unvergeßlichen Nachmittag – wie viele Jahre das jetzt her ist, tut ja nichts zur Sache – auf ihrem Lieblingssofa im Gesellschaftszimmer saß und sich einen neuen Angriffsplan zurechtlegte. Ihren nervösen, hastigen Bewegungen und der Art, wie sie mit dem Lorgnon gegen ihre Zähne klopfte, konnte ich entnehmen, daß sie verschiedene Möglichkeiten erwog. Und als sie nichts von der Süßspeise nahm und Käse und Obst überstürzt hinunterschlang, wußte ich, daß sie die Mahlzeit vor dem Neuankömmling beenden wollte, um sich rechtzeitig auf ihrem Sofa einzurichten, an dem er ja vorübergehen mußte. Plötzlich wandte sie sich mit einem Funkeln in ihren kleinen Augen mir zu.

«Laufen Sie rasch nach oben und holen Sie mir den Brief von meinem Neffen. Sie wissen schon: den er von seiner Hochzeitsreise schrieb, mit dem Foto. Bringen Sie ihn mir sofort herunter.»

Ich ersah daraus, daß sie ihre Strategie fertig ausgearbeitet hatte und daß der Neffe zur Vermittlung der Bekanntschaft herhalten sollte. Nicht zum erstenmal widerstrebte mir die Rolle, die ich bei der Farce, die sie in Szene setzte, spielen mußte. Wie die Gehilfin eines Jongleurs hatte ich die Requisiten zuzureichen und dann schweigend und aufmerksam auf mein Stichwort zu warten. Dieser Fremde würde ihre Zudringlichkeit nicht begrüßen, dessen war ich sicher. Nach dem Wenigen, das ich während des Essens über ihn gehört hatte – ein Durcheinander von Gerüchten und Klatsch, vor zehn Monaten aus den Tageszeitungen zusammengesucht und ihrem Gedächtnis zur späteren Verwendung einverleibt –, konnte ich mir trotz meiner Jugend und Unerfahrenheit vorstellen, daß er sich über diesen plötzlichen Einbruch in seine Einsamkeit ärgern würde. Warum er in Monte Carlo ausgerechnet auf das Hotel Côte d'Azur verfallen war, ging uns nichts an; seine Angelegenheiten waren seine eigene Sache, und jeder andere außer Mrs. Van Hopper hätte das auch eingesehen. Takt war eine ihr unbekannte Eigenschaft und Feingefühl ebenso, und da der Gesellschaftsklatsch ihr Lebenselixier war, mußte dieser Fremde ihrer Neugier geopfert werden. Ich fand den Brief in einem Fach ihres Schreibtisches, aber ich zögerte einen Augenblick, bevor ich wieder hinunterging. Ich bildete mir törichterweise ein, daß ich ihm in seiner Zurückgezogenheit dadurch noch ein paar freie Minuten verschaffte.

Ich wünschte mir den Mut, auf dem Umweg über die Angestelltentreppe in den Speisesaal zu gehen und ihn dort vor dem Hinterhalt zu warnen. Mein Begriff von Wohlerzogenheit erwies sich jedoch als zu stark, auch wußte ich nicht, wie ich mich hätte ausdrücken sollen. Es blieb mir wohl nichts anderes übrig, als auf meinem gewohnten Platz neben Mrs. Van Hopper zu sitzen, während sie wie eine dicke, selbstgefällige Spinne den Fremden in ihr zähes Netz von Langeweile einspann.

Ich war länger fortgewesen, als ich annahm, denn als ich in das Gesellschaftszimmer zurückkehrte, sah ich, daß er den Speisesaal bereits verlassen und daß sie, voller Angst, sich die Beute entgehen lassen zu müssen, ihn kaltblütig gestellt hatte, ohne auf den Brief zu warten. Er saß schon neben ihr auf dem Sofa. Ich ging quer durch das Zimmer auf sie zu und reichte ihr stumm den Brief. Er erhob sich sofort, während Mrs. Van Hopper, mit den heißen Wangen des Triumphes, eine flüchtige Handbewegung in meine Richtung machte und meinen Namen murmelte.

«Mr. de Winter wird seinen Kaffee mit uns einnehmen. Sagen Sie dem Kellner, er soll noch eine Tasse bringen», sagte sie in einem Ton, der ihn über meine Stellung aufklären sollte. Damit wollte sie ihm zu verstehen geben, was für ein junges, unbedeutendes Ding ich sei und daß gar keine Notwendigkeit bestehe, mich in die Unterhaltung einzubeziehen. Wenn sie Eindruck machen wollte, sprach sie immer in diesem Ton, und seitdem ich einmal zu unserer beider größten Verlegenheit für ihre Tochter gehalten worden war, stellte sie mich aus einer Art Notwehr stets auf diese Weise vor. Diese unpersönliche Kürze deutete an, daß man mich ruhig übergehen durfte; Frauen pflegten mich nur mit einem Kopfnicken zu bedenken, das zugleich als Begrüßung und Verabschiedung diente, während Männer mit offensichtlicher Erleichterung zur Kenntnis nahmen, daß sie sich, ohne die Gesetze der Höflichkeit zu verletzen, in dem bequemsten Sessel breitmachen durften.

Es war daher eine Überraschung für mich, daß dieser Fremde stehenblieb und daß er den Kellner herbeiwinkte.

«Es tut mir leid, Ihnen widersprechen zu müssen», sagte er zu Mrs. Van Hopper. «Sie beide werden den Kaffee mit mir einnehmen.» Und bevor ich wußte, wie mir geschah, saß ich auf dem Sofa, während er auf meinem harten Stuhl Platz nahm.

Einen Augenblick lang sah Mrs. Van Hopper verärgert aus. Das hatte sie gewiß nicht beabsichtigt; aber sie faßte sich schnell und lehnte sich zu ihm hinüber, indem sie ihre massige Gestalt zwischen mich und den Tisch schob, und sprach, mit dem Brief herumfuchtelnd, laut und eifrig auf ihn ein.

«Wissen Sie, ich habe Sie sofort erkannt, als Sie in den Speisesaal kamen», sagte sie, «und ich dachte gleich: ‹Nanu, da ist ja Billys Freund, Mr. de Winter; ich muß ihm doch die Bilder von Billy und seiner jungen Frau von der Hochzeitsreise zeigen.› Hier, sehen Sie. Das ist Dora – ist sie nicht entzückend? Diese zarte, schlanke Figur und diese großen Augen! Und hier sonnen sie sich am Strand von Palm Beach. Billy ist wahnsinnig in sie verliebt, wie Sie sich denken können. Natürlich kannte er sie noch nicht, als er die Gesellschaft im Claridge gab, wo ich Sie zum erstenmal traf. Aber ich fürchte, Sie werden sich kaum an eine alte Frau wie mich erinnern?»

Hierbei warf sie ihm einen neckischen Blick zu und bleckte die Zähne.

«Im Gegenteil, ich erinnere mich Ihrer sehr gut», sagte er, und bevor sie ihn auf einen Austausch ihrer Erinnerungen an jenes erste Zusammentreffen festnageln konnte, reichte er ihr sein Zigarettenetui, und die Zeremonie des Anzündens vereitelte ihre Absicht vorläufig. «Ich glaube nicht, daß Palm Beach mir gefallen würde», meinte er, während er das brennende Streichholz ausblies, und ich mußte bei seinem Anblick auch denken, wie unwirklich er sich vor einem Hintergrund wie Florida ausnehmen würde. Er gehörte in eine stark befestigte Stadt aus dem fünfzehnten Jahrhundert, in eine Stadt mit engen, holprigen Gassen und schlanken Türmen, deren Einwohner Schnabelschuhe und Kniehosen trugen. Sein Gesicht war fesselnd, geistvoll, auf eine merkwürdige, unerklärliche Weise mittelalterlich. Es rief mir das Porträt eines Unbekannten ins Gedächtnis, das ich in einer Galerie – ich weiß nicht mehr, wo – gesehen hatte. Könnte man ihn nur in Schwarz kleiden, mit einer Spitzenkrause um Hals und Handgelenke, dann würde er auf uns wie aus einer lang entschwundenen Zeit herniedersehen – einer Zeit, in der die Männer sich des Nachts weite Mäntel überwarfen und im Schatten alter Torwege standen, einer vergangenen Zeit der schmalen Stiegen und finsteren Burgverliese, einer Zeit, in der Flüstern durch die Dunkelheit klang, scharfe Klingen blitzten und Höflichkeit eine stille, vollendete Kunst war.

Wenn ich mich doch noch auf den Namen des alten Meisters besinnen könnte, der jenes Porträt gemalt hat. Es hing in einer Ecke des Saales, und die Augen blickten dem Vorübergehenden aus dem düster-braunen Rahmen nach ...

Aber sie unterhielten sich, und ich hatte den Faden des Gespräches verloren. «Nein, auch vor zwanzig Jahren nicht», sagte er gerade. «Ich habe derlei Dingen niemals Vergnügen abgewinnen können.»

Ich hörte, wie Mrs. Van Hopper in ihr fettes, behäbiges Lachen ausbrach. «Wenn Billy ein Zuhause wie Manderley hätte, würde er sich wohl auch nicht in Palm Beach herumtreiben», sagte sie. «Ich habe mir sagen lassen, es sei ein wahres Paradies, es gebe kein anderes Wort dafür.»

Sie hielt inne in der Erwartung, ihn lächeln zu sehen, aber er rauchte schweigend weiter, und ich bemerkte eine Falte zwischen seinen Augenbrauen, kaum mehr als ein hauchdünner Strich.

«Ich habe natürlich Bilder davon gesehen» – sie ließ nicht locker – «und ich finde, es sieht ganz reizend aus. Ich erinnere mich noch, daß Billy einmal sagte, die anderen berühmten englischen Landsitze könnten es an Schönheit gar nicht mit Manderley aufnehmen. Es wundert mich wirklich, daß Sie es übers Herz bringen, nicht immer dort zu sein.»

Sein Schweigen tat jetzt geradezu weh und wäre jedem anderen aufgefallen, aber sie ließ ihre Zunge weiterlaufen wie ein dummes Schaf, das in ein fremdes umfriedetes Gehege einbricht und dort herumtrampelt, und ich fühlte das Blut in meine Wangen steigen, wohl oder übel die Demütigung für sie erleidend.

«Allerdings seid ihr Engländer euch ja alle gleich, was euer Heim angeht», sagte sie mit immer lauterer Stimme. «Ihr sprecht nur abfällig davon, um nicht stolz zu erscheinen. Gibt es in Manderley nicht einen Kreuzgang und eine sehr wertvolle Gemäldegalerie?» Sie wandte sich mir erklärend zu: «Mr. de Winter ist zu bescheiden, um davon zu reden, aber ich glaube, daß sein wundervoller Besitz schon seit Wilhelm dem Eroberer Eigentum der Familie ist. Der Kreuzgang soll geradezu einzigartig sein. Vermutlich haben Ihre Vorfahren in Manderley früher auch königliche Gäste beherbergt, Mr. de Winter?»

Das überstieg alles, was ich bisher von ihr hatte ertragen müssen, aber die scharfe Schlagfertigkeit seiner Antwort enthielt eine unerwartete Zurechtweisung. «Nicht seit Ethelred», entgegnete er, «den man ‹den Unfertigen› nannte. Tatsächlich erhielt er diesen Beinamen während eines solchen Aufenthaltes bei meiner Familie. Er konnte nämlich niemals rechtzeitig zum Mittagessen erscheinen.»

Es geschah ihr natürlich recht, und ich war neugierig, was für ein Gesicht sie machen würde, aber – so unglaublich es auch klingen mag – seine Worte übten nicht die geringste Wirkung auf sie aus, und es blieb mir überlassen, mich an ihrer Statt zu winden. Ich kam mir vor wie ein geschlagenes Kind.

«Wirklich? Was Sie nicht sagen!» faselte sie weiter. «Davon hatte ich keine Ahnung. Meine Geschichtskenntnisse sind sehr dürftig, und die Könige von England habe ich immer durcheinandergeworfen. Aber wie interessant, das muß ich meiner Tochter schreiben, sie ist sehr belesen.»

Es entstand eine Pause, und ich fühlte, wie meine Wangen glühten. Ich war einfach zu jung, das war das Unglück. Wenn ich älter gewesen wäre, hätte ich seinen Blick erhascht und gelächelt, und ihr unmögliches Benehmen würde ein geheimes Band zwischen uns gebildet haben; aber so schämte ich mich fast zu Tode.

Ich glaube, er bemerkte meine Verzweiflung, denn er beugte sich zu mir und fragte mich mit liebenswürdiger Stimme, ob ich noch etwas Kaffee haben wollte, und als ich verneinte und den Kopf schüttelte, spürte ich seinen Blick noch immer betroffen und nachdenklich auf mir ruhen. Wahrscheinlich grübelte er darüber nach, in welchem Verhältnis ich eigentlich zu ihr stand, und überlegte sich, ob er uns wohl beide als hohl und dumm abstempeln müsse.

«Wie finden Sie Monte Carlo, oder haben Sie vielleicht noch gar nicht darüber nachgedacht?» sagte er dann. Dadurch, daß er mich in die Unterhaltung einbezog, wurde ich gleich wieder zum linkischen Schulmädchen mit roten Ellbogen und wirrem Haar, und ich sagte irgend etwas Abgeklappertes und völlig Sinnloses darüber, wie unnatürlich mir alles hier vorkomme; bevor ich jedoch mit meinem Stottern zu Ende kam, unterbrach mich Mrs. Van Hopper.

«Sie ist nur verwöhnt, Mr. de Winter, das ist ihr Fehler. Die meisten jungen Mädchen würden ihr Augenlicht für einen Blick auf Monte Carlo geben.»

«Würde sie das nicht um den Zweck ihres Opfers bringen?» fragte er lächelnd.

Sie zuckte die Achseln und blies eine große Rauchwolke in die Luft. Ich bezweifle, daß sie auch nur ein Wort von dem verstand, was er sagte. «Ich bleibe dem Ort treu», sagte sie, «der englische Winter macht mich kaputt, und meine Gesundheit hält ihn einfach nicht aus. Was hat Sie hierher geführt? Sie sind doch keiner von den Stammgästen. Wollen Sie hier Bac spielen, oder haben Sie Ihre Golfschläger mit?»

«Ich weiß noch nicht recht, wie ich mir die Zeit vertreiben werde», sagte er. «Ich bin ziemlich überstürzt hergekommen.»

Seine eigenen Worte mußten in ihm eine Erinnerung heraufbeschworen haben, denn sein Gesicht verfinsterte sich wieder, und er runzelte leicht die Stirn. Sie schnatterte in ihrer Dickfelligkeit ruhig weiter. «Sie werden natürlich die dunstigen Abende von Manderley vermissen, hier gibt es so etwas ja nicht; Westengland muß im Frühling bezaubernd sein.» Er griff nach dem Aschenbecher und drückte seine Zigarette aus, und ich bemerkte die kaum wahrnehmbare Veränderung in seinem Blick, ein unbestimmbares Etwas, das für eine Sekunde aus seinen Augen leuchtete. Es war etwas, was nur ihm allein gehörte, fühlte ich, etwas, was mich gar nichts anging.

«Ja», sagte er kurz, «Manderley war so schön wie nur je.»

Ein Schweigen senkte sich für ein paar Augenblicke über uns und rief eine ungemütliche Stimmung wach, und als ich verstohlen zu ihm hinübersah, erinnerte er mich noch stärker als zuvor an meinen Unbekannten, der heimlich und vermummt seinen nächtlichen Wegen folgte. Mrs. Van Hoppers Stimme schrillte wie eine elektrische Klingel in meinen Traum hinein. Sie produzierte ein wirres Gestrüpp von Skandal und Klatsch, ohne zu merken, daß ihm die Namen fremd waren, ihm nichts sagten und daß er immer abweisender und kühler wurde, während sie darauflosplapperte. Er unterbrach sie jedoch nicht und blickte nicht ein einziges Mal auf die Uhr, als habe er sich zu einer übertriebenen Höflichkeit verurteilt, seit er sich das eine Mal hatte gehenlassen und sie vor mir zum Narren gehalten hatte, und wolle lieber eisern diese Strafe erdulden, als sie erneut beleidigen. Endlich erlöste ihn ein Hotelpage, der Mrs. Van Hopper meldete, ihre Schneiderin erwarte sie in ihrem Appartement.

Er stand sofort auf und schob seinen Stuhl zurück. «Lassen Sie sich nicht aufhalten», sagte er. «Die Mode wechselt heutzutage so schnell, sie könnte sich schon verändert haben, bevor Sie oben sind.»

Sie fühlte den Stich nicht, sie faßte seine Worte nur als einen kleinen Scherz auf. «Ich habe mich so gefreut, Ihnen so unerwartet begegnet zu sein, Mr. de Winter», sagte sie, als wir zum Fahrstuhl gingen, «und ich hoffe, Sie jetzt etwas mehr zu sehen, nachdem ich das Eis so mutig gebrochen habe. Sie müssen mich nächstens besuchen und einen Cocktail bei mir trinken. Morgen abend erwarte ich einige Gäste, wollen Sie uns nicht Gesellschaft leisten?» Ich wandte mich ab, um nicht mit ansehen zu müssen, wie er nach einer Ausrede suchte.

«Ich bin untröstlich», sagte er, «morgen werde ich wahrscheinlich nach Sospel hinüberfahren, und ich weiß noch nicht, wann ich zurückkomme.»

Sie ließ es nur ungern dabei bewenden, aber sie konnte sich noch nicht losreißen.

«Hoffentlich haben Sie ein gutes Zimmer bekommen, das Hotel ist nämlich halb leer; schlagen Sie also tüchtig Krach, wenn Sie nicht zufrieden sind. Hat Ihr Diener Ihre Sachen schon ausgepackt?» Diese Vertraulichkeit war selbst für ihre Verhältnisse ein starkes Stück, und mein hastiger Blick erhaschte seinen Gesichtsausdruck.

«Ich habe keinen», sagte er ruhig. «Vielleicht würde es Ihnen Spaß machen, mir dabei zu helfen?»

Diesmal saß der Hieb, denn sie errötete und lachte ein wenig verlegen.

«Aber – ich weiß nicht ...» begann sie, und dann plötzlich – es war nicht zu glauben – drehte sie sich zu mir um: «Sie könnten vielleicht Mr. de Winter etwas zur Hand gehen, falls er allein nicht zurechtkommt. Sie sind ja in mancher Hinsicht ein ganz anstelliges Kind.»

Eine kurze Pause trat ein, während der ich wie vom Schlag getroffen dastand und auf seine Antwort wartete. Er blickte auf uns nieder, spöttisch, etwas ironisch, mit dem Anflug eines Lächelns um die Lippen.

«Ein reizender Vorschlag», sagte er, «aber ich halte mich an das Motto der Familie: wer etwas schnell erledigen will, erledigt es am besten allein. Sie kannten es vielleicht noch nicht.»

Und ohne eine Entgegnung abzuwarten, wandte er sich um und verließ uns.

«Wie komisch!» sagte Mrs. Van Hopper, als wir im Fahrstuhl nach oben fuhren. «Ob dieser brüske Abschied eine Grille von ihm ist? Männer benehmen sich oft so sonderbar.»

Der Fahrstuhl hielt mit einem Ruck an. Wir waren in unserem Stockwerk angelangt, und der Liftboy öffnete die Tür. «Übrigens, meine Liebe», sagte sie, als wir den Korridor entlanggingen, «halten Sie mich nicht für unfreundlich, aber ich fand, Sie haben sich heute nachmittag ein ganz klein wenig zu sehr vorgedrängt. Ihr Versuch, die Unterhaltung an sich zu reißen, war mir richtig peinlich, und ich bin überzeugt, daß es ihm nicht anders erging. Männer verabscheuen so etwas.»

Ich erwiderte nichts; es schien mir keine passende Antwort darauf zu geben. «Ach, kommen Sie, schmollen Sie nicht», lachte sie und zuckte die Achseln; «schließlich bin ich doch hier für Ihr Benehmen verantwortlich, und Sie dürfen sich ruhig den Rat von einer Frau gefallen lassen, die alt genug ist, um ihre Mutter zu sein. Eh bien, Blaize, je viens ...» und vor sich hin summend betrat sie ihr Schlafzimmer, wo die Schneiderin auf sie wartete.

Ich kniete mich auf den Stuhl am Fenster und sah in den Nachmittag hinaus. Die Sonne schien noch ganz hell, und ein übermütiger, frischer Wind wehte. In einer halben Stunde würden wir beim Bridge sitzen, die Fenster fest verschlossen und die Heizung voll aufgedreht. Ich dachte an die Aschenbecher, die ich entleeren mußte, und wie lippenstiftbeschmierte Zigarettenstummel und angebissene Pralinen sich darin häufen würden. Ihre männlichen Bekannten würden mir gegenüber eine gezwungene

Jovialität an den Tag legen und witzige Fragen nach meinen Geschichtskenntnissen und meiner Malerei stellen in der Annahme, daß meine Schulzeit noch nicht lange zurücklag und daß man sich mit mir über nichts anderes unterhalten könne.

Ich seufzte und kehrte dem Fenster den Rücken zu. Die Sonne schien so viel zu versprechen, und das Meer schäumte weiß unter dem spielenden Wind. Ich mußte an einen Winkel in Monaco denken, wo ich vor ein paar Tagen vorbeigekommen war: jenes baufällige Haus am kopfsteingepflasterten Marktplatz. Hoch oben unter dem eingesunkenen Dach befand sich eine Fensteröffnung, kaum mehr als ein Schlitz, in der man sich gut eine mittelalterliche Gestalt vorstellen konnte. Ich griff nach Bleistift und Skizzenblock und zeichnete spielerisch ein bleiches Gesicht im Profil mit einer Adlernase; aber meine Gedanken waren woanders. Ein finsteres Auge, eine kühne Stirn, ein hochmütiger Mund. Und ich fügte einen Spitzbart und eine Spitzenhalskrause hinzu, wie der Maler es vor langer Zeit in einem vergangenen Jahrhundert getan hatte.

Es klopfte, und der Liftboy trat mit einem Briefchen in der Hand ein.

«Madame ist in ihrem Schlafzimmer», sagte ich, aber er schüttelte den Kopf, der Brief sei für mich. Ich öffnete den Umschlag und fand darin ein einzelnes Blatt, auf dem in unbekannter Handschrift ein paar Worte standen.

«Verzeihen Sie mir. Ich war heute nachmittag sehr unhöflich.» Das war alles. Keine Unterschrift und keine Anrede. Aber mein Name stand auf dem Umschlag und war richtig geschrieben, was nicht oft vorkam.

«Irgendeine Antwort?» fragte der Boy.

Ich sah von den hingeworfenen Schriftzügen hoch. «Nein», sagte ich, «nein, keine Antwort.»

Als er das Zimmer verlassen hatte, steckte ich das Blatt in meine Tasche und wandte mich wieder meiner Zeichnung zu, aber aus irgendeinem Grund gefiel sie mir nicht mehr; das Gesicht kam mir starr und leblos vor, und die Halskrause und der Bart glichen Requisiten eines Amateurtheaters.

4

Am Morgen danach wachte Mrs. Van Hopper mit schmerzendem Hals und fieberheißer Stirn auf. Ich rief ihren Arzt an, der sofort ins Hotel geeilt kam und die übliche Grippe feststellte. «Sie müssen im Bett bleiben, bis ich Ihnen erlaube, wieder aufzustehen», verordnete er. «Ihr Herz will mir gar nicht recht gefallen, und das wird auch nicht besser werden, wenn Sie sich nicht völlig ruhig halten. Mir wäre es lieber», fuhr er zu mir gewandt fort, «wenn Mrs. Van Hopper eine ausgebildete Pflegerin nähme. Die Arbeit wird für Sie viel zu schwer sein. Es ist ja nur für etwa vierzehn Tage.»

Ich fand das eigentlich unnötig und sagte es auch, aber zu meinem Erstaunen stimmte sie ihm bei. Ich glaube, sie freute sich schon über das Aufsehen, das es erregen würde, über das Mitgefühl ihrer Bekannten und die Krankenbesuche ihrer Freunde und deren Nachfragen und Blumengeschenke.

Die Pflegerin sollte ihr Medikamente geben und sie etwas massieren, auch mußte sie Diät halten. Als ich sie nach dem Eintreffen der Pflegerin verließ, saß sie in aufgeräumtester Stimmung gegen einen Kissenberg gelehnt, ihr bestes Bettjäckchen um die Schultern, ein bebändertes Frisierhäubchen auf dem Kopf und mit einer schon fast normalen Temperatur. Etwas beschämt über die Erleichterung, die ich empfand, telephonierte ich ihren Freunden und sagte die kleine Einladung ab, zu der sie sie für diesen Abend eingeladen hatte, und dann ging ich eine gute halbe Stunde früher als gewöhnlich zum Mittagessen hinunter. Ich erwartete, den Speisesaal leer zu finden, denn im allgemeinen fand sich niemand vor ein Uhr zum Essen ein. Er war auch leer, nur der Tisch neben dem unseren war besetzt. Mit dieser Möglichkeit hatte ich nicht gerechnet. Ich hatte angenommen, er sei nach Sospel gefahren. Zweifellos aß er so früh, weil er hoffte, uns dann um ein Uhr entgehen zu können. Ich befand mich schon mitten im Saal und konnte nicht mehr zurück. Ich war dieser Situation nur schlecht gewachsen und hätte viel darum gegeben, älter, anders zu sein. Ich ging starr vor mich hinblickend zu unserem Tisch, und gleich darauf zahlte ich schon den Zoll für meine Ungeschicklichkeit, indem ich die Vase mit den langstieligen Anemonen umwarf, als ich meine Serviette entfaltete. Das Wasser durchtränkte das Tischtuch und lief mir auf den Schoß.

Der Kellner befand sich am entgegengesetzten Ende des Saales und hatte nichts bemerkt. In der nächsten Sekunde jedoch stand mein Nachbar mit einer trockenen Serviette an meiner Seite.

«Sie können nicht vor einem nassen Tischtuch sitzen», sagte er fast barsch, «es würde Ihnen den Appetit verderben. Machen Sie Platz.»

Er fing an, das Tischtuch abzutupfen, und jetzt bemerkte auch der Kellner, daß etwas los war, und kam hilfsbereit herbeigeeilt.

«Es macht mir gar nichts aus», sagte ich, «es tut wirklich nichts. Ich bin ganz allein.»

Er erwiderte nichts, und dann war der Kellner bereits angelangt und zauberte die Vase und die verstreuten Blumen hinweg.

«Lassen Sie», sagte Mr. de Winter plötzlich, «legen Sie noch ein Gedeck an meinem Tisch auf. Mademoiselle wird mit mir speisen.»

Ich sah in tiefster Verwirrung zu ihm auf. «Nein, nein», sagte ich, «das kann ich unmöglich.»

«Warum nicht?» fragte er.

Ich versuchte eine Ausrede zu finden. Ich wußte, er konnte keine Lust dazu haben, mit mir zu essen. Er forderte mich nur aus Höflichkeit auf. Seine einsame Mahlzeit würde durch mich gestört werden. Ich war fest entschlossen zu sagen, was ich dachte.

«Bitte seien Sie nicht höflich», bat ich. «Es ist sehr freundlich von Ihnen, aber es ist ja gar nicht so schlimm, wenn der Kellner nur das Tischtuch etwas abtrocknet.»

«Aber ich bin ja gar nicht höflich», widersprach er. «Ich möchte wirklich gern mit Ihnen essen. Selbst wenn Sie nicht die Vase so tolpatschig umgestoßen hätten, hätte ich Sie darum gebeten.» Ich vermute, daß er den Zweifel in meinem Gesicht las, denn er lächelte. «Sie glauben mir nicht», sagte er, «aber egal, kommen Sie und setzen Sie sich. Wir brauchen ja nicht miteinander zu reden, wenn wir uns nicht dazu aufgelegt fühlen.»

Wir setzten uns, er reichte mir die Speisekarte, überließ mich ihrem Studium und beschäftigte sich weiter mit seinem Hors-d'œuvre, als wenn nichts geschehen wäre.

Seine Fähigkeit, sich nach außen abzuschließen, war eine Besonderheit von ihm, und ich wußte, daß er nichts Ungewöhnliches darin sehen würde, wenn wir die Mahlzeit schweigend beendeten. Ich würde mich ganz ungehemmt fühlen können. Er würde mich nicht nach meinen Geschichtskenntnissen fragen.

«Wo ist denn Ihre Freundin?» fragte er. Ich erzählte ihm, daß sie Grippe hätte. «Das tut mir leid», sagte er, und dann nach einer kleinen Pause:

«Sie haben doch meine Zeilen erhalten? Ich habe mich über mich selbst geschämt. Mein Verhalten war unverzeihlich. Ich bin wohl etwas verbauert durch mein langes Alleinsein, das ist meine einzige Entschuldigung. Deshalb finde ich es so nett von Ihnen, daß Sie trotzdem heute mit mir essen.»

«Sie waren gar nicht unhöflich», sagte ich, «oder wenigstens war es keine Unhöflichkeit, die sie verstanden hätte. Diese Neugier – sie meint gar nichts Böses damit, aber sie ist zu jedem so. Das heißt, zu jedem, der etwas darstellt.»

«Ich müßte mich also eigentlich sehr geschmeichelt fühlen», meinte er. «Aber aus welchem Grund glaubt sie, daß ich etwas darstelle?»

Ich zögerte einen Augenblick mit meiner Antwort.

«Wegen Manderley, glaube ich», sagte ich dann.

Er antwortete nicht, und ich empfand wieder jenes ungemütliche Gefühl, einen verbotenen Weg betreten zu haben. Ich überlegte, wie es wohl komme, daß jede Erwähnung seines Besitztums, das so viele Leute, sogar ich, dem Hörensagen nach kannten, ihn sofort zum Schweigen brachte und gleichsam eine Mauer zwischen ihm und anderen Menschen aufrichtete.

Wir aßen eine Weile, ohne zu sprechen, und ich erinnerte mich an eine Ansichtskarte, die ich einmal als Kind während eines Ferienaufenthaltes in Westengland beim Dorfkrämer gekauft hatte. Sie zeigte das Bild eines Hauses, natürlich nicht sehr künstlerisch und übertrieben bunt, aber selbst diese Mängel vermochten nicht, das Ebenmaß des Gebäudes zu zerstören, noch die Schönheit der breiten Freitreppe zu der Terrasse und der grünen Rasenflächen, die sich bis zum Meer hinstreckten. Ich zahlte zwei Pennies für die bunte Karte – die Hälfte meines wöchentlichen Taschengeldes – und fragte dann die runzlige Krämersfrau, was das Bild darstelle. Sie sah mich erstaunt über meine Unwissenheit an.

«Das ist Manderley», sagte sie, und ich weiß noch, wie ich den Laden verließ mit dem Gefühl, etwas Dummes gefragt zu haben, aber ohne klüger geworden zu sein als zuvor.

«Ihre Freundin –» fing er plötzlich wieder an, «ist doch sehr viel älter als Sie. Sind Sie miteinander verwandt? Kennen Sie sie schon sehr lange?» Offensichtlich zerbrach er sich noch den Kopf über uns.

«Eine Freundin ist sie eigentlich nicht», erklärte ich ihm, «ich bin nur ihre Angestellte. Ich soll unter ihrer Anleitung etwas werden, was man Gesellschafterin nennt; dafür zahlt sie mir neunzig Pfund im Jahr.»

«Ich wußte nicht, daß man sich Gesellschaft kaufen kann», sagte er. «Die Idee klingt mir recht primitiv, so nach orientalischem Sklavenmarkt.»

«Ich habe einmal nachgesehen, was im Konversationslexikon unter ‹Gesellschafterin› steht», mußte ich zugeben, «und da stand: ‹eine Gesellschafterin ist eine Vertraute des Herzens›.»

«Sie haben nicht viel mit ihr gemeinsam», sagte er. Er lachte und sah plötzlich ganz anders aus, irgendwie jünger und weniger unnahbar. «Warum tun Sie das bloß?» fragte er mich.

«Neunzig Pfund sind eine Menge Geld für mich.»

«Haben Sie denn keine Verwandten?»

«Nein – sie sind alle gestorben.»

«Sie haben einen wunderschönen und sehr ungewöhnlichen Namen.»

«Mein Vater war ein wundervoller und sehr ungewöhnlicher Mensch.»

«Erzählen Sie mir von ihm.»

Ich blickte ihn über mein Glas Zitronenlimonade hinweg an. Es war nicht leicht, meinen Vater zu schildern, und im allgemeinen sprach ich nicht über ihn. Er war mein geheimer Besitz, er gehörte mir allein, so wie Manderley meinem Gegenüber gehörte. Da saß ich, so sehr noch das Schulmädchen, das noch am Tag zuvor steif, schweigend und verschüchtert neben Mrs. Van Hopper gesessen hatte, und jetzt, nur vierundzwanzig Stunden später, gehörte mir das Geheimnis meiner Familie nicht mehr; ich teilte es mit einem Mann, den ich nicht kannte. Irgendwie fühlte ich mich gezwungen, zu reden, weil seine Augen mich voller Verständnis ansahen. Meine Scheu fiel von mir ab und löste mir dabei die widerstrebende Zunge, und heraus stürzten sie alle, die kleinen Geheimnisse der Kindheit, ihre Freuden und Leiden. Ich hatte das Empfinden, als erfasse er nach meiner unzureichenden Schilderung etwas von der vitalen Persönlichkeit meines Vaters und auch etwas von dem Wesen meiner Mutter, deren Liebe zu ihm sie wie eine lebendige, lebenspendende Kraft erfüllte, so sehr, daß sie sich nur noch fünf Wochen hinschleppte und ihm dann folgte, nachdem er in jenem eisigen Winter von einer Lungenentzündung dahingerafft worden war. Ich entsinne mich, daß ich ein wenig atemlos, ein wenig verwirrt innehielt. Der Speisesaal war allmählich voll geworden; die Gäste unterhielten sich und lachten, ein diskretes Orchester spielte, Teller klapperten, und als ich auf die Uhr über der Tür blickte, sah ich, daß es zwei war. Anderthalb Stunden hatten wir da gesessen, und ich hatte die Unterhaltung fast allein bestritten.

Das brachte mich wieder in die Gegenwart zurück, und verlegen, mit heißen Händen und glühenden Wangen, begann ich Entschuldigungen zu stammeln. Er aber wollte nichts davon hören.

«Ich sagte Ihnen schon zu Anfang, daß Ihr Name wunderschön und ungewöhnlich ist», sagte er, «und wenn Sie mir verzeihen, will ich jetzt noch weitergehen und Ihnen sagen, daß er ebensogut zu Ihnen paßt wie zu Ihrem Vater. Ich habe diese Stunde mit Ihnen mehr genossen als irgend etwas seit einer sehr langen Zeit. Sie haben mich von mir selber befreit, von meiner Schwermut und Grübelei, die mich ein ganzes Jahr lang begleiteten.»

Ich sah ihn an und glaubte ihm, denn er schien mir jetzt weniger gehemmt als vorher, mehr gegenwartsnah, menschlicher und nicht mehr von einem Schatten verdüstert.

«Wissen Sie», sagte er dann, «wir beide haben etwas gemeinsam, Sie und ich. Wir stehen beide allein in der Welt. O ja, gewiß, ich habe eine Schwester, die ich aber nicht viel sehe, und eine uralte Großmutter, der ich dreimal im Jahr einen Pflichtbesuch abstatte, aber man kann weder die eine noch die andere als angenehme Gesellschaft bezeichnen. Ich werde Mrs. Van Hopper beglückwünschen müssen; die neunzig Pfund im Jahr sind nicht zu viel für Sie.»

«Sie dürfen nicht vergessen», sagte ich, «Sie haben ein Heim und ich nicht.»

Im selben Augenblick bereute ich schon, diese Worte ausgesprochen zu haben, denn der verschlossene, undeutbare Ausdruck trat wieder in seine Augen. Er senkte den Kopf, um sich eine Zigarette anzuzünden, und antwortete nicht gleich.

«Ein leeres Haus kann so einsam sein wie ein überfülltes Hotel», sagte er endlich. «Das Schlimme ist nur, daß es nicht so unpersönlich ist.» Er zögerte, und ich dachte schon, er würde nun doch anfangen, von Manderley zu sprechen; aber irgend etwas hielt ihn davon ab, irgendeine Angst, die sich in seinen Gedanken nach oben drängte und alles andere unterdrückte, denn mit dem Streichholz blies er gleichzeitig den Funken seiner neuen Aufgeschlossenheit aus.

«Die Vertraute des Herzens hat also einen freien Tag?» bemerkte er, wieder auf einer sachlichen Ebene, in einem ungezwungenen Ton von Kameradschaftlichkeit. «Was gedenkt sie damit anzufangen?»

Ich dachte an den holprigen Marktplatz in Monaco und an das Haus mit dem schmalen Fenster. Gegen drei konnte ich mit Skizzenblock und Zeichenstift dort sein, und ich sagte ihm das, ein wenig unsicher wohl, wie alle untalentierten Menschen, die einer hoffnungslosen Liebe frönen.

«Ich werde Sie im Wagen hinfahren», sagte er und achtete nicht auf meine Einwände.

Mrs. Van Hoppers Vorwurf, mich aufgedrängt zu haben, fiel mir wieder ein, und mir wurde ganz heiß bei dem Gedanken, er könne womöglich mein Gerede von Monaco für einen Vorwand halten, eine Spazierfahrt zu erlisten. Es wäre typisch für sie gewesen, so etwas zu tun, und ich wollte um keinen Preis, daß er uns beide über einen Kamm scherte. Mein Zusammensein mit ihm hatte mir bereits erhöhtes Ansehen verliehen, denn als wir uns erhoben, stürzte der kleine Geschäftsführer herbei, um meinen Stuhl beiseite zu schieben. Er verbeugte sich lächelnd – völlig abweichend von seiner bisherigen gleichgültigen Haltung mir gegenüber –, hob mein Taschentuch, das zu Boden gefallen war, auf und hoffte, Mademoiselle sei mit dem Essen zufrieden gewesen. Selbst der Page an der Drehtür sah mich respektvoll an. Mein Begleiter hielt das natürlich für selbstverständlich; er ahnte ja nichts von dem schlecht aufgeschnittenen Schinken von gestern. Diese Veränderung bedrückte mich; sie ließ mich für mich selbst Verachtung empfinden. Ich dachte an meinen Vater und wie sehr er jeden Snobismus verurteilt hatte.

«Woran denken Sie?» Wir gingen zum Gesellschaftszimmer, und als ich aufblickte, fand ich seine Augen forschend auf mich gerichtet.

«Ärgern Sie sich über etwas?» fragte er.

Die Aufmerksamkeit des Geschäftsführers hatte meine Gedanken in eine bestimmte Bahn gelenkt, und als wir unseren Kaffee tranken, erzählte ich ihm von Madame Blaize, der Schneiderin. Sie hatte sich so darüber gefreut, daß Mrs. Van Hopper drei Kleider bestellte, und als ich sie nachher zum Fahrstuhl brachte, hatte ich mir vorgestellt, wie sie in der engen Wohnstube hinter dem stickigen kleinen Ladenraum daran nähte, während ein schwindsüchtiger Sohn sich untätig auf dem Sofa räkelte. Ich sah sie vor mir; mit müden Augen fädelte sie die Nadel ein, und der ganze Fußboden war mit Stoffschnipseln bedeckt.

«Und?» fragte er lächelnd, «Ihr Bild stimmte nicht?»

«Ich weiß es nicht», sagte ich, «ich habe es nie feststellen können.» Und ich erzählte ihm, wie ich nach dem Fahrstuhl klingelte und sie plötzlich anfing, in ihrer Handtasche zu wühlen, und mir einen Hundertfrancschein reichte. «Hier», flüsterte sie in einem unangenehm-vertraulichen Ton, «ich möchte mich hiermit gern ein wenig dafür erkenntlich zeigen, daß Sie mich Ihrer Dame empfohlen haben.» Als ich mich, feuerrot vor Verlegenheit, weigerte, das Geld anzunehmen, zuckte sie unfreundlich die Schultern. «Wie Sie wünschen», sagte sie, «aber ich versichere Ihnen, daß das durchaus üblich ist. Vielleicht würden Sie auch lieber ein Kleid haben; kommen Sie doch gelegentlich ohne Madame in meinen Laden, und ich werde sehen, was ich für Sie tun kann, ohne daß es Sie einen Sou kosten soll.» Irgendwie – ich weiß nicht, warum – empfand ich bei ihren Worten dasselbe Übelkeitsgefühl, das ich als Kind beim Blättern in einem verbotenen Buch hatte.

Ich erwartete halb und halb, daß er mich auslachen würde; die Geschichte war so albern, ich wußte gar nicht, warum ich sie ihm eigentlich erzählt hatte; aber er blickte mich nachdenklich an, während er in seinem Kaffee rührte.

«Ich glaube, Sie haben einen großen Fehler begangen», sagte er nach einer Weile.

«Weil ich die hundert Francs ausschlug?» fragte ich entsetzt.

«Nein – um Himmels willen, wofür halten Sie mich denn? Ich finde, daß es ein Fehler war, mit Mrs. Van Hopper herzukommen. Sie sind nicht für eine solche Stellung geschaffen. Zunächst sind Sie viel zu jung dafür und auch nicht hart genug. Die Blaize mit ihren hundert Francs ist noch gar nichts, das war nur die erste von noch vielen ähnlichen Erfahrungen mit anderen Blaizes. Sie werden entweder nachgeben müssen und selbst eine Art Blaize werden oder so bleiben, wie Sie sind, und zugrunde gehen. Wer hat Sie auf den Gedanken gebracht, sich auf einen solchen Beruf einzulassen?» Es schien ganz natürlich, daß er mich ausfragte, und ich fand nichts dabei. Mir war, als kannten wir uns schon lange Zeit und seien uns jetzt nach vielen Jahren wieder begegnet.

«Haben Sie jemals über Ihre Zukunft nachgedacht?» fragte er, «und wohin das mit diesem Beruf führen wird? Angenommen, Mrs. Van Hopper wird der ‹Vertrauten ihres Herzens› überdrüssig – was dann?»

Ich lächelte und sagte, daß ich mir nicht viel daraus machen würde. Es gab ja genug andere Mrs. Van Hoppers, und ich war jung und selbstsicher und kräftig. Aber während ich noch sprach, fielen mir jene Anzeigen in den besseren Zeitschriften ein, durch die irgendein menschenfreundlicher Verein um Unterstützung für junge Damen in verarmten Verhältnissen bat; und ich dachte an diesen bestimmten Typ von Familienpensionen, der auf derartige Anzeigen antwortet und vorübergehende Unterkunft gewährt, und dann sah ich mich selbst mit meinem unbrauchbaren Skizzenblock in der Hand stotternd auf die Fragen von unliebenswürdigen Stellenvermittlern antworten. Vielleicht hätte ich Blaizes zehn Prozent doch annehmen sollen.

«Wie alt sind Sie?» erkundigte er sich, und als ich es ihm sagte, lachte er und erhob sich. «Das Alter kenne ich; es pflegt besonders halsstarrig zu sein, und Sie werden sich die Zukunft durch noch so viele Schreckgespenster nicht verleiden lassen. Schade, daß wir nicht miteinander tauschen können. Laufen Sie nach oben und setzen Sie Ihren Hut auf, ich werde inzwischen meinen Wagen holen.»

Als er mir mit den Augen bis zum Lift folgte, dachte ich an gestern, an Mrs. Van Hoppers eilfertiges Geschwätz und seine eisige Höflichkeit. Ich hatte ihn falsch beurteilt: er war weder hart noch ironisch, er war bereits mein jahrelanger Freund, der Bruder, den ich nie besessen hatte. An jenem Nachmittag war ich in einer glücklichen Stimmung. Sie ist mir noch deutlich gegenwärtig. Ich sehe noch die flockigen Wölkchen am Himmel und die Schaumkronen auf dem Meer; Monte Carlo wurde von einem Glanz erhellt, den ich vorher nicht wahrgenommen hatte; meine Augen mußten bis jetzt verschleiert gewesen sein. Der Hafen war ein tanzendes Etwas mit schaukelnden Papierschiffchen, und die Matrosen am Kai waren gutmütige, lächelnde Burschen, so ausgelassen wie der Wind. Wir fuhren an der Jacht vorbei, die Mrs. Van Hopper so sehr bewunderte, weil sie einem Herzog gehörte, und mit einer verächtlichen Handbewegung taten wir das blitzende Messing ab und sahen einander an und lachten wieder. Ich erinnere mich noch deutlich an mein schlecht sitzendes, aber bequemes Flanellkostüm, dessen Rock durch das häufigere Tragen dünner war als die Jacke; an meinen alten Hut mit seiner zu breiten Krempe und an meine Schuhe mit den niedrigen Absätzen und dem einfachen Spangenverschluß. Meine nicht ganz saubere Hand umklammerte ein Paar Stulpenhandschuhe. Nie hatte ich jünger ausgesehen, und niemals hatte ich mich älter gefühlt. Mrs. Van Hopper mit ihrer Grippe existierte nicht mehr für mich. Cocktailgesellschaften und Bridgeabende waren vergessen und mit ihnen die Belanglosigkeit meiner Person.

Jenes von Schüchternheit gepeinigte Mädchen war ein armseliges Geschöpf, und ich dachte voller Geringschätzung an sie zurück, falls ich mich überhaupt noch mit ihr abgab.

Es war zu stürmisch, um zu zeichnen, übermütige Windstöße jagten sich um die Ecken meines alten Marktplatzes, und so besannen wir uns nicht lange, stiegen wieder in den Wagen und fuhren – ich weiß nicht wohin. Die Landstraße erklomm unermüdlich die bergigen Hügel, und das Auto kletterte ihr nach, und wir kreisten in die Höhe wie auf Vogelschwingen mit einer gefährlichen Geschwindigkeit, und ich freute mich über die Gefahr, weil das etwas Neues für mich war, weil ich jung war.

Ich lachte laut auf, und der Wind entführte das Lachen; aber als ich meinen Gefährten ansah, bemerkte ich, daß er nicht mehr lachte; schweigend und verschlossen saß er da, wieder der Mensch vom gestrigen Nachmittag, unnahbar in sein geheimnisvolles Ich gehüllt.

Ich sah auch, daß der Wagen jetzt nicht höher steigen konnte. Wir hatten den Gipfel erreicht, und unter uns wand sich schwindelerregend steil das Band der Straße, die wir gekommen waren. Er hielt an, und ich merkte, daß der Weg unmittelbar an einer senkrechten Felswand entlanglief, die in das gähnende Nichts wohl zweitausend Fuß hinabstürzte. Wir stiegen aus und blickten in den Abgrund. Das ernüchterte mich endlich. Ich wußte jetzt, daß kaum eine halbe Wagenlänge zwischen uns und dem Absturz gelegen hatte. Das Meer erstreckte sich wie eine riesige zerknitterte Landkarte bis zum Horizont und brandete gegen die scharf ausgezackte Küste. Uns traf ein anderes Sonnenlicht, und die Stille ringsum ließ es noch härter und strenger erscheinen. Unser Nachmittag hatte sich gewandelt, er glich nicht mehr dem zarten Gespinst von vorhin. Der Wind hatte sich gelegt, und es wurde plötzlich kalt.

Als ich dann das Schweigen brach, klang meine Stimme viel zu gleichgültig. Es war die törichte, nervöse Stimme eines Menschen, der sich unbehaglich fühlt. «Kannten Sie diese Stelle bereits?» fragte ich. «Waren Sie schon einmal hier?» Er sah auf mich nieder, als erkenne er mich gar nicht, und es wurde mir mit einem schmerzlichen Stich klar, daß er mich offenbar völlig vergessen hatte, vielleicht schon seit einiger Zeit, und daß er sich in dem Labyrinth seiner quälenden Gedanken so sehr verloren haben mußte, daß ich für ihn nicht mehr existierte. Sein Gesicht war das eines Schlafwandlers, und einen schrecklichen Augenblick lang schoß es mir durch den Kopf, er sei vielleicht nicht ganz normal, nicht ganz zurechnungsfähig. Es gab doch Menschen, die solche Zustände bekamen, ich hatte davon gehört, sie folgten seltsamen Gesetzen. Vielleicht war er einer von diesen, und hier standen wir, nur sechs Fuß breit vom sicheren Tod entfernt.

«Es wird spät, wollen wir zurückfahren?» sagte ich, und meine Gelassenheit, mein unsicheres kleines Lächeln hätten nicht einmal ein Kind getäuscht.

Meine Phantasie hatte mich natürlich in die Irre geleitet. Er litt durchaus nicht an Zuständen, denn als ich ihn zum zweitenmal ansprach, tauchte er ganz wach aus seiner Versunkenheit auf und begann sich zu entschuldigen. Ich glaube, ich war ganz bleich geworden, und er bemerkte es.

«Das war unverzeihlich von mir», sagte er, ergriff meinen Arm und führte mich zum Wagen zurück; wir stiegen wieder ein, und er schlug die Tür zu. «Haben Sie keine Angst, das Wenden ist hier viel leichter, als es aussieht», sagte er, und während ich mich in einer Anwandlung von Schwindel und Übelkeit mit beiden Händen an den Sitz klammerte, setzte er den Wagen behutsam, sehr behutsam, vor und zurück, bis die Straße wieder vor uns lag.

«Dann waren Sie also schon einmal hier?» fragte ich, als der Wagen den schmalen Weg hinunterfuhr und mein Angstgefühl sich löste.

«Ja», sagte er, und dann nach einer kleinen Pause: «Aber es ist mehrere Jahre her. Ich wollte sehen, ob es sich verändert hat.»

«Und hat es das?» fragte ich ihn.

«Nein», entgegnete er, «nein, es hat sich nicht verändert.»

Ich fragte mich, was ihn wohl zu dieser Flucht in die Vergangenheit getrieben haben mochte, weshalb er mich zum ahnungslosen Zeugen seiner Stimmung werden ließ. Welche Kluft von Jahren mochte zwischen ihm und jenem letzten Ausflug hierher liegen, was für Handlungen, was für Gedanken und welche Veränderungen in ihm selbst? Ich wollte es nicht wissen. Ich wünschte, ich wäre nicht mit ihm gefahren.

So rollten wir ohne anzuhalten, ohne ein weiteres Wort zu wechseln, zu Tal; eine dichte Wolkenbank zog sich über die untergehende Sonne, und die Luft war kalt und klar. Plötzlich fing er an, von Manderley zu sprechen. Er sagte nichts von seinem Leben dort, nichts über sich selber, aber er erzählte mir, wie die Sonne an einem Frühlingstag in Manderley untergeht und die ganze Landzunge dann rosig erglüht. Das Meer, noch kalt vom langen Winter, sehe wie Schiefer aus, und von der Terrasse könne man beim Einsetzen der Flut den Wellenschlag in der kleinen Bucht hören. Die Narzissen stünden in voller Blüte und wiegten ihre goldenen Köpfe auf den schlanken Stengeln im Abendwind. Auf den abschüssigen Rasenflächen sproßten Krokusse, gelbe, rötliche und violette, aber zu dieser Zeit begännen sie schon zu welken und zu verblühen, wie auch die blassen Schneeglöckchen. Die Primel gedeihe wie Unkraut an jedem Fleck. Für die Glockenblume sei es noch zu früh im Jahr, sie verstecke sich noch unter dem vorjährigen Laub, aber wenn sie dann zum Vorschein komme, überstrahle sie das zarte Veilchen, selbst das Farnkraut im Wald müsse ihr weichen, und ihr leuchtendes Blau fordere geradezu den Himmel heraus.

Er habe sie niemals im Haus gewollt, sagte er. In Vasen büßten sie rasch ihre stolze Haltung ein, und wollte man sie in ihrer ganzen Pracht sehen, müsse man gegen Mittag, wenn die Sonne im Zenit stehe, durch den Wald gehen. Überhaupt kämen wilde Blumen in Manderley nie ins Haus. Er ziehe sich Blumen für diesen Zweck in dem umfriedeten Garten. Die Rose sei eine der wenigen Blumen, meinte er, die besser gepflückt aussehe als am Strauch. Rosen in einer Schale im Wohnzimmer besäßen einen Reichtum an Farbe und Duft, den sie im Freien niemals hätten. Es sei etwas Unfeines an Rosen in voller Blüte, etwas Oberflächliches und Grobes, wie an ungepflegten Frauen. Im Zimmer dagegen würden sie zu tiefgründigen, mysteriösen Wesen. Acht Monate im Jahr habe er auf Manderley Rosen im Haus. Ob ich Flieder liebte, fragte er mich. Am Rande des Rasens stehe ein Fliederbaum, dessen Duft bis in sein Schlafzimmer dringe. Seine Schwester, ein nüchterner, praktischer Mensch, beklage sich darüber, daß es zu viel Gerüche auf Manderley gebe, daß es einen betrunken mache. Vielleicht habe sie recht. Ihn störe das nicht. Es sei die einzige Art von Rausch, die ihm Vergnügen bereite. Zu seinen frühesten Erinnerungen gehörten große Fliederzweige in weißen Vasen, deren starker betörender Duft das Haus erfüllte.

Auf der linken Seite des kleinen Pfades, der durch das Tal zur Bucht hinunterführte, seien Azaleen und Rhododendron gepflanzt, und wenn man hier an einem Maiabend nach dem Essen entlanggehe, dann stehe der Duft wie ein feuchter Dunst um die Büsche. Dann trete man etwas schwindlig und betäubt aus dem Tal heraus, und vor einem breite sich die harte weiße Fläche des Strandes und des stillen Meeres aus. Ein seltsamer, vielleicht zu plötzlicher Gegensatz ...

Während er so erzählte, wurde unser Wagen wieder einer von vielen; die Dämmerung war hereingebrochen, ohne daß ich es bemerkt hatte, und wir befanden uns mitten im Lichterschein und Straßengewühl von Monte Carlo. Der Lärm zerrte an meinen Nerven, und die Lichter kamen mir viel zu grell und viel zu gelb vor. Es war ein unvermittelter, unwillkommener Übergang.

Bald würden wir im Hotel angelangt sein, und ich suchte in der Wagentasche nach meinen Handschuhen. Ich fand sie, und meine Hand umschloß zugleich mit ihnen auch ein Buch, dessen schmale Form den Gedichtband verriet. Ich versuchte den Titel zu lesen, als der Wagen auch schon vor dem Hoteleingang anhielt. «Nehmen Sie es mit und lesen Sie drin, wenn Sie wollen», sagte er. Seine Stimme war wieder kühl und gelassen, jetzt, da die Fahrt vorüber und Manderley viele hundert Meilen entfernt war.

Ich freute mich und umklammerte das Bändchen zusammen mit den Handschuhen. Ich wollte nach diesem Tag etwas haben, das ihm gehörte.

«Auf Wiedersehen», sagte er, «ich muß den Wagen noch zur Garage bringen. Ich werde Sie abends im Speisesaal nicht mehr sehen. Ich esse auswärts. Aber danke für den heutigen Tag.»

Ich stieg allein die Treppe zum Hotel hinauf, mit der ganzen Niedergeschlagenheit eines Kindes, wenn ein schöner Ausflug vorüber ist. Der Nachmittag hatte mich für die Stunden, die noch blieben, verdorben, und ich dachte, wie lang es mir vorkommen würde, bis es Zeit zum Schlafengehen war, und wie öde mein einsames Abendessen. Ich brachte nicht den Mut auf, mich den Fragen der Pflegerin dort oben auszusetzen oder Mrs. Van Hoppers Neugier, und ich setzte mich daher in eine Ecke des Gesellschaftszimmers hinter eine Säule und bestellte mir Tee.

Der Kellner schien gelangweilt; kein Grund zur Eile, da ich ja allein war. Überdies war es gerade jene sich endlos dahinschleppende Tageszeit, kurz nach halb sechs, wenn der Hoteltee vorüber und die Cocktailstunde noch fern ist.

Ich fühlte mich ziemlich verlassen und mehr als ein wenig unzufrieden. Ich lehnte mich in meinem Stuhl zurück und griff nach dem Gedichtband. Das Buch sah zerlesen und abgenutzt aus und öffnete sich von selbst an einer offensichtlich häufig aufgeschlagenen Stelle.

‹Ich floh vor ihm durch Dunkelheit und Licht
Und durch der Jahre Bogengang.
Des Grübelns viel verschlungenen Pfad entlang
Floh ich vor ihm. Der Tränen Schleier nicht
Und nicht des Lachens Fluß verbarg mich ihm.
Der Hoffnung steilen Berg hinan
Stürzt'ich, und strauchelnd fiel ich dann
In Grüfte tief, wo Furcht mit Schwermut stritt.
Doch näher, immer näher klang sein schwerer Schritt.›

Ich kam mir vor wie jemand, der durch das Schlüsselloch einer verschlossenen Tür blickt, und mit etwas schlechtem Gewissen legte ich das Buch aus der Hand. Was für ein Gespenst der Vergangenheit mochte ihn heute nachmittag auf den Berg getrieben haben? Ich dachte an das Auto und die halbe Wagenlänge, die es nur vom Abgrund trennte, und dachte an sein ausdrucksloses Gesicht. Welche Schritte hörte er wohl im Geiste, welche flüsternde Stimme – was für Erinnerungen hatten sich seiner bemächtigt, und warum lag ausgerechnet dieses Gedicht in der Wagentasche?

Der mürrische Kellner brachte mir den Tee, und während ich den trockenen Toast aß, dachte ich an den Weg durch das Tal, den er mir am Nachmittag beschrieben, an den Duft der Azaleen und an die weiße Küste der Bucht. Wenn er das alles so sehr liebte, warum suchte er dann den falschen Glanz von Monte Carlo? Er hatte Mrs. Van Hopper erzählt, er sei ganz überstürzt hergefahren und habe noch gar keine weiteren Pläne. Und ich stellte mir vor, wie er jenen Pfad durch das Tal entlanglief, verfolgt von dem Gespenst seiner Erinnerungen.

Ich nahm das Buch wieder auf, und diesmal öffnete es sich an der Titelseite, und ich las die Widmung: «Max von Rebecca, den 17ten Mai», in einer merkwürdig schräg gestellten Schrift. Ein kleiner Tintenklecks hatte die leere gegenüberliegende Seite befleckt, als hätte die Schreiberin voll Ungeduld ihren Federhalter geschüttelt, um die Tinte reichlicher fließen zu lassen. Und dann war sie wohl ein wenig zu stark durch die Spitze geflossen, so daß der Name Rebecca sich tiefschwarz abhob, und das ausladende schiefe R drängte gleichsam die kleineren Buchstaben beiseite.

Ich schlug das Buch zu und legte es neben mich unter die Handschuhe. Dann beugte ich mich zu einem Stuhl in der Nähe, nahm ein altes Heft der *Illustration* auf und blätterte darin. Die Nummer enthielt ein paar schöne Photos von den Loire-Schlössern mit einem längeren Artikel darüber. Ich las ihn genau und verglich den Text mit den Bildern; doch als ich damit fertig war, merkte ich, daß ich kein Wort von dem Gelesenen verstanden hatte. Nicht Blois mit seinen schlanken Türmen und Zinnen starrte mir aus der Seite entgegen, sondern das Gesicht von Mrs. Van Hopper, wie sie am Tag vorher im Speisesaal, ihre mit Ravioli beladene Gabel hoch in der Luft, gesagt hatte:

«Eine grauenhafte Tragödie, die ganzen Zeitungen waren natürlich voll davon. Er soll niemals darüber reden und nie ihren Namen erwähnen. Sie ertrank nämlich in einer Bucht dicht bei Manderley ...»

5

Ich bin froh, daß man nicht zweimal davon befallen werden kann, von diesem Fieber der ersten Liebe. Denn ein Fieber ist es und auch eine Last, was immer die Dichter sagen mögen. Sie sind nicht mutig, unsere Lebenstage, wenn wir einundzwanzig sind. Sie sind erfüllt von kleinen Feigheiten, von kleinen grundlosen Ängsten, und man ist so leicht verletzt, so schnell gekränkt, das erste unfreundliche Wort wirft einen um. Der erwachsene

Mensch kann mit unbeschwertem Gewissen und heiterer Miene lügen, doch in jenen Tagen verbrannte selbst eine geringfügige Täuschung die Zunge und zündete den Scheiterhaufen im eigenen Innern an.

«Was haben Sie den Morgen über getrieben?» Ich höre sie noch, wie sie da gegen die Kissen lehnte mit der leichten Reizbarkeit eines Patienten, der nicht richtig krank ist und der zu lange im Bett gelegen hat, und ich spüre noch heute, wie das schuldbewußte Erröten meinen Hals fleckig färbte, während ich die Spielkarten aus der Nachttischschublade nahm.

«Ich habe mit dem Trainer Tennis gespielt», sagte ich, und schon als ich sie aussprach, versetzte mich diese Lüge in panischen Schrecken, denn was würde geschehen, wenn der Trainer zufällig am Nachmittag hereinplatzte, um sich bei ihr zu beklagen, daß ich seit mehreren Tagen einfach nicht zu meinen Stunden erschienen war! Tatsächlich hatte ich den Tennisplatz nicht ein einziges Mal betreten, seitdem sie das Bett hütete, und das tat sie nun schon über zwei Wochen. Ich fragte mich, warum ich ihr gegenüber so zurückhaltend blieb und warum ich ihr eigentlich nicht erzählte, daß ich jeden Morgen mit de Winter spazierenfuhr und auch an seinem Tisch zu Mittag aß.

Ich habe viel von jener Zeit in Monte Carlo vergessen, von jenen morgendlichen Fahrten, wohin wir fuhren und sogar, was wir miteinander sprachen; aber ich habe nicht vergessen, wie meine Finger zitterten, wenn ich mir eilig den Hut aufsetzte, und wie ich den Flur entlang- und die Treppen hinunterlief, zu ungeduldig, um auf den langsam heraufsurrenden Lift zu warten, und dann hinaus, in einem Schwung durch die Drehtür, bevor der Portier mir noch behilflich sein konnte.

Er saß dann schon wartend am Steuer, in einer Zeitung lesend, und wenn er meiner ansichtig wurde, lächelte er, warf sie hinter sich auf den Rücksitz, öffnete die Tür und sagte: «Wie geht es der Vertrauten des Herzens heute morgen, und wohin möchte sie diesmal fahren?» Wenn er unentwegt nur im Kreis gefahren wäre, hätte es mir nichts ausgemacht.

«Es weht ein kalter Wind heute, Sie hängen besser meinen Mantel um.»

Daran erinnere ich mich, denn ich war noch jung genug, um es als Glück zu empfinden, etwas von ihm tragen zu dürfen – wie der kleine Schuljunge, der den Pullover seines Helden halten darf und ihn sich glühend vor Stolz um den Hals schlingt; und dieses Herleihen seines Mantels, selbst wenn ich ihn jedesmal nur ein paar Minuten um meine Schultern trug, war an sich bereits ein Triumph und erfüllte meinen Tag mit einem warmen Glanz.

Das gab es für mich nicht: müdes Schmachten und verstohlene Berechnung, wovon die Romane erzählen; Herausforderung und Flucht; gekreuzte Klingen, der schnelle Blick aus dem Augenwinkel, das ermunternde Lächeln. Die Kunst der Koketterie war mir fremd, und ich saß da mit der Autokarte auf dem Schoß, den Wind in meinem mattbraunen strähnigen Haar, glücklich in seinem Schweigen und doch begierig auf ein Wort von ihm. Ob er sprach oder nicht, konnte meiner Stimmung nichts anhaben. Mein einziger Feind war die Uhr am Armaturenbrett, deren Zeiger unerbittlich auf die Mittagsstunde zurückten. Wir fuhren ostwärts, wir fuhren westwärts durch die Unzahl der kleinen Dörfer, die wie Schnecken an der Steilküste des Mittelmeeres kleben – aber heute erinnere ich mich an keines mehr.

Das einzige, dessen ich mich noch entsinne, ist das Gefühl der Ledersitze, das Leinen der Karte auf meinem Knie, ihre ausgefransten Ränder, ihre brüchig gewordenen Faltnähte, und wie ich eines Tages, als ich auf die Uhr sah, bei mir selber dachte: «Dieser Augenblick jetzt, zwanzig Minuten nach elf, darf mir nie wieder verlorengehen», und ich schloß meine Augen, um diese Erfahrung noch eindringlicher zu erleben. Als ich sie wieder öffnete, waren wir bei einer Wegbiegung angelangt, und ein Bauernmädchen in schwarzem Brusttuch winkte uns zu; ich sehe sie noch deutlich vor mir, ihren staubigen Rock, ihr leuchtendes freundliches Lächeln, und in der nächsten Sekunde lag die Biegung hinter uns, und das Mädchen war verschwunden. Schon gehörte sie der Vergangenheit an; sie war nur mehr eine Erinnerung.

«Wenn es doch nur eine Erfindung gäbe», sagte ich unvermittelt, «um eine Erinnerung in einer Flasche zu verschließen wie ein Parfüm. Und sie dürfte niemals alt werden und ihren Duft verlieren. So oft man wollte, könnte man die Flasche entkorken, und es würde genauso sein, als ob man den Augenblick noch einmal durchlebte.» Ich sah zu ihm auf, neugierig, was er wohl dazu sagen mochte. Er wandte sich mir nicht zu, sondern achtete auf den Weg.

«Welche besonderen Augenblicke in Ihrem jungen Leben würden Sie denn gern entkorken wollen?» fragte er. Ich konnte es seiner Stimme nicht anhören, ob er mich neckte oder nicht. «Ich weiß nicht recht», begann ich, und dann platzte ich heraus, ohne auf meine Worte zu achten: «Ich würde gern diesen Augenblick aufbewahren und nie wieder vergessen.»

«Soll dies ein Kompliment für den schönen Tag oder für meine Fahrkunst sein?» sagte er, und als er wie ein gutmütig spottender Bruder lachte, schwieg ich, plötzlich überwältigt von der großen Kluft zwischen uns, die gerade seine Freundlichkeit gegen mich noch verbreiterte.

Ich wußte dann auch, daß ich Mrs. Van Hopper niemals von diesen morgendlichen Ausflügen erzählen könnte, denn ihr Lächeln würde mich ebenso kränken wie sein Lachen. Sie würde nicht schelten und auch nicht schockiert sein, sie würde nur ganz leicht die Augenbrauen heben, als könnte sie meiner Geschichte nicht recht Glauben schenken, und dann würde sie mit einem nachsichtigen Achselzucken sagen: «Mein liebes Kind, es ist außergewöhnlich reizend und nett von ihm, Sie spazierenzufahren; es fragt sich nur – sind Sie so sicher, daß Sie ihn nicht tödlich langweilen?» Und dann würde sie mir auf die Schulter klopfen und mich hinausschicken, um ihr Taxol zu kaufen. Wie entwürdigend es doch ist, jung zu sein, dachte ich und fing an, an meinen Nägeln herumzukauen.

«Ich wünschte», sagte ich heftig, beim Gedanken an sein Lachen immer noch gereizt und alle Zurückhaltung vergessend, «ich wünschte, ich wäre eine Frau von sechsunddreißig in einem schwarzseidenen Kleid und mit einer Perlenkette.»

«Sie würden dann nicht in diesem Wagen sitzen», sagte er, «und hören Sie auf, an den Nägeln zu kauen. Sie sind ohnehin schon häßlich genug.»

«Ich weiß, Sie halten mich für vorlaut und ungezogen», fuhr ich fort, «aber ich möchte doch gern wissen, warum Sie mich immer wieder auffordern, mit Ihnen zu fahren. Sie sind sehr gütig, das ist mir schon klar, aber warum lassen Sie Ihre Wohltätigkeit gerade an mir aus?»

Steif und aufrecht saß ich auf meinem Sitz, mit all der armseligen Großartigkeit der Jugend.

«Ich fordere Sie auf», erwiderte er ernsthaft, «weil Sie kein schwarzseidenes Kleid und keine Perlenkette tragen und weil Sie nicht sechsunddreißig sind.» Sein Gesicht war völlig ausdruckslos; ich wußte nicht, ob er sich innerlich über mich lustig machte oder nicht.

«Es ist ja ganz schön und gut», sagte ich, «daß Sie alles über mich wissen, was es zu wissen gibt. Viel ist es ja nicht, weil ich noch nicht so sehr lange lebe und nur wenig erlebt habe außer ein paar Todesfällen, aber Sie – von Ihnen weiß ich heute nicht mehr als am ersten Tag.»

«Und was wußten Sie damals?» fragte er.

«Daß Sie in Manderley lebten und – und daß Sie Ihre Frau verloren hatten.» Da, ich hatte es endlich ausgesprochen, das Wort, das mir seit Tagen auf der Zunge gelegen hatte. Ihre Frau. Ganz leicht kam es heraus, ohne jedes Zögern, als sei die bloße Erwähnung ihrer Person die selbstverständlichste Sache der Welt. Ihre Frau. Das Wort blieb in der Luft hängen, als ich es ausgesprochen hatte, und tanzte vor meinen Augen; und weil er es schweigend aufnahm, nichts dazu sagte, wuchs es zu etwas Hassenswertem, Abscheulichem, ein verbotenes Wort. Und ich konnte es nicht zurückrufen, konnte es nie wieder ungesagt machen. Abermals sah ich die Schriftzüge auf der ersten Seite des Gedichtbändchens und das merkwürdige schräge R. Mir war übel. Er würde mir nie verzeihen; dies war das Ende unserer Freundschaft.

Ich weiß noch, wie ich vor mich hin auf die Windschutzscheibe starrte, ohne die heransausende Landstraße zu sehen, und wie das ausgesprochene Wort in meinen Ohren klang. Das Schweigen wurde zu Minuten, die Minuten wurden Meilen, und ich dachte, jetzt ist alles vorbei. Ich werde nie mehr mit ihm ausfahren. Morgen wird er abreisen. Der Hoteldiener wird seine Koffer heruntertragen; ich werde im Gepäcklift einen kurzen Blick auf sie werfen können, auf ihre neuen Aufklebezettel, das Hin und Her, die Endgültigkeit des Aufbruchs. So tief war ich in mein Bild versunken – ich sah sogar, wie der Hausdiener sein Trinkgeld einsteckte und dem Portier etwas über die Schulter zurief –, daß es mir entging, daß der Wagen langsamer lief, und erst als wir anhielten, fand ich mich in die Gegenwart zurück. Er saß regungslos da, ohne Hut und mit dem weißen Schal um den Hals glich er mehr denn je irgendeinem Menschen aus dem Mittelalter, der in einem Rahmen lebte. Er gehörte nicht in diese helle Landschaft, er hätte auf den Stufen einer strengen Kathedrale stehen müssen, den Umhang zurückgeworfen, während zu seinen Füßen ein Bettler gierig nach goldenen Münzen griff.

Der Freund war verschwunden mit seinem herzlichen kameradschaftlichen Ton, und auch der Bruder, der mich verspottet hatte, weil ich an den Nägeln kaute. Dieser Mann war ein Fremder. Ich überlegte mir, warum ich wohl neben ihm im Wagen saß.

Endlich wandte er sich mir zu und redete. «Sie sprachen vorhin von einer Erfindung», sagte er, «irgendeine Einrichtung, um eine Erinnerung festzuhalten. Sie erzählten mir, Sie würden gern nach Wunsch die Vergangenheit noch einmal durchleben. Ich denke darüber sehr anders als Sie. Jede Erinnerung ist bitter, und ich ziehe es vor, sie hinter mir zu lassen. Voriges Jahr geschah etwas, das mein ganzes Leben änderte, und ich möchte jede Phase meines Daseins bis zu dieser Zeit vergessen. Jene Tage sind abgetan, ausgelöscht. Ich muß ganz von vorn zu leben beginnen. Als wir uns zum erstenmal begegneten, fragte mich Mrs. Van Hopper, warum ich nach Monte Carlo gekommen sei. Ich habe die Erinnerung, die Sie wiedererwecken wollen, fest verkorkt. Es gelingt natürlich nicht immer. Manchmal ist der Duft zu stark, um sich in eine Flasche sperren zu lassen, und zu stark auch für mich. Und dann versucht manchmal der Teufel in einem selbst, wie ein verstohlener Schlüssellochgucker den Korken zu ziehen. Ich tat das auf unserer ersten Ausfahrt. Als wir die Serpentinen hochgeklettert waren und über den Abgrund hinunterschauten. Ich war vor einigen Jahren mit meiner Frau an der gleichen Stelle gewesen. Sie fragten mich, ob es noch dasselbe sei, ob es sich verändert habe. Es war noch so wie damals, nur, wie ich zu meiner Freude feststellen konnte, merkwürdig unpersönlich. Nicht der geringste Anknüpfungspunkt an jene frühere Gelegenheit. Sie und ich, wir hatten keinen Eindruck hinterlassen. Vielleicht kam es daher, weil Sie bei mir waren. Wissen Sie, Sie haben die Vergangenheit in mir viel wirkungsvoller zum Schweigen gebracht als alles Licht von Monte Carlo. Wären Sie nicht gewesen, hätte ich mich längst schon wieder aufgemacht nach Italien und Griechenland und vielleicht noch weiter. Sie haben mir all dieses Umhergereise erspart. Hol der Teufel Ihre altjüngferliche kleine Ansprache! Und zum Teufel mit Ihrem Gefasel von meiner Güte und Wohltätigkeit! Ich bitte Sie, mich zu begleiten, weil ich Sie und Ihre Gesellschaft um mich haben will, und wenn Sie mir das nicht glauben wollen, können Sie meinen Wagen sofort verlassen und sich Ihren Weg allein nach Hause suchen. Machen Sie schon, öffnen Sie die Tür und scheren Sie sich raus!»

Ich saß ganz still, meine Hände im Schoß gefaltet, und wußte nicht, ob er es wirklich so meinte oder nicht.

«Nun», sagte er, «was wollen Sie tun?»

Wäre ich ein oder zwei Jahre jünger gewesen, hätte ich, glaube ich, geweint. Kinderträanen haben keinen tiefen Brunnen und quellen leicht über. Aber auch ich fühlte die Tränen hochkommen, und als ich mich plötzlich in dem Rückspiegel an der Windschutzscheibe sah, bot sich mir das traurige Schauspiel meiner selbst mit ratlosen Augen und blutroten Wangen, das lange Haar wirr unter dem breiten Filzhut.

«Ich will nach Hause», sagte ich mit einer Stimme, die bedenklich zitterte, und ohne ein Wort setzte er den Motor in Gang, schaltete und wendete den Wagen in die Richtung, aus der wir gekommen waren.

Schnell legten wir den Weg zurück. Viel zu schnell, dachte ich, viel zu leicht, und die gefühllose Landschaft sah uns gleichgültig zu. Wir kamen zu der Wegbiegung, die ich als Erinnerung hatte einfangen wollen; das Bauernmädchen war nicht da, und die Farben waren stumpf, und es war also doch nichts anderes als irgendeine Kurve an irgendeiner Landstraße, die Hunderte von Autos durchfahren. Beim Gedanken daran bebten meine fest zusammengepreßten Lippen; mein erwachsener Stolz verließ mich, und frohlockend über ihren Sieg stiegen die Tränen in meine Augen und wanderten über meine Wangen.

Ich konnte ihnen nicht Einhalt gebieten, denn sie kamen ungefragt, und hätte ich in der Tasche nach meinem Taschentuch gesucht, hätte er es gesehen. Ich mußte sie regungslos fallen lassen.

Ob er seinen Kopf wandte, um mich anzusehen, weiß ich nicht, denn ich blickte mit starren, verschleierten Augen geradeaus auf den Weg, aber plötzlich streckte er seine Hand aus, nahm meine und küßte sie, ohne ein Wort zu sagen, und dann warf er mir sein Taschentuch auf den Schoß, aber ich schämte mich zu sehr, um es anzurühren.

Ich dachte an alle die Romanheldinnen, die hübsch aussehen, wenn sie weinen, und was für ein Gegensatz dazu ich war mit meinem fleckigen, geschwollenen Gesicht und den rotgeränderten Augen. Mein Vormittag nahm ein klägliches Ende, und der Tag, der sich noch vor mir erstreckte, war lang. Ich mußte mit Mrs. Van Hopper in ihrem Zimmer zu Mittag essen, denn die

Pflegerin hatte Ausgang, und danach würde sie mich mit der unermüdlichen Energie von Genesenden zu endlosem Kartenspiel zwingen. Ich wußte, ich würde in dem Zimmer einfach ersticken. Später würden ihre Freunde zu einem Cocktail hereinkommen, den ich mixen mußte; ich hasse diese Pflicht, ich fühlte mich schüchtern und ungemütlich, von ihrem Papageiengeschnatter in eine Ecke gedrängt; und ich würde wieder den Prügelknaben abgeben und für sie erröten, wenn sie sich, angeregt durch ihre kleine Gesellschaft, im Bett aufsetzte und überlaut sprach, übertrieben lachte, nach dem Reisegrammophon griff und eine Platte auflegte und mit ihren schweren Schultern im Takt zuckte. Gereizt und bissig war sie mir lieber, wenn ihr Haar in Lockenwicklern steckte und sie mich schalt, weil ich ihr Taxol vergessen hatte. Das alles erwartete mich in der Hotelsuite, während er, nachdem er mich abgesetzt hatte, allein irgendwohin gehen konnte, zum Meer vielleicht; und es konnte geschehen, daß er sich in Erinnerungen verlor, von denen ich nichts wußte, an denen ich nicht teilhaben durfte.

Die Kluft zwischen uns gähnte weiter denn je, und er stand weit weg von mir auf der anderen Seite und kehrte mir den Rücken. Ich fühlte mich jung und klein und sehr verlassen, und jetzt fand meine Hand trotz meines Stolzes sein Taschentuch in meinem Schoß, und ich schneuzte meine Nase und ließ jeden Gedanken an mein Aussehen fahren. Jetzt war ja doch alles einerlei.

«Zur Hölle mit dem Unsinn!» sagte er plötzlich, wie ärgerlich oder gelangweilt, und er zog mich zu sich heran und legte seinen Arm um meine Schulter, ohne den Blick von der Straße zu wenden. Ich erinnere mich, daß er sogar noch schneller fuhr. «Sie sind jung genug, um meine Tochter zu sein, und ich weiß nicht, wie ich mit Ihnen fertig werden soll. Sie können alles vergessen, was ich Ihnen heute sagte. Daran wollen wir nicht mehr denken. In der Familie werde ich immer Maxim genannt, und ich möchte gern, daß Sie mich auch so nennen. Ihre Förmlichkeit hat jetzt lange genug gedauert.» Er tastete nach dem Rand meines Hutes, ergriff ihn und warf ihn über seine Schultern auf den Rücksitz, dann beugte er sich zu mir und küßte mich auf das Haar. «Versprich mir, daß du niemals schwarze Seide tragen wirst», sagte er. Ich lächelte, und er lachte mich an, und der Morgen war wieder heiter, der Morgen strahlte und glänzte. Er hatte unsere

46

Bekanntschaft auf eine neue Ebene gehoben; ich stand nicht so weit unter ihm, wie ich gedacht hatte. Geküßt hatte er mich auch, und es war ganz selbstverständlich gewesen, so beruhigend und tröstend, gar nicht dramatisch wie in Büchern oder peinlich. Es brachte eine neue Leichtigkeit in unser Verhältnis, es machte alles viel einfacher; die Kluft zwischen uns war doch überbrückt worden. Ich sollte ihn Maxim nennen. Und an diesem Nachmittag war das Kartenspiel mit Mrs. Van Hopper nicht so tödlich langweilig, wie es hätte sein können, wenn mich mein Mut auch verließ und ich ihr nichts von meinem Vormittag sagte, wie ich es mir, als ich mit meinem neuen Selbstbewußtsein das Hotel betrat, eigentlich vorgenommen hatte. Denn als sie endlich die Karten zusammenlegte und nach dem Kästchen griff, bemerkte sie beiläufig: «Sagen Sie, ist Max de Winter noch im Hotel?» Ich zögerte einen Augenblick wie ein Schwimmer vor dem Sprung, verlor dann aber meine Sicherheit und einstudierte Überlegenheit und erwiderte: «Ja, ich glaube doch – jedenfalls erscheint er zu den Mahlzeiten immer noch im Speisesaal.»

Irgend jemand hat es ihr gesagt, dachte ich, irgend jemand hat uns zusammen gesehen; der Tennistrainer hat sich beschwert; der Geschäftsführer hat ihr etwas geschrieben, und ich erwartete ihren Angriff. Sie fuhr jedoch fort, die Karten in das Kästchen einzuordnen, gähnte ein wenig, während ich ihr zerwühltes Bett glattstrich. Ich reichte ihr die Puderdose, das Rouge und den Lippenstift, und sie stellte das Kartenkästchen beiseite und nahm den Handspiegel vom Nachttisch. «Gutaussehender Kerl», sagte sie, «aber launisch, möchte ich annehmen. Schwer, aus ihm klug zu werden. Ich finde ja, er hätte damals in der Halle wenigstens so tun können, als ob er mich nach Manderley einladen wollte, aber er war verschlossen wie eine Auster.»

Ich sagte nichts. Ich sah zu, wie sie den Lippenstift nahm und einen Bogen über ihren harten Mund malte. «Ich habe sie nie gesehen», sagte sie, während sie die Wirkung im Spiegel begutachtete, «aber ich glaube, sie muß einen ungewöhnlichen Liebreiz besessen haben. Sehr elegant und in jeder Hinsicht eine blendende Erscheinung. Sie pflegten phantastische Gesellschaften auf Manderley zu geben. Das Ende kam dann sehr plötzlich und tragisch, und ich glaube, er betete sie an. Ich brauche zu diesem leuchtenden Rot den dunkleren Puder, meine Liebe. Wollen Sie ihn mir bitte holen.»

Und wir beschäftigten uns dann mit Puder, Parfüm und Rouge, bis es klingelte und ihre Besucher kamen. Ich reichte die Cocktails herum, mechanisch, ohne viel zu sagen; ich wechselte die Platten auf dem Grammophon, ich leerte die Aschenbecher. Ich war gar nicht da, ich spürte in meinen Gedanken einem Phantom nach, dessen Schattengestalt endlich Form angenommen hatte. Die Züge waren verschwommen, die Farben unscharf, die Stellung der Augen und die Beschaffenheit des Haares noch nicht zu erkennen.

Diese Schattengestalt besaß eine Schönheit, die nicht verging, und ein Lächeln, das nicht vergessen war. Irgendwo weilte der Klang ihrer Stimme noch, die Erinnerung an ihre Worte. Es gab Plätze, die sie besucht, und Dinge, die sie berührt hatte. In meinem Schlafzimmer, unter meinem Kopfkissen, lag das Buch, das sie in der Hand gehalten hatte, und ich konnte sie sehen, wie sie jene erste leere Seite aufschlug und lächelte, als sie schrieb und die gespaltene Feder schüttelte. Max von Rebecca. Es mußte sein Geburtstag gewesen sein, und sie hatte das Buch mit ihren anderen Geschenken auf den Frühstückstisch gelegt. Und sie hatten zusammen gelacht, als er das Papier und die Schnur entfernte. Vielleicht beugte sie sich über seine Schulter, während er las. Max. Sie nannte ihn Max. Das war vertraut, heiter und ging leicht über die Lippen. Die Familie konnte ihn Maxim nennen, wenn sie dazu Lust hatte. Großmütter und Tanten; und Menschen wie ich: still und langweilig und jung, die keine Rolle spielten. Sie hatte sich für Max entschieden, das Wort war ihr Besitz, sie hatte es mit solcher Selbstverständlichkeit auf die erste Seite geschrieben in jener kühnen, schrägen Schrift, die das unberührte weiße Papier verletzte: ein Sinnbild ihrer selbst, so sicher, so zuversichtlich.

Wie oft mußte sie so an ihn geschrieben haben, in wie vielen verschiedenen Stimmungen!

Kleine Mitteilungen, auf Zettel gekritzelt, und Briefe, wenn er verreist war. Seite auf Seite, zärtlich intim, ihre Gemeinsamkeiten. Und ihre Stimme und ihr Echo in Haus und Garten, unbeschwert und vertraut wie die Schriftzüge in dem Buch.

Und ich mußte ihn Maxim nennen.

6

Packen. Die aufreibende Plackerei, die einer Abreise vorausgeht. Verlegte Schlüssel, noch unbeschriebene Anhängeadressen, Seidenpapier, das auf dem Boden herumliegt. Ich hasse das alles. Auch jetzt noch, obwohl ich es doch so häufig erlebt habe und obwohl ich aus den Koffern lebe, wie man zu sagen pflegt. Selbst heute, wo das Schließen von Schubladen und das Aufreißen einer Hotelschranktür oder der unpersönlichen Schreibtischfächer einer möbliert gemieteten Villa zu einer stets gleichbleibenden Gewohnheit geworden ist, empfinde ich Trauer und ein Gefühl von Verlust. Hier, sage ich mir, haben wir gelebt, sind wir glücklich gewesen. Es war unser, egal, für welch kurze Zeit. Wenn wir auch nur zwei Nächte unter einem Dach zugebracht haben, lassen wir doch etwas von uns selbst zurück. Nichts Gegenständliches, keine Haarnadel auf einem Frisiertisch oder ein Taschentuch unter dem Kopfkissen; aber etwas Unbestimmbares, einen Augenblick unseres Lebens, einen Gedanken, eine Stimmung.

Kürzlich las ich in einer Zeitung, daß das Hotel Côte d'Azur in Monte Carlo von einer anderen Direktion übernommen wurde und einen neuen Namen erhalten hat. Die Zimmer sind neu tapeziert worden, und sämtliche Räumlichkeiten wurden umgebaut. Mrs. Van Hoppers Appartement im ersten Stock existiert vielleicht gar nicht mehr. Vielleicht ist von dem kleinen Schlafzimmer, das ich bewohnte, keine Spur mehr übriggeblieben. Ich wußte, daß ich niemals dorthin zurückkehren würde, als ich an jenem Tag am Boden kniete und mich mit dem umständlichen Verschluß ihres Koffers abmühte.

Mit dem Einschnappen des Schlosses war die Episode von Monte Carlo beendet. Ich warf einen Blick durch das Fenster, und es war so wie das Umblättern einer Seite in einem Photoalbum. Diese Dachgiebel und dieses Meer hatten nichts mehr mit mir zu tun. Sie gehörten dem Gestern, der Vergangenheit an. Die Zimmer machten bereits einen kahlen Eindruck, die großen Koffer standen zugeschnallt und verschlossen zum Abholen bereit draußen auf dem Korridor. Das Handgepäck würde später fertig gepackt werden. Die Papierkörbe quollen über, offene Schubladen starrten in die Gegend, der Schreibtisch war völlig ausgeräumt.

Am Morgen vorher, als ich ihr beim Frühstück den Kaffee

einschenkte, hatte sie mir einen Brief zugeworfen. «Helen schifft sich Sonnabend nach New York ein. Die kleine Nancy hat eine Blinddarmreizung, und sie erhielt ein Telegramm, sie solle doch nach Hause kommen. Das war für mich entscheidend. Wir werden auch fahren. Europa langweilt mich langsam zu Tode, außerdem können wir ja im Frühherbst zurückkehren. Was sagen Sie dazu, New York kennenzulernen?»

Der bloße Gedanke daran war schlimmer als Gefängnis. Mein Gesicht mußte etwas von meiner Niedergeschlagenheit verraten haben, denn zuerst sah sie erstaunt und dann verärgert aus.

«Was für ein merkwürdiges, unzufriedenes Kind sind Sie doch! Ich werde wirklich nicht klug aus Ihnen. Sind Sie sich nicht darüber klar, daß Mädchen in Ihrer Lage, ohne irgendwelches Vermögen, bei uns das herrlichste Leben führen können? So viel Abwechslung und eine Menge junger Leute. In derselben gesellschaftlichen Stellung wie Sie. Sie können Ihren eigenen kleinen Freundeskreis haben und brauchen mir nicht, wie hier, ständig auf jeden Wink zur Verfügung zu stehen. Ich dachte, Sie machten sich nichts aus Monte?»

«Ich habe mich daran gewöhnt», sagte ich matt und kläglich, mein Herz ein Widerstreit von Gefühlen.

«Sie werden sich jetzt eben an New York gewöhnen müssen, das ist alles. Jedenfalls werden wir auf Helens Dampfer buchen, und das heißt, daß wir uns sofort um unsere Karten kümmern müssen. Gehen Sie gleich zum Portier und sorgen Sie dafür, daß der junge Mann sich etwas tummelt. Sie werden heute noch so viel zu tun haben, daß Ihnen gar keine Zeit übrigbleibt, irgendwelchen Abschiedsschmerz zu empfinden.» Sie lachte unsympathisch, drückte ihre Zigarette in der Butter aus und ging zum Telephon, um all ihre Bekannten anzurufen.

Ich konnte nicht sofort in die Halle hinuntergehen. Ich ging ins Badezimmer, riegelte die Tür ab, setzte mich auf die Korkmatte am Boden und stützte den Kopf in die Hände. Nun war es also Ernst geworden mit dem Abreisen und dem ganzen Drum und Dran. Es war alles vorbei. Morgen abend würde ich im Zug sitzen, ihren Schmuckkasten und ihre Reisedecke tragen wie ein Dienstmädchen, und sie, ganz vermummt in ihren Pelzmantel, würde mir im Schlafwagen gegenüber sitzen. In diesem stickigen, kleinen Abteil mit den ratternden Türen, dem bespritzten Waschbecken, den feuchten Handtüchern, der Seife mit dem einen Haar darauf, der halbgefüllten Wasserkaraffe und dem unvermeidlichen Schild an der Wand «Sous le lavabo se trouve un vase», würden wir uns waschen und die Zähne putzen, während jedes Geratter, jeder Ruck und jeder Stoß des kriechenden Zuges mich nur mit jeder Meile noch mehr von ihm entfernte, der zu dieser Stunde allein im Speisesaal des Hotels saß und vielleicht in einem Buch las – ohne Bedauern, ohne Gedanken.

Vielleicht würde ich mich im Gesellschaftszimmer von ihm verabschieden, bevor wir das Hotel verließen; ihm verstohlen und hastig – ihretwegen – Lebewohl sagen, und es würde eine kleine Pause entstehen, und wir würden lächeln und Worte wechseln wie: «Ja, gewiß, natürlich müssen Sie mir schreiben» und «Ich habe Ihnen noch gar nicht richtig gedankt, daß Sie so nett gewesen sind» und «Vergessen Sie nicht, mir die Abzüge nachzuschicken.» – «Aber an welche Adresse?» – «Ach, die werde ich Ihnen noch mitteilen.» Und er würde sich eine Zigarette anzünden, während ich mir im stillen sagen würde: «Nur noch viereinhalb Minuten – ich werde ihn nie wiedersehen.»

Weil ich fortging, weil es zu Ende war, würden wir uns plötzlich nichts mehr zu sagen haben, während das Herz mir weh tat und schrie: «Ich liebe dich so sehr! Ich bin schrecklich unglücklich. Das ist mir bisher noch nie geschehen und wird es auch nie wieder.» Mein Gesicht aber würde in einem gekünstelten, konventionellen Lächeln erstarren und meine Stimme sagen: «Ja, also nochmals, ich bin Ihnen wirklich wahnsinnig dankbar, es war fabelhaft nett ...» Worte benutzend, die ich bis dahin nie benutzt hatte. Fabelhaft – was bedeutete das? – Gott weiß, mir war das völlig gleich; es war so ein Wort, wie Schulmädchen es gebrauchen, wenn sie von einem Hockeyspiel sprechen, völlig unzutreffend für jene vergangenen Wochen zwischen himmelhoch jauchzend und zu Tode betrübt. Und dann würde sich die Tür des Fahrstuhles öffnen, um Mrs. Van Hopper herauszulassen, und ich würde auf sie zugehen, und er würde sich wieder in seine Ecke zurückziehen.

Zum erstenmal seit ihrer Grippe nahm Mrs. Van Hopper das Mittagessen im Speisesaal ein, und ich hatte ein unangenehmes Gefühl in der Magengegend, als ich nach ihr den Raum betrat. Er war an diesem Tag nach Cannes gefahren, so viel wußte ich, weil er es mir am Tag vorher mitgeteilt hatte, aber ich fürchtete die ganze Zeit, daß der Kellner eine Indiskretion begehen und mich fragen könnte: «Werden Mademoiselle heute abend wie gewöhnlich mit Monsieur speisen?» Sooft der Kellner sich unserem Tisch näherte, wurde mir vor Angst beinahe übel, aber er sagte nichts.

Der Tag verging mit Packen, und abends kamen ihre Bekannten, um sich von ihr zu verabschieden. Wir aßen im Wohnzimmer, und sie ging gleich danach zu Bett. Ich hatte ihn noch immer nicht zu Gesicht bekommen. Um halb zehn ging ich unter dem Vorwand, mir Anhängeadressen zu holen, in die Halle hinunter, aber er war nicht da. Der ekelhafte Portier lächelte, als er mich sah. «Falls Sie Mr. de Winter suchen sollten – er hat von Cannes anrufen und ausrichten lassen, er würde vor Mitternacht nicht zurück sein.»

«Ich möchte gern ein paar Anhängeadressen», sagte ich, aber ich sah ihm an, daß er sich nicht täuschen ließ. Es würde also keinen letzten Abend mehr geben. Diese Abendstunde, auf die ich den ganzen Tag über gehofft hatte, mußte ich nun allein in meinem Schlafzimmer damit zubringen, den Koffer und den prallen Wäschesack anzustarren. Vielleicht war es ganz gut so, denn ich hätte gewiß eine sehr schlechte Gesellschafterin abgegeben, und er würde mir vom Gesicht abgelesen haben, wie es um mich stand.

Ich weiß, daß ich in jener Nacht geweint habe, bittere junge Tränen, die ich heute nicht mehr weinen könnte. Wenn wir einmal älter als einundzwanzig sind, dann kommt das nicht mehr vor, dieses leidenschaftliche Tief-in-ein-Kissen-Schluchzen; die hämmernden Schläfen, die verschwollenen Augen, die enge, zugeschnürte Kehle. Und am Morgen darauf das eifrige Bemühen, alle Spuren vor den Augen der Welt zu verbergen, das wiederholte Baden des Gesichts mit kaltem Wasser, das Betupfen mit Eau de Cologne, die hastig verstohlene Benutzung der Puderquaste, die an sich schon verräterisch ist. Dazu noch die panische Angst, daß man von neuem weinen könnte, weil es nicht in unserer Macht steht, das Heraufquellen der Tränen zu verhindern, und daß ein verhängnisvolles Zucken um den Mund das Unheil heraufbeschwören wird. Ich entsinne mich noch, wie ich das Fenster weit öffnete und mich hinauslehnte in der Hoffnung, die frische Morgenluft würde die verräterische Röte unter dem Puder wegblasen, und es kam mir vor, als ob die Sonne noch nie so hell geschienen und der neue Tag noch nie so vielversprechend begonnen hätte. Monte Carlo war plötzlich so anziehend und reizvoll, der einzige Ort in der Welt, wo es Aufrichtigkeit gab. Ich liebte es. Zärtlichkeit überwältigte mich. Und heute mußte ich es verlassen.

«Sie haben sich doch nicht etwa erkältet?» fragte Mrs. Van Hopper beim Frühstück.

«Nein, ich glaube nicht», erwiderte ich, mich an diesen Strohhalm klammernd; denn falls ich allzu rot um die Augen aussehen sollte, würde mir vielleicht eine Erkältung später als Ausrede dienen können.

«Ich hasse es, noch so herumzusitzen, wenn alles bereits gepackt ist», brummte sie; «wir hätten uns für den früheren Zug entscheiden sollen. Wenn wir uns bemühen, könnten wir es noch schaffen und uns dann länger in Paris aufhalten. Telegraphieren Sie Helen, sie soll uns nicht von der Bahn abholen, aber machen Sie gleich einen anderen Treffpunkt aus. Ich überlege» – sie sah auf ihre Uhr – «ja, ich denke doch, daß sie uns die reservierten Plätze noch umtauschen können. Jedenfalls lohnt es sich, den Versuch zu machen. Laufen Sie schnell ins Büro und sehen Sie, was sich erreichen läßt.»

«Ja», sagte ich, der Spielball ihrer Launen, ging in mein Zimmer, schlüpfte in den unvermeidlichen Flanellrock und zog mir den selbstgestrickten Pullover über den Kopf. Meine Gleichgültigkeit ihr gegenüber verwandelte sich in Haß. Also dies war nun wirklich das Ende! Selbst der Vormittag mußte mir genommen werden! Keine letzte halbe Stunde auf der Terrasse mehr, vielleicht nicht einmal zehn Minuten, um Lebewohl zu sagen. Weil sie eher mit dem Frühstück fertig geworden war, als sie vorausgesehen hatte, weil sie sich langweilte. Na gut, ich würde alle Zurückhaltung und Bescheidenheit fahren lassen und jeden Stolz aufgeben. Ich schlug die Tür des Wohnzimmers hinter mir zu und lief den Korridor entlang. Ich wartete nicht auf den Fahrstuhl, sondern rannte, drei Stufen auf einmal nehmend, die Treppen hinauf, bis zum dritten Stock. Ich kannte seine Zimmernummer, 148, und ich klopfte laut an, blutrot und atemlos.

«Herein!» rief er, und ich öffnete die Tür, meinen Entschluß schon wieder bereuend, und der Mut sank mir, denn womöglich war er gerade erst aufgewacht, weil er gestern so spät schlafen gegangen war, und lag vielleicht noch im Bett, ungekämmt und reizbar.

Er rasierte sich am offenen Fenster, eine Kamelhaarjacke über dem Pyjama, und ich in meinem Flanellkostüm und den schweren Schuhen fühlte mich unbeholfen und zu warm angezogen. Ich war bloß töricht gewesen, während ich mir so dramatisch vorgekommen war.

«Was wollen Sie?» fragte er, «ist etwas nicht in Ordnung?».

«Ich möchte mich verabschieden», sagte ich, «wir reisen heute morgen ab.»

Er starrte mich an und legte dann seinen Rasierapparat auf den Waschtisch. «Schließen Sie die Tür», sagte er.

Ich schloß die Tür hinter mir, blieb verlegen stehen und ließ die Arme herabhängen.

«Was sagen Sie da?»

«Ja, es stimmt. Wir fahren heute ab. Wir wollten erst den späteren Zug nehmen, und jetzt möchte sie noch den früheren erreichen, und ich hatte Angst, ich würde Sie nicht mehr sehen. Ich mußte Sie ganz einfach noch einmal sehen, bevor ich abreise, um Ihnen zu danken.»

Da stolperten sie heraus, diese idiotischen Worte, genauso, wie ich es geahnt hatte. Ich fühlte mich gehemmt und linkisch; im nächsten Augenblick würde ich wieder sagen, wie fabelhaft nett er gewesen war.

«Warum haben Sie mir das nicht früher gesagt?» fragte er.

«Sie hat sich erst gestern dazu entschlossen. Es ging alles so schrecklich schnell. Ihre Tochter fährt Sonnabend nach New York, und wir begleiten sie. Wir werden sie in Paris treffen und zusammen nach Cherbourg fahren.»

«Sie will Sie mit nach New York nehmen?»

«Ja, und ich mag gar nicht. Ich finde es gräßlich. Ich werde mich da nur unglücklich fühlen.»

«Aber warum in Teufels Namen begleiten Sie sie denn dann?»

«Ich muß eben, das wissen Sie doch. Ich bekomme doch ein Gehalt von ihr. Ich kann es mir nicht leisten, sie einfach zu verlassen.» Er nahm seinen Rasierapparat wieder auf und rasierte sich fertig.

«Setzen Sie sich», sagte er. «Es wird nicht lange dauern. Ich ziehe mich rasch im Badezimmer an und bin in fünf Minuten fertig.»

Er nahm seine Sachen vom Stuhl, warf sie ins Badezimmer auf den Boden, ging hinein und schlug die Tür zu. Ich setzte mich auf den Bettrand und begann an meinen Nägeln zu kauen. Die

Situation war so unwirklich, und ich kam mir vor wie eine Marionette. Ich überlegte, was er wohl dachte, was er vorhatte. Ich sah mich im Zimmer um. Es war ein Raum, in dem irgendein beliebiger Mann hätte wohnen können, unordentlich und unpersönlich. Berge von Schuhen, viel mehr, als er hier jemals benutzen konnte, und über einem Band unzählige Schlipse. Der Frisiertisch war kahl bis auf eine große Flasche Haarwasser und zwei Haarbürsten mit Elfenbeinrücken. Keine Photos – nichts. Instinktiv hatte ich danach gesucht in der Annahme, daß mindestens eine Photographie dastehen würde, auf dem Nachttisch neben seinem Bett oder mitten auf dem Kaminsims. Ein großes Bild in einem Lederrahmen. Es standen jedoch nur einige Bücher da und eine Schachtel Zigaretten.

Nach fünf Minuten war er fertig, wie er es versprochen hatte. «Kommen Sie mit auf die Terrasse und leisten Sie mir Gesellschaft, während ich frühstücke», sagte er.

Ich sah auf meine Armbanduhr. «Ich habe keine Zeit», teilte ich ihm mit, «ich sollte jetzt eigentlich im Büro sein, um die reservierten Plätze umzutauschen.»

«Machen Sie sich darüber jetzt keine Gedanken. Ich habe mit Ihnen zu reden», sagte er.

Wir gingen den Korridor entlang, und er klingelte nach dem Fahrstuhl. Es ist ihm nicht bewußt, dachte ich, daß der frühere Zug in etwa anderthalb Stunden fährt. Gleich wird Mrs. Van Hopper im Büro anrufen und fragen, ob ich dort bin. Wir fuhren ohne zu sprechen im Lift nach unten, und schweigend betraten wir die Terrasse, auf der die Tische zum Frühstück gedeckt waren.

«Was möchten Sie essen?» fragte er.

«Ich habe bereits gefrühstückt», entgegnete ich, «und ich kann allerhöchstens noch vier Minuten hier bleiben.»

«Bringen Sie mir Kaffee, ein weiches Ei, Toast, Marmelade und eine Apfelsine», sagte er zu dem Kellner. Und dann nahm er eine Nagelfeile aus der Tasche und begann an seinen Nägeln zu feilen.

«So», sagte er dann, «Mrs. Van Hopper hat also genug von Monte Carlo und will wieder nach Hause. Das will ich auch. Sie nach New York und ich nach Manderley. Was würden Sie vorziehen? Die Wahl steht Ihnen frei.»

«Bitte treiben Sie keinen Scherz damit, das ist unrecht von Ihnen», sagte ich, «und ich glaube, ich muß mich jetzt endlich um die Fahrkarten kümmern und mich von Ihnen verabschieden.»

«Wenn Sie annehmen, daß ich zu den Leuten gehöre, die schon beim Frühstück witzig sein können, dann irren Sie sich», sagte er. «Ich bin frühmorgens ausnahmslos schlecht gelaunt. Ich wiederhole es in allem Ernst: die Wahl steht Ihnen frei. Entweder begleiten Sie Mrs. Van Hopper nach Amerika, oder Sie kommen mit mir heim nach Manderley.»

«Wollen Sie damit sagen, daß Sie eine Sekretärin oder so etwas brauchen?»

«Nein. Ich frage Sie, ob Sie mich heiraten wollen, Sie kleiner Dummkopf.»

Der Kellner kam mit dem Frühstück, und ich saß da, die Hände im Schoß, und sah zu, wie er die Kaffeekanne und das Milchkännchen hinstellte.

«Sie irren sich in mir», sagte ich, als der Kellner gegangen war, «ich bin kein Mädchen, das man heiratet.»

«Was zum Teufel meinen Sie damit?» sagte er, während er mich anstarrte und den Löffel aus der Hand legte.

Ich beobachtete eine Fliege, die sich auf die Marmelade setzte, und er scheuchte sie ungeduldig weg.

«Ich weiß nicht genau», sagte ich langsam, «ich weiß nicht, wie ich es Ihnen erklären soll. Erst einmal gehöre ich nicht zu Ihrer Welt.»

«Was ist denn meine Welt?»

«Nun – Manderley. Sie verstehen schon, was ich meine.»

Er griff wieder nach seinem Löffel und nahm sich etwas Marmelade.

«Sie sind fast so dumm wie Mrs. Van Hopper und genauso unwissend. Was wissen Sie denn von Manderley? Ich bin schließlich der Mensch, der beurteilen kann, ob Sie dorthin gehören oder nicht. Sie glauben, ich frage Sie das aus einer Augenblickslaune heraus, nicht wahr? Weil Sie mir gesagt haben, daß Sie nicht nach New York fahren mögen. Sie glauben, ich mache Ihnen einen Heiratsantrag aus demselben Grund, aus dem ich Sie Ihrer Meinung nach im Auto spazierengefahren habe, ja? Und Sie an jenem ersten Abend zum Essen eingeladen habe. Aus reiner Nettigkeit. Stimmt's?»

«Ja», sagte ich.

«Eines Tages», fuhr er fort, während er sich den Toast dick bestrich, «werden Sie vielleicht begreifen, daß Nächstenliebe nicht gerade meine stärkste Eigenschaft ist. Im Augenblick, glaube ich, begreifen Sie überhaupt nichts. Sie haben mir meine Frage nicht beantwortet. Wollen Sie mich heiraten?»

Ich glaube nicht, daß ich selbst in meinen kühnsten Träumen diese Möglichkeit erwogen hatte. Ich hatte mir einmal, als ich neben ihm im Wagen saß und wir viele Meilen lang geschwiegen hatten, eine romantische Geschichte ausgedacht, wie er auf den Tod krank lag und in seinen Fieberträumen nach mir verlangte und ich ihn dann pflegen durfte. Ich war gerade bei dem Punkt in meiner Geschichte angelangt, wo ich ihm die Stirn mit Eau de Cologne benetzte, als wir vor dem Hotel vorfuhren, und deshalb blieb es dabei. Ein andermal hatte ich mir ausgemalt, wie ich in einem Pförtnerhäuschen auf Manderley wohnen und er mich manchmal besuchen und vor dem Kamin sitzen würde. Daß er so aus heiterem Himmel vom Heiraten redete, verwirrte mich, ja, erschreckte mich sogar, glaube ich. Es war so, als würde man vom König gebeten, seine Frau zu werden. Es klang nicht echt. Und er aß seelenruhig seinen Toast, als ob alles ganz natürlich wäre. In Romanen knieten die Männer vor den Frauen, und es war Mondschein. Nicht beim Frühstück, nicht so wie jetzt.

«Mein Vorschlag scheint keinen großen Anklang zu finden», sagte er. «Das tut mir leid. Ich bildete mir nämlich ein, Sie liebten mich. Ein schwerer Schlag für meine Eitelkeit.»

«Aber ich liebe Sie ja», sagte ich. «Ich liebe Sie schrecklich. Sie haben mich sehr unglücklich gemacht, und ich habe die ganze Nacht geweint, weil ich dachte, ich würde Sie nie wiedersehen.»

Als ich das sagte, lachte er und streckte mir die Hand über den Frühstückstisch entgegen. «Gott segne dich dafür!» sagte er. «Eines Tages, wenn du das erhabene Alter von sechsunddreißig Jahren erreicht hast, was, wie du mir anvertraut hast, dein Ehrgeiz ist, werde ich dich an diesen Augenblick erinnern. Und du wirst mir nicht glauben wollen. Es ist ein Jammer, daß du erwachsen werden mußt.»

Ich schämte mich bereits und war böse auf ihn, weil er gelacht hatte. Also man machte als Frau einem Mann keine solchen Geständnisse. Ich hatte noch eine Menge zu lernen.

«So, das wäre also abgemacht, nicht wahr?» sagte er, weiteressend. «Anstatt die Gesellschafterin von Mrs. Van Hopper zu bleiben, wirst du meine, und deine Pflichten werden fast genau die gleichen sein. Ich habe ebenfalls eine Schwäche für Neuerscheinungen in der Leihbibliothek, für Blumen im Wohnzimmer und ein Kartenspiel nach dem Abendessen. Und habe es gern, wenn mir jemand den Tee einschenkt. Der einzige Unterschied ist, daß ich nicht Taxol benutze, sondern Eno, und du mußt dafür sorgen, daß mir meine besondere Zahnpasta-Sorte nie ausgeht.»

Ich trommelte mit den Fingern auf den Tisch und wußte nicht, was ich von mir selbst und von ihm halten sollte. Lachte er noch immer über mich, war es alles nur ein Scherz? Er blickte auf und las den Zweifel in meinem Gesicht. «Ich bin ziemlich unverblümt gewesen, wie?» sagte er. «Dies entspricht so gar nicht deiner Vorstellung von einem Heiratsantrag. Eigentlich müßten wir uns in einem Wintergarten befinden, du in einem weißen Kleid mit einer Rose in der Hand, und im Hintergrund müßte eine Geige spielen. Und ich müßte dir im Schatten einer Palme eine glühende Liebeserklärung machen. Dann hättest du das Gefühl, auf deine Kosten gekommen zu sein. Mein armer Liebling, was für eine Schmach. Aber laß gut sein, auf unserer Hochzeitsreise entführe ich dich nach Venedig, und wir werden Hand in Hand in einer Gondola sitzen. Aber allzu lange wollen wir nicht dort bleiben, weil ich dir gern Manderley zeigen möchte.»

Er wollte mir Manderley zeigen ... Und plötzlich begriff ich, daß alles so geschehen würde: ich würde seine Frau sein, wir würden zusammen im Garten spazierengehen, wir würden den schmalen Weg durch das Tal hinunter zur steinigen Küste wandern. Ich sah mich bereits nach dem Frühstück auf den Stufen der Terrasse stehen und nach dem Wetter Ausschau halten, den Vögeln Krumen hinstreuen und später hinauslaufen, einen großen Strohhut auf dem Kopf, die Gartenschere in der Hand, und Blumen für das Haus schneiden. Jetzt wußte ich, warum ich als Kind jene Ansichtskarte gekauft hatte – es war eine Vorahnung gewesen, ein blinder Schritt in die Zukunft.

Er wollte mir Manderley zeigen ... In meinem Kopf war auf einmal ein großes Durcheinander; Gestalten tauchten vor mir auf, ein Bild nach dem anderen – und unterdessen aß er seine Apfelsine, gab mir dann und wann ein Stückchen ab und sah mich unverwandt an. Wir würden von unzähligen Menschen umgeben sein, und er würde sagen: «Ich glaube, Sie kennen meine Frau noch nicht.» Mrs. de Winter. Ich würde Mrs. de Winter sein. Ich sah meinen neuen Namen geschrieben vor mir, auf Scheckformularen für die Lieferanten und auf Einladungen zu Abendgesellschaften. Ich hörte mich selbst am Telephon sagen: «Kommen Sie doch übers nächste Wochenende nach Manderley.» Menschen, immer viele Menschen. «Oh, aber sie ist einfach reizend, Sie müssen sie kennenlernen –» Auf mich bezog sich das, geflüsterte Worte, und ich würde so tun, als hätte ich nichts gehört.

Ich sah mich mit einem Korb Weintrauben und Pfirsiche zum Pförtnerhäuschen hinuntergehen, zu der alten Frau, die krank war. Ihre Hände streckten sich mir entgegen: «Der Herr segne Sie, Madam, für Ihre Güte!» und meine Entgegnung: «Wenn Sie noch irgend etwas nötig haben, schicken Sie nur jemand zum Haus hinauf.» Mrs. de Winter. Ich würde Mrs. de Winter sein. Ich sah den polierten Tisch im Eßzimmer und die hohen Wachskerzen. Maxim am Tischende. Eine Gesellschaft von vierundzwanzig Personen. Ich trage eine Blume im Haar. Alle sehen auf mich und heben ihre Gläser. «Auf die Gesundheit der jungen Frau!» und später sagt Maxim zu mir: «Du hast noch nie so bezaubernd ausgesehen.» Große, kühle, von Blumen überfüllte Räume. Mein Schlafzimmer, in dem im Winter ein warmes Feuer brennt; ein Klopfen an der Tür, und eine Frau kommt lächelnd auf mich zu. Maxims Schwester. Und sie sagt: «Es ist wirklich wundervoll, wie glücklich du ihn gemacht hast; alle sind so begeistert von dir. Du hast uns im Sturm erobert.» Mrs. de Winter. Ich würde Mrs. de Winter sein.

«Der Rest der Apfelsine ist sauer, ich würde ihn lieber nicht essen», sagte er, und ich starrte ihn an, weil ich seine Worte erst allmählich begriff, und blickte dann auf die Frucht auf meinem Teller nieder. Das letzte Stückchen sah hart und blaß aus. Er hatte recht. Die Apfelsine war sehr sauer. Ich hatte einen scharfen, bitteren Geschmack im Mund und es erst jetzt bemerkt.

«Soll ich Mrs. Van Hopper die Neuigkeit mitteilen, oder willst du es tun?» fragte er mich.

Er legte seine Serviette zusammen und schob seinen Teller zurück, und ich fragte mich, wie er nur so gleichmütig sprechen konnte, als handle es sich um eine ganz geringfügige Angelegenheit, nur um eine Änderung von Plänen, während es auf mich wie eine Granate wirkte, die in tausend Splitter explodierte.

«Sag du es ihr», erwiderte ich. «Sie wird außer sich sein.»

Wir erhoben uns, und ich war aufgeregt und errötete und zitterte bereits in Erwartung dessen, was nun kommen würde. Ohne ein Wort verließ er die Terrasse, und ich folgte ihm zum

Fahrstuhl. Wir kamen an der Anmeldung vorüber, und niemand blickte auch nur zu uns auf. Der Geschäftsführer war gerade mit einem Stoß Papieren beschäftigt und sprach über die Schulter hinweg mit einem seiner Angestellten. Er weiß nicht, dachte ich, daß ich Mrs. de Winter sein werde. Ich werde in Manderley leben. Manderley wird mir gehören. Wir fuhren im Fahrstuhl zum ersten Stock und gingen dann den Korridor entlang. Er nahm meine Hand und schwang sie, während wir vorwärtsgingen.

«Kommt dir zweiundvierzig sehr alt vor?» fragte er.

«O nein», antwortete ich rasch. «Ich mag junge Männer nicht.»

«Du hast ja nie welche gekannt», sagte er.

Wir waren vor der Tür von Mrs. Van Hoppers Appartement angelangt. «Ich glaube, ich mache das lieber allein mit ihr ab», meinte er. «Aber sag mir, macht es dir etwas aus, wenn wir sehr bald heiraten? Auf eine Aussteuer und den ganzen anderen Unfug legst du doch keinen Wert, oder? Die ganze Angelegenheit könnte nämlich innerhalb von wenigen Tagen erledigt werden; einfach auf dem Standesamt. Wir brauchen nur eine Lizenz, und dann fahren wir im Wagen nach Venedig oder wohin du Lust hast.»

«Nicht in der Kirche?» fragte ich. «Ohne weißes Kleid, ohne Brautjungfern, Glockengeläute und Chorgesang? Was werden deine Verwandten und alle deine Freunde dazu sagen?»

«Du darfst nicht vergessen», sagte er, «daß ich das ganze Hochzeitstheater schon einmal genossen habe. Also?»

«Natürlich», antwortete ich, «ich hatte im Moment nur gedacht, daß wir in Manderley heiraten würden. Natürlich mache ich mir nichts aus einer kirchlichen Trauung und Hochzeitsgästen und all dem.»

Und ich lächelte ihn an. Ich machte ein heiteres Gesicht. «Ich freu mich schon darauf», sagte ich.

Er war inzwischen auf die Tür zugegangen und hatte sie geöffnet, und wir befanden uns in dem kleinen Vorraum des Appartements.

«Sind Sie es?» rief Mrs. Van Hopper aus dem Wohnzimmer, «was zum Kuckuck haben Sie eigentlich die ganze Zeit gemacht? Ich habe dreimal im Büro angerufen, und man sagte mir, Sie wären überhaupt nicht dagewesen.»

Mich überkam ein plötzliches Verlangen, zu lachen, zu weinen, beides zugleich, und außerdem empfand ich ein merkwürdiges

Übelkeitsgefühl im Magen. In meiner Verwirrung wünschte ich einen Augenblick, daß sich gar nichts ereignet hätte, daß ich irgendwo ganz allein wäre, spazierengehen und vor mich hinpfeifen könnte.

«Ich fürchte, es ist alles meine Schuld», sagte er, während er ins Wohnzimmer ging und die Tür hinter sich schloß; ich hörte gerade noch Mrs. Van Hoppers erstaunten Ausruf. Dann ging ich in mein Zimmer und setzte mich vor das offene Fenster. Mir war genauso zumute wie im Wartezimmer eines Arztes. Als müßte ich jetzt die Seiten einer Zeitschrift durchblättern, Bilder ansehen, die mir nichts sagten, und Artikel lesen, deren Inhalt ich sofort wieder vergessen würde, bis die Krankenschwester kam. «Es ist alles in Ordnung, die Operation ist zufriedenstellend verlaufen. Kein Grund zur Sorge mehr. Ich würde jetzt nach Hause gehen und schlafen.»

Die Zimmerwände im Hotel waren sehr dick; ich konnte kein Stimmengemurmel hören. Was mochte er wohl zu ihr sagen, wie seine Worte wählen? Vielleicht sagte er: «Ich habe mich sofort in sie verliebt, gleich bei unserer ersten Begegnung. Wir sind dann jeden Tag zusammen gewesen.» Und ihre Antwort darauf: «Wahrhaftig, Mr. de Winter, das ist die romantischste Geschichte, die ich je gehört habe.» Romantisch, das war das Wort, das mir im Fahrstuhl nicht einfallen wollte. Ja, natürlich, romantisch! Das war es, was die Leute sagen würden. Es war alles sehr plötzlich und romantisch. Sie entschlossen sich plötzlich zu heiraten, so mir nichts dir nichts. Was für ein Abenteuer! Ich lächelte mir selbst zu, wie ich da auf dem Fensterplatz meine Arme um die hochgezogenen Knie schlang. Ich sollte den Mann heiraten, den ich liebte. Ich sollte Mrs. de Winter werden. Es war dumm, immer noch dieses Übelkeitsgefühl im Magen zu haben, wenn man so glücklich war wie ich. Reine Nervosität natürlich. Hier so warten zu müssen wie beim Doktor. Alles in allem wäre es wohl besser gewesen – jedenfalls viel natürlicher –, wenn wir einander anlächelnd Hand in Hand ins Wohnzimmer gegangen wären und er einfach gesagt hätte: «Wir werden heiraten, wir lieben uns sehr.»

Liebe. Bisher hatte er noch nichts davon gesagt, daß er mich liebte. Keine Zeit vielleicht. Es ging alles so schnell, während er frühstückte. Marmelade und Kaffee und diese Apfelsine. Keine Zeit. Die Apfelsine schmeckte sehr bitter. Nein, er hatte nichts davon gesagt, daß er mich liebte. Nur, daß wir heiraten würden.

Kurz und entschlossen, sehr originell. Ein origineller Heiratsantrag war viel schöner. Viel ehrlicher. Nicht so wie andere Menschen. Nicht so wie jüngere Männer, die wahrscheinlich lauter Unsinn sprachen und selbst nicht die Hälfte von dem glaubten, was sie da redeten. Nicht so wie jüngere Männer, die so inkonsequent, so leidenschaftlich sind und die unmöglichsten Dinge schwören. Nicht so wie er selbst, als er sich zum erstenmal verlobte und Rebecca bat ... Ich darf nicht daran denken. Fort damit. Ein verbotener Gedanke. Niemals darf ich daran denken, niemals, niemals, niemals. Er liebt mich, er will mir Manderley zeigen. Wann werden sie ihre Unterredung endlich beendet haben, wann werden sie mich endlich rufen?

Da lag der Gedichtband noch immer neben meinem Bett. Er hatte vergessen, daß er ihn mir geliehen hatte. Er konnte ihm also nicht so viel bedeuten. «Nur zu», flüsterte der Teufel mir ein, «schlage die Titelseite auf, das ist es doch, was du tun möchtest, nicht wahr? Schlage sie nur auf.» Unsinn, sagte ich, ich will das Buch nur mit den übrigen Sachen einpacken. Ich gähnte, schlenderte auf den Nachttisch zu und nahm das Buch in die Hand. Meine Füße verfingen sich in der Schnur der Lampe, ich stolperte, das Buch fiel mir aus der Hand auf den Boden und öffnete sich dabei auf der Titelseite. «Max von Rebecca.» Sie war tot, und man sollte die Toten in Ruhe lassen. Sie schliefen in Frieden, und auf ihren Gräbern wiegte sich das Gras. Aber wie lebendig, wie kraftvoll wirkte ihre Handschrift. Diese merkwürdig schrägen Buchstaben. Der Tintenklecks. Es sah wirklich so aus, als ob es erst gestern geschrieben worden wäre. Ich nahm meine Nagelschere aus dem Necessaire und fing an zu schneiden, während ich dabei wie ein Verbrecher über meine Schulter sah.

Ich schnitt die Seite ganz aus dem Buch heraus. Ich ließ keine gezackte Kante zurück, und das Buch sah weiß und sauber aus, als die Seite draußen war. Ein neues Buch, wie unberührt. Ich zerriß die Seite in viele kleine Fetzen und warf sie in den Papierkorb. Dann setzte ich mich wieder ans Fenster. Aber ich dachte unaufhörlich an die Papierfetzen, und nach einer Weile mußte ich wieder aufstehen und noch einmal in den Korb sehen. Selbst jetzt noch hob sich die Tinte schwarz und dick von den kleinen Papierstückchen ab. Die Schrift war unversehrt geblieben. Ich zündete ein Streichholz an und verbrannte die Fetzen. Die Flamme gab ein hübsches Licht; sie färbte das Papier, kräuselte die Ecken und machte die schrägen Buchstaben unleserlich. Die Papierstückchen zerfielen in graue Asche. Der Buchstabe R hielt sich am längsten, er krümmte sich in der Flamme, wölbte sich einen Augenblick nach außen, schien zu wachsen. Dann schrumpfte er zusammen; das Feuer vernichtete ihn. Zurück blieb nicht eigentlich Asche, sondern mehr eine Art federiger Staub ... Ich ging zum Waschtisch und wusch mir die Hände. Ich fühlte mich besser, viel besser. Ich hatte das frische, zuversichtliche Gefühl, das man zum Jahresbeginn beim Anblick des neuen Kalenders an der Wand empfindet. Der erste Januar. Ich empfand die gleiche, fröhliche Unbeschwertheit. Die Tür ging auf, und er kam ins Zimmer.

«Alles in Ordnung», sagte er, «der Schock verschlug ihr zunächst die Sprache, aber sie erholt sich bereits wieder; ich werde also hinunter ins Büro gehen und dafür sorgen, daß sie den früheren Zug noch erreicht. Einen Augenblick schwankte sie noch. Ich glaube, sie machte sich Hoffnungen, als Trauzeugin auftreten zu können. Aber ich war sehr energisch. Geh jetzt hinein und sprich mit ihr.»

Er sagte nichts davon, daß er froh und glücklich sei. Er nahm auch nicht meinen Arm und ging nicht mit mir ins Wohnzimmer. Er lächelte und winkte mir zu und ging fort. Ich ging zu Mrs. Van Hopper, unsicher und verlegen wie ein Dienstmädchen, das ihre Kündigung durch einen Freund hatte mitteilen lassen.

Sie stand am Fenster und rauchte eine Zigarette: eine komische, dicke kleine Gestalt. Ihr Mantel spannte sich straff über der vollen Brust, der lächerliche Hut schwebte seitlich auf ihrem Kopf.

«Ja», sagte sie mit einer trockenen und harten Stimme, mit der sie gewiß nicht zu ihm gesprochen hatte. «Sie haben Ihre Freiheit zu nutzen verstanden, das muß Ihnen der Neid lassen. Stille Wasser sind tief – bei Ihnen trifft das jedenfalls zu. Wie haben Sie es fertiggebracht?»

Ich wußte nicht, was ich darauf antworten sollte. Ihr Lächeln gefiel mir nicht.

«Es traf sich günstig für Sie, daß ich die Grippe hatte», sagte sie. «Jetzt ist mir klar, was Sie die ganze Zeit über getrieben haben und warum Sie so vergeßlich gewesen sind. Trainerstunden – daß ich nicht lache! Das hätten Sie mir immerhin sagen können.»

«Es tut mir leid», sagte ich.

Sie sah mich von oben bis unten neugierig an und musterte mich prüfend. «Und er sagte mir, daß er Sie schon in wenigen Tagen heiraten will. Da haben Sie auch wieder Glück, daß Sie keine Eltern mehr haben, die unbequeme Fragen stellen könnten. Nun, mich geht das ja jetzt nichts mehr an. Ich wasche meine Hände in Unschuld. Ich frage mich nur, was seine Freunde dazu sagen werden, aber das ist ja wohl seine Privatangelegenheit. Sie wissen, daß er erheblich älter ist als Sie?»

«Er ist zweiundvierzig», erwiderte ich, «und ich bin alt für mein Alter.»

Sie lachte und ließ die Asche ihrer Zigarette auf den Boden fallen. «Das sind Sie zweifellos», sagte sie. Sie fuhr fort, mich in einer Weise anzustarren, wie sie es bisher noch nie getan hatte. Abschätzend, mit anerkennendem Blick wie ein Preisrichter bei einer Zuchtviehausstellung. Es lag etwas eindringlich Forschendes in ihrem Blick, etwas Unsympathisches.

«Sagen Sie mir», bemerkte sie vertraulich, «von Frau zu Frau: haben Sie sich etwas zuschulden kommen lassen?»

Sie benahm sich genau wie Blaize, die Schneiderin, als sie mir die zehn Prozent anbot.

«Ich weiß nicht, was Sie meinen», sagte ich.

Sie lachte wieder und zuckte die Achseln. «Na schön ... lassen Sie's gut sein. Aber ich habe immer gesagt, daß die englischen Mädchen es in sich haben trotz ihrem sportlichen Getue. Ich soll also allein nach Paris fahren und Sie zurücklassen, während Ihr Beau die Heiratslizenz besorgt. Ich habe übrigens zur Kenntnis genommen, daß er mich nicht zur Hochzeit eingeladen hat.»

«Ich glaube nicht, daß er überhaupt jemanden dabei haben will, und Sie würden ja auf jeden Fall schon unterwegs sein.»

«Hm, hm», machte sie. Sie nahm ihre Puderdose heraus und begann sich die Nase zu pudern. «Ich nehme an, Sie wissen, was Sie wollen», fuhr sie fort; «schließlich ist das Ganze doch eine sehr überstürzte Angelegenheit, das müssen Sie zugeben. Eine Bekanntschaft von wenigen Wochen. Ich glaube nicht, daß er sehr leichtzunehmen ist, und Sie werden sich ihm weitgehendst anpassen müssen. Sie haben bisher ein sehr behütetes Leben geführt, und Sie können nicht behaupten, daß ich Ihnen zu viel zugemutet habe. Sie werden allerhand Pflichten haben als Herrin von Manderley. Um es frei heraus zu sagen, meine Liebe, ich zweifle sehr, daß Sie dieser Aufgabe gewachsen sind.»

Ihre Worte klangen wie das Echo meiner eigenen, die ich vor einer Stunde geäußert hatte.

«Sie haben einfach nicht die Erfahrung», sprach sie weiter. «Sie kennen dieses Milieu ja gar nicht. Bei meinen Bridgetees haben Sie auch nicht zwei Sätze hintereinander herausgebracht; wie wollen Sie da eine Unterhaltung mit seinen Freunden führen können? Die Gesellschaften auf Manderley waren berühmt, als seine Frau noch lebte; aber das hat er Ihnen natürlich alles schon erzählt, nicht wahr?»

Ich zögerte, und Gott sei Dank fuhr sie fort, ohne meine Antwort abzuwarten.

«Natürlich möchte man Ihnen wünschen, daß Sie glücklich werden, und ich gestehe ein, er ist gewiß eine sehr anziehende Persönlichkeit, aber – nun ja, ich bedaure Sie, und persönlich finde ich nun mal, daß Sie einen großen Fehler begehen – einen Fehler, den Sie noch bitter bereuen werden!»

Sie legte die Puderdose in die Handtasche zurück und sah sich nach mir um. Vielleicht meinte sie es wirklich ehrlich, aber ich wollte nichts von dieser Art Aufrichtigkeit wissen. Ich sagte nichts. Vielleicht sah ich verletzt aus, denn sie zuckte wieder die Achseln, trat vor den Spiegel und rückte ihren Reisehut zurecht. Ich war froh, daß sie wegfuhr, froh, daß ich sie nicht wiedersehen würde. Ich bedauerte jede Stunde, die ich mit ihr verbracht hatte, in ihren Diensten, von ihrem Geld lebend, immer in ihrem Schlepptau, stumm und unscheinbar wie ein Schatten. Natürlich war ich unerfahren, natürlich war ich dumm und ungeschickt, schüchtern und jung. Das wußte ich nur zu genau. Sie brauchte es mir nicht erst zu sagen. Ich hatte den Eindruck, daß sie absichtlich so zu mir gesprochen hatte, daß sie sich aus irgendeinem typisch weiblichen Grund über diese Heirat ärgerte; die gesellschaftliche Rangordnung, so, wie sie sie verstand, war durcheinandergeraten.

Nun, es sollte mir gleich sein. Ich würde sie und ihre spitzen Worte vergessen. Ein neues Selbstvertrauen war in mir erwacht, als ich vorhin die Seite zerriß und die Papierfetzen verbrannte. Weder für ihn noch für mich würde die Vergangenheit mehr existieren, wir standen beide vor einem neuen Anfang. Das Vergangene war verweht wie die Aschenreste im Papierkorb. Ich würde Mrs. de Winter werden. Ich würde auf Manderley leben.

Bald würde sie fort sein, allein in ihrem Schlafwagen dahinrattern, und er und ich würden zusammen hier im Hotel im Speisesaal zu Mittag essen und Pläne für die Zukunft schmieden. Ich stand an der Schwelle zu einem großen Abenteuer. Vielleicht würde er endlich richtig mit mir sprechen, wenn sie erst einmal fort war; wie sehr er mich liebte, wie glücklich er wäre. Bisher war dafür keine Zeit gewesen, und überhaupt lassen sich solche Dinge nicht so einfach aussprechen; sie müssen warten, bis der richtige Moment gekommen ist. Als ich aufsah, begegnete ich ihrem Blick im Spiegel. Sie beobachtete mich mit einem kleinen, nachsichtigen Lächeln um die Lippen. Ich dachte schon, sie würde sich doch noch großmütig erweisen, mir die Hand geben und mir Glück wünschen, mir Mut zusprechen und mir versichern, daß sich alles bestimmt zum Besten wenden würde. Aber sie lächelte nur weiter und schob eine lose Haarsträhne unter den Hut.

«Sie wissen doch hoffentlich», sagte sie, «warum er Sie heiratet? Sie haben sich doch nicht etwa eingebildet, daß er in Sie verliebt ist? Das große, leere Haus ist ihm ganz einfach so auf die Nerven gegangen, daß er fast wahnsinnig geworden wäre – das ist alles. Das hat er mir ziemlich unverblümt gesagt, bevor Sie hereinkamen. Er hält es dort allein einfach nicht länger aus ...»

7

Wir kamen in den ersten Maitagen in Manderley an, wie Maxim sagte, zugleich mit den Schwalben und den Glockenblumen. Es sei die schönste Zeit, bevor die volle Sommerhitze einsetze, und im Tal würden die Azaleen ihren verschwenderischen Duft ausströmen und die blutroten Rhododendren blühen. Wir verließen London im Auto früh am Morgen bei strömendem Regen und langten gegen fünf Uhr zur Teezeit in Manderley an. Ich sehe mich noch deutlich: unvorteilhaft angezogen wie gewöhnlich, obwohl ich schon sieben Wochen verheiratet war, in einem gelbbraunen Baumwollkleid, einen kleinen Marderpelzkragen um den Hals, und das Ganze unter einem formlosen Regenmantel versteckt, der viel zu weit war und bis zu den Knöcheln reichte. Dieser Aufzug, dachte ich, war geradezu eine Verbeugung vor dem Wetter, und zudem machte die Länge des Mantels mich größer. Ich hielt ein Paar Handschuhe zusammengeknüllt in der Hand und trug eine große lederne Handtasche.

«Das ist der richtige Londoner Regen», sagte Maxim, als wir abfuhren. «Aber paß nur auf: wenn wir in Manderley ankommen, wird dich die Sonne begrüßen.» Und er behielt recht; die Wolken verließen uns schon in Exeter, sie ballten sich hinter uns zusammen und überließen uns einem leuchtend blauen Himmel und dem glänzend weißen Band der Landstraße vor uns.

Ich freute mich, die Sonne wiederzusehen, denn ich war abergläubisch genug, Regen als ein böses Vorzeichen zu betrachten, und der regengraue Londoner Himmel hatte mich schweigsam gemacht.

«Fühlst du dich jetzt besser?» fragte Maxim, und ich lächelte ihn an und griff nach seiner Hand, während ich bei mir dachte, wie einfach es doch für ihn sei, in sein eigenes Haus heimzukehren, ungezwungen in die Halle gehen zu können, die Post durchzusehen, Tee anrichten zu lassen; und ich fragte mich, ob er wohl meine Unruhe erraten habe und ob seine Frage mir zu verstehen geben sollte, daß er es mir nachempfand. «Jedenfalls dauert es nun nicht mehr lange. Wir werden gleich da sein. Ich nehme an, du wirst eine Tasse Tee auch gut gebrauchen können», sagte er, und dann ließ er meine Hand los, weil wir uns einer Kurve näherten und er umschalten mußte.

Aus seinen Worten entnahm ich, daß er mein Schweigen für Erschöpfung gehalten hatte und daß ihm gar nicht der Gedanke gekommen war, ich könnte diese Ankunft in Manderley ebensosehr fürchten, wie ich sie herbeigesehnt hatte, als sie noch in weiter Ferne lag. Jetzt, wo der Augenblick gekommen war, hätte ich ihn gern noch hinausgezögert, wäre ich gern in einer kleinen Dorfschenke eingekehrt und dort im Gastzimmer am gleichgültigen Kaminfeuer geblieben. Ich wollte weiter über die Landstraßen fahren und weiter die verliebte junge Frau auf der Hochzeitsreise sein – nicht zum erstenmal nach Manderley kommen als die Frau von Maxim de Winter. Wir fuhren durch viele freundliche Dörfer, deren Fenster so einladend blickten. Eine Frau, die einen Säugling auf dem Arm trug, lächelte mir von der Türschwelle zu, und ein Mann klapperte mit einem leeren Eimer über die Straße zum Brunnen.

Ich wünschte, wir hätten zu ihnen gehören dürfen, vielleicht ihre Nachbarn sein, und Maxim könnte sich abends pfeiferauchend über den Gartenzaun lehnen, voller Stolz auf den großen Rosenstock, den er selbst gezogen hatte, während ich in meiner blitzsauberen Küche den Abendbrottisch deckte. Auf dem Buffet müßte ein laut tickender Wecker stehen und dahinter eine Reihe blankgeputzter Teller; und nach dem Essen würde Maxim, die Füße auf dem Kamingitter, seine Zeitung lesen, und ich würde nach dem vollen Stopfkorb greifen. Eine solche Lebensweise wäre doch gewiß geruhsam und friedlich, dachte ich, und auch so viel einfacher, ohne gesellschaftliche Vorschriften beachten zu müssen.

«Nur noch zwei Meilen», sagte Maxim. «Siehst du den Waldsaum über dem Hügel dort aufragen, der sich bis ins Tal hinunterzieht? Und dahinter kann man schon das Meer sehen. Da liegt Manderley, das ist unser Wald.»

Ich zwang mich zu einem Lächeln, aber antwortete ihm nicht; eine Art Furcht überkam mich, ein Schwächegefühl, das ich nicht unterdrücken konnte. Die freudige Erregung war vergangen, mein glücklicher Stolz verschwunden. Ich war wie ein Kind am ersten Schultag oder wie ein unerfahrenes kleines Mädchen, das niemals von zu Hause weg gewesen ist und sich jetzt seine erste Stellung suchen muß.

«Ich glaube, du kannst deinen Regenmantel jetzt ausziehen», sagte er mit einem Seitenblick auf mich. «Hier unten hat es überhaupt nicht geregnet. Und rück dir deinen komischen kleinen Pelzkragen zurecht. Mein armes Herz, jetzt habe ich dich so überstürzt hierhergelotst, und du wolltest dir wahrscheinlich noch eine Menge Kleider in London kaufen.»

«Das macht gar nichts, solange es dir nichts ausmacht», sagte ich.

«Die meisten Frauen haben nichts als Kleider im Kopf», bemerkte er abwesend, und als wir die nächste Kurve genommen hatten, kamen wir an eine Straßenkreuzung, an der eine hohe Mauer anfing.

«Da wären wir», sagte er mit einer ungewohnten Erregung in der Stimme, und ich klammerte mich mit beiden Händen am Sitz fest.

Der Weg machte wieder eine Biegung, und vor uns erhob sich jetzt neben einem Pförtnerhäuschen ein hohes, eisernes Tor, dessen weitgeöffnete Flügel freien Zugang zu der langen Auffahrt gewährten. Als wir hindurchfuhren, sah ich hinter dem dunklen

Fenster des Pförtnerhäuschens neugierige Gesichter, und ein Kind kam herbeigelaufen und starrte hinter uns her. Ich machte mich auf meinem Sitz so klein wie möglich, denn ich wußte, warum die Gesichter so dicht an die Scheiben gepreßt waren und warum das Kind uns nachstarrte. Vielleicht ahnte er jetzt endlich etwas von meiner Beklommenheit, denn er ergriff meine Hand und küßte sie und sagte mit einem kleinen Lachen:

«Du darfst dich nicht daran stoßen, daß die Leute ein wenig neugierig sind; jeder will natürlich wissen, wie du aussiehst. Wahrscheinlich hat man hier seit Wochen von nichts anderem gesprochen. Du brauchst dich nur ganz natürlich zu geben, und sie werden dich alle lieben. Und um den Haushalt brauchst du dir keine Sorgen zu machen; Mrs. Danvers kümmert sich um alles. Überlaß es ruhig ihr. Sie wird dir gegenüber zuerst etwas steif sein, sie ist schon eine merkwürdige Person; aber laß dich dadurch nicht einschüchtern. Es ist nun einmal ihre Art. Siehst du diese Sträucher? Wenn die Hortensien erst blühen, verwandelt sich das Ganze in eine blaue Mauer.»

Das Tor hatte sich dröhnend hinter uns geschlossen; die staubige Landstraße war nicht mehr zu sehen, und ich gewahrte, daß dies nicht die Anfahrt von dem Manderley meiner Vorstellung war; dies war kein breiter, heller Kiesweg, den Harke und Besen glatt hielten, und keine gepflegten Rasenflächen säumten ihn.

Diese Anfahrt wand und schlängelte sich dahin, stellenweise kaum breiter als ein Fußpfad, und zu beiden Seiten ragten die Bäume wie Säulen empor, und ihre Kronen schwankten und vereinigten sich zu einem Gewölbe über unseren Köpfen wie der Bogengang einer Kirche. Selbst die Mittagssonne vermochte nicht dies eng verschlungene grüne Laubdach zu durchdringen, zu dicht war es geflochten, und nur hier und da durchbrachen warm leuchtende kleine Lichtflecke zitternd das wogende Grün und flimmerten golden auf dem Weg. Es war sehr ruhig, sehr still. Auf der Landstraße hatte mir ein frischer Westwind ins Gesicht geweht und das Gras am Straßenrand nach seinem Takt tanzen lassen, aber hier regte sich kein Lüftchen. Selbst der Motor des Wagens schien einen neuen Ton angenommen zu haben. Er surrte leiser, verhaltener als vorher. Als der Weg sich dann zum Tal hinabsenkte, schienen die Bäume uns entgegenzukommen, die herrlichen, hohen, grauglatten Buchen, die ihre unzähligen Äste und Zweige gegeneinander reckten, und andere Bäume, deren Namen ich nicht wußte; sie alle kamen uns so nahe, daß ich sie fast mit der Hand berühren konnte. Und weiter fuhren wir über eine kleine Brücke, die ein schmales Flüßchen überspannte, und immer weiter wand und schlängelte sich diese Anfahrt, die gar keine richtige Anfahrt war, wie ein verzaubertes Band zwischen den dunklen, schweigenden Bäumen hindurch, und immer tiefer drangen wir in das Herz des Waldes ein – aber immer noch war da keine Lichtung, kein offener Platz, auf dem ein Haus hätte stehen können.

Allmählich begann der schier endlose Weg mich zu irritieren; hinter dieser Biegung muß es liegen, dachte ich, oder hinter der dort vorn, doch so oft ich mich auch erwartungsvoll vorbeugte, ich wurde wieder enttäuscht; kein Haus, keine Wiese, kein heller, freundlicher Garten, nichts, nur das Schweigen und die Einsamkeit des Waldes. Das Parktor war nur noch eine Erinnerung, und die Landstraße hätte einer anderen Zeit, einer anderen Welt angehören können.

Plötzlich lichtete sich die Dunkelheit vor uns; ich erblickte den Himmel wieder, die finstere Reihe der Bäume wich zurück, das Gewirr der Sträucher war verschwunden, und zu beiden Seiten des Weges erhob sich eine blutrote Mauer hoch über unsere Köpfe. Das waren die Rhododendronbüsche von Manderley. Ihr plötzliches Auftauchen hatte etwas Verwirrendes, etwas Erschreckendes. Der düstere Wald hatte mich auf diesen Anblick nicht vorbereitet. Das flammende Blütenmeer überwältigte mich, diese unwahrscheinlich verschwenderische Fülle, die kein Blatt, keinen Zweig sehen ließ, nur das blutige Rot, üppig und unwirklich, keinem Rhododendron, den ich je gesehen hatte, vergleichbar.

Ich warf einen Blick auf Maxim. Er lächelte. «Gefällt es dir?» fragte er.

«Ja», antwortete ich etwas atemlos, ungewiß, ob ich das wirklich meinte oder nicht, denn bisher hatte ich Rhododendronbüsche als gemütliche, etwas hausbackene Pflanzen betrachtet, die in ihrem konventionellen Lila oder Rosa schön ordentlich aufgereiht in einem runden Beet standen. Und diese hier glichen Ungeheuern, die sich gen Himmel reckten. Sie waren zu schön in ihrer ungebändigten Wildheit, dachte ich, es konnten keine Pflanzen sein.

Das Haus mußte jetzt jeden Augenblick auftauchen. Der Weg

verbreiterte sich zu der weit geschwungenen Auffahrt, die ich erwartet hatte; immer noch von der roten Mauer flankiert nahmen wir die letzte Biegung, und dann hatten wir Manderley erreicht. Ja, da war es, das Manderley, das ich erwartet hatte, das Manderley auf der Ansichtskarte von damals. Eine Schöpfung von Schönheit und Anmut, erlesen und makellos, bezaubernder noch, als ich es mir erträumt hatte, lag es da zwischen samtenen Rasenflächen eingebettet mit den Terrassen, die zu den Gärten abfielen, und den Gärten, die sich bis zum Meer hinunterzogen. Als wir uns in langsamer Fahrt der breiten Steintreppe näherten, sah ich durch eins der hohen Doppelfenster eine Menge Menschen in der Halle stehen, und ich hörte Maxim leise fluchen: «Der Teufel soll die Person holen! Sie weiß genau, daß ich das nicht haben wollte», und er bremste mit einem Ruck.

«Was ist denn los?» fragte ich, «was wollen denn die vielen Leute?»

«Ich fürchte, du wirst es über dich ergehen lassen müssen», sagte er gereizt. «Diese verfluchte Mrs. Danvers hat die gesamte Dienerschaft aus Haus und Garten zusammengetrommelt, um uns willkommen zu heißen. Aber keine Sorge, du brauchst nichts zu sagen, ich werde das schon machen.»

Die lange Fahrt hatte ein leichtes Übelkeitsgefühl in mir hervorgerufen, und mich fröstelte; ich tastete nach dem Türgriff, und als ich noch daran herumfingerte, kam der Butler die Treppe heruntergeeilt, gefolgt von einem Diener, und riß den Wagenschlag auf.

Er war alt, er hatte ein freundliches Gesicht, und ich lächelte zu ihm hinauf und streckte ihm die Hand hin. Aber er hatte sie wohl nicht gesehen, denn er griff statt dessen nach der Reisedecke und meinem kleinen Handkoffer und half mir dann beim Aussteigen.

«So, da wären wir, Frith», sagte Maxim, während er seine Handschuhe auszog. «In London hatten wir noch Regen. Ihr scheint ja davon verschont geblieben zu sein. Alles in Ordnung?»

«Ja, danke, Sir. Nein, alles in allem haben wir einen trockenen Monat gehabt. Ich freue mich, daß Sie wieder zu Hause sind, und hoffe, es ist Ihnen gut ergangen. Und Madam auch.»

«Doch, danke, uns geht es beiden sehr gut, Frith. Nur etwas müde von der Fahrt; eine Tasse Tee wird uns jetzt guttun. Das da kommt allerdings sehr unerwartet.» Er nickte mit dem Kopf zur Halle hin.

«Mrs. Danvers hat es so angeordnet», sagte der Butler, ohne eine Miene zu verziehen.

«Das dachte ich mir», entgegnete Maxim kurz. «Komm», wandte er sich zu mir, «es ist bald überstanden, und dann sollst du deine Tasse Tee bekommen.»

Wir stiegen zusammen die Treppe empor, während Frith und der Diener mit den Sachen folgten, und ich fühlte, wie mir die Kehle vor Erregung trocken wurde.

Wenn ich meine Augen schließe, kann ich mich selbst sehen, so wie ich damals, als ich zum erstenmal die Schwelle des Hauses überschritt, den anderen vorgekommen sein muß: eine linkische schlanke Gestalt im einfachen Baumwollkleid, die ein Paar Handschuhe in ihren feuchten Händen zerknüllte. Ich sehe die große, steinerne Halle, die breiten, offenen Türen zur Bibliothek, die Lelys und van Dycks an den Wänden, die kunstvoll geschnitzte Treppe zur Galerie; und dann, die ganze Halle füllend, ein Meer von Gesichtern, die mich mit offenen Mündern neugierig anstarrten. Eine Gestalt löste sich aus der Menge, hager und groß, in tiefes Schwarz gekleidet; die hervorstechenden Backenknochen und tiefliegenden großen Augen gaben ihrem pergamentenen Gesicht das Aussehen eines Totenschädels.

Sie kam auf mich zu, und ich streckte ihr meine Hand entgegen und beneidete sie um ihre würdige und gemessene Haltung; aber die Hand, die die meine ergriff, war schwer und schlaff, eiskalt, und fühlte sich an wie ein lebloses Ding.

«Das ist Mrs. Danvers», sagte Maxim, und sie fing zu sprechen an, ohne diese tote Hand wegzunehmen, ohne ihren toten Blick von mir zu wenden, so daß ich unsicher wurde und sie nicht ansehen konnte, und als sie das merkte, bewegte sich ihre Hand, das Leben kehrte in sie zurück, und ich empfand aus irgendeinem Grund Scham und Unbehagen.

An ihre Worte erinnere ich mich nicht mehr, aber ich weiß, daß sie mich im Namen der ganzen Dienerschaft willkommen hieß, eine förmliche, banale Rede, die sie für diese Gelegenheit auswendig gelernt hatte und mit einer Stimme vortrug, die so kalt und leblos klang, wie ihre Hand sich angefühlt hatte. Als sie geendet hatte, blieb sie vor mir stehen, als erwarte sie eine Erwiderung von mir, und ich erinnere mich, daß ich tief errötete, während ich ein paar Worte des Dankes stammelte, und in meiner Verwirrung ließ ich die Handschuhe fallen. Sie bückte sich, um sie aufzuheben, und als sie sie mir reichte, bemerkte ich, wie sich ihr Mund zu einem verächtlichen kleinen Lächeln verzog. Ich erriet sofort, daß sie mich nicht für voll nahm. Irgend etwas im Ausdruck ihres Gesichtes flößte mir ein Gefühl von Unruhe ein, und schon als sie zu den anderen zurückgetreten war, schien ihre schwarze Gestalt sich von den übrigen abzuheben, eine einzelne unter den vielen, und obwohl sie nun schwieg, fühlte ich ihre Augen noch immer auf mir ruhen. Maxim nahm meinen Arm und sprach seinen Dank für die Begrüßung aus, völlig unbefangen und sicher, als sei es das Selbstverständlichste von der Welt, und dann führte er mich in die Bibliothek zum gedeckten Teetisch, schloß die Tür hinter uns, und wir waren endlich wieder allein.

Zwei Spaniels kamen vom Kamin auf uns zu. Sie sprangen an Maxim hoch, die langen, seidigen Ohren zur zärtlichen Begrüßung zurückgelegt, und bohrten ihre Nasen in seine Hände. Dann ließen sie von ihm ab, kamen zu mir und beschnupperten zurückhaltend und mißtrauisch meine Füße. Der eine Hund, die Mutter des anderen, die auf einem Auge blind war, wurde meiner schnell überdrüssig und rollte sich mit einem Seufzer wieder vor dem Kamin zusammen; aber Jasper, ihr Sohn, schnüffelte an meiner Hand und legte seinen Kopf auf meine Knie, mich mit seinen sprechenden Augen betrachtend. Und als ich ihm über das weiche Fell strich, wedelte er mit dem Schwanz.

Ich fühlte mich bedeutend wohler, nachdem ich meinen Hut und meinen lächerlichen kleinen Pelzkragen abgenommen und beides zu Handschuhen und Handtasche auf die Fensterbank geworfen hatte. Es war ein geräumiges, behagliches Zimmer, in dem wir uns befanden. Die Wände verschwanden ringsum bis unter die Decke hinter dichten Bücherreihen, ein Zimmer, in dem ein Junggeselle sein Leben verbringen konnte, mit schweren Sesseln vor dem großen, offenen Kamin und Hundekörben, die allerdings nur selten benutzt zu werden schienen, denn die Sessel wiesen verräterische Vertiefungen auf. Die hohen Fenster boten einen freien Blick auf die Rasenflächen und weit dahinter auf das ferne Glitzern des Meeres.

Dem Zimmer haftete ein eigener, angenehm dumpfiger Geruch an, als verändere sich die Luft in ihm nur wenig, trotz dem süßen Duft von Flieder und Rosen, der im Sommer hier eindrang. Jeder Luftzug, der in dieses Zimmer gelangen mochte, ob nun vom

Garten oder von der See her, büßte hier schnell seine Frische ein und wurde eins mit den Büchern, muffig und verstaubt, eins mit der geschnitzten Decke, den dunklen Paneelen, den schweren Vorhängen.

Es war ein alter, würziger Moosgeruch, der Geruch einer stillen Kirche, in der nur selten ein Gottesdienst abgehalten wird, in der die rostbraune Flechte zwischen den Steinen wächst und der Efeu sich vor den Fenstern rankt. Ein Raum des Friedens, ein Raum der Besinnlichkeit.

Bald wurde der Tee serviert, ein feierliches kleines Schauspiel, das Frith und der junge Diener zum besten gaben und in dem meine Rolle erst nach ihrem Abgang begann. Und während Maxim den großen Stapel Briefe überflog, spielte ich mit dem gebutterten Toast, zerkrümelte ein Stück Kuchen und trank den glühheißen Tee.

Hin und wieder sah er hoch und lächelte mich an, dann vertiefte er sich wieder in seine Briefe, die sich wohl während der letzten Monate so angehäuft hatten, und ich dachte, wie wenig ich doch von seinem Leben hier auf Manderley wußte, wie es verlief, Tag für Tag. Diese letzten Wochen waren so schnell vergangen, und während ich an seiner Seite durch Frankreich und Italien gefahren war, hatte ich für nichts anderes Gedanken gehabt als für meine Liebe zu ihm, hatte ich Venedig mit seinen Augen gesehen, seine Worte nachgesprochen, keine Frage an die Vergangenheit und an die Zukunft gestellt und mich mit dem bißchen Glanz der Gegenwart zufriedengegeben.

Er war viel heiterer, als ich vermutet, viel zärtlicher, als ich mir hatte träumen lassen, so jung und begeisterungsfähig auf eine mich immer von neuem bezaubernde Art, nicht der Maxim, den ich an seinem Tisch im Speisesaal kennengelernt hatte, in sein geheimes Ich verhüllt, vor sich hinstarrend. Mein Maxim lachte und sang, warf Steine ins Wasser, hielt meine Hand, hatte keine Falten auf der Stirn und schien von keiner Last mehr bedrückt. Er war mein Geliebter, mein Freund, und während jener Wochen hatte ich vergessen, daß er sonst ein planmäßig geordnetes Leben führte, ein Leben, das wieder aufgenommen und fortgesetzt werden mußte und das aus den vergangenen Wochen nur einen kurzen, immer weiter zurückliegenden Urlaub machte.

Ich lehnte mich in meinem Sessel zurück, blickte im Zimmer umher und versuchte etwas Selbstvertrauen zu gewinnen und die

Tatsache, daß ich hier auf Manderley war, in mein Bewußtsein dringen zu lassen, in dem Manderley von der Ansichtskarte, dem berühmten Manderley. Ich mußte mir selbst beibringen, daß dies alles mir gehörte, mir so gut wie ihm: der steife Sessel, auf dem ich saß, die unzähligen Bücher, die sich bis zur Decke reihten, die Bilder an den Wänden, der Garten, der Wald, das Manderley, von dem ich gelesen hatte – all das gehörte jetzt mir, weil ich Maxim geheiratet hatte.

Wir würden hier zusammen alt werden, wir würden als alte Leute genauso wie heute hier bei unserem Tee sitzen, Maxim und ich, nur mit anderen Hunden, den Nachkommen der jetzigen; und in der Bibliothek würde derselbe merkwürdige dumpfige Geruch herrschen wie jetzt. Dieser Raum würde eine Zeit herrlicher Unordnung und Verwahrlosung kennenlernen, wenn die Knaben – unsere Söhne – jung waren; ich sah sie sich schon mit schmutzigen Stiefeln auf dem Sofa herumbalgen und Angelgerät, Kricketschläger, große Taschenmesser und Bogen und Pfeile hereinschleppen.

Auf dem Tisch dort, jetzt leer und blank poliert, würde ein unschöner Glaskasten stehen, in dem Schmetterlinge und Motten aufgespannt waren, und ein zweiter mit ausgeblasenen Vogeleiern. «Nicht den ganzen Kram hier herein!» würde ich ermahnen, «tragt die Sachen in euer Schulzimmer, ihr Schlingel», und sie würden tobend und johlend hinausstürmen bis auf den Jüngsten, der stiller war als die anderen und gern für sich spielte.

Mein Zukunftsbild verflog, als die Tür sich öffnete und Frith und der Diener hereinkamen, um den Tisch abzuräumen. «Mrs. Danvers läßt fragen, Madam, ob sie Ihnen jetzt vielleicht Ihr Zimmer zeigen dürfte», sagte Frith zu mir, als der Diener mit dem Geschirr hinausgegangen war.

Maxim sah von seinen Briefen auf. «Wie macht sich denn der Ostflügel jetzt?» fragte er.

«Sehr gut, finde ich, Sir; die Handwerker haben natürlich bei ihrer Arbeit eine Menge Schmutz gemacht, und Mrs. Danvers fürchtete schon, sie würden bis zu Ihrer Rückkehr nicht fertig werden. Aber letzten Montag war es dann doch soweit. Ich möchte eigentlich annehmen, daß Sie sich dort sehr wohl fühlen werden, Sir. Die Räume sind an der Ostseite ja viel heller.»

«Hast du etwas umbauen lassen?» erkundigte ich mich.

«Oh, nicht eigentlich», sagte Maxim kurz. «Ich habe nur die

Zimmer im Ostflügel neu tapezieren und streichen lassen, weil ich dachte, wir würden am besten dort wohnen. Wie Frith sagte, es ist auf der Seite des Hauses sehr viel freundlicher, und man hat von den Zimmern aus einen herrlichen Blick auf den Rosengarten. Als meine Mutter noch lebte, war es der Gästeflügel. Ich möchte nur rasch die Briefe zu Ende durchsehen, dann komme ich nach. Lauf nur zu und freunde dich ein bißchen mit Mrs. Danvers an, das ist eine sehr günstige Gelegenheit dazu.»

Als ich mich erhob und langsam hinausging, fühlte ich meine Unsicherheit wiederkehren. Am liebsten hätte ich auf ihn gewartet und dann Arm in Arm mit ihm zusammen die Zimmer besichtigt. Ich wollte nicht allein mit Mrs. Danvers sein. Wie riesig kam mir die leere Halle jetzt vor. Meine Schritte hallten auf den Steinfliesen, und die Decke warf ihr Echo zurück; fast fühlte ich mich schuldbewußt bei diesem Geräusch, so wie in der Kirche, wenn man das beklemmende Gefühl hat, von allen angestarrt zu werden.

«Es ist hier alles so groß, nicht wahr?» sagte ich zu Frith, zu forsch, zu gezwungen, wieder das Schulmädchen; aber er antwortete ganz ernsthaft: «Ja, Madam, Manderley ist ein großer Besitz. Nicht so groß wie manche andere, aber doch recht groß. In früheren Zeiten war hier die Festhalle. Bei besonderen Gelegenheiten, einer Abendgesellschaft oder einem Ball, tritt sie wieder in ihre alte Funktion. Und einmal in der Woche ist hier auch öffentlicher Besuchstag, wie Sie vielleicht wissen.»

«Ja», sagte ich, immer noch von meinen lauten Schritten verfolgt. Wie ich da hinter ihm herging, hatte ich das Gefühl, daß er mich genauso behandelte wie einen Besucher, der Manderley besichtigte, und ich betrug mich auch ganz so, blickte höflich nach rechts und nach links, betrachtete die Waffen und die Bilder an den Wänden, strich mit der Hand über das geschnitzte Geländer.

Eine schwarze Gestalt erwartete mich am Kopf der Treppe, die tiefliegenden Augen in dem weißen Totenschädel prüfend auf mich gerichtet. Ich sah mich unwillkürlich schutzsuchend nach Frith um, aber er war bereits in einem anderen Flur verschwunden.

Ich war jetzt allein mit Mrs. Danvers. Ich stieg die breite Treppe zu ihr hinauf, und sie wartete regungslos, die Hände vor sich gefaltet, und blickte mir unverwandt entgegen. Ich zwang mich zu einem Lächeln, das nicht erwidert wurde, und ich konnte ihr das auch nicht übelnehmen, denn mein Lächeln hatte gar keinen Sinn. Es war töricht und unnatürlich. «Hoffentlich habe ich Sie nicht warten lassen», sagte ich.

«Ich habe mich nach Ihnen zu richten, Madam», entgegnete sie. «Ich bin nur dazu da, Ihre Befehle auszuführen.» Und dann drehte sie sich um und schritt durch die Galerie zu dem anschließenden Korridor. Wir gingen einen breiten, mit Teppichen ausgelegten Gang entlang, wandten uns dann nach links durch eine Eichentür, stiegen eine schmale Treppe hinunter und auf der anderen Seite eine entsprechende Treppe hinauf und kamen so wieder zu einer Tür. Diese stieß sie auf und trat dann zur Seite, um mich vorbeizulassen, und ich befand mich in einem kleinen Vorraum, einer Art Boudoir, in dem ein Sofa, ein paar Stühle und ein Schreibtisch standen, und gelangte von da in ein großes, doppelbettiges Schlafzimmer mit breiten, hohen Fenstern und einem anschließenden Badezimmer. Ich ging sofort an ein Fenster und sah hinaus. Unten lag der Rosengarten und der östliche Teil der Terrasse, und hinter dem Garten erstreckte sich ein glatter Rasen bis zum nahen Wald.

«Das Meer kann man von hier aus nicht sehen», sagte ich, mich zu Mrs. Danvers umwendend.

«Nein, von diesem Flügel aus nicht», antwortete sie. «Man kann es nicht einmal hören. Man sollte von diesem Flügel aus gar nicht meinen, daß das Meer so nahe ist.»

Sie sprach mit einer merkwürdigen Betonung, als verberge sie etwas hinter ihren Worten, und sie legte einen sonderbaren Nachdruck auf die Worte «diesem Flügel», als wollte sie mir zu verstehen geben, daß die Räumlichkeiten hier in mancher Hinsicht etwas zu wünschen übrigließen.

«Das ist schade. Ich liebe das Meer so», sagte ich.

Sie starrte mich nur schweigend an; ihre Hände hielt sie immer noch vor sich gefaltet.

«Es ist aber trotzdem ein entzückendes Zimmer», sagte ich, «und ich bin überzeugt, daß ich mich hier wohl fühlen werde. Ich hörte, daß es ganz neu für uns hergerichtet wurde.»

«Ja», sagte sie.

«Wie sah es denn früher aus?» fragte ich.

«Es hatte eine lila Tapete und andere Vorhänge; Mr. de Winter fand es zu düster. Es ist nie viel benutzt worden, außer von gelegentlichem Logierbesuch. Aber Mr. de Winter ordnete in seinem Brief ausdrücklich an, daß dies Ihr Zimmer werde.»

«Dann war es also ursprünglich gar nicht sein Schlafzimmer?» bemerkte ich.

«Nein, Madam, er hat die Räume in diesem Flügel früher kaum betreten.»

«Ach so», sagte ich, «das hat er mir gar nicht erzählt», und ich trat vor den Frisiertisch und begann mich zu kämmen. Meine Sachen waren schon ausgepackt und Bürsten und Kämme ordentlich hingelegt worden. Ich war froh, daß Maxim mir die neuen Toilettenartikel geschenkt hatte und daß sie schon dort auf dem Frisiertisch vor Mrs. Danvers Augen lagen. Sie waren neu und waren teuer gewesen, ich brauchte mich ihrer nicht zu schämen.

«Alice hat Ihre Koffer ausgepackt und wird Sie bedienen, bis Ihre Zofe nachkommt», sagte Mrs. Danvers. Ich lächelte sie wieder an und legte den Kamm auf den Frisiertisch zurück.

«Ich habe keine Zofe», sagte ich halb verlegen, «aber ich bin überzeugt, Alice wird gut für mich sorgen.»

Ihr Gesicht nahm wieder denselben Ausdruck an wie bei unserer ersten Begegnung, als ich meine Handschuhe so ungeschickt fallen ließ.

«Ich fürchte, damit werden Sie sich nicht lange behelfen können», sagte sie, «Damen in Ihrer gesellschaftlichen Stellung pflegen eine eigene Zofe zu haben.»

Ich errötete und griff nach der Bürste. Ich spürte die Anzüglichkeit in ihren Worten nur zu gut. «Wenn Sie es für notwendig halten, dann sehen Sie sich doch nach jemandem für mich um», sagte ich und vermied ihren Blick. «Irgendein junges Mädchen vielleicht, das in Stellung gehen will.»

«Wenn Sie es wünschen», sagte sie. «Sie haben nur zu befehlen.»

Es entstand ein Schweigen zwischen uns. Ich wünschte, sie wäre gegangen. Ich fragte mich, warum sie noch stehenblieb und mich so musterte.

«Sie sind vermutlich schon sehr lange in Manderley?» nahm ich einen neuen Anlauf, «länger als all die anderen?»

«Nein, nicht so lange wie Frith», erwiderte sie, und wieder fiel es mir auf, wie leblos und kalt ihre Stimme klang; «Frith war bereits zu Lebzeiten des alten Herrn hier, als Mr. de Winter noch ein Junge war.»

«Ach so», sagte ich, «Sie sind also erst danach gekommen?»

«Ja», sagte sie, «erst danach.»

Wieder sah ich zu ihr auf, und wieder begegnete ich dem finsteren Blick jener dunklen Augen in dem weißen Gesicht. Ich weiß nicht warum, aber er flößte mir ein seltsames Gefühl von Unruhe und bösen Vorahnungen ein. Ich versuchte zu lächeln und konnte es nicht. Diese lichtlosen Augen, in denen auch nicht ein Funke von Sympathie lag, lähmten mich.

«Ich kam her, als die erste Mrs. de Winter heiratete», sagte sie, und ihre Stimme, die bisher so stumpf und tot gewesen war, klang jetzt heiser vor unerwarteter Erregung, voll Leben und einer tieferen Bedeutung, und auf den hageren Wangen bildeten sich rote Flecken.

Diese Veränderung ging so plötzlich vor sich, daß sie mich befremdete und sogar erschreckte. Ich wußte nicht, was ich tun oder was ich sagen sollte. Es war, als hätte sie verbotene Worte gesprochen, Worte, die sie lange mit sich herumgetragen hatte und nun nicht mehr unterdrücken konnte. Und immer noch ruhte ihr Blick auf meinem Gesicht, sie betrachtete mich mit einem eigentümlichen Ausdruck mitleidiger Geringschätzung, so daß ich mir noch jünger und unerfahrener vorkam.

Ich mußte etwas sagen, ich konnte nicht einfach dort sitzen und mit Kamm und Bürste spielen und sie merken lassen, wie sehr ich sie fürchtete und ihr mißtraute.

«Mrs. Danvers», hörte ich mich sagen, «ich hoffe, wir werden Freunde werden und gut miteinander auskommen. Sie müssen nur etwas Geduld mit mir haben, weil dies alles so neu für mich ist. Ich bin nicht für ein Leben wie hier auf Manderley erzogen worden, und ich möchte es doch so gern richtig machen, und vor allem möchte ich, daß Mr. de Winter zufrieden mit mir ist. Ich weiß, daß ich Ihnen den ganzen Haushalt überlassen kann, Mr. de Winter sagte es mir schon, und ich möchte auch alles beim alten lassen. Ich habe nicht vor, neue Anordnungen zu treffen.»

Ich hielt inne, ein wenig atemlos, meiner selbst und der richtigen Wahl meiner Worte nicht sicher, und als ich zu ihr hinsah, bemerkte ich, daß sie sich bewegt hatte und daß sie mit der Hand am Türgriff stand.

«Sehr wohl», sagte sie, «ich hoffe, ich werde alles zu Ihrer Zufriedenheit erledigen. Ich habe den Haushalt nun seit über einem Jahr selbständig geführt, und Mr. de Winter hat sich niemals zu beklagen brauchen. Natürlich war es ganz anders, als Mrs. de Winter noch lebte. Damals wurden ständig Gesellschaften gegeben, und wir hatten viel Hausbesuch, und wenn ich ihr auch einen großen Teil der Arbeit abnahm, so kümmerte sie sich doch um alles.»

Wieder hatte ich den Eindruck, daß sie ihre Worte mit Vorbedacht wählte, daß sie sozusagen meine Gedanken abtasten wollte, indem sie meinen Gesichtsausdruck beobachtete, während sie sprach.

«Mir ist es viel lieber, wenn Sie alles selbständig tun», wiederholte ich. «Sehr viel lieber.» Und ich sah, daß ihr Mund sich wieder zu demselben spöttischen, geradezu verächtlichen Lächeln verzog, das ich schon bei der Begrüßung in der Halle bemerkt hatte. Sie wußte, daß ich ihr nicht gewachsen war und daß ich sie fürchtete.

«Kann ich noch irgend etwas für Sie tun?» fragte sie, und ich tat, als ob ich mich prüfend im Zimmer umsähe. «Nein, danke», sagte ich, «nein, ich glaube, ich habe alles. Ich werde mich hier sehr wohl fühlen. Sie haben das Zimmer reizend und gemütlich herrichten lassen» – eine kriecherische Schmeichelei, um ihre Gunst zu gewinnen.

Sie zuckte die Achseln, völlig unbewegt. «Ich habe nur Mr. de Winters Anweisungen befolgt», sagte sie. Sie zögerte noch in der offenen Tür, als hätte sie mir noch etwas zu sagen und wüßte nicht recht, wie sie anfangen sollte. Sie wartete offenbar darauf, daß ich ihr eine Gelegenheit dazu geben würde.

Ich wünschte, sie würde endlich gehen; sie stand da wie ein Schatten mit ihren lauernden Totenkopfaugen.

«Falls irgend etwas noch nicht Ihren Wünschen entsprechen sollte, werden Sie es mich bitte gleich wissen lassen?» sagte sie.

«Gewiß», sagte ich, «selbstverständlich werde ich das tun, Mrs. Danvers», aber ich wußte, daß es nicht dies war, was sie mir hatte sagen wollen; und wieder fiel ein Schweigen zwischen uns.

«Sollte Mr. de Winter nach seinem großen Kleiderschrank fragen», sagte sie plötzlich, «dann sagen Sie ihm bitte, daß wir ihn unmöglich hierher transportieren konnten. Wir versuchten es, aber er ging nicht durch diese schmalen Türen. Die Zimmer hier sind kleiner als drüben im Westflügel. Wenn er etwas auszusetzen hat, möchte er es mir bitte gleich sagen. Es war nicht leicht, diese Räume passend einzurichten.»

«Machen Sie sich darüber kein Kopfzerbrechen, Mrs. Danvers», entgegnete ich, «ich bin überzeugt, daß er alles wunderschön finden wird. Es tut mir nur leid, daß Sie soviel Arbeit damit gehabt haben. Ich hatte keine Ahnung, daß er diesen Flügel neu herrichten und tapezieren lassen wollte, es wäre wirklich nicht nötig gewesen. Ich wäre im Westflügel bestimmt ebenso glücklich und zufrieden gewesen.»

Sie sah mich sonderbar an und begann den Türgriff hin- und herzudrehen. «Mr. de Winter meinte, Sie würden diesen Flügel vorziehen», sagte sie. «Die Räume drüben sind sehr alt. Das Schlafzimmer ist fast doppelt so groß wie dieses – ein sehr schönes Zimmer, mit einer geschnitzten Decke. Die Gobelinstühle und der Kamin sind sehr wertvolle Stücke. Es ist das schönste Zimmer im ganzen Haus, und von den Fenstern hat man einen herrlichen Blick auf das Meer.»

Ich fühlte mich hilflos und ungemütlich. Ich wußte nicht, warum sie mit diesem Unterton von Trotz sprechen mußte und durchblicken ließ, daß dieses Zimmer, in dem ich wohnen sollte, irgendwie unansehnlich und Manderley nicht ganz würdig sei – ein zweitklassiges Zimmer, gut genug für einen zweitklassigen Menschen wie ich.

«Wahrscheinlich will Mr. de Winter das beste Zimmer nicht benutzen, um es bei den öffentlichen Führungen zeigen zu können», sagte ich. Sie spielte immer noch mit dem Türgriff, sah mir dann plötzlich in die Augen, zögerte jedoch mit ihrer Antwort; und als sie schließlich sprach, klang ihre Stimme noch leiser, noch tonloser als zuvor.

«Die Schlafzimmer werden bei den Führungen nie gezeigt, nur die Halle und die Galerie und die unteren Räume.» Sie hielt einen Augenblick inne und betrachtete mich abwägend. «Als Mrs. de Winter noch lebte, wohnten sie im Westflügel. Das große Zimmer, von dem ich gerade sprach, war Mrs. de Winters Schlafzimmer.»

Dann sah ich, wie ein Schatten über ihr Gesicht flog und wie sie sich an die Wand drückte, als wolle sie sich unsichtbar machen, und gleich darauf hörte ich Maxims Schritte, und er trat ins Zimmer.

«Nun, wie ist's?» sagte er zu mir, «gut? Glaubst du, daß es dir gefallen wird?»

Er sah sich voller Begeisterung um, so strahlend wie ein Schuljunge. «Ich war immer der Ansicht, daß dies ein besonders schönes Zimmer ist», sagte er. «Als Gastzimmer ist es nie so recht zur Geltung gekommen, aber ich wußte, daß man etwas daraus machen konnte. Sie haben Wunder gewirkt, Mrs. Danvers, mein Kompliment.»

«Besten Dank, Sir», erwiderte sie, ohne eine Miene zu verziehen, und dann ging sie und schloß die Tür behutsam hinter sich zu.

Maxim trat an ein Fenster und lehnte sich hinaus. «Ich liebe den Rosengarten», sagte er. «Eine meiner ersten Erinnerungen ist, wie ich auf kleinen, noch sehr unsicheren Beinen hinter meiner Mutter herlief, als sie die verblühten Rosen abschnitt. Ich finde, dieses Zimmer hat etwas Friedliches und Zufriedenes, und es ist auch sehr ruhig. Wenn man hier ist, sollte man es kaum für möglich halten, daß das Meer so nahe ist.»

«Genau das sagte Mrs. Danvers auch», erklärte ich ihm.

Er trat vom Fenster zurück, schlenderte im Zimmer umher, sah sich die Bilder an, nahm diesen oder jenen Gegenstand in die Hand, öffnete die Schränke und nahm meine Kleider, die darin hingen, in Augenschein.

«Wie bist du mit unserer guten Danvers fertig geworden?» fragte er mich plötzlich.

Ich wandte mich ab und kämmte mir noch einmal die Haare vor dem Spiegel. «Sie schien mir ein wenig zurückhaltend zu sein», erwiderte ich nach einer Weile. «Vielleicht fürchtete sie, ich würde mich in ihre Haushaltsangelegenheiten mischen.»

«Ich glaube nicht, daß sie dir das übelnehmen würde», behauptete er. Ich blickte hoch und sah im Spiegel seine Augen auf mich gerichtet. Dann ging er wieder ans Fenster und schaukelte, leise vor sich hin pfeifend, auf den Absätzen.

«Du mußt sie gar nicht beachten», sagte er. «Sie ist in mancher Beziehung ein eigenartiger Mensch und für eine andere Frau bestimmt nicht leicht zu nehmen. Aber mach dir nichts draus. Wenn sie dir wirklich auf die Nerven geht, werden wir sie eben entlassen. Sie ist nur sehr tüchtig, weißt du, und wird dir alle Haushaltssorgen abnehmen. Wahrscheinlich tyrannisiert sie das Personal nicht wenig. Mir gegenüber wagt sie es aber nicht. Ich hätte sie schon längst vor die Tür gesetzt, wenn sie es versucht hätte.»

«Ich denke doch, daß wir uns gut vertragen werden, wenn sie

mich erst etwas kennengelernt hat», beeilte ich mich zu erwidern, «schließlich ist es ja ganz natürlich, daß sie jetzt noch etwas gegen mich hat.»

«Gegen dich hat? Warum denn das? Was willst du denn damit sagen?»

Er drehte sich stirnrunzelnd zu mir um, einen merkwürdigen, fast zornigen Ausdruck im Gesicht. Ich verstand nicht, warum er sich darüber Gedanken machte, und ich wünschte, ich hätte etwas anderes gesagt.

«Ich meinte nur, daß es für eine Haushälterin doch viel einfacher ist, für einen alleinstehenden Mann zu sorgen», sagte ich. «Wahrscheinlich hat sie sich so daran gewöhnt, daß sie jetzt fürchtet, ich würde ihr zu viel dreinreden.»

«Dreinreden, du lieber Himmel ...» fing er an. «Wenn du glaubst ...» dann brach er ab, kam auf mich zu und küßte mich auf das Haar.

«Reden wir nicht mehr über Mrs. Danvers», sagte er. «Ich muß gestehen, sie interessiert mich herzlich wenig. Komm, ich möchte dir ein bißchen von Manderley zeigen.»

Ich sah Mrs. Danvers an jenem Abend nicht wieder, und wir sprachen auch nicht mehr über sie. Ich fühlte mich froher und nicht mehr so sehr als Eindringling, nachdem ich sie aus meinen Gedanken verbannt hatte; und als wir unten durch die Zimmer gingen und uns die Bilder ansahen und Maxim den Arm um mich legte, begann ich mich als die junge Frau zu fühlen, die ich werden wollte, die junge Frau meiner Träume, die Manderley zu ihrer Heimat gemacht hatte.

Es war unser erster Abend, das Ansehen der Bilder hatte einige Zeit in Anspruch genommen, und deshalb freute ich mich, als Maxim mit einem Blick auf die Uhr meinte, es sei zu spät, um sich zum Essen umzuziehen, so daß ich der Verlegenheit entging, von Alice, dem Hausmädchen, gefragt zu werden, was ich anziehen wollte, und mir nicht von ihr beim Umkleiden helfen zu lassen brauchte. Es blieb mir deshalb auch erspart, die hohe Treppe zur Halle fröstelnd mit bloßen Schultern herabzusteigen, in einem Kleid, das Mrs. Van Hopper mir geschenkt hatte, weil es ihrer Tochter nicht stand. Ich hatte bereits mit Schrecken an die förmliche Mahlzeit in dem nüchternen Eßzimmer gedacht, und jetzt machte die geringfügige Tatsache, daß wir uns nicht umzogen, alles ganz leicht und einfach, nicht anders, als wenn wir in einem

Restaurant zusammen gegessen hätten. Ich fühlte mich frei und ungezwungen in meinem Reisekleidchen, lachte und redete über alles mögliche, was wir in Italien und Frankreich erlebt hatten; wir sahen uns sogar bei Tisch unsere Photos an, und Frith und der Diener waren genauso unpersönliche Wesen wie Kellner in beliebigen Hotels.

Nach dem Essen setzten wir uns in die Bibliothek, die Vorhänge wurden zugezogen und neue Scheite auf das Kaminfeuer gelegt. Es war kühl für einen Maiabend, und ich war dankbar für die Wärme, die die ruhig brennenden Scheite ausströmten.

Es war etwas Neues für uns, nach Tisch so beisammen zu sitzen, denn in Italien pflegten wir immer ein wenig spazierenzugehen oder umherzufahren, wir waren in irgendein kleines Café gegangen oder auf eine Brücke, um ins Wasser zu sehen. Hier setzte sich Maxim instinktiv in den Sessel links vom offenen Kamin und griff nach den Zeitungen. Er rückte sich eins der breiten Kissen hinter dem Kopf zurecht und zündete sich eine Zigarette an. «Das ist die Macht der Gewohnheit», dachte ich, «so hat er es immer gehalten, das ist nun schon ein jahrealter Brauch von ihm.»

Er sah mich nicht an, sondern las seine Zeitung zufrieden und gemütlich, wieder ganz zu Hause, der Herr von Manderley. Und wie ich da grübelnd saß, das Kinn in die Hand gestützt, und die weichen Ohren eines der Hunde streichelte, kam mir in den Sinn, daß ich nicht die erste war, die es sich dort im Stuhl bequem machte. Jemand war vor mir dagewesen, gewiß trugen die Kissen noch den Abdruck ihres Kopfes und die Lehnen Spuren von ihren Händen. Eine andere Frau hatte aus derselben silbernen Kanne den Kaffee eingeschenkt, hatte die Tasse an ihre Lippen gehoben, hatte sich zu dem Hund hinabgebeugt, ganz wie ich jetzt.

Ein Schauder überlief mich, als habe jemand die Tür hinter mir geöffnet, so daß Zug entstand. Ich saß in Rebeccas Sessel, lehnte mich gegen ihr Kissen, und der Hund war zu mir gekommen und hatte seinen Kopf auf mein Knie gelegt, weil es seine Gewohnheit gewesen war und er sich erinnerte, wie sie ihm immer ein Stück Zucker gegeben hatte.

8

Ich hätte nie gedacht, daß das Leben auf Manderley so geordnet und planmäßig verlief. Ich erinnere mich noch, wie früh Maxim an jenem ersten Morgen nach unserer Ankunft schon aufgestanden war und, bereits völlig angezogen, sogar noch vor dem Frühstück Briefe schrieb. Als ich kurz vor neun, etwas verwirrt von den dröhnenden Schlägen des Messinggongs, ins Eßzimmer hinunterging, sah ich, daß er bereits fertig gefrühstückt hatte und sich gerade einen Pfirsich schälte.

Er blickte zu mir auf und lächelte. «Du mußt dir nichts daraus machen, daß ich nicht auf dich gewartet habe», sagte er. «Daran wirst du dich jetzt gewöhnen müssen. Ich kann es mir nicht leisten, diese Morgenstunden zu vertrödeln. Einen Besitz wie Manderley zu verwalten, ist durchaus keine Halbtagsbeschäftigung. Der Kaffee und die warmen Gerichte stehen auf dem Buffet. Wir bedienen uns beim Frühstück immer selbst.»

Ich sagte irgend etwas, daß meine Uhr nachginge und daß ich zu lange in der Badewanne gelegen hätte, aber er hörte gar nicht zu, sondern las wieder in einem Brief und runzelte über irgend etwas die Stirn.

Ich weiß noch genau, wie beeindruckt ich war, beeindruckt und ziemlich überwältigt von der Üppigkeit des Frühstücks, das für uns angerichtet worden war. Da gab es Tee in einer großen silbernen Kanne, und außerdem noch Kaffee und auf der siede-heißen Wärmeplatte Porzellanpfannen mit Rührei, gebratenem Speck und gebratenen Fischen. Auch ein kleiner Topf mit gekochten Eiern stand da und Haferflocken in einer silbernen Suppen-schüssel, beides auf einem besonderen Rechaud. Auf einem Anrichtetisch lagen ein Schinken und ein riesiges Stück Räucher-speck, und auf dem Eßtisch gab es noch Weizengebäck und Toast, mehrere Gläser mit Orangen- und anderer Marmelade und an den beiden Enden zwei Fruchtschalen, jede mit einem kleinen Berg von Obst beladen. Es schien mir merkwürdig, daß Maxim, der in Italien und Frankreich nur ein Hörnchen und etwas Obst gegessen und nur eine einzige Tasse Kaffee getrunken hatte, sich hier tagein, tagaus, wahrscheinlich schon seit Jahren, ein solches Frühstück servieren ließ, an dem sich ein Dutzend Menschen hätte satt essen können, und daß er das offenbar durchaus nicht lächerlich oder verschwenderisch fand.

Ich bemerkte, daß er ein Stückchen von dem Fisch gegessen hatte. Ich nahm mir ein weiches Ei. Und ich fragte mich, was wohl mit all dem übrigen geschehen mochte, dieser Menge Rührei, dem knusprigen Speck, den Haferflocken und dem Rest Fisch. Gab es hier arme Tagelöhner, die ich nie zu Gesicht bekommen würde und die hinter der Küchentür auf die reichhaltigen Abfälle von unserem Frühstück warteten? Oder wurde alles weggeworfen? Ich würde es wohl nie erfahren und bestimmt nicht wagen, mich danach zu erkundigen.

«Gott sei Dank habe ich keine große Verwandtschaft, die dich behelligen könnte», sagte Maxim, «nur meine Schwester, die ich sehr selten sehe, und dann noch meine Großmutter, die nahezu blind ist. Beatrice hat sich übrigens zum Mittagessen eingeladen. Ich war eigentlich schon darauf gefaßt; sie wird dich vermutlich in Augenschein nehmen wollen.»

«Heute?» fragte ich, und mein Stimmungsthermometer sank auf Null.

«Ja, sie hat sich in dem Brief, den ich heute früh von ihr erhielt, angesagt. Aber sie wird nicht lange bleiben, und ich glaube, sie wird dir gefallen. Sie ist sehr offen; sie sagt genau, was sie denkt, und macht gar kein Theater. Wenn sie dich nicht mag, wird sie es dir glatt ins Gesicht sagen.»

Ich fand kaum einen Trost darin und überlegte, ob Unaufrichtigkeit unter Umständen nicht auch eine Tugend sein könne. Maxim stand auf und zündete sich eine Zigarette an. «Ich habe heute morgen noch eine Menge zu erledigen», sagte er, «glaubst du, dir inzwischen allein die Zeit vertreiben zu können? Ich hätte dir so gern den Garten gezeigt, aber ich muß unbedingt mit Crawley, meinem Verwalter, sprechen. Ich bin zu lange fort gewesen. Er wird übrigens auch zum Essen kommen. Es macht dir doch nichts aus, nein? Oder ist es dir sehr unangenehm?»

«Natürlich nicht», erwiderte ich, «ich finde es sehr nett.»

Ich verweilte an jenem ersten Morgen sehr lange am Frühstückstisch, um die Zeit hinauszuziehen, und erst als ich Frith hereinkommen und mir einen verstohlenen Blick zuwerfen sah, bemerkte ich, daß es schon auf elf zuging. Ich sprang sofort schuldbewußt auf und entschuldigte mich, daß ich so lange sitzen geblieben war, und er verbeugte sich, ohne etwas zu erwidern, sehr höflich, sehr korrekt, aber mit etwas erstauntem Gesicht. Ich fragte mich, ob ich wohl etwas Falsches gesagt hätte. Vielleicht war es unpassend, sich zu entschuldigen. Vielleicht setzte es mich in seinen Augen herab. Ob er wohl wie Mrs. Danvers erriet, daß Haltung, Anmut und Sicherheit mir nicht angeboren waren, sondern daß ich mir diese Eigenschaften erst allmählich und mühevoll erwerben mußte?

Ungeschickt, wie ich damals nun einmal war, achtete ich nicht auf meine Füße und stolperte, als ich das Zimmer verließ, über die Türschwelle. Frith, der herbeieilte, um mir behilflich zu sein, hob mir mein Taschentuch auf, während Robert, der junge Diener, sein Gesicht abwandte, um das Lachen zu verbergen.

Als ich durch die Halle ging, hörte ich das Gemurmel ihrer Stimmen und einen von beiden, wahrscheinlich Robert, lachen. Vielleicht lachten sie über mich. Ich ging wieder nach oben in die Geborgenheit meines Schlafzimmers; aber als ich die Tür öffnete, traf ich die beiden Stubenmädchen beim Saubermachen an, die eine fegte den Fußboden, die andere wischte den Staub vom Frisiertisch. Sie sahen mich überrascht an, und ich ging schnell wieder hinaus. Es gehörte sich also nicht für mich, um diese Zeit mein Zimmer aufzusuchen; man erwartete das nicht von mir. Es unterbrach den geregelten Ablauf der Hausarbeit. So schlich ich mich wieder hinunter, ganz leise, nur zu froh, daß meine Pantoffeln auf den Steinfliesen kein Geräusch machten, und verzog mich in die Bibliothek, in der es sehr kühl war, denn die Fenster standen weit auf, und im Kamin, in dem zwar das Holz schon aufgeschichtet lag, brannte kein Feuer.

Ich schloß die Fenster und sah mich nach Streichhölzern um, konnte jedoch keine entdecken. Ich überlegte mir, was ich tun sollte. Klingeln mochte ich nicht. Aber die Bibliothek, die ich vom Abend zuvor mit den brennenden Scheiten so warm und gemütlich in Erinnerung hatte, war jetzt am Morgen beinahe so kalt wie ein Eiskeller. Im Schlafzimmer lagen Streichhölzer, aber ich wollte sie nicht holen, weil ich dann die Mädchen bei der Arbeit gestört hätte. Ich konnte es nicht ertragen, noch einmal so dummdreist von ihnen angestarrt zu werden. Ich beschloß, abzuwarten, bis Frith und Robert das Eßzimmer verlassen hatten, und mir dann die Streichhölzer vom Buffet zu holen. Auf Zehenspitzen ging ich in die Halle und lauschte. Sie waren immer noch mit Abräumen beschäftigt; ich hörte sie miteinander reden und Geschirr klappern. Plötzlich war alles still. Sie mußten durch die Anrichte in die Küchenräume gegangen sein; ich ging also von der Halle noch einmal ins Eßzimmer. Ja, da lag eine Streichholzschachtel auf dem Buffet, wie ich es erwartet hatte. Rasch ging ich darauf zu, nahm die Schachtel an mich, und gerade in dem Moment kam Frith wieder zurück. Ich versuchte, die Schachtel unbemerkt in meine Tasche zu stecken, aber ich sah, daß er erstaunt auf meine Hand blickte.

«Suchen Sie etwas, Madam?» fragte er.

«Oh, Frith», sagte ich verlegen, «ich konnte keine Streichhölzer finden.» Sofort brachte er eine andere Schachtel zum Vorschein und überreichte mir gleichzeitig einen Kasten mit Zigaretten. Ein neuer Grund zur Verlegenheit, denn ich rauchte nicht.

«Nein», sagte ich, «ich wollte sie nur haben, weil ich in der Bibliothek ziemlich fror. Wahrscheinlich bin ich noch so empfindlich, weil ich gerade aus dem Süden komme, und ich dachte, ich könnte mir vielleicht Feuer machen.»

«Der Kamin in der Bibliothek wird gewöhnlich erst am Nachmittag angezündet, Madam», sagte er. «Mrs. de Winter pflegte sich vormittags immer im Morgenzimmer aufzuhalten. Da ist es schön warm. Aber wenn Sie die Bibliothek auch geheizt haben wollen, werde ich natürlich Auftrag geben, daß das Feuer angemacht wird.»

«Oh, nein», entgegnete ich, «das möchte ich auf keinen Fall. Ich werde in das Morgenzimmer gehen. Ich danke Ihnen, Frith.»

«Sie finden dort auch Briefpapier und Federn und Tinte, Madam», sagte er. «Mrs. de Winter hat im Morgenzimmer ihre Korrespondenz und ihre Telephongespräche nach dem Frühstück erledigt. Das Haustelephon befindet sich ebenfalls dort, wenn Sie Mrs. Danvers zu sprechen wünschen.»

«Ja, danke Frith», sagte ich.

Ich ging wieder in die Halle, ein kleines Lied vor mich hinsummend, um Unbefangenheit vorzutäuschen. Ich konnte ihm doch nicht sagen, daß ich das Morgenzimmer noch gar nicht gesehen, daß Maxim vergessen hatte, es mir zu zeigen. Ich wußte, daß er noch in der Tür zum Eßzimmer stand und mir nachsah, wie ich da durch die Halle ging, und daß ich so tun mußte, als wüßte ich Bescheid. Links von der großen Treppe befand sich eine Tür, und ich ging ohne Zögern darauf zu, während ich im stillen betete, sie möge mich doch ja zu meinem Ziel führen. Als ich aber bei ihr angelangt war und sie öffnete, sah ich, daß sie in ein Gartenzimmer führte, in eine Art Abstellraum. In der Mitte stand ein Tisch, auf dem offenbar die Blumen für die Vasen geordnet wurden, an der Wand standen mehrere aufeinandergestapelte Rohrstühle, und an einem Garderobenständer hingen ein paar Regenmäntel. Etwas trotzig machte ich wieder kehrt, sah mich in der Halle um und bemerkte, daß Frith sich nicht vom Fleck gerührt hatte. Ich hatte ihm also nichts vormachen können, nicht eine einzige Minute lang.

«Ins Morgenzimmer gehen Sie am besten durch den großen Salon, Madam», sagte er, «hier rechts durch die Tür, auf der anderen Seite von der Treppe. Geradeaus durch den Salon und dann nach links.»

«Danke schön, Frith», sagte ich gedemütigt und gab es auf, ihn hinters Licht führen zu wollen.

Ich ging durch den großen Salon, wie er mich geheißen hatte. Es war ein sehr schöner Raum, so harmonisch in seinem vollendeten Ebenmaß und mit einer Aussicht auf die Rasenflächen, die sich zum Meer hinunterzogen. Dieses Zimmer wurde vermutlich auch bei den öffentlichen Besichtigungen gezeigt, dachte ich, und wenn Frith die Besucher führte, würde er gewiß die Geschichte der Bilder erzählen und die Zeit nennen können, aus der die Möbel stammten. Ich sah mich aber selbst nicht auf jenen Stühlen sitzen oder vor dem kunstvoll ausgehauenen, steinernen Kaminsims stehen und meine Bücher einfach auf diese Tische legen. Es hatte so etwas Unpersönliches, genau wie ein Saal im Museum, wo die Nischen durch ein Seil abgesperrt sind und ein Wächter vor der Tür sitzt. Ich ging also weiter und dann nach links und gelangte richtig in das mir noch unbekannte kleine Morgenzimmer.

Es freute mich, daß ich die Hunde dort vor dem Kaminfeuer traf. Jasper, der jüngere, kam auch gleich mit wedelndem Schwanz auf mich zu und bohrte seine Nase in meine Hand. Die alte Hündin hob bei meinem Eintritt ebenfalls die Schnauze und blinzelte mit ihren blinden Augen in meine Richtung, doch als sie etwas geschnuppert und gemerkt hatte, daß ich nicht diejenige war, die sie erwartet zu haben schien, drehte sie ihren Kopf mit einem Seufzer zur Seite und fuhr fort, beharrlich ins Feuer zu starren. Dann verließ auch Jasper mich, legte sich neben seine Mutter und begann ihr das Fell zu lecken. Offenbar pflegten sie vormittags immer hierher zu kommen; sie wußten genau wie Frith, daß das Feuer in der Bibliothek erst am Nachmittag angezündet wurde, und suchten aus alter Gewohnheit das Morgenzimmer auf. Irgendwie kam ich auf den Gedanken, daß das Fenster – noch ehe ich darauf zuging – auf die Rhododendren hinaussah. Ja, da waren sie, blutrot und üppig, so wie ich sie am Abend zuvor zum erstenmal erblickt hatte; dichte, hohe Büsche, die sich unmittelbar unter dem Fenster zusammendrängten und sich bis zu der Anfahrt hinunter ausbreiteten. Zwischen den Büschen entdeckte ich eine kleine Lichtung, wie ein Miniaturrasen sah es aus, und mitten auf diesem moosweichen Grasteppich stand die winzige Statue eines nackten Fauns, der seine Flöte an die Lippen hielt. Die roten Rhododendren bildeten einen wirkungsvollen Hintergrund für ihn, und die Lichtung selbst glich einer kleinen Bühne, auf der er tanzen und seine Götterrolle spielen durfte.

Dem Morgenzimmer haftete kein dumpfiger Geruch an wie der Bibliothek. Hier gab es keine alten, abgenutzten Stühle, keine Tische, auf denen Magazine und Zeitungen herumlagen. Dies war das Zimmer einer Frau, zierlich und elegant, das Zimmer eines Menschen, der jeden einzelnen Gegenstand der Einrichtung mit großer Sorgfalt ausgewählt hatte, damit jeder Stuhl, jede Vase, bis auf die kleinste Nippesfigur, harmonisch miteinander und mit der Persönlichkeit der Bewohnerin übereinstimmten. Es machte den Eindruck, als ob die Frau, die sich dieses Zimmer einrichtete, erklärt hätte: «Das will ich haben und das da und das!» während sie sich unter den Schätzen von Manderley Stück für Stück jeden Gegenstand aussuchte, der ihr am besten gefiel, und dabei mit sicherem, untrüglichem Instinkt, indem sie alles Zweitklassige und Mittelmäßige einfach überging, nur die wertvollsten Dinge nahm. Hier gab es keine Uneinheitlichkeit im Stil; alles stammte aus der gleichen Epoche, und das Ergebnis war eine Vollkommenheit, die seltsam erregend wirkte. Und ich bemerkte, daß die Rhododendren sich nicht damit zufriedengegeben hatten, die Kulissen des kleinen Naturtheaters da draußen zu sein, sondern daß sie auch das ganze Zimmer füllten. Selbst die Wände hatten an Farbe durch sie gewonnen und leuchteten kräftig und lebhaft in der Morgensonne. Es waren die einzigen Blumen im Raum, und ich fragte mich, ob dieses Zimmer vielleicht ursprünglich im Hinblick auf diese Blumen eingerichtet worden war, denn nirgendwo sonst im Haus waren die Rhododendren eingedrungen. Im Eßzimmer und in der Bibliothek standen auch

Blumen, aber schön geordnet und gleichmäßig geschnitten und mehr im Hintergrund, nicht so aufdringlich wie hier, nicht so im Überfluß. Ich ging ein paar Schritte und setzte mich an den Schreibtisch, und ich dachte, wie merkwürdig es doch war, daß dieses reizende, farbenprächtige Zimmer gleichzeitig so zweckdienlich und so nüchtern wirkte. Denn der Schreibtisch, so schön er auch war, war durchaus nicht das hübsche Spielzeug einer Dame, die daran, gelangweilt am Federhalter kauend, ihre kurzen Briefchen schrieb und sich dann achtlos erhob, gleichgültig, ob das Löschblatt ein wenig schief lag oder nicht. Die einzelnen Fächer trugen Schildchen wie: «Unbeantwortete Briefe», «Aufzubewahrende Briefe», «Haushalt», «Verwaltung», «Speisefolgen», «Verschiedenes» und «Adressen»; jedes in derselben kühnen, schrägen Handschrift beschrieben, die ich bereits kannte. Und es erschreckte mich, ja, entsetzte mich geradezu, ihr hier wieder zu begegnen, denn seitdem ich die Seite mit der Widmung in dem Gedichtbuch verbrannt hatte, war sie mir nicht mehr zu Gesicht gekommen, und ich hatte nicht gedacht, daß ich sie je wiedersehen sollte.

Aufs Geratewohl öffnete ich eine Schublade, und wieder fiel mein Blick auf diese Schrift, und zwar in einem offenen Lederband, dessen Aufschrift «Gäste auf Manderley» mit einer Einteilung in Wochen und Monate sofort zu erkennen gab, welche Gäste dagewesen und wann sie abgereist waren, welche Zimmer sie bewohnt und was sie zu essen bekommen hatten. Ich blätterte die Seiten durch und sah, daß das Buch einen vollständigen Jahresbericht enthielt, so daß die Hausfrau nachträglich bis auf den Tag genau, ja, fast bis auf die Stunde feststellen konnte, welche Nacht der betreffende Gast unter ihrem Dach verbracht, wo er geschlafen und was für Mahlzeiten sie ihm vorgesetzt hatte. Auch ein Notizbuch befand sich in der Schublade, mit dicken, weißen Bogen, und das Briefpapier des Hauses mit dem Familienwappen und aufgedruckter Adresse, und in einer kleinen Schachtel entdeckte ich elfenbeinfarbene Visitenkarten.

Ich nahm eine aus der dünnen Seidenpapierhülle heraus und betrachtete sie. «Mrs. de Winter» stand darauf und unten in der Ecke: «Manderley». Ich legte sie wieder in die Schachtel und schloß die Schublade, weil ich mich plötzlich schuldbewußt fühlte und mir so indiskret vorkam, als wäre ich in einem fremden Haus zu Besuch. Und als dann auf einmal das Telephon vor mir läutete, so unvermittelt und beunruhigend, klopfte mir das Herz, und ich schrak entsetzt hoch, weil ich glaubte, ertappt worden zu sein. Mit zitternden Händen nahm ich den Hörer ab. «Wer ist da?» sagte ich. «Wen wünschen Sie?» Vom anderen Ende der Leitung erklang ein merkwürdiges Summen, und dann vernahm ich eine leise und ziemlich rauhe Stimme, ob von einem Mann oder einer Frau, konnte ich nicht unterscheiden. «Mrs. de Winter?» sagte sie fragend, «Mrs. de Winter?»

«Ich fürchte, Sie haben sich geirrt», sagte ich. «Mrs. de Winter ist schon vor mehr als einem Jahr gestorben.» Abwartend saß ich da und starrte blöde in die Hörmuschel, und erst als der Name mit ungläubiger, leicht erhobener Stimme wiederholt wurde, kam mir, während mir das Blut ins Gesicht stieg, zu Bewußtsein, daß ich einen nicht wiedergutzumachenden Fehler begangen hatte und meine Worte nicht mehr zurücknehmen konnte. «Hier spricht Mrs. Danvers, Madam», sagte die Stimme, «ich spreche vom Haustelephon aus.» Meine Entgleisung war so ungeheuerlich, so idiotisch und so unentschuldbar, daß es mich in ihren Augen zu einem noch größeren Dummkopf gestempelt hätte – falls das überhaupt möglich war –, wenn ich schweigend darüber hinweggegangen wäre.

«Es tut mir leid, Mrs. Danvers», sagte ich stammelnd, und meine Worte stolperten förmlich übereinander, «das Klingeln hat mich so erschreckt. Ich wußte gar nicht, was ich sagte. Ich habe mir gar nicht klar gemacht, daß der Anruf mir galt und daß ich in das Haustelephon sprach.»

«Ich bedaure, Sie gestört zu haben», sagte sie, und ich dachte: sie weiß es, sie hat erraten, daß ich die Schublade öffnete. «Ich wollte nur wissen, ob Sie mich zu sprechen wünschen», sprach sie weiter, «und ob Sie mit dem Menü für heute einverstanden sind.»

«Oh», sagte ich, «sicherlich bin ich das, ich meine, ich werde gewiß damit einverstanden sein; machen Sie es nur ganz so, wie Sie es für gut halten, Mrs. Danvers. Sie brauchen mich wirklich nicht danach zu fragen.»

«Ich glaube, es ist doch besser, Sie lesen es sich einmal durch», fuhr die Stimme fort. «Das heutige Menü liegt auf der Schreibunterlage vor Ihnen.»

Hastig suchte ich danach und fand schließlich ein Blatt Papier, das ich bisher nicht gesehen hatte. Ich überflog es rasch: Garnelen in Curry, Kalbsbraten, Spargel, kalte Schokoladenspeise – ob das nun das Mittag- oder Abendessen war, konnte ich nicht erkennen. Ich vermutete, das Mittagessen.

«Ja, Mrs. Danvers», sagte ich, «das finde ich sehr passend, wirklich sehr gut.»

«Wenn Sie etwas geändert haben möchten», entgegnete sie, «sagen Sie es mir bitte gleich, damit ich den entsprechenden Auftrag geben kann. Sie werden wohl gesehen haben, daß ich neben der Sauce eine Zeile frei ließ, damit Sie Ihre besonderen Wünsche dort vermerken. Ich war mir nicht sicher, was für eine Sauce Sie zum Kalbsbraten vorziehen. Mrs. de Winter war gerade in dem Punkt sehr eigen, und ich mußte deshalb immer anfragen.»

«Ah, so», sagte ich, «ja … lassen Sie mich etwas nachdenken, Mrs. Danvers; ich weiß eigentlich nicht recht, halten Sie es doch ruhig so, wie Sie es gewohnt sind, wie Mrs. de Winter es angeordnet haben würde.»

«Sie haben keinen besonderen Wunsch, Madam?»

«Nein», sagte ich, «nein, wirklich nicht, Mrs. Danvers.»

«Ja, Mrs. de Winter hätte wohl eine Weinsauce angeordnet.»

«Dann wollen wir selbstverständlich dabei bleiben», sagte ich.

«Entschuldigen Sie nur bitte, daß ich Sie beim Schreiben gestört habe, Madam.»

«Sie haben mich gar nicht gestört», erwiderte ich, «Sie brauchen sich wirklich nicht zu entschuldigen.»

«Die Post geht mittags ab, und Robert wird Ihre Briefe holen und frankieren», sagte sie darauf; «wenn Sie irgend etwas Dringendes wegschicken wollen, brauchen Sie ihn nur durch das Haustelephon rufen zu lassen. Er wird dann dafür sorgen, daß Ihre Briefe sofort zur Post gebracht werden.»

«Vielen Dank, Mrs. Danvers», antwortete ich. Ich lauschte noch ein Weilchen, aber sie sagte nichts mehr, und dann hörte ich es am anderen Ende leise knacken. Sie hatte also den Hörer aufgelegt, und ich tat es ihr nach. Dann sah ich wieder auf den Schreibtisch, auf das Briefpapier, das auf der Unterlage bereitgelegt war. Die Schildchen auf den Fächern vor mir starrten mich an, und ich empfand die Worte darauf: «Unbeantwortete Briefe», «Verwaltung», «Verschiedenes» wie einen Vorwurf für meine Untätigkeit. Die Frau, die vor mir hier saß, hatte ihre Zeit nicht so verschwendet wie ich. Sie hatte schnell und bestimmt ihre Befehle für den Tag gegeben, und wahrscheinlich hatte sie das eine oder andere Gericht auf dem Menü durchgestrichen, das ihr nicht gefiel. Sie hatte nicht «Ja, Mrs. Danvers, selbstverständlich, Mrs. Danvers» gesagt, wie ich es getan hatte. Und nachdem sie das erledigt hatte, begann sie ihre Briefe zu beantworten, fünf, sechs, vielleicht sieben an einem Tag, in derselben merkwürdigen schrägen Handschrift, die ich so gut kannte, und zum Schluß hatte sie unter jeden Brief ihrer Privatkorrespondenz ihren Namen geschrieben: «Rebecca», mit dem ausladenden, schrägen R, das die kleineren Buchstaben beiseite drängte.

Ich trommelte mit den Fingern auf den Tisch. Es fiel mir niemand ein, an den ich hätte schreiben können. Nur Mrs. Van Hopper. Und es lag so etwas Ironisches, geradezu ein Hohn in der Tatsache, daß ich hier vor meinem eigenen Schreibtisch in meinem eigenen Haus saß und nichts Besseres zu tun hatte, als Mrs. Van Hopper zu schreiben, einer Frau, die mir unsympathisch war und die ich nie wiedersehen würde. Ich rückte den Briefblock zurecht und steckte die schmale Feder mit der blanken Spitze in den Halter. «Liebe Mrs. Van Hopper», begann ich. Und als ich so schrieb, langsam und ungelenk, ich hoffte, sie hätte eine angenehme Überfahrt gehabt, daß sie ihre Tochter wohl angetroffen hätte, daß das Wetter in New York schön wäre, fiel es mir zum erstenmal auf, wie steif und unausgeglichen meine eigene Handschrift war, ohne jeden persönlichen Ausdruck, ohne Stil, ja, geradezu ungebildet, die Schrift einer mittelmäßigen Schülerin, die nur eine zweitklassige Schule besucht hatte.

9

Als ich das Geräusch des Wagens auf der Anfahrt hörte, stand ich erschrocken auf und sah auf die Uhr, denn das konnte nur bedeuten, daß Beatrice und ihr Mann angekommen waren. Es war erst kurz nach zwölf; sie kamen viel früher, als ich erwartet hatte. Und Maxim war noch nicht zurück. Ich überlegte, ob ich mich wohl verstecken, durch die Glastür in den Garten gehen konnte, so daß Frith, wenn er sie ins Morgenzimmer führte, sagen würde: «Die gnädige Frau muß spazierengegangen sein»; das würde doch ganz glaubhaft klingen, und sie würden gar nichts dabei finden. Die Hunde blickten fragend auf, als ich zur Tür lief, und Jasper folgte mir schwanzwedelnd.

Die Glastür führte auf die Terrasse und den kleinen Rasen hinaus, doch als ich gerade an den Rhododendronbüschen vorbeilaufen wollte, kam das Geräusch der Stimmen näher, und ich flüchtete mich wieder ins Haus. Sie wollten offenbar durch den Garten gehen, da Frith ihnen zweifellos mitgeteilt hatte, daß ich mich im Morgenzimmer aufhielte. Ich ging rasch in den großen Salon und eilte auf die erstbeste Tür zu meiner Linken zu. Sie führte auf einen untapezierten Korridor, und ich rannte ihn blindlings entlang, obwohl ich mir meiner Torheit völlig bewußt war und mich wegen dieses plötzlichen Anfalls von Nervosität selbst verachtete; aber ich wußte, ich konnte diese fremden Menschen jetzt einfach nicht begrüßen, jedenfalls nicht sofort. Der Gang schien in die Küchenregionen zu führen, und als ich um eine Ecke bog, kam ich wieder an eine Treppe, wo ich einem Dienstmädchen begegnete, das ich noch nicht gesehen hatte. Es starrte mich verwundert an, als ob ich eine Erscheinung sei, die in diesem Teil des Hauses nichts zu suchen hatte. «Guten Morgen!» rief ich ihr verwirrt zu, während ich auf die Treppe zuging, und «Guten Morgen, Madam!» gab sie zurück und sah mich mit offenem Mund und aufgerissenen Augen neugierig an, wie ich dann die Treppe hinaufstieg.

Ich nahm an, daß sie zu den Schlafzimmern führte und ich auf diesem Weg in den Ostflügel gelangen würde, wo ich mich bis zum Mittagessen noch etwas hinsetzen konnte.

Doch mußte ich mich wohl verirrt haben, denn als ich durch die Türen am Kopf der Treppe trat, sah ich einen anderen Korridor vor mir, der zwar dem im Ostflügel sehr ähnlich, aber breiter und dunkler war, dunkler, weil die Wände hier mit einem Holzpaneel verkleidet waren.

Ich zögerte unschlüssig, dann wandte ich mich nach links und gelangte auf einen breiten Treppenabsatz. Es war sehr still und dunkel dort. Kein Mensch war zu sehen. Falls die Stubenmädchen am Morgen überhaupt hier gewesen waren, dann mußten sie ihre Arbeit schon vor geraumer Zeit beendet haben und wieder nach unten gegangen sein. Ihre Anwesenheit hatte keine Spuren hinterlassen; ich konnte nichts von dem Staubgeruch wahrnehmen, der zurückbleibt, wenn ein Teppich erst kürzlich gebürstet worden ist; und als ich dastand und mir überlegte, in welcher

Richtung ich weitergehen sollte, dachte ich, wie seltsam diese Stille doch war und daß sie etwas genauso Beklemmendes hatte wie ein leeres Haus, dessen Bewohner weggezogen sind.

Ich öffnete aufs Geratewohl eine Tür und betrat ein Zimmer, das in völliger Dunkelheit lag. Auch nicht der geringste Lichtschein drang durch die geschlossenen Fensterläden, so daß ich in der Mitte des Raumes nur schwach die Umrisse von Möbeln wahrnehmen konnte, die in weißen Überzügen steckten. Es roch dumpfig und schal, der typische Geruch eines Zimmers, das nur selten oder gar nicht benutzt wird und dessen Einrichtungsgegenstände man auf ein Bett gelegt und zugedeckt hat. Leise machte ich die Tür wieder zu und tappte mich den Korridor entlang, auf dessen beiden Seiten sich mehrere geschlossene Türen befanden, bis ich an eine Nische in der Außenwand kam, deren breites Fenster endlich wieder etwas Licht hereinließ. Ich sah hinaus und erblickte unter mir die weichen Rasenflächen, die sich bis zum Meer hinunterzogen, und dahinter das Meer selbst, hellgrün, mit weißen Schaumkronen auf den Wellen, die vom Westwind gepeitscht wurden und unablässig von der Küste wieder zurückrollten.

Es war näher, als ich gedacht hatte, viel näher, sicherlich begann der Strand schon unterhalb der kleinen Baumgruppe dort am Ende der Rasenflächen, keine fünf Minuten von hier entfernt, und als ich mein Ohr nun lauschend ans Fenster hielt, konnte ich das Brechen der Brandung gegen die Felsen irgendeiner kleinen Bucht hören, die von hier aus nicht zu sehen war. Da wußte ich plötzlich, daß ich einen Rundgang durch das Haus gemacht hatte und mich auf dem Korridor des Westflügels befand. Ja, Mrs. Danvers hatte recht. Von hier aus konnte man das Meer hören. Man konnte fast glauben, daß es im Winter die grünen Rasenflächen überschwemmen und das Haus selbst bedrohen würde, denn sogar jetzt war das Fenster der Nische beschlagen von einem salzigen Nebel, der vom Meer heraufdrang. Während ich hinausblickte, wurde die Sonne einen Augenblick lang von einer vorüberziehenden Wolke verdeckt, und sofort wechselte das Meer die Farbe und wurde schwarz, so daß die weißen Schaumkronen plötzlich erbarmungslos grausam aussahen. Und es war gar nicht mehr die heiter glitzernde See, die ich eben noch vor mir gesehen hatte.

Irgendwie war ich froh darüber, daß ich die Zimmer im Ostflügel bewohnte. Alles in allem zog ich den Rosengarten dem Meeresrauschen vor. Ich ging langsam wieder zum Treppenabsatz zurück, und als ich gerade hinuntergehen wollte, hörte ich, wie eine Tür sich hinter mir öffnete, und heraus trat Mrs. Danvers. Wir starrten uns eine Sekunde lang wortlos an, und ich war mir nicht sicher, ob es Ärger war, was ich in ihren Augen las, oder Neugierde, denn sobald sie mich erblickt hatte, wurde ihr Gesicht wieder zur Maske. Obwohl sie nichts sagte, fühlte ich mich beschämt und schuldbewußt, als ob ich bei einer unrechten Handlung ertappt worden wäre, und ich spürte die verräterische Röte meine Wangen färben.

«Ich habe mich verlaufen», sagte ich, «ich konnte mein Zimmer nicht mehr finden.»

«Sie sind in den entgegengesetzten Teil des Hauses geraten», erwiderte sie, «dies ist der Westflügel.»

«Ja, ich weiß», sagte ich.

«Sind Sie in eines der Zimmer gegangen?» fragte sie mich.

«Nein», antwortete ich, «ich habe nur eine Tür geöffnet, aber ich ging nicht hinein. Es war alles so dunkel und mit Tüchern zugedeckt. Es tut mir leid, ich wollte hier nichts durcheinanderbringen. Ich nehme an, daß die Räume verschlossen bleiben sollen.»

«Wenn Sie sie in Gebrauch nehmen wollen, werde ich das Nötige veranlassen», sagte sie. «Sie müssen es mir nur sagen. Die Zimmer sind vollständig eingerichtet und können jederzeit wieder benutzt werden.»

«Oh, nein», sagte ich, «das hatte ich durchaus nicht sagen wollen.»

«Soll ich Ihnen den ganzen Westflügel zeigen?»

Ich schüttelte den Kopf. «Nein, lieber nicht», sagte ich. «Nein, ich muß jetzt nach unten gehen.» Ich begann die Treppe hinunterzusteigen, und sie folgte mir und ging an meiner Seite, als ob ich ein Häftling gewesen wäre, den sie bewachen mußte.

«Wenn Sie einmal nichts Besseres zu tun haben, brauchen Sie mich nur zu fragen», sagte sie beharrlich, was ein leises Unbehagen in mir hervorrief. Ich wußte nicht, warum. Ihre Hartnäckigkeit weckte eine Erinnerung an den Besuch bei Freunden meiner Eltern in mir. Ich war noch ein Kind, und die etwas ältere Tochter des Hauses nahm mich am Arm und flüsterte mir zu: «Du, im Schlafzimmer meiner Mutter liegt ein Buch, das sie in einem

Schrank verschlossen hat; wollen wir uns das mal ansehen?»
Plötzlich sah ich ihr vor Erregung blasses Gesicht mit den kleinen
Vogelaugen wieder vor mir und erinnerte mich daran, wie sie
mich in den Arm gekniffen hatte.

«Ich werde Tücher und Bezüge entfernen lassen, damit Sie
sehen können, wie die Zimmer früher waren, als sie noch bewohnt wurden», fuhr Mrs. Danvers fort. «Sie brauchen mich nur
anzurufen, wenn Sie Lust dazu haben. Es wird nicht viel Zeit in
Anspruch nehmen, die Räume wieder herzurichten.»

Wir waren am Fuß der kurzen Treppe angelangt, und sie
öffnete eine kleine Tür und trat beiseite, um mich durchgehen zu
lassen, während ihr Blick forschend auf mir ruhte.

«Es ist sehr freundlich von Ihnen, Mrs. Danvers», sagte ich. «Ich
werde Ihnen gelegentlich Bescheid sagen.»

Wir gingen zusammen auf den Flur, und ich sah, daß wir uns
hinter der Galerie am obersten Absatz der Haupttreppe befanden.

«Es wundert mich, daß Sie sich verlaufen konnten», sagte sie,
«die Tür zum Westflügel sieht doch ganz anders aus.»

«Ich bin nicht hier hinaufgegangen», sagte ich.

«Dann müssen Sie durch den untapezierten Korridor gegangen
sein und die Hintertreppe benutzt haben», stellte sie fest.

«Ja», bestätigte ich, ihrem Blick ausweichend, «ja, ich bin durch
den untapezierten Korridor gegangen.»

Sie fuhr fort, mich anzustarren, als erwartete sie, daß ich ihr
erzählte, warum ich so erschreckt und eilig das Morgenzimmer
verlassen und den Weg über die Hintertreppe genommen hatte.
«Mrs. Lacy und Major Lacy sind schon einige Zeit hier», sagte sie
schließlich. «Ich hörte ihren Wagen kurz nach zwölf Uhr vorfahren.»

«Oh!» rief ich aus, «das wußte ich nicht.»

«Frith wird sie ins Morgenzimmer geführt haben», fügte sie
hinzu, «es muß gleich halb eins sein. Jetzt finden Sie sich doch
wieder zurecht, nicht wahr?»

«Ja, Mrs. Danvers», sagte ich. Und ich ging die breite Treppe
zur Halle hinunter mit dem Bewußtsein, daß sie da oben stehenblieb und mir nachsah.

Es half nichts, ich mußte wieder ins Morgenzimmer zurückkehren und Maxims Schwester und ihren Mann begrüßen. Jetzt
konnte ich mich nicht mehr in meinem Schlafzimmer verstecken.
Als ich in den Salon ging, blickte ich mich verstohlen um und sah

Mrs. Danvers wie eine schwarze uniformierte Wache noch immer oben auf dem Treppenabsatz stehen.

Vor der Tür zum Morgenzimmer zögerte ich einen Augenblick und horchte auf das Stimmengewirr. Maxim war also während meiner Abwesenheit zurückgekommen und hatte offenbar seinen Verwalter gleich mitgebracht, denn es klang so, als wären mehrere Menschen im Zimmer. Mich überkam dasselbe Gefühl von Unsicherheit, mit dem ich als Kind regelmäßig zu kämpfen hatte, wenn ich gerufen wurde, um irgendwelche Gäste zu begrüßen; und während ich noch am Türknopf drehte, stolperte ich bereits hinein und wurde von lauter erstaunten Gesichtern und einem allgemeinen Schweigen empfangen.

«Da ist sie ja endlich», sagte Maxim. «Wo hast du denn gesteckt? Wir wollten schon eine Suchexpedition ausschicken. Hier ist Beatrice, und das ist Giles, und dies ist Frank Crawley. Paß auf, du wärst beinahe auf den Hund getreten.»

Beatrice war groß und breitschultrig, sehr hübsch und um die Augen und um das Kinn Maxim sehr ähnlich, aber nicht so elegant, wie ich sie mir vorgestellt hatte, viel einfacher und ländlicher; genau die Art Frau, die ihre Hunde, wenn sie die Staupe hatten, selber pflegte, die sich in Pferden auskannte und gut schießen konnte. Sie gab mir keinen Kuß, sondern einen kräftigen Händedruck, sah mir gerade in die Augen, und dann wandte sie sich an Maxim: «Genau das Gegenteil von dem, was ich erwartet hatte; sie entspricht deiner Beschreibung nicht im geringsten.»

Alle lachten, und ich lachte mit, etwas im Zweifel darüber, ob das Lachen nun freundlich gemeint war oder nicht, und ich fragte mich im stillen, was sie denn erwartet hatte und wie Maxim mich ihr wohl geschildert haben mochte.

«Und das ist Giles», sagte Maxim, mich am Arm stupsend, und Giles streckte mir seine riesige Pfote entgegen und drückte mir die Hand, indem er mir fast die Finger zerquetschte, während er hinter seiner Hornbrille mit gütigen Augen auf mich herablächelte.

«Frank Crawley», sagte Maxim, und ich drehte mich zu dem Verwalter um, einem blassen, mageren Menschen mit hervorstechendem Adamsapfel, in dessen Augen offensichtliche Erleichterung zu lesen war. Ich fragte mich, warum, hatte aber keine Zeit, darüber nachzudenken, weil Frith hereingekommen war, mir

Sherry anbot und Beatrice wieder zu mir sprach: «Maxim sagte mir, daß ihr erst gestern abend angekommen seid. Das hatte ich nicht gewußt, denn sonst hätten wir euch natürlich nicht gleich heute überfallen. Nun, wie gefällt dir Manderley?»

«Ich habe erst sehr wenig davon gesehen», antwortete ich. «Aber natürlich finde ich es sehr schön.»

Sie sah mich prüfend von oben bis unten an, wie ich es erwartet hatte, aber freimütig und offen, nicht boshaft wie Mrs. Danvers, und durchaus nicht unfreundlich. Sie hatte ja auch ein Recht, mich zu mustern; sie war Maxims Schwester, und Maxim selbst trat jetzt zu mir, hakte sich bei mir ein und gab mir wieder etwas von meinem Selbstvertrauen zurück.

«Du siehst viel besser aus, alter Junge», sagte sie zu ihm, während sie ihn mit zur Seite geneigtem Kopf forschend betrachtete: «Gott sei Dank hast du diesen abgespannten Zug um die Augen völlig verloren.» Und mit einem Nicken zu mir: «Ich nehme an, das haben wir dir zu verdanken, wie?»

«Ich bin immer ganz gesund gewesen», entgegnete Maxim kurz. «Mir hat mein Leben lang nichts gefehlt. Du hältst offenbar jeden Menschen, der nicht so rundlich und blühend aussieht wie Giles, gleich für krank.»

«Quatsch!» sagte Beatrice. «Du weißt selbst genau, daß du vor einem halben Jahr ein absolutes Wrack gewesen bist. Ich bekam einen Todesschreck, als ich dich damals sah; ich dachte, du würdest zusammenklappen. Giles, du kannst es doch bestätigen – sah Maxim nicht geradezu scheußlich elend aus, als wir das letztemal hier waren, und sagte ich dir nicht, ich befürchtete einen Nervenzusammenbruch?»

«Ja, alter Freund, ich muß auch sagen, daß du jetzt ein ganz anderer Mensch bist», sagte Giles. «Sehr vernünftig von dir, daß du weggefahren bist. Sieht er nicht ausgezeichnet aus, Crawley?»

An dem Anspannen seiner Muskeln unter meinem Arm konnte ich merken, daß Maxim sich nur mühsam beherrschte. Aus irgendeinem Grunde war ihm dieses Gerede über seine Gesundheit sehr unsympathisch, und ich fand es etwas taktlos von Beatrice, so eine Staatsaffäre daraus zu machen.

«Maxim ist so stark von der Sonne verbrannt», bemerkte ich schüchtern. «Das verbirgt vieles. Ihr hättet sehen sollen, wie er in Venedig, nur um braun zu werden, immer auf dem Balkon frühstückte. Er bildete sich ein, daß er davon schöner wird.»

Alle lachten wieder, und Crawley sagte: «Es muß zu dieser Jahreszeit doch herrlich in Venedig gewesen sein, Mrs. de Winter?» Und ich antwortete: «Ja, wir hatten wunderbares Wetter, nur einen einzigen trüben Tag, nicht wahr, Maxim?» Und das Gespräch wandte sich glücklicherweise vom Thema Gesundheit ab und Italien zu, dem harmlosesten aller Gesprächsstoffe, und der gesegneten Wetterfrage. Die Unterhaltung verlief jetzt leicht und ungezwungen. Maxim, Giles und Beatrice sprachen über Leistungsfähigkeit und Verbrauch von Maxims Wagen, und Mr. Crawley erkundigte sich, ob es wahr sei, daß es auf dem Kanal keine Gondeln, sondern nur noch Motorboote gäbe. Es war sein Beitrag zu meinem Bemühen, das Gespräch auf ein anderes Thema zu bringen, und ich war ihm dankbar und empfand ihn trotz seiner Langweiligkeit als Verbündeten.

«Jasper braucht mehr Bewegung», sagte Beatrice, den Hund mit dem Fuß anstoßend. «Er wird viel zu fett, und dabei ist er noch keine zwei Jahre alt. Womit fütterst du ihn eigentlich, Maxim?»

«Meine liebe Beatrice, er wird genauso gehalten wie deine eigenen Hunde», erwiderte Maxim. «Brüste dich hier bitte nicht mit der Behauptung, daß du mehr von Tieren verstehst als ich.»

«Aber lieber alter Junge, wie kannst du denn wissen, was Jasper zu fressen bekommen hat, nachdem du monatelang fortgewesen bist? Du willst mir doch nicht erzählen, daß Frith zweimal täglich mit ihm bis zum Tor gelaufen ist. Der Hund hat seit Wochen keine richtige Bewegung mehr gehabt, das habe ich seinem Fell sofort angesehen.»

«Mir wäre es jedenfalls lieber, er würde noch einmal so fett, als daß er so verhungert aussähe wie dein Köter», sagte Maxim.

«Deine Bemerkung zeugt nicht gerade von großem Wissen», entgegnete Beatrice. «Schließlich hat Lion in der letzten Februarausstellung zwei erste Preise bekommen.»

Die Atmosphäre wurde wieder ziemlich gespannt. Das merkte ich schon daran, wie Maxim seinen Mund zu einem dünnen Strich verzog, und ich fragte mich, ob Geschwister sich immer so zanken und es den unfreiwilligen Zuhörern so ungemütlich machen mußten. Ich hoffte, daß Frith bald melden würde, das Essen sei angerichtet. Oder würden wir wie zum Frühstück durch dröhnende Gongschläge zu Tisch gebeten? Ich wußte ja nicht, was auf Manderley Sitte war.

«Wie weit wohnt ihr eigentlich von uns entfernt?» fragte ich

Beatrice und setzte mich zu ihr. «Mußtet ihr sehr früh losfahren?»

«Wir wohnen etwa fünfzig Meilen von hier, in der nächsten Grafschaft auf der anderen Seite von Trowchester. Die Fuchsjagden sind bei uns viel besser. Du mußt uns dann einmal besuchen und ein paar Tage bleiben, falls Maxim dich entbehren kann. Giles wird dir ein Pferd besorgen.»

«Ich muß gestehen, daß ich noch nie eine Jagd mitgemacht habe», vertraute ich ihr an. «Als Kind habe ich zwar reiten gelernt, aber sehr weit habe ich es nicht gebracht. Ich fürchte, sehr sattelfest bin ich nicht mehr.»

«Dann mußt du es wiederaufnehmen», riet sie. «Du kannst unmöglich auf dem Land leben, ohne zu reiten. Du wüßtest sonst gar nicht, was du mit dir anfangen solltest. Maxim erzählte mir, daß du malst. Das ist natürlich eine nette Beschäftigung, aber doch wohl mehr für einen Regentag, wenn man nichts Besseres zu tun hat, und man hat eben gar keine Bewegung dabei.»

«Wir sind eben nicht alle solche Frischluftnarren wie du», sagte Maxim.

«Ich habe nicht zu dir gesprochen, mein lieber Junge. Wir wissen alle, daß du restlos glücklich bist, hier im Garten herumzuschlumpen und keine schnellere Gangart einschlagen zu müssen.»

«Ich gehe auch schrecklich gern spazieren», sagte ich rasch. «Ich glaube sicher, daß ich es niemals müde sein werde, hier auf Manderley herumzustrolchen. Und wenn es erst wärmer ist, kann ich ja auch schwimmen.»

«Du bist eine Optimistin, meine Liebe», sagte Beatrice. «Ich kann mich nicht daran erinnern, jemals hier geschwommen zu sein. Das Wasser ist viel zu kalt, und der Strand ist ausgesprochen steinig.»

«Das macht mir nichts aus», sagte ich. «Ich schwimme leidenschaftlich gern. Das heißt, wenn die Strömung nicht zu stark ist. Ist das Baden in der Bucht sicher?»

Niemand antwortete, und plötzlich wurde mir klar, was ich soeben gesagt hatte. Mein Herz begann laut zu klopfen, und ich fühlte, wie meine Wangen flammend rot wurden. In tödlicher Verlegenheit beugte ich mich zu dem Hund nieder und streichelte seine Ohren. «Jasper würde das Schwimmen auch gut tun», unterbrach Beatrice das Schweigen. «Aber er würde es wohl etwas zu anstrengend finden, nicht wahr, Jasper? Guter, alter

Kerl, bist ein braves Tier!» Beide streichelten wir den Hund, ohne einander anzusehen.

«Ich muß gestehen, daß ich sehr hungrig bin», sagte Maxim. «Warum bekommen wir eigentlich nichts zu essen?»

«Nach der Uhr auf dem Kamin ist es gerade erst eins», bemerkte Mr. Crawley.

«Die Uhr ist schon immer etwas vorgegangen», behauptete Beatrice.

«Seit einem Jahr geht sie immer richtig», sagte Maxim.

In diesem Augenblick ging die Tür auf, und Frith meldete, daß das Essen angerichtet sei. «Ich muß unbedingt noch die Pfoten waschen», rief Giles mit einem Blick auf seine Hände.

Erleichtert standen wir alle auf und gingen durch den Salon in die Halle, Beatrice, die meinen Arm genommen hatte, und ich den Männern voraus.

«Der gute alte Frith», sagte sie. «Er sieht noch genauso aus wie früher; wenn ich ihn so sehe, komme ich mir wieder wie ein kleines Mädchen vor. Weißt du, du mußt es mir nicht übelnehmen, aber du bist wirklich noch jünger, als ich mir vorgestellt hatte. Maxim hat mir zwar gesagt, wie alt du bist, aber du bist ja noch ein richtiges Kind. Sag mal, liebst du ihn eigentlich sehr?»

Auf diese Frage war ich nicht vorbereitet, und sie mußte mir meine Verlegenheit angesehen haben, denn sie lachte leise und drückte meinen Arm.

«Du brauchst mir nicht zu antworten», sagte sie. «Ich sehe schon, wie es um dich steht. Ich falle dir wohl sehr lästig mit meiner Fragerei, nicht? Aber du mußt es nicht krummnehmen. Weißt du, ich hänge sehr an Maxim, obwohl wir immer wie Hund und Katz' aufeinander losgehen, wenn wir uns sehen. Jedenfalls kann ich dir nur dazu gratulieren, wie prächtig er jetzt aussieht. Vor einem Jahr haben wir uns alle große Sorgen um ihn gemacht; aber du kennst natürlich die ganze Geschichte.»

Wir waren inzwischen im Eßzimmer angelangt, und sie schwieg jetzt, weil die Diener da waren und die anderen uns eingeholt hatten; doch als ich mich setzte und meine Serviette auseinanderfaltete, fragte ich mich, was Beatrice wohl sagen würde, wenn sie geahnt hätte, daß ich von dem vorigen Jahr gar nichts wußte, überhaupt nichts Näheres von dieser Tragödie, die sich da unten in der Bucht ereignet hatte; daß Maxim alles für sich behielt und ich ihn niemals danach fragte.

Das Mittagessen verlief viel harmonischer, als ich es zu hoffen gewagt hatte. Es gab kaum einen Streitpunkt, vielleicht, weil Beatrice endlich mehr Takt bewies. Jedenfalls unterhielt sie sich angeregt mit Maxim über alle möglichen Dinge, die Manderley betrafen, über ihre Pferde, den Garten und gemeinsame Freunde, und Frank Crawley, der an meiner linken Seite saß, führte eine leichte Unterhaltung mit mir, für die ich ihm dankbar war, weil sie mich gar keine Anstrengung kostete. Giles war mehr mit Essen als mit Reden beschäftigt, obwohl er sich hin und wieder meiner Existenz zu erinnern schien und mir dann irgendeine Bemerkung zuwarf.

«Offenbar noch immer dieselbe Köchin, nicht wahr, Maxim?» fragte er, als Robert ihm zum zweitenmal von dem kalten Soufflé anbot. «Ich sagte ja immer zu Bee, Manderley ist tatsächlich der einzige Ort in England, wo man heutzutage noch was Anständiges zu essen bekommt. Ich habe dieses Soufflé noch von früher her in bester Erinnerung.»

«Ich glaube, die Köchinnen wechseln bei uns in regelmäßigen Abständen», antwortete Maxim. «Aber das ändert nichts an der guten Küche, weil Mrs. Danvers alle Rezepte hat und die Neuen anlernt.»

«Eine erstaunliche Person, diese Mrs. Danvers», sagte Giles, zu mir gewandt, «finden Sie nicht auch?»

«Oh, ja», erwiderte ich, «sie scheint märchenhaft tüchtig zu sein.»

«Aber als Modell für ein Gemälde wäre sie wohl nicht gerade geeignet, was meinen Sie?» bemerkte Giles und wollte sich ausschütten vor Lachen. Frank Crawley schwieg, und als ich aufblickte, sah ich, daß Beatrice mich beobachtete. Sie wandte sich aber gleich wieder ab und unterhielt sich weiter mit Maxim.

«Spielen Sie eigentlich Golf, Mrs. de Winter?» erkundigte sich Mr. Crawley.

«Nein, leider nicht», antwortete ich, froh, daß er ein anderes Thema angeschnitten hatte und daß man nicht mehr von Mrs. Danvers sprach; jedenfalls hatte Golf so etwas beruhigend Langweiliges und Unverfälschtes an sich und konnte uns als Gesprächsstoff kaum in Verlegenheit bringen. Wir aßen Käse und tranken Kaffee, und ich überlegte schon, ob man von mir erwartete, daß ich die Tafel aufhob. Ich sah Maxim beschwörend an, aber er gab mir kein Zeichen, und dann begann Giles mir eine äußerst verwickelte Geschichte von einem Wagen zu erzählen, den er aus einer Schneewehe ausgegraben hatte, und ich hörte ihm höflich zu, nickte ab und zu mit dem Kopf und lächelte, während ich bemerkte, wie Maxim am anderen Tischende allmählich ungeduldig wurde. Endlich verstummte Giles, und ich begegnete Maxims Blick. Er runzelte leicht die Stirn und deutete mit dem Kopf zur Tür.

Ich stand sofort auf, und als ich meinen Stuhl zurückschob, stieß ich so ungeschickt an den Tisch, daß Giles' Portweinglas umfiel. «O je!» sagte ich verwirrt, unschlüssig, was ich tun sollte, und tastete unentschlossen nach meiner Serviette. Aber da sagte Maxim: «Laß doch, Frith wird das schon in Ordnung bringen, du machst es nur noch schlimmer. Beatrice, geh doch mit ihr in den Garten, sie hat ja noch kaum etwas davon gesehen.»

Er sah müde aus, geradezu erschöpft. Ich wünschte bereits, daß unsere Gäste nicht gekommen wären. Nun hatten sie uns unseren ersten Tag auf Manderley verdorben. Ich fühlte mich auch müde, müde und niedergeschlagen. Maxim hatte einen fast gereizten Eindruck gemacht, als er vorschlug, daß wir in den Garten gehen sollten. Wie tölpelhaft es doch von mir gewesen war, das Glas Portwein umzustoßen.

Wir traten auf die Terrasse hinaus und gingen dann hinunter zu den weichen, grünen Rasenflächen.

«Ich finde es ja eigentlich schade, daß ihr so bald nach Manderley zurückgekommen seid», sagte Beatrice. «Es wäre viel besser gewesen, wenn ihr euch noch drei, vier Monate in Italien herumgetrieben hättet und erst im Hochsommer nach Hause gekommen wäret. Das hätte Maxim nur gut getan, ganz davon abgesehen, daß es meiner Meinung nach auch für dich viel leichter gewesen wäre. Ich habe das Gefühl, daß das Leben hier zunächst eine ziemliche Belastung für dich sein muß.»

«Oh, das glaube ich nicht», sagte ich. «Ich bin sicher, daß Manderley mir sehr ans Herz wachsen wird.»

Sie antwortete nicht, und wir schlenderten auf dem Rasen hin und zurück.

«Erzähl mir ein bißchen von dir», sagte sie schließlich. «Was hast du eigentlich in Südfrankreich gemacht? Maxim sagte mir nur, daß du mit irgendeiner gräßlichen Amerikanerin zusammen warst.»

Ich erklärte ihr meine Stellung bei Mrs. Van Hopper und wie es dazu gekommen war, und sie schien voller Mitgefühl, aber etwas abwesend zuzuhören, als ob sie mit ihren Gedanken woanders wäre.

«Ja», sagte sie, als ich schwieg. «Es geschah alles sehr plötzlich, wie du selbst sagst. Aber natürlich waren wir alle sehr erfreut über eure Heirat, und ich hoffe, daß ihr glücklich sein werdet.»

«Danke, Beatrice», entgegnete ich. «Das ist sehr lieb von dir.»

Ich wunderte mich nur, daß sie sagte, sie hoffe, wir würden glücklich werden, anstatt zu sagen, sie sei davon überzeugt. Sie war freundlich und aufrichtig, und ich mochte sie gut leiden, aber der leise Zweifel in ihrer Stimme ängstigte mich.

«Als Maxim mir schrieb», fuhr sie fort, während sie sich bei mir einhakte, «und mir erzählte, daß er dich da unten im Süden entdeckt hätte und daß du sehr jung und sehr hübsch wärest, bekam ich – offen gestanden – zunächst einen Schreck. Weißt du, wir stellten uns alle so ein mondänes Flittchen vor, hypermodern und furchtbar geschminkt, eben diese Art Mädchen, wie man ihnen in Monte Carlo und ähnlichen Vergnügungsorten dutzendweise begegnet. Und als du dann heute mittag ins Zimmer kamst, wäre ich vor Erstaunen fast auf den Rücken gefallen.»

Sie lachte, und ich lachte ebenfalls, aber sie sagte mir nicht, ob sie nun von meinem Aussehen enttäuscht oder erleichtert darüber war.

«Der arme Maxim», sagte sie, «er hat eine scheußliche Zeit durchgemacht, und wir können nur hoffen, daß du ihm darüber hinweggeholfen hast. Natürlich hängt er sehr an Manderley.»

Etwas in mir wünschte, daß sie nun ihre Gedanken weiter ausspinnen und mir mehr von der Vergangenheit erzählen möge, so freimütig und ungezwungen, wie es ihre Art war; aber irgendeine andere Stimme in meinem Unterbewußtsein warnte mich davor, zu viel wissen, zu viel hören zu wollen.

«Im Wesen sind wir uns kein bißchen ähnlich, weißt du», sagte sie. «Unsere Charaktere sind grundverschieden. Mir kann man alles vom Gesicht ablesen – ob ich einen Menschen nett finde oder nicht oder ob ich nun wütend bin oder mich freue. Ich kann mich einfach nicht verstellen. Maxim ist ganz anders, immer sehr ruhig und zurückhaltend. Man weiß nie so recht, was in seinem komischen Schädel eigentlich vor sich geht. Ich verliere schon bei dem geringsten Anlaß meine Selbstbeherrschung und brause sofort auf, aber dann bin ich auch gleich wieder friedlich. Maxim explodiert höchstens ein- oder zweimal im Jahr, aber wenn er es tut – mein Gott, dann tut er es auch gründlich! Aber ich nehme nicht an, daß er dir gegenüber jemals heftig werden wird; ich glaube, dazu bist du selbst viel zu sanftmütig veranlagt.»

Sie lächelte und kniff mich in den Arm. «Du nimmst es mir doch nicht übel, nein?» fuhr sie fort. «Aber ich finde, du müßtest irgend etwas mit deinem Haar anfangen. Warum läßt du es nicht ondulieren? So ist es viel zu strähnig. Warum kämmst du es nicht hinter die Ohren?»

Gehorsam tat ich es und wartete auf ihre Zustimmung. Sie legte den Kopf auf die Seite und sah mich kritisch an. «Nein», sagte sie, «nein, ich glaube, so ist es noch schlimmer. Es sieht zu streng aus und steht dir gar nicht. Nein, alles, was du brauchst, ist eine Wasserwelle, um das Haar etwas aufzulockern. Ich habe nie etwas für diese Gänselieselfrisuren übrig gehabt, oder wie man das nennt. Findet denn Maxim, daß es dir steht?»

«Ich weiß nicht», erwiderte ich. «Er hat nie etwas darüber gesagt.»

«Ah, so», sagte sie. «Na, vielleicht gefällt es ihm. Laß dich nur von mir nicht irre machen. Aber sag mal, habt ihr in Paris oder London ein paar nette Kleider für dich gekauft?»

«Nein», sagte ich, «dazu hatten wir keine Zeit. Maxim hatte es eilig, wieder nach Hause zu kommen, und ich kann mir ja immer noch ein paar Kataloge schicken lassen.»

«Ich sehe schon», meinte sie, «so wie du dich anziehst, ist es dir augenscheinlich ganz einerlei, was du trägst.» Ich sah schuldbewußt auf meinen Flanellrock.

«Doch», sagte ich, «ich mag schöne Kleider sehr gern. Ich habe bisher nur nie genug Geld gehabt, um sie mir kaufen zu können.»

«Es wundert mich wirklich, daß Maxim nicht ein paar Tage in London geblieben ist, um dir ein paar anständige Sachen zu kaufen», sagte sie wieder. «Offen gestanden finde ich das sehr egoistisch von ihm. Es sieht ihm auch so gar nicht ähnlich. Im allgemeinen ist er so eigen darin.»

«Ist er das?» fragte ich. «Mir ist er durchaus nicht so vorgekommen. Ich glaube, er achtet gar nicht darauf, was er anzieht. Ich habe jedenfalls nicht den Eindruck, daß es ihm etwas ausmacht.»

«So?» sagte sie. «Na, dann muß er sich aber geändert haben.»

Sie sah von mir weg, steckte die Hände in die Taschen, pfiff Jasper und blickte dann zum Haus hinauf.

«Ihr scheint also den Westflügel gar nicht zu benutzen», rief sie aus.

«Nein», sagte ich, «wir bewohnen die Zimmer im Ostflügel. Sie sind alle neu tapeziert worden.»

«So?» sagte sie. «Das wußte ich nicht. Warum denn?»

«Es war Maxims Gedanke», erklärte ich. «Er scheint dort lieber zu wohnen.»

Sie schwieg und fuhr fort, zu den Fenstern hinaufzustarren und zu pfeifen. «Wie kommst du denn mit Mrs. Danvers aus?» fragte sie plötzlich.

Ich bückte mich und begann Jasper den Kopf zu tätscheln und ihm die Ohren zu kraulen. «Ich habe sie bisher nur wenig gesehen», antwortete ich. «Sie ist mir etwas unheimlich. Ich bin in meinem ganzen Leben noch keinem solchen Menschen begegnet.»

«Das glaube ich dir aufs Wort», meinte Beatrice.

Jasper sah mit seinen großen Augen demütig, fast verlegen zu mir auf. Ich küßte ihn auf das seidenweiche Ohr und legte meine Hand auf seine schwarze Nase.

«Ich wüßte nicht, warum du dich vor ihr fürchten solltest», sagte Beatrice. «Jedenfalls laß es sie nie merken, einerlei, wie dir gerade zumute ist. Ich habe ja allerdings nie etwas mit ihr zu tun gehabt, und ich glaube nicht, daß ich gern etwas mit ihr zu tun haben würde. Immerhin ist sie mir gegenüber stets sehr höflich gewesen.»

Ich streichelte immer noch Jaspers Fell.

«War sie freundlich zu dir?» fragte Beatrice.

«Nein», sagte ich, «nicht sehr.»

Beatrice begann wieder zu pfeifen und rieb ihren Fuß an Jaspers Kopf. «Ich würde mich an deiner Stelle nicht mehr mit ihr abgeben, als es unbedingt notwendig ist», riet sie.

«Nein», sagte ich. «Sie führt den Haushalt ja ganz selbständig, so daß ich mich gar nicht darum zu kümmern brauche.»

«Oh, das würde ihr, glaube ich, nichts ausmachen», sagte Beatrice. Maxim hatte am Abend zuvor genau dasselbe gesagt, – komisch, daß sie darin beide derselben Meinung waren.

«Ich denke, mit der Zeit wird sie schon darüber hinwegkommen», sagte Beatrice, «aber für dich wird es am Anfang nicht leicht sein. Sie ist natürlich wahnsinnig eifersüchtig. Das hatte ich im stillen schon befürchtet.»

«Aber warum denn?» fragte ich, zur ihr aufsehend. «Warum sollte sie denn eifersüchtig sein? Maxim scheint sie durchaus nicht besonders zu schätzen.»

«Mein liebes Kind, es handelt sich auch gar nicht um Maxim», sagte Beatrice. «Sie hat natürlich Respekt vor ihm und was so dazu gehört, aber weiter auch nichts. Nein, verstehst du» – sie unterbrach sich, runzelte leicht die Stirn und sah mich zweifelnd an –, «sie empfindet dein Hiersein einfach als eine persönliche Beleidigung, das ist des Pudels Kern.»

«Aber warum nur?» fragte ich. «Ich habe doch gar nichts getan.»

«Ich dachte, du wüßtest es», sagte Beatrice, «ich dachte, Maxim hätte es dir erzählt: sie hat Rebecca abgöttisch geliebt.»

«Oh», sagte ich, «jetzt begreife ich.»

Wir fuhren fort, Jasper zu tätscheln und zu streicheln, und der Hund, der solche Zärtlichkeiten nicht gewohnt war, rollte sich vor Begeisterung auf den Rücken.

«Da sind ja unsere Männer wieder», sagte Beatrice. «Komm, wir lassen uns ein paar Stühle holen und setzen uns unter die Kastanie. Wie dick Giles geworden ist; neben Maxim sieht er geradezu unförmig aus. Frank wird sich wahrscheinlich gleich in sein Büro zurückziehen. Wenn er nur nicht so langweilig wäre. Er hat aber auch nie etwas Interessantes zu erzählen. Na, da seid ihr ja alle. Worüber habt ihr euch denn inzwischen unterhalten? Vermutlich habt ihr wieder Gott und die Welt in Stücke zerredet.» Sie lachte, und die anderen kamen auf uns zu, und wir standen alle herum. Giles ließ Jasper einen Zweig apportieren, und wir sahen dem Hund zu. Mr. Crawley blickte auf seine Uhr. «Ich muß mich leider empfehlen», sagte er. «Vielen Dank für das Mittagessen, Mrs. de Winter.»

«Sie müssen öfter kommen», sagte ich und gab ihm die Hand.

Ich überlegte mir, ob die anderen auch bald gehen würden. Ich war mir nicht sicher, ob sie nur zum Mittagessen herübergefahren waren oder den ganzen Tag bei uns verbringen wollten. Ich wollte wieder mit Maxim allein sein, und es sollte wieder wie in Italien sein. Schließlich gingen wir alle zu dem Kastanienbaum und ließen uns dort nieder. Robert hatte inzwischen Liegestühle und Decken gebracht. Giles legte sich auf den Rücken und schob den Hut über die Augen. Nach einer kleinen Weile begann er mit offenem Mund zu schnarchen.

«Hör auf, Giles», sagte Beatrice.

«Ich schlafe ja gar nicht», stammelte er und riß die Augen auf, um sie gleich wieder zu schließen. Ich fand ihn sehr wenig anziehend und grübelte darüber nach, warum Beatrice ihn wohl geheiratet haben mochte. Sie konnte ihn unmöglich geliebt haben. Vielleicht dachte sie dasselbe von mir, denn hin und wieder fing ich einen nachdenklich erstaunten Blick von ihr auf, als ob sie sich fragte: «Was zum Teufel findet Maxim eigentlich an ihr?» Aber sie sah mich dabei durchaus nicht unfreundlich an. Sie unterhielten sich über ihre Großmutter.

«Wir müssen nächstens mal die alte Dame besuchen», sagte Maxim, und Beatrice entgegnete: «Sie wird schon reichlich taperig, die Gute, beim Essen bekleckert sie sich ständig das Kinn.»

Gegen Maxims Arm gelehnt, hörte ich ihnen zu und rieb meine Wange an seinem Ärmel. Mechanisch streichelte er meine Hand, ohne an mich zu denken, und unterhielt sich weiter mit Beatrice. Er liebt mich auf dieselbe Art, wie ich Jasper liebe, dachte ich.

Der Wind hatte sich gelegt. Es war ein schläfriger, friedlicher Nachmittag. Das Gras war frisch gemäht und roch süß und kräftig nach Sommer. Auch Jasper war es in der Sonne zu heiß geworden, und er trottete mit hängender Zunge auf uns zu. Er ließ sich neben mir nieder, begann sich das Fell zu lecken und sah mich mit seinen großen Augen wie um Entschuldigung bittend an. Die Sonne schien auf die blanken Fensterscheiben, und ich konnte sehen, wie sich der Rasen und die Terrasse darin spiegelten. Aus einem der nahen Schornsteine stieg ein dünnes Rauchfähnchen auf, und ich dachte, ob jetzt wohl, wie alltäglich, der Kamin in der Bibliothek angezündet worden war.

Eine Drossel flog über den Rasen zu der Magnolie unter den Eßzimmerfenstern. Überall war es ruhig und still. Das Rauschen des Meeres drang nur ganz schwach aus der Bucht zu uns herauf; es war wohl jetzt Ebbe. Ich wollte dort sitzen bleiben und nicht sprechen und nicht zuhören und diesen Augenblick für alle Zeit wie eine Kostbarkeit bewahren, weil jeder von uns so friedlich gestimmt war, schläfrig und zufrieden. Hier saßen wir zusammen, Maxim und ich, Hand in Hand, und Vergangenheit und Zukunft bekümmerten uns nicht. Dies war uns sicher, dieses lächerlich winzige Bruchstück der Zeit, dessen er sich nicht mehr erinnern, an das er nie zurückdenken würde. Er würde diesen Augenblick nicht heilig halten – er sprach davon, daß er etwas von dem Buschwerk auf der Anfahrt wegschneiden lassen wollte, und Beatrice stimmte ihm zu, unterbrach ihn nur, um ihrerseits noch einen Vorschlag zu machen, und warf gleichzeitig eine Handvoll Gras nach Giles. Für sie war es nur die übliche Ruhepause nach dem Mittagessen, Viertel nach drei an einem gemütlichen Nachmittag. Sie wollten diesen Augenblick nicht festhalten, ihn einfangen und sicher aufbewahren. Sie fürchteten sich ja nicht.

«Ich glaube, wir müssen allmählich ans Heimfahren denken», sagte Beatrice und klopfte sich das Gras von ihrem Rock. «Ich möchte nicht zu spät zu Hause ankommen, weil wir die Cartrights abends zu Tisch erwarten.»

«Wie geht es Vera?» fragte Maxim.

«Genau wie früher; sie redet noch immer ununterbrochen über ihre Gesundheit. Er wird schon recht alt. Sicherlich werden sie uns genau nach euch ausfragen.»

«Grüß sie schön von mir», sagte Maxim.

Wir standen auf. Giles schüttelte seinen Hut aus. Maxim gähnte und reckte sich. Die Sonne verschwand hinter den Wolken. Ich sah zum Himmel auf. Er hatte sich bereits mit lauter kleinen Zirruswölkchen bezogen.

«Das Wetter schlägt um», sagte Maxim.

«Hoffentlich kommen wir nicht in einen Regenguß», bemerkte Giles.

Langsam gingen wir auf die Anfahrt und den parkenden Wagen zu.

«Ihr habt euch gar nicht angesehen, was für eine Veränderung mit dem Ostflügel vor sich gegangen ist», sagte Maxim auf einmal.

«Kommt doch noch schnell herauf», schlug ich vor, «es dauert ja nur ein paar Minuten.» Wir gingen in die Halle und dann die Haupttreppe hinauf , Beatrice und ich voran.

Als wir bei den Zimmern angelangt waren, sagte Giles, der sich in dem niedrigen Türrahmen bücken mußte, gleich: «Wie hell und freundlich das jetzt aussieht, das ist wirklich eine große Verbesserung, findest du nicht auch, Bee?» Und Beatrice rief: «Ich muß sagen, alter Junge, du hast dich selbst übertroffen – neue Vorhänge, neue Betten, überhaupt alles neu. Erinnerst du dich, Giles? Hier wohnten wir, als du mit deinem Bein immer still liegen mußtest. Damals war das Zimmer so düster. Und Mutter hat ja nie viel Sinn für Komfort gehabt. Du hast doch auch gar keine Gäste hier untergebracht, nicht wahr, Maxim? Außer wenn das Haus überfüllt war. Ich glaube, die Junggesellen wurden hier immer abgeladen. Ja, es ist reizend geworden, das muß ich zugeben. Und dann der Blick auf den Rosengarten! Darf ich mir mal die Nase pudern?»

Die Männer gingen wieder nach unten, und Beatrice betrachtete sich im Spiegel.

«Hat die alte Danvers das alles für euch bewerkstelligt?»

«Ja», sagte ich. «Ich finde, sie hat ihre Sache sehr gut gemacht.»

«Das soll sie wohl bei der Schule, die sie durchgemacht hat», meinte Beatrice. «Ich möchte nur wissen, was das gekostet haben mag. Ein ganz hübsches Sümmchen, wette ich. Hast du danach gefragt?»

«Nein», sagte ich. «Ich habe leider keine Ahnung.»

«Mrs. Danvers wird sich darüber sicher keine Gedanken gemacht haben», sagte Beatrice. «Hast du etwas dagegen, wenn ich deinen Kamm benutze? Diese Toilettensachen sind sehr hübsch. Ein Hochzeitsgeschenk?»

«Ja, von Maxim.»

«Sehr nett – wir müssen dir natürlich auch etwas schenken. Was wünschst du dir denn?»

«Ich weiß nicht, das ist doch wirklich nicht nötig.»

«Sei nicht dumm, meine Liebe; ich denke nicht daran, dir ein Geschenk vorzuenthalten, wenn wir auch nicht zu euer Hochzeit eingeladen waren.»

«Ich hoffe, du hast das nicht übelgenommen; Maxim wollte gern, daß wir uns unterwegs trauen ließen.»

«Natürlich nicht. Sehr vernünftig von euch beiden. Schließlich war es ja nicht so ...» Sie brach mitten im Satz ab und ließ ihre Handtasche fallen. «Verflucht noch mal, hab ich jetzt das Schloß zerbrochen? Nein, es ist noch heil. Was hatte ich eben gesagt? Ich weiß wirklich nicht mehr – ach ja, Hochzeitsgeschenk; wir werden schon irgend etwas finden. Aus Schmuck machst du dir wahrscheinlich nichts, oder?»

Ich schwieg. «Es ist so anders als bei einem gewöhnlichen jungen Brautpaar», sagte sie. «Die Tochter von einem meiner Freunde hat kürzlich geheiratet, und die beiden sind natürlich mit dem ganzen üblichen Kram beschenkt worden, mit Tischwäsche, Mokkatassen, Eßzimmerstühlen und ähnlichem. Ich habe ihr eine sehr hübsche Stehlampe geschenkt. Hat mich bei Harrod's einen Fünfer gekostet. Wenn du nach London fährst, um dir Kleider zu kaufen, wende dich ruhig an meine Schneiderin, Madame Carroux; sie hat einen verdammt guten Geschmack und haut dich bestimmt nicht übers Ohr.»

Sie erhob sich vom Frisiertisch und strich sich den Rock glatt.

«Glaubst du, daß ihr viel Besuch haben werdet?» fragte sie.

«Ich weiß nicht, Maxim hat nichts davon gesagt.»

«Komischer Kerl! Man kennt sich nie so recht bei ihm aus. Früher war hier oft nicht ein einziges Bett frei, das Haus quoll förmlich über von Menschen. Irgendwie sehe ich dich nicht ...» Sie hielt plötzlich inne und klopfte mir den Arm. «Na ja, wir werden es ja erleben. Es ist nur ein Jammer, daß du nicht reitest und nicht schießen kannst, es entgeht dir so viel. Segelst du vielleicht zufällig?»

«Nein», sagte ich.

«Gott sei Dank!» entgegnete sie und ging zur Tür.

«Wenn du mal Lust hast, komm und besuch uns einfach», sagte sie. «Ich erwarte immer von den Menschen, daß sie sich selbst anmelden. Das Leben ist viel zu kurz, um die Zeit noch mit Einladungen zu vertrödeln.

«Ja, danke schön», sagte ich.

Wir standen oben auf dem Treppenabsatz, von dem aus man in die Halle hinuntersehen konnte. Die Herren waren schon nach draußen auf die Terrasse gegangen. «Beeile dich, Bee», rief Giles. «Es fängt bereits zu regnen an, und wir haben das Verdeck schon hochgemacht. Maxim sagt, das Barometer fällt.»

Beatrice nahm meine Hand, beugte sich zu mir nieder und gab mir einen flüchtigen Kuß auf die Wange. «Auf Wiedersehen», sagte sie, «verzeih mir, daß ich dich mit meinen Fragen so belästigt und überhaupt alle möglichen Dinge gesagt habe, die ich eigentlich nicht sagen sollte. Aber Takt ist nie meine starke Seite gewesen, wie Maxim dir bestätigen wird. Und wie ich dir schon sagte, du bist genau das Gegenteil von dem, was ich mir vorgestellt hatte.» Sie sah mir gerade in die Augen, die Lippen wie zum Pfeifen gespitzt, und nahm sich dann eine Zigarette aus der Tasche.

«Verstehst du», sagte sie, während sie das Feuerzeug zuklappte und die Treppe hinunterging, «du bist so ganz anders als Rebecca.»

Und wir traten auf die Terrasse hinaus und entdeckten, daß die Sonne hinter einer Wolkenwand verschwunden war. Ein feiner Regen fiel vom Himmel, und Robert lief über den Rasen, um die Stühle hereinzuholen.

10

Wir sahen dem Wagen nach, wie er hinter der Biegung der Anfahrt verschwand, und dann nahm Maxim meinen Arm und sagte: «So, Gott sei Dank, das haben wir hinter uns. Hol dir schnell einen Mantel und komm mit nach draußen. Zum Teufel mit dem Regen, ich muß mir etwas Bewegung machen. Dieses Herumsitzen geht mir auf die Nerven.» Er sah bleich und erschöpft aus, und es wunderte mich, daß die Unterhaltung mit Beatrice und Giles, seiner eigenen Schwester und seinem Schwager, ihn so angestrengt hatte.

«Warte hier, ich laufe rasch nach oben», sagte ich.

«Im Blumenzimmer findest du einen Haufen Gummimäntel, hol dir einen von da», sagte er ungeduldig. «Frauen brauchen immer eine halbe Stunde, wenn sie in ihr Schlafzimmer gehen. Robert, holen Sie bitte für Mrs. de Winter einen Mantel aus dem Blumenzimmer. Da muß mindestens noch ein halbes Dutzend Regenmäntel hängen, die irgendwelche Gäste im Laufe der Zeit hier vergessen haben.» Er stand bereits auf dem Weg und rief nach Jasper: «Komm her, du kleines Faultier, damit du etwas von deinem Fett los wirst.» Jasper sprang im Kreis herum und begann bei der Aussicht auf einen Spaziergang hysterisch zu bellen. «Still, Idiot», sagte Maxim. «Wo bleibt denn nur dieser Robert?»

Da kam er schon aus der Halle herbeigerannt mit einem Regenmantel über dem Arm, in den ich so eilig hineinschlüpfte, daß ich mir den Kragen falsch zuknöpfte. Natürlich war er mir viel zu weit und zu lang, aber daran ließ sich ja nun nichts mehr ändern, und wir marschierten über den Rasen auf den Wald zu, Jasper in großen Sprüngen vor uns her.

«Ich kann meine Familie nur in kleinen Dosen genießen», sagte Maxim. «Beatrice ist einer von den besten Menschen der Welt, aber sie tritt unweigerlich immer ins Fettnäpfchen.»

Ich war mir nicht klar darüber, womit Beatrice eigentlich angeeckt war, und hielt es für besser, ihn nicht danach zu fragen. Vielleicht ärgerte er sich noch über das Gerede von seinem elenden Aussehen vor dem Mittagessen.

«Wie gefällt sie dir denn?» fuhr er fort.

«Sehr gut», antwortete ich. «Sie war furchtbar nett zu mir.»

«Und worüber habt ihr euch nach dem Essen unterhalten?»

«Oh, ich weiß nicht recht. Ich glaube, ich habe die Unterhaltung fast allein bestritten. Ich erzählte ihr von Mrs. Van Hopper und wie du und ich uns kennengelernt haben und all das. Sie sagte, ich wäre so ganz anders als sie sich's vorgestellt hatte.»

«Was hatte sie sich denn um Himmels willen für eine Vorstellung von dir gemacht?»

«Sie hat wohl gedacht, ich würde viel eleganter und nicht so unerfahren sein; ein mondänes Flittchen, sagte sie.»

Maxim schwieg einen Augenblick; er bückte sich und warf einen Zweig, damit Jasper ihn apportieren sollte. «Beatrice kann manchmal haarsträubend dumm sein», sagte er dann.

Wir stiegen den Abhang am Ende des Rasens hinauf und drangen in den Wald ein. Die Bäume standen sehr dicht, und es war fast ganz dunkel. Wir traten auf abgebrochene Zweige und vorjähriges Laub und ab und zu auf die jungen grünen Schößlinge des Farnkrautes und die knospigen Stengel der Glockenblumen, die bald blühen mußten. Jasper war jetzt ruhig und schnüffelte mit der Nase auf dem Boden. Ich hakte mich bei Maxim unter.

«Gefällt dir mein Haar eigentlich?» fragte ich.

Er sah erstaunt auf mich herunter. «Dein Haar?» sagte er. «Warum fragst du danach? Natürlich gefällt es mir. Was soll denn daran Besonderes sein?»

«Ach nichts», sagte ich, «ich dachte nur so.»

Wir gelangten zu einer kleinen Lichtung, von der in entgegengesetzter Richtung zwei Wege abgingen. Jasper lief ohne zu zögern auf den Weg, der nach rechts führte.

«Nicht dahin», rief Maxim. «Hierher, alter Knabe!»

Der Hund sah sich nach uns um, blieb stehen und wedelte mit dem Schwanz, lief aber nicht zurück. «Warum will er denn den anderen Weg laufen?» fragte ich.

«Wahrscheinlich aus Gewohnheit», entgegnete Maxim kurz. «Der Weg führt zu einer kleinen Bucht, wo wir ein Boot liegen hatten. Komm her, Jasper, hörst du?»

Schweigend bogen wir in den linken Weg ein, und als ich zurückblickte, sah ich, daß Jasper uns folgte.

«Dieser Weg führt in das Tal, von dem ich dir erzählte», sagte Maxim. «Jetzt wirst du gleich die Azaleen riechen. Der Regen hat auch sein Gutes, er wird den Duft noch verstärken.»

Er schien wieder wohlauf und guter Dinge zu sein, froh und vergnügt, wieder ganz der Maxim, den ich kannte und liebte, und er begann von Frank Crawley zu sprechen und was für ein prächtiger Mensch er sei, so zuverlässig und gewissenhaft und Manderley so treu ergeben.

So ist es viel besser, dachte ich, so ist es wieder wie in Italien! Und ich lächelte zu ihm auf und drückte seinen Arm, nur zu erleichtert darüber, daß der müde, abgespannte Zug aus seinem Gesicht verschwunden war; und während ich «ja» sagte und «wirklich?» und «denk doch nur, Maxim», wanderten meine Gedanken zu Beatrice zurück, und ich überlegte mir, warum ihre Gegenwart ihn so aufgebracht hatte, wodurch sie ihn nur geärgert haben mochte; und ich dachte auch an das, was sie mir von seiner Unbeherrschtheit erzählt hatte, wie jähzornig er werden könnte und daß er ein-, zweimal im Jahre geradezu explodiere.

Sie mußte ihn natürlich kennen; sie war ja seine Schwester. Aber es entsprach so gar nicht dem Bild, das ich mir von Maxim gemacht hatte. Ich konnte ihn mir wohl verstimmt, etwas launisch und auch reizbar vorstellen, aber nicht so heftig und aufbrausend, wie sie ihn geschildert hatte. Wahrscheinlich hatte sie übertrieben; die Menschen urteilten oft so falsch über ihre nächsten Angehörigen.

«Da», sagte Maxim plötzlich, «sieh dir das an!»

Wir standen auf dem Abhang eines bewaldeten Hügels, und der Weg zog sich vor uns in vielen Windungen an einem Bach entlang ins Tal hinab. Hier gab es keine finsteren Bäume mehr, kein wirres Gestrüpp, sondern Azaleen und Rhododendren, die den schmalen Pfad zu beiden Seiten einsäumten, nicht blutrot wie die Riesenbüsche an der Anfahrt, sondern lachsfarben, weiß und goldig gelb, Wesen der Schönheit und Anmut, die ihre lieblichen, zarten Köpfe im milden Sommerregen neigten.

Die ganze Luft war von dem süßen und betäubenden Duft erfüllt, und es schien mir, als ob er sich geradezu mit dem dahinfließenden Wasser und den fallenden Regentropfen vermischt und das feuchte, üppig wuchernde Moos unter unseren

Füßen völlig durchtränkt hätte. Es war kein Laut zu hören bis auf das Plätschern des Baches und das sanfte Rauschen des Regens. Als Maxim plötzlich sprach, klang seine Stimme ebenfalls gedämpft, ganz weich und leise, als wollte er diese Stille um keinen Preis unterbrechen.

«Wir nennen es das Glückliche Tal», sagte er.

Wir standen ganz still und sahen schweigend auf die leuchtend weißen Blumengesichter, die uns am nächsten waren. Und dann begannen die Vögel zu singen. Zuerst eine Amsel, deren heller Ton sich klar und kühl über dem dahinplätschernden Bach emporschwang; und nach einer kleinen Weile erklang die Antwort von ihrem Gefährten, der sich hinter uns im Wald verborgen hielt, und bald darauf wurde die eben noch so stille Luft um uns her von einem vielstimmigen Gesang belebt, der uns noch verfolgte, als wir dann ins Tal hinunterliefen; und der Duft der Blüten folgte uns auch. Es war seltsam erregend, wie in einem verzauberten Garten. Ich hatte nicht gedacht, daß dieses Fleckchen Erde so schön sein könnte.

Weder der Himmel, der sich jetzt ganz bewölkt und verdunkelt hatte und so völlig anders aussah als am frühen Nachmittag, noch der unentwegt herniederrieselnde Regen vermochten den sanften Frieden des Tales zu stören. Ich hielt Maxims Hand und brachte kein Wort über die Lippen. Der Zauber des Glücklichen Tales nahm mich gefangen. Dies endlich war das eigentliche Herz von Manderley, dem Manderley, das ich so gut kennen und lieben lernen sollte. Vergessen war die lange Fahrt bei unserer Ankunft, die finstere Dichte des Waldes, die üppige, allzu stolze Pracht der Rhododendronbüsche; vergessen auch das riesige Haus, die Stille der großen Halle, in der das Echo jeden Schritt wiedergab, und das unheimliche Schweigen im Westflügel, in dem alles mit Tüchern zugedeckt war. Dort war ich ein Eindringling; ich ging durch Räume, die mich nicht kannten, und schrieb an einem Tisch und saß auf einem Stuhl, der nicht mir gehörte. Hier war es ganz anders. Hier, im Glücklichen Tal, fühlte ich mich nicht mehr als Fremde. Wir kamen an das Ende des Weges, wo die Blütensträucher sich über unseren Köpfen zu einem Dach zusammenwölbten, und wir bückten uns, um beim Gehen nicht anzustoßen. Und als ich mich wieder aufrichtete und mir die Regentropfen aus dem Haar strich, sah ich, daß das Tal mit den Azaleen nun hinter uns lag und daß wir jetzt, wie Maxim es mir vor vielen Wochen an jenem Nachmittag in Monte Carlo beschrieben hatte, in einer kleinen, schmalen Bucht standen, den harten, weißen Kies unter unseren Füßen, und das Meer gegen die Küste anbranden hörten.

Maxim las die Betroffenheit in meinem Gesicht und lächelte auf mich herab.

«Nicht wahr, das überwältigt dich?» sagte er. «Es hat noch jeden unvermutet getroffen. Der Gegensatz kommt zu plötzlich, es tut fast weh.» Er nahm einen Stein auf und warf ihn für Jasper über den Strand. «Na, hol ihn, alter Bursche», rief er ihm zu, und Jasper rannte hinter dem Stein her, die langen schwarzen Ohren dem Spiel des Windes preisgegeben.

Der Zauber war verflogen, der Bann gebrochen. Wir waren wieder sterblich geworden, zwei Menschen, die am Strand ihren Spaß trieben. Wir warfen noch mehr Steine, gingen ganz nahe ans Wasser heran, ließen flache Steinchen darüber hüpfen und angelten nach Treibholz. Die Flut war zurückgekehrt und bespülte wieder den Strand. Die niedrigen Felsen waren schon nicht mehr zu sehen, und die Moosalgen auf den Steinen wurden von jeder neu heranrollenden Woge überschwemmt. Wir fischten ein langes, treibendes Brett auf und trugen es hinter die Flutgrenze auf den Strand. Maxim strich sich das Haar aus den Augen und wandte sich lachend nach mir um, und ich krempelte die Ärmel des Regenmantels hoch, die der Gischt völlig durchnäßt hatte. Und dann blickten wir uns um und sahen, daß Jasper verschwunden war. Wir riefen und pfiffen nach ihm, aber er kam nicht. Besorgt blickte ich zu der Höhlung der Bucht, wo die Wellen gegen die Felsen anbrandeten.

«Nein», sagte Maxim, «wir hätten ihn gesehen; abgestürzt kann er nicht sein. Jasper, du Idiot, wo bist du? Jasper! Jasper!»

«Vielleicht ist er zurückgelaufen?» meinte ich.

«Er stand ja vor einer Minute noch dort auf den Felsen und beschnupperte eine tote Möwe», entgegnete Maxim.

Wir gingen über den Strand zurück auf das Tal zu.

«Jasper! Jasper!» rief Maxim.

In der Ferne, jenseits der Felsen an der rechten Seite vom Strand, vernahm ich plötzlich ein kurzes, lautes Gebell. «Hast du gehört?» fragte ich, «er ist da hinaufgelaufen.» Ich begann in der Richtung des Gebells auf allen vieren die glitschigen Felsen emporzuklettern.

«Komm zurück!» rief Maxim scharf. «Wir wollen nicht da entlanggehen. Das dumme Vieh muß auf sich selber aufpassen.»

Ich zögerte und blickte von meinem Felsen hinunter. «Vielleicht ist er doch gefallen», sagte ich, «der arme kleine Kerl. Laß mich ihn doch holen.» Und wieder bellte Jasper, diesmal noch weiter weg. «Oh! hör doch nur», sagte ich, «ich muß ihn suchen. Der Weg ist doch sicher hier? Die Flut kann ihn doch nicht abgeschnitten haben, oder –?»

«Es ist ihm bestimmt nichts geschehen», erwiderte Maxim gereizt. «Laß ihn nur laufen; er findet seinen Weg schon allein zurück.»

Ich tat so, als ob ich ihn nicht mehr gehört hätte, und kroch weiter über die Steine. Große, gezackte Felsblöcke versperrten die Aussicht, und immer wieder glitt ich auf den nassen Felsen aus, während ich mich, so gut es ging, bemühte, die Richtung einzuhalten, aus der das Gebell gekommen war. Es war herzlos von Maxim, Jasper einfach im Stich zu lassen, dachte ich, und ich konnte es nicht begreifen. Überdies stieg die Flut zusehends höher. Schließlich war ich oben neben dem hohen Felsblock angelangt, der mir den Blick versperrt hatte, und sah mich um. Überrascht stellte ich fest, daß ich da in eine zweite Bucht hinunterblickte, derjenigen, aus der ich gerade gekommen war, fast zum Verwechseln ähnlich, nur größer und runder. Eine kleine steinerne Mole lag schützend vor der Bucht, die so einen kleinen natürlichen Hafen bildet, in dem eine Boje verankert lag, aber kein Boot. Der Strand bestand hier ebenfalls aus hellem Kies, er war nur viel abschüssiger und fiel plötzlich steil zum Meer ab. Der Wald zog sich bis zu der von dem angeschwemmten Tang bezeichneten Flutgrenze herunter, fast bis zu den Felsen hin, und am Rande des Waldes lag ein langgestrecktes, niedriges Gebäude, halb Land-, halb Bootshaus, das aus demselben Stein gebaut worden war wie die Mole.

Es war ein Mann am Strand, ein Fischer vermutlich, mit hohen Stiefeln und einem Südwester, und Jasper sprang um ihn herum und bellte ihn an und schnappte nach seinen Stiefeln. Der Mann nahm jedoch keine Notiz von ihm. Er bückte sich und scharrte im Kies. «Jasper!» rief ich, «hierher, Jasper!»

Der Hund sah auf und wedelte mit dem Schwanz, gehorchte mir aber nicht. Er fuhr fort, bellend um die einsame Gestalt dort auf dem Strand herumzutanzen.

Ich blickte zurück, von Maxim war noch immer keine Spur zu sehen, und ich kletterte von den Felsen zum Strand hinunter. Bei dem knirschenden Geräusch meiner Schritte auf dem Kies blickte der Mann auf, und an den merkwürdig kleinen Schlitzaugen und dem auffallend roten Mund erkannte ich, daß ich einen Schwachsinnigen vor mir hatte. Er lächelte mich an und entblößte dabei einen zahnlosen Gaumen. «'nMorgen!» sagte er. «Dreckig, was?»

«Guten Tag», erwiderte ich. «Ja, es ist schade, daß wir kein besseres Wetter haben.»

Er sah mich aufmerksam an und lächelte fortwährend. «Grab nach Muscheln», sagte er, «gibt keine Muscheln hier. Hab schon seit heute früh gegraben.»

«Oh», sagte ich, «das tut mir leid, daß Sie keine finden können.»

«Ja, das stimmt», sagte er, «keine Muscheln hier.»

«Komm, Jasper», sagte ich. «Es wird spät. Komm, alter Kerl.»

Aber Jasper benahm sich geradezu ärgerlich. Vielleicht war ihm der Wind und der Anblick des Wassers zu Kopf gestiegen, denn er wich vor mir zurück, bellte wie verrückt und begann den Strand auf- und abzujagen, ohne daß irgend etwas zu sehen war. Es war mir klar, daß er mir nicht freiwillig folgen würde, und eine Leine hatte ich ja nicht. Ich wandte mich an den Mann, der sich wieder gebückt hatte, um sein zweckloses Gescharre fortzusetzen.

«Haben Sie vielleicht ein Seil bei sich?» fragte ich ihn.

«Heh?» sagte er.

«Ob Sie vielleicht ein Seil bei sich haben?» wiederholte ich.

«Keine Muscheln hier», sagte er kopfschüttelnd, «grab schon den ganzen Vormittag.» Er nickte mir zu und wischte sich die fahlblauen, wäßrigen Augen.

«Ich möchte etwas haben, um den Hund festzubinden», erklärte ich. «Sonst folgt er mir nicht.»

«Heh?» sagte er und lächelte sein klägliches, idiotisches Lächeln.

«Schon gut», sagte ich, «es ist nicht so wichtig.» Er sah mich unsicher an, und dann beugte er sich vor und tippte mir auf die Brust.

«Ich kenne diesen Hund», sagte er, «von dem Haus kommt der.»

«Ja», sagte ich, «ich möchte gern, daß er mit mir zurückgeht.»

«Das ist nicht Ihrer», sagte er.

«Es ist der Hund von Mr. de Winter», sagte ich freundlich, «ich möchte ihn gern mit nach Hause zurücknehmen.»

«Heh?» sagte er.

Noch einmal rief ich Jasper, aber er jagte hinter einer Feder her, die vom Wind herumgewirbelt wurde. Ich überlegte, ob ich vielleicht in dem Bootshaus ein Seil finden würde, und ging den Strand hinauf darauf zu. Früher mußte da ein Garten gewesen sein, aber jetzt hatte das hoch aufgeschossene, von Brennesseln durchwachsene Gras alles überwuchert. Die Fenster waren mit Brettern zugenagelt. Sicherlich war auch die Tür versperrt, und ich schob den Riegel, ohne viel Hoffnung auf Erfolg, beiseite. Doch zu meiner Überraschung ließ sie sich nach anfänglichem Widerstand ganz leicht öffnen, und mit gebücktem Kopf, weil sie so niedrig war, ging ich hinein. Ich erwartete, die übliche Bootskammer vorzufinden, schmutzig und verstaubt, mit allem möglichen Gerümpel und Tauwerk und Holzklötzen und Rudern auf dem Fußboden. Staub gab es dort und stellenweise auch Schmutz, aber von Tauen und Blöcken war nichts zu sehen. Der Raum war vollständig möbliert und nahm die ganze Länge des Hauses ein. In der Ecke sah ich einen Schreibtisch, einen Eßtisch und Stühle und, an die Wand gerückt, eine Schlafcouch. Auch eine Anrichte stand dort mit Tassen und Tellern, und ein Bücherbord mit Büchern, und auf dem Bord standen ein paar Schiffsmodelle. Einen Augenblick lang glaubte ich, das Haus müsse bewohnt sein – vielleicht von dem Schwachsinnigen –, als ich mich aber näher umsah, bemerkte ich kein Anzeichen dafür, daß dieser Raum kürzlich benutzt worden war. In diesem verrosteten Kamin hatte lange kein Feuer mehr gebrannt; der staubige Boden wies keine Fußspuren auf, und das Porzellan auf der Anrichte war von der Feuchtigkeit ganz fleckig geworden. Ein eigentümlich modriger Geruch hing in dem Raum. Mäuse oder Ratten hatten den Stoffbezug des Schlafsofas angeknabbert, das war an den vielen spitzen Löchern und der ausgefransten Kante deutlich zu sehen. Es war feucht in dem Haus, feucht und eisig-kalt; dunkel und bedrückend. Es gefiel mir gar nicht, und ich hätte nicht dort bleiben mögen. Das hohle Geräusch des Regens auf dem Dach war gräßlich. Es schien im Raum selbst widerzuhallen, und ich hörte, wie das Wasser auch in den Kamin hinuntertropfte.

Ich sah mich nach irgendeinem Stück Schnur um, aber ich fand nichts, was ich für meine Zwecke hätte gebrauchen können. Am anderen Ende des Zimmers gab es noch eine zweite Tür, und ich ging darauf zu und öffnete sie, bereits etwas furchtsam, ein wenig verängstigt, denn ich hatte das sonderbare, unbehagliche Gefühl, daß ich etwas entdecken könnte, was ich gar nicht sehen wollte. Irgend etwas, das mir weh tun, das mich entsetzen würde.

Das war natürlich Unsinn, und der Raum, den ich jetzt betrat, war nur ein ganz gewöhnlicher Bootsschuppen. Da waren die Blöcke und die Seile, die ich zu finden erwartet hatte, zwei oder drei Segel, mehrere Fender, ein kleines Beiboot, Farbtöpfe, alle die Dinge, die man zum Gebrauch und zur Pflege eines Segelbootes benötigt. Auf einem der Borde lag eine Rolle Schnur neben einem verrosteten Taschenmesser. Damit konnte ich mich sehr gut für Jasper behelfen. Ich öffnete das Messer, schnitt mir ein Stück Schnur ab und ging dann wieder in das Zimmer zurück. Der Regen fiel noch immer auf das Dach und in den Kamin. Schnell verließ ich das kleine Haus, ohne mich umzusehen, ohne einen Blick auf das angenagte Schlafsofa, das stockfleckige Porzellan und die mit Spinnweben überzogenen Schiffsmodelle zu werfen. Ich schloß die knarrende Tür hinter mir und eilte wieder zum hellen Strand hinunter.

Der Mann scharrte nicht mehr im Kies, sondern stand da und beobachtete mich, Jasper neben sich.

«Komm her, Jasper», sagte ich, «komm her, sei ein gutes Tier!» Ich bückte mich zu ihm nieder, und jetzt ließ er es zu, daß ich ihn anfaßte und ihn am Halsband nahm. «Ich habe im Bootshaus etwas Schnur gefunden», sagte ich zu dem Mann.

Er antwortete nicht, und ich befestigte die Schnur locker an Jaspers Halsband.

«Guten Tag!» sagte ich und zog Jasper fort. Der Mann nickte und starrte mich mit seinen schmalen Idiotenaugen an. «Ich sah Sie dort hineingehen», sagte er.

«Ja», sagte ich, «das ist schon in Ordnung; Mr. de Winter wird bestimmt nichts dagegen haben.»

«Sie geht jetzt nicht mehr hinein», sagte er.

«Nein», sagte ich, «jetzt nicht mehr.»

«Sie ist ins Meer gegangen, nicht wahr?» sagte er. «Sie wird nie mehr zurückkommen?»

«Nein», sagte ich, «sie kommt nicht mehr zurück.»

«Ich habe nie kein Wort gesagt, nicht wahr?» sagte er wieder.

«Nein, natürlich nicht», sagte ich. «Sie brauchen sich nicht zu beunruhigen.»

Er bückte sich wieder und grub weiter nach seinen Muscheln, während er leise vor sich hin murmelte. Ich ging über den Strand zu den Felsen zurück, wo Maxim, die Hände in den Taschen, auf mich wartete.

«Es tut mir leid», sagte ich, «aber Jasper wollte nicht folgen. Ich mußte mir erst etwas Schnur holen.»

Er drehte sich schroff um und schritt dem Wald zu.

«Wollen wir denn nicht über die Felsen zurückgehen?» fragte ich.

«Wozu das, jetzt sind wir ja einmal hier», entgegnete er kurz.

Wir gingen hinauf, am Bootshaus vorüber, und bogen dann in einen Waldweg ein. «Entschuldige bitte, daß es so lange gedauert hat», sagte ich. «Es war wirklich Jaspers Schuld. Er hat immerzu den Mann angebellt und war nicht davon abzubringen. Wer ist das denn?»

«Das ist nur Ben», erwiderte Maxim. «Er ist ganz harmlos, der arme Teufel. Sein Vater war einer von den Parkhütern; die Leute wohnen neben der Meierei. Wo hast du denn das Seil aufgetrieben?»

«Ich fand es in dem Bootshaus», sagte ich.

«War die Tür denn offen?» fragte er.

«Ja, ich brauchte sie nur aufzustoßen. Ich fand die Schnur in dem hinteren Raum, wo die Segel sind und das kleine Beiboot.»

«Oh», sagte er kurz, «oh, daher.» Und nach einer kleinen Pause fügte er hinzu: «Dieses Bootshaus soll eigentlich verschlossen sein. Es ist ganz unzulässig, daß die Tür offen ist.»

Ich schwieg, da mich das ja nichts anging.

«Hat Ben dir erzählt, daß die Tür nicht verschlossen ist?»

«Nein, er schien überhaupt nicht zu verstehen, was ich ihn fragte.»

«Er stellt sich viel dümmer, als er wirklich ist», meinte Maxim. «Er kann sich ganz verständlich ausdrücken, wenn er will. Wahrscheinlich ist er schon ein Dutzend Male heimlich im Bootshaus gewesen und wollte dir das nur nicht sagen.»

«Das glaube ich nicht», erwiderte ich. «Das Zimmer sah völlig unbenutzt aus. Überall liegt dicker Staub, und es waren keine Fußspuren zu sehen. Es ist schrecklich feucht und modrig da drinnen. Die Bücher und die Möbel werden noch ganz verderben.»

Und Ratten gıbt es da auch; den Bezug von der Couch haben sie schon angefressen.»

Maxim erwiderte nichts. Er ging rasend schnell, und der Weg, der vom Strand zum Wald hinaufführte, war sehr steil. Es war so anders als im Glücklichen Tal. Die Bäume standen hier ganz dicht und sahen so finster aus, und keine einzige Azalee blühte am Wegrand. Der Regen tropfte schwer von den dicken Zweigen herunter, fiel mir auf den Kragen und rieselte mir in den Nacken. Ich erschauerte, es war ein unangenehmes Gefühl wie die Berührung von einer kalten Hand. Von der ungewohnten Kletterei über die Felsen taten mir die Beine weh, und Jasper, von seinem wilden Herumgetobe ebenfalls ermüdet, keuchte mit hängender Zunge hinter mir her.

«Komm her, Jasper, beeil dich gefälligst», sagte Maxim. «Kannst du ihm nicht etwas Beine machen? Zieh doch die Leine kürzer. Beatrice hatte recht, der Hund ist viel zu dick geworden.»

«Daran liegt es gar nicht», entgegnete ich. «Du läufst einfach zu schnell; wir können unmöglich Schritt mit dir halten.»

«Wenn du auf mich gehört hättest, anstatt plötzlich wie wild über die Felsen davonzustürzen, wären wir jetzt schon längst zu Hause», sagte Maxim. «Jasper hätte sehr gut allein zurückgefunden. Ich weiß wirklich nicht, warum du unbedingt hinter ihm herlaufen mußtest.»

«Ich dachte, er wäre vielleicht doch abgestürzt, und hatte Angst vor der Flut», sagte ich.

«Meinst du, ich hätte den Hund zurückgelassen, wenn die Flut tatsächlich gefährlich werden könnte?» hielt Maxim mir vor. «Ich rief dir doch noch zu, daß du nicht auf die Felsen hinaufklettern solltest, und jetzt bist du schlechter Laune, weil du müde bist.»

«Ich bin gar nicht schlechter Laune», sagte ich. «Jeder Mensch, selbst wenn seine Beine aus Eisen wären, würde bei diesem Marschtempo müde werden. Ich dachte, du würdest mir gleich nachkommen, als ich mich nach Jasper auf die Suche machte, anstatt einfach zurückzubleiben.»

«Warum sollte ich mich so anstrengen, nur um hinter diesem verdammten Köter herzurennen?» sagte er.

«Hinter Jasper her über die Felsen zu klettern war auch nicht anstrengender, als am Strand entlang hinter dem Treibholz herzulaufen», erwiderte ich. «Das sagst du nur, weil dir keine bessere Entschuldigung einfällt.»

«Mein gutes Kind, wofür sollte ich mich denn entschuldigen müssen?»

«Ach, ich weiß nicht», sagte ich müde. «Hören wir doch damit auf.»

«Nein, warum denn? Du hast ja damit angefangen. Was willst du damit sagen, daß mir keine bessere Entschuldigung einfällt? Entschuldigung wofür?»

«Weil du nicht mit mir über die Felsen gegangen bist, vermutlich», sagte ich.

«So, und weshalb wollte ich nicht zu der anderen Bucht hinüber?»

«Ach Maxim, wie soll ich das wissen? Ich kann ja schließlich keine Gedanken lesen. Ich weiß nur, daß du es nicht wolltest, das ist alles. Ich konnte es deinem Gesicht ansehen.»

«Was konntest du meinem Gesicht ansehen?»

«Das habe ich dir doch gerade gesagt. Ich sah dir eben an, daß du nicht dorthin gehen wolltest. Aber bitte, laß uns damit aufhören. Ich habe das Thema reichlich satt.»

«Das sagen alle Frauen, wenn sie sich geschlagen geben müssen. Also schön, ich wollte nicht in die andere Bucht hinübergehen. Bist du damit zufrieden? Ich gehe niemals an diesen verfluchten Strand oder auch nur in die Nähe von diesem gottverdammten Bootshaus. Und wenn du meine Erinnerungen hättest, würdest du ebenfalls nicht dorthin gehen oder darüber reden oder auch nur daran denken. So, das kannst du jetzt hinunterschlucken, wenn du magst, und ich hoffe, es befriedigt dich.»

Sein Gesicht war ganz weiß, und seine Augen hatten wieder denselben verzweifelten und verlorenen Ausdruck wie bei unserer ersten Begegnung. Ich streckte ihm die Hand hin, faßte nach der seinen und hielt sie fest.

«Bitte, Maxim, bitte!» bat ich.

«Was willst du denn?» sagte er barsch.

«Ich möchte nicht, daß du so aussiehst», sagte ich. «Es tut mir so weh. Bitte, Maxim, laß uns doch diesen sinnlosen, dummen Streit vergessen. Es tut mir so leid, Lieber. Entschuldige bitte. Laß doch alles wieder gut sein.»

«Wir hätten in Italien bleiben sollen», sagte er. «Wir hätten niemals nach Manderley zurückkehren sollen. O Gott, was für ein Narr war ich doch, wieder hierher zu kommen!»

Er eilte ungeduldig zwischen den Bäumen davon und schritt

noch schneller aus als zuvor. Ich mußte laufen, um Schritt mit ihm zu halten; atemlos und dem Weinen nahe rannte ich ihm nach und zog den armen Jasper an der Leine hinter mir her.

Endlich waren wir am Ende des Weges angelangt, dort, wo der andere Pfad zum Glücklichen Tal abzweigte. Wir waren denselben Weg hinaufgestiegen, in den Jasper zu Beginn unseres Spazierganges eingebogen war. Jetzt wußte ich, warum er da entlang laufen wollte: weil der Weg zu dem Bootshaus führte und zu dem Strand, den er am besten kannte; weil der Pfad ihm von früher her vertraut war.

Wir traten aus dem Wald und gingen schweigend über den Rasen auf das Haus zu. Maxims Gesicht war hart und ausdruckslos. Er ging sofort in die Halle, wo Frith uns entgegenkam, und auf die Bibliothek zu, ohne sich nach mir umzusehen.

«Wir wollen sofort Tee trinken», sagte Maxim zu Frith und schloß die Tür hinter sich.

Ich kämpfte gegen die aufsteigenden Tränen an. Frith durfte sie nicht sehen. Er würde gleich daraus folgern, daß wir uns gestritten hatten, und all den anderen erzählen: «Mrs. de Winter hat soeben in der Halle geweint. Es sieht so aus, als ob da durchaus nicht alles glattgeht.» Ich wandte mich ab, damit Frith mein Gesicht nicht sehen konnte. Er kam jedoch auf mich zu und half mir aus dem Mantel.

«Ich werde Ihren Regenmantel im Blumenzimmer aufhängen, Madam», sagte er.

«Ja, danke, Frith», sagte ich, immer noch mit abgewandtem Gesicht.

«Ich fürchte, das war kein sehr schöner Nachmittag, um spazierenzugehen, Madam.»

«Nein», sagte ich, «nein, es war nicht sehr schön.»

«Ihr Taschentuch, Madam?» sagte er und hob etwas auf, was auf den Boden gefallen war. «Danke schön», sagte ich und steckte es ein.

Ich überlegte mir, ob ich nach oben oder zu Maxim in die Bibliothek gehen sollte. Frith trug den Mantel in das Blumenzimmer. Ich blieb zögernd in der Halle stehen und kaute an meinen Nägeln. Frith kam zurück. Er war offenbar darüber erstaunt, mich noch anzutreffen.

«In der Bibliothek brennt jetzt ein hübsches Feuer, Madam.»

Langsam ging ich durch die Halle auf die Bibliothek zu, öffnete die Tür und trat ein. Maxim saß in seinem Sessel, Jasper zu seinen Füßen, die alte Hündin in ihrem Korb. Er las nicht die Zeitung, obwohl sie auf der Armlehne des Sessels neben ihm lag. Ich lief auf ihn zu, kniete bei ihm nieder und schmiegte mich eng an sein Gesicht.

«Bitte, sei mir nicht mehr böse», flüsterte ich.

Er nahm mein Gesicht in beide Hände und sah mich mit seinen müden, gequälten Augen an. «Ich bin dir nicht böse», sagte er.

«Doch», sagte ich, «ich habe dich unglücklich gemacht. Das ist dasselbe, als ob ich dich erzürnt hätte. Du bist innerlich ganz zerrissen und aufgewühlt und verletzt. Ich kann es nicht ertragen, dich so zu sehen. Ich liebe dich so sehr.»

«Ja?» sagte er. «Tust du das?» Er hielt mich sehr fest, und seine Augen sahen mich forschend an, dunkel und ungewiß, die Augen eines Kindes, das leidet und Angst hat.

«Was ist denn nur, Liebster?» sagte ich. «Warum siehst du so gequält aus?»

Doch bevor er antworten konnte, hörte ich, wie die Tür aufging, und ich ließ mich auf meine Hacken zurückfallen und tat so, als hätte ich nur nach einem Holzscheit greifen wollen, um es ins Feuer zu werfen; während Frith, gefolgt von Robert, das Zimmer betrat und die kleine Zeremonie unserer Teemahlzeit ihren Anfang nahm.

Das Schauspiel des gestrigen Tages wurde genau wiederholt, das Heranrücken des Tisches, das Auflegen der schneeweißen Decke, das Hinstellen der verschiedenen Kuchenteller, und der Wasserkessel summte wieder über der kleinen Spiritusflamme, während Jasper, die Ohren erwartungsvoll zurückgelegt, mit dem Schwanz wedelte und mich dabei bettelnd ansah. Fünf Minuten mußten vergangen sein, bis wir wieder allein waren, und als ich zu Maxim aufblickte, sah ich, daß die Farbe in sein Gesicht zurückgekehrt und der abgespannte, verlorene Ausdruck verschwunden war und daß er sich gerade ein Sandwich nahm.

«Diese vielen Menschen zum Mittagessen sind mir einfach auf die Nerven gegangen», sagte er. «Die gute alte Beatrice geht mir mit ihrer Art immer etwas gegen den Strich. Als Kinder haben wir uns oft wie Hunde gebalgt. Und dabei mag ich sie wirklich gern, weiß Gott. Ich bin nur froh, daß sie nicht so in unserer Nähe wohnen. Dabei fällt mir ein, wir müßten nächstens mal hinüberfahren und Großmutter einen Besuch machen. Schenk mir bitte den Tee ein, Liebling, und verzeih mir, daß ich so grob zu dir war.»

Es war also überstanden. Der Zwischenfall war erledigt. Wir durften nur nicht wieder davon sprechen. Er lächelte mich über seine Tasse hinweg an und griff dann nach der Zeitung auf der Stuhllehne. Das Lächeln war meine Belohnung. Wie ein kleiner Klaps auf Jaspers Kopf, der etwa besagen sollte: «Ja, ja, du bist ein gutes Tier, aber leg dich jetzt hin und störe mich nicht mehr.» Wie Jasper behandelte er mich wieder. Ich hatte schon geglaubt, ihm etwas nähergekommen zu sein, und jetzt war er mir wieder so fern wie zuvor. Ich nahm ein Stück Gebäck und verteilte es an die beiden Hunde. Ich selbst mochte nichts essen, ich war gar nicht hungrig. Ich fühlte mich auf einmal sehr matt, sehr müde, von einer Art lähmender Erschöpfung befallen. Ich sah zu Maxim hinüber, aber er las in seiner Zeitung, die er gerade umgeblättert hatte. Meine Finger waren von dem buttrigen Gebäck ganz fettig geworden, und ich suchte in meiner Tasche nach einem Taschentuch. Ich zog es heraus, ein winziges, spitzengerändertes Etwas, und betrachtete es stirnrunzelnd, da es mir gar nicht gehörte. Dann fiel mir ein, daß Frith es von den Fliesen in der Halle aufgehoben hatte. Es mußte aus der Tasche des Regenmantels gefallen sein. Ich drehte es in meiner Hand hin und her und sah es mir genauer an. Es war schmutzig, und es hingen noch kleine Staubwolken von der Tasche daran. Es mußte also schon lange Zeit in der Tasche des Regenmantels gesteckt haben. In der einen Ecke war ein Monogramm, ein großes, schräges R, in das ein W hineingestickt war. Das R überragte den anderen Buchstaben, sein Schlußbogen zog sich von der Spitzenkante fort bis zur Mitte hin. Es war nur ein kleines Taschentuch, ein lächerlich kleines Stückchen Batist, das zu einer Kugel zusammengeknüllt und dann in die Tasche gesteckt und dort vergessen worden war.

Demnach war ich der erste Mensch, der den Mantel wieder anzog, seitdem das Taschentuch benutzt worden war. Die Frau, die ihn getragen hatte, mußte also schlank und groß und breiter um die Schultern gewesen sein als ich, denn mir war er ja zu weit und viel zu lang gewesen, und die Ärmel gingen mir bis über die Handgelenke. Ein paar Knöpfe fehlten; offenbar war es ihr gleichgültig gewesen, ob sie wieder angenäht wurden oder nicht. Sie hatte ihn wohl lose umgehängt getragen.

Es war auch ein roter Fleck auf dem Taschentuch, der offenbar von einem Lippenstift herrührte. Sie hatte mit dem Tuch die Lippen abgerieben und es dann zusammengeknüllt und in der Tasche vergessen. Ich wischte mir meine Finger an diesem Stückchen Batist ab, und als ich das tat, bemerkte ich, daß ihm noch immer ein süßlich fader Duft anhaftete.

Ein Duft, den ich wiedererkannte, ein Duft, den ich schon einmal gerochen haben mußte. Ich schloß die Augen und versuchte mich zu erinnern. Es war irgendein besonders zarter, feiner Wohlgeruch, auf dessen Ursprung ich mich nicht besinnen konnte. Sicherlich hatte ich ihn schon einmal eingeatmet, ja, mir war, als sei ich am selben Nachmittag schon mit ihm in Berührung gekommen.

Und dann wußte ich plötzlich, daß dieser schwache Duft, der dem Taschentuch noch immer anhaftete, derselbe war, den die welkenden Blütenblätter der Azaleen im Glücklichen Tal ausgeströmt hatten.

11

Die ganze nächste Woche war das Wetter kalt und regnerisch, wie es das im Frühsommer in den westlichen Landstrichen häufig zu sein pflegt, und wir gingen nicht mehr zum Strand hinunter. Ich konnte das Meer über den Rasen hinweg von der Terrasse aus sehen. Es sah grau, rauh und unfreundlich aus; riesige, hohe Wellen stürzten sich in die Bucht hinter dem Leuchtturm auf der Landzunge. Ich begann jetzt zu verstehen, warum manche Menschen das Lärmen des Meeres nicht ertragen können. Zuweilen klingt es wie der düstere Klageton einer Harfe, und vor allem diese Beharrlichkeit, dieses fortwährende Rollen, Donnern und Zischen zerrt an den Nerven und peitscht sie auf. Ich war froh, daß unsere Zimmer im Ostflügel lagen und daß ich, wenn ich mich aus dem Fenster lehnte, auf den Rosengarten sah. Denn manchmal fand ich keinen Schlaf und stahl mich dann leise aus dem Bett, ging in der nächtlichen Stille zum Fenster und beugte mich mit aufgestützten Armen hinaus und genoß die beruhigend sanfte Luft.

Dort war das rastlose Geräusch des Meeres nicht zu hören, und weil ich es nicht hören konnte, waren auch meine Gedanken friedlich und ruhig. Sie führten mich nicht mehr den steilen Pfad durch den Wald hinunter zu der grauen Bucht und dem verlassenen Bootshaus. Ich wollte nicht mehr an das Bootshaus denken. Tagsüber dachte ich nur allzu oft daran. Wann immer ich von der Terrasse aus das Meer erblickte, begann die Erinnerung an mir zu nagen. Denn ich sah dann wieder die bläulichen Stockflecke auf dem Porzellan, die Spinnweben an den kleinen Masten der Schiffsmodelle und die Löcher von den Ratten in dem Schlafsofa vor mir. Ich hörte wieder das Regengetrommel auf dem Dach, und auch an Ben dachte ich, an Ben mit seinen schmalen, wäßrigen blauen Augen und seinem scheuen, idiotischen Lächeln. Alle diese Dinge quälten mich, ich war verstört darüber. Ich wollte sie vergessen, aber gleichzeitig wollte ich auch wissen, warum sie mich quälten, warum sie mich so unruhig und unglücklich machten.

Ich konnte den verlorenen Blick in Maxims Augen und sein bleiches Gesicht, als wir durch den Wald zurückgegangen waren, nicht vergessen und auch nicht seine Worte: «O Gott, was für ein Narr war ich doch, wieder hierher zu kommen!» Es war alles meine Schuld, weil ich über die Felsen in die Bucht geklettert war. Ich hatte die Vergangenheit wieder in ihm aufleben lassen. Und obwohl Maxim sich davon erholt hatte und wieder ganz er selbst war und wir unser Leben zusammen lebten und mit Essen, Schlafen, Spazierengehen, Briefeschreiben und Fahrten ins Dorf Stunde um Stunde unseres Tages ausfüllten, wußte ich doch, daß dadurch eine Schranke zwischen uns aufgerichtet worden war.

Er ging allein auf der anderen Seite, und ich durfte nicht zu ihm. Und ich wurde ängstlich und nervös bei dem Gedanken, daß irgendein achtloses Wort, irgendeine unvorhergesehene Wendung in einem gleichgültigen Gespräch wieder diesen Ausdruck in seinen Augen heraufbeschwören konnte. Ich begann jede bloße Erwähnung des Meeres zu fürchten, denn vom Meer konnte man ja so leicht auf Boote, Unglücksfälle und Ertrinken zu sprechen kommen ... Selbst Frank Crawley, der eines Tages wieder zum Mittagessen kam, jagte mir einen Angstschauer über den Rücken, als er plötzlich etwas über die Segelregatta in der nur drei Meilen entfernten Bucht von Kerrith sagte. Es gab mir sofort einen schmerzhaften Stich, und ich sah krampfhaft auf meinen Teller nieder; aber Maxim sprach ganz ruhig weiter, während mir vor lauter Ratlosigkeit heiß wurde und ich mir überlegte, was nun geschehen und wohin die Unterhaltung uns führen würde. Es war natürlich unrecht von mir, krankhaft, ich benahm mich genau wie ein überempfindlicher, neurotischer Mensch, gar nicht wie die gesunde, glückliche junge Frau, die ich doch eigentlich war. Aber ich konnte es nicht ändern; ich wußte einfach nicht, was ich tun sollte. Meine Schüchternheit und mein linkisches Wesen wurden nur noch auffälliger und machten mich hilflos und stumm, wenn Gäste ins Haus kamen. Wir erhielten nämlich in jenen ersten Wochen mehrfach Besuch von Leuten aus der Nachbarschaft, und ihre Begrüßung und die Unterhaltung mit ihnen und dieses Sichhinziehen der üblichen halben Stunde wurden für mich zu einer schlimmeren Prüfung, als ich es anfangs vorausgesehen hatte, weil ich jetzt ständig befürchtete, daß sie über irgend etwas sprechen könnten, was tabu war. Diese Todesangst, die mich bei dem Geräusch von Rädern auf der Anfahrt, beim Läuten der Hausglocke befiel und mich in wilder Flucht nach oben in mein Schlafzimmer trieb! Das hastige Betupfen meiner Nase mit der Puderquaste, das eilige Kämmen der Haare und dann das unvermeidliche Klopfen an der Tür und das Überreichen der Visitenkarten auf dem Silbertablett.

«Es ist gut, ich komme sofort hinunter.» Das Klappern meiner Absätze auf den Treppenstufen und den Fliesen der Halle, das Öffnen der Tür zur Bibliothek oder, schlimmer noch, zur kalten, leblosen Pracht des großen Salons, und die fremde Frau, die dort auf mich wartete, oder manchmal gar zwei Damen oder auch ein Ehepaar.

«Wie reizend von Ihnen, daß Sie gekommen sind! Maxim ist leider irgendwo im Park, aber Frith ist schon unterwegs, um ihn zu holen.»

«Wir dachten, daß wir doch der jungen Frau mal einen Besuch machen müßten.»

Ein kleines Gelächter, ein kurzes, nichtssagendes Geplauder und dann eine Pause, ein Blick durch das Zimmer.

«Manderley ist noch immer so bezaubernd wie zuvor; leben Sie nicht sehr gern hier?»

«Oh, ja, sehr ...» Und in meiner Schüchternheit und in dem Wunsch, zu gefallen, entschlüpften mir wieder jene Schulmädchenausdrücke, die ich sonst nie zu benutzen pflegte, außer in solchen Augenblicken, Worte wie: «Oh, fabelhaft» und «blendend» und «wirklich phantastisch» oder «unerhört schön»; und ich glaube, einmal begrüßte ich sogar eine würdige alte Herzogin, die mich durch ihr Lorgnon musterte, mit einem lauten «Hallo!» Meine Erleichterung bei Maxims Kommen wurde von der Angst gedämpft, daß unsere Gäste irgendeine indiskrete Äußerung tun könnten, und ich verstummte sogleich und lächelte nur gezwungen, die Hände im Schoß. Sie wandten sich dann an Maxim und unterhielten sich mit ihm über Menschen, die ich nicht kannte, und über Orte, die ich nie gesehen hatte. Und hin und wieder bemerkte ich, wie sie mich etwas unsicher ansahen, als ob sie nicht wüßten, was sie mit mir anfangen sollten.

Bisweilen fing ich diese oder jene Bemerkung auf, die mich über die Vergangenheit aufklärte und meine geheime Kenntnis davon ergänzte. Hier ein zufälliges Wort, dort eine Frage, ein flüchtiger Satz. Und wenn Maxim nicht bei mir war, verursachte mir ihr Anhören eine Art schmerzliches Vergnügen wie eine Erfahrung, die man mit einem Gefühl von Schuldbewußtsein auf verstohlene Weise erwirbt.

Es kam vor, daß ich einen solchen Besuch erwiderte, denn Maxim war in diesen Dingen peinlich genau und ersparte mir den Gegenbesuch nicht, und wenn er mich nicht begleiten konnte, mußte ich die Formalität allein über mich ergehen lassen; und dann pflegte in der Unterhaltung stets eine Pause einzutreten, in der ich verzweifelt nach einem Gesprächsstoff suchte. «Werden Sie auf Manderley ein sehr geselliges Leben führen, Mrs. de Winter?» wurde ich etwa gefragt, und meine Antwort lautete: «Ich weiß nicht, mein Mann hat bisher noch nichts davon gesagt.» – «Nein, natürlich nicht, es wäre ja wohl auch noch etwas verfrüht. In alten Zeiten war das Haus immer voll Menschen.» Und wieder eine Pause. «Gäste aus London, wissen Sie, damals wurden sehr große Gesellschaften auf Manderley gegeben.» – «Ja», sagte ich, «ja, das hörte ich.» Eine neuerliche Pause und darauf die gesenkte Stimme, mit der über Verstorbene und an Stätten der Andacht gesprochen zu werden pflegt: «Sie war ungeheuer beliebt, wissen Sie, und eine so faszinierende Persönlichkeit.» – «Ja», sagte ich wieder, «ja, natürlich.» Und nach ein paar Minuten sah ich auf meine Armbanduhr und sagte: «Es tut mir leid, daß ich jetzt gehen muß, aber es ist ja schon nach vier.»

Es war die Frau des Bischofs aus der nächsten größeren Stadt, die mich fragte: «Glauben Sie, daß Ihr Gatte den berühmten Kostümball von Manderley wieder aufleben lassen wird? Es war immer so ein bezauberndes Ereignis, ich werde es nie vergessen.»

Und ich mußte lächeln, als ob ich alles darüber wüßte, und ihr antworten: «Wir sind uns noch nicht schlüssig. Es gab so vieles zu besprechen und zu erledigen.»

«Ja, das kann ich mir denken. Aber ich hoffe, Sie werden diese hübsche Gewohnheit beibehalten. Sie müssen Ihren Einfluß auf ihn geltend machen. Letztes Jahr fand das Fest natürlich nicht statt, aber ich erinnere mich noch an das Jahr vorher; der Bischof und ich gingen zusammen hin, und es war ganz entzückend. Manderley eignet sich so besonders gut für derlei Festlichkeiten. Die Halle sah wunderschön aus. Dort wurde getanzt, und die Musiker saßen auf der Galerie, ganz wie in alten Zeiten. Es war alles so stilvoll. Die Vorbereitungen müssen eine Menge Arbeit gemacht haben, aber jeder war auch einfach hingerissen.»

«Ja», sagte ich, «ich werde Maxim danach fragen.»

Ich dachte an die Schreibtischfächer mit den Schildern im Morgenzimmer; ich stellte mir den hohen Stapel der Einladungskarten vor, die lange Liste der Namen und Adressen, und ich sah eine Frau dort am Schreibtisch sitzen, neben die Namen der Gäste, die sie auswählte, ein Häkchen machen und dann nach den Einladungen greifen, ihre Feder in die Tinte tauchen und schnell und mühelos mit ihrer weitzügigen, schrägen Handschrift zu schreiben beginnen.

«Wir sind in einem Sommer auch einmal zu einem Gartentee auf Manderley gewesen», sagte die Frau des Bischofs. «Es war immer alles so geschmackvoll. Die Blumen in den Vasen richtig künstlerisch angeordnet. Ein herrlicher Tag, ich erinnere mich noch. Der Tee wurde an kleinen Tischen im Rosengarten serviert, wirklich ein reizender, origineller Gedanke. Ja, sie hatte immer so entzückende Einfälle ...»

Errötend hielt sie inne, weil sie wohl fürchtete, eine taktlose Bemerkung gemacht zu haben, aber ich stimmte ihr sofort zu, um sie aus ihrer Verlegenheit zu befreien, und kühn, tollkühn hörte ich mich sagen: «Rebecca muß ein wundervoller Mensch gewesen sein.»

Ich konnte es selbst kaum glauben, daß ich den Namen über meine Lippen gebracht hatte. Ich wartete, was nun wohl geschehen würde. Ich hatte ihn tatsächlich ausgesprochen, ich hatte laut den Namen Rebecca genannt. Es war eine ungeheure Erleichterung. Es war so, als ob ich eine Medizin geschluckt hätte, die mich von einem unerträglichen Schmerz befreite. Rebecca. Ganz laut hatte ich es gesagt.

Ich fragte mich nur besorgt, ob die Frau des Bischofs bemerkte, wie rot ich geworden war, aber sie führte die Unterhaltung unbeirrt weiter, und ich lauschte ihr gierig.

«Sie haben sie also gar nicht gekannt?» fragte sie, und als ich den Kopf schüttelte, zögerte sie einen Augenblick, weil sie sich offenbar auf etwas unsicherem Boden fühlte. «Wissen Sie, wir haben sie eigentlich nie näher kennengelernt; der Bischof hat sein Amt hier erst vor vier Jahren übernommen; aber natürlich wurden wir bei dem Ball und dem Gartentee sehr herzlich von ihr empfangen. In dem einen Winter wurden wir auch zum Abendessen eingeladen. Ja, sie war ein sehr liebenswertes Geschöpf. Strahlend vor Lebensfreude.»

«Sie scheint sehr vielseitig begabt gewesen zu sein», sagte ich mit einer Stimme, die genügend Gleichmut verriet, um ihr zu zeigen, daß es mir nichts ausmachte, und spielte dabei mit meinen Handschuhen. «Einen Menschen, der zugleich klug und schön und sportlich interessiert ist, findet man nicht oft.»

«Nein, gewiß nicht», bestätigte die Frau des Bischofs. «Sie war zweifellos sehr begabt. Ich sehe sie noch bei dem Ball am Fuß der Treppe stehen und jedem Menschen die Hand geben – dieser eigenartige Kontrast zwischen dem lockigen, dunklen Haar und der schneeweißen Haut – und ihr Kostüm stand ihr so gut! Ja, sie war sehr schön.»

«Sie hat sogar den Haushalt selbst geführt», berichtete ich lächelnd, als ob ich damit sagen wollte: «Ich fühle mich durchaus wohl bei dieser Unterhaltung, ich spreche oft von ihr.» – «Es muß sie viel Zeit und Mühe gekostet haben. Ich muß gestehen, daß ich alles der Haushälterin überlasse.»

«Aber natürlich, wir können ja nicht so vielseitig sein. Und Sie sind noch sehr jung, nicht wahr? Das kommt schon alles mit der Zeit, wenn Sie sich erst eingewöhnt haben werden. Haben Sie nicht übrigens ein besonderes Steckenpferd? Ich glaube, irgend jemand erzählte mir, daß Sie eine Neigung fürs Zeichnen hätten.»

«Ach, das», sagte ich. «Ich glaube nicht, daß ich mir darauf etwas einbilden kann.»

«Es ist aber doch ein hübsches kleines Talent», meinte die Frau des Bischofs. «Zeichnen kann durchaus nicht jeder. Sie dürfen es nicht vernachlässigen. Manderley muß doch sehr reich an reizvollen Motiven sein.»

«Ja, ja, das ist es wohl», sagte ich etwas niedergeschlagen, denn ich hatte plötzlich eine Vision von mir selbst, wie ich über den Rasen von Manderley ging, einen Feldstuhl und eine Schachtel mit Bleistiften unter dem einen und mein «kleines Talent», wie sie es genannt hatte, unter dem anderen Arm. Sie hatte es so ausgesprochen, als ob es sich um eine Lieblingskrankheit handelte.

«Spielen Sie vielleicht Tennis oder Hockey oder reiten und schießen Sie?» erkundigte sie sich.

«Nein», sagte ich, «ich treibe so gut wie gar keinen Sport. Aber ich gehe sehr gern spazieren», versuchte ich kläglich einen Ersatz ins Feld zu führen.

«Die gesündeste Bewegung, die es gibt», sagte sie lebhaft, «der Bischof und ich gehen sehr viel zu Fuß.» Dann erzählte sie mir von einer Fußwanderung, die sie einmal vor vielen Jahren in Yorkshire unternommen hatten, und daß sie täglich durchschnittlich zwanzig Meilen gelaufen waren; und ich nickte und lächelte höflich. Und dann die unvermeidliche Pause, der überflüssige Blick auf meine Armbanduhr, als die Standuhr in ihrem Wohnzimmer mit schrillem Klang vier schlug und ich mich erhob, um mich zu verabschieden: «Es hat mich so gefreut, daß ich Sie zu Hause traf; ich hoffe, Sie kommen bald einmal zu uns.»

«Ja, wir kommen sehr gern einmal; der Bischof ist nur leider immer so beschäftigt. Bitte, empfehlen Sie mich Ihrem Gatten und vergessen Sie nicht, ihn an den Kostümball zu erinnern!»

«Ja, das werde ich bestimmt tun», log ich, indem ich vortäuschte, alles darüber zu wissen; und auf der Heimfahrt im Auto saß ich in meiner Ecke und biß mir auf den Daumen, während ich in Gedanken die große Halle von Manderley vor mir sah, die von einer schwatzenden, summenden und lachenden Menschenmenge in bunten Maskenkostümen erfüllt war; die Musiker auf der Galerie und das kalte Buffet, das bei solchen Gelegenheiten wahrscheinlich im Salon auf langen, an die Wand gerückten Tischen aufgebaut wurde. Und am Fuß der Treppe sah ich Maxim, wie er die Gäste begrüßte und sich lachend zu der Frau neben sich umwandte, einer hohen, schlanken Gestalt mit dunklem, lockigem Haar – hatte die Frau des Bischofs gesagt – mit dunklem Haar, das einen so eigenartigen Kontrast zu dem blassen Gesicht bildete, eine Frau, die sich mit einem schnellen Blick vergewisserte, ob ihre Gäste sich auch wohl fühlten, die über ihre Schulter hinweg einem Diener einen Auftrag erteilte, eine Frau, die niemals linkisch, sondern stets anmutig war und die beim Tanzen denselben zarten Duft verbreitete wie eine weiße Azalee.

«Werden Sie auf Manderley ein sehr geselliges Leben führen, Mrs. de Winter?» vernahm ich die Frage wieder, in diesem bedeutungsvollen, neugierigen Tonfall.

Nein, ich wollte diese Fragestellerinnen nicht wiedersehen, ich wollte überhaupt keinen von all den Menschen wiedersehen. Sie kamen nur nach Manderley, weil sie neugierig waren und bei uns herumschnüffeln wollten. Es machte ihnen Spaß, mein Aussehen, meine Manieren, meine Haltung zu kritisieren, und sie machten sich ein Vergnügen daraus, zu beobachten, wie Maxim und ich uns einander gegenüber benahmen, um herauszufinden, ob wir uns auch wirklich liebten. Nein, ich wollte diese Besuche nicht mehr erwidern, beschloß ich bei mir, und ich würde es Maxim sagen. Es war mir einerlei, wenn sie mich daraufhin für unhöflich und unliebenswürdig erklärten. Es würde ihnen gewiß ein willkommener Anlaß sein, mich noch schärfer unter die Lupe zu nehmen und noch mehr über mich zu klatschen. Mochten sie nur ruhig feststellen, daß ich schlecht erzogen sei. «Das überrascht mich gar nicht», würden sie wahrscheinlich sagen, «schließlich, wer war sie denn schon?» und dann ein Lachen und Achselzukken. «Ja, weißt du denn nicht, meine Liebe? Er hat sie in Monte Carlo oder irgendwo da unten an der Riviera aufgegabelt, keinen Penny besaß sie! Sie soll die Gesellschafterin von irgendeiner alten Dame gewesen sein.» Erneutes Gelächter, erstauntes Hochziehen der Augenbrauen. «Unbegreiflich, nicht wahr? Wie sonderbar Männer doch sind! Ausgerechnet Maxim, der immer so wählerisch war! Wie konnte er nur – nach Rebecca!»

Es machte mir nichts aus, es war mir völlig gleichgültig. Mochten sie sagen, was sie wollten. Als der Wagen durch das Tor fuhr, beugte ich mich vor, um der Pförtnersfrau freundlich zuzulächeln. Sie stand gebückt da und pflückte Blumen in dem kleinen Vorgarten. Als sie den Wagen kommen hörte, richtete sie sich auf, aber mein Lächeln mußte ihr entgangen sein. Ich winkte ihr zu, doch sie starrte mich nur ausdruckslos an. Ich glaube, sie wußte gar nicht, wer ich war. Der Wagen fuhr weiter, und ich lehnte mich wieder in meinem Sitz zurück.

Als wir dann um eine der engen Kurven bogen, sah ich einen Mann, der etwas weiter vorn neben der Anfahrt spazierenging. Es war der Verwalter, Frank Crawley. Er blieb stehen, als er den Wagen kommen hörte, und der Chauffeur bremste etwas. Als er mich erblickte, nahm Crawley den Hut ab und begrüßte mich mit einem Lächeln. Er schien sich zu freuen, mich zu sehen. Ich lächelte zurück. Es war so nett von ihm, sich über diese Begegnung zu freuen. Ich mochte Frank Crawley gern, ich fand ihn durchaus nicht so langweilig und uninteressant, wie Beatrice ihn beurteilt hatte. Vielleicht kam das daher, weil ich selbst eine so langweilige Person war. Wir waren beide langweilig, wir hatten beide nichts zu sagen: gleich und gleich ...

Ich klopfte gegen die Scheibe und bat den Chauffeur zu halten.

«Ich möchte gern aussteigen und mit Mr. Crawley ein Stück zu Fuß gehen», sagte ich.

Crawley öffnete mir die Wagentür. «Haben Sie Besuche gemacht, Mrs. de Winter?» fragte er.

«Ja, Frank», antwortete ich. Ich nannte ihn Frank, weil Maxim ihn so nannte, aber er redete mich stets mit Mrs. de Winter an. So war er nun einmal. Ich glaube, selbst wenn wir zusammen auf eine einsame Insel verschlagen worden wären und dort ganz allein aufeinander angewiesen den Rest unseres Lebens miteinander verbracht hätten, würde ich für ihn immer Mrs. de Winter sein.

«Ich habe dem Bischof einen Besuch gemacht», sagte ich. «Er selbst war zwar nicht da, aber ich traf seine Frau an. Sie möchte gern wissen, wann wir den nächsten Kostümball auf Manderley geben», teilte ich ihm mit und lugte dabei verstohlen aus dem Augenwinkel zu ihm hinüber. «Sie erzählte mir, daß sie den letzten mitgemacht habe und ihn sehr gelungen fand. Ich wußte gar nicht, daß ihr hier Kostümfeste veranstaltet, Frank.»

Er zögerte einen Augenblick mit der Antwort; er sah plötzlich etwas verlegen aus. «Oh, ja», sagte er nach einer kleinen Pause, «der Ball auf Manderley war alljährlich das große Ereignis der Saison. Jeder Mensch in der ganzen Grafschaft war stolz, eingeladen zu werden. Und auch aus London kamen eine Menge Gäste. Es war ein glänzendes Bild.»

«Die Vorbereitungen müssen viel Mühe gekostet haben», bemerkte ich.

«Ja», bestätigte er.

«Und Rebecca», sagte ich leichthin, «hat wahrscheinlich die meiste Arbeit dabei gehabt, nicht wahr?»

Ich sah geradeaus auf den Weg vor mir, aber es entging mir nicht, daß er mir sein Gesicht zuwandte, als ob er sich vergewissern wollte, was ich wohl dachte.

«Wir hatten alle ganz hübsch zu tun», entgegnete er ruhig.

Es lag eine merkwürdige Zurückhaltung in seinen Worten, eine gewisse Scheu, die mich an meine eigene erinnerte. Es kam mir plötzlich in den Sinn, ob er vielleicht in Rebecca verliebt gewesen war. Seine Stimme klang genauso, wie meine Stimme geklungen hätte, wäre ich in derselben Lage gewesen. Dieser Gedanke eröffnete ein neues Feld von Möglichkeiten. Frank Crawley, der so schüchtern und langweilig war! Natürlich hatte er nie daran gedacht, sich irgendeinem Menschen anzuvertrauen, am allerwenigsten Rebecca.

«Ich fürchte, ich würde mich kaum nützlich machen können, wenn wir jetzt wieder einen Ball veranstalten sollten», sagte ich. «Ich besitze überhaupt kein Organisationstalent.»

«Es wäre auch gar nicht notwendig, daß Sie irgend etwas tun», sagte er. «Sie brauchen sich nur ganz natürlich zu geben und hübsch auszusehen.»

«Das ist sehr höflich von Ihnen gesagt, Frank», sagte ich, «aber ich fürchte, daß ich auch das nicht sehr gut machen würde.»

«Ich bin überzeugt, daß Sie das ausgezeichnet fertigbringen», erklärte er. Der gute Frank Crawley – wie taktvoll und aufmerksam er war! Fast hätte ich es ihm geglaubt, aber es gelang ihm doch nicht, mich zu täuschen.

«Wollen Sie Maxim wegen des Balles fragen?» bat ich ihn.

«Warum fragen Sie ihn denn nicht selbst?» antwortete er.

«Nein», sagte ich, «nein, das möchte ich nicht.»

Daraufhin verstummten wir. Schweigend gingen wir nebeneinander her. Nachdem ich meine Hemmung, Rebeccas Namen auszusprechen, überwunden hatte, war es wie ein Zwang, es wieder zu tun. Es gab mir eine eigenartige Befriedigung; wie ein Reizmittel wirkte es auf mich. Ich wußte, daß er mir in ein, zwei Augenblicken von neuem über die Lippen kommen würde. «Neulich war ich unten in der Bucht», begann ich, «dort, wo die Brandung so stark ist. Jasper war ganz außer sich und bellte dauernd diesen armen Kerl mit dem idiotischen Lächeln an.»

«Sie meinen sicher Ben», sagte Frank mit einer Stimme, die jetzt wieder ganz ungezwungen klang. «Der strolcht immer da unten am Strand herum. Das ist ein völlig harmloser Bursche; Sie brauchen keine Angst vor ihm zu haben. Er würde nicht mal einer Fliege etwas zuleide tun.»

«Oh, ich hatte gar keine Angst vor ihm», sagte ich. Ich zögerte etwas, bevor ich fortfuhr, und summte vor mich hin, um mir Mut zu machen. «Ich glaube nur, daß das Haus da auf dem Felsen allmählich ganz verfallen wird», bemerkte ich leichthin. «Ich ging nämlich hinein, um ein Stück Schnur zu suchen als Leine für Jasper. Das Porzellan hat lauter Stockflecken, und die Bücher verschimmeln bereits. Warum geschieht denn nichts, um das zu verhindern? Es ist doch schade darum.»

Ich wußte, daß er mir nicht sofort antworten würde. Er bückte sich, um seine Schnürsenkel festzubinden.

Ich tat so, als untersuche ich ein Blatt an einem der Sträucher. «Wenn Maxim etwas geändert haben wollte, würde er mich wohl verständigen», sagte er schließlich, während er sich noch immer an seinem Schuh zu schaffen machte.

«Waren das alles Rebeccas Sachen?» fragte ich.

«Ja», sagte er.

Ich riß das Blatt ab, warf es fort und pflückte mir ein anderes, das ich von beiden Seiten eingehend betrachtete.

«Wofür hat sie denn das Haus benutzt?» erkundigte ich mich. «Das Zimmer ist ja vollständig eingerichtet. Von außen dachte ich, es wäre ein gewöhnliches Bootshaus.»

«Ursprünglich war es das auch», sagte er wieder mit einer gezwungenen Stimme, der man deutlich anmerkte, wie unangenehm ihm dieses Thema war. «Dann – dann ließ sie das Zimmer herrichten, die Möbel hineinstellen und die übrigen Sachen dorthin bringen.»

Ich fand es komisch, wie er von ihr nur als «sie» sprach und daß er sie weder Rebecca noch Mrs. de Winter nannte, wie ich es von ihm erwartet hätte. «Hielt sie sich denn oft dort auf?» fragte ich.

«Ja», sagte er, «ja, das tat sie. Sie veranstaltete dort Mondscheinpicknicks und – und dergleichen mehr.»

Wir gingen nebeneinander her, und ich summte noch immer meine kleine Melodie vor mich hin. «Wie reizend», sagte ich heiter, «so ein Mondscheinpicknick denke ich mir wunderschön. Haben Sie auch eins mitgemacht?»

«Ja, ein- oder zweimal», sagte er. Ich gab vor, nicht zu bemerken, wie still er auf einmal geworden war und wie widerstrebend er von diesen Dingen sprach.

«Warum ist die Boje eigentlich in dem kleinen Hafen verankert?» fragte ich.

«Das Boot wurde daran festgemacht», sagte er.

«Welches Boot?»

«Ihr Boot», erwiderte er.

Eine seltsame Erregung bemächtigte sich meiner; ich mußte einfach mit meinen Fragen fortfahren. Er wollte nicht darüber sprechen, das wußte ich jetzt, aber obwohl er mir leid tat und ich entsetzt über mich selbst war, konnte ich nicht damit aufhören; es wäre mir unmöglich gewesen, zu schweigen.

«Wo ist es denn?» fragte ich. «War es das Boot, mit dem sie beim Segeln ertrank?»

«Ja», sagte er ruhig. «Es kenterte und sank. Sie wurde über Bord gespült.»

«War es ein größeres Boot?» fragte ich.

«Dreißig Quadratmeter; es hatte auch eine kleine Kajüte.»

«Und wie kam es, daß es kenterte?»

«Es kann sehr böig in der Bucht sein», sagte er.

Ich stellte mir dieses grüne Meer vor und die weißen Schaumkronen darauf, die der Sturm jenseits der Landzunge kanalabwärts trieb. Ob der Wind wohl sehr plötzlich aufgekommen war, fragte ich mich, aus den Hügeln hinter dem Leuchtturm hervorwirbelnd, so daß das kleine Boot sich zitternd auf die Seite gelegt hatte, das weiße Segel flach über den brechenden Wogen?

«Konnte ihr denn nicht jemand zu Hilfe kommen?» fragte ich.

«Niemand hat sie kentern sehen; es wußte überhaupt niemand, daß sie mit dem Boot draußen war.»

Ich vermied es sorglich, ihm einen Blick zuzuwerfen. Er hätte mir die Verwunderung zu deutlich vom Gesicht ablesen können. Ich hatte angenommen, das Unglück sei bei einer Segelregatta geschehen und es wären noch andere Boote auf dem Wasser gewesen und die Zuschauer am Ufer hätten alles mit angesehen. Daß sie allein gewesen war, ganz allein mit ihrem Boot draußen in der Bucht, das hatte ich nicht gewußt.

«Aber im Haus muß man doch davon gewußt haben?» sagte ich.

«Nein», sagte er. «Sie ging oft allein fort und segelte häufig nachts; und wenn sie dann zurückkam, übernachtete sie in dem Bootshaus.»

«War sie denn gar nicht ängstlich?»

«Ängstlich?» wiederholte er. «Nein, sie kannte überhaupt keine Furcht.»

«Und war – war Maxim damit einverstanden, daß sie so allein fortging?»

Er zögerte mit der Antwort, und dann sagte er kurz: «Ich weiß nicht.» Ich hatte den Eindruck, als wolle er um keinen Preis jemanden bloßstellen, ob nun Maxim oder Rebecca oder auch sich selbst, das war mir nicht klar. Er war schon ein sonderbarer Kauz. Ich konnte mir keinen Reim darauf machen.

«Sie muß also ertrunken sein, als sie ans Land zu schwimmen versuchte, nachdem das Boot gesunken war?» fragte ich weiter.

«Ja», sagte er.

Ich fühlte es beinahe, wie das kleine Boot schwankend auf den Wellen tanzte und das Wasser über die Ruderpinne stürzte und wie es sich unter der Last der nassen Segel und unter den unaufhörlichen Windstößen immer tiefer zur Seite neigte.

«Wieviel später hat man ihre Leiche gefunden?» fragte ich.

«Nach etwa zwei Monaten», sagte er.

Zwei Monate! Und ich hatte gedacht, daß Ertrunkene spätestens innerhalb von zwei Tagen aufgefunden würden. Ich hatte immer geglaubt, sie würden mit der Flut an die Küste geschwemmt.

«Wo fand man sie denn?» fragte ich.

«In der Nähe von Edgecoombe, etwa vierzig Meilen kanalaufwärts», sagte er.

«Woher wußte man denn, daß sie es war? Wie konnte man das nach zwei Monaten noch feststellen?» fragte ich. Ich überlegte mir, warum Frank vor jedem Satz eine kleine Pause machte, als ob er seine Worte sorgfältig abwägen müsse. Hatte er sie wirklich so gern gehabt, war ihm ihr Tod so nahegegangen?

«Maxim fuhr nach Edgecoombe, um die Leiche zu identifizieren», antwortete er.

Plötzlich wollte ich nichts mehr wissen. Ich fühlte mich von mir selbst abgestoßen und angewidert. Ich kam mir wie ein neugieriger Zuschauer vor, der sich bei einem Straßenunfall vordrängt.

«Es war gewiß eine schreckliche Zeit für Sie alle», sagte ich hastig, «und Sie werden natürlich ungern daran erinnert. Es kam mir nur in den Sinn, ob man nicht irgend etwas tun könnte, um das Bootshaus vor dem Verfall zu retten, das war alles. Es ist doch wirklich schade, daß die Möbel durch die Feuchtigkeit verderben sollen.»

Er erwiderte nichts, und ich fühlte mich heiß und unbehaglich. Er mußte es gespürt haben, daß es nicht die Sorge um das unbewohnte Bootshaus war, die mich zu all den Fragen veranlaßt hatte, und nun schwieg er, weil er so entsetzt über mich war. Unsere Freundschaft hatte für mich so etwas Tröstliches und Verläßliches gehabt. Ich hatte ihn immer als einen Verbündeten empfunden. Vielleicht hatte ich das alles nun zerstört.

«Wie lange diese Anfahrt doch ist», sagte ich. «Sie erinnert mich immer an den Pfad in dem dunklen Wald in einem Märchen von Grimm, wo der Prinz sich verirrt – können Sie das verstehen? Die Anfahrt hier kommt mir jedesmal wieder länger vor, als ich es erwartet hatte, und die Bäume stehen so dicht und sehen so finster aus.»

«Ja, sie ist ungewöhnlich lang», entgegnete er nur.

Es war ihm deutlich anzumerken, daß er noch immer auf der Hut war, als müsse er sich auf weitere Fragen von mir gefaßt machen. Es herrschte eine peinliche Stimmung zwischen uns. Ich mußte irgend etwas tun, um dem ein Ende zu machen, selbst wenn ich mir dadurch eine Blöße gab.

«Frank», sagte ich mit dem Mut der Verzweiflung, «ich weiß, was Sie denken. Sie können wahrscheinlich nicht begreifen, warum ich Ihnen all diese Fragen gestellt habe. Sie denken sicher, ich sei krankhaft und auf eine – auf eine ekelhafte Weise neugierig. Aber das ist es nicht, glauben Sie mir. Es ist nur – ich habe einfach manchmal das Gefühl, daß ich hier in einem besonders ungünstigen Licht erscheinen muß. Das Leben auf Manderley ist mir etwas so völlig Ungewohntes. Gar nicht das Leben, für das ich erzogen worden bin. Wenn ich so wie heute nachmittag von diesen Besuchen zurückkomme, dann weiß ich, daß die Leute hinterher über mich reden und sich fragen, ob ich wohl meiner Stellung als Herrin von Manderley gewachsen bin. Ich kann mir genau vorstellen, wie sie sagen: ‹Was in aller Welt findet Maxim bloß an ihr?› Und dann, Frank, fange ich selbst an, darüber nachzugrübeln und daran zu zweifeln, und ich habe das schreckliche, quälende Gefühl, daß ich Maxim niemals hätte heiraten dürfen und daß wir nicht glücklich miteinander werden. Verstehen Sie? Jedesmal, wenn ich neue Menschen kennenlerne, spüre ich förmlich, wie sie die ganze Zeit immer nur daran denken, daß ich so ganz anders bin als Rebecca.»

Atemlos hielt ich inne und schämte mich bereits wieder, daß ich so herausgeplatzt war, und dabei wußte ich genau, daß ich auf jeden Fall meine Schiffe hinter mir verbrannt hatte. Er wandte sich mit einem besorgten und bekümmerten Gesicht mir zu.

«Bitte, Mrs. de Winter, das dürfen Sie nicht denken», sagte er. «Was mich anbetrifft, so kann ich Ihnen nur offen sagen, wie sehr ich mich darüber freue, daß Sie Maxim geheiratet haben. Das hat seinem Leben eine neue Richtung gegeben. Ich bin fest davon überzeugt, daß Ihre Ehe ein Erfolg wird. Meiner Ansicht nach ist es – ist es sehr wohltuend und beglückend, einem Menschen zu begegnen, der wie Sie nicht ganz –» er errötete, während er nach einem passenden Ausdruck suchte – «sagen wir, nicht ganz mit den Lebensgewohnheiten von Manderley vertraut ist. Und wenn die anderen Leute Sie kritisieren sollten, dann ist das – nun – dann ist das eine verdammte Unverschämtheit, mehr ist darüber nicht zu sagen. Mir ist noch nie eine solche Kritik zu Ohren gekommen, aber ich würde schon dafür sorgen, daß den Leuten ein für allemal der Mund gestopft wird.»

«Das ist riesig nett von Ihnen, Frank», sagte ich, «und Sie haben mir mit Ihren Worten sehr geholfen. Ich bin wahrscheinlich sehr dumm. Ich tauge eben nicht dazu, solche Besuche zu machen und zu empfangen, ich habe das noch nie tun müssen, und ich muß dauernd daran denken, wie es früher hier auf Manderley gewesen ist, als es noch jemanden gab, der dafür geboren und erzogen war und der all diesen gesellschaftlichen Verpflichtungen ganz selbstverständlich und mühelos nachkam. Und täglich mache ich mir von neuem klar, was mir alles fehlt: Selbstvertrauen, Anmut, Schönheit, Intelligenz, Witz – all diese Eigenschaften, die bei einer Frau das Wesentlichste sind – und die *sie* besessen hat. Es hilft doch nichts, Frank, ich muß immer wieder daran denken.»

Er schwieg und sah noch immer besorgt und richtig niedergeschlagen aus. Er zog sein Taschentuch heraus und putzte sich die Nase. «Das dürfen Sie wirklich nicht sagen», entgegnete er dann.

«Aber warum denn nicht? Es ist doch wahr», sagte ich.

«Sie besitzen Eigenschaften, die mindestens so wesentlich sind, ja, im Grunde sogar viel wesentlicher. Es ist vielleicht vorwitzig von mir, das zu sagen, ich kenne Sie ja erst so kurze

Zeit. Und außerdem bin ich Junggeselle – ich verstehe sehr wenig von Frauen. Ich führe hier auf Manderley ein sehr ruhiges, zurückgezogenes Leben, wie Sie ja wissen, aber ich möchte doch behaupten, daß ein liebenswürdig bescheidenes Wesen, Aufrichtigkeit und – wenn ich mich so ausdrücken darf – auch eine gewisse Zurückhaltung einem Mann, und gerade einem verheirateten Mann viel, viel mehr bedeuten als alle Schönheit und geistreiche Klugheit zusammen.»

Er sah auf einmal merkwürdig erregt aus und putzte sich wieder die Nase. Ich merkte, daß ich ihn viel mehr aus seinem Gleichgewicht gebracht hatte als mich selbst, und dieses Bewußtsein machte mich ruhiger und gab mir ein Gefühl der Überlegenheit. Ich begriff nicht, warum er sich so aufregte. Schließlich hatte ich doch gar nicht so viel gesagt. Ich hatte ihm nur meine Unsicherheit gestanden, die ich als Nachfolgerin Rebeccas, die ich ja nun einmal war, empfand. Sie mußte diese Eigenschaften, die er mir zuschrieb, ja gerade besessen haben. Sie war bestimmt liebenswürdig und aufrichtig gewesen bei dem großen Freundeskreis und ihrer allgemeinen Beliebtheit. Ich war mir nur nicht sicher, was er mit der Zurückhaltung gemeint hatte.

«Also», sagte ich, ziemlich verlegen, «ich kann das alles nicht beurteilen. Ich glaube nicht, daß ich sehr liebenswürdig oder besonders aufrichtig bin, und was meine sogenannte Zurückhaltung anbelangt, so habe ich wohl bisher kaum eine Gelegenheit gehabt, anders zu sein. Aber es war natürlich nicht sehr zurückhaltend von mir, so in aller Eile zu heiraten und da unten in Monte Carlo vor der Trauung mit Maxim im selben Hotel zu wohnen; oder rechnen Sie mir das vielleicht nicht an?»

«Meine liebe, verehrte Mrs. de Winter, Sie glauben doch nicht etwa, daß ich auch nur einen Augenblick angenommen habe, Ihr Verhalten bei Ihrer Bekanntschaft mit Maxim sei nicht über jeden Vorwurf erhaben gewesen?» sagte er leise.

«Nein, natürlich nicht», erwiderte ich ernst. Der gute Frank! «Über jeden Vorwurf erhaben» – typisch Frank, sich so auszudrücken. Man dachte dabei unwillkürlich sofort an all die Dinge, die keineswegs über jeden Vorwurf erhaben waren.

«Ich bin sicher», begann er, zögerte jedoch wieder und sah mich von neuem bekümmert an, «ich bin sicher, daß Maxim sehr beunruhigt und sehr traurig wäre, wenn er wüßte, wie Ihnen zumute ist. Ich glaube nicht, daß er etwas davon ahnt.»

«Sie werden es ihm doch nicht erzählen?» fragte ich rasch.

«Nein, selbstverständlich nicht, wofür halten Sie mich? Aber sehen Sie, Mrs. de Winter, ich kenne Maxim schließlich recht gut, und ich habe ihn in den verschiedensten Stimmungen erlebt. Wenn er erführe, daß Sie sich über – sagen wir – über die Vergangenheit Gedanken machen, dann würde ihn das mehr bedrücken als irgend etwas sonst. Dafür kann ich mich verbürgen. Er sieht jetzt sehr gut und sehr erholt aus; aber Mrs. Lacy hatte ganz recht, als sie neulich sagte, daß er im vorigen Jahr einem Nervenzusammenbruch sehr nahe gewesen ist – wenn es auch nicht sehr taktvoll von ihr war, ihm das so ins Gesicht zu sagen. Deshalb üben Sie ja gerade einen so wohltuenden Einfluß auf ihn aus. Sie sind jung und gesund und – vernünftig; Sie haben nichts mit dieser Vergangenheit zu tun. Vergessen Sie sie, Mrs. de Winter, vergessen Sie sie, wie Maxim – Gott sei Dank – und wir alle es getan haben. Niemand von uns möchte diese Vergangenheit wieder zum Leben erwecken. Er am allerwenigsten. Und Sie müssen wissen, daß es Ihre Aufgabe ist, uns von ihr fortzuführen, und nicht, sie wiederaufleben zu lassen.»

Er hatte natürlich recht, tausendmal recht, der liebe, gute Frank. Mein Freund, mein Verbündeter. Ich war selbstsüchtig und überempfindlich gewesen, ein Opfer meines eigenen Minderwertigkeitskomplexes. «Ich hätte Ihnen das alles schon eher sagen sollen», sagte ich.

«Ich wünschte, Sie hätten es getan», erwiderte er. «Es hätte vielleicht manchen Kummer erspart.»

«Ich fühle mich schon viel glücklicher, sehr viel glücklicher», sagte ich. «Und ich werde immer einen Freund an Ihnen haben, was auch geschehen mag, ja Frank?»

«Ja, natürlich», sagte er.

Wir hatten den dunklen Wald hinter uns gelassen und sahen jetzt wieder das Tageslicht. Die Rhododendronbüsche boten sich unserem Blick ungehindert dar. Ihre Glanzzeit würde bald vorüber sein; sie sahen bereits ein wenig verblüht und welk aus. Ihre Schönheit war nur von kurzer Dauer.

«Frank», sagte ich, «bevor wir diesem Gespräch ein Ende machen und es für immer begraben sein lassen: wollen Sie mir noch eine einzige Frage ganz offen beantworten?»

Er blieb stehen und sah mich etwas mißtrauisch an. «Das ist etwas viel verlangt», entgegnete er. «Sie könnten mich ja etwas fragen wollen, was ich unmöglich beantworten kann, weil es einfach nicht in meiner Macht steht.»

«Nein», beruhigte ich ihn. «Um eine derartige Frage handelt es sich gar nicht. Es betrifft nichts Persönliches oder Vertrauliches oder irgend etwas, was Sie in Verlegenheit bringen könnte.»

«Also schön, ich werde es versuchen», sagte er.

Wir waren an der Stelle angelangt, wo der Weg eine letzte Biegung machte, und vor uns lag das Haus, harmonisch in die Rasenflächen eingebettet. Und wie stets ergriff mich der Anblick seiner einfachen, klaren Linien, sein vollkommenes Ebenmaß.

Das Sonnenlicht flimmerte auf den hohen Fenstern, und ein warmer, rotgoldener Schein lag auf der Steinmauer, an der sich die Schlingpflanzen emporrankten. Aus dem Kamin der Bibliothek stieg eine dünne Rauchsäule empor. Ich biß mir auf den Daumen und sah Frank verstohlen von der Seite an.

«Sagen Sie mir», fragte ich gleichgültig, ganz ungezwungen, «sagen Sie mir – war Rebecca sehr schön?»

Frank zögerte einen Augenblick mit der Antwort. Ich konnte sein Gesicht nicht sehen. Er hatte sich von mir abgewandt und betrachtete das Haus. «Ja», sagte er langsam, «ja ich glaube, sie war das schönste Geschöpf, das ich in meinem ganzen Leben gesehen habe.»

Wir stiegen die Stufen zur Halle hinauf, und ich läutete nach dem Tee.

12

Ich bekam Mrs. Danvers nur noch selten zu sehen; sie hielt sich sehr im Hintergrund. Sie rief mich zwar noch jeden Vormittag im Morgenzimmer an, um mir die Speisenfolge unserer Mahlzeiten mitzuteilen, aber das war nur eine Formsache, und darauf beschränkte sich unsere Beziehung auch. Sie hatte für mich ein Mädchen engagiert, Clarice, die Tochter irgendeines Gutsangestellten, eine stille, sympathische Person mit nettem Benehmen, die Gott sei Dank noch niemals in Stellung gewesen war und daher keine beunruhigenden Vergleiche ziehen konnte.

Ich glaube, sie war der einzige Mensch im Haus, der Respekt vor mir hatte. Für sie war ich die Herrin, war ich Mrs. de Winter.

Der Klatsch, den sie möglicherweise von den anderen Dienstboten zu hören bekam, vermochte ihr nichts anzuhaben. Sie war von einer fünfzehn Meilen entfernt wohnenden Tante großgezogen worden, also längere Zeit fort gewesen, und war deshalb auf Manderley eigentlich ebenso fremd wie ich. Ich verstand mich gut mit ihr. Es machte mir gar nichts aus, ihr zu sagen: «O Clarice, würden Sie mir bitte meinen Strumpf stopfen?»

Das Hausmädchen Alice war immer so überlegen gewesen, daß ich mir meine Wäsche lieber heimlich aus der Schublade hervorsuchte und sie selbst ausbesserte, als sie darum zu bitten. Ich hatte sie einmal beobachtet, wie sie, eines meiner Hemden über dem Arm, den billigen Stoff mit der kleinen Spitzenkante befühlte, und ich werde nie ihren Gesichtsausdruck dabei vergessen. Sie sah nahezu entsetzt aus, als wäre sie in ihrem persönlichen Stolz getroffen. Ich hatte mir bisher nie Gedanken über meine Unterwäsche gemacht. Solange sie sauber und heil war, dachte ich, spiele Stoffart und Spitzenbesatz keine Rolle. Wohl hatte ich in den Zeitungen von Bräuten gelesen, die eine große Wäscheausstattung, Dutzende der kostbarsten Garnituren besaßen, aber das hatte mich nicht weiter bekümmert. Alices entsetztes Gesicht war mir jedoch eine Lehre. Ich schrieb sofort an ein Londoner Spezialgeschäft und bat um einen Katalog. Als ich schließlich meine Wahl getroffen hatte, war Clarice bereits an Alices Stelle getreten. Mir nun für Clarice neue Unterwäsche zu kaufen, schien mir eine solche Verschwendung, daß ich den Katalog in die Schublade legte und meine Bestellung gar nicht aufgab. Clarice würde echte Spitze von falscher ohnehin nicht unterscheiden können. Es war sehr rücksichtsvoll von Mrs. Danvers gewesen, mir gerade dieses Mädchen auszusuchen. Sie mußte sich gleich gedacht haben, daß Clarice und ich glänzend zueinander passen würden. Daß ich nun die Ursache von Mrs. Danvers Abneigung und Unfreundlichkeit kannte, machte es etwas leichter für mich. Ich wußte jetzt, daß sie mich nicht persönlich haßte, sondern das, was ich darstellte. Sie würde jeder Frau gegenüber, die Rebeccas Platz eingenommen hätte, dasselbe empfinden. Wenigstens hatte ich Beatrice so verstanden.

«Aber weißt du denn nicht?» hatte sie staunend ausgerufen. «Sie betete Rebecca förmlich an.»

Zunächst hatten mir diese Worte einen schweren Schlag versetzt. Sie trafen mich so unvorbereitet. Aber als ich darüber nachdachte, begann ich meine Furcht vor Mrs. Danvers zu verlieren. Sie fing sogar an, mir leid zu tun. Ich konnte mir sehr gut vorstellen, wie ihr zumute sein mußte. Es mußte ihr jedesmal einen Stich geben, wenn sie hörte, wie man mich mit Mrs. de Winter anredete. Jeden Morgen, wenn sie durch das Haustelephon zu mir sprach, dachte sie gewiß an eine andere Stimme. Wenn sie durch die Zimmer ging und die Spuren sah, die meine Anwesenheit hinterlassen hatte – meine Baskenmütze auf der Fensterbank oder mein Strickzeug auf einem Stuhl –, mußte sie an jene andere denken, deren Sachen früher dort gelegen hatten. Ich tat es ja auch, obwohl ich doch Rebecca gar nicht gekannt hatte. Mrs. Danvers wußte, was für einen Gang und was für eine Stimme Rebecca gehabt hatte. Mrs. Danvers erinnerte sich noch der Farbe ihrer Augen, ihres Lächelns, und wie weich ihr Haar gewesen war. Ich hatte von all dem keine Ahnung. Ich hatte auch nie einen Menschen danach gefragt; aber manchmal hatte ich das Gefühl, als ob Rebecca für mich ebenso gegenwärtig sei wie für Mrs. Danvers.

Frank hatte mir geraten, die Vergangenheit zu vergessen, und ich wollte sie ja auch vergessen. Aber Frank brauchte sich ja auch nicht jeden Vormittag im Morgenzimmer aufzuhalten und den Federhalter zu berühren, mit dem sie geschrieben hatte. Er brauchte nicht wie ich ihre Handschrift auf den Schildchen über den Fächern anzustarren. Ihm blieb es erspart, die Leuchter auf dem Kaminsims, die Uhr, die Blumenvase und die Bilder an den Wänden anzusehen und dabei immer wieder denken zu müssen, daß alle diese Dinge ihr gehört hatten, daß sie sie ausgesucht hatte und daß es nicht meine Sachen waren. Frank mußte nicht auf ihrem Platz im Eßzimmer sitzen, Messer und Gabel benutzen, die sie benutzt hatte, und aus ihrem Glas trinken. Er trug nicht ihren Mantel und fand ihr Taschentuch in der Tasche. An sich waren es lauter geringfügige Dinge, so unwesentlich und kindisch, aber ich konnte es nun einmal nicht ändern, daß ich sie immer wieder zu sehen, zu hören und zu fühlen bekam. Du lieber Himmel, ich wollte gewiß nicht mehr an Rebecca denken. Ich wollte glücklich sein, ich wollte Maxim glücklich machen, und ich wollte, daß wir immer zusammenblieben. Ich wünschte mir nichts sehnlicher. Ich konnte es nur nicht verhindern, daß meine Gedanken sich immer wieder mit ihr beschäftigten und ich sogar von ihr träumen mußte. Ich konnte das Gefühl nicht loswerden, daß ich auf Manderley, meinem eigenen Heim, nur ein Gast war, der auf ihren Spuren wandelte, dieselben Wege ging, die sie gegangen war, dieselben Ruheplätze im Garten aufsuchte, die sie bevorzugt hatte. Ein Gast, der sich die Zeit vertrieb, während er die Rückkehr der Hausfrau erwartete. Täglich, stündlich wurde diese Vorstellung durch irgendeine Bemerkung, irgendeinen kleinen Verweis von neuem in mir wachgerufen.

«Frith», sagte ich an einem Sommermorgen, als ich mit einem selbstgepflückten Strauß Flieder im Arm die Bibliothek betrat. «Frith, wo kann ich wohl eine größere Vase für den Flieder finden? Die Vasen im Blumenzimmer sind alle zu niedrig.»

«Für den Flieder wurde immer die Alabastervase aus dem Salon benutzt, Madam.»

«Oh, ist die nicht zu schade dafür? Sie könnte doch leicht kaputtgehen.»

«Mrs. de Winter hat immer die Alabastervase dafür genommen, Madam.»

«Ach so, ja.»

Und man brachte mir die Alabastervase, bereits mit Wasser gefüllt, und als ich dann die blühenden Zweige einen nach dem anderen behutsam in die Vase steckte und der süße, schwere Fliederduft allmählich den Raum füllte und sich mit dem Grasgeruch des frisch gemähten Rasens zu mischen begann, der zum Fenster hereinkam, dachte ich: «Das hat Rebecca auch getan. Sie hat genau wie ich die Zweige einzeln ins Wasser gestellt. Ich ahme es ihr nur nach. Dies ist Rebeccas Vase und Rebeccas Flieder.»

«Frith, würden Sie bitte das Bücherbrett von dem Fenstertisch nehmen, damit ich den Flieder dort hinstellen kann?»

«Mrs. de Winter hat die Vase immer auf den Tisch hinter dem Sofa gestellt, Madam.»

«Ach so ...» Ich zögerte etwas und hielt die Vase einen Augenblick in der Luft, während Frith mit ausdruckslosem Gesicht dastand. Er hätte mir natürlich gehorcht, wenn ich ihm gesagt hätte, daß ich die Blumen lieber auf den Fenstertisch stellen würde, und er hätte selbstverständlich das Bücherbrett sogleich fortgenommen. Aber ich sagte es nicht.

«Nun schön», sagte ich nur. «Vielleicht kommt der Flieder auf dem größeren Tisch besser zur Geltung.» Und die Alabastervase wurde auf den Tisch hinter dem Sofa gestellt ...

Beatrice hatte ihr Versprechen, mir noch nachträglich etwas zur Hochzeit zu schenken, nicht vergessen. Eines Morgens traf ein großes, schweres Paket ein. Robert konnte es kaum tragen, so schwer war es. Ich saß im Morgenzimmer und hatte gerade gelesen, was es zum Mittagessen geben würde, und für Pakete habe ich stets eine kindliche Begeisterung empfunden. Ich schnitt die Schnur ungeduldig durch und riß das braune Packpapier auf. Wie Bücher fühlte es sich an. Ich hatte recht. Vier große Bände: «Eine Geschichte der Malerei.» Und in dem ersten Band lag eine Karte, auf der stand: «Ich hoffe, daß ich damit Deinen Geschmack getroffen habe, Gruß Beatrice.» Ich konnte mir genau vorstellen, wie sie in den Buchladen in der Wigmore Street gegangen war, um die Bücher zu kaufen, und wie sie sich drinnen in ihrer resoluten, männlich bestimmten Art umgeblickt hatte. «Ich möchte gern ein paar wertvolle Bücher über Kunst für eine junge Dame, die selbst künstlerisch tätig ist», hatte sie wahrscheinlich gesagt, und der Verkäufer hatte das mit einem verbindlichen «Sehr wohl, gnädige Frau, wollen Sie sich bitte hierher bemühen» beantwortet.

Es war wirklich nett von Beatrice. Ich fand es irgendwie rührend, daß sie nach London gefahren war und mir diese Bücher gekauft hatte, weil sie wußte, daß ich mich für Malerei interessierte und selbst etwas zeichnete. Sie hatte sich vermutlich schon ausgemalt, wie ich mich an einem Regentag in die Bücher vertiefen und die Reproduktionen andächtig betrachten und vielleicht Skizzenblock und Farbkasten holen würde, um eines der Bilder zu kopieren. Die gute Beatrice! Ich hatte plötzlich das törichte Bedürfnis, ein bißchen zu weinen. Ich hob die Bücher auf und sah mich im Zimmer um, wo ich sie wohl am besten hinstellen könnte. Sie paßten mit ihrer Größe so gar nicht in dieses zierliche, elegante Zimmer hinein, aber schließlich war es ja jetzt mein Zimmer. Ich stellte sie nebeneinander oben auf den Schreibtisch. Sie schwankten etwas, weil sie keine feste Stütze hatten. Rasch trat ich einen Schritt zurück, um die Wirkung besser abschätzen zu können. Vielleicht hatte ich mich etwas zu lebhaft bewegt und sie dadurch ins Wanken gebracht. Jedenfalls fiel der erste Band um, und die anderen Bände polterten hinterher und stießen dabei einen kleinen Porzellanamor an, der bisher außer den Leuchtern der einzige Schmuck des Schreibtisches gewesen war. Das Figürchen fiel hinunter, prallte gegen den Papierkorb und zerbrach in tausend Scherben. Wie ein schuldbewußtes Kind blickte ich sofort zur Tür, dann kniete ich nieder und sammelte die Scherben ein. Ich fand einen größeren Umschlag, tat die Scherben hinein und versteckte den Umschlag hinten in einer der Schubladen. Daraufhin trug ich die Bücher in die Bibliothek, wo ich sie zwischen die anderen stellte.

Maxim lachte, als ich sie ihm voller Stolz zeigte.

«Die gute alte Bee», sagte er. «Du hast offenbar eine Eroberung gemacht; sie rührt sonst kein Buch an, wenn sie es irgendwie vermeiden kann.»

«Sagte sie etwas davon, was sie – was für einen Eindruck sie von mir hat?» fragte ich ihn.

«Als sie neulich zum Essen hier war? Nein, ich glaube nicht.»

«Ich dachte, sie hätte dir vielleicht geschrieben.»

«Beatrice und ich korrespondieren nur miteinander, wenn wir uns durch irgendein wichtiges Familienereignis dazu veranlaßt sehen. Briefeschreiben wäre zwischen uns wirklich eine Zeitverschwendung», erklärte Maxim.

Offenbar war ich also kein wichtiges Familienereignis, dachte ich. Aber wenn ich an Beatrices Stelle gewesen wäre, grübelte ich weiter, und einen Bruder hätte, und der Bruder hätte gerade geheiratet, dann würde ich doch bestimmt irgend etwas gesagt, mein Urteil über die Schwägerin zum Ausdruck gebracht und ein oder zwei Worte darüber geschrieben haben. Ausgenommen natürlich, ich hätte eine Abneigung gegen die Schwägerin oder die Heirat unpassend gefunden. Das wäre natürlich etwas anderes gewesen. Aber Beatrice hatte sich sogar die Mühe gemacht, nach London zu fahren, um mir die Bücher zu kaufen. Das hätte sie sicherlich nicht getan, wenn sie mich nicht gern gehabt hätte.

Es war am nächsten Tag – ich erinnere mich noch gut –, als Frith, der uns nach dem Mittagessen den Mokka in die Bibliothek gebracht hatte, einen Augenblick unschlüssig stehen blieb und dann schließlich Maxim anredete: «Darf ich Sie eine Minute stören, Sir?»

Maxim sah von seiner Zeitung hoch. «Ja, Frith, worum handelt es sich denn?» fragte er überrascht. Frith sah ungewöhnlich ernst und feierlich aus, und um seine Lippen lag ein gespannter Zug. Ich dachte sofort, seine Frau wäre gestorben.

«Es handelt sich um Robert, Sir. Er hat mit Mrs. Danvers eine leichte Auseinandersetzung gehabt und sich sehr aufgeregt.»

«Mein Gott», sagte Maxim und schnitt mir ein Gesicht. Ich bückte mich, um Jasper zu streicheln, ein unfehlbares Hilfsmittel, um meine Verlegenheit zu verbergen.

«Ja, Sir. Mrs. Danvers hat Robert offensichtlich beschuldigt, eine wertvolle Nippesfigur aus dem Morgenzimmer entwendet zu haben. Es gehört zu Roberts Pflichten, die Vasen mit den frischen Blumen ins Morgenzimmer zu stellen. Mrs. Danvers ging heute morgen hinein, nachdem Robert die Blumen verteilt hatte, und entdeckte, daß eine Nippesfigur fehlte. Sie beschuldigte Robert, daß er entweder die Figur an sich genommen oder sie zerbrochen und ihr das verheimlicht habe. Robert leugnete beides auf das entschiedenste ab und kam beinahe in Tränen aufgelöst zu mir, Sir. Es wird Ihnen vielleicht aufgefallen sein, daß er beim Servieren ganz verstört gewesen ist.»

«Ja, allerdings, es fiel mir auf, daß er mir die Koteletts schon reichte, bevor er mir einen Teller gegeben hatte», murmelte Maxim. «Ich hatte keine Ahnung, daß Robert so zart besaitet ist. Na, wahrscheinlich ist jemand anders der Schuldige. Vielleicht eines von den Hausmädchen.»

«Nein, Sir, Mrs. Danvers ging in das Zimmer, bevor das Mädchen dort saubergemacht hat. Nach der gnädigen Frau gestern hat niemand das Zimmer betreten, bevor Robert heute früh die Blumen hineinstellte. Das bringt Robert und mich in eine sehr unangenehme Situation, Sir.»

«Ja, das verstehe ich. Es ist wohl am besten, Sie holen Mrs. Danvers, dann werden wir der Sache schon auf den Grund kommen. Was für eine Figur war es denn eigentlich?»

«Der Porzellanamor, Sir, der immer auf dem Schreibtisch stand.»

«Oh! Mein Gott, ist das nicht eine von unseren Kostbarkeiten? Der muß dann eben wieder gefunden werden. Sagen Sie Mrs. Danvers, sie möchte sofort zu mir kommen.»

«Sehr wohl, Sir.»

Frith verließ das Zimmer, und wir waren wieder allein. «Was für eine unerquickliche Angelegenheit», sagte Maxim, «dieser Amor ist ein verdammt wertvolles Stück. Und mir sind solche Auseinandersetzungen zwischen den Dienstboten so zuwider! Ich frage mich bloß, warum sie mich damit behelligen. Das ist eigentlich deine Angelegenheit, Liebling.»

Ich sah mit feuerrotem Gesicht von Jasper auf. «Maxim», sagte ich, «ich wollte es dir schon eher sagen, aber ich – ich hatte es ganz vergessen. Ich habe nämlich den Amor zerbrochen, als ich gestern vormittag im Morgenzimmer war.»

«Du hast ihn zerbrochen? Ja, zum Teufel, warum hast du das nicht eben gesagt?»

«Ich weiß nicht, ich brachte es einfach nicht fertig. Er mußte mich ja für eine richtige Idiotin halten.»

«Das wird er jetzt erst recht tun, du Dummchen. Jedenfalls wirst du es ihm und Mrs. Danvers doch mitteilen müssen.»

«Oh, bitte nein, Maxim! Sag du es ihnen. Laß mich solange nach oben in mein Zimmer gehen.»

«Sei doch nicht albern. Die glauben sonst noch, daß du Angst vor ihnen hast.»

«Ich habe auch Angst vor ihnen, das heißt, nicht Angst, aber ...»

Die Tür ging auf, und Frith kehrte mit Mrs. Danvers zurück. Ich warf Maxim einen beschwörenden Blick zu. Er zuckte halb belustigt, halb verärgert die Achseln.

«Der Fall hat sich schon aufgeklärt, Mrs. Danvers. Mrs. de Winter hat den Amor offenbar umgestoßen und vergaß nur, etwas davon zu sagen», erklärte Maxim.

Alle sahen mich an. Es war genau, wie wenn man als Kind etwas verbrochen hatte, und ich fühlte, wie meine Wangen noch immer vor Verlegenheit brannten. «Es tut mir sehr leid», sagte ich zu Mrs. Danvers. «Ich habe natürlich nicht daran gedacht, daß Robert verdächtigt werden könnte.»

«Ist es möglich, das Porzellan noch zu kitten, Madam?» entgegnete Mrs. Danvers. Es schien sie durchaus nicht zu überraschen, daß ich die Sünderin war. Sie sah mich mit ihren dunklen Augen in dem bleichen Totenschädel unverwandt an. Ich hatte das Gefühl, daß sie von Anfang an wußte, wer es war, und daß sie Robert nur beschuldigt hatte, um zu sehen, ob ich den Mut aufbringen würde, meine Ungeschicklichkeit einzugestehen.

«Ich fürchte, nein», sagte ich. «Es ist in viel zu kleine Scherben zerbrochen.»

«Wo hast du denn die Scherben hingetan?» fragte Maxim.

Ich kam mir wie ein Sträfling vor, der einem Kreuzverhör unterzogen wird. Wie erbärmlich und kleinlich meine Vergehen jetzt erschienen; selbst ich empfand das so. «Ich habe sie in einen Briefumschlag getan», erwiderte ich.

«Und was hast du mit dem Umschlag angefangen?» fragte Maxim weiter, in einem Ton, der teils amüsiert, teils ungeduldig klang, und zündete sich eine Zigarette an.

«Ich habe ihn in eine der Schreibtischschubladen gelegt», sagte ich.

«Es sieht fast so aus, als ob Mrs. de Winter glauben würde, daß Sie sie auf der Stelle verhaftet hätten, nicht wahr, Mrs. Danvers?» sagte Maxim. «Vielleicht sehen Sie sich das Malheur einmal an und schicken die Scherben nach London. Und wenn der Schaden nicht mehr behoben werden kann, werden wir es ja schließlich auch überleben. Ja, gehen Sie nur Frith, und sagen Sie Robert, daß er seine Tränen wieder trocknen kann.»

Mrs. Danvers blieb noch, nachdem Frith das Zimmer verlassen hatte. «Ich werde mich natürlich bei Robert entschuldigen», sagte sie. «Aber es hat eben alles gegen ihn gesprochen, und es kam mir natürlich gar nicht der Gedanke, daß Mrs. de Winter dieses Mißgeschick passiert sein könnte. Vielleicht würden Mrs. de Winter, wenn so etwas noch einmal vorkommen sollte, so freundlich sein, es mich gleich wissen zu lassen, damit ich mich darum kümmern kann. Es würde uns allen so viel Unannehmlichkeiten ersparen.»

«Selbstverständlich», sagte Maxim ungeduldig. «Ich begreife auch nicht, warum sie es nicht bereits gestern gesagt hat.»

«Vielleicht waren Mrs. de Winter sich nicht darüber klar, wie wertvoll das Stück gewesen ist?» sagte Mrs. Danvers, während sie ihren Blick auf mich richtete.

«Doch», sagte ich kläglich, «ich befürchtete schon, daß es ein sehr kostbares Stück war, deshalb habe ich ja auch alle Scherben sorgfältig aufgehoben.»

«Und sie dann irgendwo hinten in einer Schublade versteckt, wo sie bestimmt niemand finden kann, wie?» sagte Maxim lachend und zuckte wieder mit den Achseln. «Pflegen das die Stubenmädchen nicht so zu tun, Mrs. Danvers?»

«Auf Manderley ist es den Stubenmädchen streng untersagt, die Wertstücke im Morgenzimmer anzurühren, Sir», entgegnete Mrs. Danvers.

«Ja, ich kann mir denken, daß Sie das nicht zulassen würden», meinte Maxim.

«Es ist sehr bedauerlich», fuhr Mrs. Danvers fort. «Ich kann mich nicht erinnern, daß bisher etwas im Morgenzimmer entzweigegangen ist. Wir haben uns dort immer besonders vorgesehen. Im vergangenen Jahr habe ich die Sachen sogar selbst abgestaubt, weil niemand da war, auf den ich mich verlassen konnte. Als Mrs. de Winter noch lebte, haben wir es immer zusammen getan.»

«Na ja», sagte Maxim, «es ist nun nicht mehr zu ändern. Es ist gut, Mrs. Danvers.»

Sie ging aus dem Zimmer, und ich setzte mich ans Fenster und sah in den Garten hinaus. Maxim nahm seine Zeitung wieder auf.

«Es tut mir schrecklich leid, Liebster», sagte ich nach einer kleinen Weile. «Es war sehr unachtsam von mir. Ich weiß gar nicht, wie es eigentlich kam; ich war gerade dabei, die Bücher auf den Schreibtisch zu stellen, um auszuprobieren, ob sie dort fest genug stehen würden, und dann fielen sie um, und der Amor fiel auf den Boden.»

«Mein liebes Kind, denk nicht mehr daran. Was macht das schon?»

«Doch, es macht etwas, ich hätte eben vorsichtiger sein müssen. Mrs. Danvers wird sehr wütend auf mich sein.»

«Was hat sie denn wütend zu sein? Es ist schließlich nicht ihr Porzellan.»

«Nein, aber sie ist so stolz auf all die Sachen. Es ist mir gräßlich, daß ich der erste Mensch bin, der etwas davon zerbrochen hat.»

«Besser du als der unglückliche Robert.»

«Ich wünschte, Robert wäre es gewesen; Mrs. Danvers wird mir das nie verzeihen.»

«Zum Teufel mit Mrs. Danvers», rief Maxim aus. «Sie ist doch schließlich nicht der liebe Gott. Ich kann dich wirklich nicht begreifen. Was meinst du eigentlich damit, wenn du sagst, daß du Angst vor ihr hast?»

«Angst meinte ich im Grunde nicht. Ich sehe sie ja kaum. Nein, das ist es nicht. Ich kann es dir nicht genau erklären.»

«Dein Benehmen ist mir wirklich unverständlich», sagte Maxim. «Warum hast du denn Mrs. Danvers nicht kommen lassen, nachdem das Malheur passiert war, und ihr einfach gesagt: ‹Hier, Mrs. Danvers, sehen Sie zu, ob das Porzellan noch zu kitten ist.› Das würde sie ja wohl begriffen haben. Statt dessen tust du die Scherben in einen Briefumschlag und versteckst ihn in der Schublade. Genau wie ein Stubenmädchen, wie ich eben sagte, und nicht wie die Herrin des Hauses.»

«In dieser Hinsicht bin ich auch wie ein Stubenmädchen», sagte ich langsam. «Das weiß ich selbst. Deshalb verstehe ich mich auch so gut mit Clarice. Wir stehen eben auf demselben Niveau, und deshalb hängt sie so an mir. Neulich habe ich ihre Mutter besucht, und weißt du, was sie sagte? Ich fragte sie, ob sie glaube, daß Clarice sich wohl bei uns fühle, und sie antwortete: ‹Oh, ja, Mrs. de Winter, Clarice ist sehr glücklich über diese Stellung. Sie sagte zu mir, es ist gar nicht wie bei einer vornehmen Dame, Mutter, es ist beinahe so wie bei unsereins.› – Glaubst du, daß das ein Kompliment ist?»

«Weiß Gott», sagte Maxim. «Soweit ich Clarices Mutter kenne, würde ich das allerdings geradezu als Beleidigung auffassen. In ihrem Häuschen sieht es meistens wie in einem Schweinestall aus, und es riecht meilenweit nach Kohl. Sie hat in elf Jahren neun Kinder bekommen, die alle wie die Schmutzfinken aussahen, und lief selbst auf dem kleinen Grundstück wie eine Schlampe herum. Wir hätten sie fast an die Luft gesetzt. Wieso Clarice so sauber und nett aussieht, ist mir ein Rätsel.»

«Sie hat die letzten Jahre bei einer Tante gelebt», sagte ich ziemlich ernüchtert. «Ich weiß, daß mein Flanellrock vorne einen Fleck hat, aber ich bin nie wie eine Schlampe herumgelaufen.» Ich wußte jetzt, warum Clarice nicht wie Alice über meine Unterwäsche die Nase rümpfte. «Vielleicht macht es mir deshalb auch mehr Spaß, eine Schlampe wie Clarices Mutter zu besuchen als eine Dame wie die Frau des Bischofs», fuhr ich fort. «Die hat nie zu mir gesagt, daß sie mich als ihresgleichen empfindet.»

«Wenn du bei deinen Besuchen diesen schmutzigen Rock trägst, dann wird sie das bestimmt auch nie tun», sagte Maxim.

«Natürlich habe ich nicht den alten Rock angehabt, ich habe mir ihretwegen extra ein Kleid angezogen», entgegnete ich. «Aber von Leuten, die einen Menschen nach seinen Kleidern beurteilen, halte ich nicht viel.»

«Ich glaube kaum, daß die Frau des Bischofs sich auch nur einen Pfifferling darum schert, wie du angezogen bist», sagte Maxim. «Aber vermutlich war sie höchst überrascht, dich auf der äußersten Stuhlkante balancieren zu sehen und dich immer nur ja oder nein sagen zu hören wie irgendeinen Arbeitslosen, der sich um eine Stellung bewirbt. Jedenfalls hast du dich das einzige Mal, als wir zusammen einen Besuch erwiderten, genauso aufgeführt.»

«Ich kann eben nicht aus meiner Haut heraus.»

«Ich weiß, daß du das nicht kannst, Liebling. Aber du gibst dir auch nicht die geringste Mühe, deine Scheu zu überwinden.»

«Das ist wirklich ungerecht von dir», sagte ich. «Ich bemühe mich jeden Tag darum, jedesmal, wenn ich einen Besuch mache oder neue Menschen kennenlerne. Ich gebe mir immerzu Mühe. Du verstehst das wahrscheinlich nicht. Für dich ist das alles ein Kinderspiel, weil du von klein auf daran gewöhnt gewesen bist. Aber ich bin nun einmal nicht dafür erzogen worden.»

«Unsinn», sagte Maxim. «Es ist gar keine Frage der Erziehung, wie du es darstellen willst. Es ist lediglich eine Frage der Anpassungsfähigkeit. Glaubst du etwa, ich mache diese Besuche gern? Sie langweilen mich tödlich, kann ich dir nur sagen. Aber da wir nun mal in dieser Welt leben, müssen wir solche Dinge eben über uns ergehen lassen.»

«Von Langeweile ist doch gar nicht die Rede», sagte ich. «Vor Langeweile braucht man sich doch nicht zu fürchten. Wenn es mich nur langweilte, wäre es mir ganz einerlei. Aber ich hasse es, wenn die Leute mich von oben bis unten mustern wie eine Kuh auf dem Viehmarkt.»

«Wer mustert dich von oben bis unten?»

«Alle Leute hier, jeder tut es.»

«Das kann dir doch ganz gleichgültig sein. Ihre Neugier macht das eintönige Leben auf dem Lande etwas erträglicher.»

«Aber wie komme denn gerade ich dazu, ihnen neuen Gesprächsstoff zu liefern und so von ihnen unter die Lupe genommen zu werden?»

«Weil alles, was mit Manderley zusammenhängt, das Leben der Leute hier etwas interessant macht.»

«Was für ein Schlag ins Gesicht muß ich dann für sie sein.»

Maxim antwortete nicht. Er vertiefte sich wieder in seine Zeitung.

«Was für ein Schlag ins Gesicht muß ich für sie sein», wiederholte ich. «Deshalb hast du mich wahrscheinlich auch geheiratet», fuhr ich fort. «Du wußtest, daß ich uninteressant und schüchtern und unerfahren bin und folglich gar keine Gefahr besteht, daß ich ins Gerede kommen könnte.»

Maxim warf die Zeitung auf den Boden und sprang auf. «Was meinst du damit?» fragte er.

Sein Gesicht sah auf einmal finster und unheimlich aus, und seine Stimme klang ganz rauh, ganz anders als sonst.

«Ich – ich weiß nicht», sagte ich, während ich mich ans Fenster lehnte, «ich habe gar nichts gemeint – warum siehst du mich so an?»

«Was weißt du von Gerede über Manderley?» fragte er.

«Aber ich weiß ja gar nichts», sagte ich, von seinem Blick verängstigt. «Ich habe es nur gesagt, um – um irgend etwas zu sagen. Bitte, sieh mich nicht so an, Maxim. Was habe ich denn Schlimmes getan? Was hast du denn nur?»

«Wer hat dir etwas davon erzählt?» sagte er langsam.

«Niemand. Bestimmt nicht. Kein Mensch.»

«Warum hast du das dann gesagt?»

«Ich weiß es doch nicht. Es kam mir so in den Kopf. Ich fühlte mich gekränkt und war wütend. Ich hasse es, diese Besuche machen zu müssen, ich kann es nicht ändern. Und du hast mich gescholten, weil ich so schüchtern bin. Ich meinte es gar nicht so. Wirklich nicht. Maxim. Bitte, glaub mir doch.»

«Es war nicht gerade nett von dir, das zu sagen», meinte er.

«Nein», sagte ich. «Nein, es war sehr häßlich von mir.»

Er sah mich ernst und forschend an, die Hände in den Taschen, während er auf den Absätzen vor- und zurückwippte. «Ich weiß nicht, ob es nicht sehr egoistisch von mir war, dich zu heiraten», sagte er nachdenklich.

Mir wurde ganz kalt, fast übel. «Wie meinst du das?» fragte ich.

«Ich passe nicht gut zu dir als Lebensgefährte, stimmt es nicht?» sagte er. «Der Altersunterschied ist zu groß zwischen uns. Du hättest noch etwas warten und dann einen jungen Mann in deinem eigenen Alter heiraten sollen. Nicht einen Menschen, der schon sein halbes Leben hinter sich hat.»

«Das ist Unsinn», sagte ich rasch. «Du weißt genau, daß der Altersunterschied bei einer Ehe gar keine Rolle spielt. Natürlich paßt du zu mir.»

«Tue ich das? Ich weiß nicht recht», sagte er.

Ich stand auf und legte meine Arme um seinen Hals. «Warum sprichst du so zu mir?» sagte ich. «Du weißt doch, daß ich dich mehr liebe als irgend etwas in der Welt. Für mich hat es niemals einen anderen Menschen gegeben. Du bist mir Vater, Bruder, Sohn, alles zugleich.»

«Es war meine Schuld», sagte er, ohne mir zuzuhören. «Ich habe dich einfach überrumpelt und dir gar keine Zeit gelassen, es dir zu überlegen.»

«Ich wollte es mir gar nicht überlegen», sagte ich. «Für mich gab es gar nichts anderes. Du willst mich nicht verstehen, Maxim. Wenn man einen Menschen liebt ...»

«Bist du glücklich hier?» fragte er, während er sich von mir abwandte und zum Fenster hinaussah. «Ich zweifle oft daran. Du bist so viel dünner geworden und hast gar keine Farbe mehr.»

«Natürlich bin ich glücklich», erwiderte ich. «Ich liebe Manderley und den Park, alles liebe ich hier. Es macht mir auch gar nichts aus, diese Besuche machen zu müssen. Ich habe das nur so gesagt, weil ich eben dumm bin. Wenn du willst, werde ich jeden Tag Besuche machen. Es ist mir ganz gleich, was ich tue. Ich habe es noch nicht einen einzigen Augenblick bereut, dich geheiratet zu haben, das mußt du doch eigentlich wissen.»

Er tätschelte mir die Wange – auf diese schreckliche, geistesabwesende Weise –, beugte sich zu mir nieder und küßte mich auf das Haar. «Mein armes Schäfchen, du hast nicht viel Freude an mir, nicht wahr? Ich fürchte, es ist nicht sehr einfach, mit mir zusammenzuleben.»

«Es ist gar nicht schwierig», sagte ich eifrig. «Im Gegenteil, es ist sehr, sehr leicht, viel leichter, als ich es mir vorgestellt hatte. Ich hatte immer gedacht, daß es gräßlich wäre, verheiratet zu sein; daß ein Ehemann sich betrinkt oder häßliche Worte benutzt oder schimpft, wenn der Toast beim Frühstück zu weich ist, und sich überhaupt sehr abstoßend benimmt und womöglich noch schlecht riecht. Und das tust du alles gar nicht.»

«Du lieber Gott, das hoffe ich aber auch», sagte Maxim und lächelte wieder.

Ich machte mir dieses Lächeln zunutze, lächelte auch, faßte nach seiner Hand und küßte sie. «Wie unsinnig, zu behaupten, daß wir keine guten Kameraden wären», sagte ich. «Und dabei sitzen wir jeden Abend so friedlich zusammen, du mit einem Buch oder deiner Zeitung und ich mit meinem Strickzeug. Natürlich passen wir zusammen. Natürlich sind wir glücklich. Du redest, als hätten wir einen Fehler begangen. Das wolltest du doch nicht sagen, oder, Maxim? Du zweifelst doch nicht daran, daß wir eine glückliche Ehe führen? Du bist doch davon überzeugt, daß unsere Ehe glücklich ist, ja?»

«Wenn du das sagst, dann wird es wohl stimmen», sagte er.

«Ja, aber du glaubst es doch auch, ja, Liebster? Nicht nur ich allein. Wir sind doch glücklich, nicht wahr? Sehr, sehr glücklich?»

Er schwieg. Er sah noch immer zum Fenster hinaus, und ich hielt noch immer seine Hand. Meine Kehle fühlte sich ganz trocken und geschwollen an, und meine Augen brannten. Oh, Gott! dachte ich, das ist wie eine Szene aus einem Theaterstück; im nächsten Augenblick wird der Vorhang niedergehen, und wir werden uns verbeugen und dann unsere Garderoben aufsuchen. Das kann unmöglich ein wirklicher Augenblick aus unserem Leben sein. Ich setzte mich wieder und ließ seine Hand los. Ich hörte mich mit fester, kühler Stimme sagen: «Wenn du nicht glaubst, daß wir glücklich sind, dann wäre es besser, es mir offen zu sagen. Ich möchte nicht, daß du mir etwas vormachst. Ich würde mich dann viel lieber von dir trennen, als noch weiter mit dir zusammenleben.» Natürlich sagte ich das nicht wirklich. Es war das Mädchen auf der Bühne, das so zu ihrem Partner sprach, nicht ich zu Maxim. Ich sah die Schauspielerin, die diese Rolle spielte, genau vor mir, groß, schlank und sehr rassig.

«Warum antwortest du mir nicht?» fragte ich.

Er nahm meinen Kopf in seine Hände und sah mich forschend an, genauso, wie er es an dem Tag, an dem wir zum Strand hinuntergingen, getan hatte, bevor Frith mit dem Tee ins Zimmer kam.

«Wie kann ich dir denn antworten?» sagte er. «Ich kenne die Antwort ja selber nicht. Wenn du sagst, daß wir glücklich sind, dann wollen wir daran festhalten. Ich wage das nicht zu entscheiden. Aber dein Wort steht mir dafür. Wir sind also glücklich. Lassen wir es dabei.» Er küßte mich wieder und ging dann durch das Zimmer zu seinem Sessel zurück. Ich blieb beim Fenster sitzen, steif und aufrecht, die Hände im Schoß.

«Das sagst du nur, weil du von mir enttäuscht bist», erklärte ich. «Ich bin linkisch und ungeschickt, ich ziehe mich schlecht an, und ich bin schüchtern im Umgang mit anderen Menschen. Ich habe dich schon in Monte Carlo darauf hingewiesen. Du glaubst, ich passe nicht nach Manderley?»

«Rede keinen Unsinn», entgegnete er. «Ich habe nie behauptet, daß du dich schlecht anziehst oder linkisch bist. Das bildest du dir alles nur ein. Und was deine Schüchternheit anbelangt, so wirst du sie mit der Zeit schon überwinden. Das habe ich dir bereits gesagt.»

«Wir haben im Kreis herumgeredet», sagte ich. «Wir sind jetzt wieder an demselben Punkt angekommen, von dem wir ausgegangen sind. Es kam alles nur daher, weil ich den Porzellanamor zerbrochen habe. Hätte ich ihn nicht zerbrochen, wären alle diese Dinge gar nicht zur Sprache gekommen. Wir hätten unseren Kaffee getrunken und wären in den Garten gegangen.»

«Hör doch mit diesem verdammten Amor auf», sagte Maxim müde. «Glaubst du wirklich, daß es mir etwas ausmacht, ob er in tausend Stücke zerbrochen ist oder nicht?»

«War er sehr wertvoll?»

«Gott weiß, ich nehme es an. Aber ich habe es wirklich vergessen.»

«Sind die Sachen im Morgenzimmer alle so wertvoll?»

«Ja, ich glaube schon.»

«Warum stehen eigentlich die wertvollsten Sachen gerade im Morgenzimmer?»

«Ich weiß nicht. Wahrscheinlich, weil sie da gut hingepaßt haben.»

«Standen sie immer schon da? Auch, als deine Mutter noch lebte?»

«Nein, ich glaube kaum. Sie waren so ziemlich im ganzen Haus verstreut. Die Stühle standen sogar auf dem Speicher, glaube ich.»

«Und wann wurde das Morgenzimmer so eingerichtet, wie es jetzt ist?»

«Als ich heiratete.»

«Dann war der Amor also damals schon da?»

«Ich glaube, ja.»

«Hatte er bis dahin auch in einem Speicherraum gestanden?»

«Nein, das wohl kaum. Wenn ich mich recht erinnere, war er ein Hochzeitsgeschenk. Rebecca verstand sehr viel von Porzellan.»

Ich wagte es nicht, ihn anzusehen. Ich nahm mein Taschentuch und polierte mir damit die Nägel. Er hatte den Namen ganz natürlich und ruhig ausgesprochen. Es hatte ihn gar keine Anstrengung gekostet. Nach einer kleinen Weile sah ich verstohlen zu ihm hinüber. Er stand vor dem Kamin, die Hände in den Taschen, und starrte vor sich hin. Er denkt an Rebecca, sagte ich mir. Er denkt daran, wie merkwürdig es ist, daß ein Hochzeitsgeschenk für mich die Ursache war, daß ein Hochzeitsgeschenk für Rebecca zerbrach. Er überlegt sich, wer eigentlich Rebecca damals den Amor geschenkt hatte. Er erinnert sich daran, wie das Paket ankam und wie sehr sie sich darüber gefreut hatte. «Rebecca verstand sehr viel von Porzellan.» Vielleicht war er gerade zu ihr ins Zimmer getreten, als sie auf dem Boden kniete und es aufmachte. «Wir wollen ihn im Morgenzimmer auf den Schreibtisch stellen», hatte sie gewiß gesagt, während er neben ihr niedergekniet war und sie den Amor zusammen betrachtet hatten.

Ich fuhr fort, mir die Nägel zu polieren. Sie waren kurz und rissig wie bei einem Schuljungen. Die Haut war bis über die Halbmonde hinaufgewachsen, der Daumennagel fast bis zum Fleisch abgekaut. Ich sah wieder zu Maxim hinüber. Er stand noch immer vor dem Kamin.

«Woran denkst du?» fragte ich.

Meine Stimme klang ruhig und gleichmütig, nicht wie mein Herz, das laut und heftig klopfte; nicht bitter und gequält wie meine Gedanken. Er zündete sich wieder eine Zigarette an, sicherlich schon die fünfundzwanzigste an diesem Tag, und dabei hatten wir gerade erst zu Mittag gegessen. Er warf das Streichholz in den Kamin und nahm seine Zeitung wieder auf.

«Nichts Besonderes», antwortete er, «wieso?»

«Ach, ich weiß nicht», sagte ich, «du sahst so ernst und abwesend aus.»

Er pfiff in Gedanken vor sich hin und drehte die Zigarette zwischen den Fingern. «Wenn du es genau wissen willst: ich habe mir nur überlegt, ob Surrey bei den Kricketwettkämpfen gegen Middlesex spielen wird», sagte er.

Er setzte sich wieder in seinen Sessel und faltete die Zeitung auseinander. Ich sah zum Fenster hinaus. Jasper kam zu mir und sprang auf meinen Schoß.

13

Maxim mußte Ende Juli zu einem offiziellen Essen nach London fahren. Ein Herrendiner. Es hatte irgend etwas mit der Gemeindeverwaltung zu tun. Er war zwei Tage fort, und ich blieb mir selbst überlassen. Ich fürchtete mich vor dieser Trennung. Als ich den Wagen hinter der Kurve in der Anfahrt verschwinden sah, war mir zumute, als ob das ein endgültiger Abschied wäre und ich Maxim niemals wiedersehen würde. Er wird bestimmt mit

dem Auto verunglücken, redete ich mir ein, und wenn ich nachmittags von meinem Spaziergang zurückkomme, wird Frith mich
bleich und entsetzt mit der Schreckensnachricht erwarten. Und
dann würde der Arzt aus irgendeinem Dorfkrankenhaus anrufen
und mir sagen, daß ich sehr tapfer sein und mich auf das
Schlimmste gefaßt machen müsse.

Nach dem Essen setzte ich mich mit einem Buch draußen unter
den Kastanienbaum, aber ich las kaum eine Zeile. Und als ich
Robert über den Rasen auf mich zukommen sah, wußte ich sofort:
das Telephon, und fühlte mich richtig krank. «Ein Anruf vom
Klub, Madam», sagte er, «Mr. de Winter läßt bestellen, daß er vor
zehn Minuten angekommen ist.»

Ich klappte mein Buch zu. «Danke schön, Robert. Da ist er aber
sehr schnell gefahren.»

«Ja, Madam, das war ein schönes Tempo.»

«Hat mein Mann mir noch irgend etwas ausrichten lassen?»

«Nein, Madam, nur, daß er heil angelangt wäre. Der Portier
vom Klub hat in seinem Auftrag angerufen.»

«Es ist gut, Robert, vielen Dank.»

Die Erleichterung war ungeheuer; ich fühlte mich auf einmal
wieder ganz gesund. Die Qual war vorüber. Als ob ich nach einer
Kanalüberquerung endlich die Küste erreicht hätte. Plötzlich hatte ich Hunger, und als Robert wieder ins Haus gegangen war,
stahl ich mich durch die Glastür ins Eßzimmer und nahm mir ein
paar Kekse von der Anrichte. Sechs Stück und noch einen Apfel
dazu. Ich hatte gar nicht gemerkt, daß ich so hungrig war. Ich
ging in den Wald und aß dort, damit die Dienstboten mich nicht
von den Fenstern aus dabei beobachten konnten.

Jetzt, wo ich Maxim sicher in London wußte, fühlte ich mich
wieder wohl und merkwürdig vergnügt. Ich fühlte mich so frei
und ungebunden wie ein Kind an einem Samstagnachmittag.
Keine Schule und keine Hausaufgaben. Noch nie hatte ich dieses
Gefühl gehabt, seit ich auf Manderley lebte. Vielleicht lag es
daran, daß Maxim nach London gefahren war.

Dieser Gedanke entsetzte mich. Ich begriff mich selbst nicht.
Ich war doch so unglücklich darüber gewesen, daß er fortfuhr.
Und jetzt plötzlich diese Fröhlichkeit, diese Beschwingtheit in
meinem Gang, dieses kindliche Verlangen, über den Rasen zu
laufen und den Abhang hinunterzurollen. Ich wischte mir die
Kekskrümel aus dem Mundwinkel und pfiff Jasper. Wahr-

scheinlich fühlte ich mich nur so ausgelasssen, weil es ein besonders schöner Tag war ...

Wir gingen durch das Glückliche Tal zu der kleinen Bucht. Die Azaleen waren schon verblüht, die Blumenblätter lagen braun und verschrumpelt auf dem moosigen Boden. Die Glockenblumen waren noch nicht verwelkt, sie bildeten einen dichten Teppich in dem Wäldchen oberhalb des Tales. Das Moos roch stark und würzig, und die Glockenblumen strömten einen schwachen, bitteren Erdgeruch aus. Ich legte mich in das hohe Gras, die Arme unter dem Kopf verschränkt, und Jasper an meiner Seite. Irgendwo in den Bäumen über mir gurrten ein paar Tauben. Es war so friedlich und wundervoll still. Ich überlegte mir, woran es wohl lag, daß man die Schönheit der Natur so viel stärker empfindet, wenn man allein ist. Nein, ich wollte keinen Menschen bei mir haben, nicht einmal Maxim. Wenn Maxim dagewesen wäre, hätte ich nicht so faul mit geschlossenen Augen, einen Grashalm zwischen den Lippen, auf dem Rücken gelegen. Ich hätte ihn beobachtet, ihn forschend betrachtet und mich gefragt, ob er sich auch wohl fühlte oder ob er sich langweilte und worüber er wohl nachdachte. So aber konnte ich mich ausstrecken und vor mich hin dösen, weil das jetzt alles unwesentlich war. Maxim war in London. Wie schön war es doch, wieder allein zu sein. Nein, so hatte ich es nicht gemeint, das war lieblos und häßlich von mir. Das hatte ich nicht denken wollen. Maxim bedeutete mir alles auf der Welt. Ich stand auf und befahl Jasper, sich ebenfalls zu erheben. Dann gingen wir zusammen durch das Tal zum Strand hinunter. Es war Ebbe, und das Meer lag ganz ruhig und wie in einen Dunstschleier gehüllt da. Hier in der Bucht sah es wie ein stiller Binnensee aus. Es war völlig windstill, und die Sonne glitzerte auf dem Wasser, das sich mit leichtem Wellenschlag in die Tümpel zwischen den Felsen ergoß. Jasper rannte sofort, sich wiederholt nach mir umsehend, das eine Ohr zurückgelegt, was ihm ein merkwürdig verwegenes Aussehen gab, auf die Felsen hinauf.

«Nicht da entlang, Jasper!» rief ich.

Natürlich hörte er nicht auf mich, sondern trottete dickköpfig davon. «Was für ein Plagegeist!» sagte ich laut und kletterte hinter ihm her, während ich mir einredete, daß ich gar nicht zu der anderen Bucht hinüber wollte. Na gut, dachte ich, dann hilft das eben nichts. Schließlich ist Maxim ja nicht da.

Ich watete durch die Pfützen oben auf den Felsen und summte vor mich hin. Die Bucht drüben sah jetzt bei Ebbe ganz anders aus. Nicht mehr so großartig. In dem kleinen Hafen stand das Wasser kaum drei Fuß hoch. Ein Boot würde bei dem niedrigen Wasserstand gerade noch schwimmen können, schätzte ich. Die Boje war immer noch da. Sie war weiß und grün gestrichen, was ich damals nicht bemerkt hatte. Vielleicht waren mir die Farben so grau vorgekommen, weil es an dem Tag geregnet hatte. Am Strand war diesmal kein Mensch zu sehen. Ich ging über den Kies zur anderen Seite der Bucht und stieg die niedrige Steinmauer der Mole hinauf. Jasper lief wie aus alter Gewohnheit voraus. Weiter draußen entdeckte ich einen Ring in der Mauer und eine Eisenleiter, die ins Wasser führte. Hier wurde das Segelboot wahrscheinlich festgemacht, dachte ich, und von der Leiter aus konnte man dann hineinsteigen. Die Boje befand sich gerade gegenüber, keine zehn Meter entfernt. Sie trug irgendeine Inschrift, und ich beugte mich vor und verrenkte mir fast den Hals, bis ich die Buchstaben entziffern konnte. «Je reviens.» Was für ein sonderbarer Bootsname! Boote pflegen sonst ganz andere Namen zu haben. Vielleicht war es ein französisches Boot gewesen, ein Fischerboot, das so geheißen hatte. Fischerboote hatten oft solche Namen. Ja, es war eigentlich ein ganz passender Name für ein Boot. Er hatte nur nicht für das eine Boot gepaßt, das niemals wiederkommen würde.

Man mußte dort draußen hinter dem Leuchtturm am Ende der Landzunge ziemlich naß beim Segeln werden. In der Bucht war das Meer ganz ruhig, aber selbst an diesem windstillen Tag waren da draußen, wo die Strömung stärker war, weiße Schaumkronen auf der Wasserfläche zu sehen. Ein kleines Boot würde, wenn es die geschützte Bucht verlassen hatte und um die Landzunge segeln wollte, mit dem Wind segeln müssen. Die Wellen würden über die Reling schlagen und das Deck entlanglaufen. Die Frau am Steuer hatte sich nach einem solchen Sprühregen Gesicht und Haar trocken gerieben und dann besorgt zum Mast aufgesehen, ob er wohl dem Druck noch standhalten würde. Ich fragte mich, welche Farbe das Boot wohl gehabt hatte. Vielleicht grün und weiß wie die Boje. Nicht sehr groß, hatte Frank gesagt, mit einer kleinen Kajüte.

Jasper schnüffelte an der Eisenleiter. «Komm her», rief ich, «ich habe nicht die Absicht, dich aus dem Wasser zu holen.» Ich ging die Mole entlang zum Strand zurück. Das kleine Haus da oben am Waldrand kam mir nicht mehr so abgelegen und düster vor. Es machte viel aus, ob die Sonne schien oder nicht. Kein Regengetrommel mehr auf dem Dach. Langsam ging ich über den Strand und dann den schmalen Weg hinauf. Schließlich war es ja nur ein unbenutztes, unbewohntes Bootshaus. Es bestand gar kein Anlaß, es unheimlich zu finden. Nicht der geringste. Jedes Haus war düster und roch modrig, wenn es längere Zeit leer stand. Selbst neue Land- und Sommerhäuschen. Außerdem waren ja hier Mondscheinpicknicks veranstaltet worden und ähnliches. Wochenendgäste waren wahrscheinlich zum Baden und Segeln hergekommen. Ich blieb eine Weile stehen und betrachtete den verwahrlosten und von Unkraut überwucherten Garten. Einer von den Gärtnern müßte hier mal Ordnung schaffen, dachte ich. Es ist doch nicht nötig, das hier alles so verwildern zu lassen. Ich stieß die Gartenpforte auf und ging auf die Haustür zu. Sie war nur angelehnt, und ich wußte doch genau, daß ich sie das letzte Mal fest verschlossen hatte. Jasper begann zu knurren und an der Türschwelle zu schnüffeln.

«Nicht doch, Jasper», sagte ich. Er fuhr jedoch fort, mit der Nase am Boden herumzuschnuppern. Ich stieß die Tür auf und sah hinein. Es war sehr dunkel, genau wie damals. Es hatte sich nichts verändert. Die Spinnweben hingen noch immer an den Masten der Schiffsmodelle. Aber die Tür zum Bootsschuppen am anderen Ende des Zimmers stand offen. Jasper knurrte von neuem, und ich hörte plötzlich ein Geräusch, als ob etwas zu Boden gefallen wäre. Jasper fing laut zu bellen an und lief zwischen meinen Beinen ins Zimmer auf die offene Schuppentür zu. Ich folgte ihm mit klopfendem Herzen und blieb dann in der Mitte des Zimmers unschlüssig stehen. «Jasper, komm zurück, sei nicht albern!» sagte ich. Er stand vor der Tür und bellte noch immer, es klang geradezu hysterisch. Irgend etwas mußte da im Schuppen sein. Keine Ratte. Auf eine Ratte hätte der Hund sofort Jagd gemacht. «Jasper, Jasper, komm her!» rief ich wieder, aber er drehte sich nicht einmal nach mir um. Langsam ging ich ebenfalls auf die Tür zu.

«Ist da jemand?» fragte ich.

Keine Antwort. Ich beugte mich zu Jasper nieder, faßte ihn am Halsband und spähte in den Schuppen hinein. Da in der Ecke an der Wand saß jemand. Jemand, der, seiner geduckten Haltung nach zu schließen, noch mehr Angst haben mußte als ich. Es war Ben. Er versuchte sich hinter einem der Segel zu verstecken. «Was tun Sie hier, suchen Sie etwas?» fragte ich. Er blinzelte mich mit halboffenem Mund blöde an.

«Ich tue nichts», sagte er schließlich.

«Ruhig, Jasper!» schalt ich und legte meine Hand auf seine Schnauze. Dann nahm ich meinen Gürtel ab und befestigte ihn an seinem Halsband, um ihn festhalten zu können.

«Was suchen Sie hier, Ben?» fragte ich, jetzt schon etwas mutiger.

Er antwortete nicht. Er starrte mich nur mit seinen verschmitzten Idiotenaugen an.

«Ich glaube, Sie gehen besser hinaus», sagte ich. «Mr. de Winter sieht es nicht gern, wenn jemand das Haus betritt.»

Verstohlen in sich hinein grinsend, erhob er sich und fuhr sich mit der Hand über die Nase. Die andere Hand hielt er hinter dem Rücken. «Was haben Sie da, Ben?» fragte ich. Er gehorchte wie ein Kind und streckte mir die Hand hin, in der eine Angelschnur lag. «Ich tue nichts», wiederholte er.

«Stammt die Schnur aus dem Schuppen?» fragte ich.

«Heh?» sagte er.

«Hören Sie, Ben», sagte ich, «Sie können die Angelschnur behalten, wenn Sie sie gern haben wollen, aber Sie dürfen es nicht wieder tun. Man darf fremde Sachen nicht einfach wegnehmen.»

Er schwieg und blinzelte mich nur an und wand sich vor Verlegenheit.

«Kommen Sie jetzt mit», sagte ich energisch. Ich ging in das Zimmer zurück, und er folgte mir. Jasper hatte aufgehört zu bellen und schnüffelte jetzt an Bens Schuhen. Ich wollte mich keine Minute länger in dem Haus aufhalten und trat schnell wieder in den Sonnenschein hinaus. Ben schlurfte hinter mir her, und ich schloß die Tür zu.

«Sie gehen jetzt besser nach Hause», sagte ich zu Ben.

Er hielt die Angelschnur wie einen kostbaren Schatz dicht an sein Herz gepreßt. «Sie werden mich nicht in das Asyl stecken, nein?» sagte er.

Ich bemerkte, daß er vor Angst schlotterte. Seine Hände zitterten und seine Augen waren mit einem flehenden Ausdruck auf mich gerichtet, wie die einer stummen Kreatur.

«Natürlich nicht», sagte ich freundlich.

«Ich habe nichts getan», wiederholte er, «ich habe nie niemand was gesagt. Ich will nicht in das Asyl kommen.» Eine Träne rollte ihm über das schmutzige Gesicht.

«Sie brauchen keine Angst zu haben, Ben», beruhigte ich ihn. «Niemand wird Sie fortholen. Aber Sie dürfen nicht in das Bootshaus gehen.»

Ich drehte mich um, aber er lief mir nach und klopfte mir auf die Hand.

«Hier», sagte er, «hier habe ich was für Sie.»

Er lächelte blöde, winkte mir mit dem Finger und lief zum Strand hinunter. Ich folgte ihm, und bei den Felsen bückte er sich und hob einen flachen Stein auf, unter dem ein kleines Häuflein Muscheln lag. Er wählte eine aus und reichte sie mir. «Das ist Ihre», sagte er.

«Vielen Dank», sagte ich. «Sie ist sehr hübsch.»

Er grinste wieder und rieb sich das Ohr; seine Angst war offenbar vergessen. «Sie haben Engelsaugen», sagte er.

Verblüfft blickte ich wieder auf die Muschel. Ich wußte wirklich nicht, was ich darauf erwidern sollte.

«Sie sind nicht wie die andere», sagte er.

«Was meinen Sie damit?» fragte ich. «Welche andere?»

Er schüttelte den Kopf. Seine Augen nahmen wieder den verschmitzten Ausdruck an. Er legte den Zeigefinger gegen seine Nase. «Groß und dunkel war sie», sagte er. «Wie eine Schlange. Ich habe sie hier gesehen.» Er hielt inne und sah mich eindringlich an. Ich brachte kein Wort über die Lippen.

«Ich habe einmal zu ihr hineingesehen», fuhr er fort, «und sie ging gleich auf mich los, jawohl. ‹Du kennst mich nicht, verstanden?› sagte sie. ‹Du hast mich nie hier gesehen und wirst es auch nicht wieder tun. Wenn ich dich noch einmal dabei erwische, wie du hier in die Fenster siehst, werde ich dich ins Irrenhaus sperren lassen›, sagte sie. ‹Das willst du doch nicht, oder? Sie sind grausam zu den Menschen im Irrenhaus›, sagte sie. ‹Ich werde nie gar nichts sagen, Mad'm›, sagte ich, und ich griff an meine Mütze, so wie jetzt.» Er zog an seinem Südwester. «Jetzt ist sie fort, weit fort, ja?» fügte er ängstlich hinzu.

«Ich weiß nicht, was Sie meinen», sagte ich langsam. «Niemand wird Sie ins Irrenhaus sperren. Guten Tag, Ben.»

Ich drehte mich um und ging den schmalen Weg zum Wald

zurück, Jasper an meinem Gürtel hinter mir her ziehend. Der arme Kerl, er war natürlich nicht ganz richtig im Kopf und wußte gar nicht, was er da zusammenredete. Es war ziemlich unwahrscheinlich, daß ihm jemand mit dem Irrenhaus gedroht hatte. Maxim und Frank hatten beide gesagt, daß er ganz harmlos sei. Vielleicht hatte er einmal bei sich zu Hause gehört, wie darüber gesprochen wurde, und die Erinnerung daran lebte in ihm fort wie ein häßliches Bild im Gedächtnis eines Kindes. Er schien überhaupt die Mentalität eines Kindes zu besitzen, jedenfalls was seine Zu- und Abneigungen anbetraf. Zu mir war er freundlich gewesen, weil ich ihm gesagt hatte, daß er die Angelschnur behalten dürfe. Morgen würde er mich vielleicht schon nicht mehr wiedererkennen. Es war töricht, den Worten eines Schwachsinnigen irgendwelche Beachtung zu schenken. Ich wandte mich um und warf noch einen Blick auf die Bucht. Die Flut kam zurück und umspülte die kleine Mole mit ruhigem Wellenschlag. Ben war hinter den Felsen verschwunden. Der Strand lag wieder einsam da. Durch eine Lücke in den Bäumen konnte ich gerade den steinernen Schornstein des Bootshauses sehen. Mich überkam ein unerklärliches Verlangen, davonzulaufen. Ich zog an Jaspers Leine und rannte keuchend den steilen Waldweg hinauf, ohne mich noch einmal umzublicken. Und wenn man mir alle Schätze der Welt angeboten hätte, ich hätte es nicht über mich gebracht, wieder zum Strand und zu dem Boots-haus zurückzukehren. Mir war, als lauere mir dort in dem kleinen verwilderten Garten jemand auf, jemand, der mich heimlich beobachtete und belauschte.

Ich beeilte mich, aus dem Wald herauszukommen, und war froh, als ich wieder auf dem Rasen angelangt war und das Haus in seiner Mulde so geschützt und geborgen vor mir liegen sah. Ich wollte Robert bitten, mir den Tee zu dem Kastanienbaum hinauszubringen. Ich sah auf die Uhr. Es war früher, als ich gedacht hatte, noch nicht vier. Ich würde mich wohl noch ein bißchen gedulden müssen. Es war nicht üblich auf Manderley, den Tee vor halb fünf zu servieren. Ich war nur froh, daß Frith heute seinen freien Nachmittag hatte. Robert würde nicht so viel Umstände machen, wenn er mir den Tee in den Garten brachte.

Als ich über den Rasen zur Terrasse ging, sah ich plötzlich durch das Grün der Rhododendronblätter in der Sonne etwas Metallenes aufblitzen. Ich beschattete die Augen mit der Hand, um besser sehen zu können. Es sah wie der Kühler eines Autos aus. Zuerst dachte ich, irgend jemand sei zu Besuch gekommen, aber dann überlegte ich mir, daß ein Besucher doch vor dem Haus vorgefahren wäre und seinen Wagen nicht so versteckt hinter den Sträuchern dort unten an der Kurve stehen gelassen hätte. Als ich näher kam, sah ich, daß ich mich nicht getäuscht hatte. Es war tatsächlich ein Auto. Ich konnte jetzt das Verdeck und die Kotflügel deutlich sehen. Wie merkwürdig, dachte ich. Kein Besucher pflegte sonst da auszusteigen. Und die Lieferanten hielten vor dem Hintereingang bei den alten Ställen und der Garage. Es war auch nicht Franks kleiner Morris. Den kannte ich bereits. Es war ein langer, niedriger Wagen, ein Sportwagen. Ich fragte mich, was ich tun sollte. Wenn es Besuch wäre, würde Robert ihn in die Bibliothek oder in das Wohnzimmer geführt haben. Und wenn der Besuch im Wohnzimmer wartete, würde er vom Fenster aus sehen können, wie ich über den Rasen ins Haus ging. Ich wollte mich aber in diesem Kleid nicht zeigen. Ich wollte mich erst umziehen, denn ich würde den Besuch ja wohl bitten müssen, zum Tee zu bleiben. Unschlüssig blieb ich einen Augenblick lang stehen. Aus gar keinem bestimmten Grund, vielleicht nur, weil die Sonne auf den Scheiben flimmerte, sah ich zum Haus hinauf und bemerkte dabei zu meiner Überraschung, daß die Läden von einem der Fenster im Westflügel geöffnet waren. Und an dem Fenster stand jemand – ein Mann. Er mußte mich wohl auch gesehen haben, denn er zog sich sofort zurück, und eine Gestalt hinter ihm hob einen Arm und schloß die Läden wieder.

Der Arm gehörte Mrs. Danvers; ich erkannte den Ärmel ihres schwarzen Kleides. Ich dachte zunächst, daß heute der Besichtigungstag für das Publikum sei und daß sie den Leuten die Zimmer zeigte. Aber das konnte nicht sein, weil Frith das immer tat, und Frith war ja nicht da. Außerdem wurden die Räume im Westflügel dem Publikum gar nicht gezeigt. Selbst ich hatte sie noch nicht zu sehen bekommen. Nein, heute war kein Besichtigungstag. Am Dienstag kam das Publikum nicht. Vielleicht war der Mann ein Handwerker, der in einem der Zimmer etwas instand setzen sollte. Es war nur so auffällig gewesen, wie der Mann da am Fenster stand und sich sofort, nachdem er mich gesehen hatte, unsichtbar machte, und daß Mrs. Danvers dann gleich die Läden schloß. Und es kam mir jetzt auch sonderbar vor, daß das Auto gerade hinter den Rhododendronbüschen parkte, wo es vom Haus aus nicht gesehen werden konnte. Aber das war ja Mrs. Danvers' Angelegenheit. Mich ging das schließlich nichts an. Wenn sie einem Freund, der sie besuchte, den Westflügel zeigte, so konnte mir das gleich sein. Es war eben nur noch nie vorgekommen, und ich fand es merkwürdig, daß sie gerade an dem Tag Besuch bekam, an dem Maxim in London war.

Mit einem unbehaglichen Gefühl ging ich über den Rasen zum Haus. Ich stieg die Treppe hinauf und ging durch den Eingang in die Halle. In der Garderobe erblickte ich weder Hut noch Stock, und in der Silberschale lag auch keine Visitenkarte. Es war also jedenfalls kein offizieller Besuch. Na schön, dachte ich. Es geht mich wirklich nichts an. Ich ging in das Blumenzimmer und wusch mir dort die Hände, um Mrs. Danvers und dem Fremden nicht zu begegnen. Es wäre mir sehr peinlich gewesen, ihnen plötzlich auf der Treppe gegenüberzustehen. Da mir einfiel, daß ich mein Strickzeug vor dem Essen im Morgenzimmer liegengelassen hatte, ging ich durch den Salon, um es mir zu holen, und der anhängliche Jasper wich mir nicht von den Fersen. Die Tür zum Morgenzimmer stand offen, und ich bemerkte, daß mein Strickzeug nicht mehr auf demselben Fleck lag. Ich hatte es auf das Sofa gelegt, und irgend jemand hatte es da fortgenommen und hinter ein Kissen gesteckt. Die Polsterung des Sofas war etwas eingedrückt, als ob dort erst kürzlich jemand gesessen hätte. Ja, irgend jemand mußte da gesessen und mein Strickzeug weggelegt haben, weil es ihm im Weg gewesen war. Auch der Schreibtischstuhl war zur Seite gerückt worden. Es hatte den Anschein, als ob Mrs. Danvers ihre Besuche im Morgenzimmer empfing, wenn Maxim und ich aus dem Haus waren. Ich fühlte mich sehr unbehaglich. Ich wollte am liebsten nichts davon wissen. Jasper aber beschnupperte das Sofa und wedelte plötzlich mit dem Schwanz. Er schien dem Fremden gegenüber offenbar nicht mißtrauisch zu sein. Ich nahm mein Strickzeug auf und verließ das Zimmer. Im gleichen Augenblick öffnete sich die Tür, die vom Salon zu dem Steinkorridor und den hinteren Räumen führte, und ich hörte Stimmen. Ich schlich mich sofort wieder ins Morgenzimmer zurück, gerade noch rechtzeitig, um nicht gesehen zu werden. Ich wartete hinter der Tür und blickte stirnrunzelnd auf Jasper, der mit hängender Zunge und wedelndem Schwanz zu mir aufsah. Ich fürchtete, daß er mich noch verraten würde, und ich stand ganz still und hielt den Atem an.

Dann hörte ich Mrs. Danvers sprechen. «Sie ist wahrscheinlich in die Bibliothek gegangen», sagte sie. «Sie ist früher nach Haus gekommen, als ich erwartete. Wenn sie wirklich in der Bibliothek ist, werden Sie durch die Halle gehen können, ohne von ihr gesehen zu werden. Warten Sie hier, bis ich mich vergewissert habe.»

Ich wußte, daß sie von mir gesprochen hatte. Ich fühlte mich immer unbehaglicher. Das Ganze war ein so lächerliches Versteckspiel. Aber ich hatte gar keine Lust, Mrs. Danvers bei etwas Unrechtem zu ertappen. Plötzlich wandte Jasper den Kopf mit einem Ruck zum Salon und trottete mit wedelndem Schwanz aus dem Zimmer.

«Hallo, du kleiner Köter», hörte ich den Mann sagen. Jasper fing an laut zu bellen. Ich sah mich verzweifelt nach einem Versteck um, aber das war natürlich aussichtslos. Und dann hörte ich Schritte, und der Mann kam herein. Zuerst sah er mich nicht, weil ich ja hinter der Tür stand, aber Jasper sprang, immer noch freudig bellend, an mir hoch.

Daraufhin drehte sich der Mann um und erblickte mich. Ich habe nie wieder einen Menschen so erstaunt gesehen. Als ob er der Herr des Hauses und ich der Eindringling gewesen wäre.

«Oh, pardon», sagte er, während er mich ungeniert musterte.

Er war groß und stämmig und sah mit seinem braungebrannten Gesicht und dank einer gewissen saloppen Eleganz nicht schlecht, aber auch nicht gut aus. Er hatte die auffallend glänzenden blauen Augen, die man häufig bei einem Gewohnheitstrinker antrifft und die meist auf einen ausschweifenden Lebenswandel schließen lassen. Sein Haar war rötlich wie seine Haut. In ein paar Jahren würde er sicher dick werden, dachte ich, und der Hals würde hinten über dem Kragen eine Speckfalte ansetzen. Aber es war vor allem sein Mund, der ihn verriet: er war zu rot, zu weich und ausdruckslos. Von meinem Platz aus konnte ich seinen whiskydurchtränkten Atem riechen. Er begann zu lächeln, wie er wohl jede Frau anzulächeln pflegte. «Ich hoffe, ich habe Sie nicht erschreckt», sagte er.

Ich trat aus meinem Versteck hervor und sah bestimmt genauso dümmlich aus, wie ich mich fühlte. «Nein, durchaus nicht», erwiderte ich. «Ich hörte Stimmen und wußte nicht, wer es war. Ich erwartete heute nachmittag gar keinen Besuch.»

«Das tut mir aber leid», sagte er liebenswürdig. «Es ist wirklich ungehobelt von mir, so bei Ihnen hereinzuplatzen. Hoffentlich können Sie mir verzeihen. Ich bin tatsächlich nur vorbeigekommen, um die gute Danny einmal wiederzusehen; sie ist nämlich eine sehr alte Freundin von mir.»

«Oh, natürlich», sagte ich, «warum sollten Sie nicht?»

«Die gute alte Danny», sagte er, «sie ist immer so besorgt, daß sie irgendeinen Menschen stören könnte. Sie wollte Ihnen auf keinen Fall Ungelegenheiten machen.»

«Oh, es macht wirklich nichts», sagte ich. Ich beobachtete Jasper, der entzückt an dem Mann hochsprang.

«Der kleine Lump hat mich also nicht vergessen?» sagte er. «Er hat sich aber mächtig rausgemacht. Als ich ihn das letzte Mal gesehen habe, war er noch sehr jung. Aber zu dick ist er geworden; er braucht mehr Bewegung.»

«Ich habe einen langen Spaziergang mit ihm gemacht», sagte ich.

«Ja, wirklich? Wie sportlich von Ihnen!» Er tätschelte den Hund und lächelte mich vertraulich an. Dann zog er sein Zigarettenetui aus der Tasche. «Mögen Sie eine?» fragte er.

«Ich rauche nicht», teilte ich ihm mit.

«Ach nein, wirklich?» Er nahm sich selbst eine Zigarette und zündete sie an.

Es hatte mich nie gestört, wenn in meiner Gegenwart geraucht wurde, aber es befremdete mich, daß er es ohne zu fragen in meinem Zimmer tat. Das war doch wohl ein ziemlich rüpelhaftes Benehmen und sehr unhöflich mir gegenüber.

«Wie geht es Max?» fragte er.

Das klang ja so, als sei der Mann ein guter alter Bekannter von Maxim, dachte ich überrascht. Es war so merkwürdig, von Maxim als Max sprechen zu hören. Niemand nannte ihn sonst so.

«Sehr gut, danke», entgegnete ich. «Er ist nach London gefahren.»

«Und hat sein junges Frauchen ganz allein gelassen? Das ist aber nicht recht von ihm. Hat er denn gar keine Angst, daß irgend jemand kommen und Sie entführen könnte?»

Er lachte mit weit offenem Mund. Sein Lachen gefiel mir nicht. Es hatte etwas Beleidigendes. Der Mann selbst gefiel mir auch nicht. In diesem Augenblick betrat Mrs. Danvers das Zimmer. Sie wandte mir ihren Blick zu, und ich fühlte einen Kälteschauer. O Gott, dachte ich, wie muß sie mich hassen!

«Hallo, Danny, da sind Sie ja wieder», sagte der Mann. «Ihre ganze Vorsicht ist vergeblich gewesen. Die Dame des Hauses hatte sich hinter der Tür versteckt.» Und er lachte wieder. Mrs. Danvers schwieg und sah mich ununterbrochen an. «Wollen Sie mich nicht vorstellen?» sagte er. «Schließlich gehört es sich doch, nicht wahr, der Dame des Hauses seine Reverenz zu machen.»

«Das ist Mr. Favell, Madam», sagte Mrs. Danvers. Sie sprach ruhig, fast unwillig. Ich glaube, sie wollte ihn mir gar nicht vorstellen.

«Sehr erfreut», murmelte ich, und bemüht, höflich zu sein, fügte ich hinzu: «Wollen Sie nicht zum Tee bleiben?»

Er sah sehr amüsiert aus. «Na, ist das nicht eine reizende Einladung?» sagte er zu Mrs. Danvers. «Ich bin aufgefordert worden, zum Tee zu bleiben. Bei Gott, Danny, ich hätte große Lust dazu.»

Ich sah, wie sie ihm einen warnenden Blick zuwarf. Ich fühlte mich sehr unbehaglich. Diese Situation war unmöglich. Es hätte gar nicht dazu kommen dürfen, dachte ich.

«Na ja, vielleicht haben Sie recht», sagte er. «Aber trotzdem – es wäre ein Riesenspaß gewesen. Es ist wohl richtiger, ich empfehle mich jetzt, wie? Kommen Sie und sehen Sie sich meinen Wagen an», sagte er dann zu mir. Er sprach noch immer in diesem vertraulichen, ziemlich unverschämten Ton. Ich wollte mir seinen Wagen nicht ansehen. Ich fühlte mich unbeholfen und verlegen. «Kommen Sie nur», drängte er, «es ist ein sehr nettes kleines Wägelchen, viel schneller als jeder Wagen, den der gute Max sich je angeschafft hat.»

Es fiel mir keine Ausrede ein. Dieses Gerede klang so gezwungen und unecht. Es war mir einfach zuwider. Und warum sah Mrs. Danvers mich fortwährend mit diesem verschlagenen Funkeln in ihrem Blick an?

«Wo steht der Wagen denn?» fragte ich zaghaft.

«An der Kurve in der Anfahrt. Ich bin nicht vorgefahren, weil ich fürchtete, daß ich Sie vielleicht stören könnte. Ich nahm an, daß Sie nach Tisch etwas ruhen würden.»

Ich erwiderte nichts. Die Lüge war zu offenkundig. Wir gingen alle drei durch den Salon in die Halle. Ich sah, wie Mr. Favell Mrs. Danvers zublinzelte und ihr zunickte. Sie reagierte gar nicht darauf, ganz wie ich es von ihr erwartet hatte. Sie sah böse und abweisend aus. Jasper lief sofort nach draußen, wo er fröhlich herumsprang. Das plötzliche Auftauchen dieses Besuchers, den er so gut zu kennen schien, hatte ihn ganz aus dem Häuschen gebracht.

«Ich glaube, ich habe meine Mütze im Wagen liegenlassen», sagte der Mann, während er sich angeblich suchend in der Halle umsah. «Stimmt, ja, ich bin nämlich gar nicht hier hereingekommen, sondern habe Danny gleich in ihrer Höhle überfallen. Wollen Sie sich nicht auch den Wagen ansehen, Danny?»

Er sah Mrs. Danvers fragend an. Sie zögerte, während sie mich verstohlen betrachtete. «Nein», sagte sie, «ich werde mich lieber hier von Ihnen verabschieden. Leben Sie wohl, Mr. Jack.»

Er ergriff ihre Hand und schüttelte sie herzlich. «Leben Sie wohl, Danny, und lassen Sie sich's gutgehen. Sie wissen jetzt, wo Sie mich in Zukunft erreichen können. Es hat mir wirklich gutgetan, Sie wiederzusehen.» Er ging nach draußen; Jasper tanzte vor ihm her, und ich folgte langsam, so unbehaglich mir auch noch immer zumute war.

«Das gute, alte Manderley!» sagte er, zu den Fenstern aufsehend. «Es hat sich eigentlich gar nicht verändert. Danny paßt schon auf, nehme ich an. Sie ist doch wirklich ein Prachtmensch, nicht wahr?»

«Ja, sie ist sehr tüchtig», sagte ich.

«Und wie kommen Sie sich hier vor? Gefällt es Ihnen, so auf dem Land begraben zu sein?»

«Ich fühle mich auf Manderley sehr wohl», erwiderte ich steif.

«Lebten Sie nicht irgendwo unten in Südfrankreich, als Max Sie kennenlernte? In Monte, nicht wahr? Ich kenne Monte von früher her sehr gut.»

«Ja, ich war in Monte Carlo», sagte ich.

Wir waren inzwischen bei seinem Wagen angelangt, einem hellgrünen Sportwagen, der irgendwie typisch für ihn war.

«Na, wie finden Sie ihn?» fragte er.

«Sehr hübsch», sagte ich höflich.

«Wie steht es mit einer kleinen Probefahrt bis zum Parktor?» sagte er.

«Nein, lieber nicht», sagte ich. «Ich bin ziemlich müde.»

«Sie fürchten wohl, es würde nicht gerade einen guten Eindruck machen, wenn die Herrin von Manderley neben einem Menschen wie ich im Auto gesehen wird, stimmt's?» sagte er lachend und schüttelte bedauernd den Kopf.

«Oh, nein», sagte ich, rot werdend, «wirklich nicht.»

Er starrte mich immer noch auf diese belustigte Art mit seinen zudringlichen, unsympathischen blauen Augen von Kopf bis Fuß an. Wie ein Barmädchen kam ich mir vor.

«Natürlich», sagte er, «wir dürfen die kleine Frau nicht auf Abwege führen, was, Jasper? Das schickt sich nicht.» Er griff nach seiner Mütze und einem riesigen Paar Autohandschuhe. Seine Zigarette warf er einfach auf den Weg.

«Auf Wiedersehen», sagte er, mir seine Hand hinstreckend. «Es war mir ein großes Vergnügen, Sie kennenzulernen.»

«Auf Wiedersehen», sagte ich.

«Übrigens», meinte er leichthin, «es wäre riesig anständig von Ihnen, wenn Sie Max von meinem kleinen Besuch heute nichts erzählen würden. Ich glaube, er schätzt mich nicht übermäßig, ich weiß nicht, warum. Und die gute alte Danny würde es vielleicht ausbaden müssen.»

«Schon gut», sagte ich verlegen. «Ich werde nichts sagen.»

«Das ist sehr nett von Ihnen. Wollen Sie nicht doch noch ein bißchen mitfahren?»

«Nein, bitte, ich möchte wirklich nicht.»

«Na, also dann auf Wiedersehen. Vielleicht komme ich mal wieder vorbei und besuche Sie. Nimm die Pfoten runter, Jasper, du kratzt mir sonst noch den Lack ab, du kleiner Teufel. Ich finde es wirklich unrecht von Max, nach London zu fahren und Sie hier allein zu lassen.»

«Das macht mir gar nichts, ich bin gern allein», sagte ich.

«Wahrhaftig? Na, das ist allerdings erstaunlich. Es ist aber gar nicht gut, wissen Sie? Gegen jedes Naturgesetz. Wie lange sind Sie verheiratet? Erst drei Monate, wie?»

«Ja», sagte ich.

«Na, ich wünschte, ich hätte eine so junge Frau, die zu Hause auf mich wartet. Aber ich bin ein armer, einsamer Junggeselle.» Er lachte wieder und zog sich die Mütze tief in die Stirn. «Leben Sie wohl, Verehrteste», sagte er, während er den Motor anließ, und dann schoß der Wagen, Gift und Galle aus dem knallenden Auspuff spuckend, davon, und Jasper sah ihm mit hängenden Ohren und eingekniffenem Schwanz wehmütig nach.

«Komm her, Jasper», rief ich, «sei nicht so albern», und ging langsam zum Haus zurück. Mrs. Danvers war verschwunden. In der Halle blieb ich stehen und läutete. Mindestens fünf Minuten lang ereignete sich nichts. Ich läutete wieder. Schließlich erschien Alice mit einem ziemlich bekümmerten Gesicht. «Ja, Madam?» sagte sie.

«Ist denn Robert nicht da, Alice?» fragte ich. «Ich hätte gern meinen Tee unter der Kastanie getrunken.»

«Robert ist nach dem Essen zur Post gegangen und noch nicht wieder zurück, Madam», sagte Alice. «Mrs. Danvers hatte ihm gesagt, daß Sie Ihren Tee heute später trinken würden. Und Frith hat ja seinen freien Tag. Wenn Sie Ihren Tee gleich haben möchten, werde ich ihn holen. Ich glaube, es ist noch nicht halb fünf.»

«Nein, lassen Sie nur, Alice, ich warte, bis Robert zurückkommt», sagte ich. Offenbar ließ die straffe Ordnung im Haushalt sofort nach, wenn Maxim nicht da war. Es war mir gar nicht in den Sinn gekommen, daß Frith und Robert gleichzeitig aus dem Haus gehen durften. Ich wußte natürlich, daß Frith heute seinen freien Tag hatte. Und Robert war von Mrs. Danvers zur Post geschickt worden. Und von mir hatte sie angenommen, daß ich einen längeren Spaziergang machen würde. Dieser Mr. Favell hatte den Zeitpunkt für seinen Besuch bei Mrs. Danvers gut gewählt, fast zu gut. Irgend etwas stimmte da nicht, das wurde mir jetzt nur allzu klar. Und dann hatte er mich noch gebeten, Maxim nichts davon zu sagen. Es war alles so unverständlich. Ich wollte Mrs. Danvers keine Ungelegenheiten bereiten oder irgendeine Szene machen. Aber vor allem wollte ich Maxim nicht beunruhigen.

Wer dieser Favell wohl sein mochte? Er hatte Maxim «Max» genannt. Niemand nannte ihn sonst so. Ich hatte den Namen Max nur einmal auf der Titelseite eines Buches gesehen, in dünnen, schrägen, merkwürdig spitzen Schriftzügen, das M mit einem auffallend langen energischen Schlußbogen. Ich glaubte, es hätte nur einen einzigen Menschen gegeben, der Maxim so zu nennen pflegte ...

Während ich so in der Halle stand und mir überlegte, was ich bis zum Tee noch anfangen sollte, kam mir plötzlich der Gedanke, daß Mrs. Danvers vielleicht gar nicht die treue Seele war, für die sie immer gehalten wurde, daß sie womöglich schon seit längerer Zeit hinter Maxims Rücken in irgendwelche Heimlichkeiten verwickelt war und ich sie heute, als ich unerwartet früher zurückkam, zufällig mit ihrem Komplizen überrascht hatte. Und dieser Mr. Favell hatte daraufhin einfach so getan, als sei er ein alter

Bekannter von Maxim und früher auf Manderley aus- und einge-
gangen. Ich fragte mich, was sie wohl gerade im Westflügel zu
suchen gehabt hatten, und ich war von einer unbestimmten
Unruhe erfüllt. Warum hatten sie die Läden geschlossen, als sie
mich unten auf dem Rasen gesehen hatten? Frith und Robert
waren nicht da. Die Mädchen waren um diese Tageszeit meist
damit beschäftigt, ihre eigenen Zimmer aufzuräumen. Mrs. Danvers konnte also sicher sein, nicht gestört zu werden. Vielleicht
war dieser Favell ein Dieb und Mrs. Danvers befand sich in seiner
Gewalt? Im Westflügel sollten so viele Wertsachen sein. Ich hatte
plötzlich den wilden Einfall, jetzt gleich in den Westflügel gehen
zu müssen, um mich selbst davon zu überzeugen.

Robert war noch nicht zurückgekehrt. Ich würde also vor dem
Tee noch Zeit haben. Trotzdem zögerte ich etwas und blickte
furchtsam zur Galerie hinauf. Das Haus schien ganz ruhig. Die
anderen Dienstboten befanden sich offenbar in ihren Zimmern
hinter den Küchenräumen. Jasper schlabberte geräuschvoll das
Wasser aus seinem Trinknapf unter der Treppe. Mit wildklopfen-
dem Herzen stieg ich nach oben.

14

Ich befand mich wieder auf dem Korridor, in den ich mich an
jenem ersten Morgen auf Manderley verirrt hatte. Ich war seitdem
nicht dort gewesen und hatte auch gar keine Lust verspürt, den
Westflügel aufzusuchen. Die Sonne strömte durch das Fenster in
der Nische und malte ein goldenes Muster auf das dunkle Holzpaneel.

Es herrschte eine Totenstille, und ich nahm denselben dumpfi-
gen Geruch einer unbenutzten Wohnung wahr, der mir schon das
erste Mal aufgefallen war. Ich wußte nicht, welche Tür ich öffnen
sollte. Die Lage der Räume war mir ja nicht bekannt. Dann fiel
mir ein, daß Mrs. Danvers damals genau hinter mir aus einer Tür
getreten war, die, wie ich jetzt nach kurzer Überlegung feststellte,
sehr wohl in das Zimmer führen konnte, dessen Fenster auf den
Rasen und auf das Meer hinaussahen. Ich drehte am Türknopf
und ging hinein. Drinnen war es dunkel, da die Läden geschlossen waren. Ich tastete nach dem Schalter und knipste das Licht an.

Ich stand in einem kleinen Vorraum, offenbar einem Ankleidezimmer, denn rundherum an den Wänden sah ich lauter große Kleiderschränke. Eine zweite offenstehende Tür führte in das benachbarte große Schlafzimmer. Ich ging hinüber und machte auch dort Licht. Zunächst bekam ich einen Schreck, weil das Zimmer einen ganz bewohnten Eindruck machte.

Ich hatte erwartet, Stühle und Tische und auch das große Doppelbett an der Wand verhüllt vorzufinden, aber nichts war zugedeckt. Auf dem Frisiertisch lagen sogar Kämme und Bürsten, standen Puderdosen und Parfümflakons. Das Bett war frisch bezogen; ich sah das weiße Leinen des Kopfkissenbezuges aufleuchten und das Laken unter der aufgeschlagenen Daunensteppdecke hervorlugen. Und überall standen Blumen: auf dem Frisiertisch, auf dem Nachttisch und auf dem marmornen Kaminsims. Ein seidener Morgenrock hing ausgebreitet über einem Stuhl, und davor standen ein Paar Pantoffeln. Eine Sekunde lang bildete ich mir in meiner Bestürzung ein, daß in meinem Gehirn irgendeine Veränderung vor sich gegangen wäre, daß ich in die Vergangenheit zurückblickte und das Zimmer vor mir sah, wie es vor ihrem Tode ausgesehen hatte ... In der nächsten Minute würde Rebecca selbst ins Zimmer treten, sich vor den Spiegel am Frisiertisch setzen, irgendeine Melodie vor sich hin summen, nach ihrem Kamm greifen und sich das Haar kämmen. Das Ticken der Wanduhr brachte mich wieder in die Wirklichkeit zurück. Die Zeiger standen auf fünf Minuten vor halb fünf. Meine Armbanduhr zeigte die gleiche Zeit an. Das Ticken hatte etwas so beruhigend Normales; es erinnerte mich an die Gegenwart und daran, daß der Teetisch auf dem Rasen bald für mich gedeckt würde. Langsam ging ich in die Mitte des Zimmers. Nein, es wurde nicht mehr benutzt. Niemand wohnte mehr darin. Selbst der Blumenduft konnte den muffigen Geruch nicht vertreiben. Die Vorhänge waren zugezogen und die Läden geschlossen. Rebecca würde dieses Zimmer nie wieder betreten. Mochte Mrs. Danvers auch Blumen auf den Kamin stellen und die Bettdecke zurückschlagen, sie würde sie damit nicht wieder lebendig machen. Rebecca war tot. Sie war schon vor einem Jahr gestorben und lag neben den anderen toten de Winters in der Familiengruft.

Ich konnte das Meeresrauschen deutlich hören. Ich trat ans Fenster und stieß die Läden auf. Ja, ich stand an demselben Fenster, an dem Mrs. Danvers und Favell vor einer halben Stunde gestanden hatten. Der helle Tagesschein ließ das künstliche Licht unecht und noch gelber erscheinen. Ich machte die Läden noch etwas weiter auf. Das Tageslicht warf einen weißen Schein auf das Bett und auf die Tasche mit dem Nachthemd, die auf dem Kopfkissen lag. Es fiel auf die Glasplatte des Frisiertischs und auf die Bürsten und Parfümflaschen.

Jetzt erst bemerkte ich, wie mir die Knie zitterten. Ich setzte mich auf den Sessel vor dem Toilettentisch. Mein Herz hatte aufgehört, so laut und heftig zu klopfen, es war schwer wie Blei. Ich sah mich mit einer Art blödem Staunen im Zimmer um. Ja, es war ein sehr schöner Raum; Mrs. Danvers hatte an jenem ersten Abend nicht übertrieben. Sicherlich war es das schönste Zimmer im ganzen Haus. Dieser formvollendete Marmorkamin, das geschnitzte Bett und die schweren Seidenvorhänge, auch die Wanduhr und die Messingleuchter vor mir auf dem Tisch waren Dinge, die ich geliebt und bewundert hätte, hätten sie mir gehört. Aber sie gehörten mir ja nicht, sie gehörten einer anderen. Ich streckte meine Hand aus und strich mit den Fingern über die Haarbürsten. Die eine sah viel gebrauchter aus als die andere. Ich fand das sehr verständlich. Man benutzte wohl niemals beide Bürsten gleichzeitig, und wenn sie gewaschen werden sollten, fiel es auf, daß die eine noch ganz sauber und fast unberührt war. Wie blaß und mager mein Gesicht im Spiegel aussah und wie strähnig mir das Haar von der Stirn hing! Sah ich denn immer so aus? Im allgemeinen hatte ich wohl doch etwas mehr Farbe? Bleich und unschön starrte mein Spiegelbild mich an.

Ich stand wieder auf und befühlte den Morgenrock auf dem Stuhl. Ich hob die Pantoffeln auf und hielt sie ein Weilchen in meiner Hand. Ich empfand eine Art Grauen, das immer stärker wurde, ein Grauen, das in Verzweiflung umschlug. Ich berührte die Steppdecke auf dem Bett und fuhr mit dem Finger den ineinander verschlungenen Buchstaben des Monogramms auf der Nachthemdtasche nach, einem mit Perlgarn gestickten R de W, das reliefartig von dem goldenen Seidenbrokat abstach. Das Nachthemd selbst war aprikosenfarben und so dünn wie Spinnweben. Ich zog es heraus und hielt es einen Augenblick an mein Gesicht. Es fühlte sich ganz kalt an. Aber es haftete ihm noch ein fader, süßlicher Parfümgeruch an, der mich wieder an den Duft der weißen Azaleen erinnerte. Ich faltete es zusammen und legte es in die Tasche zurück, und als ich das tat, bemerkte ich mit einem dumpfen Schmerzgefühl, daß es ganz zerknittert und das feine Gewebe an vielen Stellen schon brüchig war – das Hemd war nicht gewaschen worden, seitdem Rebecca es zum letztenmal getragen hatte ...

Von einem plötzlichen Impuls getrieben, ging ich in den kleinen Vorraum zurück, in dem die Schränke standen. Ich schloß den einen auf. Er hing voller Kleider, wie ich gedacht hatte, Abendkleider offenbar, denn unter den weißen Tüchern sah an dem einen Bügel ein Silberstreifen, an einem anderen ein Stückchen Goldbrokat hervor. Auch ein weinrotes Samtkleid sah ich und eine lange weiße Seidenschleppe, die am Boden schleifte. Und oben auf dem Bord lag ein Fächer aus Straußenfedern.

Im Schrank roch es merkwürdig muffig. Der zarte Azaleenduft, den ich im Freien als so wohlriechend empfunden hatte, war hier im Schrank ganz schal geworden und wehte mir von den parfümierten Kleidern zwischen den offenen Türen wie verbrauchter Atem entgegen. Ich machte den Schrank zu und ging wieder ins Schlafzimmer. Der Lichtschein aus dem offenen Fenster fiel noch immer auf die goldfarbene Bettdecke und ließ das große schräge R im Monogramm deutlich hervortreten.

Plötzlich hörte ich Schritte hinter mir, und als ich mich umdrehte, sah ich Mrs. Danvers. Ich werde niemals den eigenartigen, fast krankhaft erregten Ausdruck in ihrem Gesicht vergessen, diesen triumphierenden Blick, mit dem sie mich hämisch anstarrte. Ich fürchtete mich vor ihr.

«Ist irgend etwas nicht in Ordnung, Madam?» fragte sie.

Ich versuchte sie anzulächeln und brachte es nicht fertig; ich versuchte zu sprechen und konnte es nicht.

«Ist Ihnen nicht gut?» sagte sie nähertretend mit freundlich gedämpfter Stimme. Ich fühlte ihren Atem auf meinem Gesicht und wich vor ihr zurück. Ich glaube, wenn sie mir noch näher gekommen wäre, wäre ich ohnmächtig geworden.

«Mir fehlt gar nichts, Mrs. Danvers», sagte ich schließlich. «Sie haben mich nur etwas erschreckt, weil ich Sie nicht kommen hörte. Ich habe unten vom Rasen aus gesehen, daß die Läden hier nicht dicht waren, und ging hinauf, um sie zu schließen.»

«Ich werde sie schließen», sagte sie und ging leise durch das Zimmer und schlug die Läden zu. In dem gelben künstlichen Licht sah das Zimmer jetzt wieder unwirklich und gespenstisch aus.

Mrs. Danvers kam zu mir zurück und blieb neben mir stehen. Sie lächelte, und ihre Haltung, die mir gegenüber sonst immer so überlegen herablassend gewesen war, bekam auf einmal etwas erschreckend Vertrauliches, geradezu Kriecherisches.

«Warum erzählen Sie mir, daß der Laden nicht dicht war?» sagte sie. «Ich hatte ihn geschlossen, bevor ich aus dem Zimmer ging. Sie haben ihn selbst wieder aufgemacht, nicht wahr? Sie wollten endlich das Zimmer sehen. Warum haben Sie mich nicht schon früher darum gebeten, es Ihnen zu zeigen? Ich wäre jeden Tag bereit gewesen, Sie heraufzuführen. Sie hätten es mir nur zu sagen brauchen.»

Ich wollte fortlaufen, aber ich konnte mich nicht bewegen, als ob ich von ihr hypnotisiert wäre.

«Aber nun sind Sie ja hier, und jetzt lassen Sie mich Ihnen auch alles zeigen», sagte sie mit honigsüßer, widerlich falscher einschmeichelnder Stimme. «Ich weiß, daß Sie gern alles sehen möchten. Sie wollten es schon lange, nicht wahr, und waren nur zu scheu, es mir zu sagen. Ist es nicht ein entzückendes Zimmer? Sicher das hübscheste Zimmer, das Sie je gesehen haben.»

Sie faßte mich am Arm und führte mich zum Bett. Ich konnte mich ihrer nicht erwehren. Die Berührung ihrer Hand machte mich schaudern, und sie sprach in einem eindringlichen Flüsterton, den ich zugleich verabscheute und fürchtete.

«Hier schlief sie. Ein wunderschönes Bett, nicht wahr? Ich habe diese goldfarbene Überdecke darauf gelegt, weil sie sie am liebsten hatte. Hier in der Tasche ist ihr Nachthemd. Sie haben es sich schon angesehen, nicht wahr? Dieses Nachthemd hat sie zum letztenmal in der Nacht vor ihrem Tod getragen. Wollen Sie es nicht noch einmal anfassen?» Sie nahm das Nachthemd aus der Tasche und hielt es mir hin. «Fühlen Sie nur», sagte sie, «wie weich und leicht es ist. Ich habe es nicht mehr gewaschen, seit sie es zum letztenmal getragen hat. Ich habe es hier auf das Kissen gelegt und ihren Morgenrock da auf den Stuhl, genau wie in der Nacht, als sie nicht mehr zurückkehrte – wie in der Nacht, in der sie ertrunken ist.» Sie faltete das Nachthemd zusammen und legte es in die Tasche zurück. «Ich bin auch ihre Zofe gewesen», sagte sie, während sie mich wieder am Arm nahm und zu dem Stuhl mit dem Morgenrock führte. «Wir haben es mit den verschiedensten Mädchen versucht, aber keine konnte es ihr recht machen. ‹Du verstehst dich viel besser darauf, Danny›, sagte sie zu mir, ‹ich mag gar keinen anderen Menschen um mich haben.› Sehen Sie, das ist ihr Morgenrock. Sie war viel größer als Sie, das sieht man an der Länge. Halten Sie ihn sich doch mal an. Ja, Ihnen reicht er bis zu den Füßen. Sie hatte eine wunderbare Figur. Und das sind ihre Pantoffeln. ‹Wirf mir mal meine Pantöffelchen herüber, Danny›, sagte sie immer. Sie hatte sehr kleine Füße für ihre Größe. Legen Sie mal die Hand hinein. Sie sind klein und schmal, nicht wahr?»

Lächelnd, ohne mich aus den Augen zu lassen, schob sie mir die Pantoffeln über die Hände. «Ja, sie hatte auffallend kleine Füße, das hätte man bei ihrer Größe nie gedacht. Und wie schlank sie dabei war! Wenn sie nicht neben mir stand, vergaß ich ihre Länge immer. Sie war auf den Zentimeter genauso groß wie ich. Aber wenn sie im Bett lag, sah sie beinahe winzig aus, mit dieser dichten schwarzen Lockenfülle, die ihr Gesicht wie ein dunkler Heiligenschein umrahmte.»

Sie stellte die Pantoffeln auf den Boden und hängte den Morgenrock wieder über den Stuhl. «Haben Sie sich ihre Bürsten angesehen?» fragte sie, während sie mich zur Frisiertoilette zurückführte. «Da liegen sie, so, wie sie sie immer hingelegt hat; ich habe sie absichtlich nicht gewaschen. Jeden Abend habe ich ihr das Haar gebürstet. ‹Komm her, Danny, Haarpflege!› rief sie, und ich stellte mich hier hinter den Sessel und bürstete ihr zwanzig Minuten lang das Haar. Sie trug es erst in den letzten Jahren so kurz; als sie heiratete, ging es ihr noch bis zu den Hüften. Damals hat Mr. de Winter es noch immer gebürstet. Wie oft bin ich hier ins Zimmer gekommen und habe ihn in Hemdsärmeln mit den beiden Bürsten in der Hand hinter dem Sessel stehen sehen. ‹Stärker, Max, stärker!› sagte sie und wandte sich lachend nach ihm um, und er bürstete das Haar so kräftig, wie sie es haben wollte. Sie zogen sich gerade zum Abendessen um, wissen Sie, und das ganze Haus war immer voller Gäste. ‹Hier, ich werde sonst nicht rechtzeitig fertig›, sagte er dann, ebenfalls lachend, während er mir die Bürsten zuwarf. Er war damals immer so vergnügt und lachte viel.»

Sie machte eine kleine Pause, hielt aber meinen Arm noch immer fest.

«Alle haben sie ihr Vorwürfe gemacht, als sie sich das Haar schneiden ließ», fuhr sie fort. «Aber das war ihr ganz egal. ‹Das geht schließlich keinen Menschen etwas an außer mich selbst›, meinte sie nur. Und zum Reiten und Segeln war das kurze Haar ja auch viel praktischer. Sie ist von einem berühmten Künstler zu Pferde gemalt worden. Das Bild war in der Akademie ausgestellt. Haben Sie es vielleicht gesehen?»

Ich schüttelte den Kopf. «Nein», sagte ich, «nein, ich kenne das Bild nicht.»

«Es soll das beste Porträt in der ganzen Ausstellung gewesen sein», sprach sie weiter, «aber Mr. de Winter mochte es nicht und wollte es nicht auf Manderley haben. Ich glaube, er fand, daß der Maler ihrer Schönheit nicht gerecht geworden ist. Ihre Kleider wollen Sie sich doch gewiß auch ansehen, oder?» fügte sie im selben Atemzug hinzu und führte mich, ohne meine Antwort abzuwarten, in das Ankleidezimmer, wo sie die Schränke der Reihe nach aufschloß.

«Hier bewahre ich ihre Pelze auf», sagte sie. «Da ist noch keine einzige Motte drin gewesen. Fühlen Sie mal den Zobelmantel da. Den hat Mr. de Winter ihr zu Weihnachten geschenkt. Sie hat mir einmal gesagt, was der gekostet hat, aber ich habe es wieder vergessen. Diesen Chinchillakragen hat sie abends besonders oft getragen, lose um die Schultern gehängt, wenn die Abende kühler wurden. In dem Schrank hängen nur ihre Abendkleider. Den haben Sie schon geöffnet, nicht wahr? Das Schloß ist ja nur eingeschnappt. Ich glaube, Mr. de Winter sah sie am liebsten in Silber, aber sie konnte eigentlich jede Farbe tragen. In diesem Samtkleid sah sie wunderschön aus. Halten Sie es sich mal ans Gesicht. Fühlen Sie, wie weich der Stoff ist? Und er riecht immer noch nach ihrem Parfüm. Man könnte fast glauben, sie hätte das Kleid gerade erst ausgezogen. Ich merkte immer, wenn sie vor mir in einem Zimmer gewesen war. Es hing dann immer noch ein leichter Duft von ihrem Parfüm in der Luft. Da in der Schublade liegt ihre Wäsche. Diese rosa Garnitur hat sie gar nicht mehr getragen. Als das Unglück passierte, trug sie natürlich ihren Segelanzug. Aber die Strömung hat ihr alles vom Leib gerissen. Als man sie nach den vielen Wochen fand, war sie ganz nackt.»

Ihre Finger gruben sich noch fester in meinen Arm. Sie beugte sich zu mir nieder, ihr bleiches Totenkopfgesicht unmittelbar vor mir, und sah mir tief in die Augen. «Die Felsen hatten sie fast ganz zerschmettert», flüsterte sie, «ihr schönes Gesicht völlig verstümmelt und beide Arme abgeschlagen. Mr. de Winter hat sie identifiziert. Er ist ganz allein nach Edgecoombe gefahren. Er war damals sehr krank, aber er bestand darauf, hinzufahren. Niemand konnte ihn davon abbringen, nicht einmal Mr. Crawley.»

Sie hielt inne, ohne ihren Blick von mir zu lassen. «Ich werde mir ewig Vorwürfe machen, weil ich mich für das Unglück verantwortlich fühle. Es war meine Schuld, weil ich an jenem Abend nicht zu Hause war. Ich war am Nachmittag nach Kerrith gegangen und länger dort geblieben, weil Mrs. de Winter nach London gefahren war und erst spät am Abend zurückerwartet wurde. Deshalb hatte ich es nicht so eilig mit der Rückkehr. Als ich um halb neun hier ankam, hörte ich, daß sie bereits um sieben Uhr zurückgekommen und gleich nach dem Essen wieder fortgegangen war. Zum Strand natürlich. Ich machte mir Sorgen. Vom Westen her kam nämlich ein Sturm auf. Sie wäre bestimmt nicht aus dem Haus gegangen, wenn ich dagewesen wäre. Sie hat immer auf mich gehört. ‹Ich würde bei einem solchen Wetter nicht weggehen›, hätte ich ihr gesagt, ‹es lohnt sich wirklich nicht›, und sie hätte mir darauf höchstens mit einem ‹Na, gut, Danny, du alter Angsthase!› geantwortet und wäre geblieben. Und wir hätten uns hier vor dem Schlafengehen noch etwas unterhalten, und sie hätte mir wie immer erzählt, was sie den ganzen Tag in London getan hatte.»

Mein Arm tat mir richtig weh und fühlte sich unter dem festen Druck ihrer Finger wie gelähmt an. Und immer noch war ihr Gesicht dicht vor mir, und ich sah, wie straff die Haut darüber gespannt war und wie scharf die Backenknochen hervortraten. Und unter ihren Ohren entdeckte ich merkwürdige gelbe kleine Flecken.

«Mr. de Winter hatte bei Mr. Crawley im Verwalterhaus zu Abend gegessen», fuhr sie wieder fort. «Ich weiß nicht mehr genau, wann er nach Hause kam, aber ich glaube, es war nach elf. Und kurz vor Mitternacht fing es an, heftig zu stürmen, und sie war noch immer nicht da. Ich ging nach unten, aber alle Zimmer waren dunkel. Dann ging ich wieder nach oben und klopfte an die Tür des Ankleidezimmers, in dem noch Licht brannte. Mr. de Winter antwortete sofort. ‹Wer ist da?› fragte er. ‹Mrs. Danvers? Was wollen Sie denn?› Ich sagte ihm, daß ich mir Sorgen machte, weil Mrs. de Winter noch nicht wiedergekommen war, und nach einem kleinen Augenblick machte er mir im Schlafrock die Tür auf. ‹Sie wird wohl diese Nacht im Bootshaus schlafen›, sagte er. ‹Ich würde an Ihrer Stelle ruhig zu Bett gehen. Bei diesem Wetter wird sie nicht noch einmal durch den Wald gehen wollen.› Er sah müde aus, und ich wollte ihn nicht auch noch beunruhigen. Sie hatte ja auch schon öfters im Bootshaus übernachtet und war schon bei jedem Wetter mit dem Boot draußen gewesen. Vielleicht hatte sie gar nicht segeln, sondern nur nach dem Tag in der Stadt etwas frische Luft haben wollen, dachte ich. Ich sagte Mr. de Winter gute Nacht und ging in mein Zimmer zurück. Aber schlafen konnte ich nicht; ich machte mir doch immer wieder Gedanken, wo sie wohl sein mochte.»

Mrs. Danvers schwieg wieder. Ich wollte auch nichts mehr hören. Ich hatte nur den einen Wunsch, fortzugehen und dieses Zimmer zu verlassen. Aber sie konnte nicht mit dem Erzählen aufhören.

«Bis halb sechs Uhr morgens saß ich auf meinem Bett», sagte sie, «dann hielt ich es einfach nicht mehr aus. Ich stand auf, nahm meinen Mantel und ging durch den Wald zum Strand. Es wurde bereits hell, und der Wind hatte sich gelegt; aber es nieselte und die Luft war trübe und neblig. Als ich am Strand ankam, sah ich die Boje auf dem Wasser schwimmen und das kleine Ruderboot, aber das Segelboot war fort ...» Mir war, als könnte ich die Bucht im Morgengrauen vor mir liegen sehen, das feuchte Geriesel auf meinen Wangen spüren, und als könnte ich, durch den Frühnebel spähend, draußen auf dem Wasser undeutlich verschwommen die Umrisse der Boje erkennen.

Mrs. Danvers gab meinen Arm endlich frei. Ihre Stimme verlor jeden Ausdruck und klang wieder so eintönig und teilnahmslos, wie sie sonst zu sprechen pflegte.

«Einer von den Rettungsringen wurde am Nachmittag in Kerrith angeschwemmt», sagte sie, «und der andere am nächsten Tag von Krabbenfischern in den Felsen unterhalb der Landzunge gefunden. Verschiedene Teile der Takelage wurden von der Flut ebenfalls ans Ufer getrieben.»

Sie wandte sich von mir ab und schloß die Schublade. Sie rückte einige Bilder gerade und hob ein Wollflöckchen vom Teppich auf. Ich sah ihr zu und wußte nicht, was ich tun sollte.

«Jetzt wissen Sie», sagte sie, «warum Mr. de Winter die Räume hier im Westflügel nicht mehr benutzen mag. Hören Sie das Meer?»

Ja, selbst jetzt bei geschlossenen Fenstern und Läden konnte ich es hören, ein dumpfes drohendes Gemurmel, wenn die Wellen sich an den hellen Felsen in der Bucht brachen. Die Flut würde jetzt rasch steigen und den Strand bis nahe an das Bootshaus überschwemmen.

«Seit jener Nacht, in der sie ertrunken ist, hat er diese Räume nicht mehr betreten», sagte sie. «Er ließ seine Sachen aus dem Ankleidezimmer räumen, und wir mußten ihm eines der Zimmer am Ende des Korridors herrichten. Ich glaube nicht, daß er dort viel Schlaf gefunden hat. Er muß die Nächte im Lehnstuhl zugebracht haben, denn morgens lagen rundherum auf dem Boden Zigarettenstummel. Und tagsüber hörte Frith ihn häufig ruhelos in der Bibliothek hin und hergehen, hin und her, hin und her.»

Auch ich konnte die Zigarettenasche neben dem Sessel auf dem Boden sehen. Auch ich konnte diese ruhelosen Schritte hören – tap, tap, tap – von einem Ende der Bibliothek bis zum anderen. Mrs. Danvers schloß leise die Tür zwischen Schlafzimmer und Ankleideraum und drehte das Licht aus. Sie ging zur Tür, die zum Korridor führte, legte ihre Hand auf die Klinke und wartete, bis ich nachkam.

«Ich staube die Sachen in den Zimmern hier jeden Morgen selbst ab», sagte sie. «Wenn Sie sie wieder einmal ansehen wollen, brauchen Sie es mir nur zu sagen. Sagen Sie mir durchs Haustelephon Bescheid. Ich werde schon verstehen. Den Mädchen habe ich streng untersagt, hier heraufzugehen. Kein Mensch außer mir betritt diese Zimmer.»

Ihr Verhalten bekam wieder etwas Kriecherisches, etwas aufdringlich Vertrauliches, das mir so widerwärtig war. Das Lächeln auf ihrem Gesicht war falsch und unnatürlich. «Vielleicht mögen Sie gern herkommen und sich hier etwas aufhalten, wenn Mr. de Winter wieder einmal in London ist und Sie sich einsam fühlen. Sie brauchen es mir wirklich nur zu sagen. Sie sind so wunderschön, diese Zimmer. Wenn man sie so sieht, will man gar nicht glauben, daß sie nun für ewig fortgegangen ist, nicht wahr? Man könnte meinen, daß sie nur zu einem kleinen Spaziergang aufgebrochen ist und abends wieder zurückkommen muß.»

Ich zwang mich zu einem Lächeln. Ich konnte nicht sprechen. Meine Kehle war zu trocken.

«Und es geht einem ja nicht nur in diesen Zimmern so», sagte sie, «sondern eigentlich im ganzen Haus, im Morgenzimmer, in der Halle, selbst im kleinen Blumenzimmer; ich spüre ihre Gegenwart überall. Sie auch, nicht wahr?»

Sie starrte mich forschend an. Ihre Stimme senkte sich zu einem Flüstern. «Manchmal, wenn ich hier den Korridor entlanggehe, bilde ich mir ein, daß ich sie kommen höre. Dieser leichte rasche Schritt – unter Tausenden würde ich ihn herauskennen. Und in der Galerie über der Halle ist es dasselbe. Ich habe sie an so vielen Abenden da oben an der Brüstung lehnen und hinunterblicken sehen und die Hunde rufen hören. Manchmal sehe ich sie jetzt auch noch da stehen. Und oft ist mir, als könnte ich das Rauschen ihrer Schleppe auf den Treppenstufen hören, wenn sie zum Essen nach unten geht.» Sie brach ab. Sie sah mich unverwandt, wie fragend an. «Glauben Sie, daß sie uns jetzt sehen kann, wie wir hier miteinander reden?» fragte sie dann langsam. «Glauben Sie, daß die Toten wiederkommen und die Lebenden beobachten?»

«Ich weiß nicht», sagte ich, «ich weiß nicht.» Meine Stimme klang hoch und schrill, ganz anders als sonst.

«Manchmal frage ich mich», flüsterte Mrs. Danvers wieder, «manchmal frage ich mich, ob sie wohl nach Manderley zurückkommt und Mr. de Winter mit Ihnen zusammen sehen kann?»

Wir standen noch immer an der Tür und starrten einander an. Ich konnte meinen Blick nicht von ihren Augen wenden. Wie dunkel und tief sie in den Höhlen dieses bleichen Totenkopfgesichtes lagen, und wie bösartig und haßerfüllt sie mich anstarrten!

Schließlich machte Mrs. Danvers die Tür auf. «Robert ist jetzt wieder da», sagte sie. «Er ist vor einer guten Viertelstunde zurückgekommen. Ich habe ihm bereits aufgetragen, Ihren Tee zur Kastanie hinauszubringen.»

Sie trat zur Seite, um mich vorbeizulassen, und ich stolperte an ihr vorüber den Korridor entlang, ohne auf meine Füße zu achten. Ich konnte nichts mehr erwidern. Ich tappte mich wie eine Blinde die Treppe hinunter, bog um die Ecke und stieß die Tür auf, die zum Ostflügel führte. In meinem Schlafzimmer schloß ich die Tür hinter mir ab und steckte den Schlüssel in die Tasche.

Dann warf ich mich aufs Bett und schloß die Augen. Mir war sterbenselend zumute.

15

Maxim rief am nächsten Morgen an, um mitzuteilen, daß er abends gegen sieben Uhr zurückkommen werde. Frith sprach mit ihm. Maxim bat ihn nicht, mich an den Apparat zu rufen. Ich hörte das Telephon klingeln, während ich noch frühstückte, und in der Annahme, daß Frith gleich ins Eßzimmer kommen und sagen würde: «Mr. de Winter möchte Sie sprechen, Madam», legte ich meine Serviette zusammen und stand auf. Und dann kam Frith und richtete mir aus, was Maxim gesagt hatte.

«Mr. de Winter hat bereits aufgelegt, Madam», sagte er, als er mich meinen Stuhl zurückschieben und zur Tür gehen sah. «Er hat mir sonst nichts aufgetragen, nur, daß er um sieben Uhr wieder hier sein wird.»

Ich kehrte an den Tisch zurück. Frith mußte mich für sehr dumm halten, weil ich so eifrig aus dem Zimmer stürzen wollte.

«Es ist gut, Frith, danke schön», sagte ich.

Ich setzte mich wieder und nahm mir noch etwas von den Eiern und dem Schinken. Jasper lag zu meinen Füßen, und die alte Hündin schnarchte in ihrem Korb in der Ecke. Ich überlegte mir, was ich heute mit meinem Tag anfangen sollte. Ich hatte sehr schlecht geschlafen, vielleicht nur deshalb, weil Maxim nicht da gewesen war. Ich hatte mich unruhig hin- und hergewälzt und war immer wieder aufgewacht, und jedesmal, wenn ich auf die Uhr gesehen hatte, stellte ich fest, daß die Zeiger kaum vorgerückt waren. Und als ich endlich eingeschlafen war, hatte ich verschiedene unzusammenhängende Träume. Wir gingen zusammen durch einen Wald, Maxim und ich, und er lief mir immer ein Stückchen voraus. Ich konnte ihn nicht einholen. Nicht einmal sein Gesicht konnte ich sehen, nur seine Gestalt, wie er mit langen Schritten vor mir herging. Ich mußte wohl im Schlaf geweint haben, denn als ich am Morgen aufwachte, war das Kissen ganz naß, und meine Augenlider waren geschwollen. Ich sah häßlich und elend aus. Um nicht zu blaß zu wirken, rieb ich mir etwas Rouge auf die Wangen, aber es half nichts, es machte es nur noch schlimmer. Es gab mir ein clownhaftes Aussehen. Die Kunst des Schminkens war mir noch fremd. Als ich durch die Halle ins Eßzimmer ging, bemerkte ich, wie Robert mich anstarrte.

Gegen zehn – ich streute den Vögeln auf der Terrasse gerade

ein paar Krumen hin – läutete das Telephon wieder. Diesmal wurde ich verlangt. Frith kam und sagte, daß Mrs. Lacy mich zu sprechen wünsche.

«Guten Morgen, Beatrice», sagte ich.

«Hallo, meine Liebe, wie geht es dir?» sagte sie mit ihrer fast männlich tiefen Telephonstimme, die so typisch für sie war, rasch, bestimmt und geradezu, und ohne meine Antwort abzuwarten. «Ich wollte heute nachmittag mal rüberfahren und Großmutter besuchen. Zum Mittagessen bin ich bei Bekannten, keine zwanzig Meilen von Manderley entfernt. Soll ich dich abholen, und wir fahren dann zusammen hin? Es wird ja schließlich Zeit, daß du die alte Dame mal kennenlernst.»

«Ja, sehr gern, Beatrice», sagte ich.

«Sehr gut, also dann hole ich dich um halb vier Uhr herum ab. Giles hat übrigens Maxim bei dem Essen in London getroffen. Sehr schlechte Küche, sagte er, aber ausgezeichnete Weine. Also bis nachher, meine Liebe.»

Ein Knacken in der Leitung; Beatrice hatte den Hörer aufgelegt. Ich ging in den Garten zurück. Ich freute mich über ihren Anruf und ihren Vorschlag, der alten Dame zusammen einen Besuch zu machen. Da hatte ich doch etwas, auf das ich warten konnte und das die Eintönigkeit dieses Tages unterbrechen würde. Mir waren die Stunden bis zum Abend schon sehr lang vorgekommen. Die Ferienstimmung war mir vergangen, und ich hatte nicht die geringste Lust, wieder mit Jasper durch das Glückliche Tal an den Strand zu gehen und Steine ins Wasser zu werfen. Mein Freiheitsrausch war verflogen und mit ihm auch das kindliche Verlangen, in Sandalen über den Rasen zu laufen. Häuslich wie eine gute Familienmutter setzte ich mich mit einem Buch und der *Times* und meinem Strickzeug in den Rosengarten und machte es mir gähnend in der warmen Sonne bequem, während die Bienen zwischen den Blumen umhersummten.

Das Mittagessen bot an diesem langen Vormittag eine willkommene Unterbrechung. Friths undurchdringliche Ruhe und Roberts etwas blödes Gesicht ließen mich die Zeit besser vergessen, als Zeitung und Buch es vermocht hatten. Und um halb vier, pünktlich auf die Minute, hörte ich den Wagen von Beatrice um die Kurve in der Einfahrt biegen und vor der Freitreppe anhalten. Bereits fertig angezogen, die Handschuhe in der Hand, lief ich hinaus, um sie zu begrüßen. «Da bin ich, meine Liebe, herrliches

Wetter, was?» Sie schlug die Wagentür zu und kam mir die Treppe herauf entgegen. Sie deutete einen Kuß an, indem sie mich mit ihren Lippen irgendwo nahe am Ohr streifte.

«Du siehst gar nicht gut aus», sagte sie gleich mit einem musternden Blick. «Viel zu schmal im Gesicht und gar keine Farbe. Was ist denn los mit dir?»

«Nichts», sagte ich kleinlaut. Ich wußte nur zu gut, was mit meinem Gesicht los war. «Ich habe nie viel Farbe.»

«Ach Unsinn», meinte sie. «Das letzte Mal sahst du sehr viel besser aus.»

«Wahrscheinlich fängt meine italienische Bräune an zu verblassen», sagte ich, während ich in den Wagen stieg.

«Hm», sagte sie kurz. «Du bist genauso schlimm wie Maxim. Ihr könnt beide nicht vertragen, daß man euer Aussehen kritisiert. Knall die Tür ordentlich zu, sonst schließt sie nicht.» Der Wagen schoß vorwärts und sauste mit einer halsbrecherischen Geschwindigkeit durch die Kurve. «Oder fängst du vielleicht an, Kinder zu bekommen?»

«Nein», sagte ich verlegen, «nein, ich glaube nicht.»

«Keine Übelkeit am Morgen oder so was?»

«Nein.»

«Na ja, das ist ja auch nicht immer notwendig. Mir ging es glänzend, als ich Roger erwartete, ich hab mich in den ganzen neun Monaten so wohl gefühlt wie ein Fisch im Wasser. Noch am Tag, bevor er ankam, spielte ich meine Runde Golf. Weißt du, es ist ganz verkehrt, sich wegen dieser Naturereignisse zu genieren. Es ist viel besser, du sagst es mir, wenn du irgendwelche Vermutungen hast.»

«Nein, wirklich nicht, Beatrice», sagte ich. «Ich kann dir beim besten Willen noch nichts erzählen.»

«Ich muß ja sagen, ich würde mich wirklich sehr freuen, wenn du uns nicht zu lange auf den Sohn und Erben warten ließest. Es würde Maxim so guttun. Du unternimmst doch hoffentlich nichts dagegen?»

«Natürlich nicht», sagte ich. Was für eine merkwürdige Unterhaltung!

«Ach, du brauchst nicht schockiert zu sein», meinte sie. «Du mußt dich überhaupt nicht daran stoßen, was ich sage. Die jungen Frauen sind heutzutage doch gar nicht mehr so auf Nachkommenschaft erpicht. Es ist ja auch verflucht lästig, wenn man Fuchsjagden mitmachen will und sich gleich die erste Saison mit einem Kind verdirbt. Wenn beide passionierte Reiter sind, genügt das schon, um eine Ehe kaputtzumachen. Aber bei dir besteht diese Gefahr ja nicht. Babies stören ja nicht beim Zeichnen. Wie geht's übrigens damit?»

«Ich hab mich in letzter Zeit leider wenig darum gekümmert.»

«Ach, es ist doch jetzt so schönes Wetter, um draußen zu sitzen. Zum Malen braucht man doch nicht mehr als einen Klappstuhl und einen Kasten Buntstifte, oder? Haben dir eigentlich die Bücher Spaß gemacht, die ich dir schickte?»

«Ja, natürlich», sagte ich. «Du hast dir wirklich ein wunderschönes Geschenk für mich ausgedacht, Beatrice.»

Sie schien das gern zu hören. «Freut mich, daß du Spaß daran hast.»

Der Motor dröhnte. Beatrice hatte das Gaspedal bis auf den Boden durchgetreten und schnitt jede Kurve in einer atemberaubenden Weise. Zwei Autofahrer, an denen wir vorbeisausten, machten empörte Gesichter, und ein Fußgänger auf dem Sommerweg drohte mit seinem Stock hinter uns her. Mir fing an heiß zu werden, und ich verkroch mich tiefer in meinen Sitz. Beatrice dagegen schien nichts bemerkt zu haben.

«Im nächsten Semester kommt Roger nach Oxford», sagte sie. «Gott weiß, was er dort mit sich anfangen wird. Ich finde es ja eigentlich eine furchtbare Zeitverschwendung, und Giles auch, aber wir wußten nicht, womit wir ihn sonst beschäftigen sollten. Er ist natürlich ganz wie Giles und ich, hat für nichts anderes Gedanken als für Pferde. Was denkt sich denn der Kerl da vorne? Könntest du nicht ein Zeichen geben, wenn du abbiegen willst, alter Trottel?»

Wir überholten das Auto vor uns und entgingen dabei nur knapp einem Zusammenstoß. «Habt ihr in letzter Zeit viel Besuch gehabt?» fragte sie.

«Nein, wir haben kaum einen Menschen gesehen», sagte ich.

«Auch viel vernünftiger», meinte sie. «Ich finde diese großen Gesellschaften furchtbar öde. Wenn du einmal zu uns kommst, wirst du dich bestimmt wohl fühlen. Wir haben nur nette Nachbarn und sind seit langem wirklich gut miteinander befreundet. Wir laden uns gegenseitig zum Essen und zum Bridge ein und kümmern uns nicht weiter um Fremde. Du spielst doch auch Bridge?»

«Ja, aber nur mäßig, Beatrice.»

«Oh, daran werden wir uns nicht stoßen, wenn du nur wenigstens eine Ahnung davon hast. Ich ärgere mich nur über die Leute, die es nicht lernen wollen. Was zum Teufel soll man denn mit solchen Menschen im Winter nachmittags oder überhaupt nach dem Abendessen anfangen? Man kann doch nicht einfach dasitzen und schwatzen.»

Ich sah zwar nicht ein, warum man das nicht können sollte, aber ich fand es bequemer, nichts zu entgegnen.

«Roger fängt jetzt endlich an, etwas manierlicher zu werden, und wir haben viel Spaß an seinen Freunden, die er übers Wochenende mitbringt. Du hättest letzte Weihnachten dabei sein müssen. Wir führten Scharaden auf und haben uns großartig amüsiert. Giles war so richtig in seinem Element. Er verkleidet sich für sein Leben gern, und wenn er ein paar Glas Champagner intus hat, ist er einfach unwiderstehlich komisch. Ich behaupte ja immer, daß er seinen Beruf verfehlt hat und zur Bühne hätte gehen sollen. Wir haben uns natürlich niemals etwas auf unsere Schauspielkünste eingebildet», sagte sie, «es kam uns ja dabei nur auf den Unsinn an, den wir machen konnten. Manderley dagegen, da hat man wirklich Platz, eine richtig nette Aufführung zu machen. Ich erinnere mich noch an die historischen Bilder bei einem Kostümfest, zu dem Maxim richtige Schauspieler aus London hatte kommen lassen. Für so was braucht man natürlich lange Proben und Vorbereitungen.»

«Ja», sagte ich.

Sie sagte eine Weile nichts mehr, und wir fuhren schweigend weiter. «Wie geht's Maxim eigentlich?» fragte sie dann.

«Sehr gut, danke.»

«Vergnügt und glücklich?»

«O ja, doch ja, ich glaube schon.»

Eine schmale Dorfstraße nahm ihre Aufmerksamkeit in Anspruch. Ich überlegte mir, ob ich ihr von Mrs. Danvers und diesem Favell erzählen sollte. Ich wollte nur nicht, daß sie Maxim gegenüber versehentlich damit herausplatzte.

«Beatrice», sagte ich kurz entschlossen. «Hast du schon mal etwas von einem Mr. Favell gehört? Jack Favell?»

«Jack Favell?» wiederholte sie. «Doch, der Name kommt mir bekannt vor. Warte mal, Jack Favell – aber natürlich, ein widerlicher Kerl, ich habe ihn einmal getroffen, schon ewig her.»

«Er kam nämlich gestern, um Mrs. Danvers zu besuchen.»

«Ach, wirklich? Na ja, es ist vielleicht ganz natürlich.»

«Wieso natürlich?» fragte ich.

«Ich habe so die vage Idee, daß er ein Vetter von Rebecca ist», sagte sie.

Das überraschte mich sehr. Dieser Mann ihr Verwandter? Unter einem Vetter Rebeccas hatte ich mir etwas ganz anderes vorgestellt. Jack Favell war also ihr Vetter. «Ach so», sagte ich, «das ahnte ich allerdings nicht.»

«Er ist wahrscheinlich häufig auf Manderley zu Besuch gewesen», sagte Beatrice. «Ich kann es dir nicht genau sagen, aber ich nehme es wenigstens an. Ich selbst war früher ziemlich selten dort.» Sie sprach merkwürdig abweisend, als wolle sie das Thema nicht weiter ausspinnen.

«Ich konnte nicht viel mit ihm anfangen», sagte ich.

«Nein», meinte Beatrice, «das kann ich dir nicht verdenken.»

Ich wartete, ob sie wohl noch etwas sagen würde, aber sie verstummte. Ich hielt es für klüger, ihr nichts davon zu erzählen, daß Favell mich gebeten hatte, seinen Besuch zu verschweigen. Das hätte sonst womöglich noch irgendwelche Ungelegenheiten heraufbeschworen. Außerdem waren wir gerade an unserem Ziel angelangt: ein weißes Parktor und dahinter ein geharkter Kiesweg, der zum Haus führte.

«Vergiß nicht, daß die alte Dame fast blind ist», sagte Beatrice. «Und geistig ist sie jetzt natürlich auch nicht mehr so auf der Höhe. Ich habe der Pflegerin unseren Besuch angekündigt, wir kommen also nicht unvorbereitet.»

Das Haus war ein großer, spitzgiebeliger roter Backsteinbau, spätviktorianisch, schätze ich. Schön war es jedenfalls nicht. Aber ich sah auf den ersten Blick, daß es eins von den Häusern war, das von einer Unzahl von Dienstboten in peinlichster Ordnung gehalten wird. Und das alles für eine einzelne alte Dame, die fast blind war.

Ein adrettes Hausmädchen öffnete uns die Tür.

«Guten Tag, Norah, wie geht es Ihnen?» sagte Beatrice.

«Danke, gut, Madam, ich hoffe, es geht Ihnen auch gut.»

«O ja, wir blühen und gedeihen alle. Wie steht's denn mit der alten Dame, Norah?»

«Unterschiedlich, Madam. Mal hat sie einen guten Tag und mal einen schlechten. An sich können wir nicht klagen. Sie wird sich sicher über Ihren Besuch freuen.» Sie sah mich neugierig an.

«Das ist Mrs. Maxim», sagte Beatrice.

«Ja, Madam – wie geht es Ihnen?» sagte sie zu mir.

Wir schritten durch eine kleine Diele und ein mit Möbeln überfülltes Wohnzimmer und kamen auf die Veranda, die auf einen viereckigen, kurzgeschnittenen Rasen hinaussah. Auf der Treppe, die in den Garten hinabführte, standen große Steintöpfe mit Geranien. In einer Ecke erblickte ich den Korbsessel auf Rädern, in dem Beatrices Großmutter in einem Berg von Kissen und Decken saß. Als wir auf sie zutraten, fiel mir die große, fast unheimliche Ähnlichkeit mit Maxim auf. Genauso, dachte ich, würde ein sehr alter und blinder Maxim aussehen. Die Pflegerin erhob sich von dem Stuhl neben ihr und legte ein Lesezeichen in das Buch, aus dem sie gerade vorgelesen hatte. Sie lächelte Beatrice zu.

«Guten Tag, Mrs. Lacy», sagte sie.

Beatrice schüttelte ihr die Hand und stellte mich vor. «Die alte Dame sieht ja ganz wohl aus», sagte sie. «Es ist mir ein Rätsel, wie sie das mit ihren sechsundachtzig Jahren fertigbringt. Hallo, da sind wir, Granny», wandte sie sich dann mit erhobener Stimme zu ihrer Großmutter, «gesund und fröhlich wie immer.»

Die alte Dame blickte in unsere Richtung. «Du bist ein gutes Kind, Bee, und es ist lieb von dir, mich zu besuchen. Wir sind ja hier so langweilig und können dir nichts Amüsantes bieten.»

Beatrice beugte sich über sie und küßte sie auf die Wange. «Ich habe dir Maxims Frau mitgebracht», sagte sie. «Sie hat dich schon immer gern kennenlernen wollen, aber sie und Maxim haben so viel vorgehabt.»

Beatrice stupste mich in den Rücken. «Gib ihr einen Kuß», flüsterte sie mir zu, und ich beugte mich also auch nieder und berührte die faltige Wange mit meinen Lippen.

Die Großmutter betastete mein Gesicht mit ihren Fingern. «Du liebes Kind, wie nett von dir, zu kommen», sagte sie. «Ich freue mich sehr, dich kennenzulernen. Aber wo hast du Maxim gelassen?»

«Maxim ist in London», sagte ich, «er kommt erst heute abend zurück.»

«Das nächste Mal mußt du ihn aber mitbringen», sagte sie. «Setz dich, mein Kind, hier in den Stuhl, wo ich dich sehen kann, und du, Bee, setz dich hier auf die andere Seite. Wie geht's dem lieben Roger? Er ist ein ungezogener Junge, mich überhaupt nicht zu besuchen!»

«Im August wird er bestimmt einmal herüberkommen», rief Beatrice. «Er ist jetzt fertig mit Eton und soll in Oxford studieren.»

«Du meine Güte, dann ist er ja schon ein richtiger junger Mann; ich werde ihn bestimmt gar nicht wiedererkennen.»

«Er ist schon größer als Giles», berichtete Beatrice, und sie fuhr fort, ihrer Großmutter von Giles und Roger und ihren Pferden und Hunden zu erzählen. Die Pflegerin brachte ihr Strickzeug heraus und fing an, eifrig mit den Nadeln zu klappern. Dann wandte sie sich mit ihrem professionellen strahlenden Lächeln zu mir.

«Wie gefällt es Ihnen auf Manderley, Mrs. de Winter?»

«Sehr gut, danke», antwortete ich.

«Ja, es ist ein herrliches Fleckchen Erde, nicht wahr?» sagte sie, ohne eine Sekunde ihre Nadeln stillzuhalten. «Es ist natürlich gar nicht daran zu denken, daß wir wieder einmal hinüberfahren. Das würde ihr zuviel werden. Es ist wirklich schade. Ich habe unsere Ausflüge nach Manderley immer so genossen.»

«Sie müssen einmal allein zu uns kommen», sagte ich.

«Oh, danke schön, das würde ich zu gern einmal tun. Mr. de Winter geht es gut, nehme ich an?»

«Doch, danke, sehr gut.»

«Sie haben Ihre Hochzeitsreise in Italien gemacht, nicht wahr? Wir haben uns so über die hübsche Postkarte gefreut, die Mr. de Winter uns geschickt hat.»

Ich konnte nicht genau feststellen, ob sie das «wir» als Pluralis majestatis benutzte oder ob sie die alte Dame mit sich selbst als eine Person betrachtete.

«Ach, hat er eine Karte geschickt? Ich erinnere mich gar nicht.»

«Doch ja, es war ein richtiges Ereignis. Wir freuen uns sehr über so etwas. Wir haben nämlich ein Album, da kleben wir alle Familienandenken hinein. Natürlich nichts Unerfreuliches.»

«Wie reizend», sagte ich.

Ich erhaschte einzelne Brocken von Beatrices Unterhaltung auf der anderen Seite. «Wir mußten den alten Marksman erschießen», hörte ich sie sagen. «Erinnerst du dich noch an den alten Marksman? Das beste Jagdpferd, das ich je gehabt habe.»

«Ach nein, doch nicht unseren alten Marksman?» fragte die Großmutter.

«Ja, ja, der arme alte Kerl; er erblindete auf beiden Augen.»

«Der arme Kerl!» wiederholte die alte Dame.

Ich fand es nicht gerade sehr taktvoll, von Blindheit zu sprechen, und warf einen Blick auf die Pflegerin. Sie war immer noch mit ihren klappernden Nadeln beschäftigt.

«Reiten Sie auch Fuchsjagden, Mrs. de Winter?» erkundigte sie sich.

«Nein, leider. Ich habe es noch nie getan», sagte ich.

«Vielleicht kommen Sie noch auf den Geschmack. Unsere Nachbarn hier sind alle leidenschaftliche Jagdreiter.»

«Ja.»

«Mrs. de Winter ist eine große Malfreundin», teilte Beatrice der Pflegerin mit. «Ich habe ihr schon gesagt, daß sie auf Manderley haufenweise nette Motive zum Zeichnen finden müßte.»

«Ja, zweifellos», pflichtete die Pflegerin ihr bei und hielt einen Augenblick mit dem wilden Nadeltanz inne. «Was für ein hübscher Zeitvertreib. Ich hatte eine Freundin, die hat geradezu Wunder mit ihrem Bleistift vollbracht. Wir waren einmal über Ostern zusammen in der Provence, und sie hat so bezaubernde Sachen gemacht.»

«Wie nett», sagte ich.

«Wir sprechen gerade über Zeichnen», rief Beatrice ihrer Großmutter ins Ohr. «Du hast bestimmt noch gar nicht gewußt, daß wir ein Malgenie in der Familie haben.»

«Wer ist ein Malgenie?» fragte die alte Dame. «Ich kenne keines.»

«Deine neue Enkelin», sagte Beatrice. «Frag sie doch einmal, was ich ihr zur Hochzeit geschenkt habe.»

Ich lächelte und wartete auf die Frage. Die alte Dame wandte ihren Kopf in meine Richtung. «Was erzählt Bee mir da?» sagte sie. «Daß du malst, habe ich nicht gewußt. Wir haben noch nie einen Künstler in der Familie gehabt.»

«Beatrice macht nur Spaß», sagte ich. «Ich bin gar keine richtige Künstlerin. Ich zeichne nur ein wenig zu meinem Vergnügen. Ich habe niemals Unterricht gehabt. Aber Beatrice hat mir ein paar wunderschöne Bücher geschenkt.»

«So», sagte sie etwas verdutzt. «Bücher hat dir Beatrice geschenkt? Das nenne ich aber Eulen nach Athen tragen. In der Bibliothek von Manderley gibt es doch wahrhaftig Bücher genug.» Sie lachte herzlich über ihren Scherz, und wir stimmten alle ein. Ich hoffte, daß das Thema damit erledigt wäre, aber Beatrice mußte noch weiter darauf herumreiten. «Du verstehst nicht, Granny», sagte sie. «Es waren ja keine gewöhnlichen Bücher, sondern vier dicke Wälzer über Kunst.»

Die Pflegerin beugte sich vor, um auch ihre Fassung von der Geschichte loszuwerden. «Mrs. Lacy hat nur erzählt, daß Mrs. de Winter sehr gern zu ihrem Vergnügen zeichnet. Deshalb hat sie ihr vier wunderschöne Bände, alle nur über Malerei, zur Hochzeit geschenkt.»

«Was für ein komischer Einfall», meinte die alte Dame. «Ich halte nicht viel von Büchern als Hochzeitsgeschenk. Mir hat kein Mensch Bücher geschenkt, als ich heiratete. Ich hätte sie auch bestimmt nicht gelesen.»

Sie lachte wieder. Beatrice sah etwas gekränkt aus. Ich lächelte ihr zu, um sie aufzumuntern, aber ich glaube nicht, daß sie es bemerkte. Die Pflegerin hatte ihre Arbeit wieder aufgenommen.

«Ich will meinen Tee haben», sagte die alte Dame plötzlich quengelig. «Ist es noch nicht halb fünf? Warum bringt denn die Norah nicht den Tee?»

«Was? Schon wieder hungrig, nachdem wir so gut zu Mittag gegessen haben?» sagte die Pflegerin, indem sie sich erhob und ihre Pflegebefohlene mit ihrem strahlenden Lächeln bedachte. Sie klopfte die Kissen zurecht und stopfte die Decken fest.

Maxims Großmutter ließ alles geduldig über sich ergehen. Sie schloß nur ihre Augen, als ob sie müde sei. So sah sie Maxim ähnlicher denn je. Ich konnte mir vorstellen, wie hübsch sie in ihrer Jugend ausgesehen haben mußte, groß und schlank. Ich sah sie durch die Ställe von Manderley gehen und den Pferden Zucker geben, und wie sie den langen Rock hochhob, um ihn nicht durch den Schmutz schleifen zu lassen. Sie mußte jetzt hier allein mit der Pflegerin in diesem rotleuchtenden Giebelhaus leben, bis es auch für sie an der Zeit war, zu sterben. Was mochte sie jetzt fühlen, welche Gedanken mochten sie bewegen? Wußte sie, daß Beatrice mit einem Gähnen auf ihre Uhr sah? Erriet sie wohl, daß wir nur gekommen waren, weil wir es für richtig, für unsere Pflicht hielten, und damit Beatrice auf dem Heimweg mit einem Seufzer der Erleichterung sagen konnte: «So, jetzt habe ich mein Gewissen für drei Monate beruhigt»?

Dachte sie wohl noch manchmal an Manderley zurück? Erinnerte sie sich an die Mahlzeiten an dem Eßtisch, an dem ich jetzt ihren Platz einnahm? Ließ sie sich wohl damals ihren Tee auch manchmal zur Kastanie hinausbringen? Ich wünschte, ich hätte ihr meine Hände aufs Gesicht legen und die Last der Jahre von ihr nehmen können; ich hätte sie wieder jung sehen mögen, so wie sie einstmals war, mit rosigen Wangen und kastanienbraunem Haar, lebhaft und energisch wie die Enkelin an ihrer Seite, und sie wie Beatrice sich über Fuchsjagden, Hunde und Pferde unterhalten hören, anstatt mit geschlossenen Augen so teilnahmslos dazusitzen, während die Pflegerin ihr die Kissen im Rücken aufschüttelte.

«Heute gibt's eine besondere Überraschung für uns», sagte die Pflegerin. «Sandwiches mit Brunnenkresse. Das mögen wir doch gern, nicht wahr?»

«Ist denn heute wieder Kressentag?» sagte Maxims Großmutter, hob den Kopf etwas vom Kissen und blickte zur Tür. «Das haben Sie mir gar nicht gesagt. Wo bleibt denn nur Norah mit dem Tee?»

«Ich würde nicht für tausend Pfund am Tag in Ihrer Haut stecken wollen, Schwester», sagte Beatrice leise.

«Oh, ich bin es gewohnt, Mrs. Lacy», erwiderte die Pflegerin lächelnd. «Ich habe hier eine sehr angenehme Stellung. Natürlich haben wir manchmal auch unsere schlechten Tage, aber es könnte noch viel schlimmer sein. Sie ist wirklich nicht schwierig, gar nicht wie viele andere Patienten, die ich gehabt habe. Und die Dienstboten sind auch sehr freundlich und hilfsbereit, und das ist eigentlich die Hauptsache. Na, da kommt ja Norah.»

Wir rückten unsere Stühle an den kleinen Tisch; die Pflegerin machte die Sandwiches für die alte Dame zurecht.

«Hier haben wir jetzt unseren Teller, ist das nicht eine Freude?»

Ein kleines Lächeln flog über das müde Gesicht. «Ich hab Kressentag sehr gern», sagte sie.

Der Tee war kochend heiß, man verbrühte sich den Mund daran. Die Pflegerin schlürfte ihn in kleinen Schlucken.

«Hatten Sie gutes Wetter in Italien?» fragte sie mich.

«Ja, es war sehr warm», antwortete ich.

Beatrice wandte sich an ihre Großmutter. «Sie haben himmlisches Wetter während ihrer Flitterwochen in Italien gehabt», sagte sie. «Maxim war ganz braun gebrannt.»

«Warum ist Maxim heute nicht da?» fragte die alte Dame.

«Aber das habe ich dir doch schon gesagt, Liebste, Maxim

mußte nach London fahren», erklärte Beatrice etwas ungeduldig. «Irgendein offizielles Essen, weißt du. Giles mußte auch hin.»

«Ach so. Warum sagtest du denn, daß Maxim in Italien ist?»

«Er war in Italien, Granny, im April. Jetzt sind sie beide wieder in Manderley.» Sie blickte zur Pflegerin hinüber und zuckte die Achseln.

«Mr. und Mrs. de Winter sind jetzt wieder in Manderley», wiederholte die Pflegerin.

«Es ist jetzt herrlich dort», sagte ich und beugte mich zu der alten Dame vor. «Die Rosen stehen in voller Blüte; zu dumm, daß ich dir keine mitgebracht habe.»

«Ja, ich mag Rosen», sagte sie abwesend, und dann blinzelte sie mich mit ihren trüben blauen Augen forschend an: «Wohnen Sie denn auch auf Manderley?»

Ich schluckte. Es entstand eine kleine Pause. Dann unterbrach Beatrice mit ihrer lauten, ungeduldigen Stimme das Schweigen: «Aber, Granny, Liebste, du weißt doch genau, daß sie dort lebt. Sie und Maxim sind doch verheiratet.»

Ich bemerkte, daß die Pflegerin ihre Tasse abstellte und einen aufmerksamen Blick auf die alte Dame warf. Sie war in ihre Kissen zurückgesunken, ihre Finger zupften an ihrem Tuch, und um ihren Mund begann es zu zucken. «Ihr redet alle so viel, ich verstehe gar nichts mehr.» Dann sah sie wieder zu mir hin und schüttelte verwundert den Kopf. «Wer sind Sie denn, meine Liebe? Ich habe Sie ja noch nie gesehen. Ihr Gesicht kommt mir gar nicht bekannt vor; ich kann mich nicht erinnern, Sie jemals auf Manderley gesehen zu haben. Bee, wer ist denn dieses Mädchen? Warum hat Maxim nicht Rebecca mitgebracht? Ich hab Rebecca so gern. Wo ist sie?»

Ein langes peinliches Schweigen. Ich fühlte, wie mir das Blut in die Wangen stieg. Die Pflegerin erhob sich rasch und trat an den Korbstuhl.

«Ich will Rebecca», wiederholte die alte Dame. «Was habt ihr mit Rebecca getan?» Beatrice stand so ungeschickt auf, daß Tassen und Teller klirrten. Sie war ebenfalls sehr rot geworden und preßte die Lippen fest aufeinander.

«Ich glaube, es ist besser, Sie gehen jetzt, Mrs. Lacy», sagte die Pflegerin, die etwas von ihrer Selbstbeherrschung verloren zu haben schien. «Wir sind jetzt ein wenig müde; und wenn wir einmal den Faden verloren haben, dann dauert es oft Stunden, bis wir ihn wieder gefunden haben. Und wir regen uns dabei immer so sehr auf. Es tut mir sehr leid, daß das gerade heute geschehen mußte, aber Sie werden das schon verstehen, Mrs. de Winter.» Sie wandte sich entschuldigend an mich.

«Aber natürlich», sagte ich, «ich halte es auch für besser, wenn wir jetzt gehen.»

Beatrice und ich ergriffen unsere Taschen und Handschuhe und gingen durch das Wohnzimmer und die Diele zur Tür hinaus, ohne das Hausmädchen zu rufen. Beatrice startete wortlos den Wagen, und wir fuhren über den glatten Kiesweg durch das weiße Tor auf die Landstraße hinaus.

Ich starrte vor mich hin. Es war mir nicht um mich selbst zu tun. Wenn ich allein gewesen wäre, hätte mir dieser Zwischenfall gar nichts ausgemacht. Ich dachte nur an Beatrice; ihr mußte es sehr peinlich und unangenehm sein.

Als wir das Dorf hinter uns hatten, drehte sie sich zu mir um. «Es tut mir schrecklich leid, Liebste», begann sie. «Ich weiß gar nicht, was ich sagen soll.»

«Mach doch keine Geschichten, Beatrice», unterbrach ich sie hastig. «Es macht mir wirklich nichts aus. Ich fand gar nichts dabei.»

«Ich habe ja nicht ahnen können, daß sie so etwas tun würde», fuhr Beatrice fort, «sonst wäre es mir natürlich auch nicht im Traum eingefallen, dich mitzunehmen. Es tut mir furchtbar leid.»

«Es braucht dir aber gar nicht leid zu tun. Bitte, sprich doch nicht mehr darüber.»

«Ich hatte ganz vergessen, wie sehr sie an Rebecca hing», sagte Beatrice dann langsam. «Sie hat immer ein großes Theater mit Granny gemacht und sie öfters nach Manderley geholt. Die arme liebe Granny war damals natürlich noch viel munterer als jetzt. Sie konnte sich über alles, was Rebecca sagte, vor Lachen schütteln. Sie war ja auch wirklich sehr amüsant, und die alte Dame genoß das sehr. Sie hatte ein erstaunliches Talent – Rebecca, meine ich –, mit Menschen umzugehen. Granny hat sie eben noch nicht vergessen. Meine Liebe, du wirst mir für diesen kleinen Ausflug gewiß nicht danken.»

«Es macht mir nichts aus, wirklich nicht», wiederholte ich mechanisch. Wenn Beatrice doch nur das Thema fallenlassen wollte – es interessierte mich gar nicht. Schließlich, war es denn so wichtig? War denn überhaupt irgend etwas wichtig?

«Giles wird außer sich sein», sagte Beatrice. «Er wird mir Vorwürfe machen, daß ich dich mitgenommen habe. ‹Du bist wohl von allen guten Geistern verlassen, Bee!› Ich höre ihn förmlich. Das wird noch einen netten Krawall geben.»

«Erzähl ihm doch nichts davon», entgegnete ich. «Mir wäre es viel lieber, es bliebe unter uns. Sonst spricht's sich nur herum, und dann wird die ganze Geschichte aufgebauscht.»

«Giles wird es mir vom Gesicht ablesen, daß irgend etwas los ist. Ich habe noch nie etwas vor ihm verbergen können.»

Ich schwieg. Das einzige, woran ich jetzt dachte, war, daß Maxim hiervon nie etwas zu hören bekommen durfte. Vielleicht würde ich es eines Tages Frank Crawley erzählen, aber jetzt noch nicht – irgendwann später einmal.

Bald darauf hatten wir die Abzweigung erreicht, die über den kleinen Hügel nach Kerrith führte. Die grauen Dächer des Städtchens waren schon zu sehen, und dort hinten, rechts in der Talsenke, lag der dunkle Wald von Manderley, und in der Ferne leuchtete glitzernd die See.

«Hast du es furchtbar eilig, nach Hause zu kommen», fragte Beatrice.

«Nein, warum?»

«Würdest du es mir sehr übelnehmen, wenn ich dich schon am Parktor absetzte? Wenn ich nämlich jetzt wie der Teufel rase, dann erwische ich Giles noch, wenn er mit dem Londoner Zug ankommt, und er kann sich das Bahnhofsauto sparen.»

«Doch, natürlich», sagte ich. «Ich gehe das Stück sehr gern zu Fuß.»

«Das ist nett von dir», sagte sie dankbar.

Ich hatte den Eindruck, daß der Nachmittag ihr auf die Nerven gegangen war und daß sie allein sein wollte. Vermutlich scheute sie auch eine Fortsetzung der Teestunde auf Manderley. Ich stieg am Tor aus dem Wagen, und wir küßten uns zum Abschied.

«Sieh zu, daß du ein bißchen dicker wirst bis zum nächsten Mal», sagte sie. «Es steht dir nicht, so dünn zu sein. Grüß Maxim von mir und trag mir das mit Granny nicht nach.» Sie verschwand in einer Staubwolke, und ich wandte mich zum Tor.

Während ich den Weg entlangging, überlegte ich mir, ob er sich wohl sehr verändert hatte, seit Maxims Großmutter hier als junge Frau am Pförtnerhaus vorbeikutschiert war und die Pförtnerin gegrüßt hatte, so wie ich es jetzt tat.

Ich dachte nicht an die alte Frau, die jetzt in Decken gehüllt in ihren Kissen lag. Ich sah sie vor mir in ihrer Jugend, als Manderley ihr Heim gewesen war; ich sah sie durch den Garten wandern, und um sie herum hüpfte in fröhlichen Sprüngen auf seinem Steckenpferd ein kleiner Junge, Maxims Vater. Er trug einen Samtkittel und einen steifen weißen runden Kragen. Und dann sah ich noch die alte Dame, wie sie vor ein paar Jahren am Stock über die Terrasse von Manderley schritt, und Arm in Arm mit ihr eine lachende junge Frau, groß, schlank und auffallend schön, die, wie Beatrice gesagt hatte, das Talent besaß, sich bei allen Menschen beliebt zu machen, die jeder gern hatte, dachte ich, die jeder lieben mußte.

Als ich schließlich den langen Weg hinter mich gebracht hatte, sah ich Maxims Wagen vor der Treppe stehen. Mir wurde leicht ums Herz, und ich lief schnell ins Haus. Sein Hut und seine Handschuhe lagen in der Halle auf dem Tisch. Ich ging auf die Bibliothek zu, und beim Näherkommen hörte ich Stimmen; die eine übertönte jetzt die andere. Ich zögerte einen Augenblick vor der geschlossenen Tür.

«Sie können ihm von mir bestellen, daß ich ihm verbiete, Manderley noch einmal zu betreten, verstehen Sie? Von wem ich es erfahren habe, dürfte dabei ganz unwichtig sein. Es genügt, daß ich weiß, daß sein Wagen gestern nachmittag hier gesehen worden ist. Wenn Sie ihn unbedingt wiedersehen wollen, dann tun Sie das gefälligst anderswo. Ich wünsche ihn nicht mehr auf meinem Grund und Boden anzutreffen, verstanden? Vergessen Sie das nicht, ich sage es Ihnen zum letztenmal!»

Ich schlich mich auf Zehenspitzen zur Treppe, und als ich die Tür hinter mir aufgehen hörte, huschte ich hastig hinauf und versteckte mich in der Galerie. Mrs. Danvers kam aus der Bibliothek heraus und schloß die Tür leise zu. Ich duckte mich hinter das Geländer, um nicht gesehen zu werden, aber vorher hatte ich noch einen kurzen Blick von ihrem Gesicht erhascht: es war verzerrt und grau vor Wut – mir schauderte.

Sie ging mit lautlosen Schritten durch die Halle und verschwand durch die Tür, die in die hinteren Räume führte.

Ich wartete einen Augenblick, bevor ich langsam wieder hinunterstieg. Ich öffnete die Tür zur Bibliothek und ging hinein. Maxim stand am Fenster, den Rücken zum Zimmer gekehrt, und betrachtete einen Brief in seiner Hand. Mein erster Impuls war, mich unbemerkt wieder hinauszustehlen und mich in mein Schlafzimmer zurückzuziehen. Er mußte mich aber gehört haben, denn er drehte sich mit einer ungeduldigen Bewegung um.

«Was ist denn jetzt schon wieder?» sagte er.

Ich lächelte und streckte ihm meine Hände entgegen. «Hallo!» begrüßte ich ihn.

«Ach, du bist es ...»

Ich sah auf den ersten Blick, daß ihn irgend etwas schrecklich erzürnt haben mußte. Seine Lippen bildeten einen harten Strich, und seine Nasenflügel waren weiß und bebten. «Wie hast du dir die Zeit vertrieben?» fragte er mich. Er küßte mich auf den Scheitel und legte seinen Arm um meine Schulter. Ich hatte das Gefühl, daß es sehr lange her war, seit wir uns gestern getrennt hatten.

«Ich habe deine Großmutter besucht», sagte ich. «Beatrice hat mich in ihrem Wagen abgeholt.»

«Wie geht's denn der alten Dame?»

«O danke, gut.»

«Wo ist denn Bee geblieben?»

«Sie wollte Giles noch von der Bahn abholen.»

Wir setzten uns nebeneinander auf die Fensterbank. Ich nahm seine Hand in meine. «Ich fühlte mich so allein», sagte ich. «Ich habe dich schrecklich vermißt!»

«Hast du das?» fragte er.

Wir sagten eine Weile nichts, ich hielt nur seine Hand.

«War es sehr heiß in London?» fragte ich dann.

«Ja, schrecklich. Ich kann diesen Lärm und Gestank dort nicht ausstehen.»

Ich war neugierig, ob er mir erzählen würde, was soeben zwischen ihm und Mrs. Danvers vorgefallen war, und ich hätte gern gewußt, wer ihm Favells Anwesenheit verraten hatte.

«Bedrückt dich irgend etwas?» fragte ich.

«Ich habe einen anstrengenden Tag hinter mir», sagte er. «Diese lange Wagenfahrt zweimal in vierundzwanzig Stunden ist etwas viel.»

Er erhob sich, ging ins Zimmer und steckte sich eine Zigarette an. Da wußte ich, daß er mir nichts von seiner Unterhaltung mit Mrs. Danvers erzählen wollte.

«Ich bin auch müde», sagte ich leise. «Es war heute ein merkwürdiger Tag.»

16

Ich erinnere mich genau an den Tag, an dem das Gespräch zum erstenmal auf den Kostümball kam: es war ein Sonntagnachmittag, an dem wir plötzlich von einem Schwarm von Besuchern überfallen wurden. Frank Crawley war zum Mittagessen herübergekommen, und wir freuten uns schon alle drei auf einen friedlichen Nachmittag unter dem Kastanienbaum, als wir das verhängnisvolle Geräusch eines Wagens hörten, der in die Kurve vor dem Haus einbog. Es war zu spät, um Frith zu verständigen; der Wagen überraschte uns auf der Terrasse mit Kissen und Zeitungen unter dem Arm.

Wir mußten also gute Miene zum bösen Spiel machen und die unerwarteten Gäste begrüßen. Und wie das so häufig der Fall zu sein pflegt, sollten dies nicht unsere einzigen Besucher bleiben. Eine halbe Stunde später langte noch ein Wagen an, und dann folgten noch drei Bekannte, die von Kerrith einen Spaziergang zu uns herüber gemacht hatten. Da waren wir nun also; mit dem friedlichen Nachmittag war es vorbei; wir mußten einen Schub langweiliger Bekannter nach dem anderen freundlich willkommen heißen und den traditionellen Gang durch den Park, die Besichtigung des Rosengartens und die öde Führung zum Glücklichen Tal mit gespielter Herzlichkeit auf uns nehmen.

Natürlich blieben sie zum Tee, und anstatt faul unter der Kastanie ausgestreckt an einem Gurkenbrötchen zu knabbern, sahen wir uns zu der steifen Förmlichkeit der Teezeremonie im Salon gezwungen, die ich so verabscheute. Frith war natürlich in seinem Element; er dirigierte Robert mit einem Zucken seiner Augenbrauen, während ich mich mit der großen silbernen Teekanne und dem Wasserkessel, die ich niemals recht zu handhaben lernte, heiß und ungemütlich fühlte.

Frank Crawley war bei solchen Gelegenheiten Gold wert. Er nahm mir die Tassen ab und reichte sie weiter, und wenn meine Antworten zu nichtssagend klangen, weil die silberne Teekanne meine Aufmerksamkeit so in Anspruch nahm, mischte er sich in seiner stillen unauffälligen Art in die Unterhaltung und enthob mich dadurch der Mühe, aufzupassen. Maxim befand sich meistens am anderen Ende des Zimmers, wo er irgend jemandem ein Buch oder ein Bild zeigte und den vollendeten Gastgeber spielte. Die Teezeremonie war eine Nebensächlichkeit, die ihn nichts anging. Er ließ seinen Tee, den er auf einem Nebentisch hinter einer Vase vergessen hatte, kalt werden, während ich, völlig aufgelöst hinter dem dampfenden Kessel, und Frank, der unverdrossen mit Keksen und Kuchen jonglierte, uns in die prosaischeren Pflichten der Gastlichkeit teilen mußten.

Lady Crowan, deren geschwätziges Mundwerk einem schon nach fünf Minuten auf die Nerven ging, brachte plötzlich das Thema aufs Tapet. Es war gerade eine jener Gesprächspausen entstanden, wie sie auf jeder Gesellschaft einzutreten pflegen, und ich sah schon, wie Franks Lippen die unvermeidliche idiotische Bemerkung von dem Engel, der durch das Zimmer geht, formen wollten; da sah Lady Crowan von ihrer Beschäftigung, ein Stück Kuchen auf ihrem Teller zu balancieren, auf und entdeckte Maxim, der zufälligerweise neben ihr stand.

«Ach, Mr. de Winter», sagte sie, «ich habe Sie schon seit Ewigkeiten immer etwas fragen wollen: sagen Sie, besteht eine Aussicht, daß Sie den berühmten Kostümball von Manderley wieder zum Leben erwecken?» Sie legte beim Sprechen den Kopf kokett auf die Seite und fletschte ihre vorstehenden Zähne in der Annahme, daß man das für ein Lächeln halten könnte. Ich senkte sofort das Gesicht, machte mir angelegentlich mit meiner Tasse zu schaffen und versuchte, mich hinter der Teehaube unsichtbar zu machen.

Ein paar Sekunden verstrichen, bevor Maxim ganz ruhig und gelassen antwortete: «Ich habe noch gar nicht darüber nachgedacht», sagte er, «und ich glaube nicht, daß überhaupt noch irgend jemand daran denkt.»

«Oh, aber ganz im Gegenteil. Ich versichere Ihnen, wir haben schon so oft davon gesprochen», beharrte Lady Crowan. «Für alle Ihre Nachbarn machte dieser Ball den Sommer erst richtig vollkommen. Sie können sich gar nicht vorstellen, wieviel Freude Sie uns damit immer bereiteten. Kann ich Sie nicht überreden, wieder ein wenig daran zu denken?»

«Ich weiß nicht recht», erwiderte Maxim kühl. «Es ist eigentlich eine Frage der Vorbereitungen. Wenden Sie sich lieber an Mr. Crawley; ihm würde der Löwenanteil an der Arbeit zufallen.»

«Oh, Mr. Crawley, unterstützen Sie mich doch bitte», drang sie in ihn, und ein paar der anderen Gäste sekundierten jetzt. «Sie würden sich damit wirklich beliebt machen; der fröhliche Trubel auf Manderley hat uns so gefehlt!»

Ich hörte Franks ruhige Stimme neben mir. «Die Mühe macht mir nichts aus, wenn Maxim nichts dagegen hat, den Ball zu veranstalten. Das liegt ganz bei ihm und Mrs. de Winter. Schließlich habe ich ja nicht darüber zu bestimmen.»

Natürlich wurde ich jetzt bestürmt. Lady Crowan rückte mit ihrem Stuhl zur Seite, so daß mir die Teehaube keinen Schutz mehr vor ihren Blicken bot. «Meine liebste Mrs. de Winter, Sie müssen Ihren Mann doch herumbekommen. Auf Sie wird er am ehesten hören. Sagen Sie ihm einfach, er muß den Ball Ihnen zu Ehren geben!»

«Ja, das finde ich auch», fiel jetzt ein Mann ein. «Wir sind um die Hochzeitsfeier gebracht worden, da dürfen Sie uns doch nicht auch noch dieses Vergnügen nehmen. Hände hoch, wer für den Kostümball stimmt! Da, sehen Sie, Mr. de Winter, einstimmig angenommen!» Alle lachten und klatschten in die Hände.

Maxim zündete sich eine Zigarette an, und seine Augen begegneten den meinen über der Teekanne. «Was meinst du dazu?» sagte er.

«Ich weiß nicht», antwortete ich unsicher, «mir ist es einerlei.»

«Aber natürlich brennt sie darauf, einen Ball zu geben», sprudelte Lady Crowan wieder los. «Welche junge Frau möchte das nicht? Sie würden bestimmt entzückend aussehen, Mrs. de Winter, als kleine Meißener Porzellanschäferin. Sie müßten Ihr Haar pudern und einen Dreispitz tragen.»

Ich dachte an meine ungeschickten Hände und Füße und an meine abfallenden Schultern. Eine schöne Schäferin würde ich abgeben! Was für eine Gans war diese Frau! Es überraschte mich gar nicht, daß ihr niemand zustimmte, und wieder mußte ich Frank in meinem Herzen danken, daß er die Unterhaltung von mir ablenkte.

«Es stimmt übrigens, Maxim. Neulich sprach jemand davon. ‹Wie ist das eigentlich, Mr. Crawley, wird nicht bald ein Fest zu Ehren der jungen Herrin von Manderley gegeben?› sagte er. ‹Ich wünschte, Mr. de Winter würde wieder einen von seinen Bällen veranstalten; das war doch jedesmal ein ganz besonderes Vergnügen.› Der alte Tucker von der Home Farm», wandte Frank sich erklärend an Lady Crowan. «Die Leute genießen natürlich jede Gelegenheit, ein solches Spektakel zu sehen. ‹Ich weiß nicht›, antwortete ich, ‹Mr. de Winter hat sich noch nicht darüber geäußert.›»

«Sehen Sie», rief Lady Crowan triumphierend ins Zimmer. «Was habe ich gesagt? Ihre eigenen Leute bitten Sie schon um den Ball, und wenn Sie schon nicht auf uns hören wollen, dann doch wenigstens auf Ihre Untergebenen.»

Maxim beobachtete mich immer noch mit zweifelnder Miene. Es schoß mir durch den Kopf, daß er vielleicht glaubte, ich könne mich diesem gesellschaftlichen Ereignis nicht gewachsen fühlen, ich könne zu scheu sein, um vor der Tradition von Manderley zu bestehen. Ich wollte nicht, daß er das glaubte und womöglich befürchtete, ich würde ihn blamieren.

«Mir würde es schon Spaß machen», sagte ich leise.

Maxim wandte sich mit einem Achselzucken ab. «Das gibt natürlich den Ausschlag», sagte er. «Also schön, Frank, dann triff nur deine Vorbereitungen. Besprich dich lieber vorher mit Mrs. Danvers, sie wird sich noch an die Einzelheiten erinnern.»

«Ach, diese erstaunliche Person ist noch immer bei Ihnen?»

«Ja», sagte Maxim kurz. «Nehmen Sie noch ein Stück Kuchen? Will niemand mehr? Dann wollen wir doch in den Garten gehen.»

Wir gingen auf die Terrasse hinaus, und alle unterhielten sich über den Ball und den geeigneten Tag dafür, aber dann entschlossen sich die Wagenbesitzer zu meiner großen Erleichterung zum Aufbruch, und auch die Fußgänger verabschiedeten sich, als sie zur Mitfahrt aufgefordert wurden. Ich ging in den Salon zurück und goß mir noch eine Tasse Tee ein, die ich jetzt, da ich aller meiner Verpflichtungen ledig war, erst richtig genießen konnte, und auch Frank setzte sich zu mir, und wir zerkrümelten den Teekuchen auf unseren Tellern, aßen ihn mit Löffeln und kamen uns vor wie Verschwörer. Wir sprachen eine ganze Weile kein Wort über den Ball, und erst als ich meinen Tee ausgetrunken und meine klebrigen Finger an der Serviette abgewischt hatte, sagte ich zu Frank: «Was halten Sie eigentlich wirklich von dieser Kostümballidee?»

Frank zögerte und warf einen schnellen Blick auf Maxim draußen im Garten. «Ich weiß nicht», sagte er. «Maxim schien ja nichts dagegen zu haben. Ich fand, er nahm den Vorschlag sogar sehr nett auf.»

«Er hätte ja auch sicher etwas anderes tun können», meinte ich. «Was ist diese Lady Crowan doch für eine lästige Person! Glauben Sie wirklich, daß alle unsere Nachbarn von nichts anderem träumen und reden als von diesem Ball?»

«Ich glaube schon, daß ein Fest nach der langen Pause sehr lebhaft begrüßt werden würde», sagte Frank. «Wir sind nämlich hier sehr konservativ in solchen Dingen. Ich muß auch sagen, Lady Crowan hatte gar nicht so unrecht, als sie meinte, daß irgend etwas Ihnen zu Ehren arrangiert werden müßte. Schließlich sind Sie doch die jungverheiratete Frau des Herrn von Manderley.»

Wie gespreizt und dumm das klang! Ich wünschte, Frank wäre nicht immer so steif.

«Ich bin gar nicht mehr jungverheiratet», entgegnete ich. «Ich habe ja nicht einmal eine richtige Hochzeit gehabt: kein weißes Kleid, keine Myrten und keine Brautjungfern. Und ich will gar nicht, daß man mir zu Ehren einen Ball veranstaltet.»

«Manderley im Festkleid ist aber ein sehr schöner Anblick», sagte Frank. «Passen Sie auf, es wird Ihnen schon Spaß machen. Sie brauchen auch gar nichts Aufregendes zu tun, nur die Gäste empfangen, und das ist ja weiter nicht schwer. Und ich darf Sie vielleicht jetzt schon um einen Tanz bitten?»

Der gute Frank! Wie mich seine altväterische feierliche Galanterie rührte!

«Sie dürfen so oft mit mir tanzen, wie Sie wollen», sagte ich. «Ich werde überhaupt nur mit Ihnen und mit Maxim tanzen.»

«Oh, das würde aber einen schlechten Eindruck machen», erwiderte Frank todernst. «Sie würden Ihre Gäste dadurch sehr vor den Kopf stoßen. Sie müssen mit jedem tanzen, der Sie auffordert.»

Ich mußte mich abwenden, um mein Lächeln zu verbergen. Es machte mir immer wieder Vergnügen, ihn ein wenig zu necken, weil er es nie merkte.

«Finden Sie nicht auch, daß Lady Crowans Vorschlag, mich als Meißener Porzellanschäferin zu kostümieren, ausgezeichnet ist?» fragte ich ihn hinterhältig.

Er betrachtete mich prüfend, ohne die Spur eines Lächelns. «Ja, das finde ich», sagte er dann. «Ich glaube, Sie würden sehr nett als Schäferin aussehen.»

Ich lachte laut los. «Ach, mein guter Frank, Sie sind wirklich köstlich!» rief ich aus, und er wurde ganz rot. Meine impulsiven Worte hatten ihn sicherlich schockiert und verletzt.

«Ich kann nichts Komisches in meinen Worten finden», erklärte er steif.

Maxim kam durch die Glastür herein; Jasper umtanzte ihn in wilden Sprüngen. «Worüber amüsierst du dich denn so?» fragte er mich.

«Frank ist so schrecklich galant», antwortete ich. «Er sieht nichts Komisches in Lady Crowans Vorschlag, mich als Meißener Porzellanschäferin auszustaffieren.»

«Lady Crowan ist eine echte Landplage», sagte Maxim. «Wenn sie die ganzen Einladungen schreiben müßte und die Arbeit mit den Vorbereitungen hätte, dann wäre sie bestimmt nicht halb so begeistert von dem Kostümfest. Aber so ist es schon immer gewesen; die Einheimischen betrachten Manderley als eine Art Rummelplatz und erwarten, daß wir ihnen immer neue Attraktionen bieten. Wir werden wahrscheinlich die ganze Grafschaft einladen müssen.»

«Ich habe die Namenlisten noch im Büro», bemerkte Frank. «Die Arbeit ist wirklich gar nicht so schlimm. Am zeitraubendsten wird das Briefmarkenlecken sein.»

«Dazu wirst du abkommandiert werden», sagte Maxim und lächelte mich an.

«O nein, das erledigen wir natürlich im Büro», sagte Frank. «Mrs. de Winter braucht sich über die Vorbereitungen überhaupt keine Sorgen zu machen.»

Ich hätte gern gewußt, was die beiden wohl gesagt haben würden, wenn ich plötzlich die Absicht geäußert hätte, die ganzen Vorbereitungen für den Ball selbst in die Hand zu nehmen. Wahrscheinlich hätten sie nur gelacht und wären dann auf etwas anderes zu sprechen gekommen. Natürlich war ich froh, jeder Verantwortung enthoben zu sein, aber es gab meinem Selbstbewußtsein doch einen schweren Stoß, daß man mir nicht einmal zutraute, eine Briefmarke richtig zu lecken. Ich mußte an den Schreibtisch im Morgenzimmer denken, an die etikettierten Fächer und an die charakteristische schräge Schrift auf den Schildchen.

«Als was wirst du denn gehen?» fragte ich Maxim.

«Ich kostümiere mich nicht», erwiderte er. «Das ist das einzige Privileg, das dem Hausherrn bei dieser Gelegenheit zugestanden wird, nicht wahr, Frank?»

«Aber im Ernst, ich kann doch unmöglich als Porzellanschäferin gehen», sagte ich. «Was soll ich denn um Himmels willen bloß tun? Zum Verkleiden fehlt mir jede Phantasie.»

«Binde dir eine Schleife ins Haar und geh als Alice im Wunderland», meinte Maxim scherzhaft. «Du ähnelst ihr jetzt schon, wie du mit dem Finger im Mund dasitzt.»

«Sei nicht so unhöflich», entgegnete ich. «Mein Haar ist zwar strähnig, aber so strähnig ist es nun auch wieder nicht. Aber jetzt werde ich dir was sagen: ich werde mich so verkleiden, daß ihr beide mich nicht wiedererkennt, ihr sollt staunen!»

«Solange du dir dein Gesicht nicht mit Ruß verschmierst und versuchst, wie ein Affe auszusehen, soll mir alles recht sein», sagte Maxim.

«Also gut, abgemacht. Ich werde mein Kostüm bis zur letzten Minute geheimhalten, und ihr werdet vorher nichts darüber erfahren. Komm her, Jasper, lassen wir die beiden allein», und ich hörte, wie Maxim lachte, als ich hinausging, und etwas zu Frank sagte, was ich aber nicht mehr verstehen konnte.

Ich wünschte, er würde mich nicht immer wie ein Kind behandeln, wie ein etwas verwöhntes, etwas schwieriges Kind, das er hin und wieder streicheln konnte, wenn ihm danach zumute war, das er aber meistens vergaß und mit einem leichten Klaps auf die Schulter hinaus in den Garten zum Spielen schickte. Ich wünschte, etwas ereignete sich, das mich reifer und weiser erscheinen lassen würde. Sollte es denn immer so bleiben wie jetzt? Er so unerreichbar fern, mit seinen Stimmungen, an denen ich nicht teilhatte, und seinen geheimen Sorgen, von denen ich nichts erfuhr? Würden wir niemals zusammenkommen, er, der Mann, und ich, die Frau, Seite an Seite, Hand in Hand, ohne diese trennende Kluft zwischen uns? Ich wollte nicht länger ein Kind sein, ich wollte eine Frau sein!

Da stand ich auf der Terrasse und kaute an meinen Nägeln, und während ich zum Meer hinüberstarrte, stellte ich mir wohl zum zwanzigsten Mal die Frage, ob Maxim es angeordnet hatte, daß in jenen Zimmern im Westflügel alles so bleiben sollte, wie es zu Rebeccas Zeiten gewesen war, und ob er wie Mrs. Danvers bisweilen allein hinaufging, über die Bürsten auf dem Frisiertisch strich und die Schränke öffnete, um die Kleider zu berühren.

«Komm, Jasper!» rief ich plötzlich. «Komm doch, lauf, kannst du nicht hören?» Und ich raste durch den Garten, wild und wütend, während mir die bitteren Tränen in die Augen stiegen und Jasper hysterisch bellend an mir hochsprang.

Die Nachricht von dem bevorstehenden Kostümball sprach

sich rasch herum. Meine kleine Zofe Clarice redete mit leuchtenden Augen von nichts anderem. Von ihr erfuhr ich, daß das
Personal mit unserem Entschluß sehr einverstanden war. «Mr.
Frith sagt, es würde wie in alten Zeiten sein», berichtete Clarice
eifrig. «Ich hörte, wie er es heute morgen zu Alice sagte. Was
werden Sie denn tragen, Madam?»

«Ich weiß noch nicht, Clarice, bisher ist mir noch nichts eingefallen», sagte ich.

«Mutter bat mich, es ihr unter allen Umständen sofort zu
erzählen», fuhr Clarice fort. «Sie denkt immer noch an den letzten
Ball von Manderley und sagte, er sei unvergeßlich gewesen.
Werden Sie sich auch ein Kostüm aus London kommen lassen?»

«Ich bin mir noch gar nicht schlüssig, Clarice», erwiderte ich.
«Aber ich werde es Ihnen sagen, sobald ich einen Einfall habe;
Sie sollen es wissen, aber niemand sonst. Es muß ein tiefes
Geheimnis zwischen uns bleiben.»

«Oh, Madam, wie aufregend!» seufzte Clarice begeistert, «ich
kann den Tag kaum erwarten.»

Ich war neugierig, wie Mrs. Danvers wohl diese Nachricht
aufnahm. Seit jenem Nachmittag schauderte mich schon beim
Klang ihrer Stimme durchs Haustelephon, und um sie so selten
wie möglich hören zu müssen, benutzte ich Robert als Botengän-
ger zwischen uns. Ich konnte den Ausdruck in ihrem Gesicht
nicht vergessen, als sie nach der Auseinandersetzung mit Maxim
aus der Bibliothek gekommen war, und ich dankte Gott, daß sie
mich nicht da oben auf der Galerie entdeckt hatte. Vielleicht
dachte sie sogar, ich sei es gewesen, die Maxim von Favells
Besuch erzählt hatte. Wenn das der Fall war, haßte sie mich
bestimmt noch mehr als früher.

Die Vorbereitungen für den Ball schritten fort. Maxim und
Frank schienen alles vom Verwaltungsbüro aus zu erledigen; ich
brauchte mich um nichts zu kümmern, wie Frank vorhergesagt
hatte. Ich schrieb nicht mal eine einzige Adresse. Aber die
Kostümfrage begann mir Sorgen zu machen. Ich fand mich selber
so dumm, daß mir gar nichts einfallen wollte, und ich dachte an
all die Leute, die von Kerrith und den Nachbargütern kommen
würden: die Frau des Bischofs, die sich auf dem letzten Ball so gut
amüsiert hatte; Beatrice und Giles; die enervierende Lady Crowan und wie sie alle hießen, und so viele andere Menschen, die
ich gar nicht kannte und die mich noch nie gesehen hatten – sie

alle würden mich kritisch unter die Lupe nehmen wollen und voller Neugier beobachten, was ich für eine Figur machte. Schließlich fielen mir als letzter Ausweg die Bücher ein, die Beatrice mir zur Hochzeit geschenkt hatte, und ich setzte mich eines Vormittags in die Bibliothek und blätterte verzweifelt einen Band nach dem anderen durch, um eine Anregung zu finden. Aber nichts schien mir geeignet; die kostbaren Kostüme aus Samt und Seide auf den Bildern von Rubens und Rembrandt und all den anderen großen Malern waren zu prunkvoll und auffallend. Ich holte mir Papier und Bleistift und zeichnete das eine und andere ab, aber es befriedigte mich nicht, und ich warf die Skizzen schließlich mißmutig in den Papierkorb und gab die Suche auf.

Am Abend, als ich mich zum Essen umzog, klopfte es an meine Tür. Ich rief ‹herein› in der Annahme, es sei Clarice. Aber als die Tür sich öffnete, stand Mrs. Danvers vor mir. Sie hielt ein Stück Papier in der Hand. «Ich hoffe, Sie verzeihen mir die Störung», sagte sie, «aber ich wußte nicht, ob Sie diese Zeichnungen absichtlich fortgeworfen hatten. Die Dienerschaft soll darauf achten, daß beim Entleeren der Papierkörbe nichts Wertvolles weggeworfen wird, und Robert brachte mir eben dieses Blatt hier.»

Mir war ganz kalt geworden bei ihrem Anblick, und ich brachte zunächst kein Wort über die Lippen. Sie hielt mir das Blatt vor die Augen; es waren die Kostümzeichnungen, die ich am Vormittag angefertigt hatte.

«Nein, Mrs. Danvers», sagte ich nach einer Weile, «das kann ruhig wegkommen. Es war mehr eine Spielerei und ist ganz wertlos.»

«Sehr wohl», sagte sie. «Ich hielt es nur für besser, mich zu vergewissern, um ein Mißverständnis zu vermeiden.»

Ich fand, sie hätte jetzt gehen können, aber sie blieb an der Tür stehen. «Sie sind sich also noch nicht schlüssig, was Sie auf dem Ball tragen wollen?» fragte sie. Ihre Stimme klang etwas spöttisch und merkwürdig triumphierend. Vermutlich hatte sie auf dem Umweg über Clarice von meinen vergeblichen Bemühungen gehört.

«Nein», antwortete ich, «ich habe mich noch nicht entschieden.»

Sie streckte die Hand nach dem Türgriff aus, ohne mich jedoch dabei aus den Augen zu lassen.

«Warum kopieren Sie nicht eines der Kostüme auf den Ahnenbildern in der Galerie?» fragte sie lauernd.

Ich begann meine Fingernägel zu feilen; sie waren viel zu kurz und zu spröde dazu, aber die Beschäftigung verdeckte meine Verwirrung, und ich brauchte Mrs. Danvers wenigstens nicht anzusehen.

«Ja, das ist ein Gedanke», sagte ich und wunderte mich im stillen, warum ich nicht selbst schon daran gedacht hatte. Es war doch eine so naheliegende und gute Lösung. Ich wollte ihrem Vorschlag aber nicht so ohne weiteres beistimmen und fuhr fort, an meinen Nägeln herumzufeilen.

«Alle Porträts in der Galerie würden eine gute Vorlage für ein Kostüm abgeben», sagte Mrs. Danvers. «Besonders das von der jungen Frau in Weiß mit dem Hut in der Hand. Schade, daß Mr. de Winter nicht Kostüme aus einer bestimmten Zeit vorgeschrieben hat. Es würde ein viel einheitlicheres Bild geben. Ich finde immer, es sieht merkwürdig aus, wenn ein Pierrot mit einer Rokokodame tanzt.»

«Die meisten Leute lieben aber gerade diese Buntheit», bemerkte ich, «weil sie das viel lustiger finden.»

«Ich bin da anderer Meinung», entgegnete sie. Ihre Stimme klang überraschend ruhig und freundlich, und ich konnte mir nicht erklären, warum sie sich selbst die Mühe gemacht hatte, mit dem fortgeworfenen Skizzenblatt zu mir zu kommen. Wollte sie endlich Freundschaft mit mir schließen? Oder war ihr klargeworden, daß ich Maxim nichts von Favells Besuch erzählt hatte, und wollte sie sich jetzt auf diese Weise für mein Schweigen erkenntlich zeigen?

«Hat Mr. de Winter Ihnen denn keine Anregung für ein Kostüm gegeben?» fragte sie.

«Nein», sagte ich nach einem kurzen Zögern. «Nein, ich wollte ihn und Mr. Crawley überraschen. Sie sollen vorher nichts davon erfahren.»

«Es steht mir ja nicht zu, Ihnen einen Rat zu geben», sagte sie, «aber wenn Sie sich dann entschlossen haben, würde ich Ihnen empfehlen, das Kostüm in London anfertigen zu lassen. Hier in Kerrith können die Schneiderinnen so etwas nicht machen. Voce in Bond Street ist bekannt für sein gutes Atelier.»

«Ich werde es mir merken.»

«Ja, tun Sie das», sagte sie und öffnete die Tür. «Ich würde mir die Porträts in der Galerie daraufhin einmal näher ansehen, Madam, vor allem das eine, von dem ich sprach. Sie brauchen keine Angst zu haben, daß ich Sie verraten werde.»

«Danke schön, Mrs. Danvers», sagte ich. Sie schloß die Tür sehr behutsam hinter sich, und ich beendete meine Toilette, von ihrem völlig veränderten Verhalten mir gegenüber überrascht. Ob ich das wohl dem unsympathischen Favell verdankte?

Rebeccas Vetter! Warum mochte Maxim diesen Vetter nicht? Warum hatte er ihm verboten, nach Manderley zu kommen, Beatrice hatte ihn einen widerlichen Kerl genannt, aber sonst hatte sie nichts über ihn gesagt. Und je mehr ich über ihn nachdachte, desto mehr gab ich ihr recht. Diese stechenden blauen Augen, der weichliche Mund und sein unverschämt vertrauliches Lachen – es gab bestimmt Menschen, auf die er anziehend wirkte. Verkäuferinnen in Schokoladenläden zum Beispiel, die ihn kichernd bedienten, oder Platzanweiserinnen im Kino. Ich konnte mir genau vorstellen, wie er solche Mädchen ansah und mit einem Lächeln dabei vor sich hin pfiff. Ein Blick, unter dem man verlegen wurde. Wie gut er wohl Manderley wirklich kennen mochte? Er schien sich ja ganz zu Hause zu fühlen, und Jasper hatte ihn zweifellos wiedererkannt. Aber diese beiden Tatsachen paßten nicht zu dem, was Maxim zu Mrs. Danvers gesagt hatte; und Favell selbst paßte auch nicht zu meiner Vorstellung von Rebecca. Wie kam Rebecca mit ihrer Schönheit, ihrem Charme und ihrer Vornehmheit zu einem solchen Vetter? Diese Verwandtschaft kam mir so unwahrscheinlich vor. Ich erklärte es mir schließlich so, daß er das schwarze Schaf der Familie sein mußte und daß Rebecca sich in ihrer Gutmütigkeit seiner mitleidig von Zeit zu Zeit angenommen hatte und ihn nach Manderley einlud, wenn Maxim nicht da war. Vielleicht hatte diese Gutmütigkeit sogar zu Auseinandersetzungen geführt; Rebecca hatte ihn verteidigt, und später war bei der Erwähnung seines Namens immer ein peinliches Schweigen eingetreten.

Als ich mich im Eßzimmer auf meinen Platz setzte, Maxim mir gegenüber, stellte ich mir vor, wie Rebecca auf meinem Platz gesessen hatte und gerade ihre Gabel aufnehmen wollte, als das Telephon klingelte und Frith hereinkam, um zu melden: «Mr. Favell möchte Sie sprechen, Madam.» Und wie Rebecca sich dann mit einem Blick auf Maxim erhoben hatte, der schweigend, ohne hochzusehen, weiteraß. Und als sie dann zurückkam und sich wieder hinsetzte, hatte sie bestimmt heiter und unbefangen von etwas ganz anderem geredet, um die kleine Mißstimmung zu verscheuchen. Und ich hörte in Gedanken Maxims einsilbige Antworten; aber allmählich erhellte sich sein Gesicht dann wieder, als sie ihm von irgendeinem Erlebnis in Kerrith erzählte, und bevor der nächste Gang gereicht wurde, lachte er über ihr lustiges Geplauder und streckte ihr versöhnt die Hand über den Tisch hin.

«Wo steckst du denn mit deinen Gedanken?» fragte Maxim.

Ich fuhr zusammen, und das Blut schoß mir ins Gesicht, denn in dieser winzigen Zeitspanne hatte ich mich so mit Rebecca identifiziert, daß mein eigenes langweiliges Ich gar nicht zu existieren schien. Ich war nicht nur in Gedanken, sondern buchstäblich in Person in der Vergangenheit gewesen.

«Weißt du, daß du, anstatt deinen Fisch zu essen, mir die sonderbarsten Grimassen und Gliederverrenkungen vorgeführt hast?» fuhr Maxim fort. «Erst lauschtest du, als ob du das Telephon klingeln hörtest, und dann bewegtest du die Lippen und warfst mir einen Blick zu und schütteltest den Kopf und lächeltest und zucktest die Achseln. Alles in wenigen Sekunden. Übst du schon für den Kostümball?» Er sah mich lachend an, und ich fragte mich, was er wohl sagen würde, wenn er wüßte, was in meinem Herzen und in meinen Gedanken vor sich gegangen war, daß er für einen Augenblick ein anderer Maxim und ich Rebecca gewesen war. «Du siehst aus wie eine kleine Verbrecherin», sagte er. «Was hast du denn?»

«Nichts», sagte ich rasch. «Ich habe gar nichts.»

«Sag mir doch, woran du gedacht hast.»

«Warum denn? Du sagst mir ja auch nie, woran du denkst.»

«Meines Wissens hast du mich auch nie danach gefragt.»

«Doch, einmal.»

«Daran kann ich mich nicht erinnern.»

«Wir saßen in der Bibliothek.»

«Das tun wir ja öfter, und was antwortete ich dir?»

«Du behauptetest, du hättest dir überlegt, ob Surrey gegen Middlesex spielen würde.»

Maxim lachte wieder. «Was für eine Enttäuschung das gewesen sein muß! Was hofftest du denn zu hören?»

«Was ganz anderes.»

«Was denn bloß?»

«Ach, ich weiß nicht.»

«Ja, das scheint mir auch. Wenn ich dir sagte, daß ich über Surrey und Middlesex nachdachte, dann dachte ich auch an Surrey und Middlesex. Männer sind viel einfachere Wesen, als du denkst, mein liebes Kind. Was sich dagegen in den verzwickten Windungen des weiblichen Gehirns abspielt, das Problem hat wohl noch niemand lösen können. Weißt du, daß du eben gar nicht wie du selbst aussahst? Du hattest einen ganz fremden Gesichtsausdruck.»

«Wirklich? Was denn für einen?»

«Das ist schwer zu erklären. Du sahst plötzlich irgendwie älter und verschlagen aus, richtig unangenehm.»

«Das wollte ich nicht.»

«Das glaube ich dir gern.»

Ich trank etwas Wasser und sah ihn über mein Glas hinweg an. «Willst du denn nicht, daß ich älter aussehe?» fragte ich ihn.

«Nein.»

«Warum nicht?»

«Es würde dir nicht stehen.»

«Eines Tages werde ich aber doch älter aussehen, das läßt sich ja nicht ändern. Ich werde graue Haare haben und Falten und lauter solche Sachen.»

«Dagegen habe ich auch nichts.»

«Wogegen hast du denn etwas?»

«Ich will nur nicht, daß du so aussiehst wie eben. Dein Mund war verzerrt, und in deinen Augen lag so etwas Wissendes. Aber es war kein gutes Wissen.»

Ich fühlte eine merkwürdige neugierige Erregung. «Was willst du damit sagen, Maxim? Was meinst du mit kein gutes Wissen?»

Er antwortete zunächst nicht, weil Frith wieder ins Zimmer kam, um die Teller auszuwechseln. Erst als er die Tür hinter sich geschlossen hatte, sagte Maxim langsam: «Als ich dich kennenlernte, hattest du einen bestimmten Gesichtsausdruck, den du auch jetzt noch hast. Ich werde ihn dir nicht beschreiben, denn ich könnte es doch nicht. Jedenfalls war das einer der Gründe, warum ich dich heiratete; und eben, als du in diesen sonderbaren Trancezustand verfielst, da war dieser Ausdruck verschwunden, und etwas anderes war an seine Stelle getreten.»

«Was, Maxim? Was war an seine Stelle getreten?» fragte ich eifrig.

Er pfiff leise vor sich hin, während er mich mit hochgezogenen Augenbrauen nachdenklich ansah. «Hör zu, meine Liebste, als du ein kleines Mädchen warst, war es dir da nicht verboten, gewisse Bücher zu lesen, die dein Vater wohlverwahrt hinter Schloß und Riegel hielt?»

«Doch, ja», sagte ich.

«Siehst du. Und ein Ehemann ist nun einmal in mancher Beziehung nicht viel anders als ein Vater. Ich halte es für dich am besten, wenn du von gewissen Dingen nicht viel weißt. Und die halte ich dann auch unter Schloß und Riegel. So, das wäre das, und jetzt iß deinen Pfirsich auf, und wenn du nicht mit dem Fragen aufhörst, wirst du in die Ecke gestellt.»

«Wenn du mich nur nicht immer wie ein sechsjähriges Kind behandeln würdest», sagte ich.

«Wie möchtest du denn behandelt sein?»

«So, wie andere Männer ihre Frauen behandeln.»

«Also dich gelegentlich mal prügeln, meinst du, ja?»

«Jetzt bist du dumm. Warum mußt du immer alles ins Lächerliche ziehen?»

«Ich scherze durchaus nicht, ich meine es völlig ernst.»

«Das glaube ich dir nicht; ich sehe es ja deinen Augen an, daß du nur deinen Scherz mit mir machst, als ob ich ein dummes kleines Mädchen wäre.»

«Ja, Alice im Wunderland. Das war eine gute Idee von mir. Hast du dir schon die Schärpe und die Haarschleife besorgt?»

«Sei nicht so übermütig. Du wirst dich noch wundern, wenn du mich in meinem Kostüm zu sehen bekommst.»

«Davon bin ich überzeugt. Also iß schon deinen Pfirsich und sprich nicht mit vollem Mund. Ich habe noch eine Menge Briefe zu schreiben.» Er wartete nicht, bis ich fertig war, sondern stand auf, ging im Zimmer auf und ab und bat Frith, den Kaffee in die Bibliothek zu bringen. Ich blieb sitzen und aß trotzig so langsam wie ich konnte, in der Hoffnung, den Kaffee zu verzögern und Maxim dadurch ein wenig zu ärgern; aber Frith schenkte mir und meinem Pfirsich gar keine Beachtung; er brachte den Kaffee sofort, und Maxim ging allein in die Bibliothek hinüber.

Als ich fertig war, ging ich nach oben auf die Galerie, um mir die Bilder noch einmal anzusehen. Ich kannte natürlich alle gut, aber ich hatte sie noch nie von dem Gesichtspunkt aus betrachtet, daß sie mir eine Anregung für mein Kostüm geben könnten. Ich hatte die Dame in Weiß mit dem Hut in der Hand schon von Anfang an den anderen Bildern vorgezogen. Es war ein Raeburn und stellte Caroline de Winter dar, eine Schwester von Maxims Urgroßvater. Sie heiratete einen berühmten Staatsmann und galt zu ihrer Zeit als Londoner Schönheit; aber dieses Bild war schon gemalt worden, als sie noch ein junges Mädchen war. Es konnte nicht schwer sein, dieses weiße Kleid mit seinen Puffärmeln, dem Fichu und dem engen Leibchen nachzumachen. Der Hut dagegen würde wohl einige Schwierigkeiten bereiten; und ich würde eine Perücke tragen müssen, denn mein strähniges Haar ließ sich bestimmt nicht in diese Locken legen. Vielleicht konnte das Modehaus Voce, von dem Mrs. Danvers gesprochen hatte, alles Nötige dazu besorgen. Ich beschloß, meine Maße und eine Skizze von dem Bild dorthin zu schicken und sie zu bitten, das Kostüm genau zu kopieren.

Welch ein Stein fiel mir vom Herzen, als ich endlich diesen Entschluß gefaßt hatte! Ich fing sogar an, mich ein wenig auf den Ball zu freuen.

Am nächsten Morgen schrieb ich nach London, fügte meine Zeichnung bei und erhielt umgehend eine liebenswürdige Antwort voller Danksagungen für die Ehre meines geschätzten Auftrages und der Zusicherung, daß die Arbeit sofort begonnen würde und daß sie auch die Perücke für mich besorgen wollten.

Clarice war vor Aufregung ganz aus dem Häuschen, und ich selbst wurde ebenfalls vom Lampenfieber gepackt, als der große Tag näherrückte. Giles und Beatrice sollten bei uns übernachten; Gott sei Dank waren sie die einzigen, obwohl eine Menge Menschen zum Abendessen vor dem Ball geladen waren. Ich hatte schon gefürchtet, daß wir das ganze Haus voll Logierbesuch haben würden, aber Maxim hatte sich dagegen entschieden. «Wenn wir den Ball veranstalten, haben wir uns für das eine Mal genug angestrengt», sagte er, aber ich konnte seinen Worten nicht entnehmen, ob er das nur aus Rücksicht beschloß oder ob eine Vielzahl Gäste ihn wirklich so langweilte, wie er behauptete.

Auf Manderley machte sich jetzt eine erwartungsvoll gespannte Stimmung bemerkbar. In der großen Halle wurde der Holzboden für die Tanzfläche gelegt, und im Salon wurden die Möbel umgeschoben, damit die langen Buffettische an den Wänden aufgestellt werden konnten. Auf der Terrasse und auch im Rosengarten wurde alles für die festliche Illumination vorbereitet – auf Schritt und Tritt begegnete man irgendwelchen Anzeichen für den bevorstehenden Ball. Überdies stieß man auf Handwerker, und Frank kam fast täglich zum Mittagessen herüber. Die Dienstboten redeten von nichts anderem, und Frith stolzierte umher, als hinge der Erfolg des Abends ausschließlich von ihm ab. Robert geriet völlig in Verwirrung und vergaß ständig irgend etwas. Den Hunden war auch schlecht zumute; Jasper schlich mit eingekniffenem Schwanz durch die Räume und fuhr jedem Handwerker an die Beine. Oder er stand auf der Terrasse und bellte sinnlos in die Gegend, um dann plötzlich wie toll auf den Rasen hinunterzulaufen und in einer Art Verzweiflung Gras zu fressen. Mrs. Danvers hielt sich im Hintergrund, aber ich wurde ständig an ihre Gegenwart erinnert. Als die Tische in den Salon gebracht wurden, dirigierte sie die Aufstellung, und sie war es, die die Anweisungen gab, wie der Tanzboden hergerichtet werden sollte. Sooft ich irgendwo hinkam, war sie kurz vorher dagewesen; manchmal sah ich gerade noch eine Tür sich schließen, oder ich hörte ihren Schritt auf der Treppe. Ich war ein Außenseiter, zu nichts und für niemanden nutze. Wo ich mich auch befand, ich stand allen nur im Weg.

Der große Tag brach bewölkt und neblig an, aber das Barometer stand auf Schönwetter, und der frühe Nebel war ein gutes Zeichen: wir brauchten keine Angst um das Wetter zu haben. Gegen elf klärte es sich auf, wie Maxim vorausgesagt hatte, und die Sonne strahlte von einem wunderbaren wolkenlosen Himmel herab. Den ganzen Morgen über brachten die Gärtner Blumen ins Haus, den letzten weißen Flieder, große Lupinen und Rittersporn, fünf Fuß hoch, Hunderte von Rosen und alle Arten von Lilien.

Auch Mrs. Danvers ließ sich endlich blicken; mit ihrer ruhigen leisen Stimme wies sie die Gärtner an, wo sie die Blumen hinstellen sollten, die sie dann selbst mit geschickten Fingern in den Vasen ordnete. Ich sah ihr fasziniert zu, wie sie Vase nach Vase fertig machte und sie überall im Hause verteilte; niemals häufte sie zu viel auf einen Fleck, hellte hier eine dunkle Ecke mit einer leuchtenden Farbe auf, ließ dort einen Platz völlig frei, der keines Blumenschmucks bedurfte.

Maxim und ich aßen mit Frank in seiner Junggesellenwohnung im Verwaltungsgebäude zu Mittag, um drüben nicht unnötige Arbeit zu machen. Wir befanden uns alle drei in der etwas betont lustigen Stimmung, wie sie sich manchmal nach einem Begräbnis einstellt. Wir lachten über alles und nichts, während unsere Gedanken sich bereits mit den nächsten Stunden beschäftigten. Ich fühlte mich ungefähr so wie damals an meinem Hochzeitstag; ich hatte dieselbe beengende Empfindung, mich zu weit vorgewagt zu haben, um noch zurück zu können.

Der Abend mußte mit Haltung überstanden werden. Ein Glück, daß Voce mein Kostüm rechtzeitig geschickt hatte. Zwischen seinen Hüllen von Seidenpapier sah es wunderschön aus. Und die Perücke war ein wahres Wunder; ich hatte sie nach dem Frühstück anprobiert und war ganz betroffen von der Wirkung gewesen. Ich sah darin richtig hübsch aus, gar nicht wiederzuerkennen, gar nicht wie ich. Sie machte mich zu einer großen Dame und ließ mich temperamentvoll und lebenslustig erscheinen. Maxim und Frank versuchten mich nach meinem Kostüm auszufragen.

«Ihr werdet mich bestimmt nicht erkennen», sagte ich nur. «Wartet's doch ab, ihr werdet die Augen aufreißen!»

«Du wirst doch hoffentlich nicht als Clown erscheinen?» fragte Maxim mit Grabesstimme. «Hoffentlich versuchst du nicht komisch zu sein.»

«Nein, gar nichts in der Art», versicherte ich wichtig.

«Ich wünschte, du wärst bei meiner Alice-im-Wunderland-Idee geblieben.»

«Mit Ihrem Haar würden Sie eine gute Jungfrau von Orléans abgeben», bemerkte Frank schüchtern.

«Daran habe ich gar nicht gedacht», erwiderte ich überrascht, und Frank errötete. «Ich bin überzeugt, wir werden Ihr Kostüm sehr schön finden, was Sie sich auch ausgedacht haben», sagte er in echter, geschraubter Frank-Manier.

«Gieß nicht noch Wasser auf ihre Mühle, Frank», sagte Maxim. «Sie ist ohnehin schon so siegesgewiß, daß es kaum noch zum Aushalten ist. Aber Bee wird dich schon zurechtstauchen, das ist wenigstens ein Trost; sie wird es dir schnell genug sagen, wenn ihr dein Kostüm nicht gefällt. Die gute Bee, sie ist bei solchen Gelegenheiten immer falsch angezogen. Einmal kam sie als Madame Pompadour, und als wir zu Tisch gingen, stolperte sie, und ihre Perücke verrutschte. ‹Ich hab diesen Dreckfilz sowieso schon satt›, erklärte sie in ihrer unverblümten Art, warf die Perücke auf einen Stuhl und lief den Rest des Abends unbekümmert mit ihrem Herrenschnitt herum. Du kannst dir ja wohl vorstellen, wie das zu einer blaßblauen Seidenkrinoline gepaßt hat. Und der arme Giles kam auf jenem Ball auch nicht auf seine Kosten. Er erschien als Koch und hockte die ganze Nacht mit einem todunglücklichen Gesicht vor der Bar. Ich glaube, er meinte, daß Bee ihn blamiert hatte.»

«Nein, das war es gar nicht», sagte Frank, «er hatte bloß am Vormittag ein paar Vorderzähne eingebüßt, als er eine junge Stute zureiten wollte. Erinnerst du dich nicht? Und das war ihm so peinlich, daß er den Mund überhaupt nicht aufmachte. Nehmen Sie noch ein paar Spargel, Mrs. de Winter, oder eine Kartoffel?»

«Nein, danke, Frank, ich habe keinen Hunger mehr, danke schön.»

«Nerven!» sagte Maxim und schüttelte den Kopf. «Macht nichts, morgen um diese Zeit liegt alles hinter uns.»

«Das wollen wir wenigstens hoffen», bemerkte Frank ernst. «Ich will noch Anweisung geben, daß die Wagen nicht später als fünf Uhr morgens vorfahren sollen.»

Ich fing an hilflos zu lachen, und die Tränen traten mir in die Augen.

«Lieber Gott, können wir nicht alle wieder telegraphisch ausladen?»

«Haltung!» sagte Maxim. «Jetzt gilt's, den Kopf hochzuhalten und Mut zu beweisen. Dafür brauchen wir auch ein paar Jahre lang keinen Ball mehr zu geben. Frank, ich hab das unangenehme Gefühl, wir müßten jetzt zurückgehen; was hältst du davon?»

Frank pflichtete ihm bei, und ich folgte ihnen unwillig aus dem kleinen, engen, ungemütlichen Eßzimmer, das für Franks Junggesellenwohnung so typisch war und das mir an diesem Tag wie ein rettender Hafen des Friedens und der Geruhsamkeit vorkam. Als wir im Haus anlangten, sahen wir, daß die Musiker angekommen waren und jetzt mit verlegenen roten Gesichtern in der Halle herumstanden, während Frith gewichtiger denn je Erfrischungen und Sandwiches anbot. Die Musiker sollten bei uns übernachten, und nachdem wir sie begrüßt und die bei solchen Anlässen üblichen scherzhaften Bemerkungen ausgetauscht hatten, wurden ihnen ihre Zimmer gezeigt, und danach konnten sie bis zum Anfang des Festes im Garten spazierengehen.

Der Nachmittag schleppte sich dahin wie die letzte Stunde vor der Abreise, wenn alles fertig gepackt ist; und ich ging von einem Zimmer ins andere und kam mir dabei ebenso verloren vor wie Jasper, der mit vorwurfsvoller Miene hinter mir hertrottete.

Ich hätte nirgends mehr helfend Hand anlegen können, und ich hätte gewiß klüger daran getan, wenn ich mit Jasper einen langen Spaziergang gemacht hätte. Doch als ich mich endlich dazu aufraffen wollte, war es zu spät. Maxim und Frank baten um Tee, und als wir mit dem Tee fertig waren, kamen auch schon Giles und Beatrice an. Ganz plötzlich war der Abend über uns hereingebrochen.

«Es ist wirklich wie früher», sagte Beatrice, küßte Maxim auf die Wange und sah sich um. «Meine Hochachtung, du hast dich ja an jede Einzelheit erinnert. Die Blumen sehen prachtvoll aus», fuhr sie, zu mir gewandt, fort. «Hast du die Vasen angeordnet?»

«Nein», erwiderte ich beschämt, «dein Lob gebührt Mrs. Danvers.»

«Ach so. Na ja, schließlich ...» Beatrice sprach den Satz nicht zu Ende, Frank bot ihr gerade Feuer an, und dann schien sie vergessen zu haben, was sie hatte sagen wollen.

«Habt ihr das kalte Buffet wieder bei Mitchell bestellt?» erkundigte sich Giles.

«Ja», antwortete Maxim. «Wir haben überhaupt alles beim alten gelassen, nicht wahr, Frank? Wir hatten noch die Einladungslisten und die alten Rechnungen im Büro, nach denen wir uns genau gerichtet haben. Nichts ist geändert und niemand ist vergessen worden.»

«Wie angenehm, daß wir jetzt allein sind», sagte Beatrice. «Ich denke noch mit Schrecken an das letzte Mal, als wir bereits fünfundzwanzig fremde Menschen hier vorfanden, die als Hausbesuch eingeladen waren. Was für Kostüme habt ihr euch denn ausgedacht? Maxim wird wahrscheinlich wie gewöhnlich nicht mitspielen, oder?»

«Ja, wie gewöhnlich», entgegnete Maxim.

«Ich finde das grundfalsch von dir. Die ganze Sache hätte viel mehr Schwung, wenn du dich ein bißchen anstrengen würdest.»

«Hast du schon mal einen Ball auf Manderley mitgemacht, der keinen Schwung hatte?»

«Nein, Bruderherz, dazu hat die Organisation immer zu gut geklappt; aber ich finde trotzdem, daß der Hausherr mit gutem Beispiel vorangehen sollte.»

«Und ich finde, daß es vollauf genügt, wenn die Dame des Hauses diese Mühe auf sich nimmt», sagte Maxim. «Warum soll ich mich heiß und ungemütlich fühlen und mich außerdem noch zum Narren machen?»

«Sei nicht albern; von Narr kann doch gar keine Rede sein. Bei deinem Aussehen würde dir jedes Kostüm stehen. Du brauchst ja auch nicht wie der arme Giles auf deine Figur Rücksicht zu nehmen.»

«Was wird denn Giles tragen?» fragte ich. «Oder ist das noch ein tiefes Geheimnis?»

«Nein, durchaus nicht», versicherte Giles strahlend. «Ich habe mich diesmal sogar besonders angestrengt. Unser Dorfschneider hat mich als arabischen Scheich ausstaffiert.»

«Mein Gott!» sagte Maxim.

«Es ist gar nicht übel», verteidigte Beatrice ihren Mann. «Er wird sich natürlich das Gesicht braun schminken und ohne Brille gehen. Die Kopfbedeckung ist sogar echt; wir haben sie von einem Freund geliehen, der lange dort unten gelebt hat, und das Kostüm selbst hat unser Schneider nach einem Foto kopiert. Giles macht sich sehr gut darin.»

«Und als was gehen Sie, Mrs. Lacy?» fragte Frank.

«Ach, ich kann mit nichts Besonderem aufwarten; ich hab mich auch so ein bißchen orientalisch hergerichtet, um zu Giles zu passen, aber ich erhebe keinen Anspruch auf Echtheit. Ein paar Perlenschnüre und natürlich ein Gesichtsschleier.»

«Das klingt doch sehr nett», sagte ich höflich.

«Na ja, es geht so. Jedenfalls ist es bequem und luftig, das ist immerhin etwas. Und wenn's mir unter dem Schleier zu heiß wird, dann nehme ich ihn einfach ab. Und für was hast du dich entschieden?»

«Frage sie nur nicht», fiel Maxim ein. «Sie hat es keinem von uns verraten. Es ist das größte Geheimnis der Weltgeschichte. Ich glaube, sie hat deswegen sogar mit London korrespondiert.»

«Ach nein», sagte Beatrice, offensichtlich beeindruckt, «du willst mir doch nicht etwa sagen, daß du die Bank gesprengt hast, um uns alle zu beschämen? Ich hab mir meins nämlich selbst zusammengestückelt.»

«Keine Angst», sagte ich lachend, «es ist wirklich ganz einfach. Aber Maxim hat mich immer so geneckt, deshalb soll er ein bißchen zappeln.»

«Da hast du ganz recht», bemerkte Giles. «Maxim ist immer so erhaben wie ein Kamel. In Wirklichkeit ist er wahrscheinlich eifersüchtig auf uns und möchte sich brennend gern auch verkleiden, aber er schämt sich, es zuzugeben.»

«Der Himmel bewahre mich davor!» rief Maxim.

«Und Sie, Crawley?» fragte Beatrice.

Frank sah uns etwas schuldbewußt an. «Ich habe so viel zu tun gehabt, daß ich mich erst in letzter Minute um mein Kostüm kümmern konnte. Ich habe mir gestern ein paar alte Hosen und ein gestreiftes Fußballhemd herausgesucht, und dann wollte ich mir einen schwarzen Lappen über das eine Auge binden und als Seeräuber kommen.»

«Warum haben Sie uns denn um Himmels willen nicht geschrieben?» fragte Beatrice. «Wir hätten Ihnen gut ein Kostüm leihen können, zum Beispiel ein holländisches, das Roger letzten Winter trug. Es hätte Ihnen fein gepaßt.»

«Ich würde es meinem Verwalter sehr verübeln, wenn er als holländischer Bauerntölpel erschiene», sagte Maxim. «Seine ganze Autorität den Leuten gegenüber würde flötengehen. Als Pirat besteht wenigstens noch die Chance, daß er sie einschüchtert.»

«So wie Frank habe ich mir immer einen Seeräuber vorgestellt», flüsterte Beatrice mir ins Ohr.

Ich tat, als ob ich es nicht gehört hätte. Der arme Frank – sie hatte immer etwas an ihm auszusetzen.

«Wie lange werde ich dazu brauchen, mein Gesicht zu schminken?» fragte Giles.

«Wenigstens zwei Stunden», sagte Beatrice. «An deiner Stelle würde ich langsam damit anfangen. Wie viele sind wir denn bei Tisch?»

«Sechzehn», sagte Maxim, «uns einbegriffen. Keine Fremden, lauter gute Bekannte.»

«Ich bekomme tatsächlich schon Ballfieber», erklärte Beatrice. «Es ist doch ein Heidenspaß. Ich bin froh, daß du dich endlich wieder dazu entschlossen hast, Maxim.»

«Das hast du nur ihr zu verdanken», Maxim deutete auf mich.

«Ach, das ist ja nicht wahr», sagte ich. «Lady Crowan ist an allem schuld.»

«Unsinn», sagte Maxim lächelnd. «Du weißt genau wie ich, daß du so aufgeregt bist wie ein Kind vor der ersten Geburtstagsgesellschaft.»

«Das bin ich gar nicht.»

«Ich brenne schon darauf, dein Kostüm zu sehen», sagte Beatrice.

«Es ist wirklich nichts Besonderes», versicherte ich.

«Mrs. de Winter hat uns immerhin versprochen, daß wir sie nicht wiedererkennen werden», sagte Frank.

Alle sahen mich an und lächelten. Ich fühlte mich stolz und heiß und glücklich. Sie waren alle so nett zu mir. Der Gedanke an den Ball und daß ich die Gastgeberin war, machte mir plötzlich Spaß. Das Fest wurde ja mir zu Ehren gegeben, zu Ehren der jungen Herrin von Manderley. Ich saß auf einem Tisch in der Bibliothek und schlenkerte mit den Beinen, während die anderen um mich herumstanden, und ich wäre zu gern schon nach oben gegangen, um mein Kleid anzuziehen und die Perücke aufzusetzen und vor dem großen Wandspiegel auf- und abzugehen. Es war ein ganz neues, überraschendes Gefühl, auf einmal so wichtig genommen zu werden und den Mittelpunkt im Kreis von Giles, Beatrice, Frank und Maxim zu bilden, die alle von mir und meinem Kostüm sprachen und neugierig hin und her rieten. Ich dachte an das weiche weiße Seidengewand, das meine Magerkeit und meine allzu abfallenden Schultern verbergen würde, und an die glänzende Lockenfülle, unter der ich mein eigenes strähniges Haar verstecken konnte.

«Wie spät ist es eigentlich?» fragte ich mit gespieltem Gleichmut und tat so, als ob ich hinter der vorgehaltenen Hand gähnte. «Wird es nicht bald Zeit, sich umzuziehen?»

Als wir auf dem Weg nach oben die Halle durchquerten, fiel mir zum erstenmal auf, wie wunderbar sich das Haus für einen Ball eignete und wie festlich die Zimmer aussahen. Selbst der Salon, der sonst immer so kalt und steif wirkte, schien jetzt in flammenden Farben zu brennen. In jeder Ecke standen Blumen, rote Rosen in Silberschalen auf den weißgedeckten langen Tischen; die Glastüren zur Terrasse standen offen, und sobald die Dämmerung begann, würde von draußen die märchenhafte Gartenbeleuchtung hereinscheinen. Die Musiker hatten ihre Instrumente und Notenpulte oben in der Galerie aufgebaut, und über der Halle selbst lag es wie gespannte Erwartung. Sie strahlte eine Wärme aus, die ich früher nie bemerkt hatte und die wohl auf den lauen Sommerabend, die Blumenpracht unter den Bildern und auf unser Lachen zurückzuführen war.

Ich traf Clarice schon in meinem Schlafzimmer an; ihr rundes Bauerngesicht glühte vor Aufregung. Wir kicherten wie die Schulmädchen, und ich bat sie, die Tür zuzuschließen. Dann setzte ein lebhaftes und geheimnisvolles Geraschel von Seidenpapier ein; wir flüsterten wie die Verschwörer, wir gingen auf den Zehenspitzen. Maxim befand sich in seinem Ankleidezimmer; vor ihm schützte uns eine dicke Wand und die abgeschlossene Tür. Heute abend war Clarice meine Verbündete und Vertraute. Das Kleid saß wie angegossen. Ich konnte kaum meine Ungeduld zügeln und still stehenbleiben, während Clarice mit vor Aufregung ungeschickten Fingern die vielen Haken zumachte.

«Wie schön es ist, Madam», sagte sie immer wieder und lehnte sich zurück, um mich zu betrachten, «es ist ein Kleid für eine Königin.»

«Wie ist es denn da mit meiner linken Schulter?» fragte ich besorgt. «Wird man das Achselband nicht sehen?»

«Nein, Madam, es ist nichts zu sehen.»

«Wie sehe ich denn aus, steht's mir?» Ich wartete ihre Antwort nicht ab, ich drehte mich vor dem Spiegel, ich runzelte die Stirn, ich lächelte. Ich fühlte mich bereits verwandelt. Der Schwan und das häßliche junge Entlein. Meine eigene unbedeutende Erscheinung war vergessen. «Geben Sie mir die Perücke», sagte ich aufgeregt. «Vorsichtig, drücken Sie die Locken nicht flach, sie müssen richtig voll vom Gesicht abstehen.» Clarice sah mir über die Schulter; ihr rundes Gesicht blickte mich aus dem Spiegel an, ihre Augen glänzten, ihr Mund stand offen. Ich strich mir das Haar glatt hinter die Ohren zurück. Dann ergriff ich das seidige Lockengebilde mit zitternden Fingern und sah Clarice mit einem leisen Lachen an.

«O Clarice!» rief ich aus, «was wird wohl Mr. de Winter dazu sagen?»

Ich bedeckte mein unscheinbares Haar mit der Perücke und mußte mir Mühe geben, ein triumphierendes Lächeln zu unterdrücken. Jemand kam den Gang entlang und klopfte an die Tür.

«Wer ist da?» rief ich voller Schrecken. «Es darf niemand herein.»

«Ich bin es nur, meine Liebe, reg dich nicht auf», hörte ich Beatrices Stimme. «Kann man dich schon ansehen?»

«Nein, nein», entgegnete ich hastig, «du darfst noch nicht herein, ich bin noch nicht fertig.»

Clarice, die sich nicht weniger aufgeregt hatte als ich, reichte mir die Haarnadeln zu, mit denen ich die Locken, die sich in der Schachtel zerdrückt hatten, zurechtsteckte.

«Es dauert nicht mehr lange», rief ich. «Geht nur schon alle hinunter und wartet nicht auf mich. Sag Maxim, er dürfte auch noch nicht kommen.»

«Maxim ist schon unten», sagte Beatrice. «Er guckte eben zu uns herein. Er hat an deiner Badezimmertür geklopft, aber du hast nicht geantwortet. Spanne uns nicht zu lange auf die Folter, Liebste, wir können es schon gar nicht mehr abwarten. Kann ich dir bestimmt nichts helfen?»

«Nein», rief ich ungeduldig, «geht nur, ich bin gleich soweit.»

Ich erkannte das Gesicht, das mir aus dem Spiegel entgegenstarrte, kaum wieder. Waren die Augen nicht größer, der Mund kleiner, und war die Haut nicht auffallend weiß und zart? Die Locken umgaben den Kopf wie eine kleine Wolke. Ich betrachtete dieses Bild, das nicht mein Ebenbild war, und dann lächelte ich, ein neues, gelassenes Lächeln.

«Oh, Clarice, Clarice!» sagte ich. Ich faßte den Rocksaum und machte einen tiefen Knicks vor ihr, so daß die Falbeln über den Boden rauschten. Sie kicherte halb verlegen, halb geschmeichelt, und errötete über und über. Ich stolzierte wie ein Pfau vor dem Spiegel auf und ab.

«Machen Sie bitte die Tür auf», sagte ich dann, «ich werde jetzt hinuntergehen. Laufen Sie voraus und sehen Sie nach, ob alle schon unten sind.» Sie tat, wie ich sie geheißen hatte, und ich hob meinen Rock etwas an und folgte ihr durch den Korridor.

Sie blickte zurück und winkte mir. «Sie sind alle in der Halle», flüsterte sie, «Mr. de Winter, Mr. und Mrs. Lacy, und Mr. Crawley ist auch gerade gekommen.» Ich blickte vorsichtig durch das Geländer hinab. Ja, da waren sie: Giles in seinem weiten Burnus, der gerade unter dröhnendem Lachen das krumme Messer an seiner Seite zeigte; Beatrice in einem sonderbaren grünschillernden Gewand und langen Perlenketten um den Hals; der arme Frank, unsicher und ziemlich blöde in seinem gestreiften Fußballhemd und hohen Wasserstiefeln; und Maxim im Frack, der einzige, der völlig beherrscht geblieben war.

«Was sie bloß so lange macht», hörte ich ihn sagen. «Sie ist ja schon eine ganze Ewigkeit oben. Wir werden die Dinnergäste auf dem Hals haben, ehe wir's uns recht versehen.»

Die Musiker hatten sich ebenfalls umgezogen und bereits ihre Plätze auf der Galerie eingenommen. Der eine stimmte gerade seine Geige; er spielte leise eine Tonleiter und zupfte dann eine Saite. Das Licht von unten fiel auf das Bild von Caroline de Winter.

Ja, das Kleid war eine genaue Kopie nach meiner Skizze: die Puffärmel, die breite Schärpe, die Bänder, der breitrandige, weiche Hut. Und meine Locken umrahmten mein Gesicht ebenso wie die gemalten Locken das Gesicht auf dem Bild. Ich hatte mich noch nie in einer so stolzen und glücklichen Erregung befunden. Ich winkte dem Geiger zu und legte dann warnend den Finger auf den Mund. Er lächelte, verneigte sich und kam lautlos auf mich zu.

«Sagen Sie dem Trommler, daß er mich ankündigen soll», flüsterte ich, «wissen Sie, mit einem Trommelwirbel, und dann muß er ‹Miss Caroline de Winter› rufen. Ich möchte die da unten gern überraschen.» Er nickte; er hatte verstanden. Mein Herz klopfte zum Zerspringen, und meine Wangen glühten. Was für ein Spaß! Was für ein himmlischer, kindischer Riesenspaß! Ich lächelte Clarice zu, die noch hinter mir kauerte, und hob mit beiden Händen den Rock etwas hoch. Dann erfüllte der Trommelwirbel die große Halle und ließ mich einen Augenblick zusammenfahren. Die Gesichter unten in der Halle wandten sich erstaunt und fragend nach oben.

«Miss Caroline de Winter!» rief der Trommler mit lauter Stimme.

Ich trat auf die oberste Treppenstufe und stand da, lächelnd, den Hut in der Hand, wie das junge Mädchen auf dem Bild. Ich wartete auf das Händeklatschen und das Gelächter, während ich langsam die Stufen hinabstieg, aber niemand klatschte, niemand rührte sich.

Sie starrten mich alle entgeistert an. Beatrice stieß einen kleinen Schrei aus, hielt sich aber gleich darauf erschrocken den Mund zu. Lächelnd, die eine Hand auf dem Geländer, ging ich weiter.

«Wie geht es Ihnen, Mr. de Winter?» sagte ich.

Maxim regte sich nicht. Er starrte mich mit kreideweißem Gesicht an. Ich sah, wie Frank auf ihn zuging, als wollte er etwas sagen, aber Maxim wies ihn mit einer ungeduldigen Bewegung zurück. Ich zögerte, bevor ich die nächste Stufe betrat. Irgend etwas stimmte da nicht; sie hatten nicht verstanden. Warum sah

Maxim so aus? Warum standen sie dort alle starr und steif wie Kleiderpuppen, wie von einem Zauberstab berührt?

Endlich ging Maxim auf die Treppe zu, ohne eine Sekunde den Blick von mir abzuwenden.

«Was soll das in drei Teufels Namen heißen?» fuhr er mich an. Seine Augen funkelten vor Zorn aus seinem bleichen Gesicht.

Ich stand wie gelähmt. «Es ist doch das Porträt», sagte ich, von seinem Blick und seiner Stimme entsetzt. «Das Porträt oben in der Galerie.»

Es entstand ein langes Schweigen. Wir starrten einander immer noch an. Niemand rührte sich. Ich schluckte und faßte mir mit der Hand an den Hals. «Was ist denn?» fragte ich, «was habe ich getan?»

Wenn sie mich nur nicht so anstarren wollten, dachte ich, mit diesen ausdruckslosen Gesichtern. Wenn nur jemand etwas sagen wollte! Als Maxim wieder sprach, erkannte ich seine Stimme nicht; sie klang eisig kalt und scharf. So hatte ich sie noch nie gehört.

«Geh wieder rauf und zieh dich um», sagte er. «Ganz gleich, was. Irgendein Abendkleid, was du gerade findest. Aber mach schnell, bevor jemand kommt.»

Ich konnte nichts antworten, ihn nur entsetzt anstarren. Seine Augen waren das einzig Lebendige in diesem totenblassen Antlitz.

«Was stehst du noch da?» sagte er in einem seltsamen Tonfall. «Hast du nicht gehört, was ich sagte?»

Ich wandte mich um und lief blindlings die Treppe wieder hinauf. Auf der Galerie erhaschte ich den erstaunten Blick des Trommlers, der mich angekündigt hatte. Ich hastete an ihm vorüber, stolperte, sah kaum, wo ich hinlief, denn die Tränen verschleierten mir die Augen. Ich wußte nicht, was geschehen war. Clarice war fort. Der Korridor lag verlassen da. Ich sah mich benommen und ratlos um wie ein gehetztes Tier. Dann erst bemerkte ich, daß die Tür zum Westflügel weit offen stand und daß eine Gestalt im Türrahmen lehnte.

Es war Mrs. Danvers. Ich werde nie den Ausdruck auf ihrem Gesicht vergessen. Eine boshafte Schadenfreude leuchtete aus ihren Augen. Das Gesicht eines frohlockenden Teufels! So stand sie da und lächelte mich an.

Und ich lief von ihr fort, den langen schmalen Gang entlang in mein Schlafzimmer, stolpernd, fast fallend, als meine Füße sich in den weiten Falbeln des Kleides verfingen.

17

Clarice erwartete mich in meinem Schlafzimmer. Sie sah blaß und erschreckt aus, und als sie mich erblickte, brach sie in Tränen aus. Ich sagte nichts, sondern begann an den Haken des Kleides zu zerren, daß der Stoff einriß. Ich kam allein nicht damit zurecht, und die laut weinende Clarice half mir.

«Schon gut, Clarice, Sie können ja nichts dafür», sagte ich, und sie schüttelte den Kopf, während ihr die Tränen über die Wangen liefen.

«Ihr schönes Kleid, Madam», schluchzte sie, «Ihr schönes wei-ßes Kleid!»

«Das macht nichts», sagte ich. «Können Sie den Haken nicht finden? Hier am Rücken ist er, und gleich darunter muß noch einer sein.»

Mit zitternden Händen versuchte sie den Haken zu finden und stellte sich noch ungeschickter dabei an als ich selbst und hörte nicht auf zu schlucken und zu schluchzen.

«Was wollen Sie denn statt dessen anziehen, Madam?» fragte sie.

«Ich weiß nicht», antwortete ich. «Ich weiß nicht.» Endlich war es ihr gelungen, das Kleid aufzumachen, und ich schlüpfte her-aus. «Ich würde gern allein sein, Clarice», sagte ich. «Seien Sie so lieb und gehen Sie jetzt hinunter. Nein, nein, machen Sie sich keine Sorgen, ich werde schon allein fertig werden. Und verges-sen Sie, was geschehen ist; ich möchte, daß Sie sich auf dem Ball amüsieren.»

«Soll ich Ihnen nicht schnell etwas aufbügeln, Madam?» fragte sie und sah mich mit ihren immer noch überquellenden, ver-weinten Augen an, «das würde nicht lange dauern.»

«Nein, danke», sagte ich, «lassen Sie nur; Sie würden mir einen größeren Gefallen tun, wenn Sie jetzt gingen, und, Cla-rice ...»

«Ja, Madam?»

«Sagen Sie unten nichts von dem Vorgefallenen.»

«Nein, Madam.» Sie brach in einen neuen Tränenstrom aus.

«Lassen Sie sich vor den anderen nicht so sehen!» sagte ich. «Gehen Sie erst in Ihr Zimmer und waschen Sie sich das Gesicht. Sie brauchen wirklich nicht zu weinen, es liegt gar kein Grund dafür vor.» Es klopfte an der Tür; Clarice warf mir einen ängstlichen Blick zu.

«Wer ist da?» fragte ich. Die Tür öffnete sich, und Beatrice trat ein. Sie kam sofort auf mich zu; sogar jetzt fand ich sie komisch in dieser angeblich orientalischen Aufmachung und den klirrenden, billigen Messingarmbändern.

«Meine Liebste», sagte sie, «meine Liebste!» und streckte mir beide Hände entgegen.

Clarice schlich sich aus dem Zimmer. Ich fühlte mich plötzlich müde und unfähig, mich weiter aufrecht zu halten. Ich ging durchs Zimmer, setzte mich aufs Bett und nahm die Perücke ab. Beatrice sah mir dabei zu.

«Fühlst du dich ganz wohl?» fragte sie. «Du siehst so elend aus.»

«Das macht das Licht – in dem Licht hat man niemals viel Farbe.»

«Bleib nur ein Weilchen sitzen, dann wirst du dich gleich besser fühlen», sagte sie. «Warte, ich werde dir ein Glas Wasser holen.»

Sie ging ins Badezimmer – bei jeder Bewegung klapperten und klirrten ihre Armbänder –, und dann kam sie mit dem vollen Glas in der Hand zurück. Ich trank ein wenig, um ihr einen Gefallen zu tun, obwohl ich gar nichts haben wollte. Es schmeckte schal und warm; sie hatte vergessen, das Wasser ablaufen zu lassen.

«Natürlich wußte ich sofort, daß es sich nur um einen unglücklichen Zufall handeln konnte», sagte sie. «Du konntest ja unmöglich eine Ahnung davon haben – woher solltest du auch.»

«Ahnung wovon?» fragte ich sie.

«Von dem Kostüm, du Ärmste, nach dem Porträt von Caroline de Winter; Rebecca trug nämlich auf dem letzten Ball genau dasselbe, haargenau. Dasselbe Bild, dasselbe Kleid. Und wie du da auf der Treppe standest, dachte ich einen schrecklichen Augenblick lang ...»

Sie beendete den Satz nicht, sondern klopfte mir auf die Schulter.

«Du armer Pechvogel, woher hättest du das wissen sollen?»

«Ich hätte es wissen müssen», sagte ich blöde, indem ich sie verständnislos anstarrte, «ich hätte es wissen sollen.»

«Unsinn, woher denn? Und wir hätten ja auch nicht im Traum darauf kommen können, daß du denselben Einfall haben würdest. Deshalb war es ja ein solcher Schock für uns alle, und Maxim ...»

«Ja, und Maxim?»

«Er glaubt, daß du es absichtlich getan hast. Ihr hattet doch gewettet, daß du ihn überraschen würdest. Natürlich war das von dir nur Spaß, und er hat es mißverstanden. Es traf ihn völlig unvorbereitet. Ich sagte ihm gleich, daß es nie in deiner Absicht gelegen haben konnte und daß nur ein geradezu unwahrscheinlich unglücklicher Zufall es so gefügt hat, daß du auch auf dieses Bild verfallen bist.»

«Es ist meine Schuld, ich hätte es mir denken können.»

«Nein, nein, mach dir keine Sorge, du wirst ihm die Sache schon in aller Ruhe erklären können, und dann ist alles wieder in Ordnung. Die ersten Gäste trafen gerade ein, als ich nach oben ging. Jetzt werden sie beim Cocktail sein. Es wird schon alles gutgehen; ich sagte Frank und Giles, sie sollten irgendeine Geschichte erzählen, daß dein Kostüm nicht gepaßt hätte und wie enttäuscht du wärst.»

Ich schwieg und blieb, die Hände im Schoß, sitzen.

«Was kannst du statt dessen anziehen?» fragte Beatrice und ging an meinen Kleiderschrank. «Hier, wie ist es mit diesem blauen? Das sieht doch ganz reizend aus. Zieh das an. Kein Mensch wird sich daran stoßen. Komm, schnell, ich werde dir helfen.»

«Nein», sagte ich, «nein, ich bleibe hier oben.»

Beatrice sah bestürzt mich und dann das blaue Kleid auf ihrem Arm an. «Aber du mußt doch, meine Liebe», sagte sie ganz ratlos, «du kannst doch nicht einfach wegbleiben.»

«Nein, Beatrice, ich gehe nicht hinunter. Ich könnte es nicht ertragen nach dem, was vorgefallen ist.»

«Aber niemand wird etwas von dem Kleid erfahren», sagte sie. «Frank und Giles halten bestimmt dicht. Wir haben die Geschichte genau zurechtgelegt; der Schneider hat ein falsches Kostüm geschickt, das du nicht verwenden konntest, und deshalb wirst du ein gewöhnliches Abendkleid tragen. Niemand wird etwas dabei finden, und es wird der Stimmung gar keinen Abbruch tun.»

«Du verstehst mich nicht», erwiderte ich. «Das Kleid ist mir ganz egal, darum geht's nicht. Sondern um das, was geschehen ist, was ich angerichtet habe. Jetzt kann ich einfach nicht wieder hinunterkommen, Beatrice!»

«Aber hör doch, Giles und Frank sind voller Verständnis und Mitgefühl und Maxim auch. Es war ja nur der erste Schock. Ich will versuchen, ihn eine Minute allein zu sprechen, dann kann ich ihm alles erklären.»

«Nein», sagte ich, «nein!»

Sie legte das blaue Kleid neben mich auf das Bett. «Inzwischen werden fast alle da sein», sagte sie besorgt und aufgeregt. «Es wird einen komischen Eindruck machen, wenn du dich nicht zeigst. Ich kann doch unmöglich sagen, daß du plötzlich Kopfschmerzen bekommen hast.»

«Warum nicht?» sagte ich erschöpft. «Was macht das schon? Erzähl irgend etwas. Es ist ihnen bestimmt gleichgültig; die meisten kennen mich ja noch gar nicht.»

«Ach, komm schon», drängte sie und streichelte meine Hand. «Auch wenn's dir schwerfällt. Zieh dieses entzückende blaue Kleid an. Denk an Maxim. Schon um seinetwillen mußt du einfach mit mir kommen.»

«Eben, an Maxim denke ich ja die ganze Zeit», sagte ich.

«Aber dann mußt du doch einsehen ...»

«Nein», sagte ich und biß auf meine Nägel und wiegte mich vor und zurück auf dem Bett, «ich kann nicht, ich kann nicht.»

Es klopfte wieder. «Ach, mein Gott, wer ist denn das?» sagte Beatrice und ging zur Tür. «Was ist denn los?»

Sie öffnete die Tür. Draußen stand Giles.

«Die Gäste sind schon alle da, und Maxim hat mich geschickt, um nachzusehen, wo ihr bleibt», sagte er.

«Sie weigert sich, mit hinunterzukommen», erklärte Beatrice.

Ich bemerkte, wie Giles einen hastigen Blick auf mich warf. «Mein Gott, was für ein Durcheinander!» flüsterte er und wandte sich verlegen ab, als er meinem Blick begegnete. «Was soll ich Maxim denn ausrichten?» fragte er Beatrice. «Es ist schon fünf nach acht.»

«Bestell ihm, sie fühlt sich nicht sehr gut, aber sie will versuchen, später herunterzukommen. Und sie sollen nicht mit dem Essen warten. Ich komme gleich nach und werde die Sache schon in Ordnung bringen.»

«Ja, schön, das werde ich tun.» Er warf wieder einen teils neugierigen, teils mitleidigen Blick auf mich. Er schien sich zu wundern, daß ich auf dem Bett saß, und seine Stimme klang so gedämpft, wie Leute sprechen, die nach einem Unfall auf den Arzt warten.

«Kann ich sonst noch irgend etwas tun?» fragte er.

«Nein, geh nur wieder», sagte Beatrice. «Ich komme in einer Minute nach.»

Er verschwand und stapfte in seinem Burnus davon. Dies ist so ein Augenblick, dachte ich, über den ich noch Jahre später lachen und sagen werde: «Erinnerst du dich an Giles als Scheich, und Beatrice trug einen Schleier und klirrende Armbänder?» Die Zeit wird dem Augenblick seine Härte nehmen und ihn zu einer lustigen Erinnerung machen; aber jetzt war mir nicht komisch zumute, jetzt konnte ich nicht lachen. Jetzt war Gegenwart und nicht Zukunft. Das Erlebnis war noch zu frisch, zu wirklich. Ich saß auf dem Bett und zupfte am Kopfkissen und zog eine kleine Feder aus einer Ecke heraus.

«Möchtest du vielleicht etwas Cognac?» versuchte Beatrice es noch einmal. «Es ist zwar nur synthetischer Mut, aber manchmal wirkt's doch Wunder.»

«Nein, danke», sagte ich. «Ich möchte gar nichts.»

«Ich muß jetzt hinuntergehen; Giles sagte ja, sie warten schon mit dem Essen. Bist du sicher, daß ich nichts für dich tun kann?»

«Ja, du brauchst keine Sorge zu haben, Beatrice, und ich dank dir auch schön.»

«Meine Liebe, du brauchst mir nicht zu danken. Ich wünschte, ich könnte irgend etwas für dich tun.» Sie trat vor meinen Spiegel und puderte sich rasch das Gesicht. «Himmel, wie ich aussehe!» sagte sie, «dieser verfluchte Schleier sitzt schon ganz schief, aber das läßt sich jetzt nicht mehr ändern.» Sie ging klirrend aus dem Zimmer und schloß die Tür hinter sich. Ich fühlte, daß ich mir durch meine Weigerung, hinunterzugehen, ihre Sympathie verscherzt hatte. Ich hatte die weiße Fahne aufgezogen, das konnte sie nicht verstehen. Sie gehörte einem anderen Menschenschlag, einer anderen Rasse an. Die Frauen ihrer Rasse hielten jeder Prüfung auf Herz und Nieren stand; ich glich ihnen nicht. Wenn Beatrice an meiner Stelle gewesen wäre, hätte sie sich umgezogen und wäre hinuntergegangen, um ihre Gäste zu begrüßen. Sie hätte lächelnd neben Giles gestanden und ein paar freundliche

Worte mit den Ankommenden gewechselt. Das brachte ich nicht fertig. Ich besaß nicht den Stolz dazu; ich hatte keine Haltung, ich war aus einem anderen Holz geschnitzt.

Ich sah immer noch Maxims glühende Augen in seinem weißen Gesicht und hinter ihm Giles und Beatrice und Frank, wie sie mich entgeistert anstarrten.

Ich erhob mich von meinem Bett und trat ans Fenster. Die Gärtner prüften gerade die Lampen im Rosengarten, um sich zu vergewissern, daß alle brannten. Ein paar lachsfarbene Wölkchen segelten im Westen über den fahlen Himmel. Sobald es dunkel wurde, sollten die Lampen angezündet werden. Im Garten waren Tische und Stühle aufgestellt, falls jemand draußen sitzen wollte. Ich konnte den Duft der Rosen vom Fenster aus riechen. Die Männer lachten und schwatzten miteinander. «Die hier ist durchgebrannt», hörte ich eine Stimme rufen, «kannst du mir eine Ersatzbirne bringen? Eine von den kleinen blauen, Bill.» Er schraubte die Birne ein und befestigte die Lampe an ihrem Platz. Zufrieden pfiff er eine Schlagermelodie vor sich hin, und ich dachte, daß die Kapelle auf der Galerie heute nacht dieselbe Melodie spielen würde. «So, das hätten wir», sagte der Mann und ließ das Licht an- und ausgehen. «Hier ist jetzt alles in Ordnung. Wir wollen uns jetzt mal auf der Terrasse umsehen.» Sie verschwanden pfeifend um die Hausecke.

Ich starrte eine leere Bank an. Die rosa Wölkchen waren grau geworden. Über mir funkelte der Abendstern. Im Wald jenseits des Rosengartens ertönte das letzte schläfrige Zwitschern der Vögel. Eine einsame Möwe flog über den Horizont. Ich wandte mich um und ging wieder zum Bett zurück. Ich hob das weiße Kostüm vom Boden auf und legte es in den Karton mit dem Seidenpapier. Auch die Perücke tat ich wieder in ihre Schachtel. Dann suchte ich in meinem Schrank nach dem kleinen Reisebügeleisen, mit dem ich in Monte Carlo immer die Kleider von Mrs. Van Hopper gebügelt hatte. Es lag hinten in einer Schublade zwischen ein paar Pullovern, die ich lange Zeit nicht getragen hatte. Das Eisen war ein Allstrominstrument, und ich steckte den Stecker in die Steckdose und fing an, das blaue Kleid aufzubügeln, langsam und mit pedantischer Sorgfalt, so wie ich Mrs. Van Hoppers Sachen in Monte Carlo zu bügeln pflegte.

Als ich fertig war, legte ich das Kleid aufs Bett. Dann wischte ich die Schminke ab, die ich für das Kostüm hatte auflegen müssen. Ich kämmte mir das Haar, wusch mir die Hände und zog das blaue Kleid und die dazugehörigen Schuhe an. Ich kam mir wieder so wie damals vor, wenn ich mit Mrs. Van Hopper in das Gesellschaftszimmer des Hotels hinunterging. Ich öffnete die Tür und ging den Korridor entlang. Kein Laut war zu hören. Man hätte glauben können, daß kein Mensch im Haus war. Ich ging auf Zehenspitzen bis zum Ende des Korridors. Die Tür zum Westflügel war geschlossen. Als ich durch die Galerie zur Treppe schritt, vernahm ich ein leises Stimmengewirr aus dem Eßzimmer. Man saß also noch bei Tisch. Die große Halle lag verlassen da. Auch die Galerie war leer; die Musiker aßen wohl auch gerade. Ich hatte keine Ahnung, wie für sie gesorgt wurde. Frank hatte das angeordnet – Frank oder Mrs. Danvers.

Von dem Treppenabsatz aus konnte ich das Bild der Caroline de Winter in der Galerie sehen, die Locken, die ihr Gesicht umrahmten, und das Lächeln auf ihren Lippen. Mir fiel wieder ein, was die Frau des Bischofs damals gesagt hatte, als ich sie besuchte: «Dieser einzigartige Kontrast zwischen dem lockigen dunklen Haar und dem schneeweißen Kleid.» Daran hätte ich denken müssen, dann hätte ich Bescheid gewußt. Wie merkwürdig sich die Instrumente auf der Galerie ausnahmen, die Pulte und die große Trommel. Einer von den Musikern hatte sein Taschentuch auf seinem Stuhl liegenlassen. Ich beugte mich über das Geländer und blickte in die Halle hinab. Bald würde die Schar der Gäste sie füllen. Ihre froh erregten Stimmen würden von der hohen Decke widerhallen, und die Musik würde von hier oben zum Tanz aufspielen.

Dann wäre es um die Stille hier geschehen. Hinter mir knackte es. Ich wandte mich hastig um, aber niemand war da. Die Galerie war menschenleer wie zuvor. Ein Luftzug traf mein Gesicht; jemand mußte ein Fenster im Gang geöffnet haben. Das Stimmengewirr aus dem Eßzimmer schwoll an und ebbte wieder ab. Wie es wohl kam, daß die Dielen geknackt hatten, obwohl ich mich nicht gerührt hatte? Vielleicht arbeitete das alte Holz in der abendlichen Sommerwärme. Ich spürte den Zug immer noch. Ein Notenblatt flatterte von dem einen Pult zu Boden. Ich ging wieder durch die Galerie zurück, und als ich zum Korridor kam, sah ich, daß die Tür zum Westflügel weit offen stand. Es war dunkel in dem angrenzenden Flur, und ich fühlte den Wind durch ein offenes Fenster mir ins Gesicht wehen. Ich tastete nach einem Lichtschalter, konnte aber keinen finden. Jetzt sah ich, welches Fenster es war: das vor dem Knick im Gang; die Vorhänge bauschten sich im Luftzug. Das graue Dämmerlicht zeichnete seltsame Schatten auf den Fußboden. Durch das Fenster hörte ich das Meer, das leise Rauschen, wenn die Wellen bei Ebbe vom Strand zurückfluten.

Ich schloß das Fenster nicht. Einen Augenblick lang blieb ich noch fröstelnd in meinem dünnen Kleid stehen und lauschte dem seufzenden Atem der See. Dann drehte ich mich um, schloß hastig die Tür hinter mir zu und ging zur Treppe zurück.

Unten klangen die Stimmen jetzt lauter herauf. Die großen Flügeltüren des Eßzimmers waren aufgeschlagen; man hatte die Tafel aufgehoben. Robert stand an der offenen Tür; ich hörte Stühlerücken und lebhaftes Reden und Lachen.

Langsam schritt ich die Treppe hinunter, um unsere Gäste zu begrüßen.

Wenn ich an jenen Ball von Manderley zurückdenke – meinen ersten und auch meinen letzten –, dann stehen nur unzusammenhängende Momentbilder vor meinem Auge, aber als Ganzes ist er mir keine Erinnerung mehr. Den Hintergrund bildete ein dunstiges Meer von unbekannten Gesichtern, und von der Galerie kam endlos eintönig ein Wimmern und Dudeln im Dreivierteltakt. Dieselben Paare drehten sich im Kreise mit demselben gefrorenen Lächeln, und mir, die ich neben Maxim unten am Fuß der Treppe die Nachzügler unter unseren Gästen begrüßte, kamen die Tanzenden wie Marionetten vor, die eine unsichtbare Hand an unsichtbaren Fäden sich drehen und wenden ließ.

Da war eine Frau – ihren Namen habe ich nie erfahren, noch habe ich sie je wiedergesehen: sie trug ein erdbeerfarbenes Krinolinenkleid; welches Jahrhundert es repräsentieren sollte, konnte ich nicht feststellen; und jedesmal, wenn sie an mir vorüberkam, spielte die Kapelle einen besonders schwungvollen Walzertakt, zu dem sie sich wiegend in den Armen ihres Partners zurücklehnte und mich gleichzeitig anlächelte. Das geschah jedesmal, bis es zu einer automatischen Geste wurde, einer regelmäßigen Wiederholung wie jene Begegnungen bei einem Spaziergang an Deck eines Schiffes, bei dem man genau weiß, daß sie immer an der gleichen Stelle stattfinden werden.

Ich erinnere mich noch, wie Robert eine Schüssel Halbgefrorenes fallen ließ und was für ein Gesicht Frith machte, als er feststellte, daß Robert der Schuldige war und nicht einer von den

Lohndienern. Ich fühlte eine Regung, auf Robert zuzugehen und mich neben ihn zu stellen und zu sagen: ‹Ich weiß, wie Ihnen zumute ist, ich kann Sie verstehen, ich habe heute abend Schlimmeres angerichtet.› Ich spüre noch das gekünstelte steife Lächeln um meine Lippen, das von der Verzweiflung in meinen Augen Lügen gestraft wurde. Ich sehe die liebe, taktlose Beatrice, wie sie mir ermunternd zunickte, während sie an mir vorbeitanzte; der Schleier glitt immer wieder von ihrem roten erhitzten Gesicht, und das Klimpern ihrer Armreifen war durch den ganzen Saal zu hören. Und ich sehe mich selbst, wie ich mich von Giles, der in seiner Warmherzigkeit glaubte, sich um mich kümmern zu müssen und sich nicht abweisen lassen wollte, in einem wilden Tanz herumwirbeln ließ, wobei er mich so geschickt durch die bunte ausgelassene Menge lenkte wie sein Pferd beim Hindernisreiten. «Da hast du aber mal wirklich ein nettes Kleid an», hörte ich ihn sagen. «Dagegen fallen alle diese albernen Kostüme mächtig ab.» Und ich hätte ihn segnen mögen für diesen rührend einfachen Beweis seines Verständnisses und seines Mitgefühls; er dachte wahrhaftig, der Gute, ich sei enttäuscht, weil ich das Kostüm hatte ausziehen müssen; daß mein einfaches Abendkleid mich bekümmerte, daß ich mich über so etwas grämte.

Frank brachte mir einen Teller mit Huhn und Schinken, von dem ich nichts essen konnte, und Frank stand neben mir mit einem Glas Champagner, den ich nicht trinken mochte.

«Bitte, tun Sie es doch», sagte er leise, «ich glaube, es würde Ihnen guttun», und ich trank drei kleine Schlucke, um ihm einen Gefallen zu tun. Der schwarze Flecken über seinem Auge verlieh ihm ein merkwürdiges, blasses Aussehen und ließ ihn älter, fremd erscheinen. Ich entdeckte Linien in seinem Gesicht, die ich früher nicht bemerkt hatte.

Er bewegte sich zwischen den Gästen wie ein zweiter Gastgeber; er sorgte für ihr Wohlbefinden, achtete darauf, daß sie zu trinken, zu essen und zu rauchen hatten, und er tanzte auch in einer feierlichen, pedantischen Art, indem er seine Partnerinnen mit verbissenem Gesicht über die Tanzfläche spazierenführte. Seine Scheu hinderte ihn daran, seine Piratenrolle mit Leib und Seele zu spielen, und der angeklebte Backenbart, der sich flauschig von der roten Kopfbedeckung über seine Wangen herabzog, hatte in meinen Augen etwas Tragisches. Ich stellte mir vor, wie er in seinem Junggesellenzimmer vor dem Spiegel stand und ihn sich zurechtzupfte. Armer, lieber Frank! Ich fragte ihn nicht, und deshalb erfuhr ich auch nie, wie sehr er diesen letzten Kostümball auf Manderley verwünscht hatte.

Die Kapelle spielte unermüdlich, und die Paare bewegten sich im Tanz wie schwankende Marionetten hin und her, auf und ab, von einem Ende der großen Halle zum anderen, und es war nicht ich, die ihnen zusah, nicht ein fühlendes Wesen aus Fleisch und Blut, sondern eine leblose Puppe mit einem angemalten Lächeln. Die Gestalt daneben schien ebenfalls aus Holz. Ihr Gesicht glich einer lächelnden Maske, und die Augen waren die Augen des Mannes, den ich liebte. Sie sahen durch mich hindurch oder über mich hinweg mit einem kalten ausdruckslosen Blick, der in eine Folterkammer starrte, wohin ich ihm nicht folgen konnte, in eine innere Hölle, zu der ich keinen Zugang hatte.

Er sprach nicht mit mir, er rührte mich nicht an. Wir standen nebeneinander, der Hausherr und die Dame des Hauses, und waren einander doch so fern. Ich beobachtete die Höflichkeiten, die er seinen Gästen erwies. Dem einen warf er ein Wort zu, einem anderen einen Scherz, grüßte mit einem Nicken einen dritten, bedachte einen vierten mit einem Lächeln, und niemand außer mir ahnte, daß jede Bewegung, die er machte, jede Äußerung, die er tat, der automatischen Reaktion einer Maschine glich. Wir waren wie zwei Schauspieler, die im gleichen Stück auftreten, aber nicht aufeinander eingespielt sind. Wir allein litten darunter; wir mußten diese klägliche, verlogene Komödie zu Ende führen, weil alle diese Menschen es von uns verlangten, diese Menschen, die ich nicht kannte und die ich nie wiedersehen wollte.

Der Schicksalswalzer, die Blaue Donau, die Lustige Witwe – eins-zwei-drei, eins-zwei-drei, und rechts herum und links herum und eins-zwei-drei und rechts herum und links herum und eins-zwei-drei. Die Erdbeerdame, eine grüne Dame, dann wieder Beatrice mit zurückgeschlagenem Schleier, Giles mit schweißströmendem Gesicht, dann der Chinese mit einer neuen Partnerin; sie blieben bei uns stehen; ich kannte die Frau nicht, sie war im Tudorstil gekleidet, trug eine weiße Halskrause und ein schwarzes Samtkleid.

«Wann besuchen Sie uns mal?» fragte sie mich, als ob wir alte Bekannte wären, und ich antwortete: «In den nächsten Tagen; wir sprachen neulich erst davon», und wunderte mich, daß mir das

Lügen plötzlich so leicht fiel. «Ein entzückendes Fest, mein Kompliment!» sagte sie, und ich antwortete: «Sehr freundlich, daß Sie das sagen, ja, es ist eine lustige Stimmung, nicht wahr?»

«Ich höre, man hat Ihnen ein falsches Kostüm geschickt?»

«Ja, zu dumm.»

«Auf diese Schneider ist nie Verlaß. Es ist immer dasselbe. Aber Sie sehen wirklich ganz reizend aus in diesem hübschen Blau. Ich beneide Sie direkt darum, wenn ich sehe, wie kühl Sie aussehen; dieser Samt ist furchtbar heiß. Also vergessen Sie nicht, Sie müssen bald zu uns zum Essen kommen.»

«Das werden wir sehr gern tun.»

Wie spät mochte es sein? Ich wußte es nicht. Die Nacht schleppte sich Stunde um Stunde dahin, und immer dieselben Gesichter, dieselben Melodien. Hin und wieder tauchten die Bridgespieler aus der Bibliothek auf wie Eremiten aus ihrer Höhle, um dem Tanz zuzusehen, und zogen sich dann wieder zurück. Beatrice kam mit flatterndem Gewand auf mich zu und flüsterte mir ins Ohr: «Warum setzt du dich nicht? Du siehst aus wie der leibhaftige Tod.»

«Ich fühle mich aber ganz wohl.»

Dann erschien Giles, dem die Schminke vom Gesicht lief und der in seinem dicken Burnus fast kochte, an meiner Seite. «Komm mit auf die Terrasse und sieh dir das Feuerwerk an.»

Und ich ging mit ihm hinaus und starrte zum Himmel empor, während die kindischen Raketen hinaufzischten und herabfielen. Dort in einer Ecke stand die kleine Clarice mit einem von den Knechten. Sie lächelte beseligt und quietschte vor Vergnügen, als ein Frosch zu ihren Füßen knallte und spuckte. Sie hatte ihren Kummer vergessen.

«Hallo, das wird ein Riesending!» Giles sah mit offenem Mund nach oben. «Da, siehst du, bravo, großartig gemacht!»

Das scharfe Zischen der Rakete, wie sie hochstieg, der Knall, als sie zerplatzte, der Sprühregen smaragdgrüner Sterne, ein beifälliges Murmeln der Menge, bewundernde Ausrufe, dann Händeklatschen.

Eine nach der anderen schossen die Raketen pfeilgleich in die Luft, und der Himmel färbte sich grün und blutrot und gold. Manderley hob sich wie ein verzaubertes Schloß von der Dunkelheit ab; die Fenster schienen zu brennen; die grauen Mauern liehen sich gespenstisches Licht von den sprühenden Raketen.

Ein Märchenhaus mitten im dunklen Wald. Und als die letzte Rakete verlöscht war und die Beifallsrufe verstummten, schien die Nacht, die eben noch so festlich gewesen war, plötzlich düster und melancholisch zu werden, und der Himmel wurde zum Leichentuch. Die kleinen Gruppen auf dem Rasen und auf den Wegen lösten sich auf und zerstreuten sich. Die Gäste drängten sich durch die Glastüren in den Salon. Alles, was jetzt kam, war eine Antiklimax; das kümmerliche Nachspiel begann. Wir standen mit blassen, leeren Gesichtern herum. Jemand brachte mir ein Glas Champagner. Ich hörte die ersten Wagen draußen vorfahren.

Man bricht auf, dachte ich. Gott sei Dank, man bricht auf. Die Erdbeerdame fing wieder an zu essen. Es würde noch einige Zeit dauern, bis die Halle sich geleert hatte. Ich sah Frank der Kapelle ein Zeichen geben. Ich stand in der Tür zwischen dem Salon und der Halle neben einem Mann, den ich nicht kannte.

«Das war mal ein gelungener Abend», sagte er begeistert.

«Ja», sagte ich.

«Ich habe mich nicht eine einzige Minute gelangweilt», sagte er.

«Das freut mich.»

«Molly war außer sich, daß sie nicht mitkommen konnte.»

«So?» sagte ich.

Die Kapelle stimmte «Freut euch des Lebens» an. Mein Nachbar ergriff meine Hand und begann sie auf und ab zu schwingen. «Los!» rief er, «alle mitmachen!» Irgend jemand schwang jetzt auch meine andere Hand, und nach und nach taten immer mehr Gäste mit. Wir standen in einem großen Kreis und sangen aus voller Kehle. Der Mann, der sich nicht eine einzige Minute gelangweilt hatte und mir erzählte, daß Molly außer sich gewesen sei, trug ein chinesisches Mandarinkostüm, und seine falschen Nägel verfingen sich in seinen weiten Ärmeln, wie wir so unsere Hände schwangen. Er brüllte vor Lachen. Wir lachten alle. «Freut euch des Lebens!» sangen wir.

Die ausgelassene Fröhlichkeit verebbte mit dem letzten Takt, und der Trommelwirbel kündete das unvermeidliche «God Save the King» an. Das Lächeln wich aus unseren Gesichtern wie fortgewischt. Der Mandarin riß die Absätze zusammen und stand militärisch stramm. Ich weiß noch, daß mir der flüchtige Gedanke kam, ob er wohl Offizier sei. Wie komisch er aussah mit seinem langen, unbeweglichen Gesicht und seinem dünnen chinesischen Schnurrbart. Mein Blick fiel auf die Erdbeerdame. Die Nationalhymne hatte sie mitten im Essen überrascht; in ihrer Hand hielt sie noch den Teller mit Huhn in Aspik. Sie hielt ihn steif vor sich, als ob sie eine Kollekte einsammeln wollte. Alle Munterkeit war aus ihrem Gesicht verschwunden. Als der letzte Ton verklungen war, atmete sie auf und machte sich mit wahrem Feuereifer wieder über ihr Huhn her und redete mit vollem Mund auf einen Bekannten ein. Jemand hatte meine Hand gepackt und schüttelte sie.

«Vergessen Sie nicht, am vierzehnten kommen Sie zu uns zum Essen.»

«Ja.» Ich sah verständnislos hoch.

«Ja, Ihre Schwägerin hat auch versprochen zu kommen.»

«Ach, wie nett!»

«Pünktlich halb neun, kleines Abendkleid. Wir freuen uns schon, Sie bei uns begrüßen zu dürfen.»

«Ja, ich freue mich auch.»

Die Gäste standen schon an, um sich zu verabschieden. Maxim befand sich am anderen Ende des Zimmers. Ich legte mein Lächeln wieder an, das nach dem «Freut euch des Lebens» etwas fadenscheinig geworden war.

«Der netteste Abend seit langem!»

«Wie mich das freut!»

«Vielen Dank für den reizenden Abend.»

«Wie mich das freut!»

«Sehen Sie, wir haben bis zum bitteren Ende durchgehalten.»

«Wie mich das freut!»

Gab es denn keinen anderen Satz in unserer Sprache? Ich lächelte und nickte wie ein Automat, und meine Augen suchten Maxim. Er stand vor der Bibliothekstür, und um ihn herum drängten sich Gäste. Beatrice war ebenfalls von einem Menschenhaufen umgeben, und Giles hatte eine kleine Gruppe Unermüdlicher zum Buffet in den Salon geführt. Frank sah wohl draußen auf der Anfahrt bei den Wagen nach dem rechten. Ich konnte mich kaum noch rühren.

«Auf Wiedersehen und vielen, vielen Dank! Es war zu nett!»

«Wie mich das freut!»

Endlich fing die große Halle an, leerer zu werden. Die fade Atmosphäre nach einem vergangenen Fest schlich sich bereits

243

ein, und ein müder Tag dämmerte herauf. Die Terrasse lag schon im grauen Morgenlicht. Ich konnte allmählich das rauchige Gerüst für das Feuerwerk draußen auf dem Rasen erkennen.

«Auf Wiedersehen, es war ein himmlisches Fest!»

«Wie mich das freut!»

Maxim war zu Frank hinausgegangen; Beatrice gesellte sich zu mir und streifte sich die Armringe ab. «Ich kann die Dinger nicht mehr ausstehen. Himmel, bin ich müde, ich glaube, ich hab nicht einen einzigen Tanz ausgelassen. Es war jedenfalls ein riesiger Erfolg.»

«Meinst du?» fragte ich.

«Meine Liebe, willst du nicht gleich zu Bett gehen? Du siehst ganz abgekämpft aus. Du hast ja fast den ganzen Abend gestanden. Wo sind unsere Männer?»

«Maxim und Frank sind draußen, und Giles ist im Salon.»

«Ich werde mir jetzt etwas Kaffee und Schinken und Eier zu Gemüte führen. Du auch?»

«Nein, danke, Beatrice, lieber nicht.»

«Du hast wirklich entzückend in deinem blauen Kleid ausgesehen. Jeder hat das gesagt. Und kein Mensch hat auch nur etwas geahnt von – von dem Vorfall, du brauchst dir also keine Sorgen zu machen.»

«Nein.»

«An deiner Stelle würde ich erst mal gründlich ausschlafen. Bleib ruhig liegen und laß dir das Frühstück ans Bett bringen.»

«Ja, vielleicht.»

«Soll ich Maxim sagen, daß du schon raufgegangen bist?»

«Ja bitte, Beatrice.»

«Also schön, meine Liebe, schlaf gut.» Sie küßte mich hastig und klopfte mir gleichzeitig auf die Schulter und ging dann in den Salon, um Giles zu suchen. Ich stieg langsam Stufe um Stufe die Treppe hinauf. Die Musiker hatten das Licht in der Galerie gelöscht und waren hinuntergegangen, um sich ebenfalls mit Spiegeleiern und Schinken zu stärken. Einzelne Notenblätter lagen auf dem Boden verstreut. Ein Stuhl war umgefallen. Auf dem Klavier stand ein Aschenbecher, der bis an den Rand mit Asche und Stummeln gefüllt war. Das Nachspiel eines gelungenen Abends. Ich ging den Korridor entlang zu meinem Zimmer. Es wurde mit jeder Minute heller; die Vögel begannen schon zu singen. Ich brauchte kein elektrisches Licht mehr, um mich auszuziehen. Vom Fenster her wehte ein kühler Wind herein. Ich sah hinaus. Die Gäste mußten den Rosengarten während des Abends bevorzugt haben, denn die Stühle waren beiseite gerückt worden. Auf dem einen Tisch stand ein Tablett mit leeren Gläsern. Jemand hatte eine Handtasche liegenlassen. Ich zog die Vorhänge zu, um das Zimmer zu verdunkeln, aber das graue Morgenlicht drang an den Seiten herein.

Ich legte mich ins Bett; meine Beine zitterten vor Müdigkeit, im Rücken verspürte ich Stiche. Ich schloß meine Augen und genoß die angenehme Kühle der sauberen Laken. Ich wünschte, meine Gedanken hätten sich wie mein Körper entspannen und in Schlaf sinken können. Ich preßte meine Hände auf die Augen, aber die Bilder ließen sich nicht verscheuchen.

Wann Maxim wohl kommen würde? Das Bett neben mir sah so kalt und unfreundlich aus. Bald würden alle Schatten aus dem Zimmer gewichen sein und die Wände und die Decke und der Fußboden würden in weißes Morgenlicht getaucht werden. Das Lied der Vögel würde lauter, fröhlicher und nicht mehr so gedämpft erklingen. Die Sonne würde ihre goldenen Kringel auf die Vorhänge malen. Meine kleine Nachttischuhr tickte die Minuten Sekunde um Sekunde aus. Der Zeiger bewegte sich an den Ziffern vorbei. Ich lag auf der Seite und sah ihm zu. Er erreichte die volle Stunde und ließ sie wieder hinter sich zurück und begann den Rundgang aufs neue. Aber Maxim kam nicht.

18

Kurz nach sieben mußte ich eingeschlafen sein. Es war schon heller Tag; die Vorhänge vermochten den strahlenden Sonnenschein nicht auszusperren. Das Licht strömte zum offenen Fenster herein und tanzte flirrend auf der gegenüberliegenden Wand. Ich hörte die Stimmen der Männer, die unten im Rosengarten Tische und Stühle forträumten und die Lichtleitung entfernten. Maxims Bett war immer noch unberührt. Ich lag quer über meinem Bett, die Arme über den Augen verschränkt, eine unbequeme, unnatürliche Lage und zum Schlafen denkbar ungeeignet, aber ich trieb doch allmählich auf das Traumland zu und schlief endlich ein. Als ich aufwachte, war es schon nach elf; Clarice war so leise gewesen, als sie mir das Frühstück brachte, daß ich sie gar nicht gehört hatte. Neben mir stand das Tablett mit der kalten Teekanne; und meine Sachen waren ordentlich zusammengelegt und das blaue Kleid in den Schrank gehängt worden.

Noch wirr und benommen von dem kurzen schweren Schlaf trank ich den kalten Tee und starrte leer vor mich hin. Maxims unbenutztes Bett rief die Erinnerung an den vorherigen Abend wieder wach und brachte mir mit einem eigentümlichen Schmerzgefühl die ganze Qual erneut zum Bewußtsein. Maxim war also gar nicht zu Bett gegangen. Sein Pyjama lag noch säuberlich zusammengefaltet auf der umgeschlagenen Steppdecke. Was hatte Clarice wohl gedacht, als sie ins Zimmer kam? War es ihr aufgefallen? Hatte sie es unten in der Küche erzählt, und war darüber beim Dienstbotenfrühstück gesprochen worden? Ich fragte mich selbst, warum mir das etwas ausmachte und warum mir der Gedanke, daß das Personal sich darüber unterhielt, solches Unbehagen verursachte. Es lag wohl daran, daß ich eine kleinbürgerliche konventionelle Scheu vor jeder Art Klatsch empfand.

Nur deshalb war ich gestern abend in meinem blauen Kleid hinuntergegangen und nicht auf meinem Zimmer geblieben. Es war nichts Tapferes oder Bewundernswertes dabei gewesen; es war nur eine klägliche Angst vor dem Gerede der Leute. Nicht Maxims wegen war ich hinuntergegangen und auch nicht um Beatrices oder Manderleys willen, sondern ausschließlich deshalb, weil ich nicht wollte, daß man glauben könnte, ich hätte mich mit Maxim gestritten. Ich wollte nicht, daß man sich in der Nachbarschaft erzählte: «Es ist ja ganz bekannt, daß sie nicht miteinander auskommen. Er sieht durchaus nicht glücklich aus.» Ja, nur um meinen kleinen persönlichen Stolz zu befriedigen, hatte ich die ganze Nacht dort unten gestanden, nur an mich hatte ich dabei gedacht.

Als ich da so im Bett saß und die Wand anstarrte und in das hereinfallende Sonnenlicht und auf das leere Bett neben mir sah, mußte ich denken, daß es doch nichts Beschämenderes und Erniedrigenderes gab als eine mißglückte Ehe. Nach drei Monaten am Ende zu sein, wie ich es war! Denn ich machte mir keine Illusionen mehr; ich versuchte nicht länger, mir selber etwas einzureden. Der vergangene Abend hatte mir den unwiderlegbaren Beweis geliefert: meine Ehe war gescheitert. Alles, was die

Leute darüber sagen würden, sobald sie etwas davon erfuhren, entsprach der Wahrheit. Wir kamen nicht miteinander aus. Wir waren keine guten Kameraden, wir paßten nicht zueinander. Ich war zu jung und zu unerfahren für Maxim, und vor allem entstammte ich einer anderen Welt. Die Tatsache, daß ich mit verzweifelter, gekränkter Liebe an ihm hing wie ein Kind oder ein Hund, änderte nichts daran. Es war nicht die Art Liebe, die er brauchte. Er brauchte etwas, was ich ihm nicht geben konnte und was ihm vorher zuteil geworden war. Maxim liebte mich nicht, er hatte mich nie geliebt. Unsere Hochzeitsreise in Italien, unser Zusammenleben hier bedeuteten ihm nichts. Was ich für Liebe, Liebe für mich ganz allein, gehalten hatte, war keine Liebe. Er war ein Mann und einsam, und ich war eine Frau und jung, das war alles. Er gehörte mir gar nicht, er gehörte Rebecca. Er dachte immer noch an Rebecca. Rebecca würde ihn immer hindern, mich zu lieben. Es war, wie Mrs. Danvers gesagt hatte: sie befand sich noch auf Manderley, in ihrem Zimmer im Westflügel, in der Bibliothek, im Morgenzimmer, in der Galerie. Selbst in dem kleinen Blumenzimmer, wo ihr Regenmantel noch hing. Und auch im Garten und im Wald und in dem Bootshaus am Strand. Ihre Schritte klangen noch in den Gängen, ihr Duft verweilte noch auf den Treppen. Sie war Mrs. de Winter. Ich hatte hier gar nichts zu suchen. Wie ein unachtsamer Tölpel war ich hier auf fremden Grund und Boden eingedrungen. «Wo ist Rebecca?» hatte Maxims Großmutter ausgerufen. Und Beatrice – wie hatte sie mich damals bei unserer ersten Begegnung gemustert und dann ganz freimütig gesagt: «Du bist so ganz anders als Rebecca!» Und Frank, der immer, wenn ich von Rebecca sprach, so verlegen und zurückhaltend wurde. Rebecca, immer Rebecca. Wo immer ich ging, wo immer ich saß, selbst in meinen Gedanken und in meinen Träumen begegnete ich Rebecca. Ich wußte jetzt, wie sie ausgesehen hatte; ich kannte ihre langen schlanken Beine, ihre schmalen zarten Füße, ihre Schultern, breiter als meine, ihre geschickten, energischen Hände. Hände, die ein Segel raffen, einen Zügel halten konnten. Hände, die Blumen geschmackvoll in Vasen geordnet, ein Schiffsmodell gezimmert hatten, die auf die Titelseite eines Gedichtbandes «Max von Rebecca» geschrieben hatten. Auch ihr ovales, schön geschnittenes Gesicht war mir jetzt vertraut, mit dem reinen weißen Teint und dem duftigen lockigen Haar, das es umgab. Ich kannte ihr Parfüm und konnte mir ihr

Lachen und ihr Lächeln vorstellen. Ich würde ihre Stimme unter tausend anderen heraushören. Ich würde von Rebecca niemals loskommen. Rebecca, immer Rebecca. Sie war stärker als ich.

Ich stand auf und zog die Vorhänge zurück. Die warme Sonne strömte ins Zimmer. Die Gärtner hatten den Rosengarten wieder in Ordnung gebracht. Dann sah ich plötzlich ein Zettelchen, das unter der Tür durchgeschoben worden war. Ich hob es auf und erkannte Beatrices steile Schrift. Sie mußte es nach dem Frühstück mit Bleistift geschrieben haben. «Ich klopfte an Deine Tür, erhielt aber keine Antwort, nehme also an, daß Du meinen Rat befolgt hast und Dich tüchtig ausschläfst. Giles muß gleich wieder nach Hause; er ist gerade angerufen worden, ob er nicht für jemand in unserer Kricketelf aus dem Dorf einspringen könnte, und der Match fängt um zwei an. Wie er allerdings nach dem vielen Champagner, den er sich gestern einverleibt hat, den Ball sehen will, ist mir ein Rätsel. Ich selbst fühle mich ein bißchen wackelig auf den Beinen, habe aber großartig geschlafen. Frith sagt, Maxim sei schon früh unten gewesen. Jetzt ist er nirgends zu entdecken. Grüß ihn also bitte von uns und nochmals vielen Dank für den schönen Abend, wir haben ihn von Herzen genossen. Und mach Dir keine Gedanken mehr wegen des Kostüms. (Der letzte Satz war zweimal dick unterstrichen.) Herzlich, Deine Bee.» Dann noch eine Nachschrift: «Ihr müßt uns bald besuchen kommen.»

Oben in eine Ecke hatte sie neun Uhr dreißig hingekritzelt, und jetzt war es fast halb zwölf. Sie waren also schon fast zwei Stunden fort und mußten bald zu Hause sein.

Mich hielt es nicht länger in meinem Schlafzimmer. Außerdem mußte das Mädchen jetzt darin saubermachen. Vielleicht hatte Clarice doch nicht bemerkt, daß Maxims Bett unberührt geblieben war. Ich zerknüllte die Kissen und das Laken, damit es so aussah, als ob er darin geschlafen hätte. Wenn Clarice nicht schon etwas gesagt hatte, dann brauchte das Hausmädchen auch nichts davon zu erfahren.

Ich badete und zog mich an und ging nach unten. Die Handwerker hatten die Tanzfläche bereits entfernt, und die Blumen waren verschwunden. Auch die Notenpulte waren nicht mehr da; die Musiker hatten wohl einen frühen Zug nach London genommen. Die Gärtner fegten jetzt den Rasen und die Anfahrt, um die Raketenhüllen und Stöcke zu beseitigen. Bald würde nichts mehr an den Kostümball auf Manderley erinnern. Wieviel Arbeit hatten doch die Vorbereitungen gekostet, und wie schnell war man mit dem Aufräumen fertig!

Robert polierte die Tischplatte im Eßzimmer. Er war wieder ganz der alte mit seinem stumpfsinnigen, unbeweglichen Gesicht, nicht mehr nervös und aufgeregt wie in den letzten Wochen.

«Guten Morgen, Robert», sagte ich.

«Guten Morgen, Madam.»

«Haben Sie Mr. de Winter irgendwo gesehen?»

«Er ist gleich nach dem Frühstück hinausgegangen, Madam, noch bevor Mr. und Mrs. Lacy herunterkamen. Seitdem habe ich ihn nicht gesehen.»

«Und Sie wissen auch nicht, wohin er gegangen ist?»

«Nein, Madam.»

Ich ging wieder in die Halle zurück, ich ging durch den Salon ins Morgenzimmer. Jasper stürzte auf mich zu und leckte mir begeistert die Hände, als ob ich nach einer langen Abwesenheit wiedergekehrt wäre. Er hatte die Nacht auf Clarices Bett verbracht, und ich hatte ihn seit dem Tee gestern nachmittag nicht mehr gesehen. Vielleicht waren ihm die Stunden ebenso lang vorgekommen wie mir.

Ich nahm den Hörer ab und verlangte die Nummer des Verwaltungsbüros. Vielleicht war Maxim bei Frank. Ich fühlte, daß ich ihn sprechen mußte. Und wenn es nur zwei Minuten wären. Ich mußte ihm erklären, daß ich das gestern abend nicht absichtlich getan hatte. Selbst wenn das meine letzten Worte an ihn sein sollten, das mußte ich ihm sagen. Der Sekretär antwortete und teilte mir mit, daß Maxim nicht da wäre.

«Aber Mr. Crawley ist da, Mrs. de Winter», sagte er. «Möchten Sie mit ihm sprechen?» Ich wollte es eigentlich nicht, aber er ließ mich nicht zur Antwort kommen, und schon hörte ich Franks Stimme.

«Ist irgend etwas los?» Eine merkwürdige Art, ein Gespräch zu beginnen, schoß es mir durch den Kopf. Er sagte weder guten Morgen noch «Haben Sie gut geschlafen?» Warum fragte er, ob etwas los sei?

«Ich bin's, Frank», sagte ich. «Wo ist Maxim?»

«Ich weiß nicht, ich habe ihn heute noch nicht gesehen. Er ist gar nicht ins Büro gekommen.»

«Nicht ins Büro?»

«Nein.»

«So, na ja, es macht weiter nichts.»

«Haben Sie ihn denn nicht beim Frühstück gesehen?» fragte Frank.

«Nein, ich hab's verschlafen.»

«Wie hat er geschlafen?»

Ich zögerte, aber Frank war der einzige Mensch, dem ich mich anvertrauen konnte. «Er ist gar nicht zu Bett gegangen.»

Am anderen Ende der Leitung herrschte Schweigen, als ob Frank angestrengt nach einer Antwort suchte.

«Oh», sagte er endlich langsam, «so, so.» Und dann, nach einer weiteren Pause: «Ich fürchtete schon so etwas.»

«Frank», sagte ich verzweifelt, «was sagte er gestern nacht, als alle weggegangen waren? Was habt ihr noch gemacht?»

«Giles und Mrs. Lacy und ich haben noch ein Sandwich gegessen», erwiderte er, «Maxim war nicht dabei. Er murmelte irgendeine Entschuldigung und ging in die Bibliothek. Ich bin dann gleich danach gegangen. Aber vielleicht kann Mrs. Lacy Ihnen etwas Näheres sagen.»

«Die beiden sind schon fort», sagte ich, «gleich nach dem Frühstück. Sie schrieb mir einen Zettel. Sie hat Maxim auch nicht mehr gesprochen.»

«Oh», sagte Frank. Die Art, wie er das sagte, wollte mir nicht gefallen. Es klang so bedeutsam und ahnungsvoll.

«Wo glauben Sie, daß er stecken kann?» fragte ich.

«Ich weiß nicht», antwortete Frank, «vielleicht ist er nur spazierengegangen.» Er sprach wie ein Arzt mit den Angehörigen eines Patienten.

«Frank, ich muß ihn sprechen», sagte ich. «Ich muß den Vorfall von gestern aufklären.»

Frank antwortete nicht. Ich sah sein besorgtes, nachdenkliches Gesicht vor mir.

«Maxim glaubt, ich hätte es absichtlich getan», sagte ich, und meine Stimme bebte, und ich konnte es nicht verhindern, daß die Tränen, die mir gestern abend in die Augen gestiegen waren, mir jetzt, sechzehn Stunden später, über die Wangen hinabliefen. «Maxim glaubt, ich hätte einen Scherz machen wollen, einen gemeinen, niederträchtigen Scherz.»

«Nein, nein.»

«Doch, ich weiß es. Sie haben seine Augen nicht gesehen, Sie standen nicht den ganzen Abend neben ihm und beobachteten ihn. Er hat kein Wort mit mir gesprochen, Frank, und mich nicht einmal angesehen. Wir standen den ganzen Abend nebeneinander, ohne miteinander zu reden.»

«Dazu war ja auch keine Gelegenheit», sagte Frank, «bei den vielen Gästen. Natürlich fiel es mir auf; glauben Sie denn, ich kenne Maxim nicht gut genug? Hören Sie ...»

«Ich mache ihm gar keinen Vorwurf», unterbrach ich ihn, «wenn er glaubt, daß ich ihm einen so häßlichen Streich spielen konnte, dann ist es sein gutes Recht, nie mehr mit mir zu sprechen und mich nie wiedersehen zu wollen.»

«So dürfen Sie nicht reden», sagte Frank. «Sie wissen nicht, was Sie da sagen. Darf ich auf einen Augenblick herüberkommen? Ich glaube, ich kann Ihnen alles erklären.»

Was für einen Zweck hatte es, Frank kommen zu lassen und mit ihm im Morgenzimmer zu sitzen? Jetzt konnte ich keine Freundlichkeit mehr gebrauchen. Es war zu spät.

«Nein», sagte ich, «nein, ich will nicht immer und immer wieder davon sprechen. Es ist nun einmal geschehen und kann nicht mehr rückgängig gemacht werden. Vielleicht ist es auch ganz gut so; es hat mich wenigstens etwas erkennen lassen, worüber ich mir schon hätte klar sein sollen, als ich Maxim heiratete.»

«Was wollen Sie damit sagen?» fragte Frank.

Seine Stimme klang merkwürdig scharf. Es war mir unverständlich, was es ihm ausmachen konnte, daß Maxim mich nicht liebte.

«Ich bin mir über ihn und Rebecca klargeworden», sagte ich, und wie ich ihren Namen jetzt aussprach, klang er fremd und abstoßend wie ein verbotenes Wort; ich empfand keine Erleichterung und Freude mehr dabei, nur noch ein heißes Schamgefühl, als beichtete ich eine Sünde.

Frank schwieg. Ich hörte ihn am anderen Ende der Leitung tief Atem holen.

«Was meinen Sie damit?» fragte er noch schärfer und kürzer als zuvor. «Was meinen Sie damit?»

«Er liebt mich nicht, er liebt Rebecca», sagte ich. «Er hat sie nie vergessen können; er denkt immer noch an sie, Tag und Nacht. Mich hat er nie geliebt, immer nur Rebecca, Rebecca, Rebecca.»

Frank stieß einen Laut aus, als ob ihn etwas erschreckt hätte;

aber mir war jetzt gleichgültig, was er von mir dachte. «Jetzt wissen Sie, wie mir zumute ist», sagte ich. «Jetzt werden Sie mich vielleicht verstehen.»

«Mrs. de Winter», sagte er, «hören Sie, ich muß Sie unbedingt sprechen. Es ist von größter Wichtigkeit. Ich kann es nicht durchs Telephon sagen. Hören Sie, Mrs. de Winter?»

Ich warf den Hörer auf die Gabel und erhob mich. Ich wollte Frank jetzt nicht sehen. Er konnte mir ja doch nicht helfen. Das konnte nur ich selbst. Mein Gesicht war vom Weinen ganz fleckig und gerötet. Ich ging im Zimmer auf und ab, biß in mein Taschentuch und zerrte mit den Zähnen daran.

Ein unerklärlich starkes Gefühl bemächtigte sich meiner, daß ich Maxim nie wiedersehen würde. Ja, er war fortgegangen und würde nicht zurückkehren. Ich hatte gespürt, daß Frank das auch glaubte und es nur nicht am Telephon zugeben wollte. Er wollte mich nicht erschrecken.

Ich trat ans Fenster und starrte auf die kleine Lichtung, wo der Faun auf seiner Flöte blies. Die Rhododendren waren verblüht. Ihre Zeit würde erst in einem Jahr wiederkommen. Die hohen Büsche sahen jetzt düster und kahl aus. Eine Nebelbank wälzte sich von der See empor, und ich konnte kaum bis zum Waldrand sehen. Es war sehr heiß und schwül. Die Sonne hatte sich hinter der Nebelwand versteckt. Es war, als ob ein böser Zauber Manderley des Himmels und des Tageslichts beraubt hätte. Einer der Gärtner ging mit einem Schubkarren voll Abfall von gestern abend vorüber.

«Guten Morgen!» sagte ich.

«Guten Morgen, Madam.»

«Der Ball hat Ihnen wohl eine Menge Extraarbeit gemacht», sagte ich.

«Das macht nichts, Madam», sagte er. «Ich glaube, gestern hat sich jeder ordentlich amüsiert, und das ist ja schließlich die Hauptsache.»

«Ja, da haben Sie vielleicht recht», erwiderte ich.

Er warf einen Blick auf den Waldrand, hinter dem das Tal sich zum Strand hinunterzog. Die hohen schwarzen Stämme waren nur noch undeutlich zu erkennen.

«Es zieht sich schön dick zusammen», bemerkte er.

«Ja», sagte ich.

«Ein Glück, daß es nicht gestern abend schon so war.»

«Ja», sagte ich.

Er wartete einen Augenblick, legte dann grüßend die Hand an die Mütze und schob seinen Karren weiter. Ich ging über den Rasen auf den Wald zu. Der Nebel hatte die Zweige und Blätter beschlagen, und es rieselte wie dünner Regen auf mich nieder. Jasper stand mit betrübter Miene und eingekniffenem Schwanz und lang heraushängender Zunge neben mir. Die feuchte Schwüle machte ihn schwerfällig und teilnahmslos. Von meinem Standort konnte ich das Meer hören, das langsame Grollen, mit dem es gegen die Bucht brandete. Der weiße, nach Tang und Seewasser riechende Nebel wälzte sich an mir vorbei auf das Haus zu. Ich legte meine Hand auf Jaspers Kopf. Sein Fell war klatschnaß. Als ich zum Haus zurücksah, konnte ich die Schornsteine und die Umrisse nicht mehr unterscheiden, ich erkannte nur noch eine große dunkle Masse, aus der die hellen Blumenkübel auf der Terrasse und ein paar blinkende Fenster herausleuchteten. Die Läden von Rebeccas Schlafzimmerfenster waren aufgestoßen, und eine Gestalt war in der Öffnung sichtbar. Zunächst sah ich sie nur verschwommen, und einen kurzen qualvollen Augenblick lang glaubte ich, es sei Maxim. Dann bewegte sich die Gestalt und streckte einen Arm heraus, um die Läden zuzuziehen, und da erkannte ich Mrs. Danvers. Sie hatte mich also beobachtet, wie ich hier im Nebel am Waldrand stand. Sie hatte mich langsam über den Rasen hierher wandern sehen; es war gar nicht ausgeschlossen, daß sie mein Gespräch mit Frank vom Nebenapparat in ihrem Zimmer belauscht hatte. Dann wußte sie jetzt, daß Maxim in der vergangenen Nacht nicht in seinem Bett geschlafen hatte. Sie hatte mich sprechen und weinen hören. Sie wußte also auch, welche Rolle ich während der langen Stunden gespielt hatte, in denen ich in meinem blauen Kleid neben Maxim am Fuß der Treppe stand, und daß er mich kein einziges Mal angesehen und kein Wort zu mir gesprochen hatte. Sie wußte es, weil es ihr Plan gewesen war, daß alles so kommen sollte. Ihr Plan war geglückt; sie und Rebecca durften über mich triumphieren.

In einem plötzlichen Impuls ging ich wieder über den Rasen zum Haus zurück. Ich durchquerte die Halle und stieg die große Treppe hinauf; ich ging durch die Galerie und öffnete die Tür zum Westflügel und ging durch den stillen dunklen Korridor, der zu Rebeccas Zimmer führte. Ich machte die Tür auf und trat ein. Mrs. Danvers stand noch vor dem geschlossenen Fenster. «Mrs.

Danvers», sagte ich. Sie wandte sich um, und ich sah, daß ihre Augen gerötet und vom Weinen geschwollen waren wie meine eigenen und daß tiefe Schatten sich auf ihrem bleichen Gesicht abzeichneten.

«Ja, was ist?» sagte sie, und ihre Stimme klang rauh und erstickt von den Tränen, die sie vergossen hatte.

Ich hatte nicht erwartet, sie so vorzufinden. Ich hatte geglaubt, sie würde wieder so lächeln, wie sie gestern abend gelächelt hatte, hartherzig und böse. Und jetzt sah ich nur eine alte Frau vor mir, die elend und müde war.

Ich zögerte mit dem Türknopf in der Hand und wußte nicht, was ich sagen, was ich tun sollte.

Ihre roten, verweinten Augen blickten mich unverwandt an, und ich fand keine Worte. «Ich habe das Menü wie gewöhnlich auf den Schreibtisch gelegt», sagte sie. «Waren Sie mit etwas nicht einverstanden?» Ihre Frage gab mir meinen Mut zurück, und ich trat weiter ins Zimmer hinein.

«Mrs. Danvers», sagte ich, «ich bin nicht hergekommen, um mit Ihnen über das Menü zu reden. Das können Sie sich doch denken.»

Sie antwortete nicht. Ihre linke Hand öffnete und schloß sich.

«Sie haben erreicht, was Sie wollten, nicht wahr?» sagte ich. «Denn Sie haben es doch gewollt. Sind Sie jetzt zufrieden und glücklich?»

Sie drehte sich zur Seite und blickte wieder aus dem Fenster. «Warum sind Sie überhaupt nach Manderley gekommen?» fragte sie mit abgewandtem Gesicht. «Niemand hat Sie hier haben wollen. Wir lebten ganz ungestört, bis Sie kamen. Warum sind Sie nicht dort unten in Frankreich geblieben?»

«Sie scheinen zu vergessen, daß ich Mr. de Winter liebe», entgegnete ich.

«Wenn Sie ihn liebten, hätten Sie ihn nicht geheiratet.»

Darauf wußte ich nichts zu erwidern. Es war eine wahnsinnige, unwirkliche Situation, und Mrs. Danvers fuhr fort, mit ihrer eintönigen, erstickten Stimme zu mir zu sprechen.

«Erst dachte ich, daß ich Sie haßte, aber das tue ich jetzt nicht mehr», sagte sie. «Jedes Gefühl scheint in mir erstorben zu sein.»

«Warum sollten Sie mich auch hassen?» fragte ich. «Was habe ich Ihnen denn getan?»

«Sie haben versucht, Mrs. de Winter zu verdrängen.»

Sie sah mich immer noch nicht an, sondern wandte mir trotzig den Rücken zu. «Ich habe hier doch gar keine Veränderungen vorgenommen», sagte ich. «Ich wollte auf Manderley alles beim alten lassen. Ich habe nie Anweisungen gegeben; ich überließ alles Ihnen. Ich hätte auch gern Freundschaft mit Ihnen geschlossen, wenn Ihr Benehmen es erlaubt hätte. Aber Sie haben sich von Anfang an gegen mich gestellt; ich sah es schon in Ihrem Gesicht, als ich Ihnen zum erstenmal die Hand gab.»

Sie antwortete nicht, und ihre Hand verkrampfte sich in ihrem Kleid. «Viele Menschen heiraten zweimal», fuhr ich fort. «Hunderte von zweiten Ehen werden täglich geschlossen. Sie reden, als ob ich ein Verbrechen begangen, als ob ich mich an einer Toten versündigt hätte, als ich Mr. de Winter heiratete. Haben wir nicht ebensoviel Anspruch darauf, glücklich zu sein wie jeder andere?»

«Mr. de Winter ist nicht glücklich», sagte sie und wandte mir endlich ihr Gesicht wieder zu. «Das kann ein Blinder sehen. Das kann man schon an seinen Augen erkennen. Er ist immer noch im Fegefeuer, genau wie damals, als sie starb.»

«Das ist nicht wahr», sagte ich. «Er war glücklich, als wir zusammen in Frankreich waren; er war jünger, viel jünger, und lachte und war froh.»

«Na ja, er ist doch auch ein Mann», sagte sie. «Kein Mann wird sich auf der Hochzeitsreise nicht amüsieren. Mr. de Winter ist schließlich noch nicht dreiundvierzig.»

Sie lachte verächtlich und zuckte die Achseln.

«Wie können Sie es wagen, so zu mir zu sprechen?» rief ich empört. Ich fürchtete sie nicht mehr. Ich ging auf sie zu und schüttelte sie am Arm. «Sie haben mich dazu verleitet, das Kostüm zu wählen», sagte ich. «Ich wäre nie darauf gekommen, wenn Sie es mir nicht vorgeschlagen hätten. Sie haben es getan, weil Sie Mr. de Winter weh tun wollten. Sie wollten ihm ein Leid zufügen. Hat er nicht schon genug durchgemacht, daß Sie ihm noch diesen häßlichen, gemeinen Streich spielen mußten? Glauben Sie etwa, daß sein Schmerz Rebecca wieder zum Leben erwecken wird?»

Sie schüttelte meine Hand ab, und eine zornige Röte färbte ihr blasses Gesicht. «Was geht mich sein Schmerz an?» sagte sie. «Hat er sich jemals um meinen gekümmert? Glauben Sie, daß es mir Vergnügen gemacht hat, zu sehen, wie Sie an ihrem Platz saßen, ihre Sachen benutzten und dort gingen, wo sie gegangen ist? Oder wenn ich mit anhören mußte, wie Frith und Robert und die anderen von Ihnen als Mrs. de Winter sprachen? ‹Mrs. de Winter ist spazierengegangen.› – ‹Mrs. de Winter möchte heute nachmittag den Wagen haben.› – ‹Mrs. de Winter wird erst um fünf Uhr zum Tee zurück sein.› Während meine Mrs. de Winter, meine Herrin, mit ihrem Lächeln und ihrem schönen Gesicht und ihrem tapferen Herzen, die richtige Mrs. de Winter, tot und kalt und vergessen in ihrer Gruft auf dem Friedhof lag. Wenn er leidet, dann hat er nur, was er verdient. Keine zehn Monate später so ein junges Ding zu heiraten! Jetzt muß er eben büßen. Ich weiß nicht; ich habe seine Augen und sein Gesicht gesehen. Er hat sich selbst sein Fegefeuer geschürt und ist ganz allein dafür verantwortlich. Er weiß, daß sie ihn sieht und daß sie in der Nacht kommt und ihn beobachtet. Und sie kommt nicht mit einem freundlichen Herzen, nicht meine Herrin; sie gehörte niemals zu denen, die stumm und geduldig ein Unrecht über sich ergehen lassen. Sie war dazu geboren, alles zu nehmen, was sie in diesem Leben haben konnte, und das hat sie auch getan. Sie war furchtlos, sie kannte keine Rücksicht. Sie hatte den Mut eines Mannes, meine Mrs. de Winter. Sie hätte auch besser als Junge geboren werden sollen, das hab ich ihr oft gesagt. Ich hab sie schon von klein auf betreut. Das wußten Sie doch, nicht wahr?»

«Nein», sagte ich. «Aber was hat es für einen Zweck, Mrs. Danvers, mir das alles zu erzählen? Ich will nichts mehr hören, ich will nichts von ihr wissen. Ich bin ebensowenig aus Stein wie Sie. Verstehen Sie denn nicht, wie mir zumute ist, wenn ich hier stehe und Sie von ihr sprechen höre?»

Sie achtete gar nicht auf meine Worte, sondern fuhr fort wie eine Irre zu reden, wie eine Fanatikerin, und ihre langen Finger zerrten unablässig an ihrem schwarzen Kleid.

«Sie war schon als Kind eine Schönheit», sagte sie, «so schön wie ein Bild. Die Männer drehten sich auf der Straße nach ihr um, und dabei war sie noch keine zwölf Jahre alt. Sie bemerkte das wohl und blinzelte mir zu, der kleine Teufel. ‹Ich werde bestimmt sehr schön, nicht wahr, Danny?› sagte sie, und ich antwortete: ‹Wart's nur ab, mein Liebes, wart's nur ab.› Sie war schon damals so selbstbewußt wie eine Erwachsene und unterhielt sich mit Männern und Frauen und war so kokett und gescheit wie eine Achtzehnjährige. Sie wickelte ihren Vater um den kleinen Finger, und mit der Mutter hätte sie bestimmt dasselbe getan, wenn sie noch gelebt hätte. Und Einfälle hatte sie, darin konnte sie niemand übertreffen. An ihrem vierzehnten Geburtstag kutschierte sie ganz allein vierspännig, und ihr Vetter, Mr. Jack, kroch zu ihr auf den Bock und versuchte, ihr die Zügel aus der Hand zu nehmen. Wie zwei Wildkatzen haben sie sich gebalgt, während die Pferde durchgingen. Aber sie blieb Siegerin, meine Herrin. Sie knallte ihm die Peitsche um die Ohren, so daß er fluchend und lachend Hals über Kopf vom Wagen stürzte. Das waren mir schon die Richtigen, diese beiden. Mr. Jack haben sie dann in die Marine gesteckt, aber er konnte sich der Disziplin dort nicht fügen; und ich mache ihm keinen Vorwurf daraus. Er hatte viel zuviel Temperament, um gehorchen zu können, genau wie meine Herrin.»

Ich beobachtete sie, abgestoßen und fasziniert zugleich; ein eigentümliches schwärmerisches Lächeln umspielte ihre Lippen und ließ ihr faltiges Totengesicht noch älter und unheimlicher erscheinen. «Niemand hat sie jemals klein bekommen», fuhr sie fort. «Sie tat nur, was sie wollte; sie lebte ihr eigenes Leben. Sie war stark wie eine junge Löwin. Ich erinnere mich noch, wie sie sich mit sechzehn Jahren auf eines der Pferde von ihrem Vater schwang, einen riesigen Hengst, von dem der Stallknecht behauptet hatte, er sei zu wild, um geritten zu werden. Aber sie ließ sich nicht abwerfen. Ich sehe noch, wie sie mit fliegenden Haaren auf ihn einschlug und ihm die Sporen in die Seiten trieb, daß das Blut heruntertropfte; und als sie abstieg, zitterte das Tier am ganzen Körper und war mit Schaum und Blut bedeckt. ‹Das wird er sich schon merken, was Danny?› sagte sie und ging, um sich die Hände zu waschen, so kühl wie stets. Und so hat sie auch das Leben angepackt, als sie erwachsen wurde. Ich habe sie gesehen; ich war immer bei ihr. Sie machte sich aus nichts und aus niemand etwas. Und dann wurde sie zum Schluß doch geschlagen. Aber nicht von einem Menschen. Das Meer hat sie besiegt. Das Meer allein war stärker als sie.»

Sie brach ab; um ihre Lippen zuckte es, ihre Mundwinkel zogen sich herab. Sie fing an, mit offenem Mund zu weinen, aber ihre Augen blieben trocken.

«Mrs. Danvers», sagte ich, «Mrs. Danvers!» Ich stand hilflos vor ihr und wußte nicht, was ich tun sollte. Ich mißtraute ihr nicht länger und hatte keine Angst mehr vor ihr. Aber der Anblick, wie sie da mit trockenen Augen schluchzte, ließ mich schaudern, erregte ein Gefühl von Übelkeit in mir. «Mrs. Danvers», sagte ich.

«Sie sind krank, Sie sollten zu Bett gehen. Gehen Sie doch auf Ihr Zimmer und legen Sie sich hin. Wollen Sie sich nicht ausruhen?»

Sie sah wütend zu mir auf. «Lassen Sie mich doch zufrieden», rief sie. «Was geht es Sie an, wenn ich meinen Kummer zeige. Ich schäme mich nicht. Ich brauche mich nicht in mein Zimmer einzuschließen, wenn ich weinen will. Ich gehe nicht hinter verschlossenen Türen stundenlang in meinem Zimmer auf und ab, wie Mr. de Winter das tut.»

«Was meinen Sie damit?» fragte ich. «Mr. de Winter tut das gar nicht.»

«Er hat es getan», sagte sie. «Damals, als sie starb. In der Bibliothek. Ich hörte ihn, auf und ab, auf und ab. Ich habe ihn sogar dabei durch das Schlüsselloch beobachtet, mehr als einmal, hin und her, hin und her, wie ein gefangenes Tier.»

«Ich will nichts mehr hören», sagte ich, «ich will es nicht wissen.»

«Und dann glauben Sie, daß Sie ihn auf Ihrer Hochzeitsreise glücklich gemacht haben, glücklich gemacht, Sie, ein junges, unerfahrenes Mädchen, das seine Tochter sein könnte! Was wissen Sie schon vom Leben und von den Männern? Sie kommen einfach her und bilden sich ein, Sie könnten Mrs. de Winter ersetzen. Sie – meine Herrin ersetzen! Ha, selbst die Dienstboten haben gelacht, als sie Sie zu sehen bekamen, sogar das kleine Küchenmädchen, dem Sie an Ihrem ersten Morgen hier in den Weg liefen. Ich möchte ja nur wissen, was Mr. de Winter dachte, als er Sie hier nach Ihrer gesegneten Hochzeitsreise anbrachte, und was er gedacht hat, als er Sie zum erstenmal am Eßtisch sitzen sah.»

«Hören Sie jetzt auf damit, Mrs. Danvers», sagte ich. «Gehen Sie bitte auf Ihr Zimmer.»

«Auf mein Zimmer gehen», äffte sie mich nach, «auf mein Zimmer! Die Dame des Hauses hält es für richtiger, mich auf mein Zimmer zu schicken. Und dann, was geschieht dann? Dann laufen Sie zu Mr. de Winter und sagen: ‹Mrs. Danvers ist unfreundlich und unhöflich zu mir gewesen.› Sie werden wieder zu ihm laufen wie neulich, als Mr. Jack mich besucht hatte.»

«Ich habe ihm nichts davon gesagt.»

«Sie lügen», sagte sie. «Wer soll es ihm denn sonst gesagt haben? Es war ja niemand hier. Frith und Robert waren aus, und von den anderen Dienstboten wußte es keiner. Damals nahm ich mir fest vor, es Ihnen beiden heimzuzahlen. Soll er leiden, dachte ich, was geht das mich an. Warum soll mich Mr. Jack nicht hier auf Manderley besuchen dürfen? Er ist der einzige Mensch, mit dem ich noch über Mrs. de Winter sprechen kann. ‹Ich will ihn nicht im Haus haben›, sagte er zu mir, ‹ich warne Sie zum letztenmal!› Er hat also seine Eifersucht noch immer nicht vergessen, wie mir scheint.»

Ich erinnerte mich, wie ich mich hinter dem Geländer auf der Galerie versteckt hatte, als die Tür der Bibliothek sich öffnete: wie Maxims zornige Stimme zu mir heraufklang und wie ich die Worte hörte, die Mrs. Danvers gerade wiederholt hatte. Eifersüchtig – Maxim eifersüchtig.

«Er war eifersüchtig auf sie, als sie lebte, und jetzt ist er immer noch eifersüchtig auf sie, obwohl sie tot ist», sagte Mrs. Danvers. «Er verbietet Mr. Jack das Haus jetzt wie damals. Das zeigt Ihnen doch, daß er sie nicht vergessen hat. Natürlich war er eifersüchtig. Ich war es ja auch. Jeder, der sie kannte, war es. Sie ließ das ganz kalt, sie lachte nur. ‹Ich werde mein Leben leben, wie es mir Spaß macht, Danny›, sagte sie zu mir. ‹Und nichts in der Welt wird mich davon abhalten.› Ein Mann brauchte sie bloß einmal zu sehen, und schon hatte sie ihm den Kopf verdreht. Ich habe es selbst erlebt, wie sie Männer, die sie gerade in London kennengelernt hatte, übers Wochenende herbrachte. Sie fuhren mit dem Boot hinaus zum Baden, und sie veranstalteten Picknicks beim Bootshaus. Natürlich wollten alle ihre Liebhaber werden, das war ja nur verständlich. Und sie lachte und erzählte mir später, was sie gesagt und was sie getan hatten. Es berührte sie alles nicht; sie betrachtete es nur als einen Sport. Und wer sollte da nicht eifersüchtig werden? Alle waren sie eifersüchtig und wie verrückt hinter ihr her. Mr. de Winter, Mr. Jack, Mr. Crawley, jeder, der sie kannte, jeder, der nach Manderley kam.»

«Ich will es nicht wissen», sagte ich. «Ich will es nicht wissen.»

Mrs. Danvers kam auf mich zu, bis sie ganz dicht vor mir stand. «Es hat keinen Sinn, nicht wahr?» flüsterte sie. «Sie werden sie niemals besiegen können; sie ist immer noch Herrin hier, obwohl sie tot ist. Rebecca ist die richtige Mrs. de Winter. Sie sind der Geist und der Schatten. Sie sind hier unerwünscht und vernachlässigt. Na gut, warum räumen Sie nicht das Feld? Warum gehen Sie nicht?»

Ich wich vor ihr zurück, meine alte Furcht und das alte Grauen stiegen wieder in mir hoch. Sie ergriff meinen Arm und umklammerte ihn wie einen Schraubstock.

«Warum gehen Sie nicht?» sagte sie. «Niemand will Sie hier haben, er am allerwenigsten. Er kann sie nicht vergessen. Er möchte wieder allein mit ihr im Haus sein. Sie gehören in die Gruft auf den Friedhof, nicht meine Herrin.»

Sie stieß mich fast zum Fenster und riß die Läden wieder auf; unter mir konnte ich grau und undeutlich in dem dicken Nebel die Terrasse erkennen. «Sehen Sie dort hinunter», zischte sie. «Es ist ganz einfach. Warum springen Sie nicht? Es tut gar nicht weh, wenn man sich das Genick bricht. Es ist ein ganz schneller, freundlicher Tod. Nicht wie Ertrinken. Warum tun Sie es nicht? Springen Sie doch!»

Der Nebel quoll feucht und stickig ins Zimmer, beizte mir die Augen und stach mir in die Nase. Ich klammerte mich mit beiden Händen an das Fensterbrett.

«Haben Sie keine Angst», sagte Mrs. Danvers. «Ich werde Ihnen keinen Stoß geben. Ich werde Ihnen doch nicht noch helfen. Sie können von selbst springen. Was hat es denn noch für einen Zweck für Sie, hier auf Manderley zu bleiben? Sie sind nicht glücklich, und Mr. de Winter liebt Sie nicht. Dafür lohnt es sich doch nicht, weiterzuleben. Warum springen Sie nicht und machen allem ein Ende? Dann werden Sie nicht mehr unglücklich sein.»

Ich sah die Blumenkübel unter mir und die blauen Hortensien mit ihren runden, schweren Blütenköpfen. Die Steinplatten waren glatt und eben, nicht rauh und zackig. Es war nur der Nebel, der sie so weit weg erscheinen ließ, in Wirklichkeit lag das Fenster gar nicht so hoch.

«Springen Sie doch», flüsterte Mrs. Danvers an meinem Ohr, «es tut nicht weh.»

Der Nebel wallte noch dichter empor und entzog die Terrasse meinen Blicken. Die Blumen und die Steinplatten waren unsichtbar geworden. Nur der weiße Dunst umgab mich, der nach Tang und Seewasser roch. Das einzig Gegenständliche waren das Fensterbrett unter meinen Händen und Mrs. Danvers' eiserner Griff um meinen Arm. Wenn ich jetzt sprang, würde ich die Steine mir nicht mehr entgegenstürzen sehen, der Nebel würde sie vor mir verbergen. Der Schmerz würde scharf und kurz sein; ich würde mir das Genick brechen, wie sie gesagt hatte. Es würde nicht so lange dauern wie das Ertrinken. Es wäre gleich vorüber. Und Maxim liebte mich ja nicht. Maxim wollte Manderley wieder für sich und Rebecca haben.

«Haben Sie keine Angst», hörte ich wieder Mrs. Danvers. «Springen Sie.»

Ich schloß die Augen. Mir war schwindlig geworden vom Hinunterstarren, und meine Finger, mit denen ich mich anklammerte, taten weh. Der Nebel stieg mir in die Nase und drang mir in den Mund, erstickend wie ein Wolltuch, wie betäubendes Gas. Ich fing an zu vergessen, daß ich unglücklich war, daß ich Maxim liebte, ich vergaß Rebecca. Bald würde ich nie wieder an Rebecca denken müssen ...

Als ich schon mit einem Seufzer meine Finger lösen wollte, zerbarst plötzlich die weiße Nebelwand und das Schweigen, das sie einhüllte, und das Fenster klirrte unter dem Schock einer Explosion. Ich öffnete die Augen und starrte Mrs. Danvers an. Dem Knall folgte ein weiterer, dann ein dritter, ein vierter. Das Echo erschütterte die Luft, und unsichtbare Vogelschwärme schwangen sich vom Wald auf und umkreisten schreiend das Haus.

«Was war das?» fragte ich ganz benommen. «Was ist geschehen?»

Mrs. Danvers gab meinen Arm frei. Sie blickte starr in den Nebel hinaus. «Die Signalraketen! Es muß ein Schiff in der Bucht gestrandet sein.»

Schweigend lauschten wir und blickten in die wirbelnden weißen Schwaden. Und dann hörten wir auf der Terrasse unten eilige Schritte.

19

Es war Maxim; ich konnte ihn nicht sehen, aber ich hörte seine Stimme. Er rief im Laufen nach Frith. Ich hörte Frith aus der Halle antworten und auf die Terrasse hinauskommen. Ihre Gestalten tauchten schattengleich aus dem Nebel auf.

«Es ist aufgelaufen», sagte Maxim. «Ich beobachtete es schon von der Landzunge aus und sah es geradewegs in die Bucht und auf das Riff zusteuern. Während der Flut werden sie niemals loskommen. Sie müssen die Bucht mit dem Hafen von Kerrith verwechselt haben. Der Nebel steht da draußen wie eine Wand. Sagen Sie Bescheid, daß etwas Warmes zu essen und zu trinken bereitgehalten wird, falls die Leute etwas haben wollen. Und rufen Sie Mr. Crawley an und sagen Sie ihm, was geschehen ist. Ich gehe zurück zur Bucht. Bringen Sie mir ein paar Zigaretten.»

Mrs. Danvers zog sich vom Fenster zurück. Ihr Gesicht war wieder die ausdruckslose weiße Maske, die ich so gut kannte.

«Wir gehen jetzt wohl besser hinunter», sagte sie. «Frith wird mich suchen. Vielleicht bringt Mr. de Winter die Leute von dem Schiff ins Haus, wie er andeutete. Vorsicht, Ihre Finger, ich will das Fenster schließen.» Noch immer etwas benommen und taumelig trat ich zurück; ich konnte weder aus ihr noch aus mir selbst klug werden. Ich sah ihr zu, wie sie die Läden festmachte, das Fenster schloß und die Vorhänge zuzog.

«Ein Glück, daß das Meer nicht stürmisch ist», meinte sie. «Sonst wären sie wohl kaum mit dem Leben davongekommen. Aber bei so ruhigem Wetter besteht keine Gefahr. Das Schiff wird allerdings verloren sein, wenn es auf das Riff aufgelaufen ist, wie Mr. de Winter sagte.»

Sie sah sich im Zimmer um, um sich zu vergewissern, daß alles ordentlich an seinem Platz stand. Sie strich die Decke auf dem breiten Bett glatt. Dann ging sie zur Tür und hielt sie für mich auf. «Ich werde heute lieber ein kaltes Essen anrichten lassen», sagte sie. «Dann spielt es keine Rolle, wann Sie zu Tisch gehen. Mr. de Winter wird nicht um eins schon wieder zum Essen zurückeilen wollen, wenn er dort unten in der Bucht beschäftigt ist.»

Ich versuchte ihre Worte zu erfassen und ging dann zur Tür. Ich fühlte mich so steif, als ob meine Glieder aus Holz wären.

«Wenn Sie Mr. de Winter sehen, Madam, sagen Sie ihm doch bitte, daß er die Leute von dem Schiff ruhig herschicken soll. Ich werde dafür sorgen, daß sie jederzeit etwas Warmes zu essen bekommen.»

«Ja», sagte ich. «Ja, Mrs. Danvers.»

Sie wandte mir den Rücken und ging durch den Korridor zur Treppe, die hinunter zu den Küchenräumen führte: eine merkwürdige hagere Gestalt in ihrem schwarzen Kleid, dessen Rock den Boden fegte wie die Röcke, die man vor dreißig Jahren trug. Dann bog sie um eine Ecke und war verschwunden.

Ich ging langsam zur Galerie, so verwirrt, als sei ich eben erst aus einem langen Schlaf erwacht. Ich ging die Treppen hinunter, ohne zu wissen, was ich unten tun sollte. Frith durchquerte gerade die Halle auf dem Weg zum Eßzimmer. Als er mich sah, blieb er stehen und wartete, bis ich unten war.

«Mr. de Winter war vor ein paar Augenblicken noch hier, Madam», sagte er. «Er holte nur ein paar Zigaretten und ging wieder zum Strand zurück. Ein Schiff soll dort aufgelaufen sein.»

«Ja», sagte ich.

«Haben Sie die Raketen gehört, Madam?»

«Ja», sagte ich.

«Das mit dem Schiff ist ja aber auch kein Wunder bei diesem Nebel, Madam. Das habe ich auch gerade zu Robert gesagt. Es ist schon schwer genug, sich auf dem festen Lande zurechtzufinden, wieviel schwieriger muß es dann erst auf dem Wasser sein.»

«Ja», sagte ich.

«Wenn Sie Mr. de Winter noch einholen wollen, er ist vielleicht vor fünf Minuten gegangen.»

«Ja, danke Frith», sagte ich.

Ich ging auf die Terrasse hinaus. Die Bäume jenseits der Rasenfläche begannen bereits wieder Gestalt anzunehmen. Der Nebel lichtete sich, er stieg in kleinen Wolken zum Himmel, und um meinen Kopf dampfte und wirbelte es. Ich blickte zu den Fenstern im Westflügel empor. Sie waren alle fest geschlossen und sahen so aus, als ob sie sich nie mehr öffnen würden.

An jenem großen Fenster in der Mitte hatte ich vor wenigen Minuten gestanden. Wie hoch es lag, von hier aus gesehen, wie tot und unpersönlich es jetzt wirkte. Die Steinplatten unter meinen Füßen fühlten sich hart und fest an. Ich blickte auf den Boden und dann wieder hinauf zum Fenster, und plötzlich begann sich alles vor meinen Augen zu drehen, und mir wurde ganz heiß. Der Schweiß lief mir von der Stirn. Vor meinen Augen tanzten schwarze Flecken. Ich ging wieder in die Halle und ließ mich in einen Sessel fallen. Meine Hände waren feucht. Ich saß ganz still und hielt meine Knie umklammert.

«Frith», rief ich. «Frith, sind Sie noch im Eßzimmer?»

«Ja, Madam?» Er kam sogleich herbeigeeilt und lief auf mich zu.

«Frith, ich würde gern ein Glas Cognac haben.»

«Gewiß, Madam.»

Ich blieb regungslos sitzen, bis er mit dem Cognac auf einem Silbertablett zurückkehrte.

«Fühlen Sie sich nicht wohl, Madam?» fragte Frith. «Soll ich Clarice rufen?»

«Nein, danke, Frith, mir wird gleich besser sein», antwortete ich, «die Hitze ist mir vielleicht etwas zuviel geworden.»

«Ja, es ist sehr heiß, Madam, wirklich sehr heiß, fast schwül, möchte ich sagen.»

«Ja, Frith, richtig schwül.»

Ich trank den Cognac aus und stellte das Glas auf das Tablett zurück.

«Vielleicht hat Sie der Knall der Raketen erschreckt», meinte Frith. «Es kam so plötzlich.»

«Ja, das stimmt», sagte ich.

«Und vielleicht hat Sie auch der heiße Morgen nach dem langen Stehen gestern abend etwas angestrengt, Madam.»

«Ja, das ist möglich», sagte ich.

«Wollen Sie sich nicht eine halbe Stunde hinlegen? In der Bibliothek ist es ganz kühl.»

«Nein, nein, ich werde gleich wieder hinausgehen. Es ist schon gut, Frith.»

«Sehr wohl, Madam.»

Er ging und ließ mich allein in der Halle. Es war angenehm ruhig und kühl dort. Nichts erinnerte mehr an das Kostümfest; als ob der Ball gar nicht stattgefunden hätte. Die Halle sah genauso grau und streng aus wie immer, mit den Stichen und den Waffen an der Wand. Ich konnte es kaum glauben, daß ich gestern abend hier am Fuß der Treppe in meinem blauen Kleid gestanden und fast fünfhundert Menschen die Hand geschüttelt hatte; daß auf der Galerie eine Musikkapelle gesessen und gespielt hatte. Ich erhob mich und trat auf die Terrasse hinaus.

Der Nebel zerteilte sich und stieg nach oben bis zu den Baumwipfeln. Ich konnte den Waldrand wieder deutlich erkennen. Die blasse Sonne über mir versuchte die graue Wolkenschicht zu durchdringen. Es war noch heißer geworden. Schwül, wie Frith gesagt hatte. Eine Biene summte an mir vorbei einem Duft zu, laut surrend, und verstummte plötzlich, als sie ihre Blüte gefunden hatte. Auf dem Grashang jenseits des Rasens setzte einer der Gärtner die Mähmaschine in Gang. Ein von dem Klappern aufgescheuchter Hänfling flog zum Rosengarten hinüber. Der Gärtner schob vornübergebeugt seine Maschine langsam vor sich her, das abgeschnittene Gras und die Köpfe der Gänseblümchen stoben hinter den sich drehenden Messern hervor. Der süße warme Grasgeruch zog zu mir herüber, und die Sonne schien jetzt heiß auf mich hernieder. Ich pfiff Jasper, aber er kam nicht. Vielleicht war er Maxim zum Strand hinunter gefolgt. Und da begriff ich erst, daß Maxim nicht fortgegangen war, wie ich befürchtet hatte. Die Stimme, die ich auf der Terrasse gehört hatte, war ruhig und bestimmt gewesen, die Stimme, die ich kannte. Nicht die Stimme von gestern abend, als ich auf der Treppe stand. Maxim war nicht fortgegangen. Er befand sich jetzt da unten irgendwo in der Bucht. Er war wieder ganz der alte, gelassen und beherrscht. Er war nur spazierengegangen, wie Frank angenommen hatte. Er war auf der Landzunge gewesen und hatte von da aus das Schiff bemerkt. Meine Ängste waren grundlos. Ich brauchte mir um Maxim keine Sorgen zu machen. Was ich empfunden hatte, war unwürdig, scheußlich und wahnsinnig gewesen, etwas, was ich auch jetzt noch nicht richtig verstehen konnte, woran ich nicht mehr denken wollte; was ich auf immer tief in den schattigen Winkeln meines Unterbewußtseins vergraben wollte, wo auch die Schrecken meiner Kindheit ruhten. Dies alles war jetzt unwichtig geworden, weil ich Maxim in Sicherheit wußte.

Dann ging ich den steilen, gekrümmten Pfad durch den finsteren Wald zur Bucht hinunter.

Der Nebel hatte sich fast ganz aufgelöst, und als ich am Strand ankam, erblickte ich sogleich das Schiff, das etwa zwei Meilen entfernt mit dem Bug auf dem Riff aufsaß. Ich schritt über die Mole und lehnte mich am äußersten Ende gegen die steinerne Brüstung. Auf den Felsen wimmelte es bereits von Menschen, die längs der Küste von Kerrith herübergekommen sein mußten. Die Felsen und die Landzunge gehörten zu Manderley, aber der Weg am Meer entlang war seit jeher der öffentlichen Benutzung freigegeben. Einige kletterten die Felsen bis zum Wasserspiegel hinab, um das gestrandete Schiff besser sehen zu können. Es hatte schon schwere Schlagseite; das Heck lag tief im Wasser, und eine Anzahl Ruderboote umkreisten es. Das Rettungsboot war ebenfalls draußen. Ich konnte eine Gestalt darin stehen sehen, die etwas durch ein Megaphon rief. Dort draußen hielt sich der Nebel noch, und ich konnte den Horizont nicht erkennen. Ein Motorboot kam aus dem Nebel ins Licht. Einer von den Insassen trug eine Uniform. Das mußte der Hafenmeister von Kerrith sein, und der Mann neben ihm war wohl ein Vertreter von Lloyd. Ein zweites Motorboot folgte mit einem Schub Feriengästen aus Kerrith. Sie fuhren ganz nahe an das gestrandete Schiff heran, und ich hörte ihre aufgeregten Stimmen über das ruhige Wasser hallen.

Ich verließ die Mole und kletterte über die Klippen dorthin, wo die anderen Menschen standen. Maxim konnte ich nirgends sehen, aber Frank war da und sprach mit einem der Männer von der Küstenwache. Ich traute mich zuerst nicht, zu ihm hinzugehen. Ich fühlte mich plötzlich verlegen. Vor kaum einer Stunde hatte ich ihm am Telephon etwas vorgeweint und wußte jetzt nicht, wie ich mich verhalten sollte. Er erblickte mich und winkte mir zu. Ich trat zu ihm.

«Wollen Sie sich auch das Theater ansehen, Mrs. de Winter?» fragte der Küstenwächter, der mich kannte, lächelnd. «Ich fürchte, das wird noch ein schweres Stück Arbeit geben. Möglich, daß die Schlepper es loskriegen, aber ich bezweifle es. Das Schiff ist mit voller Fahrt aufgelaufen und sitzt jetzt eisern fest.»

«Was wird man denn tun?»

«Es wird gleich ein Taucher hinuntersteigen, um nachzusehen, ob der Kiel durchgebrochen ist», antwortete er. «Da, der Mann mit der roten Mütze. Wollen Sie mal durchs Glas sehen?»

Ich nahm seinen Feldstecher und stellte ihn auf das Schiff ein. Eine kleine Gruppe Männer stand am Heck über die Reling gebeugt. Einer von ihnen zeigte auf etwas. Der Mann im Rettungsboot rief immer noch durch das Megaphon.

Der Hafenmeister von Kerrith gesellte sich zu den Männern am Heck. Der Taucher mit der roten Mütze saß in dem grauen Motorboot der Hafenmeisterei.

Das Ausflüglerboot lag jetzt mit abgestelltem Motor vor dem Schiff, und eine von den Frauen photographierte. Ein Möwenschwarm hatte sich auf dem Wasser niedergelassen und schrie hungrig in der Hoffnung auf Abfälle.

Ich reichte dem Küstenwächter das Glas zurück.

«Es scheint nichts zu passieren», sagte ich.

«Sie werden den Taucher gleich hinunterlassen», sagte der Küstenwächter. «Die reden wahrscheinlich nur ein bißchen hin und her wie alle Ausländer. Da kommen die Schlepper.»

«Die werden es nie schaffen», sagte Frank. «Sehen Sie doch nur, wie schief das Schiff liegt. Es ist da draußen doch viel flacher, als ich angenommen hätte.»

«Ja, das Riff zieht sich ziemlich weit hinaus», bemerkte der Küstenwächter, «normalerweise bemerkt man es nicht, wenn man mit einem Ruderboot dort draußen herumfährt. Aber ein Schiff mit dem Tiefgang kommt natürlich nicht darüber hinweg.»

«Ich war drüben in der anderen Bucht, als die Signalraketen abgeschossen wurden», sagte Frank. «Ich konnte kaum drei Schritt weit sehen. Da gingen die Dinger plötzlich mitten aus dem Nebel los.»

Ich dachte, wie ähnlich doch die Menschen auf ein ungewöhnliches Ereignis reagieren. Frank erzählte seine Fassung von der Geschichte mit derselben Wichtigkeit wie Frith. Ich wußte, daß er zum Strand hinuntergegangen war, um Maxim zu suchen, und ich wußte, daß er ebenso in Sorge gewesen war wie ich. Und nun war alles vergessen und abgetan: unser Telephongespräch, unsere Angst, die Dringlichkeit, mit der er mich sprechen wollte – und nur, weil ein Schiff im Nebel gestrandet war.

Ein kleiner Junge kam auf uns zugelaufen. «Werden die Matrosen alle ertrinken?» fragte er.

«Die nicht, mein Sohn, denen geht es wunderbar», sagte der Küstenwächter. «Die See ist so ruhig wie ein Spiegel. Diesmal ist nichts zu befürchten.»

«Wenn's gestern nacht passiert wäre, hätten wir sie sicher nicht gehört», sagte Frank. «Wir haben bei dem Feuerwerk ja wenigstens fünfzig große Raketen losgelassen, die kleinen gar nicht gerechnet.»

«Aber wir wären schon aufmerksam geworden», meinte der Küstenwächter. «Uns wäre ja die Richtung, aus der Knall und Blitz kamen, aufgefallen. Hier, sehen Sie mal, Mrs. de Winter, der Taucher setzt gerade seinen Helm auf.»

«Ich will den Taucher auch sehen», sagte der Junge.

«Dort ist er», sagte Frank, indem er sich zu ihm herabbeugte und mit dem Finger zeigte. «Der Mann da mit dem Helm. Er wird gleich ins Wasser gelassen.»

«Wird er denn nicht ertrinken?» fragte der Junge.

«Taucher ertrinken nicht», erklärte der Küstenwächter. «Vom Schiff aus bekommt er die ganze Zeit Luft zugepumpt. Paß mal auf, wie er untertaucht, da, schon ist er verschwunden.»

«Die bekommen heute nichts zu tun», sagte der Küstenwächter.

«Nein», sagte Frank, «aber ich glaube, die Schlepper auch nicht. Diesmal wird der Schiffausschlachter den Verdienst einstecken.»

Die Möwen flatterten über unseren Köpfen; einige ließen sich auf den Klippen nieder, andere, mutigere, umschwammen das Schiff.

Der Küstenwächter nahm seine Mütze ab und wischte sich die Stirn.

«Mächtig drückend heute», sagte er.

Das Ausflüglerboot nahm jetzt ebenfalls Kurs auf Kerrith. «Denen ist es zu langweilig geworden», sagte der Küstenwächter.

«Ich kann es ihnen nicht verdenken», meinte Frank. «Es kann noch Stunden dauern, bis sich irgend etwas ereignet. Der Taucher muß ja erst Bericht erstatten, bevor sie entscheiden können, ob das Schiff wieder flott zu bekommen ist oder abgewrackt werden muß.»

«Ja, das stimmt», sagte der Küstenwächter.

«Es hat, glaube ich, nicht viel Sinn, hier herumzustehen», sagte Frank. «Wir können doch nichts ausrichten, und außerdem habe ich Hunger.»

Ich schwieg. Er zögerte und blickte mich fragend an. «Was werden Sie tun?» fragte er.

«Ich werde doch noch ein bißchen bleiben», sagte ich. «Das Mittagessen kann warten. Ich möchte gern sehen, was mit dem Taucher wird.» Ich wollte nicht mit Frank nach Hause gehen, ich wollte allein sein; der Küstenwächter störte mich nicht.

«Sie werden gar nichts zu sehen bekommen», sagte Frank. «Begleiten Sie mich lieber und essen Sie mit mir.»

«Nein, danke, Frank», sagte ich, «wirklich nicht.»

«Na schön, wie Sie wollen. Sie wissen ja, wo ich zu finden bin, falls Sie mich brauchen. Ich bin den ganzen Nachmittag im Büro.»

«Ja», sagte ich.

Er nickte dem Küstenwächter zu und ging zum Strand hinunter. Ich war mir nicht sicher, ob ich ihn nicht vielleicht gekränkt hatte. Aber das ließ sich jetzt nicht ändern. Eines Tages würde sich schon alles wieder einrenken. So viel hatte sich ereignet, seitdem wir miteinander gesprochen hatten, und ich wollte jetzt an nichts mehr denken müssen. Ich wollte nur still auf den Felsen sitzen und aufs Schiff hinaussehen.

«Ein feiner Kerl, Mr. Crawley», sagte der Küstenwächter.

«Ja», sagte ich.

«Er würde für Mr. de Winter durchs Feuer gehen.»

«Ja, ich glaube, das würde er tatsächlich fertigbringen.»

Der kleine Junge sprang immer noch aufgeregt um uns herum. «Wann kommt denn der Taucher wieder?» fragte er.

«Noch nicht so bald, mein Sohn», sagte der Küstenwächter.

Eine Frau in einem rosa-weiß gestreiften Kleid kam über die Klippen auf uns zu. «Charlie? Charlie? Wo steckst du denn?» rief sie.

«Da kommt deine Mutter, jetzt setzt's was!» sagte der Küstenwächter.

«Ich hab den Taucher gesehen, Mami», schrie der Junge.

Die Frau nickte uns lächelnd zu. Ich kannte sie nicht. Sie war wohl ein Feriengast aus Kerrith. «Es wird wohl jetzt nicht mehr viel zu sehen geben», sagte sie. «Da unten sagen sie, daß das Schiff noch tagelang draußen liegen wird.»

«Sie warten erst den Bericht des Tauchers ab», sagte der Küstenwächter.

«Ich verstehe nicht, wie ein Mensch dazu zu kriegen ist, so lange unter Wasser zu bleiben», sagte die Frau. «Hoffentlich bezahlt man sie wenigstens gut.»

«Das tut man auch», sagte der Küstenwächter.

«Ich will ein Taucher werden, Mami», rief der Junge.

«Da mußt du deinen Vater fragen, Charlie», sagte die Frau und lachte uns an. «Ein schönes Fleckchen Erde ist das hier, nicht wahr?» wandte sie sich dann an mich. «Wir wollten hier picknicken und ahnten ja nicht, daß wir in den Nebel geraten und sogar noch ein Schiffsunglück erleben würden. Ich persönlich kann ja nichts Aufregendes dabei finden.»

«Nein, viel zu sehen ist ja auch nicht», sagte der Küstenwächter.

«Das ist ein schöner Wald dort drüben», sagte die Frau. «Aber ich glaube, er gehört zu einem Privatbesitz.»

Der Küstenwächter räusperte sich verlegen und sah mich an. Ich kaute an einem Grashalm und blickte zur Seite.

«Ja, das ist privater Besitz», sagte er.

«Mein Mann hat gesagt, daß alle diese großen Grundstücke eines Tages aufgeteilt und Einfamilienhäuser darauf gebaut werden würden», sagte die Frau. «Ich hätte nichts dagegen, so ein kleines Haus hier an der See zu haben. Aber im Winter stelle ich's mir nicht schön vor.»

«Ja, im Winter ist es hier sehr einsam», sagte der Küstenwächter.

Ich kaute weiter an meinem Grashalm. Der kleine Junge spielte um uns herum. Der Küstenwächter sah auf seine Uhr. «Es wird Zeit für mich», sagte er, «auf Wiedersehen.» Er grüßte mich und schlug den Pfad nach Kerrith ein. «Komm, Charlie, wir wollen Vater suchen gehen», sagte die Frau. Sie nickte mir freundlich zu und wanderte über den Felsen landeinwärts. Der kleine Junge rannte ihr nach. Ein Mann in kurzen Sporthosen und buntgestreifter Tennisjacke winkte ihr. Sie setzten sich alle neben einen Wacholderbusch, und die Frau fing an, ihren Picknickkorb auszupacken.

Ich wünschte, ich hätte einmal vergessen dürfen, wer ich war, und mich zu ihnen setzen und mit ihnen hartgekochte Eier und belegte Brote essen, mich mit ihnen unterhalten und auch so vergnügt und laut lachen können. Und danach würden wir langsam nach Kerrith zurückgehen, unterwegs im Wasser plantschen, über den Sand um die Wette laufen und schließlich im Gasthaus einen ausgedehnten Tee mit Toast und Krabben zu uns nehmen. Statt dessen mußte ich allein durch den Wald nach Manderley gehen und auf Maxim warten. Und ich wußte nicht, was wir miteinander sprechen sollten, wie er mich ansehen, wie seine Stimme klingen würde. Aber ein Weilchen blieb ich noch sitzen. Ich war nicht hungrig, ich mochte nicht essen.

Immer mehr Menschen kamen, um sich das Schiff anzusehen. Es war ein Erlebnis, von dem man zu Hause erzählen konnte. Die Gesichter waren mir alle unbekannt. Das Meer lag bleiern schwer und unbeweglich da; die Möwen flogen nicht mehr über meinen Kopf, sie ruhten sich jetzt alle auf dem Wasser aus. Im Laufe des Nachmittags kamen immer neue Boote mit Ausflüglern an der Unglücksstelle an; heute war ein großer Tag für die Bootsvermieter von Kerrith. Der Taucher wurde wieder emporgezogen und stieg dann noch einmal hinunter. Der eine Schlepper dampfte fort, während der andere blieb. Der Taucher blieb das zweitemal nur kurze Zeit unten, und dann fuhren er und der Hafenmeister mit dem grauen Motorboot weg. Die Besatzung des Schiffes vertrieb sich die Zeit damit, die Möwen zu füttern. Nichts ereignete sich. Die Ebbe hatte ihren Tiefstand erreicht, und das Schiff lag gefährlich schief und zeigte fast den ganzen Kiel. Im Westen zogen feine Schäfchenwolken auf, und die Sonne stach nicht mehr so unbarmherzig. Aber es war noch immer sehr heiß. Die Frau im rosagestreiften Kleid nahm ihren kleinen Jungen an die

Hand; der Mann ergriff den Picknickkorb, und sie brachen nach Kerrith auf.

Ich warf einen Blick auf meine Uhr. Es war drei vorbei. Ich erhob mich und ging über die Klippen in die Bucht hinunter. Dort unten war es still und einsam wie immer. Das Wasser in dem kleinen Hafen glitzerte wie Glas. Meine Füße machten ein knirschendes Geräusch auf dem Kies, als ich über den Strand ging. Die weißen Wölkchen bedeckten jetzt den ganzen Himmel, und die Sonne war hinter ihnen verschwunden. Als ich ein paar Schritte gegangen war, sah ich Ben an einer kleinen Pfütze zwischen den Felsen hocken, wo er Muscheln vom Gestein kratzte. Mein Schatten fiel auf das Wasser, als ich vorüberging, und er blickte auf. «'n Tag!» sagte er.

«Guten Tag!»

Er stand schwerfällig auf und öffnete das schmutzige Taschentuch, in das er die Muscheln gesammelt hatte.

«Mögen Sie Muscheln?» fragte er.

Ich wollte ihn nicht verletzen. «Ja, danke», sagte ich.

Er schüttete etwa ein Dutzend in meine Hand, und ich steckte sie in meine beiden Rocktaschen. «Die schmecken gut mit Brot und Butter», sagte er. «Man muß sie aber zuerst kochen.»

«Gut, das werde ich tun», sagte ich.

Er sah mich mit seinem freundlichen blöden Grinsen an. «Haben Sie schon den Dampfer gesehen?» fragte er.

«Ja», sagte ich. «Er ist aufgelaufen.»

«He?» machte er.

«Er ist gestrandet», wiederholte ich. «Es ist eine deutsche Jacht; sie hat sich wahrscheinlich ein Leck gerissen.»

Er sah mich verständnislos an. «Ah ja», sagte er, «die liegt da unten, die kommt nicht wieder rauf.»

«Vielleicht werden die Schlepper sie losbekommen, wenn die Flut steigt.»

Er antwortete nicht. Er starrte zur gestrandeten Jacht hinüber. Von hier aus konnte ich ihre Breitseite sehen mit der rot gemalten Wasserlinie, die sich von ihrer schwarzen Flanke abhob, und den einen Schornstein, der in seiner schiefen Lage fast kokett wirkte. Die Besatzung lehnte immer noch an der Reling und warf den Möwen Futterbrocken zu. Die Ruderboote hatten sich bereits alle entfernt.

«Sie ist ein Holländer, nicht wahr?» fragte Ben.

«Ich weiß nicht, ich glaube, es ist ein deutsches Schiff.»

«Sie wird zerbrechen, wo sie aufsitzt», sagte er.

«Ja, ich fürchte, ja», sagte ich.

Er grinste wieder und fuhr sich mit der Hand über den Nasenrücken.

«Stück für Stück wird sie zerbrechen», sagte er. «Sie wird nicht wie ein Stein untergehen wie das kleine Boot.» Er kicherte geheimnisvoll und bohrte mit dem Finger in der Nase. Ich sagte nichts. «Die Fische werden sie schon aufgefressen haben, nicht wahr?» fragte er.

«Wen?» fragte ich.

Er deutete mit dem Daumen aufs Wasser hinaus. «Na, die da», sagte er, «die, die da unten liegen.»

«Fische essen doch kein Holz, Ben», sagte ich.

«He?» fragte er wieder, und wieder zog das blöde Lächeln über sein Gesicht.

«Ich muß jetzt gehen», sagte ich. «Auf Wiedersehen.» Ich ließ ihn stehen und ging zum Wald hinauf. Ich blickte nicht zum Bootshaus hin; ich wußte nur, daß es dort an meiner Seite lag, grau und verlassen. Ich ging mit raschen Schritten den Pfad zwischen den Bäumen entlang. Auf halbem Wege sah ich noch einmal zurück und konnte das gestrandete Schiff gerade noch erkennen. Jetzt war auch die Besatzung von Deck gegangen. Eine kleine Brise erhob sich plötzlich und blies mir ins Gesicht. Ein Blatt löste sich von einem Zweig und fiel mir auf die Hand. Ein Schauder lief mir über den Rücken, ich wußte nicht, warum. Die Brise legte sich wieder, und es war heiß und drückend wie zuvor. Das Schiff dort draußen bot einen trostlosen Anblick mit seinem menschenleeren Deck und dem hilflos gen Himmel ragenden Schornstein. Das Meer war so ruhig, daß der Wellenschlag in der Bucht nur wie gedämpftes Flüstern heraufklang. Ich setzte meinen Weg fort. Ich fühlte mich am ganzen Körper zerschlagen, und eine eigentümliche Vorahnung machte mir das Herz schwer.

Manderley sah sehr friedlich aus, als ich aus dem Wald herauskam und über den Rasen auf das Haus zuging. Von seinen festen Mauern ging ein starkes Gefühl von Geborgenheit aus; und als ich es dort in seiner einzigartigen Schönheit liegen sah, empfand ich zum erstenmal mit einem seltsamen, verwirrten Stolz, daß dies mein Heim war, daß ich zu Manderley und Manderley zu mir gehörte. Die Bäume und das Gras, die Blumenkübel auf der

Terrasse spiegelten sich in den hohen Fenstern wider. Aus einem der Schornsteine stieg eine dünne Rauchfahne auf. Das frisch gemähte Gras duftete süß. Eine Amsel sang in dem Kastanienbaum. Ein Zitronenfalter flatterte wie trunken vor mir her.

Ich ging in die Halle und von da ins Eßzimmer. Für mich war noch gedeckt, aber Maxims Platz war schon abgeräumt. Der kalte Braten und die Salatschüssel standen auf dem Büfett. Ich zögerte einen Augenblick, bevor ich läutete. Robert kam aus der Anrichte.

«War Mr. de Winter hier?» fragte ich ihn.

«Ja, Madam», sagte Robert. «Er kam kurz nach zwei, aß eine Kleinigkeit und ging dann wieder hinaus. Er fragte nach Ihnen, und Frith sagte, er glaubte, Sie seien zum Strand hinuntergegangen, um das Schiff zu sehen.»

«Hat er hinterlassen, wann er zurückkommen wird?»

«Nein, Madam.»

«Er muß den anderen Weg gegangen sein», sagte ich. «Deshalb haben wir uns wohl verfehlt.»

«Ja, Madam», sagte Robert.

Ich sah auf die Platte mit dem Fleisch. Ich war zwar hungrig, aber ich hatte keinen Appetit auf kalten Braten.

«Wollen Sie nicht etwas essen, Madam?» fragte Robert.

«Nein, danke», sagte ich. «Aber bringen Sie mir etwas Tee in die Bibliothek. Keinen Kuchen, nur Tee und etwas Toast.»

«Sehr wohl, Madam.»

Ich ging in die Bibliothek und setzte mich auf die Bank am Fenster. Jasper fehlte mir. Maxim mußte ihn mitgenommen haben. Ich wartete darauf, daß sich irgend etwas ereignen sollte, irgend etwas Unvorhergesehenes. Mein grauenhaftes Erlebnis am Morgen, das gestrandete Schiff und mein Hunger hatten mich in einen Zustand erregter Spannung versetzt, die ich mir selbst nicht deuten konnte. Mir war, als hätte ich einen neuen Abschnitt meines Lebens begonnen, in dem nichts wie früher sein würde. Das Mädchen, das sich gestern abend zum Kostümball angezogen hatte, hatte ich hinter mir gelassen. Das alles war vor langer Zeit geschehen. Jetzt saß ein neues, ganz anderes Ich hier am Fenster.

Robert brachte mir den Tee, und ich verschlang heißhungrig den gebutterten Toast. Er hatte außerdem doch noch Sandwiches, Kuchen und kleines Gebäck mitgebracht; er hielt es wohl nicht für schicklich, den Tee allein mit Toast zu servieren, und ich war froh, daß er nicht auf mich gehört hatte. Ich hatte ja nicht einmal richtig gefrühstückt, nur etwas kalten Tee getrunken. Als ich bei meiner dritten Tasse war, trat Robert wieder ein.

«Ist Mr. de Winter schon zurückgekommen, Madam?» erkundigte er sich.

«Nein», sagte ich, «warum? Möchte ihn jemand sprechen?»

«Jawohl, Madam. Captain Searle, der Hafenmeister von Kerrith, ist am Telephon. Er fragt, wann er Mr. de Winter hier antreffen kann.»

«Ich weiß nicht, was wir ihm sagen sollen», erwiderte ich. «Es ist ja schließlich möglich, daß er noch Stunden fortbleibt.»

«Jawohl, Madam.»

«Bestellen Sie ihm, er möchte doch um fünf Uhr noch einmal anrufen», sagte ich. Robert ging aus dem Zimmer, kam aber gleich darauf wieder zurück.

«Captain Searle würde Sie auch gern sprechen, wenn es Ihnen recht ist, Madam», sagte er. «Er sagt, es handle sich um eine sehr dringliche Angelegenheit. Er hat schon im Büro angerufen, aber Mr. Crawley war auch nicht da.»

«Wenn es so dringend ist, dann soll er nur gleich heraufkommen. Hat er einen Wagen?»

«Ja, ich glaube wohl, Madam.»

Robert ging aus dem Zimmer. Ich wunderte mich, daß Captain Searle mich sprechen wollte. Wahrscheinlich hatte es irgend etwas mit dem gestrandeten Schiff zu tun, aber ich begriff nicht, was das Maxim anging. Etwas anderes wäre es gewesen, wenn das Schiff unmittelbar in der Bucht aufgelaufen wäre. Denn die Bucht war Manderleyscher Besitz. In diesem Fall hätten sie Maxims Erlaubnis einholen müssen, um Felsensprengungen vorzunehmen oder was man sonst tat, um ein Schiff wieder flott zu bekommen. Aber das Riff lag doch schon im offenen Meer; Captain Searle würde nur seine Zeit verschwenden.

Er mußte gleich losgefahren sein, denn eine Viertelstunde nachdem Robert seinen Anruf gemeldet hatte, trat er schon ins Zimmer.

Er trug noch die Uniform, in der ich ihn mittags durch den Feldstecher gesehen hatte. Ich ging ihm entgegen und gab ihm die Hand. «Es tut mir leid, daß mein Mann noch nicht zurück ist, Captain Searle», sagte ich; «er muß wieder zu den Felsen hinuntergegangen sein, und vorher war er in Kerrith. Ich habe ihn selbst den ganzen Tag noch gar nicht zu Gesicht bekommen.»

«Ja, ich hörte, daß er nach Kerrith gefahren war, aber leider habe ich ihn dort verfehlt», erwiderte der Hafenmeister. «Er muß zu Fuß zurückgegangen sein, während ich im Boot hinfuhr. Und Mr. Crawley kann ich auch nicht erreichen.»

«Ja, das gestrandete Schiff hat uns hier alle ein bißchen durcheinander gebracht», sagte ich. «Ich war auch unten auf den Felsen und habe mein Mittagessen versäumt, und ich weiß, daß Mr. Crawley auch da war. Was wird nun mit dem Schiff geschehen? Werden die Schlepper es wieder losbekommen?»

Captain Searle beschrieb mit der Hand einen großen Kreis in der Luft. «Es hat ein so großes Leck unter Wasser», sagte er. «Hamburg wird es nie wieder zu sehen bekommen. Aber das braucht uns ja nicht zu kümmern. Der Besitzer und der Vertreter von Lloyd können das untereinander abmachen. Nein, Mrs. de Winter, ich bin nicht des Schiffes wegen hierhergekommen. Indirekt ist es allerdings die Ursache meines Besuches. Ich habe nämlich Mr. de Winter eine Mitteilung zu machen, die mir verdammt unangenehm ist.» Er sah mich mit seinen hellen blauen Augen offen an.

«Worum handelt es sich denn, Captain Searle?»

Er zog ein großes weißes Taschentuch hervor und schneuzte sich. «Wissen Sie, Mrs. de Winter, Ihnen gegenüber fällt es mir auch nicht eben leichter, davon zu sprechen. Ich möchte Ihnen und Ihrem Mann um nichts in der Welt Ungelegenheiten bereiten. Wir in Kerrith schätzen Mr. de Winter alle sehr hoch, und Kerrith hat der Familie schon seit jeher viel zu verdanken. Es ist hart für Sie beide, daß wir die Vergangenheit nicht ruhen lassen können, aber wie die Umstände nun einmal sind, sehe ich da keinen Ausweg.» Er hielt inne und steckte das Taschentuch wieder ein. Dann sprach er mit gesenkter Stimme weiter, obwohl wir doch allein im Zimmer waren. «Wir schickten einen Taucher hinunter, um den Schaden zu untersuchen, und dort unten machte er eine Entdeckung. Als er das Leck gefunden hatte, wollte er noch auf die andere Seite hinübergehen, um festzustellen, ob dort auch etwas beschädigt worden sei, und dabei stieß er auf den Rumpf eines kleinen Segelbootes, der noch völlig intakt war. Der Taucher stammt hier aus der Gegend und erkannte das Boot sofort; es war das kleine Segelboot, mit dem Mrs. de Winter verunglückte.»

Mein erstes Gefühl war das der Dankbarkeit, weil Maxim nicht da war, um diese Nachricht zu hören. Dieser neue Schlag, so unmittelbar nach meiner Maskerade gestern abend, war wirklich eine grausame Ironie des Schicksals.

«Das ist ja ein merkwürdiger Zufall», sagte ich langsam. «Aber ist es denn unbedingt notwendig, Mr. de Winter etwas davon zu sagen? Kann das Boot nicht da liegen bleiben? Es kann doch keinen Schaden anrichten.»

«Ja, normalerweise hätte auch kein Hahn danach gekräht, Mrs. de Winter, und ich wäre der letzte gewesen, alte Geschichten aufzurühren; und, wie gesagt, ich würde viel darum geben, Ihrem Mann das zu ersparen. Aber um die Auffindung des Bootes geht es gar nicht. Als nämlich der Taucher den Bootsrumpf etwas näher untersuchte, machte er eine bedeutend schwerwiegendere Entdeckung. Die Kajütentür war fest verschlossen, die Bullaugen ebenfalls, und an dem ganzen Rumpf war kein Kratzer zu sehen. Er brach eins der Bullaugen auf und sah in die Kajüte hinein. Sie war voll Wasser, das wohl durch irgendein unsichtbares Leck am Boden eingedrungen war, und dann fiel sein Blick auf etwas Grauenhaftes.»

Captain Searle machte wieder eine Pause und blickte über seine Schulter, um sich zu vergewissern, daß niemand außer uns im Zimmer war. «Auf dem Kajütenboden lag ein Leichnam», sagte er ruhig. «Natürlich war er fast ganz aufgelöst, aber Kopf und Arme waren deutlich zu erkennen. Der Taucher ließ sich gleich wieder hochziehen und berichtete mir, was er entdeckt hatte. Jetzt verstehen Sie wohl, Mrs. de Winter, weshalb ich Ihren Mann sprechen muß.»

Ich starrte ihn verständnislos an; ich war nicht sonderlich erschrocken, ich verspürte nur eine leichte Übelkeit.

«Sie war nicht allein gesegelt», flüsterte ich. «Sie hatte also jemanden bei sich, und niemand hat davon gewußt?»

«Es sieht so aus», sagte der Hafenmeister.

«Wer kann das nur gewesen sein?» sagte ich. «Der Betreffende muß doch irgendwelche Verwandte gehabt haben, die ihn vermißten. Damals waren doch die ganzen Zeitungen voll von dem Unglück, und wie kommt es, daß er in der Kajüte eingeschlossen war und Mrs. de Winter Wochen später viele Meilen von dem Unglücksort aufgefunden wurde?»

Captain Searle schüttelte den Kopf. «Ich weiß darüber auch

nicht mehr als Sie», sagte er. «Fest steht nur, daß dort unten ein Leichnam gefunden wurde und daß ich dies melden muß. Ich fürchte, wir werden es nicht aus den Zeitungen heraushalten können, Mrs. de Winter. Es tut mir leid für Sie beide. Sie haben eben erst geheiratet und wollen hier in Ruhe leben, und dann muß so etwas geschehen.»

Jetzt wußte ich auf einmal, was meine Vorahnung zu bedeuten hatte. Nicht das gestrandete Schiff war mir unheilvoll erschienen, noch die kreischenden Möwen und auch nicht der schwarze Schornstein, der wie ein drohender Finger gen Land wies. Das stille schwarze Wasser, das tausend Geheimnisse in seinen Tiefen bergen mochte, hatte dieses Gefühl in mir geweckt, und der Taucher, der hinabstieg und auf Rebeccas Boot stieß. Er hatte das Boot angefaßt und in die Kajüte gesehen, während ich noch unwissend auf den Felsen saß.

«Wenn wir ihm doch nur nichts sagen müßten», sagte ich. «Wenn wir es doch verschweigen könnten.»

«Sie wissen, ich würde es tun, wenn es mir möglich wäre, Mrs. de Winter», sagte Captain Searle. «Aber in einer solchen Angelegenheit müssen persönliche Rücksichten zurücktreten. Ich muß meine Pflicht tun und die Entdeckung melden.» Er brach plötzlich ab, denn Maxim war ins Zimmer getreten.

«Hallo», sagte er, «was geht denn hier vor? Ich wußte gar nicht, daß Sie hier sind, Captain. Ist irgend etwas los?»

Ich hielt es nicht länger aus und verließ das Zimmer, feige, wie ich nun einmal war. Ich hatte nicht einmal gewagt, Maxim anzusehen. Ich hatte nur den undeutlichen Eindruck bekommen, daß er müde und erhitzt aussah.

Ich ging in die Halle und stellte mich in die Haustür. Jasper trank geräuschvoll aus seinem Napf. Er wedelte mit dem Schwanz, als er mich sah, ohne im Trinken innezuhalten. Dann kam er in großen Sätzen auf mich zugesprungen und richtete sich an mir auf; ich küßte ihn auf den Kopf, und dann ging ich hinaus und setzte mich auf die Terrasse. Der Augenblick, der über meine Zukunft entscheiden mußte, war gekommen. Ich konnte ihm nicht länger ausweichen. Meine alten Ängste, meine Scheu, mein unverbesserlicher Minderwertigkeitskomplex mußten jetzt unterdrückt und besiegt werden. Versagte ich jetzt, dann versagte ich für alle Zeiten. Es war meine letzte Gelegenheit. Ich betete verzweifelt um Mut, und meine Nägel gruben sich in meine Handflächen. Ich saß wohl fünf Minuten dort und starrte auf den grünen Rasen und die Blumenkübel auf der Steintreppe. Ich hörte, wie ein Auto auf der Anfahrt gestartet wurde und abfuhr. Das mußte Captain Searle sein. Er hatte Maxim pflichtgemäß seine Mitteilung gemacht und sich dann verabschiedet. Ich erhob mich und ging langsam durch die Halle in die Bibliothek zurück. Meine Hände spielten mit den Muscheln in meinen Taschen.

Maxim stand am Fenster, den Rücken dem Zimmer zugekehrt. Ich wartete an der Tür. Er rührte sich nicht. Ich nahm meine Hände aus den Taschen und trat neben ihn. Ich ergriff seine Hand und legte sie an meine Wange. Er sagte noch immer kein Wort.

«Es tut mir so leid», flüsterte ich. «Von ganzem Herzen leid.» Er schwieg. Seine Hand war eiskalt. Ich küßte sie, jeden Finger einzeln. «Ich will nicht, daß du dies Schwere allein trägst», fuhr ich fort. «Ich will es dir tragen helfen. Ich bin in diesen letzten vierundzwanzig Stunden ein anderer Mensch geworden. Du wirst mich nie wieder wie ein Kind behandeln müssen.»

Er legte seinen Arm um mich und zog mich dicht an sich. Meine Scheu und meine Unsicherheit waren verflogen. Ich vergrub mein Gesicht an seiner Schulter. «Du hast mir vergeben, nicht wahr?» fragte ich.

Endlich sprach er. «Dir vergeben? Was hätte ich dir zu verzeihen?»

«Wegen gestern abend», sagte ich. «Du dachtest, ich hätte es absichtlich getan.»

«Ach das», antwortete er. «Daran habe ich gar nicht mehr gedacht. War ich sehr unfreundlich zu dir?»

«Ja», sagte ich. Er schwieg wieder, aber er hielt mich noch fest an sich gepreßt. «Maxim», sagte ich, «können wir nicht wieder von vorn beginnen? Einen neuen Anfang machen und Hand in Hand allen Schwierigkeiten begegnen? Ich erwarte nicht, daß du mich liebst. Ich verlange nichts Unmögliches von dir. Ich will dein Freund und dein Kamerad sein. Ich will nur das sein.»

Er nahm meinen Kopf zwischen seine Hände und sah mich an. Es fiel mir auf, wie mager sein Gesicht war, wie müde und vergrämt. Und unter seinen Augen lagen tiefe Schatten.

«Wie sehr liebst du mich?» fragte er.

Ich wußte nicht, was ich antworten sollte. Ich konnte ihn nur sprachlos anstarren, seine dunklen gequälten Augen, seinen blassen Mund.

«Es ist zu spät, Liebste, zu spät», sagte er. «Ich habe meine Chance, glücklich zu sein, verpaßt.»

«Nein, Maxim, nein», bat ich.

«Doch», sagte er. «Jetzt ist es damit vorbei. Jetzt ist das eingetreten, was ich befürchtete.»

«Was denn nur?»

«Es mußte so kommen, es hat Tag und Nacht auf mir gelastet. Du und ich, wir sollten eben nicht glücklich werden.» Er setzte sich auf die Bank am Fenster, und ich kniete vor ihm, meine Hände auf seinen Schultern.

«Wovon redest du?»

Er legte seine Hände auf meine und blickte mir ins Gesicht. «Rebecca hat gewonnen», sagte er.

Ich starrte ihn mit aufgerissenen Augen an; das Herz klopfte mir zum Zerspringen; meine Hände waren plötzlich eisig kalt geworden.

«Ihr Schatten hat die ganze Zeit zwischen uns gestanden», sagte er. «Ihr verfluchter Schatten hat uns getrennt. Wie durfte ich dich denn so halten, mein Liebling, meine kleine Liebste, während ich ständig diese Furcht mit mir herumtrug? Ich erinnere mich an ihre Augen, wie sie mich ansah, als sie starb. Ich sehe noch ihr heimtückisches Lächeln. Sie wußte genau, wie alles kommen würde, sie wußte, daß sie mich zuletzt doch besiegen würde.»

«Maxim», flüsterte ich. «Wovon sprichst du? Was willst du mir sagen?»

«Man hat ihr Boot gefunden», sagte er. «Der Taucher hat es heute nachmittag entdeckt.»

«Ich weiß, Captain Searle hat mir davon erzählt. Du denkst an die Leiche, die in der Kajüte gesehen wurde?»

«Ja», erwiderte er.

«Sie war also damals nicht allein», sagte ich. «Irgend jemand ist mit ihr gesegelt, und du mußt jetzt versuchen, herauszubekommen, wer es war – das ist es doch, nicht wahr, Maxim?»

«Nein», entgegnete er, «nein, du verstehst nicht.»

«Ich möchte dir so gern helfen, Maxim.»

«Rebecca war damals allein im Boot, es war niemand bei ihr», sagte er.

Ich beobachtete stumm sein Gesicht.

«Es ist Rebeccas Leiche, die dort in der Kajüte liegt.»

«Nein», stammelte ich, «nein.»

«Die Frau, die in unserer Familiengruft beigesetzt wurde, war nicht Rebecca», fuhr er fort. «Es war der Leichnam einer Unbekannten, die kein Mensch vermißte, nach der niemand fragte. Es hat gar kein Bootsunglück gegeben; Rebecca ist nicht ertrunken. Ich habe sie getötet. Ich erschoß Rebecca da drüben im Bootshaus. Ich trug ihre Leiche in die Kajüte und versenkte das Boot. Es ist Rebecca, die man heute gefunden hat. Und jetzt schau mir in die Augen und sag mir, daß du mich noch liebst!»

20

Es war sehr still in der Bibliothek. Der einzige Laut kam von Jasper, der seine Pfote leckte. Er mußte sich einen Dorn eingetreten haben, denn er biß und rieb seine Ballen unaufhörlich. Dann hörte ich das Ticken von Maxims Armbanduhr dicht an meinem Ohr. Kleine Alltagsgeräusche. Aus irgendeinem Grunde kam mir das Sprichwort aus meiner Schulzeit in den Sinn: «Zeit und Gezeiten warten auf keinen.»

Wenn jemand einen großen Schmerz erleidet, den Tod eines nahestehenden Menschen oder den Verlust eines Gliedes, dann empfindet er ihn zunächst gar nicht, glaube ich. Wenn einem die Hand amputiert wird, dann weiß man zuerst noch nicht, daß man sie verloren hat. Man fühlt immer noch die Finger. Man streckt sie aus und krümmt sie, einen nach dem anderen, und das, was man fühlt, ist doch gar nicht mehr da. Ich kniete dort neben Maxim, dicht an ihn geschmiegt, meine Hände auf seinen Schultern, und ich empfand nichts, weder Schmerz noch Furcht, und mein Herz kannte kein Entsetzen. Ich überlegte mir, daß ich den Dorn aus Jaspers Fuß ziehen müßte, und ob Robert bald kommen würde, um das Teegeschirr abzuräumen. Ich wunderte mich über mich selber, daß ich in diesem Augenblick an solche Belanglosigkeiten denken konnte, an Jaspers Pfote, Maxims Uhr, Robert und das Teegeschirr. Meine Empfindungslosigkeit und diese merkwürdige Herzenskälte erschreckten mich. Allmählich werde ich wieder anfangen zu fühlen, sagte ich mir, allmählich werde ich zu verstehen lernen. Alles, was er mir erzählt hat und was geschehen ist, wird sich zu einem Ganzen zusammenfügen wie die verschiedenen Teilchen eines Puzzlespiels und sich mir dann in einem klaren Muster präsentieren. Aber noch bin ich ein Schemen; ich habe kein Herz und keine Gedanken und kein Gefühl. Ich bin eine leblose Form in Maxims Arm. Dann fing Maxim an, mich zu küssen. So hatte er mich noch nie geküßt. Ich umklammerte seinen Kopf mit meinen Händen und schloß die Augen.

«Ich liebe dich so sehr», flüsterte er.

Das hatte ich Tag und Nacht von ihm zu hören gehofft, und jetzt sagte er es endlich. Darauf hatte ich in Monte Carlo, in Italien und hier in Manderley gewartet. Jetzt sagte er es. Ich öffnete die Augen und sah hinter seinem Kopf ein Stück des Vorhangs. Er fuhr fort, mich zu küssen, hungrig, verzweifelt, während er immer wieder meinen Namen flüsterte. Ich betrachtete den Vorhang, und es fiel mir auf, daß der Stoff an einer Stelle von der Sonne ausgebleicht war. Wie ruhig ich bin, dachte ich, wie kühl. Hier beobachte ich ein gleichgültiges Stück Vorhang, während Maxim mich küßt und mir zum ersten Mal sagt, daß er mich liebt.

Plötzlich hielt er inne, schob mich von sich und stand auf. «Siehst du, ich hatte recht», sagte er. «Es ist zu spät. Du liebst mich nicht mehr. Und warum solltest du auch?» Er ging durchs Zimmer und lehnte sich an den Kaminsims. «Wir wollen das eben vergessen», sagte er. «Es wird nicht wieder vorkommen.»

Das Verstehen brandete in mir empor, und mein Herz begann wild in panischem Schrecken zu klopfen. «Es ist nicht zu spät», rief ich und lief zu ihm hin und warf meine Arme um ihn. «So darfst du nicht sprechen, du verstehst nicht. Ich liebe dich mehr als alles in der Welt. Aber eben war ich noch zu benommen und erschüttert, um etwas fühlen zu können, als du mich küßtest. Ich begriff gar nichts. Jede Empfindung hatte mich verlassen.»

«Ja», sagte er, «du liebst mich nicht mehr, deshalb hast du nichts gefühlt. Ich verstehe sehr gut. Ich habe zu lange gewartet, nicht wahr?»

«Nein», sagte ich.

«Ich hätte nicht so lange warten dürfen», sagte er. «Ich hätte daran denken müssen, daß Frauen anders sind als Männer.»

«Bitte küß mich wieder, Maxim, bitte!»

«Nein», sagte er, «es hat keinen Sinn mehr.»

«Jetzt können wir einander nie mehr verlieren», sagte ich. «In Zukunft werden wir immer zusammen sein, und kein Schatten, kein Geheimnis wird zwischen uns stehen. Bitte, Liebster, bitte!»

«Für uns gibt es keine Zukunft», sagte er. «Wir haben nur noch ein paar Tage, vielleicht nur Stunden. Wie können wir jetzt noch zusammenbleiben? Ich erzählte dir doch, daß man das Boot gefunden hat. Man hat Rebecca gefunden.»

Ich starrte ihn verständnislos an. «Und was wird geschehen?» fragte ich.

«Man wird die Leiche identifizieren», sagte er, «und sie werden alles in der Kajüte finden, was ihnen diese Aufgabe erleichtert: ihre Kleider, ihre Schuhe, die Ringe an ihren Fingern. Und dann wird man sich jener anderen Frau erinnern, die an Rebeccas Stelle begraben wurde.»

«Und was wirst du tun?» flüsterte ich.

«Ich weiß nicht», sagte er. «Ich weiß nicht.»

Ich fühlte, wie mein Empfindungsvermögen wieder zurückkehrte, ganz allmählich, wie ich es erwartet hatte. Meine Hände waren nicht mehr kalt, sondern warm und feucht. Ich fühlte, wie mir das Blut ins Gesicht stieg. Meine Wangen glühten. Ich dachte an Captain Searle, den Taucher, den Agenten von Lloyd, an alle die Männer, die sich über die Reling des gestrandeten Schiffes gelehnt und in die Tiefe gestarrt hatten; ich dachte an die Ladenbesitzer von Kerrith, an die Laufburschen, die pfeifend durch die Straßen gingen, an den Pfarrer in der Kirche, an Lady Crowan beim Rosenschneiden in ihrem Garten, an die Frau mit dem rosagestreiften Kleid und ihren kleinen Jungen. Bald würden sie es alle wissen, in wenigen Stunden. Eine Leiche in der Kajüte. Rebecca lag in der Kajüte auf dem Boden, nicht in der Familiengruft. Dort lag eine andere Frau. Maxim hatte Rebecca getötet. Rebecca war gar nicht ertrunken. Maxim hat sie getötet. Er hatte sie in dem Bootshaus am Waldrand erschossen. Er hatte die Tote in das Boot getragen und das Boot draußen in der Bucht versenkt. Die einzelnen Stücke des Puzzlespiels drängten sich jetzt, das Muster zu vervollständigen. Unzusammenhängende Bilder zogen blitzartig durch meine verwirrten Gedanken. Maxim neben mir im Wagen in Südfrankreich. «Vor einem Jahr ereignete sich etwas, was mein Leben von Grund auf geändert hat. Ich mußte ganz von vorn anfangen ...» Maxims Schweigen, Maxims Stimmungen. Wie er es vermied, von Rebecca zu sprechen, Rebeccas Namen zu nennen. Maxims Ärger, als ich zum ersten Mal in die andere Bucht hinüberkletterte. «Wenn du meine Erinnerungen hättest, würdest du auch nicht dorthin gehen wollen.» Wie er den

Pfad durch den Wald hinaufgestürmt war, ohne sich umzusehen. Maxim, wie er nach Rebeccas Tod in der Bibliothek auf- und abgegangen war, auf und ab, hin und her. «Ich bin ziemlich überstürzt abgereist», hatte er zu Mrs. Van Hopper gesagt, während eine messerscharfe Falte sich zwischen seinen Brauen eingrub. «Man behauptet, er könne den Tod seiner Frau nicht verwinden.» Der Kostümball gestern abend, und ich in demselben Kleid wie Rebecca oben auf dem Treppenabsatz. «Ich habe Rebecca getötet», hatte Maxim gesagt. «Ich erschoß Rebecca in dem Bootshaus am Waldrand.» Und der Taucher hatte sie dort unten auf dem Boden der Kajüte entdeckt ...

«Was sollen wir tun?» fragte ich. «Was sollen wir sagen?»

Maxim antwortete nicht. Er stand an den Kaminsims gelehnt und starrte mit weit aufgerissenen Augen vor sich hin.

«Weiß noch jemand davon?» fragte ich. «Irgend jemand?»

Er schüttelte den Kopf. «Nein», sagte er.

«Nur du und ich?»

«Ja, nur du und ich.»

«Und Frank?» sagte ich plötzlich. «Bist du sicher, daß Frank nichts davon ahnt?»

«Wie könnte er?» sagte Maxim. «Es war finstere Nacht, und niemand wußte, daß ich zum Bootshaus gegangen war.» Er hielt inne, ließ sich in einen Sessel fallen und stützte seinen Kopf in die Hände. Ich ging zu ihm und kniete bei ihm nieder. Er saß regungslos still. Ich zog seine Hände vom Gesicht und blickte ihm in die Augen. «Ich liebe dich», flüsterte ich. «Ich liebe dich. Willst du mir nicht glauben?» Er bedeckte mein Gesicht und meine Hände mit Küssen. Wie ein Kind, das Schutz sucht, hielt er meine beiden Hände umklammert.

«Ich dachte, ich würde wahnsinnig», sagte er. «Wie ich hier untätig sitzen mußte, Tag für Tag, und darauf wartete, daß sich etwas ereignete. Dort am Schreibtisch sitzen zu müssen und auf die Kondolenzbriefe zu antworten. Die Nachrufe in den Zeitungen, die Pressereporter, das ganze Nachspiel eines Unglücksfalles. Und dann sich zu zwingen, normal und natürlich zu erscheinen, zu essen und zu trinken. Und Frith und Robert und das ganze Personal. Und Mrs. Danvers. Mrs. Danvers, die ich nicht zu entlassen wagte, denn bei ihrer Liebe zu Rebecca hätte sie vielleicht etwas ahnen, etwas vermuten können ... Und Frank, der Freund, der sich nie aufdrängte, aber mir auch nie von der Seite wich. ‹Warum verreist du nicht?› fragte er mich. ‹Ich werde hier schon allein fertig. Du solltest etwas ausspannen›. Und Giles und Bee, die gute taktlose Bee. ‹Du siehst aus wie eine lebendige Leiche; warum gehst du nicht einmal zum Arzt?› Ihnen allen mußte ich ins Auge blicken und mit ihnen sprechen, obwohl doch jedes Wort, das ich sagte, eine Lüge war.»

Ich ließ seine Hände nicht los und schmiegte mich noch enger an ihn. «Fast hätte ich's dir einmal schon gesagt», fuhr er fort, «damals, als Jasper uns über die Felsen davonlief und du ins Bootshaus gingst, um nach einer Schnur zu suchen. Damals saßen wir auch hier, und dann kamen Frith und Robert mit dem Tee.»

«Ja», sagte ich. «Ich weiß noch; warum hast du es mir nur nicht gesagt? Wieviel Zeit haben wir nutzlos verstreichen lassen; wie glücklich hätten wir in all diesen Wochen und Tagen sein können!»

«Du bist mir immer ausgewichen», sagte er. «Du bist mit Jasper spazierengegangen, du hast dich versperrt. Du bist nie so wie jetzt zu mir gekommen.»

«Warum hast du es mir nur nicht gesagt?» flüsterte ich. «Warum nur?»

«Ich dachte, du wärest unglücklich und langweiltest dich», erwiderte er. «Ich bin so viel älter als du. Du schienst dich mit Frank viel besser unterhalten zu können als mit mir. Mir gegenüber warst du immer so merkwürdig, so verlegen und scheu.»

«Wie konnte ich denn zu dir kommen, wenn ich wußte, daß du an Rebecca dachtest?» sagte ich. «Wie konnte ich erwarten, daß du mich liebst, wenn ich annehmen mußte, daß du noch immer Rebecca liebtest?» Er zog mich fest an sich und blickte mir forschend in die Augen.

«Wovon redest du? Was meinst du damit?»

Ich richtete mich auf. «Wenn du zu mir sprachst und mich ansahst, mit mir spazierengingst oder wenn wir zusammen aßen, ich hatte immer das Gefühl, daß du bei dir dachtest: ‹Das habe ich mit Rebecca getan, und das und das.›» Er sah mich betroffen an, als habe er meine Worte nicht richtig verstanden.

«Hatte ich denn nicht recht?» fragte ich.

«O mein Gott!» sagte er. Er schob mich von sich fort, stand wieder auf und begann von neuem im Zimmer hin- und herzugehen.

«Was ist denn? Was hast du denn?»

Er schnellte herum und starrte mich an. «Du dachtest, ich liebe Rebecca?» fragte er mit leiser Stimme. «Du dachtest, daß ich sie getötet habe, obgleich ich sie liebte? Ich haßte sie, will ich dir sagen; unsere Ehe war von Anfang an eine Farce. Sie war durch und durch verdorben und böse und verkommen. Wir haben einander nie geliebt, wir sind nicht einen Tag glücklich zusammen gewesen. Rebecca war unfähig zu lieben; Zärtlichkeit und Anstand waren ihr fremd. Sie war nicht ganz normal.»

Ich saß auf dem Boden, die Arme um meine Knie geschlungen, und sah ihn entgeistert an.

«Klug war sie allerdings», sagte er. «Verdammt klug. Niemand, der sie kannte, hätte etwas anderes gedacht, als daß sie eine große Dame und die Liebenswürdigkeit und die Güte in Person sei. Sie wußte genau, wie sie die Menschen zu nehmen hatte, und verstand es, sich jeder Stimmung anzupassen. Wenn sie dich kennengelernt hätte, dann wäre sie Arm in Arm mit dir in den Garten gegangen, hätte Jasper gerufen und sich mit dir über Blumen, Musik und Malerei unterhalten, über irgend etwas, wofür sie ein Interesse bei dir vermuten durfte; und du wärst genau wie die anderen ihrem Reiz erlegen. Du hättest zu ihren Füßen gesessen und sie angebetet.»

Mit ruhelosen Schritten durchquerte er die Bibliothek, auf und ab, auf und ab.

«Als ich sie heiratete, hieß es, ich sei der glücklichste Mensch auf der Welt. Sie war so schön, so begabt und so geistreich. Selbst Granny, die damals noch an jedem jungen Menschen etwas auszusetzen hatte, war von Anfang an von ihr bezaubert. ‹Sie hat die drei Eigenschaften, die eine Frau haben muß›, sagte sie zu mir, ‹Schönheit, Geist und eine gute Kinderstube.› Ich glaubte ihr oder zwang mich wenigstens, ihr zu glauben; aber ein leiser Zweifel regte sich schon damals in meinem Unterbewußtsein. Etwas in Rebeccas Augen ...»

Stück für Stück ging das Puzzlespiel seiner Vollendung entgegen, und die wahre Rebecca nahm vor meinen Augen Gestalt an und trat aus ihrem Schattendasein wie ein totes Porträt, das plötzlich zum Leben erweckt wird. Rebecca, mit blutigen Sporen den Hengst bändigend; Rebecca, das Leben mit beiden Händen anpackend; Rebecca, wie sie sich mit einem triumphierenden Lächeln über die Galeriebrüstung beugt.

Und ich sah mich wieder am Strand neben dem armen erschrockenen Ben stehen. «Sie sind so freundlich», hatte er gesagt, «gar nicht wie die andere. Sie werden mich doch nicht in die Anstalt sperren lassen, nicht wahr?» Durch den Wald wanderte des Nachts eine hohe schlanke Gestalt; man fürchtete sie wie eine Schlange ...

Maxim sprach noch. Maxim ging in der Bibliothek auf und ab. «Ich bin schnell klug geworden», sagte er. «Fünf Tage nach unserer Hochzeit. Du erinnerst dich an den Berg über Monte Carlo, zu dem wir gefahren sind? Ich wollte wieder dort stehen und mich erinnern. Sie hatte lachend dort oben gesessen, und ihr schwarzes Haar flatterte im Wind. Sie erzählte mir von sich selbst, Dinge, die ich keiner Menschenseele wiedererzählen kann. Da erkannte ich, was ich getan, wen ich geheiratet hatte. Schönheit, Geist und gute Kinderstube – mein Gott!»

Er brach unvermittelt ab. Er stellte sich ans Fenster und blickte in den Garten hinaus. Plötzlich fing er an zu lachen. Er stand dort und lachte hemmungslos. Mich schauderte, ich konnte es nicht ertragen, ich fürchtete mich.

«Maxim!» rief ich, «Maxim!»

Er zündete sich eine Zigarette an und rauchte schweigend. Dann wandte er sich wieder zu mir um. «Damals hätte ich sie beinahe schon getötet», sagte er. «Es wäre so leicht gewesen. Ein einziger falscher Schritt. Du erinnerst dich gewiß an den Abgrund. Ich erschreckte dich, nicht wahr? Du dachtest wahrscheinlich, ich sei wahnsinnig. Vielleicht war ich es auch. Vielleicht bin ich es noch. Es ist schwer, normal zu bleiben, wenn man mit einem Teufel zusammenleben muß.»

Ich folgte mit den Augen seinen nervösen Schritten hin und her, hin und her.

«Da oben am Rand des Abgrundes traf sie ein Abkommen mit mir. ‹Ich werde das Haus für dich führen›, sagte sie zu mir. ‹Ich werde dein wunderbares Manderley in Schwung bringen und es zu einer Sehenswürdigkeit machen, wenn du Lust hast. Die Leute werden uns besuchen und uns beneiden und über uns reden; sie werden uns für das glücklichste und schönste Paar in ganz England halten. Was für ein Witz, Max›, sagte sie, ‹geradezu ein Triumph des Humors!› Sie saß da am Wegrand und wollte sich ausschütten vor Lachen.»

Maxim warf seine halbgerauchte Zigarette in den Kamin.

«Aber damals brachte ich sie noch nicht um», sagte er. «Ich

beobachtete sie und ließ sie lachen und sagte nichts. Wir stiegen ins Auto und fuhren wieder hinunter. Und sie wußte, daß ich auf ihren Vorschlag eingehen würde, nach Manderley zurückkehren, ein großes Haus führen und unsere Ehe als vorbildlich hinstellen lassen würde. Sie wußte, daß ich Stolz und Ehre und jede anständige Eigenschaft lieber opfern würde, als eine Woche nach der Hochzeit schon vor unsere kleine Welt treten zu müssen und ihr das preiszugeben, was Rebecca mir erzählt hatte. Sie wußte, ich würde nie einen Scheidungsprozeß auf mich nehmen und sie bloßstellen und uns in den Zeitungen mit Schmutz bewerfen und es dazu kommen lassen, daß alle unsere Nachbarn zu tuscheln anfingen, wenn mein Name fiel, und daß die Parktore zum Ausflugsziel für die Kleinbürger aus Kerrith wurden. Sie wußte, ich würde es nicht ertragen können, die Leute sagen zu hören: ‹Da lebt er, da drin. Das ist Manderley. Das ist der Besitz des Mannes, von dessen Scheidungsprozeß wir gerade gelesen haben. Erinnern Sie sich noch, was der Richter über seine Frau gesagt hat ...?›»

Er blieb vor mir stehen und hielt mir seine Hände hin. «Du verachtest mich, nicht wahr?» sagte er. «Du kannst meinen Ekel und meinen Abscheu, meine Beschämung nicht verstehen.»

Ich sagte nichts. Ich preßte seine Hände an mein Herz. Was bekümmerte mich jetzt, was vergangen war? Nichts von all dem, was er mir erzählt hatte, beeindruckte mich. Ich klammerte mich nur an eins, und ich wiederholte es mir immer wieder: Maxim liebt Rebecca gar nicht. Er hat sie nie geliebt, niemals. Sie sind nicht einen einzigen Tag zusammen glücklich gewesen. Maxim sprach, und ich hörte ihm zu, aber seine Worte blieben nicht in mir haften, sie waren mir gleichgültig.

«Ich habe zuviel an Manderley gedacht», sagte er. «Ich hatte Manderley vor alles andere gestellt. Und eine solche Liebe gedeiht nicht. Eine solche Liebe wird auch nicht in der Kirche gepredigt. Christus hat nichts von Steinen und Ziegeln und Mauern gesagt, nichts von der Liebe, die ein Mann für seinen Acker, seinen Besitz, sein kleines Königreich empfindet. Das christliche Glaubensbekenntnis nennt diese Liebe nicht.»

«Mein Liebster», sagte ich, «Maxim, mein Geliebter.» Ich legte mein Gesicht in seine Hände und küßte sie.

«Verstehst du?» sagte er. «Kannst du verstehen?»

«Ja», sagte ich, «mein einziger, mein Geliebter!» Aber ich

wandte mein Gesicht ab, damit er es nicht sehen konnte. Was machte es schon, ob ich ihn verstand oder nicht. Das Herz war mir so leicht wie eine Feder im Wind. Er hatte Rebecca niemals geliebt.

«Ich will nicht mehr an jene Jahre zurückdenken», sagte er langsam. «Ich möchte dir nicht einmal davon erzählen. Die Schande und die Erniedrigung! Die Lüge, die wir zusammen lebten, sie und ich. Diese jämmerliche unwürdige Komödie, die wir vor Freunden und Verwandten, selbst vor den Dienstboten, vor dem alten treuen Frith aufführten. Alle glaubten an sie, alle bewunderten sie; sie ahnten nicht, wie sie sich hinter ihrem Rücken über sie lustig machte, sie verspottete, sie nachäffte. Ich erinnere mich noch an Tage, als das Haus voller Gäste war; wir veranstalteten irgendein Fest, einen Gartentee oder eine Maskerade; und sie ging mit dem Lächeln eines Engels an meinem Arm umher und verteilte Geschenke an die Kinder; und am Tag danach fuhr sie bereits im Morgengrauen nach London in ihre kleine Wohnung, wie ein Tier, das in seine Höhle flieht. Und erst nach fünf Tagen unbeschreiblicher Ausschweifungen kehrte sie zurück. Aber ich hielt mich an unsere Abmachung; ich ließ mir nie etwas anmerken. Ihr verdammter Geschmack hat Manderley zu dem gemacht, was es heute ist. Die Gärten, die Ziersträucher, selbst die Azaleen im Glücklichen Tal – glaubst du, daß das alles schon so ausgesehen hat, als mein Vater noch lebte? Mein Gott, nein, damals war Manderley eine Wildnis, wunderbar wild und einsam, von einer ganz eigenen Schönheit, das wohl, aber es schrie geradezu nach sorgfältiger Pflege und nach dem Geld, das mein Vater nie dafür ausgeben wollte und das auch ich nie daran gewandt hätte, wäre Rebecca nicht gewesen. Die Hälfte von all den Sachen hier ist gar kein Familienbesitz. Der Salon, das Morgenzimmer, wie diese Räume heute aussehen – alles Rebeccas Werk. Die Stühle da, die Frith den Besuchern immer mit besonderem Stolz zeigt, die Gobelins – wieder Rebecca. O natürlich, ein paar Sachen hat sie auch hier aufgetrieben, die irgendwo in Bodenkammern und Hinterzimmern verstaut gewesen waren; denn Vater verstand nichts von Möbeln oder Bildern, aber das meiste hat Rebecca erst gekauft. Die Schönheit von Manderley, die du heute bewunderst, das Manderley, von dem man spricht, das man photographiert und malt, das ist nur ihr, nur Rebeccas Werk.»

Ich schwieg und hielt ihn fest in meinen Armen. Ich wollte, daß er weitersprach, damit seine Bitterkeit sich löste und mit den Worten all der aufgespeicherte Haß, der Widerwillen und der Schlamm seiner verlorenen Jahre fortgeschwemmt wurde.

«Und so lebten wir», sagte er, «Monat auf Monat, Jahr um Jahr. Ich nahm alles hin um Manderleys willen. Was Rebecca in London tat, berührte mich nicht, weil es Manderley nicht schadete. Und sie war sehr vorsichtig in jenen ersten Jahren. Nicht einmal ein Flüstern wurde über sie laut. Aber allmählich ließ sie sich gehen. Weißt du, so, wie ein Mann zu trinken anfängt. Zuerst nur ein wenig, vielleicht nur alle fünf Monate eine richtige Trunkenheit. Und dann wird der Zwischenraum immer kürzer. Bald kommt es jeden Monat vor, dann alle zwei Wochen und schließlich fast täglich. Und damit verliert er jeden Halt und auch die vorgetäuschte Haltung. So ging es auch Rebecca. Es fing damit an, daß sie ihre Freunde hierher einlud. Erst einen oder zwei, die unter den anderen Wochenendgästen nicht auffielen, so daß ich zunächst nicht ganz sicher war. Dann veranstaltete sie Picknicks unten im Bootshaus. Ich kam einmal von einer Jagdtour aus Schottland zurück und überraschte sie dort mit einem halben Dutzend Leute, die ich vorher nie gesehen hatte. Ich warnte sie, aber sie zuckte nur mit den Schultern. ‹Was geht dich das in Teufels Namen an?› sagte sie. Ich erklärte ihr, in London könne sie ihre Freunde sehen, so viel sie wolle, aber Manderley gehöre mir. Sie müsse sich an unsere Abmachung halten. Sie lächelte, ohne etwas zu entgegnen. Dann hatte sie es plötzlich auf Frank abgesehen, den armen, schüchternen Frank. Er kam eines Tages zu mir, er wollte Manderley verlassen und sich eine neue Stellung suchen. Wir redeten hier in der Bibliothek zwei Stunden lang hin und her, und dann verstand ich. Er brach zusammen und erzählte mir alles. Sie ließe ihn nie in Ruhe, sagte er, sie komme ständig zu ihm ins Haus und versuche, ihn mit sich ins Bootshaus zu locken. Der gute Frank war ganz verzweifelt, er begriff es einfach nicht; er hatte doch immer geglaubt, wir seien wirklich das glücklichste Paar.

Ich stellte Rebecca deswegen zur Rede, und sie brauste sofort auf und beschimpfte mich mit all den gemeinen Unflätigkeiten ihres Sprachschatzes. Es war ein scheußlicher Auftritt. Sie fuhr am nächsten Tag nach London und blieb einen Monat. Als sie zurückkam, verhielt sie sich zuerst ganz ruhig, so daß ich schon glaubte, sie habe endlich Vernunft angenommen. Am Wochenende darauf kamen Bee und Giles zu Besuch. Bei dieser Gelegenheit bemerkte ich, was ich schon längere Zeit vermutet hatte, daß nämlich Bee Rebecca nicht mochte. Wahrscheinlich hat sie sie mit ihrer komischen unverblümten Art durchschaut oder jedenfalls erraten, daß etwas nicht in Ordnung war. Es war ein ungemütliches, nervöses Wochenende. Giles ging mit Rebecca segeln, Bee und ich faulenzten auf dem Rasen in unseren Liegestühlen. Und als die beiden zurückkamen, erkannte ich sofort an Giles' übertrieben lärmender Herzlichkeit und an Rebeccas Augen, daß sie mit ihm angefangen hatte wie mit Frank. Ich sah, wie Bee ihren Giles beim Essen beobachtete, der lauter als sonst lachte und etwas zu viel sprach. Und Rebecca saß am Kopfende der Tafel mit dem unschuldigen Gesicht eines Engels.»

Sie fügten sich gut ineinander, die einzelnen Stückchen dieses Puzzlespiels, die merkwürdig verzerrten Formen, die meine ungeschickten Finger niemals zusammengebracht hatten. Franks sonderbares Gesicht, als ich von Rebecca sprach. Beatrice und ihre gleichgültig abweisende Miene, wenn Rebeccas Name fiel. Das Schweigen, das ich immer für Trauer und Zuneigung gehalten hatte, war ein Schweigen der Verlegenheit und der Scham gewesen. Es schien mir jetzt unfaßlich, daß ich es vorher nicht verstanden hatte. Ich dachte, wie viele Menschen in der Welt wohl litten und nicht aufhörten zu leiden, weil sie dem Netz ihrer eigenen Scheu und Zurückhaltung nicht entrinnen konnten und statt dessen in ihrer törichten Blindheit eine hohe Mauer um sich errichteten, die die Wahrheit verbarg.

«Das war das letzte Wochenende, das Bee und Giles auf Manderley verbrachten», sprach Maxim weiter. «Ich lud sie auch nie wieder allein ein. Sie kamen nur noch bei offiziellen Gelegenheiten, Gartenfesten und Bällen. Bee ließ mir gegenüber kein Wort darüber verlauten, und ich sprach auch nicht mit ihr darüber. Aber ich glaube, sie erriet, was für ein Leben ich führte. Ebenso wie Frank. Rebecca wurde wieder vorsichtig. Nach außen hin war ihr Benehmen untadelig. Aber wenn ich einmal von Manderley abwesend sein mußte und sie allein zurückblieb, konnte ich nie sicher sein, worauf sie verfallen würde. Mit Frank und Giles hatte es angefangen. Ihr nächstes Opfer konnte einer der Gutsangestellten oder jemand aus Kerrith sein, irgend jemand ... Dann wäre die Bombe geplatzt; der Klatsch, die Öffentlichkeit, die ich fürchtete, wären über Manderley hergefallen.»

In Gedanken stand ich wieder am Bootshaus, hörte das Trommeln des Regens auf dem Dach, sah den Staub auf den Schiffsmodellen, die Rattenlöcher im Sofa und Bens irre, starrende Idiotenaugen. «Sie werden mich doch nicht in die Anstalt stecken?»

«Sie hatte einen Vetter», sagte Maxim. «Ein Bursche, der sich lange im Ausland herumgetrieben hatte und wieder nach England gekommen war. Er pflegte regelmäßig herzukommen, wenn ich verreiste. Frank sah ihn oft. Jack Favell heißt er.»

«Ich kenne ihn», unterbrach ich Maxim. «Er war damals hier, als du nach London fahren mußtest.»

«Du hast ihn auch gesehen? Warum hast du mir's denn nicht gesagt? Ich erfuhr es von Frank, der seinen Wagen in die Anfahrt einbiegen sah.»

«Ich tat es absichtlich nicht», sagte ich. «Ich hatte Angst, er könnte dich an Rebecca erinnern.»

«Mich an sie erinnern?» flüsterte Maxim. «Mein Gott, als ob es dazu einer Erinnerung bedurft hätte!»

Er starrte eine Zeitlang schweigend vor sich hin, und ich fühlte, daß er ebenso wie ich an jene überflutete Kajüte auf dem Meeresgrund dachte.

«Sie pflegte diesen Favell unten im Bootshaus zu empfangen», sagte er dann. «Hier im Haus gab sie bekannt, sie würde eine Segeltour machen und erst am nächsten Morgen zurück sein. Und dann verbrachte sie die ganze Nacht mit ihm im Bootshaus. Wieder warnte ich sie. Ich sagte ihr, ich würde ihn erschießen, wenn ich ihn irgendwo auf meinem Grund und Boden anträfe. Seine Vergangenheit war eine Kette von Laster und Ausschweifung ... Der bloße Gedanke, er könnte den Wald von Manderley betreten, vielleicht gar das Glückliche Tal, ließ mich rot sehen. Sie zuckte die Schultern und vergaß ihr übliches Geschimpfe. Und mir fiel auf, wieviel blasser sie aussah als sonst, so abgespannt und verstört. So ging es eine Weile, ohne daß sich etwas ereignet hätte. Dann fuhr sie eines Tages nach London und kam ganz gegen ihre Gewohnheit noch an demselben Abend zurück. Ich hatte sie nicht erwartet und aß drüben bei Frank, weil wir noch eine Menge Arbeit zu erledigen hatten.»

Er redete jetzt in kurzen, abgehackten Sätzen. Ich hielt seine Hände fest in den meinen.

«Ich kam erst um halb elf nach Hause und entdeckte ihren Schal und ihre Handschuhe auf einem Stuhl in der Halle. Ich wunderte mich, warum sie wohl so rasch zurückgekommen sei. Ich ging ins Morgenzimmer, aber dort war sie nicht. Ich nahm an, daß sie in die Bucht zu ihrem Bootshaus gegangen war. Und mit einem Mal wurde mir klar, daß ich dieses Leben der Lüge, der Täuschung und der Erniedrigung nicht länger aushalten konnte. Die Angelegenheit mußte bereinigt werden, so oder so. Ich steckte einen Revolver ein, um den Burschen zu erschrecken, um ihnen beiden einen Schrecken einzujagen. Ich ging geradewegs durch den Wald zum Bootshaus. Von den Dienstboten hatte niemand gemerkt, daß ich überhaupt im Haus gewesen war; ich hatte mich ungesehen in den Garten geschlichen und eilte zum Strand hinunter. Ich sah Licht im Bootshaus brennen und trat ohne zu zögern ein. Zu meiner Überraschung war Rebecca allein. Sie lag auf dem Sofa, und neben ihr stand ein Aschenbecher voller Zigarettenstummel. Sie sah müde und angegriffen aus.

Ich stellte sie gleich wegen Favell zur Rede, und sie hörte mir schweigend zu. ‹Wir haben diese erniedrigende Komödie jetzt lange genug gespielt›, sagte ich. ‹Jetzt muß es ein Ende damit haben, verstehst du? Was du in London treibst, interessiert mich nicht. Dort kannst du mit Favell zusammenleben oder mit wem du willst. Aber hier nicht, nicht auf Manderley.›

Einen Augenblick lang sagte sie nichts. Sie starrte mich nur an, und dann lächelte sie. ‹Und wenn es mir hier nun besser paßt, was dann?› fragte sie.

‹Du kennst die Bedingungen›, sagte ich. ‹Ich für meinen Teil habe mich an unsere gemeine, verdammte Abmachung gehalten, das kannst du ja wohl nicht bestreiten. Aber du hast dein Wort gebrochen. Du glaubst, du kannst dich in meinem Haus genauso wie in deiner Lasterhöhle in London aufführen. Meine Geduld ist jetzt zu Ende! Ich gebe dir noch eine letzte Chance, hörst du?›

Sie drückte ihre Zigarette aus, erhob sich und streckte sich und verschränkte die Arme hinter dem Kopf.

‹Du hast recht, Max›, sagte sie. ‹Es wird Zeit, daß ich ein neues Leben beginne.›

Sie sah sehr blaß und schmal aus. Sie begann, mit den Händen in den Hosentaschen, im Zimmer auf und ab zu gehen. In ihrem Segelanzug sah sie wie ein Junge aus, ein Junge mit dem Gesicht eines Botticelli-Engels.

‹Hast du dir schon einmal überlegt›, sagte sie, ‹wie verflucht schwer es für dich sein würde, etwas gegen mich vorzubringen? Ich meine vor Gericht, falls du dich von mir scheiden lassen willst. Bist du dir darüber klar, daß du mir auch nicht das geringste nachweisen kannst? Alle deine Freunde, selbst die Dienstboten, sind überzeugt, daß unsere Ehe vorbildlich ist.›

‹Und Frank? Und Beatrice?› fragte ich.

Sie warf den Kopf zurück und lachte. ‹Wie würde sich wohl Franks Geschichte gegen meine ausnehmen?› sagte sie. ‹Kennst du mich immer noch nicht so gut? Und was Beatrice anbelangt, ihr Zeugnis würde man einfach als das einer eifersüchtigen Frau betrachten, deren Mann einmal den Kopf verloren und sich zum Narren gemacht hat. O nein, Max, du müßtest dich schon verdammt anstrengen, wenn du mich überführen wolltest.›

Sie betrachtete mich lächelnd, die Hände immer noch in den Hosentaschen, und wiegte sich auf den Zehenspitzen. ‹Verstehst du nicht, daß Danny jeden Eid für mich schwören würde und daß die Aussage einer so vertrauten Dienerin nicht leicht zu entkräften sein dürfte? Und daß die anderen Dienstboten in ihrer blinden Unwissenheit genau dasselbe beschwören würden? Sie sind doch alle der Ansicht, daß wir auf Manderley wie Mann und Frau zusammenleben, nicht wahr? Und das glaubt jeder, alle deine Freunde, unsere ganze kleine Welt Wie willst du da das Gegenteil beweisen?›

Sie setzte sich auf die Tischkante und pendelte mit den Beinen hin und her, während sie mich scharf beobachtete.

‹Haben wir unsere Rollen als zärtlich liebendes Paar nicht zu gut gespielt?› fragte sie. Ich weiß noch, daß ich ihren hin- und herschwingenden Fuß in der gestreiften Sandale mit den Augen verfolgte und es heiß vor mir zu flimmern begann.

‹Danny und ich könnten dich schön blamieren›, sagte sie sanft. ‹Du würdest dich so lächerlich machen, daß kein Mensch dir mehr glaubte, Max, aber auch niemand.› Und der Fuß hörte nicht auf, vor- und zurückzuschwingen, dieser verdammte Fuß in der blauweiß gestreiften Sandale.

Plötzlich sprang sie vom Tisch und stellte sich lächelnd vor mich hin. ‹Wenn ich ein Kind hätte, Max›, sagte sie, ‹dann könnten weder du noch sonst jemand in der Welt nachweisen, daß es nicht dein eigenes wäre. Es würde deinen Namen tragen und hier auf Manderley aufwachsen, und du könntest nichts dagegen tun. Und nach deinem Tod würde Manderley ihm gehören. Du würdest dich doch auch über einen Erben für dein geliebtes Manderley freuen, nicht wahr? Es würde dir doch Spaß machen, meinen Sohn in seinem Wagen unter dem Kastanienbaum zu sehen, und wie er dann später auf dem Rasen herumtollt und im Glücklichen Tal Schmetterlinge fängt. Es wären doch die schönsten Augenblicke deines Lebens, Max, wenn du meinen Sohn so heranwachsen sähest und wüßtest, daß dies alles ihm gehört, wenn du tot bist.›

Sie hielt inne und zündete sich eine Zigarette an und trat ans Fenster. Plötzlich fing sie an zu lachen. Sie lachte, als ob sie nie wieder aufhören wollte. ‹Gott, ist das komisch›, rief sie schließlich, ‹wie unbeschreiblich herrlich komisch! Ich sagte dir doch eben, ich müßte ein neues Leben beginnen – jetzt weißt du, warum. Das wird eine Freude geben bei all diesen selbstgefälligen Kleinstädtern hier und deinen lieben Pächtersleuten. Darauf haben wir schon immer gehofft, Mrs. de Winter, werden sie sagen. Ich werde eine vorbildliche Mutter sein, Max, so wie ich dir eine vorbildliche Frau gewesen bin. Und niemand wird jemals die Wahrheit ahnen; kein Mensch wird wissen, was du weißt.›

Sie wandte sich um und lächelte mich an, die eine Hand in der Hosentasche, in der anderen ihre Zigarette. Sie lächelte noch, als ich schoß. Ich zielte auf ihr Herz. Die Kugel ging glatt durch ihren Körper. Sie fiel nicht gleich um. Sie stand da und starrte mich mit weitaufgerissenen Augen leise lächelnd an ...»

Maxims Stimme war immer leiser geworden, so leise, daß es fast nur noch ein Flüstern war. Seine Hände fühlten sich ganz kalt an. Ich sah ihn nicht an. Mein Blick ruhte auf dem schlafenden Jasper neben mir, der hin und wieder im Traum mit dem Schwanz wedelte.

«Ich hatte nicht daran gedacht», sagte Maxim mit müder ausdrucksloser Stimme, «daß ein Mensch, der erschossen wird, so viel Blut verliert.»

Neben Jaspers Schwanz war ein Loch im Teppich, das eine achtlos fortgeworfene Zigarette hineingebrannt hatte. Ich konnte mich nicht erinnern, es vorher schon gesehen zu haben. Manche Leute sagen, daß Zigarettenasche gut für Teppiche sei.

«Ich mußte Wasser aus der Bucht holen», fuhr Maxim fort. «Ich mußte ein paarmal zum Strand hinuntergehen. Selbst am Kamin, in dessen Nähe sie gar nicht gestanden hatte, waren Blutflecke.

Sie selbst lag in einer Lache. Draußen hatte es zu stürmen begonnen, und das Fenster war nicht festgehakt, so daß es unaufhörlich auf- und zuschlug, während ich dort auf dem Boden kniend mit Scheuertuch und Eimer arbeitete.»

Und der Regen auf dem Dach, ging es mir durch den Kopf; er hat den Trommelwirbel des Regens vergessen, diesen eintönigen, eindringlichen leisen Ton.

«Ich trug sie zum Boot hinunter», erzählte er weiter. «Es muß nach halb zwölf gewesen sein. Es war eine mondlose finstere Nacht. Der Wind kam in Böen aus dem Westen. Ich trug sie in die Kajüte hinunter und ließ sie dort liegen. Dann ruderte ich das Boot gegen die einkommende Flut hinaus, die Jolle im Schlepp. Ich hatte zwar den Wind mit mir, aber er kam nur stoßweise, und außerdem befand ich mich noch im Lee der Landzunge. Und als ich das Hauptsegel setzen wollte, hakte es sich auf halbem Weg am Mast fest. Ich war so lange nicht mehr gesegelt; ich war nie mit Rebecca hinausgefahren.

Und ich dachte daran, wie heftig die Flut in den kleinen Hafen drückte. Der Wind blies von der Landzunge herunter wie aus einem Kamin. Irgendwie brachte ich das Boot aber hinaus. Draußen am Leuchtturm versuchte ich, an den Felsen vorbeizumanövrieren, aber ich konnte das flatternde Vorsegel nicht schnell genug einziehen; ein Windstoß riß mir das Segel aus der Hand, so daß es sich um den Mast wickelte. Das Hauptsegel knallte wie eine Peitsche um meinen Kopf. Ich konnte mich nicht darauf besinnen, was in solcher Lage zu tun war. Es fiel mir einfach nicht ein. Ich versuchte mich nach dem Segel auszustrecken, aber es flatterte außer Reichweite. Plötzlich schlug der Wind um und begann das Boot seitlich zu den Felsen abzutreiben. Es war eine so pechschwarze Nacht, daß ich auf dem schlüpfrigen, dunklen Deck gar nichts unterscheiden konnte. Stolpernd und tastend erreichte ich schließlich die Kajütentür und ging hinunter. Ich hatte den Bootshaken bei mir. Wenn ich es jetzt nicht tat, dachte ich, würde es zu spät sein. Das Boot trieb immer näher auf das Riff zu; in wenigen Minuten wäre es aus dem tiefen Wasser heraus. Ich öffnete das Flutventil, und das Wasser begann hereinzuströmen. Ich trieb den Bootshaken in die Bodenplanken, eine splitterte beim ersten Hieb der Länge nach durch. Ich zog den Bootshaken heraus und schlug eine zweite Planke ein. Das Wasser reichte mir schon bis zu den Knöcheln. Ich ließ Rebecca auf dem Boden liegen, schloß beide Bullaugen und verriegelte die Tür. Als ich an Deck kam, sah ich, daß das Riff keine zwanzig Meter weit entfernt war. Ich warf den Rettungsring, das Schleppnetz und das Haltetau ins Wasser. Dann kletterte ich in die Jolle, ruderte ein Stück fort, zog die Riemen ein und wartete. Das Boot trieb noch, obwohl es schon zu sinken begann. Das Segel flatterte und knallte immer noch. Ich fürchtete, jemand könnte es hören, irgendein später Spaziergänger oder ein Fischer aus Kerrith, dessen Boot ich nicht sehen konnte. Rebeccas Boot lag jetzt schon tief im Wasser, es war nur noch ein schwarzer Schatten. Der Mast schwankte und ächzte, und als das Boot sich plötzlich umlegte und sank, zerbrach er. Der Rettungsring und das Netz schaukelten ein Stück von mir entfernt auf dem Wasser. Von dem Boot war nichts mehr zu sehen. Ich starrte noch eine Weile auf den Fleck, wo es untergegangen war. Dann ruderte ich zurück. Ein leichter Regen hatte eingesetzt.»

Maxim hielt inne. Er wandte mir zum ersten Mal während seiner Erzählung das Gesicht zu und sah mich an.

«Das ist alles», sagte er. «Mehr ist nicht zu erzählen. Ich machte die Jolle an der Boje fest, wie sie es zu tun pflegte. Dann ging ich noch einmal ins Bootshaus. Der Boden war noch naß. Er sah nicht anders aus, als ob sie ihn aufgewischt hätte. Ich lief durch den Wald zum Haus zurück und die Treppe hinauf in mein Ankleidezimmer. Es stürmte und regnete jetzt heftiger. Ich saß auf meinem Bett, als Mrs. Danvers an die Tür klopfte. Ich schlüpfte in meinen Schlafrock, öffnete und fragte, was sie wolle. Sie mache sich Sorgen um Rebecca. Ich sagte ihr, sie solle wieder zu Bett gehen, und schloß die Tür hinter ihr zu. Dann setzte ich mich ans Fenster und lauschte in die Nacht und den Regen hinaus.»

Wir saßen eine Weile schweigend da. Ich hielt noch immer seine kalten Hände. Mir fiel plötzlich ein, daß Robert längst hätte kommen müssen, um den Teetisch abzuräumen.

«Das Boot ist zu nahe am Land gesunken», sagte Maxim. «Ich hatte vor, es aus der Bucht hinauszusegeln. Dort hätte man es nie gefunden. Ich bin nicht weit genug gekommen.»

«Das gestrandete Schiff ist schuld», sagte ich. «Wenn das nicht gewesen wäre, hätte man das Boot nie entdeckt.»

«Es ist zu nahe am Land gesunken.»

Wir schwiegen wieder. Ich fühlte mich auf einmal sehr müde.

«Ich wußte, daß es eines Tages so kommen würde», fing Maxim

wieder an. «Sogar als ich damals nach Edgecoombe fuhr und die fremde Frauenleiche als Rebecca identifizierte, wußte ich, daß es damit noch nicht sein Ende haben würde. Das war nur eine Verzögerung, ein kleiner Aufschub. Letzten Endes würde Rebecca doch gewinnen. Daß ich dich gefunden habe, hat auch nichts daran geändert; daß ich dich liebe, hält den Lauf des Schicksals nicht auf. Rebecca wußte, daß sie über mich triumphieren würde. Ich sah es an ihrem Lächeln, als ich sie erschoß.»

«Rebecca ist tot», sagte ich. «Wir dürfen uns nicht von Phantasien gefangennehmen lassen. Rebecca ist tot. Sie kann nicht mehr sprechen, sie kann kein Zeugnis ablegen. Sie kann dir nichts mehr antun.»

«Aber die Leiche», sagte er. «Der Taucher hat sie dort in der Kajüte gesehen.»

«Wir müssen eine Erklärung dafür finden», entgegnete ich. «Wir müssen uns etwas ausdenken; wir müssen sagen, es ist die Leiche eines Menschen, den du nicht kennst, von dem du nichts weißt.»

«Ihre Sachen werden noch da sein, die Ringe an ihren Fingern. Ihre Kleider können sich noch nicht so aufgelöst haben, daß man sie nicht erkennen könnte. Es wäre ja etwas anderes, wenn die Leiche im Wasser getrieben hätte und an der Felsenküste zerschlagen worden wäre. Die Kajüte ist noch unberührt. Die Leiche muß noch genauso daliegen, wie ich sie damals hingelegt habe. Das Boot hat die ganze Zeit an derselben Stelle auf dem Meeresboden gelegen.»

«Aber eine Leiche löst sich doch im Wasser auf», flüsterte ich. «Selbst wenn sie unberührt am gleichen Fleck gelegen hat, wird das Wasser sie doch aufgelöst haben, glaubst du nicht?»

«Ich weiß nicht», sagte Maxim. «Ich weiß es nicht.»

«Wie kannst du es denn in Erfahrung bringen? Wann wirst du es wissen?»

«Morgen früh um halb sechs wird der Taucher wieder hinuntersteigen. Searle hat schon alle nötigen Vorbereitungen getroffen, um das Boot zu heben. Zu der frühen Stunde werden sich keine Neugierigen einfinden. Ich werde aber dabei sein. Searle holt mich in seinem Boot an der Bucht ab. Morgen früh um halb sechs. Er wird seinen großen Leichter so nahe wie möglich ankern lassen. Wenn das Holz noch nicht verfault ist, wenn die Planken noch zusammenhalten, dann kann der Kran das Boot heben. In dem Fall werden sie nach Kerrith zurückfahren und den Leichter an der halb verschlammten Flußmündung vor Kerrith Harbour ankern lassen, wo die Ausflügler weder mit ihren Schiffen noch zu Land herankommen können. Dort werden sie ungestört sein. Er sagte, man müsse das Wasser aus der Kajüte pumpen, und dann will er den Gerichtsarzt kommen lassen.»

«Und was wird der tun?» fragte ich. «Was wird der Arzt tun?»

«Ich weiß es nicht.»

«Wenn sie feststellen, daß es Rebecca ist, dann mußt du sagen, daß du dich geirrt hast, als du die andere Leiche identifiziertest», sagte ich. «Du mußt einfach sagen, es müsse dir ein schrecklicher Irrtum unterlaufen sein, und daß du krank warst, als du damals nach Edgecoombe fuhrst, und deine Aussage im Fieber gemacht hast. Du habest im besten Glauben gehandelt; es sei ein Irrtum, nur ein Irrtum. Wirst du das sagen, ja?»

«Ja», sagte er, «ja.»

«Sie können dir nichts beweisen», sagte ich. «Niemand hat dich in jener Nacht gesehen. Du warst schon zu Bett gegangen. Man kann dir nichts nachweisen. Nur du und ich wissen es. Sonst niemand. Nicht einmal Frank. Wir sind die einzigen Menschen in der Welt, die es wissen, Maxim, nur du und ich.»

«Ja», sagte er, «ja.»

«Man wird annehmen, daß das Boot kenterte und gesunken ist, während sie sich in der Kajüte aufhielt», sagte ich. «Man wird annehmen, daß sie nach unten gegangen ist, um ein Tau oder irgend etwas zu holen, und während sie unten war, schlug der Wind um, und das Boot kenterte, und Rebecca war gefangen. Das werden die doch annehmen, glaubst du nicht auch?»

«Ich weiß nicht», sagte er. «Ich weiß nicht.»

Plötzlich begann das Telephon in dem kleinen Zimmer hinter der Bibliothek zu klingeln.

21

Maxim ging hinein und schloß die Tür hinter sich. Kurz darauf kam Robert, um den Teetisch abzuräumen. Ich stellte mich ans Fenster, damit er mein Gesicht nicht sehen konnte. Ich überlegte mir, wie lange es wohl dauern würde, bis die Neuigkeit durchgesickert war, in der Küche, bei den Pächtern und in Kerrith.

Ich hörte das gedämpfte Gemurmel von Maxims Stimme aus dem Nebenraum. Die nervöse Spannung verursachte mir ein leichtes Übelkeitsgefühl. Das Schrillen des Telephons schien jede Nervenfaser zum Vibrieren gebracht zu haben. Ich hatte wie im Traum neben Maxim gesessen, seine Hand in meiner, mein Gesicht an seiner Schulter, und seiner Geschichte gelauscht; und ein Teil von mir hatte ihn in jener verhängnisvollen Nacht wie ein Schatten begleitet. Auch ich hatte auf Rebecca geschossen, auch ich hatte mit ihm in Wind und Wetter hinausgehorcht und Mrs. Danvers' Klopfen an der Tür gehört. All das hatte ich mit ihm durchgemacht, all das und noch viel mehr. Aber der andere Teil von mir saß hier auf dem Teppich, unbewegt und gelassen, und dachte immer nur das eine, wiederholte es immer wieder: er hat Rebecca nicht geliebt, er hat Rebecca nicht geliebt! Und jetzt, als das Telephon läutete, vereinten sich die beiden Teile meines Ichs, und ich war wieder das Ich, das ich immer gewesen war. Aber ein neues Gefühl war hinzugekommen, das ich vorher nicht gekannt hatte: trotz aller Zweifel und Ängste war mein Herz jetzt leicht und frei. Ich fürchtete Rebecca nicht länger; ich haßte sie nicht mehr. Jetzt, da ich wußte, daß sie böse und verdorben gewesen war, brauchte ich sie nicht länger zu hassen. Sie konnte mir nichts mehr anhaben. Jetzt konnte ich ins Morgenzimmer gehen und mich an ihren Schreibtisch setzen und ihre Sachen anfassen und ihre Schrift auf den Schildchen über den Fächern ansehen, ohne daß es mir etwas ausmachte. Rebeccas Macht hatte sich wie in Nebel aufgelöst. Sie würde mich nie mehr verfolgen, nie mehr hinter mir die Treppe hinaufgehen, neben mir am Tisch sitzen, nie mehr sich von der Galerie herabbeugen, um mich zu beobachten. Maxim hatte sie niemals geliebt. Ich haßte sie nicht mehr. Ihre Leiche war gefunden worden und ihr Boot mit dem prophetischen Namen ‹Je reviens›; aber ich war für immer von ihr befreit.

Ich durfte jetzt mit Maxim zusammensein, ihn berühren, ihn in meinen Armen halten und ihn lieben. Ich würde nie mehr ein Kind sein. Nicht ich, ich, ich würde es in Zukunft heißen, sondern wir und uns. Wir würden zusammen sein, wir würden alles, was uns bevorstand, gemeinsam meistern, er und ich. Captain Searle und der Taucher und Mrs. Danvers und all die neugierigen Zeitungsleser aus Kerrith konnten uns jetzt nicht mehr einschüchtern. Unser Glück war nicht zu spät gekommen. Ich würde um Maxim kämpfen. Ich würde Lügen und Meineide schwören. Ich würde fluchen und beten. Rebecca hatte nicht gewonnen, Rebecca hatte verloren.

Robert hatte inzwischen den Tisch abgeräumt, und Maxim kam wieder herein.

«Das war Oberst Julyan», sagte er. «Er hat gerade mit Searle gesprochen. Er wird uns morgen begleiten. Searle hat ihm Bericht erstattet.»

«Warum Oberst Julyan, warum der?» fragte ich.

«Er ist der Polizeirichter von Kerrith. Er muß dabei sein.»

«Was sagt er denn?»

«Er fragte mich, ob ich eine Vermutung hätte, wessen Leiche das sein könne.»

«Und was sagtest du?»

«Ich sagte, daß ich es nicht wisse und daß ich immer angenommen hätte, Rebecca sei allein gewesen. Und dann sagte ich, ich wüßte von keinem Menschen, der an dem Abend mit ihr hätte segeln können.»

«Und erwiderte er etwas darauf?»

«Ja.»

«Was denn?»

«Er fragte mich, ob ich es für möglich hielte, daß mir bei der Identifizierung in Edgecoombe ein Irrtum unterlaufen sei.»

«Das sagte er? Das hat er dich jetzt schon gefragt?»

«Ja.»

«Und du?»

«Ich sagte, es sei nicht ausgeschlossen, ich wüßte nicht genau.»

«Er wird also morgen dabei sein, wenn ihr das Boot zu heben versucht? Er und Captain Searle und der Gerichtsarzt?»

«Und Inspektor Welch.»

«Inspektor Welch?»

«Ja.»

«Aber warum Inspektor Welch?»

«Das ist eine polizeiliche Maßnahme, die in solchen Fällen üblich ist.»

Ich sagte nichts dazu. Wir starrten einander an. In meinem Innern krampfte sich etwas zusammen.

«Vielleicht gelingt es ihnen nicht, das Boot zu heben», sagte ich dann.

«Vielleicht.»

«Dann würden sie doch auch die Leiche nicht untersuchen können, nicht wahr?»

«Ich weiß nicht», sagte Maxim.

Er blickte aus dem Fenster. Der Himmel war noch immer von einer weißen Wolkenschicht verhangen. Kein Lüftchen regte sich.

«Ich dachte, ein Südwest würde aufkommen, aber es ist völlig windstill», bemerkte er.

«Ja», sagte ich.

«Der Taucher wird morgen ein spiegelglattes Meer für seine Arbeit vorfinden.»

Das Telephon klingelte wieder. Der grelle Ton hatte etwas Furchteinflößendes. Maxim und ich sahen einander an. Dann ging er in den Nebenraum und schloß wieder die Tür hinter sich. Der krampfartige Schmerz wollte mich nicht verlassen, er verstärkte sich sogar, als das Klingeln eingesetzt hatte.

Maxim kam wieder zurück. «Es fängt schon an», sagte er leise.

Mich fröstelte beim Klang seiner Stimme. «Was meinst du?»

«Es war ein Reporter», sagte er, «vom *County Chronicle*. Er fragte, ob es stimme, daß Mrs. de Winters Boot gefunden worden sei.»

«Und was hast du geantwortet?»

«Ich sagte, ja, ein Boot sei gefunden worden, aber Näheres wisse man darüber noch nicht. Es sei nicht sicher, ob es sich um Rebeccas Boot handle.»

«Sonst hat er nichts gefragt?»

«Doch. Er wollte wissen, ob in dem Boot tatsächlich eine Leiche gefunden worden sei.»

«Nein!»

«Doch. Jemand muß nicht dichtgehalten haben. Searle ist zuverlässig, das weiß ich. Es wird wohl der Taucher gewesen sein oder einer von seinen Freunden. Solche Leute können ihren Mund nicht halten. Bis morgen früh wird ganz Kerrith Bescheid wissen.»

«Was sagtest du, als er wegen der Leiche fragte?»

«Ich sagte, ich wüßte nichts. Ich könnte ihm keine Auskunft geben, und er solle mich gefälligst mit seinen Anrufen verschonen.»

«Du wirst die Leute dadurch nur verärgern und sie gegen dich aufbringen.»

«Das kann ich nicht ändern. Ich lasse mich nicht interviewen. Ich will mich nicht von diesen Burschen mit neugierigen Fragen belästigen lassen.»

«Wir werden sie aber vielleicht brauchen können.»

«Wenn es hart auf hart kommt, werde ich meine Sache schon allein ausfechten», sagte er. «Ich verzichte auf solchen Beistand.»

«Der Reporter wird jetzt bestimmt jemand anders anrufen – Oberst Julyan oder Captain Searle.»

«Bei denen wird er auch nicht mehr Erfolg haben.»

«Wenn wir nur etwas tun könnten», sagte ich. «Wir haben noch so viele Stunden vor uns, und wir sitzen hier und vertrödeln die Zeit und warten auf morgen früh.»

«Wir können nichts tun», sagte Maxim.

Wir blieben in der Bibliothek sitzen. Maxim nahm ein Buch vom Tisch, aber ich wußte, daß er nicht darin las. Hin und wieder sah ich ihn seinen Kopf lauschend heben, als horche er auf das Läuten des Telephons. Aber kein weiterer Anruf erfolgte. Niemand störte uns. Zum Abendessen zogen wir uns wie gewöhnlich um. Es kam mir so unwahrscheinlich vor, daß ich gestern um diese Zeit mein weißes Kostüm angezogen und dort vor dem Spiegel die Lockenperücke aufgesetzt hatte. Frith, der seinen freien Nachmittag gehabt hatte, servierte. Sein Gesicht war ausdruckslos wie immer. Ich hätte gern gewußt, ob er wohl in Kerrith gewesen war und dort irgend etwas gehört hatte.

Nach dem Essen gingen wir wieder in die Bibliothek. Wir sprachen nicht viel. Ich saß zu Maxims Füßen und lehnte meinen Kopf an seine Knie. Seine Finger spielten in meinem Haar, aber nicht mehr so mechanisch wie früher. Es war nicht mehr das Streicheln, mit dem er Jasper bedachte. Ich fühlte seine Fingerspitzen auf meiner Kopfhaut. Hin und wieder beugte er sich zu mir herab und küßte mich. Oder er sagte etwas zu mir. Zwischen uns stand kein Schatten mehr, und wenn wir schwiegen, dann war es ein Schweigen der Zugehörigkeit. Ich wunderte mich, daß ich mich so glücklich fühlen konnte, obwohl unsere Zukunft im Finstern lag. Es war ein eigenartiges Glücksgefühl, nicht das, von dem ich geträumt und das ich erwartet hatte. Es war nicht das Glück, das ich mir in einsamen Stunden ausmalte, wenn ich nachts nicht schlafen konnte. Es war ein ruhiges, stilles Glück. Die Fenster in der Bibliothek standen weit offen, und ein düsterer Abendhimmel schaute zu uns herein.

Es mußte nachts geregnet haben, denn als ich am nächsten Morgen aufwachte, kurz nach sieben, und aus dem Fenster blickte, sah ich, daß die Rosen die Köpfe hängen ließen und der Rasen silbrig naß glänzte. Maxim hatte mich nicht geweckt, als er um fünf aufstand. Er mußte sich ganz geräuschlos in sein Ankleidezimmer geschlichen haben. Jetzt war er dort unten in der Bucht mit Captain Searle und Oberst Julyan und den Arbeitern vom Leichter. Der Kran würde Rebeccas Boot vom Meeresboden heben. Ich konnte ganz kühl und ruhig daran denken. Ich stellte sie mir alle da unten in der Bucht vor, und wie der kleine, dunkle Schiffskörper an die Oberfläche kam, verquollen und mit Tang und Muscheln bedeckt. Und wenn der Kran ihn dann in die Luft hob, würde das Wasser zu beiden Seiten herab ins Meer strömen. Die Planken würden ein graues weiches, an einigen Stellen sogar schwammiges Aussehen haben und nach Schlamm und den glatten schwarzen Algen riechen, die nur tief unten im Wasser wachsen, wo Ebbe und Flut ihnen nichts anhaben können. Vielleicht hing das Namensschild noch am Bug. ‹Je reviens› – die grünen Buchstaben fast ausgewaschen, die Nägel verrostet. Und unten auf dem Boden der Kajüte sah ich Rebecca liegen.

Ich nahm ein Bad, zog mich an und frühstückte wie gewöhnlich um neun. Auf meinem Teller lag ein Haufen Briefe. Dankschreiben von den Gästen des Kostümballes. Ich durchflog sie, ohne mich länger dabei aufzuhalten. Frith erkundigte sich, ob er das Frühstück für Maxim warmstellen sollte. Ich sagte ihm, ich wüßte nicht, wann er zurückkäme. Er sei schon sehr früh fortgegangen. Frith erwiderte nichts darauf. Er blickte nur sehr ernst und würdig drein. Wieder fragte ich mich, ob er wohl etwas erfahren habe.

Nach dem Frühstück ging ich mit dem Stoß Briefe ins Morgenzimmer hinüber. Es war nicht gelüftet worden und roch etwas stickig. Ich riß die Fenster weit auf und ließ die frische Luft herein. Die Blumen auf dem Kaminsims waren verwelkt. Einzelne Blütenblätter lagen auf dem Boden. Ich läutete, und Maud, eines der Hausmädchen, kam herbeigeeilt.

«Hier ist heute morgen nicht aufgeräumt worden», sagte ich. «Nicht einmal die Fenster haben Sie aufgemacht. Und die Blumen sind verwelkt. Nehmen Sie sie bitte mit hinaus.»

Maud sah mich schuldbewußt an. «Es tut mir sehr leid, Madam», sagte sie. Dann nahm sie die Vasen vom Kaminsims.

«Ich möchte nicht, daß das noch einmal vorkommt», sagte ich.

«Ja, Madam», sagte sie und ging mit den Vasen hinaus. Ich hatte nicht gedacht, daß es so leicht wäre, streng zu sein, und ich begriff nicht, warum es mir früher so schwergefallen war. Mrs. Danvers' Menüzettel lag auf dem Schreibtisch. Kalter Lachs in Mayonnaise, Kalbskoteletts in Aspik, Huhn in Gelee und ein Soufflé. Lauter Überbleibsel von dem kalten Buffet vom Ball. Offenbar beabsichtigte Mrs. Danvers, uns nur die Reste vorzusetzen, die sie schon gestern aufgetischt hatte. Die Küche schien es sich sehr leicht zu machen. Ich strich die Liste durch und klingelte nach Robert. «Sagen Sie Mrs. Danvers, wir möchten etwas Warmes zu essen haben», sagte ich. «Wenn vom Kostümfest noch so viel übrig ist, so ist das kein Grund, es uns immer wieder vorzusetzen.»

«Sehr wohl, Madam», sagte Robert.

Ich folgte ihm hinaus und ging in das kleine Blumenzimmer, um die Blumenschere zu holen. Dann ging ich in den Rosengarten und schnitt ein paar Knospen ab. Die Luft hatte sich inzwischen erwärmt. Es drohte ein ebenso heißer und schwüler Tag zu werden wie gestern. Ob sie wohl noch alle in der Bucht oder ob sie schon nach Kerrith zurückgefahren waren? Ich würde es ja bald erfahren. Bald würde Maxim nach Hause kommen und mir erzählen. Was auch geschehen mochte, ich mußte ruhig und gefaßt bleiben. Ich durfte keine Furcht in mir aufkommen lassen. Ich schnitt die Rosen und kehrte ins Morgenzimmer zurück. Der Teppich war inzwischen gebürstet und die Blumenblätter entfernt worden. Ich ordnete die Blumen in den Vasen, die Robert mit frischem Wasser gefüllt hatte. Als ich damit fertig war, klopfte es.

«Herein!» rief ich.

Es war Mrs. Danvers. Sie hielt den Menüzettel in der Hand. Unter ihren Augen lagen schwarze Ringe, und sie sah müde und auffallend bleich aus.

«Guten Morgen, Mrs. Danvers», sagte ich.

«Ich verstehe nicht», fing sie an. «Warum haben Sie das ganze Menü durchgestrichen und mich durch Robert benachrichtigt?»

Ich sah von meinen Rosen auf. «Die Koteletts und der Lachs waren gestern schon auf dem Tisch», sagte ich. «Ich möchte heute eine warme Mahlzeit haben. Wenn man diese kalten Reste nicht in der Küche essen will, dann werfen Sie sie lieber fort. In diesem

Haus wird eine solche Verschwendung getrieben, daß es auf ein bißchen mehr wirklich nicht ankommt.»

Sie starrte mich sprachlos an. Ich machte mir mit den Rosen zu schaffen.

«Sagen Sie mir nicht, daß Sie nichts anderes wüßten, Mrs. Danvers», fuhr ich fort. «Im Laufe der Jahre müssen Sie ja schließlich eine Unmenge Menüs zusammengestellt haben.»

«Ich bin es nicht gewohnt, mir etwas von Robert sagen zu lassen», entgegnete sie. «Wenn Mrs. de Winter etwas am Menü geändert haben wollte, pflegte sie es mir direkt durch das Haustelephon mitzuteilen.»

«Es interessiert mich leider nicht sehr, was Mrs. de Winter zu tun pflegte», sagte ich. «Wie Sie wissen, bin ich jetzt Mrs. de Winter. Und wenn ich Ihnen etwas durch Robert bestellen lassen will, dann werde ich das auch tun.»

In diesem Augenblick trat Robert wieder ins Zimmer und meldete: «Der *County Chronicle* möchte Sie sprechen, Madam.»

«Sagen Sie, ich sei nicht zu Hause.»

«Sehr wohl, Madam.»

«Also, Mrs. Danvers, gibt es sonst noch etwas?» sagte ich, als Robert gegangen war.

Sie starrte mich immer noch wortlos an. «Wenn Sie nichts mehr zu fragen haben, dann gehen Sie bitte jetzt und besprechen Sie das warme Essen mit der Köchin», sagte ich. «Ich habe noch zu tun.»

«Was wollte der *County Chronicle* von Ihnen?» fragte sie.

«Ich habe nicht die geringste Ahnung, Mrs. Danvers.»

«Ist es wahr», sagte sie langsam, «was Frith gestern in Kerrith gehört hat? Daß Mrs. de Winters Boot gefunden sein soll?»

«So, erzählt man sich das?» sagte ich. «Ich habe noch nichts davon gehört.»

«Aber Captain Searle, der Hafenmeister von Kerrith, war doch gestern nachmittag hier», entgegnete sie. «Robert erzählte es mir. Und Frith sagt, daß man in Kerrith behauptet, der Taucher, der das gestrandete Schiff untersuchte, sei auf Mrs. de Winters Boot gestoßen.»

«Möglich», sagte ich. «Aber warten Sie lieber, bis Mr. de Winter zurückkommt, dann können Sie ihn fragen.»

«Warum ist Mr. de Winter heute so früh fortgegangen?»

«Das dürfte Sie ja wohl nichts angehen», sagte ich.

Ihr Blick ließ mich nicht los. «Frith sagt, es gehe sogar ein Gerücht um, in der Kajüte befinde sich eine Leiche», beharrte sie. «Wie kann das denn möglich sein? Mrs. de Winter war doch bestimmt allein.»

«Es hat keinen Zweck, daß Sie mich fragen, Mrs. Danvers, ich weiß auch nicht mehr als Sie.»

«Nicht?» erwiderte sie, ohne den Blick von mir abzuwenden. Ich drehte mich um und trug die eine Vase zum Tisch am Fenster.

«Ich werde in der Küche wegen des Essens Bescheid sagen», sagte sie und blieb einen Augenblick zögernd stehen. Ich schwieg. Da verließ sie das Zimmer. Sie kann mich nicht mehr erschrecken, dachte ich. Sie hat gleichzeitig mit Rebecca ihre Macht über mich verloren. Was sie jetzt auch sagen oder tun mochte, es würde mich nicht mehr berühren. Wenn sie jedoch die Wahrheit über die Leiche im Boot herausbekommen sollte und auch Maxims Feindin wurde – was dann? Ich mußte daran denken, was Maxim jetzt wohl tat. Warum der *County Chronicle* wohl wieder angerufen hatte? Das alte Übelkeitsgefühl kehrte zurück. Ich trat ans Fenster und lehnte mich hinaus. Es war sehr heiß, und es lag ein Gewitter in der Luft. Die Gärtner waren wieder beim Grasschneiden. Ich hielt es nicht länger im Haus aus, und ich ging auf die Terrasse. Jasper trottete hinter mir her. Er hoffte wohl, wir würden einen Spaziergang machen. Langsam schritt ich auf der Terrasse hin und her, bis Frith gegen halb zwölf herauskam und mir mitteilte, Mr. de Winter sei am Telephon. Ich ging durch die Bibliothek in das kleine Zimmer nebenan. Meine Hände zitterten, als ich den Hörer aufnahm.

«Bist du es?» fragte er. «Hier ist Maxim. Ich spreche vom Büro aus. Ich bin mit Frank zusammen.»

«Ja?» sagte ich.

Eine kleine Pause. «Ich bringe Frank und Oberst Julyan um ein Uhr zum Essen mit», sagte er dann.

«Ja», sagte ich.

Ich wartete. Ich wartete, daß er weitersprach. «Man hat das Boot heben können», sagte er. «Ich komme gerade aus Kerrith.»

«Ja», sagte ich.

«Searle war da und Oberst Julyan und Frank und die anderen», sagte er. Ich vermutete, daß Frank neben ihm stand und daß seine Stimme deshalb so kühl und fremd klang.

«Also du weißt Bescheid», sagte er. «Wir kommen um eins.»

Ich legte den Hörer auf. Er hatte mir nichts erzählt. Ich wußte noch immer nicht, was geschehen war. Ich ging wieder zur Terrasse zurück und sagte Frith, daß wir zwei Gäste haben würden.

Die nächste Stunde schleppte sich endlos hin. Ich ging nach oben und zog mir ein dünneres Kleid an. Dann ging ich wieder hinunter und setzte mich in den Salon und wartete. Um fünf vor eins hörte ich einen Wagen vorfahren und dann Stimmen in der Halle. Ich strich mir das Haar vor dem Spiegel glatt. Mein Gesicht war totenblaß. Ich kniff mir die Wangen, um etwas Farbe zu bekommen, und wartete, daß sie eintreten würden. Maxim kam als erster ins Zimmer, gefolgt von Frank und Oberst Julyan. Ich erinnerte mich, Oberst Julyan auf dem Kostümball als Cromwell gesehen zu haben. Er ging gebeugt und sah jetzt ganz anders, kleiner aus.

«Guten Tag», sagte er. Er sprach mit der ruhigen Stimme eines Arztes.

«Laß Frith den Sherry bringen», sagte Maxim. «Ich möchte mir noch mal die Hände waschen.»

«Das will ich auch tun», sagte Frank. Bevor ich klingeln konnte, erschien Frith bereits mit dem Sherry. Oberst Julyan lehnte mit einer Handbewegung ab. Ich schenkte mir ein wenig ein, um etwas in der Hand halten zu können. Oberst Julyan trat neben mich ans Fenster.

«Das ist wirklich eine ganz fatale Geschichte, Mrs. de Winter», sagte er freundlich. «Ich habe das größte Mitgefühl für Sie und Ihren Gatten.»

«Das ist sehr lieb von Ihnen», sagte ich und begann an meinem Glas zu nippen. Dann stellte ich es hin, weil ich fürchtete, er könnte bemerken, wie meine Hand zitterte.

«Die Sache wäre gar nicht so kompliziert, wenn Ihr Mann nicht vor einem Jahr jene andere Leiche identifiziert hätte», sagte er.

«Ich verstehe nicht ganz», sagte ich.

«Haben Sie denn noch nicht gehört, was wir heute morgen gefunden haben?» fragte er.

«Ich weiß nur, daß der Taucher eine Leiche in der Kajüte entdeckte.»

«Ja», sagte er. Und dann fuhr er mit einem Blick über die Schulter zur Tür hin fort: «Ich fürchte, es kann kein Zweifel mehr bestehen, daß es sich um Rebecca de Winter handelt. Ich will Sie nicht mit Einzelheiten quälen, aber Doktor Phillips und Ihr Mann fanden genügend Anhaltspunkte, um diesmal jeden Irrtum auszuschließen.»

Er brach plötzlich ab und trat von mir weg. Maxim und Frank kamen wieder ins Zimmer.

«Das Essen ist angerichtet, wollen wir gleich hinübergehen?» sagte Maxim.

Ich ging ihnen durch die Halle voraus ins Eßzimmer. Mein Herz war schwer wie Blei. Oberst Julyan saß zu meiner Rechten, Frank zu meiner Linken. Ich wagte nicht, Maxim anzusehen. Frith und Robert begannen den ersten Gang zu servieren. Wir sprachen vom Wetter. Frith stand hinter meinem Stuhl. Wir dachten alle an ein und dasselbe, aber Friths Anwesenheit zwang uns, Theater zu spielen. Wahrscheinlich dachte Frith auch daran, und der Gedanke ging mir durch den Kopf, daß es doch viel einfacher gewesen wäre, die Regeln der Konvention in den Wind zu schlagen und ihn mitsprechen zu lassen, falls er etwas zu sagen hätte. Robert brachte den Wein. Unsere Teller wurden ausgewechselt und der zweite Gang serviert. Mrs. Danvers hatte meine Anordnung, für ein warmes Gericht zu sorgen, befolgt. Es gab einen Pot au feu.

«Ich glaube, der Kostümball hat allen großen Spaß gemacht», sagte Oberst Julyan. «Mrs. Lacy sah blendend aus.»

«Ja», sagte ich.

«Und wie gewöhnlich machte sie sich ihr Kostüm selber», sagte Maxim.

«Es muß verdammt schwer sein, mit solchen orientalischen Gewändern fertig zu werden», sagte Oberst Julyan. «Und doch hört man immer wieder, daß sie viel bequemer und kühler sind als irgend etwas, was die europäischen Frauen tragen.»

«Wirklich?» sagte ich.

«Ja, man behauptet es wenigstens. Wahrscheinlich halten diese faltenreichen Dinger die Sonnenstrahlen besser ab.»

«Wie merkwürdig», sagte Frank. «Man sollte annehmen, daß gerade das Gegenteil der Fall ist.»

«Offenbar nicht», sagte Oberst Julyan.

«Kennen Sie den Osten?» fragte Frank.

«Ja, den Fernen Osten kenne ich. Ich war fünf Jahre in China stationiert und danach in Singapore.»

«Kommt da nicht der Curry her?» fragte ich.

«Doch, ja, in Singapore haben wir sehr gute Curryspeisen bekommen.»

«Ich esse Curry auch sehr gern», sagte Frank.

«Ach, was man in England bekommt, ist gar kein richtiger Curry, das ist nur ein kümmerlicher Ersatz.»

Die Teller wurden weggenommen, und Frith reichte uns das Soufflé und Fruchtsalat. «Mit den Himbeeren ist es wohl für dieses Jahr vorbei», sagte Oberst Julyan. «Wir haben eine ungewöhnlich gute Ernte gehabt. Meine Frau hat mehr Marmelade eingekocht als je zuvor.»

«Ich kann mich nicht so recht für Himbeermarmelade begeistern», sagte Frank, «ich finde, es sind immer zuviel Kerne drin.»

«Sie müssen einmal unser Eingemachtes probieren», sagte Oberst Julyan. «Ich glaube, bei uns werden Sie sich nicht über zuviel Kerne beklagen müssen.»

«Die Apfelbäume sind in diesem Jahr zum Brechen voll», sagte Frank. «Ich habe erst vor ein paar Tagen zu Maxim gesagt, wir würden eine Rekordernte erzielen. Wir werden eine ganze Menge nach London schicken können.»

«Finden Sie denn, daß sich das lohnt?» fragte Oberst Julyan. «Nachdem man die Extraarbeit und die Verpackung und die Fracht bezahlt hat, schaut dann überhaupt noch etwas dabei heraus?»

«Himmel, ja!»

«Wie interessant, das muß ich meiner Frau erzählen.»

Das Soufflé und der Fruchtsalat hielten uns nicht lange auf. Robert reichte Käse und Salzgebäck, und gleich darauf brachte Frith den Kaffee und Zigaretten. Danach verließen beide das Zimmer. Wir tranken schweigend unseren Kaffee. Ich sah nicht von meiner Tasse auf.

«Ich sagte Ihrer Frau schon, bevor wir zu Tisch gingen, de Winter», fing Oberst Julyan in dem früheren vertraulichen Ton an, «daß das einzig Dumme an der ganzen unerfreulichen Geschichte ist, daß Sie seinerzeit die Leiche jener fremden Frau identifizierten.»

«Ja, eben», bestätigte Maxim.

«Unter den damaligen Umständen finde ich den Irrtum nur zu begreiflich», warf Frank schnell ein. «Als die Behörde ihn aufforderte, nach Edgecoombe zu kommen, schrieb sie ihm bereits so, als sei gar kein Zweifel mehr an der Identität möglich. Und

Maxim war überdies noch krank. Ich wollte ihn begleiten, aber er bestand darauf, allein zu fahren. Er war gar nicht in dem Zustand, ein klares Urteil abgeben zu können.»

«Das ist Unsinn», sagte Maxim. «Mir fehlte gar nichts.»

«Na ja, das ist jetzt unwichtig», unterbrach Oberst Julyan. «Sie haben nun einmal diesen Irrtum begangen, und jetzt bleibt nichts anderes übrig, als ihn zuzugeben. Diesmal ist ein Zweifel wohl tatsächlich ausgeschlossen.»

«Ja», sagte Maxim.

«Ich wünschte, ich könnte Ihnen die Formalitäten und die Öffentlichkeit der Gerichtsverhandlung ersparen», sagte Oberst Julyan. «Aber ich fürchte, das wird nicht möglich sein.»

«Natürlich nicht», sagte Maxim.

«Jedenfalls glaube ich nicht, daß es sehr lange dauern wird; Sie brauchen ja nur Ihre Identifizierung zu bestätigen, und dann muß Tabb, der ja das Boot überholte, als Ihre Frau es aus Frankreich mitbrachte, eine Erklärung abgeben, daß das Boot seetüchtig und in Ordnung war, als er es zuletzt auf seiner Werft hatte. Es handelt sich ja bei all dem nur um Formalitäten, die wir allerdings nicht umgehen können. Nein, was mich am meisten bekümmert, ist, daß es durch alle Zeitungen gehen wird. Das ist sehr unerquicklich für Sie und Ihre Frau.»

«Na ja, das läßt sich nun nicht ändern», sagte Maxim.

«Zu dumm, daß dieses deutsche Schiff ausgerechnet hier stranden mußte», sagte Oberst Julyan. «Sonst wäre alles beim alten geblieben, und kein Hahn hätte danach gekräht.»

«Ja», sagte Maxim.

«Der einzige Trost ist nur, daß wir jetzt wissen, daß Mrs. de Winter einen schnellen und barmherzigen Tod hatte und sich nicht so lange hat quälen müssen, wie wir ja bisher annehmen mußten. An Schwimmen war ja unter diesen Umständen gar nicht zu denken.»

«Nein», sagte Maxim.

«Sie ist wahrscheinlich in die Kajüte gegangen, um etwas zu holen, und als das Boot sich dann in einer Bö umlegte, verklemmte sich die Tür, so daß sie nicht rechtzeitig ans Steuer konnte», sagte Oberst Julyan. «Schrecklich!»

«Ja», sagte Maxim.

«Halten Sie das nicht auch für die wahrscheinlichste Lösung, Mr. Crawley?» wandte sich Oberst Julyan an Frank.

«O ja, zweifellos», sagte Frank.

Ich sah hoch und erhaschte den Blick, den Frank Maxim zuwarf. Er wandte seine Augen gleich wieder ab, aber nicht so schnell, daß ich nicht den Ausdruck in ihnen lesen und deuten konnte. Frank wußte alles. Und Maxim wußte nicht, daß Frank alles wußte. Ich rührte in meiner Kaffeetasse. Meine Hände waren feucht und heiß.

«Früher oder später unterläuft uns allen mal ein Irrtum», sagte Oberst Julyan. «Und dann müssen wir das eben ausbaden. Mrs. de Winter muß doch ebensogut wie wir gewußt haben, wie unbeständig der Wind dort in der Bucht bläst und daß man das Steuer nicht unbeaufsichtigt lassen darf. Schließlich segelte sie nicht zum erstenmal dort draußen. Sie muß das Risiko gekannt haben, und als sie es trotzdem wagte, hat es sie eben getötet. Eine bittere Lehre für jeden.»

«Ein Unglück kann so leicht passieren», sagte Frank. «Selbst den erfahrensten Leuten. Denken Sie doch nur an die vielen Jagdunglücke.»

«Gewiß, aber meistens ist es da das Pferd, das bei einem Sprung stürzt. Wenn Mrs. de Winter nicht die Unvorsichtigkeit begangen hätte, das Steuer sich selbst zu überlassen, wäre das Unglück niemals passiert. Es ist mir wirklich ganz unbegreiflich, wie sie das tun konnte. Ich habe sie so oft bei den Sonnabendregatten von Kerrith beobachtet, und ich habe sie niemals einen wirklichen Fehler machen sehen. So etwas würde man doch nur einem Anfänger zutrauen, und dazu dort am Riff!»

«Es war eine sehr böige Nacht», bemerkte Frank. «Irgend etwas in der Takelage mag in Unordnung geraten sein. Vielleicht klemmte etwas, und sie wollte nur schnell ein Messer holen.»

«Selbstverständlich ist das möglich, aber Gewißheit werden wir nie erlangen, und sie würde uns ja auch nicht viel nützen. Wie gesagt, ich wünschte, ich könnte Ihnen diese Gerichtsverhandlung ersparen, aber ich kann es wirklich nicht. Ich will versuchen, sie bereits auf Dienstagmorgen zu legen und es so kurz wie möglich zu machen. Eine reine Formalität. Ich fürchte nur, wir werden die Zeitungsleute nicht ausschließen können.»

Ein neuerliches Schweigen. Ich fand, daß es an der Zeit war, meinen Stuhl zurückzuschieben und mich zu erheben.

«Wollen wir in den Garten gehen?» fragte ich und ging voraus auf die Terrasse. Oberst Julyan streichelte Jasper.

«Er hat sich gut herausgemacht», lobte er.

«Ja», sagte ich.

«Diese Rasse ist sehr anhänglich», meinte er.

«Ja», sagte ich.

Wir standen schweigend herum. Dann zog er seine Uhr.

«Ich möchte Ihnen für das ausgezeichnete Mittagsmahl danken», sagte er. «Ich habe heute noch ziemlich viel zu erledigen, und ich hoffe, Sie entschuldigen mich, wenn ich jetzt so hastig aufbreche.»

«Aber natürlich», sagte ich.

«Es tut mir so leid, daß sich dies ereignen mußte. Ich habe das größte Mitgefühl für Sie. Ich finde, Sie trifft es fast noch härter als Ihren Mann. Aber wenn diese Verhandlung erst vorbei ist, dann müssen Sie alles schleunigst vergessen.»

«Ja», sagte ich, «das wollen wir versuchen.»

«Mein Wagen steht auf der Anfahrt. Vielleicht kann ich Mr. Crawley mitnehmen. Crawley, wenn Sie wollen, kann ich Sie vor Ihrem Büro absetzen.»

«Sehr freundlich von Ihnen, Oberst», sagte Frank. Er trat auf mich zu und gab mir die Hand. «Ich sehe Sie hoffentlich bald wieder», sagte er.

«Ja», sagte ich. Ich sah ihn nicht an, denn ich fürchtete, auch er könnte in meinen Augen lesen, und ich wollte ihm nicht verraten, was ich wußte. Maxim begleitete unsere Gäste zum Wagen. Als sie abgefahren waren, kehrte er zu mir zurück und nahm meinen Arm. Wir standen nebeneinander und blickten über den grünen Rasen zum Meer und zu dem Leuchtturm auf der Landzunge hinunter.

«Es wird schon alles gutgehen», sagte er. «Ich bin ganz ruhig und zuversichtlich. Du hast ja selbst gesehen, wie Julyan sich bei Tisch verhielt. Die Gerichtsverhandlung wird keinerlei Schwierigkeiten bieten. Es wird bestimmt alles gutgehen.»

Ich schwieg und klammerte mich an seinen Arm.

«Es bestand von Anfang an gar kein Zweifel, wer die Leiche war», fuhr er fort. «Doktor Philips hätte die Identität auch ohne mich feststellen können. Es war ein ganz einfacher, klarer Fall. Von dem Schuß war keine Spur mehr zu sehen. Die Kugel hatte keinen Knochen gestreift.»

Ein Schmetterling flatterte auf seinen taumelnden Wegen an uns vorüber.

«Du hörtest ja, was sie sagten; man nimmt an, daß das Unglück sie in der Kajüte überraschte. Das Gericht wird zu derselben Ansicht kommen. Phillips wird es ihnen so darlegen.» Maxim hielt inne. Ich schwieg immer noch.

«Mir macht es nur deinetwegen etwas aus», sagte er. «Sonst bereue ich nichts. Und wenn sich alles wiederholte, würde ich nicht anders handeln. Ich bin froh, daß ich Rebecca tötete. Mein Gewissen wird sich deshalb niemals regen. Aber du – was du darunter zu leiden hast, das bedrückt mich. Ich habe dich während des Essens dauernd angesehen und nur an dich gedacht. Der drollige, rührend junge Ausdruck in deinem Gesicht, den ich so liebte, ist für immer verschwunden. Er wird nie wiederkehren. Den habe ich auch getötet, als ich dir von Rebecca erzählte. Innerhalb eines einzigen Tages hast du ihn verloren. Du bist so viel älter geworden ...»

22

Das Lokalblatt, das Frith mir am Abend brachte, trug bereits große Schlagzeilen. Er legte es vor mich auf den Tisch. Maxim war nicht im Zimmer; er war schon frühzeitig hinaufgegangen, um sich zum Essen umzuziehen. Frith blieb noch zögernd in der Tür stehen, als erwartete er, daß ich etwas sagen würde, und es kam mir dumm und auch unfreundlich vor, diese Angelegenheit, die allen Bewohnern des Hauses nahegehen mußte, einfach zu übergehen.

«Ist das nicht eine scheußlich unangenehme Geschichte, Frith?» sagte ich.

«Ja, Madam, in der Küche herrschte auch große Bestürzung darüber», erwiderte er.

«Es ist vor allem so traurig, daß Mr. de Winter das alles noch einmal durchmachen muß.»

«Ja, Madam, sehr traurig. Schrecklich, zum zweitenmal eine Leiche identifizieren zu müssen. Es besteht jetzt offenbar kein Zweifel mehr, daß das, was man im Boot gefunden hat, wirklich die sterblichen Überreste der verstorbenen Mrs. de Winter sind.»

«Nein, Frith, diesmal scheint ein Irrtum ausgeschlossen.»

«Als wir draußen darüber sprachen, fanden wir es alle sonderbar, daß sie sich vom Wetter so überraschen ließ. Sie war doch eine so erfahrene Seglerin.»

«Ja, Frith, der Ansicht sind wir auch. Aber Unglücksfälle kommen ja vor. Und wie es sich genau abgespielt hat, das werden wir wohl niemals erfahren.»

«Nein, wahrscheinlich nicht, Madam. Aber es war doch ein großer Schock für uns. Die Nachricht hat uns sehr mitgenommen. Und dazu noch so unmittelbar nach dem Ball; es traf jeden unvorbereitet. Und wird es tatsächlich zu einer Gerichtsverhandlung kommen, Madam?»

«Ja, die üblichen Formalitäten.»

«Selbstverständlich, Madam. Ob einer von uns als Zeuge verhört werden wird?»

«Ich glaube nicht, Frith.»

«Ich wäre nur zu froh, etwas für Mr. de Winter tun zu können; das weiß Mr. de Winter ja auch.»

«Ja, Frith, das weiß er sicher.»

«Ich habe natürlich in der Küche sofort gesagt, daß über die Angelegenheit nicht weiter gesprochen werden soll; aber es ist so schwer, ihnen den Mund zu verbieten, besonders den Mädchen. Mit Robert werde ich natürlich leicht fertig. Ich fürchte, die Nachricht hat Mrs. Danvers sehr schwer getroffen.»

«Ja, Frith, das glaube ich auch.»

«Sie ging gleich nach dem Essen auf ihr Zimmer und ist seitdem nicht wieder heruntergekommen. Alice brachte ihr gerade eine Tasse Tee und die Zeitung hinauf, und sie sagt, Mrs. Danvers sähe sehr elend aus.»

«Es ist sicher am besten, wenn sie in ihrem Zimmer bleibt», sagte ich. «Es hat keinen Zweck, zu arbeiten, wenn sie sich nicht wohl fühlt. Alice soll ihr das bestellen. Die Köchin und ich werden uns schon einig werden.»

«Ja, Madam. Ich glaube ja nicht, daß sie richtig krank ist; es ist vermutlich nur die Aufregung, daß Mrs. de Winter gefunden worden ist. Sie hat so sehr an ihr gehangen.»

«Ja», sagte ich, «ich weiß.»

Als Frith gegangen war, überflog ich schnell die Zeitung, bevor Maxim herunterkam. Eine ganze Spalte auf der Titelseite war dem Ereignis gewidmet; und darüber hatten sie eine fast unkenntliche Photographie von Maxim gebracht, die mindestens fünfzehn Jahre alt sein mußte. Es war gräßlich, ihn aus einer Zeitung herausstarren zu sehen. Und am Schluß des Artikels standen ein paar Zeilen über mich, die zweite Frau von Maxim, und daß wir gerade einen Kostümball auf Manderley gegeben hätten. Es nahm sich in dem schwarzen Zeitungsdruck so roh und gefühllos aus. Dort stand, wie Rebecca, die als geistreiche Schönheit geschildert und deren allgemeine Beliebtheit besonders hervorgehoben wurde, vor einem Jahr ertrunken sei, und wie Maxim schon im Frühjahr darauf zum zweitenmal geheiratet und seine junge Frau unmittelbar nach der Hochzeit (behauptete der Schreiber) nach Manderley gebracht habe, wo ihr zu Ehren ein großes Kostümfest gegeben worden sei. Und wie dann am Morgen darauf die Leiche seiner ersten Frau in der Kajüte ihres Segelbootes auf dem Meeresgrund von dem Taucher entdeckt worden sei. Im großen und ganzen stimmte das alles ja, aber die kleinen Ungenauigkeiten, die die Geschichte aufpulverten, verliehen dem Artikel erst den Kitzel, den der große Leserkreis für seine Pennies verlangen durfte. Die Darstellung machte aus Maxim nahezu einen Lüstling, der seine ‹junge Frau› nach Manderley brachte und ihr zu Ehren ein rauschendes Fest veranstaltete, nur um sein Glück vor der Welt zur Schau zu stellen.

Ich versteckte die Zeitung unter einem Kissen, damit Maxim sie nicht zu Gesicht bekam. Aber die Morgenausgaben konnte ich nicht vor ihm verbergen. Die Londoner Blätter hatten die Geschichte ebenfalls aufgegriffen. Beide brachten ein Bild von Manderley über dem Text. Manderley und Maxim waren allerletzte Neuigkeit. Er wurde Max de Winter genannt. Es klang schrecklich salopp und mondän. Alle Zeitungen hoben besonders hervor, daß die Entdeckung am Tag nach dem Kostümfest gemacht worden sei. Als erblicke man darin etwas Schicksalhaftes. Und in beiden Artikeln kam der Ausdruck ‹Ironie des Schicksals› vor. So sah es wohl für den Außenstehenden auch aus. Auf jeden Fall war es eine gute Sensationsnachricht. Ich sah, wie Maxim beim Frühstück immer blasser wurde, als er die Berichte las. Er sagte nichts. Er blickte nur zu mir herüber, und ich streckte ihm meine Hand hin. «Pack», flüsterte er, «verdammtes Pack!»

Ich dachte an das, was die Zeitungen schreiben würden, wenn sie die Wahrheit wüßten. Nicht eine Spalte, sondern fünf oder sechs. Plakate in den Londoner Straßen; Zeitungsjungen, die das furchtbare Wort mit vier Buchstaben ausrufen würden, das in dicker schwarzer Schrift von den Zeitungsplakaten schrie.

Nach dem Frühstück kam Frank herüber. Er sah bleich und müde aus, als ob er gar nicht geschlafen hätte. «Ich habe in der Telephonzentrale Bescheid gesagt, daß alle Anrufe für Manderley über das Büro geleitet werden sollen», sagte er zu Maxim. «Ganz gleich, wer es ist. Wenn sich noch mehr Reporter melden sollten, dann werde ich sie schon abfertigen. Und alle anderen auch. Ich möchte nicht, daß ihr beide mehr belästigt werdet als unbedingt notwendig. Ein paar von den lieben Nachbarn haben bereits angerufen, und ich habe allen die gleiche Auskunft gegeben: Mr. und Mrs. de Winter ließen herzlich für die freundliche Nachfrage danken und hofften, ihre Freunde würden es verstehen, daß sie in den nächsten Tagen keine Anrufe annehmen möchten. Deine Schwester hat um halb neun angerufen und wollte gleich herkommen.»

«O mein Gott ...» rief Maxim aus.

«Keine Sorge, ich habe es ihr gleich ausgeredet. Ich sagte ihr wahrheitsgemäß, ich glaubte nicht, daß sie im Augenblick von Nutzen sein könne und daß du niemanden sehen wolltest außer deiner Frau. Sie wollte auch wissen, wann die Verhandlung stattfindet, aber ich sagte ihr, der Termin stehe noch nicht fest. Ich fürchte, wir werden sie nicht daran hindern können, hinzugehen, da ja die Zeitungen darüber schreiben werden.»

«Diese verfluchten Reporter», sagte Maxim.

«Ich weiß», sagte Frank. «Man möchte ihnen manchmal den Hals umdrehen, aber andererseits können sie ja auch nichts dafür. Es ist schließlich ihr Beruf, und die Zeitung bezahlt sie für ihre Neugier. Wahrscheinlich fliegen sie auf die Straße, wenn sie nicht täglich irgendeine Sensation ausgraben. Aber du brauchst keinen von ihnen zu sehen und zu sprechen, Maxim, laß mich nur machen. Konzentriere du dich auf das, was du bei der Verhandlung sagen willst.»

«Da gibt es nicht viel zu überlegen», sagte Maxim.

«Da hast du natürlich recht, aber vergiß nicht, daß der alte Horridge der Vorsitzende ist. Er ist ein richtiger Tüftler und hält sich stundenlang mit Einzelheiten auf, die gar nichts mit der Sache zu tun haben, nur um den Geschworenen zu zeigen, was für ein scharfsinniger Kopf er ist. Du darfst dich nicht durch seine Methode aus dem Konzept bringen lassen.»

«Was gibt es denn da aus dem Konzept zu bringen? Ich brauche mich ja nur an die Tatsachen zu halten.»

«Selbstverständlich. Aber ich habe schon mehr als einer Verhandlung beigewohnt und weiß, daß man dabei leicht die Nerven verlieren kann. Und du mußt dich davor hüten, diesen alten Burschen gegen dich einzunehmen.»

«Frank hat recht», sagte ich. «Ich verstehe, was er meint. Je schneller und reibungsloser alles erledigt wird, desto besser ist es für alle Beteiligten. Und wenn diese ganze dumme Geschichte erst einmal vorüber ist, dann werden wir sie ebenso schnell vergessen wie alle anderen, nicht wahr, Frank?»

«Ja, natürlich», entgegnete Frank.

Ich vermied es immer noch, ihn anzusehen, denn ich war mehr denn je davon überzeugt, daß er die Wahrheit kannte. Er hatte sie immer gekannt, von Anfang an. Ich erinnerte mich an meinen ersten Tag auf Manderley, als er und Beatrice und Giles zum Mittagessen gekommen waren und Beatrice sich so taktlos über Maxims Gesundheit geäußert hatte. Und ich erinnerte mich, wie Frank in seiner unaufdringlichen Art das Thema gewechselt hatte und Maxim zu Hilfe gekommen war, so oft die Unterhaltung sich einem ähnlich verfänglichen Gesprächsstoff zuzuwenden drohte. Und jetzt verstand ich auch, warum er sich nur so unwillig über Rebecca ausfragen ließ; und auch seine komische, geschraubte Konversation, so oft wir etwas vertrauter miteinander zu reden begannen, wurde mir jetzt verständlich. Frank wußte alles, aber Maxim wußte das nicht. Und Frank wollte auch nicht, daß Maxim das wußte. Da standen wir also und sprachen miteinander, jeder mit seinem Geheimnis, das ihn von dem anderen trennte.

Das Telephon störte uns nicht mehr. Die Anrufe wurden alle ins Büro umgeleitet. Jetzt galt es nur zu warten. Bis zum Dienstag zu warten.

Mrs. Danvers sah ich gar nicht mehr. Der Menüzettel lag wie gewöhnlich auf dem Schreibtisch, und ich hatte nichts daran zu ändern. Ich erkundigte mich bei Clarice nach ihr. Sie erzählte mir, Mrs. Danvers gehe ihrer Arbeit wieder nach, spreche jedoch mit niemandem und nähme ihre Mahlzeiten allein auf ihrem Zimmer ein.

Ihre aufgerissenen Augen verrieten ihre Neugier, aber sie stellte mir keine Fragen, und ich beabsichtigte auch nicht, mich mit ihr zu unterhalten. Zweifellos sprach man in der Küche, im Pförtnerhaus und bei den Pächtersleuten von nichts anderem. Ganz Kerrith beschäftigte sich wahrscheinlich damit. Wir hielten uns nur im Haus und im Garten auf und machten nicht einmal mehr unsere Spaziergänge im Wald. Das Wetter war noch nicht umgeschlagen. Es war noch immer sehr heiß und drückend. Ständig lag ein Gewitter in der Luft, das sich nicht entlud, und der dunstige Abendhimmel versprach Regen, der nicht fallen wollte. Ich fühlte ihn, ich konnte den Regen förmlich riechen, wie er sich dort oben in den Wolken ansammelte. Die Verhandlung war nunmehr endgültig auf Dienstag nachmittag um zwei Uhr angesetzt.

Wir aßen am Dienstag um Viertel vor eins. Frank kam zu Tisch. Beatrice hatte glücklicherweise telephonisch abgesagt. Roger war mit Masern nach Hause gekommen; die ganze Familie durfte sich nicht aus dem Haus rühren. Ich konnte nicht umhin, diese Masern zu segnen. Maxim hätte es bestimmt nicht ertragen, Beatrice um sich zu haben.

Es wurde eine hastige, nervöse Mahlzeit. Keiner von uns sagte viel. Ich empfand wieder diesen bohrenden Schmerz. Ich mochte nichts essen, ich konnte einfach nichts herunterschlucken. Wir waren alle erleichtert, als wir uns erheben konnten und Maxim hinausging, um den Wagen anzulassen. Das Geräusch des Motors beruhigte mich. Es bedeutete, daß wir uns bewegen würden, etwas tun mußten. Nicht mehr dieses Herumsitzen auf Manderley. Frank folgte uns in seinem eigenen Wagen. Ich hielt während der ganzen Fahrt meine Hand auf Maxims Knie. Er schien völlig ruhig zu sein, auch nicht die Spur aufgeregt. Meine Hände waren dagegen eiskalt, und mein Herz klopfte eigentümlich unregelmäßig. Und die ganze Zeit über bohrte jener stechende Schmerz in mir. Die Verhandlung fand in Lanyon statt, einem Marktflecken sechs Meilen jenseits von Kerrith. Wir parkten den Wagen auf dem großen kopfsteingepflasterten Marktplatz. Ich sah einen Passanten Maxim forschend betrachten und dann seine Begleiterin am Ärmel zupfen.

«Ich glaube, ich bleibe lieber hier», sagte ich. «Ich möchte doch lieber nicht mit hineingehen.»

«Du hättest mich gar nicht erst hierher begleiten sollen», sagte Maxim. «Ich bin von Anfang an dagegen gewesen. Du wärst viel besser zu Hause geblieben.»

«Nein», sagte ich. «Aber ich werde hier im Wagen warten.»

Frank sah zu uns herein. «Kommt deine Frau nicht mit?» fragte er.

«Nein», entgegnete Maxim. «Sie möchte hier im Wagen bleiben.»

«Das finde ich sehr vernünftig», meinte Frank. «Es liegt wirklich kein Grund vor, warum sie dabei sein sollte. Außerdem wird es ja nicht lange dauern.»

«Ich sitze hier ganz gut», sagte ich.

«Ich werde einen Platz neben mir für Sie freihalten», sagte Frank, «falls Sie sich's doch noch anders überlegen sollten.»

Sie gingen zusammen weg und ließen mich allein. Es war ein Tag mit frühem Ladenschluß. Die Läden sahen grau und langweilig aus. Die Straßen waren fast menschenleer. Lanyon bekam auch nicht viele Feriengäste zu sehen; es lag zu weit vom Meer ab. Ich saß da und betrachtete die gegenüberliegenden Läden. Die Zeit verstrich Minute um Minute. Ich überlegte mir, was sie jetzt wohl taten, Frank und Maxim und Oberst Julyan. Ich stieg aus dem Wagen und ging auf dem Marktplatz auf und ab. Ich blieb vor einem Laden stehen und sah hinein. Dann ging ich wieder weiter. Ein Polizist musterte mich neugierig. Ich bog in eine Seitenstraße ein, um ihm aus den Augen zu kommen.

Plötzlich bemerkte ich, daß ich mich unwillkürlich dem Gebäude genähert hatte, in dem die Verhandlung stattfand. Die genaue Zeit war in den Zeitungen nicht bekanntgegeben worden, und deshalb fand ich nicht die Menschenmenge vor, die ich erwartet und gefürchtet hatte. Niemand war zu sehen. Ich ging die Stufen hinauf und öffnete die Tür.

Von irgendwoher tauchte ein Polizist auf. «Suchen Sie etwas?» fragte er.

«Nein», sagte ich, «nein.»

«Hier dürfen Sie nicht warten», sagte er.

«Entschuldigen Sie bitte», sagte ich und ging wieder auf die Straße zurück.

«Verzeihen Sie, Madam, sind Sie nicht Mrs. de Winter?»

«Ja», sagte ich.

«Das ist natürlich etwas anderes», sagte er. «Dann können Sie selbstverständlich hier bleiben. Möchten Sie vielleicht hier so lange Platz nehmen?»

«Danke schön», sagte ich.

Er führte mich in ein kleines, kahles Zimmer, in dem nur ein Schreibtisch und eine Bank standen. Es sah aus wie ein Warteraum auf dem Bahnhof. Ich saß dort mit den Händen im Schoß.

Fünf Minuten vergingen. Nichts ereignete sich. Dies war schlimmer, als draußen im Wagen zu warten. Ich stand auf und ging in den Flur hinaus. Der Polizist war noch da.

«Wie lange wird es wohl noch dauern?» fragte ich.

«Ich werde einmal nachhören, wenn Sie wünschen», sagte er.

Er verschwand in einem Seitengang. Gleich darauf kam er wieder zurück. «Es kann nicht mehr sehr lange dauern», sagte er. «Mr. de Winter hat soeben ausgesagt. Captain Searle und der Taucher und Doktor Phillips haben ihre Aussage bereits gemacht. Jetzt kommt nur noch Mr. Tabb, der Bootsbauer aus Kerrith, dran.»

«Dann wird es ja gleich vorüber sein», meinte ich.

«Ja, ich glaube auch, Madam», sagte er; und dann kam ihm plötzlich ein Gedanke: «Möchten Sie vielleicht die Aussage dieses letzten Zeugen anhören? Gleich an der Tür ist noch ein Platz frei. Sie können unbemerkt hineinschlüpfen.»

«Ja, danke», sagte ich, «das will ich gern.»

Die Verhandlung war bereits fast zu Ende. Maxim hatte schon ausgesagt. Es machte mir nichts aus, mit anzuhören, was jetzt noch kam. Ich hatte nur Maxim nicht hören wollen; das hätte mich zu sehr aufgeregt. Deswegen war ich auch nicht gleich mit ihm und Frank gegangen. Jetzt war es einerlei. Er hatte schon ausgesagt.

Ich folgte dem Polizisten, und am Ende des Korridors machte er eine Tür auf. Ich schlüpfte hinein und setzte mich auf den leeren Platz. Ich hielt den Kopf gesenkt, um niemanden ansehen zu müssen. Der Raum war kleiner, als ich gedacht hatte, und ziemlich heiß und stickig. Ich hatte mir so etwas wie einen Kirchenraum vorgestellt, groß und kahl mit vielen Bankreihen. Maxim und Frank saßen ganz vorn. Der Vorsitzende war ein hagerer, ältlicher Mann mit einem Kneifer auf der Nase. Ich blickte mich unter gesenkten Lidern verstohlen um. Viele von den Anwesenden hatte ich noch nie gesehen. Plötzlich machte mein Herz einen Sprung, als mein Blick auf Mrs. Danvers fiel. Sie saß ziemlich weit hinten, und neben ihr saß Jack Favell, Rebeccas Vetter. Das Kinn in die Hand gestützt, beugte er sich vor und fixierte Mr. Horridge, den Vorsitzenden. Favell hatte ich hier nicht zu sehen erwartet. Ob Maxim wußte, daß er da war? James Tabb, der Bootsbauer, stand vor der Geschworenenbank, und der Vorsitzende richtete seine Fragen an ihn.

«Ja, Sir», erwiderte Tabb. «Ich baute Mrs. de Winters Boot um. Ursprünglich war es ein französisches Fischerboot, das sie für einen Spottpreis in der Bretagne gekauft und mit nach England gebracht hatte. Sie gab mir den Auftrag, es in einen Kajütensegler umzubauen.»

«Befand sich das Boot in einem seetüchtigen Zustand?» fragte der Vorsitzende.

«So, wie ich es ihr letzten April ablieferte, ja», antwortete Tabb. «Mrs. de Winter legte das Boot wie gewöhnlich im vorhergehenden Oktober in meiner Werft auf Kiel, und im März erhielt ich dann wie stets den Auftrag, das Boot zu überholen, was ich denn auch tat. Es war bereits das vierte Jahr, daß Mrs. de Winter das Boot segelte, nachdem ich es umgebaut hatte.»

«Ist Ihnen bekannt, ob das Boot schon jemals vorher gekentert ist?»

«Nein, Sir. Und Mrs. de Winter hätte es mir bestimmt mitgeteilt, wenn etwas Derartiges vorgekommen wäre. Mir gegenüber äußerte sie sich immer nur begeistert über die Eigenschaften des Bootes.»

«Ich nehme an, daß es für einen einzelnen nicht leicht zu segeln war.»

«Nun ja, Sir, man muß schon seine fünf Sinne beisammen haben, wenn man auf offenem Meer segeln will, das ist wahr. Aber Mrs. de Winters Boot war nicht eine von diesen empfindlichen Nußschalen, die jede Sekunde einen anderen Handgriff erfordern. Nein, es war ein stabiles, wetterfestes Schiffchen, das eine gehörige Portion Wind vertragen kann. Mrs. de Winter war schon bei stürmischerem Wetter draußen gewesen als an jenem Unglücksabend. Böig war es zwar, aber von Sturm keine Rede. Das habe ich schon damals immer gesagt, und deshalb hat es mich auch so gewundert, daß sie ausgerechnet bei einem solchen Wetter verunglückte.»

«Aber wenn Mrs. de Winter, wie man annimmt, in die Kajüte gegangen war, um etwas zu holen, und eine plötzliche Bö von der Landseite her das Boot erfaßte, hätte das nicht das Boot zum Kentern bringen können?»

James Tabb schüttelte den Kopf. «Nein», sagte er eigensinnig. «Ich halte das für ausgeschlossen.»

«Es muß aber trotzdem so gewesen sein», sagte der Vorsitzende. «Ich glaube nicht, daß Mr. de Winter oder jemand von uns

Ihrer Arbeit die Schuld an dem Unglück zuschiebt. Sie haben das Boot im Frühjahr überholt und es intakt und seetüchtig abgeliefert. Das wollte ich nur wissen. Unglücklicherweise scheint Mrs. de Winter die nötige Vorsicht einen Augenblick lang außer acht gelassen zu haben und büßte, als das Schiff kenterte, ihr Leben ein. Solche Unglücksfälle sind nicht ungewöhnlich. Ich wiederhole noch einmal, daß Sie keine Schuld trifft.»

«Entschuldigen Sie, Sir», sagte Tabb. «Das ist noch nicht alles. Wenn Sie erlauben, möchte ich noch eine Aussage machen.»

«Bitte», sagte Mr. Horridge.

«Es ist nämlich so, Sir. Nach dem Unglück äußerten sich einige Leute in Kerrith sehr abfällig über meine Arbeit. Man sagte mir nach, ich hätte Mrs. de Winter ein leckes Boot mit halb verfaulten Planken übergeben. Ich verlor sogar ein paar Kunden deswegen. Das war sehr unfair, aber das Boot war nun einmal gesunken, und was ich auch sagen mochte, beweisen konnte ich ja nichts. Dann strandete dieses Schiff, und Mrs. de Winters Boot wurde gefunden und gehoben. Gestern erlaubte mir Captain Searle, das Boot genauer zu untersuchen. Ich wollte mich nämlich überzeugen, daß meine Arbeit fehlerfrei gewesen war, obwohl das Boot ja schon über zwölf Monate auf dem Meeresboden gelegen hatte.»

«Das war ein sehr begreiflicher Wunsch. Ich hoffe, die Untersuchung hat Sie befriedigt.»

«Ja, Sir, das hat sie. Was meine Arbeit anbelangt, so ist das Boot in bester Ordnung. Ich habe jede Planke untersucht. Es lag auf Sandboden. Ich habe den Taucher ausdrücklich deswegen befragt. Es hat das Riff gar nicht berührt. Das Riff befand sich gute fünf Fuß weit ab. Da, wo das Boot lag, war reiner Sandboden, und ich habe auch nicht die geringste Spur einer Beschädigung durch eine Felsspitze entdecken können.»

Er machte eine Pause. Der Vorsitzende sah ihn fragend an.

«Und?» sagte Mr. Horridge. «War das alles, was Sie uns sagen wollten?»

«Nein, Sir», erwiderte Tabb nachdrücklich, «keineswegs. Was ich jetzt wissen möchte, ist das: woher kommen die Löcher in dem Schiffsboden? Das Riff war es nicht, denn das war zu weit weg. Und außerdem sind es nicht solche Löcher, wie ein Anprall auf Steine sie verursacht. Nein, diese Löcher sind mit einem Brecheisen oder auch einem Bootshaken gemacht worden.»

Ich starrte vor mich auf den Fußboden.

Warum sagte der Vorsitzende denn nichts? Warum dieses Schweigen? Als er endlich wieder sprach, klang seine Stimme wie aus weiter Ferne.

«Wie meinen Sie das?» fragte er. «Von welchen Löchern reden Sie?»

«Im ganzen sind es drei», erwiderte Tabb. «Eins vorne an der Steuerbordseite unter der Wasserlinie, die beiden anderen nebeneinander in der Mitte des Bootes unter den Fußplanken; und außerdem war der Ballast entfernt worden. Aber das ist noch nicht alles; die Flutventile waren nämlich aufgedreht.»

«Die Flutventile? Was ist denn das?» fragte der Vorsitzende.

«Das sind die Absperrhähne der Waschvorrichtung. Mrs. de Winter hatte sich einen kleinen Waschraum im hinteren Teil der Kajüte einrichten lassen, und vorne war ein Küchenausguß; und an beiden Stellen befindet sich ein solcher Hahn. Unterwegs müssen diese Hähne immer wieder geschlossen werden, damit kein Wasser eindringt. Als ich das Boot gestern untersuchte, fand ich beide Hähne voll aufgedreht.»

Es war zum Ersticken heiß. Warum öffnete niemand ein Fenster? In dem kleinen Raum, in dem so viele Menschen saßen, war kaum noch Luft zum Atmen.

«Mit den Löchern in dem Bootskörper und den offenen Hähnen, Sir, mußte das Boot sehr schnell sinken. In höchstens zehn Minuten, schätze ich. Das Boot hat meine Werft in tadellosem Zustand verlassen, Sir. Mrs. de Winter und ich waren beide stolz darauf. Ich bin der Ansicht, daß das Boot gar nicht gekentert ist. Es ist mit Vorbedacht zum Sinken gebracht worden.»

Ich muß versuchen, hinauszukommen. Ich will wieder ins Wartezimmer gehen. Hier konnte man ja nicht atmen, und meine Nachbarin erdrückte mich fast ... Vor mir hatte sich jemand erhoben, und ich hörte Stimmengewirr; alle sprachen durcheinander. Ich wußte nicht, was geschehen war, ich konnte nichts sehen. Es war so furchtbar heiß. Der Vorsitzende verlangte Ruhe und sagte dann etwas von ‹Mr. de Winter›. Ich konnte nichts sehen. Ein Frauenhut versperrte mir die Sicht. Maxim stand jetzt auf. Ich wagte es nicht, ihn anzusehen. Ich durfte ihn nicht ansehen. Ich hatte schon einmal dieses Gefühl gehabt. Wann war das nur gewesen? Ich weiß nicht, ich kann mich nicht erinnern; doch, ja, es war neulich, als ich mit Mrs. Danvers oben am Fenster stand. Mrs. Danvers befand sich jetzt auch in diesem Raum und hörte auf das, was der Vorsitzende sagte. Da vorn stand Maxim. Die Hitze stieg vom Boden in stickigen Wellen zu mir auf. Sie berührte meine feuchten Hände, kroch mir in den Hals und legte sich auf mein Gesicht.

«Mr. de Winter, Sie haben die Aussage von Mr. Tabb, dem die Pflege des Bootes Ihrer verstorbenen Gattin anvertraut war, gehört. Wissen Sie etwas über diese Löcher in den Planken?»

«Nicht das geringste.»

«Können Sie sich erklären, wo die Löcher herrühren?»

«Nein, natürlich nicht.»

«Und Sie haben jetzt zum erstenmal davon gehört?»

«Ja.»

«Das ist also ein schwerer Schock für Sie?»

«Es war schon ein großer Schock, als ich erfahren mußte, daß ich mich damals bei der Identifizierung geirrt habe; und jetzt muß ich hören, daß meine Frau nicht ertrank, weil das Boot kenterte, sondern weil es angebohrt war, daß es also absichtlich zum Sinken gebracht wurde. Und da fragen Sie noch, ob das ein schwerer Schock für mich ist?»

Nein, Maxim, nein. Nicht so. Du wirst ihn gegen dich aufbringen. Du hast doch gehört, was Frank sagte. Du darfst ihn nicht gegen dich einnehmen. Nicht den Ton, nicht diese zornige Stimme, Maxim. Er wird dich nicht verstehen. Bitte, Liebster, bitte! Lieber Gott, laß ihn nicht in Wut geraten, laß Maxim nicht wütend werden!

«Mr. de Winter, bitte glauben Sie, daß wir alle das tiefste Mitgefühl für Sie haben. Zweifellos hat es Sie sehr hart getroffen, als Sie erfuhren, daß Ihre Frau nicht im offenen Meer, sondern in ihrer Kajüte ertrunken ist. Aber ich führe diese Untersuchung ja in Ihrem eigenen Interesse; ich versuche schließlich nicht zu meinem eigenen Vergnügen, ausfindig zu machen, wie und warum Ihre Gattin den Tod fand.»

«Das ist doch wohl bereits geklärt.»

«Ich hoffe, daß Sie recht haben. Mr. Tabb hat uns soeben erzählt, daß das Boot, in dem der Leichnam der verstorbenen Mrs. de Winter aufgefunden wurde, durch drei gewaltsam verursachte Löcher beschädigt ist. Und daß außerdem die Flutventile offenstanden. Wollen Sie seine Aussage in Zweifel ziehen?»

«Gewiß nicht. Als Bootsbauer weiß er ja, wovon er spricht.»

«Welchem Ihrer Angestellten oblag die Wartung des Bootes?»

«Meine Frau hat alles, was mit dem Boot zu tun hatte, selbst gemacht.»

«Ohne irgendwelche Hilfe?»

«Ja.»

«Das Boot lag im allgemeinen in dem kleinen Privathafen von Manderley?»

«Ja.»

«Ein Fremder, der sich an dem Boot zu schaffen machen wollte, wäre gesehen worden? Führt kein öffentlicher Fußweg zu dem Hafen?»

«Nein, keiner.»

«Der Hafen liegt sehr einsam und ist von Bäumen umgeben, nicht wahr?»

«Ja.»

«Es besteht also die Möglichkeit, daß ein Unbefugter zum Hafen gelangte, ohne gesehen zu werden?»

«Ja.»

«Mr. Tabb hat uns erzählt – und wir dürfen ihm wohl glauben –, daß das Boot sich in dem Zustand, in dem es gefunden wurde, höchstens fünfzehn Minuten über Wasser halten konnte.»

«Jawohl.»

«Deshalb brauchen wir uns von vornherein gar nicht mit der Theorie zu befassen, daß das Boot in böser Absicht beschädigt worden sein könnte, bevor Mrs. de Winter die Segelfahrt antrat. Wäre das der Fall gewesen, müßte es ja bereits an der Boje gesunken sein.»

«Zweifellos.»

«Deshalb müssen wir von der Annahme ausgehen, daß derjenige, der das Boot hinaussegelte, auch die Löcher in die Planken geschlagen und die Hähne aufgedreht hat.»

«Das nehme ich auch an.»

«Laut Ihrer Aussage war die Kajütentür verriegelt; die Bullaugen waren geschlossen, und die Überreste der Leiche lagen auf dem Boden. Dasselbe haben Doktor Phillips und Captain Searle auch gesagt.»

«Ja.»

«Und zu diesen Aussagen kommt jetzt die Aussage von Mr. Tabb, daß die Planken mit einem Brecheisen oder Bootshaken durchbrochen und die Flutventile geöffnet waren. Kommt Ihnen das nicht sehr sonderbar vor?»

«Allerdings.»

«Und Sie können sich das gar nicht erklären?»

«Nein, in keiner Weise.»

«Mr. de Winter, so unangenehm es mir ist, ich muß jetzt eine sehr persönliche Frage an Sie richten.»

«Bitte.»

«War das Verhältnis zwischen Ihnen und Ihrer verstorbenen Frau völlig ungetrübt und glücklich?»

Diese schwarzen Flecke, die vor meinen Augen tanzten und kreuz und quer durch die flimmernde Luft schossen – natürlich mußten sie jetzt kommen, und es war so heiß, so schrecklich heiß, und all die Menschen und die Gesichter um mich herum, und niemand öffnete ein Fenster. Die Tür, die mir so nahe gewesen war, erschien jetzt doch weiter fort, als ich gedacht hatte, und der Boden begann unter meinen Füßen zu schwanken.

Und dann vernahm ich plötzlich Maxims Stimme klar und ruhig aus dem trüben Dunst, der meine Augen verschleierte: «Bitte, helfen Sie meiner Frau hinaus; sie wird ohnmächtig.»

23

Ich saß wieder in dem kleinen Wartezimmer. Derselbe Polizist beugte sich über mich und reichte mir ein Glas Wasser, und jemand hatte seine Hand auf meinen Arm gelegt. Ich saß ganz still und ließ den Fußboden, die Wände und die Gestalten von Frank und dem Polizisten wieder feste Form vor meinen Augen annehmen.

«Wie dumm von mir», sagte ich. «Aber es war so heiß da drinnen.»

«Ja, die Luft verbraucht sich da drinnen sehr schnell», sagte der Polizist. «Es ist schon oft über die mangelhafte Lüftung geklagt worden, aber getan wurde bisher nichts dagegen. Es ist schon mehr als eine Dame in dem Zimmer in Ohnmacht gefallen.»

«Fühlen Sie sich jetzt besser, Mrs. de Winter?» fragte Frank.

«Ja, danke, viel besser. Mir wird gleich wieder ganz wohl sein. Warten Sie bitte nicht hier auf mich.»

«Ich werde Sie nach Manderley zurückfahren.»

«Nein.»

«Doch, Maxim hat mich darum gebeten.»

«Nein, Sie müssen bei ihm bleiben.»

«Maxim bat mich, Sie nach Manderley zurückzubringen.»

Er nahm meinen Arm und half mir auf. «Glauben Sie, daß Sie bis zum Wagen gehen können, oder soll ich lieber vorfahren?»

«Oh, gehen kann ich schon, aber ich möchte hier bleiben. Ich will auf Maxim warten.»

«Maxim wird aber vielleicht noch längere Zeit aufgehalten werden.»

Warum sagte er das? Was meinte er damit? Warum sah er mich nicht an? Er führte mich einfach durch den Korridor und die Stufen hinunter auf die Straße. Maxim wird vielleicht noch längere Zeit aufgehalten werden ...

Ohne zu sprechen, gingen wir zum Marktplatz. Frank öffnete die Tür seines kleinen Morris', half mir hinein, setzte sich hinter das Steuer und ließ den Motor an. Wir fuhren durch die leeren Straßen aus dem Städtchen hinaus, bis wir auf die offene Landstraße kamen, die nach Kerrith führte.

«Warum kann es noch lange dauern? Was kann denn jetzt noch geschehen?»

«Es ist möglich, daß die verschiedenen Zeugen noch einmal aussagen müssen.» Frank blickte starr vor sich auf die staubigweiße Straße.

«Aber da ist doch gar nichts mehr zu sagen, ich verstehe das nicht.»

«Man kann nicht wissen», entgegnete Frank. «Der Vorsitzende kann vielleicht noch irgendwelche Fragen haben. Tabbs Aussage hat der ganzen Sache eine neue Wendung gegeben. Der Vorsitzende muß infolgedessen seine Fragen aus einem neuen Gesichtswinkel stellen.»

«Wieso eine neue Wendung? Was meinen Sie damit?»

«Sie haben doch Tabbs Aussage gehört und was er von dem Zustand des Bootes sagte. Man zweifelt jetzt natürlich daran, daß es sich um einen Unglücksfall gehandelt hat.»

«Aber das ist doch töricht, Frank, das ist doch geradezu albern. Die hätten diesen Tabb gar nicht anhören sollen. Wie kann er denn nach so vielen Monaten feststellen, wo die Löcher herrühren? Was soll denn damit bewiesen werden?»

«Ich weiß nicht.»

«Dieser Horridge wird noch so lange auf Maxim herumhacken,

bis er seine Selbstbeherrschung verliert und Dinge sagt, die er gar nicht meint. Maxim wird sich das bestimmt nicht gefallen lassen, Frank, diese sinnlose Fragerei.»

Frank antwortete nicht. Er fuhr so schnell, wie sein kleiner Morris es zuließ. Zum erstenmal, seit ich ihn kannte, hatte er keine konventionelle Phrase zur Hand. Das konnte nur bedeuten, daß er sich große Sorgen machte. Und sonst war er auch ein so übertrieben vorsichtiger Fahrer, hielt an jeder Kreuzung an, sah sich nach rechts und links um und hupte vor jeder Kurve.

«Der Mann, der damals Mrs. Danvers besuchte, war übrigens auch da», sagte ich.

«Sie meinen Favell?» sagte Frank. «Ja, ich habe ihn gesehen.»

«Er saß neben Mrs. Danvers.»

«Ja, ich weiß.»

«Warum war er bloß da? Was hatte er bei dieser Verhandlung zu suchen?»

«Er ist ja schließlich Rebeccas Vetter.»

«Aber ich finde es nicht richtig, daß er und Mrs. Danvers da sitzen und sich die Aussagen mit anhören. Ich traue den beiden nicht, Frank.»

«Nein.»

«Womöglich hecken sie sich etwas aus, und dann gibt es nur noch mehr Schwierigkeiten.»

Wieder antwortete Frank nicht. Ich verstand, daß seine Freundschaft zu Maxim so weit ging, daß er sich nicht einmal mit mir in eine Diskussion einlassen wollte. Er konnte ja nicht wissen, wie weit ich von Maxim eingeweiht worden war, und ich konnte ja auch nicht mit Gewißheit sagen, wieviel er wußte. Wir waren zwar Verbündete und zogen am gleichen Strang, aber wir wagten es nicht, einander anzusehen. Wir wagten beide nicht, dem anderen zu viel anzuvertrauen.

Endlich kamen wir zum Haus und nahmen die letzte Kurve. «Kann ich Sie jetzt allein lassen?» fragte Frank. «Vielleicht legen Sie sich ein bißchen hin.»

«Ja, vielleicht tue ich das», sagte ich.

«Ich will nach Lanyon zurück», sagte er. «Maxim wird mich vielleicht brauchen.»

Das war alles, was er sagte. Er stieg rasch in seinen Wagen und fuhr wieder los. Maxim konnte ihn vielleicht brauchen. Warum glaubte er, daß Maxim ihn brauchen könnte? Vielleicht würde der

Vorsitzende Frank auch noch ausfragen wollen. Ihn über jenen Abend vor mehr als einem Jahr befragen, an dem Maxim bei ihm zu Abend gegessen hatte. Er würde sich nach der genauen Zeit erkundigen, zu der Maxim sein Haus verlassen hatte. Er würde wissen wollen, ob irgend jemand ihn nach Hause habe kommen sehen. Ob die Dienstboten gewußt hatten, daß er da war. Ob jemand bezeugen konnte, daß Maxim unverzüglich in sein Zimmer gegangen war. Vielleicht würde dieser Horridge auch Mrs. Danvers vernehmen. Und Maxim, der sich kaum noch hatte beherrschen können, Maxims weißes Gesicht ...

Ich trat in die Halle und ging in mein Zimmer hinauf und warf mich auf mein Bett, wie Frank es mir geraten hatte. Ich bedeckte meine Augen mit den Händen, aber ich sah immer noch jenen Raum mit den vielen starrenden Gesichtern vor mir, das runzlige, aufreizende Pedantengesicht des Vorsitzenden mit dem goldenen Kneifer auf der Nase.

Andere Frauen hatten so etwas schon durchgemacht, Frauen, über die ich in den Zeitungen gelesen hatte. Sie schickten Briefe an den Innenminister, aber es nützte nichts. Der Innenminister pflegte immer zu antworten, der Gerechtigkeit müsse Genüge getan werden. Die Freunde sammelten Unterschriften für ein Gnadengesuch, aber der Innenminister konnte nicht helfen. Und der kleine Bürger, der von dem Fall in der Zeitung gelesen hatte, sagte sich: warum soll denn so ein Kerl straflos ausgehen? Schließlich hat er doch seine Frau umgebracht. An die arme Ermordete denkt wohl keiner, wie? Diese sentimentalen Leute, die die Todesstrafe abschaffen wollen, leisten dem Verbrechen ja geradezu Vorschub.

Mein Gott, laß mich nicht mehr daran denken! Laß mich an etwas anderes denken. An Mrs. Van Hopper in Amerika zum Beispiel. Sie wird jetzt bei ihrer Tochter sein. Sie haben ein Sommerhaus auf Long Island. Wahrscheinlich spielen sie viel Bridge und besuchen Pferderennen. Mrs. Van Hopper war eine leidenschaftliche Rennbesucherin. Ob sie wohl noch den kleinen gelben Hut trägt? Er war ihr viel zu klein, viel zu klein für ihr breites Gesicht. Mrs. Van Hopper in ihrem Garten auf Long Island mit Romanen, Magazinen und Zeitungen auf ihrem Schoß. Mrs. Van Hopper, die ihr Lorgnon an die Augen hebt und ihrer Tochter zuruft: «Hör mal zu, Helen, hier steht, daß Max de Winter seine erste Frau umgebracht hat. Ich habe ja immer gesagt, daß er etwas Unheimliches an sich hatte. Und ich habe diese kleine Närrin auch gewarnt, daß sie eine große Dummheit begehe. Aber sie wollte ja keine Vernunft annehmen. Na, die hat sich eine schöne Suppe eingebrockt. Aber wahrscheinlich bekommt sie schon Riesenangebote aus Hollywood.»

Etwas berührte meine Hand. Es war Jasper, der seine kalte, feuchte Nase in meine Hand bohrte. Er war mir aus der Halle nach oben gefolgt. Warum kamen einem eigentlich die Tränen, wenn man einen Hund ansah? Sie bewiesen ihr Verständnis und Mitgefühl auf eine so rührend hilflose Art. Jasper wußte, daß etwas nicht in Ordnung war. Hunde spüren das. Wenn Koffer gepackt werden, das Auto vorfährt, dann stehen die Hunde mit eingekniffenem Schwanz und melancholischen Augen dabei und schleichen mit gesenktem Kopf in ihren Korb zurück, sobald das Geräusch des Motors in der Ferne verklingt.

Ich mußte wohl eingeschlafen sein, denn beim ersten Donnerschlag schrak ich plötzlich hoch. Ich sah auf die Uhr. Es war fünf. Ich erhob mich und ging ans Fenster. Kein Lüftchen rührte sich. Die Blätter hingen regungslos, wie erwartungsvoll, an den Zweigen. Der Himmel war schiefergrau. Ein zackiger Blitz zerriß die Wolkenwand. Es grollte leise; das Gewitter war noch weit weg. Noch regnete es nicht. Ich trat auf den Flur hinaus und lauschte. Nichts war zu hören. Ich ging zur Treppe. Niemand war zu sehen. Die drohenden Gewitterwolken hatten die Halle verfinstert. Ich ging hinunter auf die Terrasse. Ein neuer Donnerschlag ertönte. Ein Regentropfen fiel auf meine Hand, ein einziger Tropfen, nicht mehr. Es war sehr dunkel. Das Meer lag wie ein schwarz glänzender See hinter der Talsenke. Noch ein Tropfen berührte jetzt meine Hand, und wieder donnerte es. Ich hörte, wie die Mädchen oben die Fenster schlossen. Robert kam und machte die Glastüren im Salon hinter mir zu.

«Die Herren sind noch nicht zurück, nicht wahr, Robert?» fragte ich.

«Nein, Madam, noch nicht. Ich dachte, Sie wären mit ihnen fortgefahren.»

«Ich bin schon eher zurückgekommen.»

«Soll ich Ihnen Ihren Tee bringen, Madam?»

«Nein, ich warte noch etwas.»

«Ich glaube, mit dem schönen Wetter ist es jetzt vorbei, Madam.»

«Ja.»

Noch immer kein Regen, nur die beiden Tropfen auf meiner Hand. Ich ging in die Bibliothek und setzte mich. Um halb sechs kam Robert ins Zimmer.

«Der Wagen ist gerade vorgefahren, Madam», sagte er.

«Welcher Wagen?»

«Mr. de Winters Wagen, Madam», sagte er.

«Hat Mr. de Winter selbst gesteuert?»

«Ja, Madam.»

Ich versuchte mich zu erheben, aber meine Beine knickten ein, als ob sie aus Stroh wären. Ich lehnte mich gegen das Sofa. Mund und Kehle waren wie ausgetrocknet. Gleich darauf kam Maxim herein und blieb an der Tür stehen.

Er sah erschöpft und alt aus. Um seinen Mund hatten sich Falten gebildet, die ich vorher nie gesehen hatte.

«Es ist alles vorüber», sagte er.

Ich wartete. Ich konnte noch immer nicht sprechen oder mich bewegen.

«Selbstmord», sagte er. «Ohne Anhaltspunkte für den Beweggrund. Die Geschworenen waren natürlich völlig am Ende ihrer Weisheit und wußten schließlich gar nicht mehr, was sie sagen sollten.»

Ich setzte mich auf das Sofa. «Selbstmord!» sagte ich. «Ohne Begründung? Was hat man denn als Begründung angenommen?»

«Gott weiß», sagte er. «Sie schienen eine Begründung nicht für notwendig zu halten. Der alte Horridge sah mich mißtrauisch an und wollte wissen, ob Rebecca vielleicht Geldsorgen gehabt habe. Geldsorgen – du guter Gott!» Er trat ans Fenster und blickte auf den Rasen hinaus. «Es wird gleich regnen», sagte er. «Gott sei Dank, daß wir endlich Regen bekommen.»

«Wie war es denn?» fragte ich. «Was hat Horridge denn noch alles gefragt? Warum hat es noch so lange gedauert?»

«Er ist immer wieder auf jede Einzelheit zurückgekommen», sagte Maxim. «Auf Nebensächlichkeiten, die keinen Menschen interessierten. Ob die Flutventile schwer aufzudrehen seien? Wo sich das erste Loch im Verhältnis zum zweiten befinde? Woraus der Ballast bestehe? Welche Wirkung es auf die Stabilität des Bootes habe, wenn man den Ballast verschiebe? Ob eine Frau das allein tun könne? Ob die Tür der Kajüte fest geschlossen werden konnte? Welcher Wasserdruck notwendig sei, um die Kajütentür aufzubrechen? Ich dachte, ich würde wahnsinnig. Aber ich hielt mich im Zaum. Dein Anblick dort an der Tür erinnerte mich an meine Pflicht. Wenn du nicht ohnmächtig geworden wärst, hätte ich es niemals bis zum Ende durchgehalten. So aber riß ich mich zusammen. Ich wußte genau, was ich sagen mußte. Ich wandte meine Augen nicht eine Sekunde von Horridge ab, von diesem spitzen, kleinlichen Gesicht und dem goldenen Kneifer. An das Gesicht werde ich mein Lebtag denken. Aber jetzt bin ich müde, Liebste, so müde, daß ich kaum noch sehen oder hören und fühlen kann.»

Er ließ sich schwer auf die Bank am Fenster fallen und stützte den Kopf in die Hände. Ich eilte an seine Seite. Nach ein paar Minuten erschienen Frith und Robert mit dem Tee. Die feierliche Zeremonie nahm ihren alltäglichen Verlauf, die Tischklappen wurden hochgestützt, das schneeweiße Tuch wurde aufgelegt, die silberne Teekanne griffbereit hingestellt und der Wasserkessel über das Spiritusflämmchen gehängt. Dazu wie üblich Sandwiches, Teegebäck und dreierlei Kuchen. Jasper saß auf seinem gewohnten Platz neben dem Tisch, klopfte dann und wann mit dem Schwanz auf den Boden und sah mich erwartungsvoll an. Komisch, dachte ich, wie das tägliche Leben weiterläuft, ganz gleich, was geschieht. Wir tun immer dasselbe: wir essen, wir waschen uns, wir schlafen. Kein noch so kritisches Ereignis kann die Macht der Gewohnheit brechen. Ich schenkte Maxim Tee ein, brachte ihm die Tasse und etwas Gebäck zum Fenster und nahm mir selbst ein Sandwich.

«Wo ist denn Frank?» fragte ich.

«Er ist zum Pfarrer gefahren. Ich hätte ihn vielleicht begleiten sollen, aber ich wollte so schnell wie möglich zu dir zurückkommen. Ich mußte immer an dich denken, wie du hier allein saßest und dir Gedanken machtest.»

«Warum zum Pfarrer?» fragte ich.

«Heute findet eine kleine Feier in der Kirche statt», sagte er.

Ich starrte ihn verständnislos an. Dann begriff ich plötzlich. Rebecca sollte heute abend begraben werden. Rebecca würde nach Manderley zurückkehren.

«Um halb sieben», sagte er. «Außer Frank, Oberst Julyan, dem Pfarrer und mir weiß niemand davon. Es wird also keine Neugierigen geben. Wir haben das gestern so besprochen; die Gerichtsverhandlung hätte daran in keinem Fall etwas geändert.»

«Wann mußt du denn fort?»

«Wir wollen uns um fünfundzwanzig Minuten nach sechs in der Kirche treffen.»

Ich fragte nicht weiter und trank schweigend meinen Tee. Maxim legte sein Sandwich wieder auf den Teller zurück. «Es ist noch furchtbar heiß, nicht wahr?» sagte er.

«Ja, Gewitterstimmung. Es scheint sich nicht entschließen zu können, anzufangen. Nur ein paar Tropfen hier und da. Deshalb ist es so drückend.»

«Als ich aus Lanyon fortfuhr, donnerte es schon», sagte er, «und der Himmel war schwarz wie Tinte. Wenn es doch nur endlich regnen wollte!»

Die Vögel in den Bäumen waren verstummt. Es war immer noch sehr dunkel.

«Ich wünschte, du müßtest nicht noch einmal fort», sagte ich.

Er antwortete nicht. Er sah so müde, so todmüde aus.

«Wir wollen heute abend, wenn ich wieder da bin, über alles sprechen», sagte er schließlich. «Wir haben so viel nachzuholen, nicht wahr? Wir müssen ja ganz von vorn anfangen. Ich bin dir wirklich ein sehr schlechter Ehemann gewesen.»

«Nein», protestierte ich, «nein.»

«Doch. Aber wir wollen einen ganz neuen Anfang machen, sobald dies alles hinter uns liegt. Wir sind ja nicht mehr allein; du und ich zusammen werden es schon schaffen. Wenn wir zusammen sind, kann uns die Vergangenheit nichts mehr anhaben. Und Kinder wollen wir auch haben.» Nach einer Weile sah er auf die Uhr. «Es ist schon zehn nach sechs», sagte er. «Ich muß jetzt gehen. Aber es wird nicht lange dauern, höchstens eine halbe Stunde. Wir gehen gleich in die Familiengruft hinunter.»

Ich faßte nach seiner Hand. «Ich werde dich begleiten, es macht mir wirklich nichts aus. Laß mich mitkommen.»

«Nein», sagte er. «Ich möchte nicht, daß du mitkommst.»

Er ging aus dem Zimmer, und gleich darauf hörte ich den Wagen starten; allmählich verklang das Geräusch.

Robert kam, um den Teetisch abzuräumen. Es war ein Tag wie jeder andere. Alles lief seinen gewohnten Gang. Unwillkürlich fragte ich mich, ob sich auch dann nichts geändert hätte, wenn Maxim nicht aus Lanyon zurückgekehrt wäre. Ob Robert dann auch mit diesem hölzernen Ausdruck in seinem jungen Gesicht die Krumen vom Tischtuch gefegt, den Tisch dann zusammengeklappt und in die Ecke gestellt hätte?

Es war sehr still in der Bibliothek, nachdem er gegangen war. Ich dachte an die vier Männer dort in der Kirche, wie sie durch die kleine Tür die Stufen der Gruft hinuntergingen. Ich war nie drinnen gewesen; ich hatte nur die Tür gesehen. Ich überlegte mir, wie es wohl in der Gruft aussehen mochte. Ob viele Särge drin standen? Maxims Vater und Mutter. Und ich fragte mich auch, was mit dem Sarg jener anderen Frau geschehen würde, der unrechtmäßig dort aufgestellt worden war. Wer sie wohl gewesen war, diese arme Seele, die niemand vermißt hatte? Jetzt würde noch ein Sarg darin stehen. Rebecca würde bei den anderen de Winters in der Familiengruft ruhen. Vielleicht las der Pfarrer gerade die Totenmesse, Maxim, Frank und Oberst Julyan neben sich? Asche zu Asche, Staub zu Staub. Rebecca war nur noch ein Name; die Rebecca, die ich gefürchtet hatte, war gestorben, als man die Leiche in der Kajüte fand. Das, was dort in der Gruft im Sarg lag, war nicht Rebecca, es war nur Staub.

Kurz nach sieben fing es an zu regnen. Zuerst nur ein schwaches leises Tropfen in den Bäumen, so dünn, daß es kaum zu sehen war. Dann immer lauter und schneller, ein Sturzbach, der sich sturmgetrieben aus den schiefergrauen Wolken ergoß wie das Wasser über ein Wehr. Ich öffnete die Fenster weit und atmete tief die kalte klare Luft ein. Der Regen sprühte mir ins Gesicht und auf die Hände. Ich konnte gerade noch den Rasen unterscheiden; der Wolkenbruch legte sich wie eine Wand zwischen mich und die Außenwelt. Ich hörte es oben in den Regenrinnen pladdern und auf die Terrasse herunterrauschen. Aber es blitzte und donnerte nicht mehr.

Ich hatte Frith nicht kommen hören. Ich stand am Fenster und sah in den Regen hinaus und bemerkte ihn erst, als er neben mir stand.

«Verzeihung, Madam», sagte er. «Können Sie mir sagen, ob Mr. de Winter sehr lange fortbleiben wird?»

«Nein», sagte ich, «nicht sehr lange.»

«Ein Herr wünscht ihn nämlich zu sprechen, Madam», sagte Frith etwas zögernd, «und ich weiß nicht recht, was ich ihm sagen soll. Er ist so hartnäckig, er läßt sich nicht abweisen.»

«Wer ist es denn?» fragte ich. «Jemand, den Sie kennen?»

Frith sah verlegen aus. «Jawohl, Madam», sagt er. «Es ist ein Herr, der früher, als Mrs. de Winter noch lebte, häufig zu Besuch kam. Ein gewisser Mr. Favell.»

Ich kniete mich auf die Fensterbank und zog das Fenster zu. Der Regen hatte die Kissen durchnäßt. Dann wandte ich mich um und sah Frith an.

«Führen Sie Mr. Favell nur herein», sagte ich.

Ich ging zum Kamin hinüber, in dem heute kein Feuer brannte. Vielleicht war es mir möglich, Favell loszuwerden, bevor Maxim zurückkam. Ich wußte noch nicht, was ich sagen würde, aber ich hatte keine Angst.

Frith führte Favell gleich darauf herein. Er sah genauso aus, wie ich ihn in Erinnerung hatte, nur etwas unordentlicher. Auch trat er noch polternder auf. Er gehörte zu den Männern, die Sommer und Winter ohne Hut herumlaufen, und sein Haar war von der Sonne gebleicht und sein Gesicht ganz braungebrannt. Seine Augen sahen so blutunterlaufen aus, daß ich mich fragte, ob er getrunken hatte.

«Maxim ist leider nicht zu Hause, und ich weiß auch nicht, wann er wiederkommt», sagte ich. «Wäre es nicht das beste, Sie riefen ihn morgen im Büro an und verabredeten sich?»

«Oh, mir macht es nichts aus zu warten», entgegnete Favell. «Und ich hab so 'ne Ahnung, ich werde gar nicht lange zu warten brauchen. Ich hab nämlich eben einen Blick ins Eßzimmer geworfen und gesehen, daß dort schon für Maxim gedeckt ist.»

«Ja», sagte ich. «Aber Maxim mußte plötzlich noch einmal wegfahren, und es ist durchaus möglich, daß er heute abend gar nicht mehr nach Hause kommt.»

«Davongelaufen, wie?» fragte Favell mit einem spöttischen Lächeln, das mir unangenehm war. «Ich bezweifle, ob das stimmt. In seiner Lage wäre es allerdings das Gescheiteste, was er tun könnte. Es gibt nun mal Leute, die gegen Klatsch sehr empfindlich sind; es ist auch bequemer, sich dem nicht auszusetzen.»

«Ich weiß nicht, was Sie damit sagen wollen.»

«Sie wollen das nicht wissen? Sie können doch nicht im Ernst von mir verlangen, daß ich Ihnen das glauben soll. Aber sagen Sie, fühlen Sie sich jetzt besser? Es hat mir so leid getan, daß Sie heute bei der Verhandlung ohnmächtig wurden. Ich wollte Ihnen gerade zu Hilfe eilen, da sah ich, daß sich schon ein anderer Ritter Ihrer angenommen hatte. Ich wette, daß es Frank Crawley großen Spaß gemacht hat. Durfte er Sie auch nach Hause fahren? Zu mir wollten Sie damals nicht in den Wagen steigen.»

«Weswegen wollten Sie Maxim sprechen?» fragte ich.

Favell beugte sich über den Tisch und nahm sich eine Zigarette. «Sie haben doch nichts dagegen, wenn ich rauche? Ihnen wird doch hoffentlich nicht übel davon? Bei jungen Frauen kann man das ja nie wissen.»

Er betrachtete mich mit zusammengekniffenen Augen, während er seine Zigarette ansteckte. «Sie sind ja ganz erwachsen geworden seit dem letztenmal», sagte er. «Wie haben Sie das denn fertiggebracht? Mondscheinspaziergänge mit Frank Crawley?» Er blies eine Rauchwolke in die Luft. «Sagen Sie, würde es Ihnen etwas ausmachen, Frith einen Whisky und Soda für mich holen zu lassen?»

Ich läutete, ohne etwas zu erwidern. Er saß mit übergeschlagenen Beinen auf der Sofalehne und wippte mit dem Fuß und fuhr fort, mich spöttisch anzulächeln. Robert kam auf das Klingeln herein. «Ein Whisky Soda für Mr. Favell», sagte ich.

«Hallo, Robert», sagte Favell. «Ich habe Sie ja ewig nicht gesehen. Knicken Sie immer noch fleißig Mädchenherzen in Kerrith?»

Robert errötete und sah mich in tödlicher Verlegenheit an.

«Schon gut, alter Freund, ich verrate nichts. Gehen Sie und holen Sie mir einen doppelten Whisky, und zwar ein bißchen plötzlich.»

Robert verschwand, und Favell lachte und ließ seine Asche auf den Boden fallen.

«Ich bin einmal an seinem freien Abend mit ihm ausgegangen», erzählte er. «Rebecca hatte um fünf Pfund mit mir gewettet, daß ich es nicht wagen würde, ihn aufzufordern. Ich habe die fünf Pfund gewonnen und einen der komischsten Abende meines Lebens verbracht. Mein Gott, hab ich gelacht! Robert auf dem Kriegspfad ist einfach nicht zu überbieten. Aber das muß ihm der Neid lassen, in Weiberdingen kennt er sich aus. Von dem ganzen Mädchenhaufen, mit dem wir uns an dem Abend umgaben, ist er mit der Hübschesten verschwunden.»

Robert brachte den Whisky auf einem Tablett herein. Er sah immer noch sehr rot und verlegen aus. Favell beobachtete ihn lächelnd, während er ihm einschenkte, und lehnte sich dann lachend zurück. Er pfiff ein paar Takte eines Liedes, ohne Robert aus den Augen zu lassen.

«Die Melodie war es doch, was?» sagte er. «So ging sie doch. Haben Sie immer noch eine Schwäche für rotes Haar, Robert?»

Robert versuchte ein geradezu mitleiderregendes Lächeln. Favell lachte noch lauter, während Robert sich umdrehte und aus dem Zimmer ging.

«Der arme Bursche», sagte Favell. «Es war wahrscheinlich das letzte Mal, daß er über die Stränge schlagen durfte. Frith, dieser alte Esel, läßt ihn jetzt nicht mehr vom Gängelband.»

Er hob das Glas an die Lippen, sah sich im Zimmer um und warf mir hin und wieder einen Blick zu.

«Wenn ich es mir recht überlege, dann ist es mir gar nicht so unangenehm, wenn Max nicht zum Essen nach Hause kommt», sagte er. «Was meinen Sie?»

Ich antwortete nicht. Ich stand mit den Händen auf dem Rücken vor dem Kamin. «Sie würden doch das zweite Gedeck im Eßzimmer nicht unbenutzt lassen wollen?» fragte er und sah mich mit schräggeneigtem Kopf aus den Augenwinkeln an.

«Mr. Favell», sagte ich, «ich möchte nicht unhöflich sein, aber ich bin wirklich sehr müde. Ich habe einen sehr langen und ziemlich anstrengenden Tag hinter mir. Wenn Sie mir nicht sagen können, was Sie von Maxim wollen, dann hat es gar keinen Sinn, noch länger hier zu bleiben. Sie täten viel besser daran, ihn morgen früh im Verwaltungsbüro aufzusuchen.»

Er glitt von der Lehne herunter und kam mit dem Glas in der Hand auf mich zu. «Nein, nein», sagte er, «so gemein dürfen Sie nicht sein. Ich habe auch einen anstrengenden Tag hinter mir. Sie dürfen mich jetzt nicht allein lassen. Ich bin wirklich ein ganz harmloser Mensch, ich schwöre es Ihnen. Ich habe so das Gefühl, als ob Maxim Ihnen wunder was für Märchen über mich erzählt hat.»

Ich schwieg. «Sie glauben wahrscheinlich, ich sei der große böse Wolf, nicht wahr?» fuhr er fort. «Aber das stimmt gar nicht; ich bin ein ganz gewöhnlicher harmloser Bursche. Und ich finde Ihre Haltung in dieser Angelegenheit wirklich bewundernswert, ganz fabelhaft; da kann man nur den Hut vor Ihnen abnehmen, wirklich, meine Hochachtung!» Seine letzten Worte wollten ihm schon kaum mehr über die schwere Zunge. Ich wünschte jetzt, ich hätte ihn nicht hereinführen lassen.

«Hier kommen Sie als junge Frau nach Manderley», sagte er mit einer schlappen Handbewegung. «Sie übernehmen diesen großen Haushalt, treffen Hunderte von fremden Gesichtern, nehmen es mit Max und seinen Launen auf, pfeifen auf die ganze Welt und leben Ihren eigenen Stiebel. Eine verdammt gute Leistung nenne ich das, und es ist mir ganz egal, wer mich das sagen hört. Eine verdammt gute Leistung!» Er schwankte ein wenig, wie er da vor mir stand. Dann riß er sich zusammen und stellte sein Glas hin. «Das kann ich Ihnen verraten, diese Angelegenheit ist mir verflucht an die Nieren gegangen, höllisch nahe ist sie mir gegangen. Rebecca war nämlich meine Cousine, und ich habe sie verdammt gern gehabt.»

«Ja», sagte ich, «es tut mir auch sehr leid für Sie.»

«Wir sind zusammen aufgewachsen», redete er weiter, «immer riesig gute Freunde gewesen, haben dieselben Sachen und dieselben Menschen gern gehabt, haben jeden Schmerz miteinander geteilt. Ich habe Rebecca bestimmt lieber gehabt als irgend jemand sonst. Und sie hat mich auch gemocht. Verdammt noch mal, was das für ein Schlag für mich gewesen ist!»

«Ja», sagte ich, «das kann ich verstehen.»

«Und was ich wissen will, ist, was Max jetzt zu tun gedenkt. Glaubt er etwa, er kann den lieben Gott so ganz einfach einen guten Mann sein lassen, jetzt, wo diese Verhandlungskomödie überstanden ist? Können Sie mir das sagen?» Er lächelte jetzt nicht mehr und beugte sich zu mir vor.

«Ich werde dafür sorgen, daß Rebecca zu ihrem Recht kommt», sagte er mit immer lauterer Stimme. «Selbstmord ... Jesus Christus, dieser alte Tapergreis von einem Vorsitzenden bringt es wahrhaftig fertig, den Geschworenen Selbstmord einzureden. Aber Sie und ich wissen, daß es kein Selbstmord war, nicht wahr?» Sein Gesicht kam immer näher. «Oder wissen wir das etwa nicht?» fragte er lauernd.

In diesem Augenblick ging die Tür auf, und Maxim trat ins Zimmer, Frank dicht hinter ihm. Maxim blieb wie angewurzelt auf der Schwelle stehen und starrte Favell an. «Was zum Teufel hast du denn noch hier zu suchen?» sagte er.

Favell drehte sich um und steckte die Hände in die Hosentaschen. Und dann fing er an zu lächeln. «Das will ich dir sagen, Max, alter Freund. Ich wollte dich zu der schönen Verhandlung heute nachmittag beglückwünschen.»

«Möchtest du gütigst mein Haus verlassen», sagte Maxim. «Oder ziehst du es vor, rausgeworfen zu werden?»

«Moment mal, Moment mal», sagte Favell. Er zündete sich noch eine Zigarette an und setzte sich wieder auf die Sofalehne. «Du willst wohl unbedingt Frith mit anhören lassen, was ich dir jetzt sagen werde, wie? Das wird er nämlich, wenn du die Tür nicht zumachst.»

Maxim rührte sich nicht. Ich sah, wie Frank die Tür leise schloß.

«So, nun hör mal her, Max», fing Favell an. «Du hast dich da glänzend aus der Affäre gezogen, viel besser, als du es erwartet hattest. Ja, ich war heute nachmittag auch dort; ich nehme an, du hast mich gesehen. Ich war von Anfang an dabei und habe auch deine Frau ohnmächtig werden sehen, gerade, als es kritisch wurde, und das kann ich ihr auch nicht verübeln, denn da hing es an einem Faden, mein lieber Max, zu welcher Auffassung sich das Gericht entschließen würde. Du hast verdammtes Glück gehabt, daß es so gegangen ist. Oder hast du etwa diese Holzköpfe, die sich als Geschworene aufspielten, geschmiert? Es hat verdammt danach ausgesehen.»

Maxim machte eine Bewegung auf Favell zu, aber Favell hielt seine Hand abwehrend hoch.

«Warte doch, was soll denn die Hast», sagte er. «Ich bin noch lange nicht fertig. Du bist dir doch darüber klar, mein guter Max, daß ich dir die Hölle verdammt heiß machen kann, wenn's mir Spaß macht, so heiß, daß es brenzlig für dich werden dürfte.»

Ich saß auf dem Stuhl neben dem Kamin und umklammerte krampfhaft die Lehne. Frank kam herüber und stellte sich hinter mich. Maxim rührte sich noch immer nicht. Er wandte den Blick nicht von Favell ab.

«So?» sagte er kühl. «Du machst mich ja beinahe neugierig.»

«Hör mal her, Max», sagte Favell. «Ich nehme an, zwischen dir und deiner Frau gibt es keine Geheimnisse, und nach Crawleys Gesicht zu schließen, ist er der Dritte im glücklichen Bunde. Ich kann also so offen reden, wie es mir paßt. Ihr wißt ja alle über Rebecca und mich Bescheid und daß wir ein Verhältnis hatten. Das habe ich nie geleugnet und werde ich auch nie leugnen. Also gut. Bis vor kurzem glaubte ich noch wie all die anderen Idioten, daß Rebecca beim Segeln in der Bucht ertrank und daß es ihre Leiche war, die Wochen später in Edgecoombe an Land geschwemmt wurde. Es traf mich damals verflucht hart, aber ich sagte mir, das ist genau der Tod, den Rebecca sich gewünscht hätte.» Er hielt inne und sah uns alle der Reihe nach an. «Und dann las ich vor ein paar Tagen in der Zeitung, daß der Taucher zufälligerweise Rebeccas Boot entdeckt habe und daß sich eine

Leiche in der Kajüte befinde. Ich konnte es einfach nicht fassen. Wen sollte Rebecca sich denn an dem Abend als Segelpartner mitgenommen haben? Es wollte mir gar nicht in den Kopf. Ich reiste her und stieg in einem kleinen Gasthof kurz vor Kerrith ab und setzte mich mit Danny in Verbindung. Sie erzählte mir, daß die Leiche in der Kajüte Rebeccas Leiche war. Selbst da glaubte ich noch wie alle anderen, daß die erste Identifizierung nur auf einem Irrtum beruhte und daß Rebecca nicht rechtzeitig genug aus der Kajüte herausgekommen war, und alles ging auch wunderbar glatt, bis Tabb seine Aussage machte. Und dann – also frei heraus, Max, wie erklärst du dir diese Löcher im Schiffsrumpf und die aufgedrehten Hähne nun wirklich?»

«Bildest du dir etwa ein», sagte Maxim langsam, «daß ich mich nach dem Nachmittag noch in eine Diskussion einlassen werde und dazu noch mit dir? Du hast die Aussagen gehört, und du hast das Urteil gehört. Der Vorsitzende hat sich damit zufriedengegeben, da wirst du dich wohl auch damit zufriedengeben müssen.»

«Ja, Selbstmord», sagte Favell, «Rebecca und Selbstmord begehen! Genau das, was man von ihr erwartet hätte, wie? Von dem Zettelchen hast du wohl noch nichts gehört, was? Ich habe es aufgehoben, weil es das Letzte war, was sie mir geschrieben hatte. Ich werde es dir mal vorlesen. Ich glaube, es wird dich interessieren.»

Er nahm ein Stück Papier aus seiner Brieftasche. Selbst aus der Entfernung konnte ich die auffallend schräge Schrift erkennen. «Ich versuchte, Dich von meiner Wohnung aus anzurufen, aber niemand antwortete», las Favell. «Ich fahre jetzt wieder nach Manderley zurück. Ich bin heute abend im Bootshaus, und wenn Du das hier beizeiten erhältst, komme mir bitte im Wagen nach. Ich werde heute nacht auch im Bootshaus schlafen und die Tür für Dich offenlassen. Ich muß Dir etwas Wichtiges sagen und möchte Dich so bald wie möglich sehen. Rebecca.»

Er steckte das Zettelchen wieder ein. «So etwas schreibt man doch wohl nicht, wenn man Selbstmord begehen will, oder was meinst du?» sagte er. «Ich fand den Zettel erst morgens um vier, als ich nach Hause kam, vor. Ich hatte keine Ahnung, daß Rebecca an dem Tag nach London kommen wollte, sonst hätte ich mich natürlich für sie freigehalten. Aber wie der Zufall es wollte, war ich am Abend auf einer Gesellschaft. Als ich den Zettel dann las, war es ja schon zu spät, um die Sechsstundenfahrt nach Manderley zu unternehmen. Ich ging zu Bett und beschloß, Rebecca am Vormittag anzurufen. Das tat ich auch gegen zwölf Uhr und erfuhr, daß Rebecca ertrunken war.» Er starrte Maxim an, und keiner von uns sprach.

«Wenn nun der alte Horridge heute nachmittag diesen Zettel zu Gesicht bekommen hätte, glaubst du dann nicht auch, daß die Sache nicht ganz so reibungslos verlaufen wäre?» sagte Favell schließlich.

«Warum hast du ihm den Zettel denn nicht gegeben?» entgegnete Maxim.

«Immer mit der Ruhe, alter Junge, nur nichts überstürzen. Ich will dich ja nicht ruinieren, Max. Du bist zwar nie mein Freund gewesen, weiß Gott, aber das trage ich dir nicht nach. Alle Ehemänner, die eine hübsche junge Frau haben, sind eifersüchtig, und einige von ihnen spielen dann eben mal den Othello. Sie sind nun mal so gebaut, und man kann es ihnen nicht verübeln. Mir tun sie höchstens leid. In gewisser Hinsicht bin ich nämlich Sozialist, weißt du; ich verstehe nicht, warum solche Männer ihre Frauen lieber umbringen, als sie mit anderen zu teilen. Was macht das schon aus? Man kann ja trotzdem seinen Spaß an ihnen haben. So, Max, ich hab jetzt alle meine Karten aufgedeckt. Sollten wir nicht zu irgendeiner Verständigung kommen können? Ich bin kein reicher Mann, dazu wette und spiele ich zu gern. Aber was mich stört, ist, daß ich nicht einmal einen kleinen Notgroschen im Hintergrund habe. Sollte ich aber eine Lebensrente von jährlich, sagen wir, zwei- bis dreitausend Pfund erhalten, dann würde ich damit schon auskommen. Und ich würde dich nie wieder behelligen. Ich schwöre es dir bei Gott!»

«Ich habe dich eben schon einmal gebeten, das Haus zu verlassen», sagte Maxim, «und ich werde dich nicht ein drittes Mal bitten. Da ist die Tür, ich werde sie dir hoffentlich nicht selbst öffnen müssen.»

«Eine Sekunde, Maxim», sagte Frank. «So einfach läßt sich das vielleicht doch nicht abmachen.» Er wandte sich an Favell. «Ich verstehe, worauf Sie hinauswollen. Leider stimmt es, daß Sie die Geschichte so verdrehen können, daß es für Maxim jedenfalls weitere Unannehmlichkeiten gäbe. Ich glaube, er überblickte das nicht so wie ich. Wie hoch ist die Summe, die Sie verlangen?»

Ich sah, wie Maxim leichenblaß wurde und wie das Blut durch seine kleine Stirnader pulste. «Misch dich nicht hier ein, Frank», sagte er. «Das ist einzig und allein meine Angelegenheit. Ich denke gar nicht daran, mich erpressen zu lassen.»

«Ich kann mir nicht denken, daß deine Frau Wert darauf legt, als die Witwe eines Mörders herumzulaufen, eines Gehängten», sagte Favell. Er lachte und warf einen Blick auf mich.

«Du glaubst wohl, du kannst mich einschüchtern, Favell?» sagte Maxim. «Da hast du dich aber getäuscht. Du kannst tun, was du willst, mich interessiert es nicht. Dort nebenan ist das Telephon. Soll ich Oberst Julyan anrufen und ihn herüberbitten? Er ist ja unser Polizeirichter. Ihn dürfte deine Geschichte schon eher interessieren.» Favell starrte ihn sprachlos an, dann zuckte er die Achseln.

«Guter Bluff», sagte er. «Zieht aber bei mir nicht. Du würdest es nicht wagen, Julyan anzurufen. Ich habe genügend Beweise, um dich an den Galgen zu bringen, Max.» Maxim ging langsam durch die Bibliothek und verschwand in dem kleinen Nebenraum. Ich hörte das kleine ‹Kling›, als er den Hörer abhob.

«Hindern Sie ihn daran, Frank», flüsterte ich. «Um Himmels willen, hindern Sie ihn daran!»

Frank erwiderte meinen Blick und ging hastig auf die Tür zum Nebenzimmer zu.

Ich hörte Maxims Stimme sehr ruhig und gelassen. «Ich möchte Kerrith 17», sagte er. Favells Blick war mit einer merkwürdigen Spannung auf die Tür gerichtet.

«Laß mich zufrieden», hörte ich Maxim zu Frank sagen, und dann gleich darauf: «Ist dort Oberst Julyan? Ja, hier spricht de Winter. Ich möchte Sie bitten, sofort hierher zu kommen; jawohl, nach Manderley. Es ist sehr dringend. Ich kann es Ihnen nicht am Telephon erklären, aber hier erfahren Sie alles Nähere. Tut mir sehr leid, Sie noch einmal stören zu müssen. Jawohl. Vielen Dank. Auf Wiedersehen.»

Er kam wieder zurück. «Julyan wird in wenigen Minuten hier sein», sagte er. Er durchquerte den Raum und öffnete das Fenster. Es regnete noch in Strömen. Er stand mit dem Rücken zu uns da und atmete in vollen Zügen die kühle Luft ein.

«Maxim», sagte Frank leise, «Maxim!»

Er reagierte gar nicht darauf. Favell lachte laut auf und zündete sich wieder eine Zigarette an. «Wenn du unbedingt gehängt werden willst, lieber Freund, soll es mir auch recht sein», sagte er. Er nahm eine Zeitung vom Tisch und ließ sich auf das Sofa fallen, schlug die Beine übereinander und fing an, die Seiten umzublättern. Frank blickte zögernd von mir zu Maxim. Dann trat er zu mir.

«Können Sie denn nicht irgend etwas tun?» flüsterte ich ihm zu. «Können Sie nicht Oberst Julyan entgegengehen und ihn bitten, umzukehren, es beruhe alles auf einem Irrtum?» Maxim unterbrach mich, ohne sich umzudrehen.

«Frank wird dieses Zimmer jetzt nicht verlassen», sagte er. «Ich werde mit dieser Angelegenheit allein fertig. Oberst Julyan wird in genau zehn Minuten hier sein.»

Darauf schwiegen wir alle. Favell las weiter in seiner Zeitung. Von draußen drang das monotone Geräusch des niederrauschenden Regens herein; er fiel pausenlos, senkrecht, in schweren Tropfen. Ich fühlte mich hilflos, ohne Kraft. Ich konnte nichts tun. Auch Frank konnte nichts mehr ausrichten. Ich durfte nicht einmal zu Maxim gehen und ihn auf den Knien anflehen, Favell das Geld zu geben. Ich mußte mit den Händen im Schoß sitzen bleiben, dem Regen lauschen und Maxim ansehen, der mir den Rücken zukehrte.

Der heftige Regen übertönte das Geräusch des vorfahrenden Wagens. Wir wußten nicht, daß Oberst Julyan schon angekommen war, bis die Tür sich öffnete und Frith ihn anmeldete.

Maxim wandte sich rasch um und ging ihm entgegen. «Guten Abend», sagte er. «Es ist noch nicht lange her, seit wir uns verabschiedeten. Sie müssen sehr schnell gefahren sein.»

«Ja», sagte Oberst Julyan. «Da Sie mir sagten, es sei dringend, bin ich sofort aufgebrochen. Glücklicherweise hatte mein Chauffeur den Wagen noch nicht eingestellt. Was für ein Wetter!»

Er warf einen forschenden Blick auf Favell, trat dann auf mich zu und gab mir die Hand, während er Frank mit einem Nicken begrüßte. «Es war aber auch höchste Zeit», sagte er, «daß wir Regen bekamen, er hatte schon reichlich lange auf sich warten lassen. Ich hoffe, es geht Ihnen wieder besser?»

Ich murmelte irgendeine Antwort, ich weiß nicht mehr, was, und er sah von einem zum anderen und rieb sich die Hände.

«Es wird Ihnen natürlich klar sein», sagte Maxim, «daß ich Sie an einem solchen Abend nicht aus dem Haus gelockt habe, um eine halbe Stunde vor dem Essen mit Ihnen verplaudern zu können. Das ist Jack Favell, der Vetter meiner ersten Frau. Ich weiß nicht, ob Sie sich schon kennen.»

Oberst Julyan nickte. «Ihr Gesicht kommt mir bekannt vor. Vermutlich habe ich Sie früher einmal hier getroffen.»

«Sehr wahrscheinlich», sagte Maxim. «Also schieß los, Favell.»

Favell erhob sich vom Sofa und warf die Zeitung auf den Tisch zurück. Er schien in den zehn Minuten, die wir auf Oberst Julyan gewartet hatten, etwas nüchterner geworden zu sein; er schwankte nicht mehr und lächelte jetzt auch nicht. Ich hatte den Eindruck, daß ihm diese unerwartete Wendung nicht recht gefallen wollte und daß ihn das Erscheinen von Oberst Julyan unvorbereitet traf. Er fing mit lauter, übertrieben selbstsicherer Stimme zu sprechen an. «Hören Sie zu, Oberst», sagte er, «ich will gar nicht wie die Katze um den heißen Brei herumreden. Der Grund meines Hierseins ist kurz gesagt der, daß das Ergebnis der heutigen Gerichtsverhandlung mich nicht befriedigt hat.»

«Ach», sagte Oberst Julyan, «ist das nicht eine Äußerung, zu der nur Mr. de Winter berechtigt ist?»

«Nein, ich glaube nicht», erwiderte Favell. «Ich habe das gleiche Recht, nicht nur als Vetter der Verstorbenen, sondern auch als ihr zukünftiger Mann, wenn sie am Leben geblieben wäre.»

Oberst Julyan machte ein verdutztes Gesicht. «Ach so», sagte er, «dann allerdings. Stimmt das, Mr. de Winter?»

Maxim zuckte mit den Achseln. «Das erste, was ich höre.»

Oberst Julyan ließ einen mißtrauischen Blick von dem einen zum anderen gehen. «Also heraus damit, Mr. Favell», sagte er, «was haben Sie auf dem Herzen?»

Favell starrte ihn einen Augenblick an, ohne zu antworten. Ich sah ihm an, daß er sich einen Plan zurechtzulegen versuchte, aber noch nicht nüchtern genug war, um mit sich ins reine zu kommen. Er steckte seine Hand langsam in die Innentasche seiner Jacke und holte Rebeccas Zettel hervor. «Das hier hat Rebecca mir geschrieben, und zwar nur wenige Stunden, bevor sie ihre angeblich selbstmörderische Segelfahrt antrat. Hier haben Sie den Zettel. Bitte lesen Sie ihn und sagen Sie mir dann, ob Sie der Meinung sind, daß sich die Frau, die ihn schrieb, mit Selbstmordabsichten trug.»

Oberst Julyan nahm seine Brille heraus, setzte sie umständlich auf und las den Zettel. Dann gab er ihn Favell zurück. «Nein», sagte er, «der äußere Anschein spricht dagegen. Aber ich weiß nicht, wovon darin die Rede ist. Vielleicht können Sie es mir sagen. Oder vielleicht Mr. de Winter?»

Maxim antwortete nicht. Favell rollte das Stück Papier um seinen Finger und sah Oberst Julyan überlegen an. «Meine Cousine hat doch wohl eine ganz unmißverständliche Verabredung mit mir treffen wollen», sagte er. «Sie hat mich ausdrücklich gebeten, möglichst noch am selben Abend nach Manderley zu kommen, weil sie mir etwas Wichtiges mitzuteilen hatte. Worum es sich gehandelt hat, werden wir wahrscheinlich nie erfahren, aber das ist jetzt auch unwesentlich. Sie bat mich um meinen Besuch und wollte die Nacht im Bootshaus verbringen, ausdrücklich zu dem Zweck, mich allein zu sprechen. Daß sie abends noch hinaussegelte, hat mich nicht weiter überrascht. Das war so ihre Gewohnheit nach einem heißen Tag in London. Aber das Boot anzubohren und sich vorsätzlich in den Grund zu segeln – das mag irgendein hysterisches Weib im Affekt tun, aber sie – o nein, Oberst, sie doch nicht.» Das Blut war ihm ins Gesicht gestiegen, und die letzten Worte schrie er fast. Sein Benehmen sprach nicht eben für ihn, und Oberst Julyans zusammengepreßte Lippen verrieten mir, daß Favell sein Mißfallen erregt hatte.

«Mein lieber Mr. Favell», sagte er. «Es hat gar keinen Zweck, mich anzuschreien. Ich bin weder der Vorsitzende, der heute nachmittag die Verhandlung leitete, noch einer der Geschworenen, die den Urteilsspruch fällten. Ich bin nur der Polizeirichter von Kerrith. Selbstverständlich will ich Ihnen helfen, genau wie Mr. de Winter. Sie sagen also, Sie glauben nicht an den Selbstmord Ihrer Cousine. Andererseits haben Sie ebenso wie wir die Aussage des Bootsbauers gehört. Die Flutventile waren offen, der Bootsrumpf war angebohrt. Das steht fest. Wie ist denn Ihrer Ansicht nach der Unglücksfall zu erklären?»

Favell drehte sich zu Maxim um. Er spielte immer noch mit dem Zettel in seiner Hand. «Rebecca hat nie im Leben die Flutventile geöffnet und auch nicht die Löcher in die Planken geschlagen. Rebecca hat nicht Selbstmord begangen. Sie haben mich nach meiner Meinung gefragt, und Sie sollen sie bei Gott jetzt auch hören: Rebecca ist ermordet worden. Und wenn Sie jetzt auch wissen wollen, wer der Mörder ist – da steht er, dort am Fenster, mit seinem gottverfluchten hochmütigen Gesicht. Er hatte nicht einmal den Anstand, ein Jahr zu warten, bevor er das erste beste Mädchen heiratete, das ihm unter die Augen kam. Da steht er, ihr Mörder, Mr. Maximilian de Winter! Sehen Sie sich ihn genau an. Er wird sich gut ausnehmen am Galgen, wie?»

Und Favell brach in Lachen aus, in das gellende, krampfhafte und blöde Lachen eines Betrunkenen, und nicht einen Augenblick hörten seine Finger auf, mit Rebeccas Zettel zu spielen.

24

Dem Himmel sei Dank, daß Favell lachte. Dem Himmel sei Dank für seinen anklagend erhobenen Finger, sein gerötetes Gesicht und seine verglasten, blutunterlaufenen Augen. Dem Himmel sei Dank für seine schwankende, schlappe Haltung. Denn dadurch stimmte er Oberst Julyan mißtrauisch und feindlich und machte ihn zu unserem Verbündeten. Ich sah den Widerwillen in Oberst Julyans Gesicht, den verächtlichen Zug um seine Lippen. Oberst Julyan glaubte Favell nicht. Oberst Julyan hielt zu Maxim.

«Der Kerl ist ja betrunken», sagte er ruhig. «Er weiß ja nicht, was er sagt.»

«Betrunken soll ich sein?» schrie Favell. «Nein, nein, mein sauberer Freund, Sie mögen Polizeirichter sein und meinetwegen auch noch Oberst dazu, aber bei mir können Sie damit keinen Blumentopf gewinnen. Diesmal habe ich zur Abwechslung das Recht auf meiner Seite, und ich werde auch auf meinem Recht bestehen! Sie sind ja nicht der einzige Polizeirichter in dieser finsteren Provinz. Es gibt noch andere, Männer, die etwas im Gehirnkasten haben und wissen, was Gerechtigkeit ist. Keine Spielzeugsoldaten, die schon vor Jahren wegen Unfähigkeit den Dienst quittieren mußten und jetzt ihre Blechorden spazieren führen. Max de Winter hat Rebecca ermordet, und ich werde den Beweis dafür erbringen.»

«Einen Augenblick, Mr. Favell», sagte Oberst Julyan völlig gelassen. «Sie waren doch heute nachmittag bei der Verhandlung, nicht wahr? Ich erinnere mich sogar, Sie dort gesehen zu haben. Wenn die Ungerechtigkeit Sie so tief berührt, warum sagten Sie es dann nicht gleich den Geschworenen oder dem Vorsitzenden selbst? Warum legten Sie den Zettel da nicht dem Gericht vor?»

Favell starrte ihn nur an und lachte wieder. «Warum?» sagte er. «Weil es mir nicht in den Kram paßte, deshalb. Ich zog es vor, Max de Winter höchst persönlich auf den Zahn zu fühlen.»

«Deswegen rief ich Sie auch an», sagte Maxim und trat vom

Fenster weg ins Zimmer. «Favell hat seine Anklagen vorhin schon einmal zum besten gegeben, und ich stellte ihm dieselbe Frage wie Sie. Er antwortete mir, er sei nicht reich, und wenn ich ihm eine Lebensrente von jährlich zwei- bis dreitausend Pfund aussetzte, würde er mich nicht wieder behelligen. Frank war dabei und meine Frau auch. Beide haben es gehört. Sie können sie fragen.»

«Ja, das stimmt, Sir», sagte Frank. «Ein ganz klarer, sauberer Fall von Erpressung.»

«Zweifellos», bemerkte Oberst Julyan. «Nur ist Erpressung niemals ein klarer, sauberer Fall. Es kann zu endlosen Schwierigkeiten und Unannehmlichkeiten führen, selbst wenn der Erpresser schließlich im Gefängnis landet. Es kommt vor, daß auch Unschuldige Bekanntschaft mit dem Gefängnis machen müssen, und das wollen wir doch vermeiden, nicht wahr? Ich weiß nicht, ob Sie nüchtern genug sind, Favell, um meine Fragen beantworten zu können; und wenn Sie Ihr unsachliches Geschimpfe unterlassen würden, dann kämen wir bestimmt rascher zum Ziel. Sie haben soeben eine sehr schwerwiegende Beschuldigung gegen Mr. de Winter vorgebracht. Können Sie diese durch einen Beweis erhärten?»

«Beweis? Was, zum Teufel, brauchen Sie noch Beweise? Sind Ihnen die Löcher im Boot nicht Beweis genug?»

«Allerdings nicht», erwiderte Oberst Julyan, «falls Sie nicht einen Augenzeugen nennen können. Haben Sie einen solchen?»

«Ich pfeife auf Ihre Augenzeugen», rief Favell. «Natürlich hat de Winter es getan. Wer sonst sollte denn ein Interesse daran gehabt haben, Rebecca zu ermorden?»

«Kerrith hat eine ziemlich große Einwohnerzahl», entgegnete Oberst Julyan. «Warum nicht von Tür zu Tür gehen und Erkundigungen einziehen? Ich könnte ja auch als Täter in Frage kommen, denn Sie haben offenbar gegen de Winter keine schlüssigeren Beweise als gegen mich.»

«Aha, ich verstehe», sagte Favell. «Sie wollen ihm also die Stange halten. Sie wollen ihn schön bei der Hand halten, damit ihm nur ja nichts zustößt. Sie wollen nicht die Wahrheit hören, weil Sie an seinem Tisch gesessen haben und er an Ihrem. Er ist der große Mann hier, er, der Besitzer von Manderley. Sie erbärmlicher, kleiner Snob!»

«Hüten Sie Ihre Zunge, Favell!»

«Sie glauben, Sie können mit mir machen, was Sie wollen, was? Sie glauben wohl, ein Gericht würde mich abweisen? Ich werde schon genügend Beweise beibringen. Lassen Sie sich's gesagt sein, de Winter hat Rebecca getötet, weil er wußte, daß wir ein Verhältnis hatten und weil er wahnsinnig eifersüchtig war. Er wußte, daß sie in jener Nacht im Bootshaus auf mich wartete, und deshalb ist er hingegangen und hat sie getötet. Und dann hat er die Leiche in die Kajüte gelegt und das Boot zum Sinken gebracht.»

«Klingt gar nicht dumm, Ihre Geschichte, Favell, aber ich wiederhole, Sie haben keine Beweise. Bringen Sie einen Augenzeugen herbei, dann werde ich anfangen, Sie ernst zu nehmen. Ich kenne das Bootshaus dort am Strand. Eine Art Sommerhäuschen, nicht wahr? Mrs. de Winter pflegte wohl ihre Bootssachen darin aufzubewahren. Ihre Geschichte würde viel gewinnen, wenn fünfzig gleiche Häuser in einer Reihe dort stünden. Dann gäbe es immerhin die Möglichkeit, daß einer von den Bewohnern gesehen hätte, was Sie uns da erzählen.»

«Einen Augenblick», sagte Favell langsam, «einen Augenblick ... vielleicht ist de Winter in jener Nacht tatsächlich von jemandem beobachtet worden. Das müßte man doch feststellen können. Was würden Sie denn dazu sagen, wenn ich Ihnen Ihren Augenzeugen doch noch anbrächte?»

Oberst Julyan zuckte die Achseln. Ich sah Frank Maxim einen fragenden Blick zuwerfen. Maxim betrachtete Favell gleichmütig und schwieg. Plötzlich wußte ich, wen Favell meinte, worauf er anspielte. Und ein heißer Schreck durchfuhr mich, als ich mir klarmachte, daß er recht haben konnte. Es hatte in jener Nacht einen Augenzeugen gegeben. Abgerissene Sätze fielen mir wieder ein, Worte, die ich nicht verstanden, die ich für das wirre Gestammel eines unglücklichen Blöden gehalten hatte. «Die ist doch auch da unten, nicht wahr? Die kommt doch nicht wieder? – Ich hab niemand nichts gesagt. – Sie haben sie doch nicht gefunden? – Die Fische haben sie doch gefressen, nicht? – Die kommt nicht wieder.» Ben wußte. Ben hatte alles gesehen. Ben mit seinem kranken, verschrobenen Gehirn war Augenzeuge der Tat gewesen. Er hatte sich in jener Nacht im Wald herumgetrieben und Maxim in dem Boot hinausfahren und allein in der Jolle zurückrudern sehen. Ich fühlte, wie mir das Blut aus den Wangen wich, und ließ mich kraftlos in die Kissen zurücksinken.

«Hier gibt es eine Art Dorfidioten», sagte Favell, «der sich meistens am Strand aufhält. Er lungerte immer da herum, wenn ich Rebecca besuchen kam. Ich habe ihn oft gesehen. In warmen Nächten schlief er im Wald oder am Strand. Der Bursche ist nicht ganz richtig im Kopf und würde sich von selbst nie melden, aber ich könnte ihn schon zum Reden bringen, wenn er wirklich was gesehen hat. Und es besteht eine dicke Chance, daß er etwas gesehen hat!»

«Wer ist denn das? Wen meint er denn?» fragte Oberst Julyan.

«Wahrscheinlich Ben», sagte Frank mit einem neuerlichen Blick zu Maxim. «Er ist der Sohn von einem unserer Pächter. Aber der Bursche ist nicht zurechnungsfähig; er ist von Kind an ein Idiot gewesen.»

«Was tut denn das zur Sache?» rief Favell. «Er hat doch Augen; er weiß doch, was er sieht. Er braucht ja nur ja oder nein zu sagen. Sie bekommen wohl schon kalte Füße? Nicht mehr ganz so selbstsicher, wie?»

«Können wir diesen Burschen kommen lassen, um ihn auszufragen?» fragte Oberst Julyan.

«Aber selbstverständlich», sagte Maxim. «Frank, sage Robert, er soll mal schnell zu Bens Mutter rüberspringen und ihn herholen.»

Frank zögerte. Er sah mich wie ratsuchend an.

«Los, geh schon», sagte Maxim. «Wir wollen doch diese Sache nicht endlos hinziehen.» Frank verließ das Zimmer. Ich begann wieder den alten, stechenden Schmerz zu fühlen. Nach ein paar Minuten kam Frank zurück.

«Ich habe Robert meinen Wagen nehmen lassen», sagte er. «Wenn er Ben zu Hause antrifft, kann er in zehn Minuten mit ihm hier sein.»

«Bei dem Regen wird er sich schon schön zu Hause halten», sagte Favell. «Und ich glaube, Sie werden erstaunt sein, was ich alles aus ihm herausholen kann.» Er lachte und sah Maxim an. Sein Gesicht war noch immer hochrot, und er schwitzte vor Aufregung; auf seiner Stirn standen kleine Schweißtropfen. Es fiel mir jetzt auf, wie sein Nacken über den Kragenrand quoll und wie tief die Ohren an seinem Kopf saßen. Mit seinem blühenden, guten Aussehen würde es wohl bald vorbei sein. Er war jetzt schon schlaff und dick geworden. Wieder nahm er sich eine Zigarette. «Ihr bildet hier auf Manderley eine richtige kleine Gewerkschaft, wie?» sagte er. «Alle steckt ihr unter einer Decke.

Selbst die hohe Beamtenschaft zieht am selben Strang. Die junge Frau ist natürlich entschuldigt; eine Frau darf ja sowieso nicht gegen ihren Mann aussagen. Und bei Crawley ist es ja eigentlich verständlich. Er würde sich wohl ziemlich schnell nach einer neuen Stelle umsehen müssen, wenn er mit der Wahrheit rausrückte. Und ich irre mich wohl kaum in der Annahme, daß da auch ein Quentchen Rachsucht mitspricht. Wie war das eigentlich, Crawley? Sehr viel Erfolg hatten Sie wohl nicht bei Rebecca, wie? Mit einem Mondscheinspaziergang war es bei Rebecca nicht getan. Diesmal haben Sie es leichter, was? Die junge Frau wird gewiß mit Vergnügen in Ihre brüderlichen Arme sinken, wenn sie wieder ohnmächtig wird. Zum Beispiel, wenn sie den Richter das Todesurteil über ihren Mann aussprechen hört, dann dürfte Ihr starker Arm sehr gelegen kommen.»

Was sich dann ereignete, spielte sich zu rasch ab, als daß ich mit den Augen hätte folgen können. Ich sah Favell stolpern und gegen das Sofa fallen und dann auf den Boden gleiten. Maxim stand neben ihm. Mir war übel. Es lag etwas Erniedrigendes darin, daß Maxim Favell geschlagen hatte. Ich wünschte, ich hätte es ungeschehen machen können. Oder es nicht mit ansehen müssen. Oberst Julyan sagte nichts und sah nur sehr verbissen drein. Er wandte den beiden den Rücken zu und kam zu mir herüber.

«Wollen Sie nicht lieber nach oben gehen?» fragte er.

Ich schüttelte den Kopf. «Nein», flüsterte ich, «nein.»

«Dieser Favell ist in einem Zustand, in dem er zu allem fähig ist», sagte er. «Was Sie eben gesehen haben, war ja nicht gerade ein erfreulicher Anblick. Ihr Mann hatte natürlich völlig recht; aber es tut mir doch leid, daß es in Ihrer Gegenwart geschah.»

Ich antwortete nicht. Ich beobachtete Favell, der sich langsam erhob. Er ließ sich schwer auf das Sofa fallen und fuhr sich mit dem Taschentuch übers Gesicht.

«Hol mir jemand einen Whisky», sagte er.

Maxim gab Frank einen Wink. Frank ging aus dem Zimmer. Keiner von uns sprach. Gleich darauf kam Frank zurück, eine Flasche Whisky und den Siphon auf einem Tablett. Er mischte Favell einen Drink. Favell trank gierig wie ein Tier. Es wirkte irgendwie sinnlich und abstoßend, wie er seinen Mund an das Glas setzte. Seine Lippen schoben sich auf eine merkwürdige Weise über den Glasrand. Auf seiner Wange trat ein dunkelroter

Fleck hervor, wo Maxim ihn getroffen hatte. Maxim stand wieder am Fenster. Mein Blick fiel auf Oberst Julyan, und ich sah, daß er Maxim mit einem eigentümlich forschenden Ausdruck betrachtete. Mein Herz begann plötzlich zu rasen. Warum sah der Oberst Maxim so an?

Konnte es bedeuten, daß er zu zweifeln begann und mißtrauisch wurde?

Maxim merkte es nicht, denn er sah in den Regen hinaus, der mit unverminderter Heftigkeit herunterströmte. Das Rauschen weckte ein Echo im Zimmer. Favell trank seinen Whisky aus und stellte dann das Glas auf den Tisch. Er atmete schwer. Er sah keinen von uns an, sondern starrte vor sich auf den Fußboden.

Im Nebenraum läutete das Telephon; der Ton schrillte disharmonisch in die Stille hinein. Frank ging, um zu antworten.

Er kam gleich wieder und sah Oberst Julyan an. «Es ist Ihre Tochter», sagte er. «Sie fragt, ob mit dem Essen auf Sie gewartet werden soll.»

Oberst Julyan machte eine ungeduldige Handbewegung. «Nein, sagen Sie ihr bitte, sie sollen schon anfangen. Ich wüßte noch nicht genau, wann ich zurückkäme.» Er warf einen Blick auf seine Uhr. «Komisch, hier anzurufen», murmelte er vor sich hin, «ausgerechnet in diesem Augenblick.»

Frank ging zum Telephon zurück, um die Bestellung auszurichten. Ich dachte an die Tochter am anderen Ende der Leitung. Der kleine Haushalt war unseretwegen durcheinandergekommen. Ihre abendlichen Gewohnheiten waren aus dem Gleis gebracht worden. All diese kleinen Nichtigkeiten waren nur eine Folge davon, daß Maxim Rebecca getötet hatte. Ich sah Frank an. Sein Gesicht war blaß und ernst.

«Ich hörte eben Robert mit dem Wagen zurückkommen», sagte er zu Oberst Julyan. «Das Fenster dort drüben geht auf die Anfahrt hinaus.»

Er ging in die Halle hinaus. Favell hatte bei seinen Worten den Kopf gehoben, stand dann auf und blickte gespannt zur Tür. Ein böses Lächeln verzerrte sein Gesicht.

Die Tür öffnete sich, und Frank kam herein. Er sprach über seine Schulter zu jemand draußen in der Halle.

«Du brauchst keine Angst zu haben, Ben», sagte er, «Mr. de Winter will dir nur ein paar Zigaretten geben. Du brauchst dich nicht zu fürchten.»

Ben kam linkisch ins Zimmer geschlurft. Seinen Südwester hielt er in der Hand. Ohne Kopfbedeckung sah er merkwürdig nackt aus. Ich sah jetzt zum erstenmal, daß sein ganzer Schädel rasiert war und er überhaupt kein Haar auf dem Kopf hatte, was ihm ein völlig anderes, abstoßendes Aussehen gab.

Das Licht blendete ihn, und er blinzelte blöde mit seinen kleinen Augen ins Zimmer. Ich lächelte ihm unsicher zu, aber ich wußte nicht, ob er mich erkannte. Er blinzelte nur. Dann trat Favell langsam auf ihn zu und pflanzte sich vor ihm auf.

«Hallo», sagte er, «wie ist's dir denn ergangen, seit wir uns nicht mehr gesehen haben?»

Ben starrte ihn an, ohne zu antworten. Sein Gesicht drückte kein Erkennen aus.

«Na?» sagte Favell. «Du weißt doch, wer ich bin, was?»

Ben zerknüllte seinen Südwester. «Heh?» sagte er.

«Wie ist es denn mit einer Zigarette?» sagte Favell und hielt ihm die Schachtel hin. Ben blickte zögernd zu Maxim hinüber.

«Nur zu», sagte Maxim, «nimm, soviel du willst.»

Ben nahm vier heraus und steckte sich zwei hinter jedes Ohr. Dann drehte er wieder seinen Südwester in den Händen.

«Du weißt doch, wer ich bin?» wiederholte Favell.

Ben antwortete wieder nicht. Oberst Julyan gesellte sich jetzt zu den beiden. «Du darfst gleich wieder nach Hause gehen, Ben», sagte er. «Niemand wird dir etwas zuleide tun. Wir möchten dir nur ein paar Fragen stellen. Du kennst doch Mr. Favell, nicht?»

Diesmal schüttelte Ben den Kopf. «Nie gesehen», sagte er.

«Stell dich doch nicht so dämlich an», sagte Favell grob. «Du weißt ganz genau, daß du mich kennst. Du hast mich oft genug zum Bootshaus am Strand gehen sehen, zu Mrs. de Winters Bootshaus. Dort haben wir uns doch oft gesehen, nicht?»

«Nein», sagte Ben. «Ich habe nie jemand dort gesehen.»

«Du dreckiger, blöder Lügner», sagte Favell aufgebracht. «Du stehst da und willst mir ins Gesicht behaupten, du hättest mich nie gesehen, voriges Jahr, dort unten im Wald, mit Mrs. de Winter, am Bootshaus? Haben wir dich nicht sogar einmal erwischt, wie du durchs Fenster zu uns hereingucken wolltest?»

«Heh?» sagte Ben.

«Das ist ja ein wahrer Kronzeuge», bemerkte Oberst Julyan sarkastisch.

Favell fuhr herum. «Ihr treibt ein abgekartetes Spiel», rief er.

«Einer von euch hat sich diesen Idioten vorgeknöpft und ihn auch bestochen. Ich schwör's Ihnen, Oberst, er hat mich dutzendmal gesehen. Hier, vielleicht hilft das deiner Erinnerung nach?» Er griff wieder nach seiner Brieftasche und zog eine Pfundnote heraus, mit der er vor Bens Nase herumfuchtelte. «Jetzt kannst du dich vielleicht besser erinnern?»

Ben schüttelte den Kopf. «Den hab ich nie gesehen», sagte er, und dann packte er Frank am Arm. «Ist er hier, um mich in die Anstalt mitzunehmen?» fragte er ängstlich.

«Aber nein», sagte Frank, «ganz bestimmt nicht, Ben.»

«Ich will nicht in die Anstalt», sagte Ben. «Die sind da schlechte Menschen. Ich will zu Hause bleiben. Ich hab nichts getan.»

«Ja, ja, Ben, keine Sorge, niemand steckt dich in eine Anstalt», sagte der Oberst. «Weißt du ganz genau, daß du ihn noch nie gesehen hast?»

«Nein» sagte Ben. «Ich hab ihn nie nicht gesehen.»

«Aber an Mrs. de Winter erinnerst du dich doch, nicht wahr?» fragte ihn der Oberst.

Ben blickte zögernd zu mir herüber.

«Nein», sagte Oberst Julyan sanft. «Nicht diese Dame. Die andere, die immer im Bootshaus war.»

«Heh?»

«Du mußt dich doch noch an die Dame mit dem Segelboot erinnern!»

Ben blinzelte ihn an. «Die ist fort», sagte er.

«Ja, das wissen wir», sagte Oberst Julyan. «Sie segelte doch immer in ihrem Boot in die Bucht hinaus, nicht wahr? Warst du damals unten am Strand, als sie zum letztenmal hinaussegelte? An einem Abend vor ungefähr einem Jahr, als sie nicht mehr zurückkehrte?»

Ben wand sich vor Verlegenheit. Er sah erst Frank und dann Maxim hilfesuchend an.

«Heh?» sagte er.

«Du warst doch da, nicht wahr?» sagte Favell und beugte sich zu ihm hinunter. «Du sahst Mrs. de Winter zum Bootshaus gehen, und gleich darauf hast du auch Mr. de Winter gesehen. Er ging hinter ihr ins Bootshaus. Und was geschah dann? Los, was hast du dann noch gesehen?»

Ben wich erschrocken zurück. «Ich habe nichts gesehen», sagte er. «Ich will zu Hause bleiben. Ich gehe nicht in die Anstalt. Ich habe Sie nie gesehen, ich hab Sie und niemand nie im Wald gesehen.» Er fing wie ein kleines Kind zu heulen an.

«Du dreckiger, kleiner Kretin», sagte Favell heiser vor Wut. «Du verfluchter Kretin!»

Ben wischte sich die Augen mit seinem Ärmel.

«Ihr Zeuge hat Sie auch nicht weitergebracht», sagte Oberst Julyan. «Ihre kleine Vorstellung ist nur Zeitverschwendung gewesen. Oder wollen Sie ihm vielleicht noch mehr Fragen stellen?»

«Es ist ein abgekartetes Spiel», rief Favell. «Ihr habt euch gegen mich verschworen, alle, wie ihr da seid. Jemand muß diesen Blödian bestochen haben, damit er mir mit diesem Lügengefasel kommt.»

«Ich glaube, Ben kann jetzt nach Hause gehen», meinte Oberst Julyan.

«Ja, lauf nur, Ben», sagte Maxim. «Robert soll dich nach Hause fahren. Und hab keine Angst, niemand wird dich in eine Anstalt stecken. Sag Robert, er soll ihm in der Küche etwas zu essen geben», fügte er, zu Frank gewandt, hinzu. «Etwas kaltes Fleisch oder worauf er gerade Lust hat.»

«Lohn für treue Dienste, wie?» sagte Favell. «Für heute hat er sich dir sehr nützlich erwiesen, nicht wahr, Max?»

Frank brachte Ben aus dem Zimmer. Oberst Julyan sagte zu Maxim: «Der arme Kerl schien ja halbtot vor Angst zu sein. Er zitterte wie Espenlaub. Ist er irgendwann mal schlecht behandelt worden?»

«Nein», erwiderte Maxim. «Er ist völlig harmlos, deshalb lasse ich ihn auch überall ungehindert herumlaufen.»

«Er muß aber doch einmal von irgendwem sehr eingeschüchtert worden sein», sagte Oberst Julyan. «Er verdrehte die Augen genau wie ein Hund, der Prügel erwartet.»

«Hätten Sie ihn doch ruhig verprügelt», sagte Favell, «dann hätte er sich schon an mich erinnert; aber nein, Ben wird nicht geprügelt, Ben bekommt ein gutes Abendessen, weil er so brav gewesen ist.»

«Ja, Ihnen hat er nicht viel geholfen», bemerkte Oberst Julyan ruhig. «Wir sind nicht einen Schritt weitergekommen. Sie können auch nicht die Spur eines Beweises gegen de Winter vorbringen, und das wissen Sie. Schon der Beweggrund zur Tat, den Sie angeben, ist nicht stichhaltig. Vor einem ordentlichen Gericht würden Sie sich nur hoffnungslos lächerlich machen, Favell. Sie behaupten, Mrs. de Winter hätte Sie heiraten wollen, Sie hätten heimlich unerlaubte Beziehungen zu ihr unterhalten und seien mit ihr im Bootshaus zusammengetroffen. Aber selbst der arme Teufel eben schwört darauf, Sie nie gesehen zu haben. Sie können ja nicht einmal glaubhaft machen, daß auch nur der Teil Ihrer Geschichte stimmt.»

«So, das kann ich nicht?» sagte Favell. Er lächelte wieder, ging zum Kamin hinüber und läutete.

«Was wollen Sie jetzt tun?» fragte Oberst Julyan.

«Warten Sie nur ab», sagte Favell.

Ich ahnte schon, was er vorhatte. Frith kam auf das Klingeln herein.

«Bitten Sie Mrs. Danvers, hierher zu kommen», sagte Favell. Frith blickte fragend auf Maxim, der ihm kurz zunickte.

«Ist Mrs. Danvers nicht die Haushälterin?» fragte Oberst Julyan, nachdem Frith aus dem Zimmer gegangen war.

«Jawohl, aber sie war auch Rebeccas Vertraute», sagte Favell. «Sie ist schon bei ihr gewesen, als Rebecca noch ein Kind war, und hat sie mehr oder weniger aufgezogen. Bei Danny werden Sie es mit einem ganz anderen Zeugen zu tun haben als bei Ben.»

Frank trat wieder ins Zimmer. «Den lieben Ben gut ins Bettchen gepackt?» sagte Favell. «Ihm schön zu essen gegeben und ihm den Kopf gestreichelt, weil er ein so artiges Kind war? Diesmal wird euer Gewerkschaftsverein es nicht ganz so leicht haben.»

«Mrs. Danvers wird gleich hier sein», sagte Oberst Julyan erklärend zu Frank. «Favell glaubt, aus ihr mehr herausholen zu können.» Frank warf einen schnellen Blick auf Maxim. Oberst Julyan bemerkte es, und ich sah, wie er die Lippen zusammenpreßte. Das gefiel mir nicht. Nein, das wollte mir gar nicht gefallen. Ich fing an, wieder an meinen Nägeln zu kauen.

Wir blickten alle gespannt zur Tür, als Mrs. Danvers eintrat. Vielleicht lag es daran, daß ich sie fast immer nur allein gesehen hatte: neben mir war sie mir immer so groß und hager vorgekommen, aber jetzt erschien sie mir zusammengeschrumpft und geradezu winzig gegen Maxim und Favell und Frank, zu denen sie aufblicken mußte. Sie blieb an der Tür stehen, ihre Hände vor sich gefaltet, und sah von einem zum anderen.

«Guten Abend, Mrs. Danvers», sagte Oberst Julyan.

«Guten Abend, Sir.» Es war wieder die alte, tote, mechanische Stimme, die ich so oft gehört hatte.

«Zunächst möchte ich eine Frage an Sie richten, Mrs. Danvers», sagte Oberst Julyan, «und zwar folgende: Waren Sie von den Beziehungen zwischen Ihrer verstorbenen Herrin und Mr. Favell unterrichtet?»

«Ja, sie waren Vetter und Cousine.»

«Ich meinte nicht den Verwandtschaftsgrad, Mrs. Danvers», sagte Oberst Julyan, «ich meinte noch intimere Beziehungen.»

«Ich fürchte, ich habe Sie nicht verstanden, Sir», sagte Mrs. Danvers.

«Ach, laß das Theater, Danny», fiel Favell ein. «Du weißt ganz genau, worauf der Oberst hinaus will. Ich hab's ihm zwar schon selber gesagt, aber mir will er nicht glauben. Rebecca und ich haben doch jahrelang ein Verhältnis gehabt. Sie hat mich doch geliebt, nicht wahr?»

Zu meinem Erstaunen betrachtete Mrs. Danvers ihn einen Augenblick schweigend mit einem verächtlichen Ausdruck im Gesicht.

«Das hat sie nicht», sagte sie.

«Also hör mal zu, du alte Närrin ...» brauste Favell auf, aber Mrs. Danvers fiel ihm ins Wort.

«Rebecca hat weder Sie noch Mr. de Winter geliebt. Sie hat überhaupt niemanden geliebt. Sie verachtete die Männer. Über so etwas war sie erhaben.»

Favell errötete vor Zorn. «Also hör mal her, Danny. Ist sie mir etwa nicht Nacht für Nacht durch den Wald entgegengekommen? Bist du nicht bis zum frühen Morgen für sie aufgeblieben? Hat sie nicht in London mit mir zusammengelebt?»

«Na und?» brach Mrs. Danvers plötzlich aus. «Hatte sie etwa nicht das Recht, sich zu amüsieren? Die Liebe war für sie nur ein Sport, weiter nichts; das hat sie selbst gesagt. Sie hat es nur getan, weil sie darüber lachen konnte. Jawohl, gelacht hat sie darüber, und über Sie nicht weniger als über alle anderen. Ich habe es oft erlebt, daß sie nach Hause kam und sich aufs Bett warf und sich vor Lachen schüttelte über euch Männer.»

Es war etwas Grauenhaftes, dieser plötzlich entfesselte Wortstrom, scheußlich und völlig unerwartet. Obgleich ich es gewußt hatte, widerte es mich an, es aus Mrs. Danvers' Mund zu hören. Maxim war leichenblaß geworden. Favell starrte sie mit offenem Mund an, als könnte er seinen Ohren nicht trauen. Oberst Julyan zupfte nervös an seinem kleinen Schnurrbart. Minutenlang sprach niemand ein Wort. Nur das ewige Rauschen des Regens war zu hören. Und dann fing Mrs. Danvers an zu weinen. Sie weinte genau wie damals oben in Rebeccas Schlafzimmer. Ich konnte es nicht mit ansehen, ich mußte mich abwenden. Niemand rührte sich. Zu dem Rauschen des Regens gesellte sich jetzt noch der Laut ihres trockenen Schluchzens. Ich hätte schreien mögen, aus dem Zimmer laufen und schreien und schreien.

Keiner von uns machte Anstalten, auf sie zuzugehen und ihr gut zuzusprechen. Endlich – die Zeit war mir wie eine Ewigkeit erschienen – gewann sie ihre Beherrschung wieder, und das Weinen ebbte allmählich ab. Sie stand ganz still; ihre Lippen zuckten, und ihre Hände verkrampften sich in ihrem schwarzen Kleid. Endlich hatte sie sich wieder beruhigt. Da sagte Oberst Julyan ganz leise: «Mrs. Danvers, können Sie irgendeinen Grund angeben, irgendeinen noch so entfernten Grund, warum Ihre Herrin sich das Leben genommen haben könnte?»

Mrs. Danvers schluckte und schüttelte den Kopf. «Nein», sagte sie, «nein».

«Sehen Sie?» sagte Favell triumphierend, «es ist völlig ausgeschlossen. Danny weiß das so gut wie ich.»

«Seien Sie gefälligst ruhig, ja?» sagte Oberst Julyan. «Lassen Sie Mrs. Danvers Zeit zum Überlegen. Wir wissen alle, daß kein uns bekannter Anlaß vorgelegen hat und daß ihr Selbstmord völlig unverständlich erscheint. Ich bezweifle auch die Echtheit dieses Zettels, den Sie mir zeigten, durchaus nicht. Das ist ja ganz offensichtlich: sie hat Ihnen geschrieben, als sie in London war, weil sie Ihnen etwas mitzuteilen hatte. Es ist durchaus möglich, daß eben dieses Etwas den Schlüssel zu der Tragödie darstellt. Geben Sie Mrs. Danvers einmal den Zettel; vielleicht kann sie Licht auf dieses Problem werfen.» Favell zuckte die Achseln; er kramte in seiner Tasche nach dem Papier und warf es dann Mrs. Danvers vor die Füße. Sie bückte sich und hob es auf. Ihre Lippen bewegten sich beim Lesen; sie las es zweimal durch. Dann schüttelte sie den Kopf. «Nein», sagte sie, «das macht mich auch nicht klüger. Wenn sie Mr. Favell wirklich etwas Wichtiges mitzuteilen gehabt hätte, dann wäre sie bestimmt zuerst damit zu mir gekommen.»

«Sie haben sie an jenem Abend nicht mehr gesehen?»

«Nein, ich war nachmittags und abends in Kerrith. Ich werde mir das nie verzeihen, mein Lebtag nicht.»

«Dann können Sie aber auch nicht wissen, in welchem Zustand sie sich an dem Tag befunden hat. Haben Sie denn gar keine Vermutung? Dies ‹Ich hab Dir etwas Wichtiges mitzuteilen› sagt Ihnen gar nichts?»

«Nein, Sir, gar nichts.»

«Weiß irgend jemand, wie sie den Tag in London verbracht hat?»

Niemand antwortete. Maxim schüttelte den Kopf, Favell fluchte leise vor sich hin.

«Sie hat den Zettel um drei Uhr nachmittags in meiner Wohnung abgegeben», sagte er dann. «Der Portier hat sie gesehen; sie muß unmittelbar danach wie der Teufel nach Manderley zurückgejagt sein.»

«Mrs. de Winter war von zwölf bis halb zwei beim Friseur», sagte Mrs. Danvers. «Ich erinnere mich noch daran, weil ich Anfang der Woche diese Verabredung für sie getroffen hatte. Von zwölf bis halb zwei. Und nach dem Friseur pflegte sie stets in ihrem Damenklub zu essen. Ich bin überzeugt, daß sie auch an dem Tag dort gegessen hat.»

«Sagen wir also eine halbe Stunde fürs Essen – was hat sie dann aber zwischen zwei und drei getan? Das müssen wir unbedingt herausbekommen», sagte Oberst Julyan.

«Ach, um Christi willen, was kann uns denn interessieren, wo sie von zwei bis drei Uhr gewesen ist!» schrie Favell. «Daß sie sich nicht selbst getötet hat, das ist doch das einzige, was uns hier interessiert!»

«Ich habe ihren Terminkalender in meinem Schreibtisch eingeschlossen», sagte Mrs. Danvers. «Ich habe diese Sachen alle aufbewahrt, weil Mr. de Winter mich nie danach fragte. Es wäre ja möglich, daß sie ihre Verabredungen für jenen Tag auch aufgeschrieben hat. Sie war in dieser Beziehung sehr ordentlich. Sie schrieb alles auf und strich dann alles, was sie erledigt hatte, aus. Wenn Sie glauben, daß es Ihnen von Nutzen sein kann, werde ich das Notizbuch holen.»

«Was meinen Sie, de Winter?» fragte Oberst Julyan. «Haben Sie etwas dagegen, wenn wir es uns einmal ansehen?»

«Selbstverständlich nicht, warum sollte ich?»

Wieder bemerkte ich den raschen, zweifelnden Blick, den der Oberst Maxim zuwarf. Und Frank bemerkte ihn auch und sah seinerseits zu Maxim hinüber. Als sein Blick dann wieder auf mich fiel, stand ich auf und trat ans Fenster. Es kam mir so vor, als ob der Regen etwas nachgelassen hätte. Das Unwetter hatte sich ausgetobt. Der Regen fiel jetzt mit einem leiseren, weicheren Laut. Der Himmel war in das graue Licht der Abenddämmerung getaucht. Der Rasen glänzte nach dem schweren Regen schwarz und naß, und die Bäume ließen ihre zerzausten Zweige trübselig hängen. Über mir hörte ich das Mädchen die Vorhänge zuziehen und das eine oder andere Fenster schließen, das noch offen gewesen war. Sie ging ihrer abendlichen Pflicht so unbekümmert nach wie an jedem anderen Tag. Vorhänge wurden zugezogen, Schuhe zum Putzen in die Küche genommen, die Handtücher im Badezimmer bereitgehängt und Maxims und mein Bad eingelassen. Die Bettdecken wurden zurückgeschlagen und die Pantoffeln herausgestellt. Und hier waren wir in der Bibliothek versammelt, und niemand sprach, und jeder wußte in seinem Herzen, daß Maxim unter Mordanklage stand.

Ich wandte mich um, als ich die Tür leise ins Schloß fallen hörte. Es war Mrs. Danvers, die mit dem Notizbuch zurückgekommen war.

«Wie ich annahm», sagte sie fast tonlos, «hat sie ihre Verabredungen eingetragen. Hier sind die Notizen von ihrem Todestag.»

Sie schlug das kleine rote Lederbändchen auf und reichte es Oberst Julyan. Wieder setzte er seine Brille auf. Wir starrten ihn alle reglos an, während er die Seite überflog. Während er las und wir warteten, hatte ich das Gefühl, daß dieser kurze Augenblick etwas enthielt, was mir größeren Schrecken einflößte als alles, was vorhergegangen war.

Ich grub meine Nägel in die Handflächen. Ich wagte es nicht, Maxim anzusehen. Mußte nicht jeder das laute Pochen in meiner Brust hören?

«Aha», sagte er schließlich. Sein Finger zeigte auf die Mitte der Seite. Jetzt geschieht etwas, dachte ich, etwas Furchtbares wird geschehen. «Ja, hier haben wir es», fuhr er fort. «Friseur um zwölf, wie Mrs. Danvers sagte. Und daneben ein Kreuz. Also ist sie dagewesen. Dann Mittagessen im Klub, ebenfalls angekreuzt. Und was haben wir hier? Baker, zwei Uhr. Wer ist denn Baker?» Er sah Maxim an, der den Kopf schüttelte, und dann Mrs. Danvers.

«Baker?» wiederholte Mrs. Danvers. «Sie hat keinen Baker gekannt. Ich habe den Namen nie gehört.»

«Ja, aber da steht er nun einmal», sagte Oberst Julyan und reichte ihr das Notizbuch hin. «Hier sehen Sie selbst, Baker. Und daneben hat sie ein so dickes Kreuz gemacht, als ob sie den Bleistift hätte durchbrechen wollen. Offenbar ist sie bei diesem Baker gewesen, wer es auch sein mag.»

Mrs. Danvers starrte den Namen im Notizbuch und das Kreuz daneben an. «Baker –» sagte sie nachdenklich, «Baker».

«Ich glaube, wenn wir in Erfahrung bringen könnten, wer dieser Baker ist, würden wir der Sache bald auf den Grund kommen», sagte Oberst Julyan. «Sie hatte sich doch nicht mit Geldverleihern eingelassen?»

Mrs. Danvers sah ihn geringschätzig an. «Mrs. de Winter?» sagte sie.

«Es könnte ja auch ein Erpresser sein», sagte der Oberst mit einem Seitenblick auf Favell.

Aber Mrs. Danvers schüttelte den Kopf. «Baker», wiederholte sie, «Baker.»

«Sie hatte keinen Feind? Gab es keinen Menschen, der sie bedroht und vor dem sie sich gefürchtet haben könnte?»

«Mrs. de Winter und sich fürchten!» sagte Mrs. Danvers. «Sie hat vor nichts und vor niemand Angst gehabt. Nur eins hat sie gelegentlich bekümmert, und das war der Gedanke an das Alter, an Krankheit, an einen Tod im Bett. Dann sagte sie immer zu mir: ‹Wenn es schon einmal sein muß, Danny, dann muß es rasch geschehen, so schnell wie das Ausblasen einer Kerze.› Und das ist auch mein einziger Trost gewesen, als sie starb. Ertrinken soll doch ein schmerzloser Tod sein, nicht wahr?»

Sie sah Oberst Julyan eindringlich fragend an. Aber er antwortete nicht, er strich sich zögernd seinen Schnurrbart und warf Maxim wieder einen Blick zu.

«Was soll denn dieser verdammte Unsinn eigentlich?» rief Favell ungeduldig aus und trat einen Schritt vor. «Wir entfernen uns nur vom einzig Wesentlichen. Was geht uns denn dieser Baker an? Was hat denn der damit zu tun? Wahrscheinlich ist das irgend so ein Spezialgeschäft für Seidenstrümpfe oder Hautcreme. Wenn Baker eine Bedeutung für sie gehabt hätte, dann würde Danny ihn bestimmt kennen. Vor Danny hat Rebecca keine Geheimnisse gehabt.»

Ich beobachtete Mrs. Danvers. Sie blätterte in dem Notizbuch. Plötzlich rief sie: «Ach, hier steht ja noch etwas, hinten unter den

Telephonnummern. Baker und daneben eine Nummer, 0488. Aber ohne Amt.»

«Brillant, Danny», sagte Favell. «Du wirst auf deine alten Tage noch ein richtiger Detektiv, was? Aber du kommst zwölf Monate zu spät. Vor einem Jahr wäre deine Entdeckung vielleicht von Nutzen gewesen.»

«Ja, das wird schon seine Nummer sein», sagte Oberst Julyan, «0488 und daneben der Name Baker. Warum sie wohl das Amt fortgelassen hat?»

«Probieren Sie doch alle Ämter von London durch», höhnte Favell. «Das wird Sie zwar die ganze Nacht in Anspruch nehmen, aber das macht uns ja gar nichts aus. Max läßt es völlig kalt, und wenn seine Telephonrechnung auch hundert Pfund betragen sollte, nicht wahr, Max? Du willst ja Zeit gewinnen, und das würde ich auch, wenn ich in deinen Schuhen steckte.»

«Hier neben der Nummer steht ein Krakel, der ein Buchstabe sein könnte», sagte der Oberst. «Sehen Sie sich das doch mal an, Mrs. Danvers. Könnte es vielleicht ein M sein?»

Mrs. Danvers nahm das Notizbuch wieder in die Hand. «Möglich», sagte sie zweifelnd. «Es sieht zwar nicht wie ihr gewöhnliches M aus, aber vielleicht hat sie es besonders eilig geschrieben.»

«Mayfair 0488», sagte Favell, «genial, was für ein Köpfchen!»

«Und jetzt?» sagte Maxim und zündete sich seine erste Zigarette an. «Irgend etwas muß doch jetzt geschehen. Frank, ruf bitte Mayfair 0488 an.»

Mein Herz wollte sich nicht beruhigen. Ich stand ganz still und hielt die Arme an mich gepreßt. Maxim sah mich nicht an.

«Los schon, Frank», sagte er, «worauf wartest du noch?»

Frank ging ins Nebenzimmer. Wir warteten, während er das Amt anrief. «Sie rufen gleich zurück», sagte er. Oberst Julyan legte die Arme auf den Rücken und fing an, im Zimmer auf und ab zu gehen. Niemand sprach. Nach ein paar Minuten klingelte das Telephon mit dem langanhaltenden, aufreizenden Schrillen des Fernrufs. Frank ging wieder an den Apparat. «Ist dort Mayfair 0488?» hörten wir ihn fragen. «Können Sie mir sagen, ob ein gewisser Baker dort zu erreichen ist? Ach so, entschuldigen Sie. Ich muß das falsche Amt gewählt haben, vielen Dank.»

Das kleine Knacken sagte uns, daß er den Hörer aufgelegt hatte. Dann kam er wieder ins Zimmer. «Das war eine Lady Eastleigh, hat nie in ihrem Leben was von einem Baker gehört.»

Favell lachte heiser. «Nur nicht den Mut verlieren, Spürhund Nummer 1, es gibt ja nur ein paar tausend Baker in London. Welches Amt nehmen wir jetzt?»

«Versuchen Sie Museum», schlug Mrs. Danvers vor.

Frank sah Maxim an. «Ja, los», sagte Maxim.

Die Farce wurde wiederholt. Oberst Julyan nahm seinen Spaziergang durchs Zimmer wieder auf. Wieder mußten wir fünf Minuten warten, bis das Amt aus London uns anrief, und wieder ging Frank an den Apparat. Er ließ die Tür weit offenstehen; er stand an den Tisch gelehnt und preßte den Hörer dicht ans Ohr.

«Hallo, ist das Museum 0488? Können Sie mir sagen, ob ein gewisser Baker dort wohnt? Bitte, wer spricht da? Der Nachtportier? Ja ja, ich verstehe. Keine Büroräume. Nein, natürlich nicht. Können Sie mir seine Adresse geben? Ja, es ist sehr dringend.» Er rief uns über die Schulter zu: «Ich glaube, wir haben ihn.»

Lieber Gott, laß es nicht wahr sein. Laß diesen Baker nicht gefunden werden. Lieber Gott, laß diesen Baker gestorben sein. Ich wußte, wer Baker war, ich hatte es von Anfang an geahnt. Ich beobachtete Frank durch die offene Tür; ich sah, wie er sich plötzlich vorbeugte und seinen Bleistift zückte. «Hallo? Ja, ich bin noch da. Können Sie bitte buchstabieren? Ja, danke schön. Sehr freundlich von Ihnen, gute Nacht.»

Als Frank zu uns zurückkam, hielt er ein Stück Papier in der Hand. Frank, der Maxim liebte, wußte nicht, daß dieser kleine Papierfetzen das einzige Beweisstück war, und daß das, was darauf stand, Maxim mit derselben tödlichen Sicherheit vernichten konnte wie ein Dolchstoß in den Rücken.

«Es war der Nachtportier eines Hauses in Bloomsbury», sagte er. «In dem Haus gibt es keine Wohnungen. Es befinden sich dort nur die Konsultationsräume verschiedener Ärzte. Offenbar hat dieser Baker seine Praxis schon vor sechs Monaten aufgegeben. Aber der Nachtportier hat mir seine Adresse mitgeteilt. Ich habe sie hier aufgeschrieben.»

25

In diesem Augenblick sah Maxim mich zum erstenmal an diesem Abend an. Und in seinen Augen las ich einen Abschiedsgruß. Es war, als ob er an die Reling eines Schiffes gelehnt stünde und ich unter ihm auf dem Kai. Andere Menschen drängten sich um uns, aber wir hatten nur Augen füreinander. Auch sagten wir nichts und riefen uns nichts zu, denn bei der Entfernung hätte der Wind unsere Stimmen doch fortgeweht. Aber seinen Gesichtsausdruck konnte ich erkennen und er auch meinen, bevor das Schiff vom Kai ablegte. Favell und Mrs. Danvers, Oberst Julyan und Frank mit dem Stückchen Papier in der Hand, sie alle waren in diesem Augenblick vergessen. Dieser winzige Bruchteil der Zeit, zwischen Sekunde und Sekunde, gehörte unantastbar uns allein. Und dann wandte Maxim sich ab und gab Frank die Hand.

«Das hast du gut gemacht», sagte er. «Wie ist denn die Adresse?»

«Irgendwo bei Barnet, im Norden von London», sagte Frank und reichte ihm das Papier. «Er hat aber keinen Telephonanschluß, wir können ihn also nicht anrufen.»

«Ausgezeichnet, Crawley», sagte auch Oberst Julyan. «Sie haben uns sehr geholfen, Mrs. Danvers. Sehen Sie jetzt vielleicht etwas klarer?»

Mrs. Danvers schüttelte den Kopf. «Mrs. de Winter hat niemals einen Arzt benötigt. Wie alle kerngesunden Menschen verachtete sie die Ärzte. Wir hatten nur einmal Doktor Phillips aus Kerrith hier, als sie sich das Handgelenk verstaucht hatte. Aber von einem Doktor Baker habe ich sie niemals reden hören.»

«Ich sage euch ja, der Kerl ist nichts weiter als ein Schönheitskrämer», sagte Favell. «Und was zum Teufel tut es auch zur Sache, was er eigentlich ist! Wenn etwas an der Sache dran wäre, dann würde Danny darüber Bescheid wissen. Ich könnte darauf schwören, daß er einer von diesen Narren ist, der ein neues Haarfärbemittel oder eine Anti-Sommersprossencreme erfunden hat. Und Rebecca hat wahrscheinlich an dem Mittag durch ihren Friseur von ihm gehört und ist aus Neugierde einmal hingefahren.»

«Nein», sagte Frank, «da irren Sie sich. Baker ist kein Quacksalber. Der Nachtportier sagte mir, er sei ein bekannter Frauenspezialist.»

«Hm», sagte Oberst Julyan und zupfte an seinem Schnurrbart. «Irgend etwas muß ihr also doch gefehlt haben. Es ist doch aber merkwürdig, daß sie zu niemandem darüber gesprochen hat, nicht einmal zu Mrs. Danvers.»

«Sie war zu dünn», sagte Favell. «Ich hab ihr das immer wieder

363

vorgehalten; aber sie lachte nur und meinte, das stände ihr gut. Sie machte wahrscheinlich eine Abmagerungskur wie alle Frauen heutzutage. Vielleicht wollte sie sich von diesem Baker nur irgendeine neuartige Diät verschreiben lassen.»

«Halten Sie das für möglich, Mrs. Danvers?» fragte Oberst Julyan.

Mrs. Danvers schüttelte wieder den Kopf. Dieses überraschende Auftauchen von Doktor Baker schien sie völlig verwirrt zu haben. «Ich verstehe das gar nicht», sagte sie. «Ich weiß wirklich nicht, was ich davon halten soll. Baker? Doktor Baker? Warum hat sie mir denn nie etwas von ihm erzählt? Sie hatte doch sonst keine Geheimnisse vor mir.»

«Vielleicht wollte sie Sie nur nicht beunruhigen», meinte Oberst Julyan. «Zweifellos hat sie diese Verabredung mit ihm getroffen und ist auch bei ihm gewesen und hat Ihnen dann am Abend davon erzählen wollen.»

«Und dann das Briefchen an Mr. Jack», sagte Mrs. Danvers plötzlich. «‹Ich habe Dir etwas zu sagen, ich muß Dich sehen›; ihm wollte sie es also auch sagen.»

«Das stimmt», sagte Favell. «Den Zettel haben wir ja ganz vergessen.» Er zog ihn wieder aus der Tasche hervor und las laut: «‹Ich habe Dir etwas Wichtiges mitzuteilen, und ich muß Dich so bald wie möglich sehen. Rebecca›.»

«Ja, das ist ja jetzt ganz klar», sagte Oberst Julyan zu Maxim. «Da könnte ich tausend Pfund drauf wetten, daß sie Favell das Ergebnis ihres Besuches bei Doktor Baker mitteilen wollte.»

«Wahrhaftig, ich glaube, Sie haben endlich einmal den Nagel auf den Kopf getroffen», sagte Favell. «Dieser Baker und der Zettel scheinen irgendwie in Zusammenhang zu stehen. Aber wie, das möchte ich gern wissen. Was kann denn nur mit ihr los gewesen sein?»

Die Wahrheit schrie ihnen geradezu ins Gesicht, aber sie hörten sie nicht. Sie standen dort und starrten einander ratlos an. Ich wagte nicht, meinen Blick zu heben. Ich wagte nicht, mich zu rühren, aus Angst, meine Bewegungen könnten meine Gefühle verraten. Maxim sagte nichts; er war wieder ans Fenster getreten und sah in den Garten hinaus, der jetzt in dunklem Schweigen lag. Der Regen hatte endlich aufgehört, nur einzelne Tropfen fielen noch von den Blättern und von der Regenrinne über dem Fenster.

«Das dürfte ja sehr einfach zu ermitteln sein», sagte Frank. «Wir haben Doktor Bakers Adresse. Ich werde ihm schreiben und ihn fragen, ob er sich noch an Mrs. de Winters Besuch erinnert.»

«Ich weiß nicht, ob er darauf antworten würde», meinte Oberst Julyan. «Ärzte unterliegen nämlich der Schweigepflicht; jeder Fall muß vertraulich behandelt werden. Die einzige Möglichkeit, ihn zum Reden zu bringen, wäre, daß Mr. de Winter ihn persönlich aufsucht und ihm die Sachlage auseinandersetzt. Was meinen Sie dazu, de Winter?»

Maxim wandte sich um. «Ich bin bereit, alles zu tun, was Sie für richtig halten», sagte er ruhig.

«Alles, um Zeit zu gewinnen, wie?» bemerkte Favell. «In vierundzwanzig Stunden läßt sich viel machen – Züge, Schiffe, Flugzeuge, eine reichhaltige Auswahl!»

Ich sah den scharfen Blick, den Mrs. Danvers zwischen Favell und Maxim hin und her gehen ließ, und es wurde mir auf einmal klar, daß Mrs. Danvers ja noch nichts von Favells Anschuldigung wußte. Endlich begann ihr ein Licht aufzugehen; ich konnte das an ihrem Gesichtsausdruck erkennen. Erst sprach Zweifel daraus, dann ein Gemisch von Staunen und Haß und schließlich Überzeugung. Wieder verkrampften sich diese Krallenfinger in dem schwarzen Kleid, und sie fuhr sich mit der Zunge über die Lippen. Sie fuhr fort, Maxim anzustarren, sie ließ ihn nicht mehr aus den Augen. Es ist zu spät, dachte ich, sie kann uns nichts mehr anhaben, der Schaden ist schon geschehen. Es macht nichts mehr aus, was sie sagt oder was sie tut. Maxim beachtete sie gar nicht, oder wenigstens ließ er sich nichts anmerken. Er sprach mit Oberst Julyan.

«Was schlagen Sie vor?» sagte er. «Soll ich morgen früh nach Barnet fahren? Ich kann ja Doktor Baker telegraphisch von meinem Besuch benachrichtigen.»

«Allein wird er nicht fahren», sagte Favell mit einem kurzen Lachen. «Ich habe doch das Recht, darauf zu bestehen, nicht wahr? Schicken Sie Inspektor Welch mit, und ich habe nichts dagegen.»

Wenn Mrs. Danvers doch bloß den Blick von Maxim abwenden wollte. Frank war es jetzt auch aufgefallen. Er beobachtete sie mit ratloser und besorgter Miene. Ich sah, wie er seinen Blick auf den Zettel mit der Adresse warf und dann seine Augen auf Maxim richtete. Ich glaube, in dieser Sekunde begann ihm der wahre

Sachverhalt aufzudämmern, denn er wurde plötzlich ganz blaß und legte den Zettel aus der Hand.

«Ich finde, es liegt kein Anlaß vor, Inspektor Welch zu bemühen – noch nicht», sagte Oberst Julyan. Seine Stimme klang anders, härter. Ich war beunruhigt über die Art und Weise, wie er das ‹noch nicht› aussprach. Warum hatte er es überhaupt gesagt? Nein, das gefiel mir nicht. «Wenn ich de Winter begleite und bei ihm bleibe und dann wieder mit ihm zurückkehre, genügt Ihnen das?» sagte er.

Favell sah erst Maxim und dann den Oberst an. Sein Gesicht hatte einen bösen, abwägenden Ausdruck, und in seinen blaßblauen Augen glomm es wie heimlicher Triumph. «Doch», sagte er langsam. «Doch, ich glaube ja. Aber haben Sie etwas dagegen, wenn ich sicherheitshalber ebenfalls mitkomme?»

«Nein», entgegnete Oberst Julyan. «Bedauerlicherweise muß ich Ihnen dieses Recht einräumen. Aber andererseits habe ich dann das Recht, zu verlangen, daß Sie völlig nüchtern sind, wenn Sie uns begleiten.»

«Machen Sie sich deswegen keine Sorge», erwiderte Favell mit einem breiten Lächeln. «Ich werde schon nüchtern sein. So nüchtern wie der Richter, der Max in etwa drei Monaten verurteilen wird. Ich habe so die Idee, daß dieser Doktor Baker mein Hauptzeuge werden wird.»

Er sah von einem zum anderen und lachte laut heraus. Ich glaube, ihm war jetzt auch die Bedeutung des geplanten Besuches bei dem Arzt aufgegangen.

«Und wann fahren wir morgen los?» fragte er.

Oberst Julyan wandte sich an Maxim. «Wie früh können Sie fertig sein?»

«Wann es Ihnen am besten paßt.»

«Neun Uhr?»

«Sehr schön, also um neun Uhr.»

«Und wer sagt uns, daß er uns nicht über Nacht durchbrennt?» fragte Favell. «Er braucht sich ja nur in seine Garage zu schleichen und loszufahren.»

«Genügt Ihnen mein Ehrenwort?» fragte Maxim den Oberst, und zum erstenmal zögerte Oberst Julyan. Er blickte zu Frank hinüber. Maxim stieg das Blut ins Gesicht, und die kleine Ader auf seiner Stirn trat hervor. «Mrs. Danvers», sagte er, «wollen Sie so gut sein und heute abend die Tür hinter uns abschließen, wenn meine Frau und ich zu Bett gegangen sind? Und wecken Sie uns dann selbst um sieben Uhr.»

«Jawohl, Sir», antwortete Mrs. Danvers. Immer noch ruhte ihr Blick auf ihm, hielt sie die Hände in ihrem schwarzen Kleid verkrampft.

«Also gut», sagte Oberst Julyan kurz. «Das wäre für heute abend wohl alles. Ich werde morgen früh pünktlich um neun Uhr hier sein. Haben Sie Platz für mich in Ihrem Wagen, de Winter?»

«Ja», sagte Maxim.

«Und Mr. Favell folgt uns in seinem eigenen Wagen?»

«Wie ein Bluthund, lieber Oberst, wie ein Bluthund!»

Oberst Julyan trat auf mich zu und reichte mir die Hand. «Gute Nacht», sagte er. «Sie wissen hoffentlich, wie sehr ich mit Ihnen fühle, ich brauche es Ihnen daher nicht zu sagen. Schauen Sie zu, daß Ihr Mann nicht zu spät schlafen geht; wir haben einen langen Tag vor uns.» Er hielt meine Hand eine ganze Weile fest, und dann wandte er sich ab. Es war merkwürdig, wie er meinem Blick auswich; er sah nur auf mein Kinn. Frank hielt ihm die Tür auf, als er hinausging. Favell beugte sich über den Tisch und füllte sein Etui mit Zigaretten.

«Auf eine Einladung zum Abendessen darf ich wohl nicht hoffen, wie?» sagte er.

Niemand antwortete. Er zündete sich eine Zigarette an und blies den Rauch in die Luft. «Das heißt also ein geruhsamer Abend in einem Gasthof», fuhr er fort. «Und das Barmädchen schielt! Was für eine lustige Nacht das werden wird! Aber macht nichts, dafür werde ich mich morgen schadlos halten. Gute Nacht, Danny, altes Haus. Du wirst mir doch nicht vergessen, den Schlüssel ordentlich umzudrehen?»

Er kam auf mich zu und hielt mir die Hand hin.

Ich versteckte meine Hände wie ein dummes Kind auf dem Rücken. Er lachte und machte eine tiefe Verbeugung.

«Das ist auch wirklich nicht nett, nicht wahr?» sagte er. «Da kommt nun so ein böser Mann wie ich und verdirbt Ihnen den ganzen Spaß. Aber trösten Sie sich, Sie werden noch Ihre helle Freude erleben, wenn die Boulevardblätter Ihre Lebensgeschichte bringen und Sie überall in den Straßen die Schlagzeile sehen: ‹Von Monte nach Manderley. Der Leidensweg einer Mörderbraut!› Na, hoffentlich haben Sie das nächstemal mehr Glück!»

Er schlenderte durchs Zimmer zur Tür und winkte Maxim zu.

«Bis morgen, teuerster Max, angenehme Träume! Laß die Nacht hinter verschlossenen Türen nicht ungenutzt verstreichen!» Er blickte sich über die Schulter lachend nach mir um und ging dann hinaus. Mrs. Danvers folgte ihm. Maxim und ich waren endlich wieder allein. Er blieb am Fenster stehen und kam nicht zu mir. Jasper kam aus der Halle hereingesprungen. Er war den ganzen Abend ausgesperrt gewesen. Er sprang an mir hoch und biß mich spielerisch in den Arm.

«Ich werde dich morgen begleiten», sagte ich zu Maxim. «Ich werde die Fahrt nach London mitmachen.»

Er antwortete nicht gleich. Er sah weiter aus dem Fenster. «Ja», sagte er dann mit ausdrucksloser Stimme. «Wir müssen wohl jetzt zusammenbleiben.»

Frank kam wieder ins Zimmer. Er blieb an der Tür stehen. «Favell und Julyan sind fort», teilte er uns mit.

«Ja, gut, Frank», entgegnete Maxim.

«Kann ich noch irgend etwas für dich tun?» fragte Frank. «Telegraphieren oder irgendwelche Anordnungen treffen? Ich bleibe gern die ganze Nacht auf, wenn ich dir helfen kann. Das Telegramm an Baker erledigte ich natürlich.»

«Mach dir kein unnötiges Kopfzerbrechen», sagte Maxim. «Noch gibt es nichts für dich zu tun, aber übermorgen wirst du vielleicht schon eine ganze Menge Arbeit aufgebürdet bekommen. Darüber können wir uns dann immer noch unterhalten. Du nimmst es uns doch nicht übel, wenn wir heute abend allein sein möchten?»

«Aber nein, selbstverständlich nicht.» Er zögerte einen Augenblick. «Gute Nacht!» sagte er dann.

«Gute Nacht!»

Als er gegangen war, kam Maxim zu mir herüber. Ich streckte ihm die Arme entgegen, und er kam zu mir wie ein Kind. Ich schlang meine Arme um ihn und hielt ihn ganz fest. Lange Zeit sprachen wir kein Wort. Ich hielt ihn und streichelte ihn wie ein Kind, das sich weh getan hat und zu mir geflüchtet war, um sich von mir trösten zu lassen.

«Ich will morgen neben dir sitzen», sagte er, «wenn wir nach London fahren.»

«Ja», sagte ich.

«Julyan wird nichts dagegen haben.»

«Nein», sagte ich.

«Morgen nacht haben wir auch für uns», sagte er. «Ein Tag verstreicht bestimmt, bevor sie sich völlig sicher sein können.»

«Ja», sagte ich.

«Heutzutage ist es nicht mehr so streng», sagte er. «Man kann Besuche empfangen, und es wird eine lange Zeit dauern. Ich will versuchen, Hastings zu bekommen. Er ist der Beste. Hastings oder Birkett. Hastings kannte meinen Vater sehr gut.»

«Ja», sagte ich.

«Ich werde ihm die Wahrheit erzählen müssen», sagte er. «Das erleichtert ihnen die Arbeit. Dann wissen sie, woran sie sind.»

«Ja», sagte ich.

Die Tür öffnete sich, und Frith trat ins Zimmer. Ich schob Maxim von mir, stand auf und strich mir das Haar zurecht.

«Werden Sie sich heute abend noch umziehen, Madam, oder soll ich das Essen gleich anrichten lassen?»

«Nein, Frith, wir werden uns heute nicht umziehen.»

«Sehr wohl, Madam», sagte er.

Er ließ die Tür offen. Robert kam herein und begann aufzuräumen. Er zog die Vorhänge zu, schüttelte die Kissen auf, zog die Sofadecke glatt und ordnete die Bücher und Zeitungen auf dem Tisch. Dann nahm er das Tablett mit dem Whisky und die gefüllten Aschenbecher mit hinaus. Ich hatte ihn diese Handgriffe wie ein Ritual Abend für Abend ausführen sehen, aber jetzt schienen sie mir eine besondere Bedeutsamkeit angenommen zu haben, als sollte sich mir die Erinnerung daran für immer einprägen, damit ich noch viele Jahre später sagen konnte: «Ja, ich erinnere mich genau an diesen Augenblick.»

Dann kam Frith wieder und meldete, das Essen sei angerichtet.

Ich erinnere mich noch an jede Einzelheit dieses Abends: an die eiskalte Bouillon in Tassen, an die gebratene Scholle und an den zarten Lammrücken. Und ich erinnere mich daran, daß es hinterher Caramelpudding und Roquefort gab.

In den silbernen Leuchtern steckten neue Kerzen, schlank und weiß und groß. Auch im Eßzimmer waren die Vorhänge zugezogen worden, um den dunklen Abend auszusperren. Es kam mir merkwürdig vor, hier am Tisch zu sitzen und nicht auf den Rasen hinauszusehen. Es war, als ob damit der Herbst angefangen hätte.

Als wir in der Bibliothek beim Kaffee saßen, läutete das Telephon. Diesmal ging ich an den Apparat. Ich hörte Beatrices Stimme: «Bist du das?» sagte sie. «Ich habe euch schon den ganzen Abend zu erreichen versucht. Aber es war immer besetzt.»

«Das tut mir leid», sagte ich.

«Wir haben gerade die Abendzeitungen gelesen», sagte sie. «Und der Befund hat uns einen mächtigen Schock gegeben. Was sagt denn Maxim dazu?»

«Ich glaube, es ist für uns alle ein Schock gewesen.»

«Aber, meine Liebe, die ganze Angelegenheit ist ja auch grotesk. Warum sollte ausgerechnet Rebecca Selbstmord begangen haben? Sie war bestimmt der letzte Mensch, der das getan hätte. Da scheint mir ein großer Irrtum vorzuliegen.»

«Ich weiß nicht», sagte ich.

«Was sagt Maxim dazu, wo steckt er denn?»

«Wir haben sehr viele Leute hier gehabt, und Maxim ist sehr müde. Morgen früh fahren wir nach London.»

«Warum denn das?»

«Das kann ich dir am Telephon nicht gut sagen; es hat noch mit der Gerichtsverhandlung zu tun.»

«Ihr solltet versuchen, die Presseberichte darüber zu unterdrücken», sagte sie. «Es ist ja einfach lächerlich, wirklich lächerlich. Und es kann Maxim ja doch nur schaden.»

«Ja», sagte ich.

«Kann Oberst Julyan denn nichts tun? Er ist doch schließlich der Polizeirichter. Wozu ist er denn sonst da? Der alte Horridge ist ja wohl ganz von Gott verlassen gewesen. Was soll denn ihr Beweggrund gewesen sein? Ich hab in meinem Leben noch nie so etwas Idiotisches gehört. Man müßte sich mal diesen Tabb vorknöpfen. Woher will er denn wissen, daß diese Löcher absichtlich gemacht wurden. Giles meint, es wären die Felsen gewesen.»

«Das Gericht scheint eben anderer Ansicht zu sein.»

«Ich wünschte, ich hätte dabei sein können», sagte sie. «Ich hätte darauf bestanden, gehört zu werden. Ihr scheint euch alle gar keine Mühe gegeben zu haben. Hat es Maxim sehr mitgenommen?»

«Er ist vor allem müde, sehr müde.»

«Zu schade, daß ich euch nicht morgen nach London begleiten kann, aber es geht einfach nicht. Roger, der arme Kerl, hat hohes Fieber, und die Schwester, die wir haben, ist die reinste Idiotin; er kann sie nicht ausstehen. Ich kann ihn unmöglich allein lassen.»

«Natürlich nicht», sagte ich. «Das brauchst du auch wirklich nicht.»

«Wo wollt ihr denn hin in London?»

«Ich weiß noch nicht recht, es ist alles noch sehr unbestimmt.»

«Bestelle nur Maxim von mir, er soll versuchen, den Gerichtsbefund rückgängig zu machen. Er wirft ein so schlechtes Licht auf die Familie. Ich erzähle hier allen Leuten, es sei völliger Blödsinn. Rebecca kann unmöglich Selbstmord begangen haben. Sie war gar nicht der Mensch dazu. Ich hätte große Lust, dem alten Horridge selbst zu schreiben.»

«Dazu ist es jetzt doch zu spät», sagte ich. «Laß es lieber sein. Du kannst doch nichts dazu tun.»

Maxim rief mich von der Bibliothek: «Kannst du sie nicht loswerden? Was hat sie denn da so ewig zu reden?»

«Beatrice», sagte ich verzweifelt, «ich werde versuchen, dich morgen von London aus anzurufen.»

«Soll ich mich vielleicht mit Dick Godolphin in Verbindung setzen? Er ist doch euer Parlamentsabgeordneter, und ich kenne ihn sehr gut, viel besser, als Maxim ihn kennt. Er war mit Giles zusammen in Oxford. Frag mal Maxim, ob ich Dick anrufen soll, damit er sich der Sache annimmt.»

«Es hat wirklich keinen Sinn», sagte ich. «Bitte, Beatrice, laß die Sache auf sich beruhen. Du würdest es nur schlimmer machen und womöglich Schaden anrichten. Es ist doch möglich, daß Rebecca einen Beweggrund gehabt hat, von dem wir nichts wissen. Bitte, Beatrice, laß lieber die Finger davon.»

Gott sei Dank, daß sie heute nicht dabei gewesen war. Das war wenigstens etwas, wofür man Gott danken konnte! In der Leitung begann es plötzlich zu rauschen und zu surren. Ich hörte Beatrice ganz weit weg: «Hallo, hallo, unterbrechen Sie uns doch nicht!» rufen, und dann knackte es, und die Verbindung war unterbrochen.

Völlig erschöpft von dem kurzen Gespräch, ging ich in die Bibliothek zurück. Fast unmittelbar danach läutete es wieder. Ich ließ es klingeln. Ich setzte mich zu Maxims Füßen nieder und rührte mich auch nicht, als das Läuten immer noch nicht aufhören wollte. Plötzlich brach es ab. Die Uhr auf dem Kaminsims schlug zehn. Maxim nahm mich in die Arme, und wir küßten einander fieberhaft, verzweifelt, wie heimlich Liebende, die sich zum erstenmal küssen.

26

Als ich am nächsten Morgen kurz nach sechs aufwachte und ans Fenster trat, sah ich, daß der Tau wie Rauhreif auf dem Rasen lag und daß die Bäume in weißen Nebel gehüllt waren. Es roch nach Frost in der Luft und nach Herbst, und ein kalter Wind blies.

Wie ich da am Fenster lehnte und in den Rosengarten hinuntersah, wo die Blumen nach dem heftigen Regen ihre welken braunen Köpfe hängen ließen, kamen mir die Ereignisse des gestrigen Tages auf einmal unwirklich und weit zurückliegend vor. Manderley begann einen neuen Tag, und den Garten berührten unsere Kümmernisse nicht. Eine Amsel lief mit einer hastigen Stakkatobewegung über den Rasen und hackte und zerrte hier und dort mit ihrem gelben Schnabel in der Erde. Auch eine Drossel ging ihrer Morgenbeschäftigung nach, und zwei dicke kleine Bachstelzen jagten einander, und eine Horde Spatzen lärmte in den Bäumen. Eine Möwe ruhte schweigend und einsam auf ausgebreiteten Flügeln hoch oben in der Luft und glitt dann in seitlichem Flug über den Wald in das Glückliche Tal hinab. Das Leben und Treiben draußen nahm seinen Fortgang; unsere Sorgen und Ängste hatten keinen Einfluß darauf.

Dieser Frieden auf Manderley! Diese stille Anmut! Wer auch in diesen Mauern lebte, was für Leid und Sorge sie auch beherbergten, was für Schmerzen und Ängste, wieviel Tränen sie auch sehen mochten – nichts konnte diesen Frieden stören, nichts die Anmut trüben. Die Blumen würden immer wieder blühen, die Vögel ihre Nester bauen, die Bäume Knospen treiben. Derselbe Moosgeruch würde der Luft seine Würze verleihen und Bienen und Grillen sie mit ihrem Summen und Singen erfüllen, und die Reiher würden wie immer tief im dunklen Wald horsten. Alljährlich würde der Flieder blühen und der Jasmin, und unter dem Eßzimmerfenster würden die vollen Knospen der weißen Magnolie sich langsam entfalten. Nichts würde Manderley je etwas anhaben können. Eingebettet in seine Rasenflächen, von seinem Wald umgeben, würde es für alle Zeiten hier stehen, ein Märchenschloß, geborgen und unvergänglich, während unten das Meer gegen den Strand brandete und verebbte und wieder heranflutete.

Maxim schlief noch, und ich weckte ihn nicht. Der Tag, der vor uns lag, würde lang und anstrengend sein. Die Landstraße und die Telegraphenpfähle, die Eintönigkeit der flachen Landschaft und dann die schwierige Einfahrt nach London. Wir wußten nicht, was uns am Ende der Fahrt erwartete. Die Zukunft lag im Dunkeln. Irgendwo im Norden von London lebte ein Mensch namens Baker, der nie von uns gehört hatte und der doch unser Glück in seiner Hand hielt. Bald würde auch er aufwachen und sich räkelnd und gähnend auf den neuen Tag vorbereiten. Ich ging ins Badezimmer und ließ mir ein Bad ein. Ich hatte wieder bei jedem Schritt und bei jedem Handgriff die gleiche Empfindung von Bedeutsamkeit wie gestern abend, als ich Robert beim Aufräumen zusah. Früher hatte ich dies alles automatisch getan, aber als ich an diesem Morgen den Schwamm ins Wasser warf, das gewärmte Handtuch über den Stuhl hängte und in die Wanne stieg, erlebte ich jede Einzelheit mit vollem Bewußtsein. Jeder Augenblick war etwas Kostbares, weil er das Wesen der Unwiederbringlichkeit in sich barg. Als ich wieder im Schlafzimmer war und mich anzuziehen begann, vernahm ich leise Schritte, die vor der Tür anhielten, und dann wurde der Schlüssel sachte umgedreht. Ein paar Sekunden darauf war alles still, und die Schritte entfernten sich wieder.

Mrs. Danvers hatte nicht vergessen. Ich hatte dasselbe Geräusch gestern abend gehört, kurz nachdem wir das Schlafzimmer betreten hatten. Sie hatte nicht angeklopft und sich bemerkbar gemacht, nur die leisen Schritte und das Geräusch des Schlüssels waren zu hören gewesen. Es brachte mich in die Wirklichkeit zurück und mahnte mich an meine Pflicht, dem Schicksal mutig die Stirn zu bieten.

Als ich mich angekleidet hatte, ließ ich das Bad für Maxim ein. Gleich darauf kam auch Clarice mit dem Tee. Ich weckte Maxim. Er starrte mich zuerst wie ein verschlafenes Kind an, und dann zog er mich an sich. Wir tranken unseren Tee. Und während er badete, fing ich an, meinen kleinen Handkoffer zu packen. Wir mußten ja damit rechnen, längere Zeit in London aufgehalten zu werden.

Ich packte die Bürsten, die Maxim mir geschenkt hatte, ein Nachthemd, meinen Morgenrock und die Pantoffeln und auch noch ein zweites Kleid und ein zweites Paar Schuhe ein. Mein kleiner Koffer kam mir ganz fremd vor, als ich ihn aus dem Schrank holte. Es schien mir so lange her zu sein, seit ich ihn zum letztenmal benutzt hatte, und doch waren es nur vier Monate. Das

Kreidezeichen der französischen Zollabfertigung war noch deutlich sichtbar. Mein Schlafzimmer fing an, wie alle Zimmer auszusehen, deren Bewohner verreisen wollen. Der Frisiertisch war ohne die Bürsten ganz kahl. Auf dem Boden lag Seidenpapier und ein Kofferschildchen. Die Betten, in denen wir geschlafen hatten, wirkten fremd und verlassen. Im Badezimmer hatten wir die Handtücher achtlos auf den Boden geworfen. Die Wandschränke gähnten mit offenen Türen. Ich setzte mir bereits den Hut auf, um nicht noch einmal nach oben gehen zu müssen, und ergriff Handtasche, Handschuhe und Köfferchen. Ich sah mich noch einmal im Zimmer um, ob ich auch nichts vergessen hätte. Die Sonne brach durch den Nebel und zeichnete Lichtkringel auf den Teppich. Als ich den Korridor entlangging, hatte ich plötzlich ein unerklärliches Gefühl, daß ich noch einmal zurückgehen müsse. Ohne zu überlegen, kehrte ich um und starrte noch einmal auf die leeren Betten, den offenen Schrank und die Teetassen auf dem Nachttisch. Das Bild grub sich mir unauslöschlich für immer ein, und ich fragte mich, warum es mich so bewegte und traurig stimmte, als ob diese leblosen Dinge mich nicht fortgehen lassen wollten.

Dann wandte ich mich um und ging zum Frühstück hinunter. Es war kalt im Eßzimmer; die Sonne hatte das Fenster noch nicht erreicht, und ich war dankbar für den heißen, bitteren Kaffee und den würzigen, gebratenen Schinken. Maxim und ich aßen schweigend. Hin und wieder blickte er auf seine Uhr. Ich hörte Robert das Handgepäck hinaustragen und gleich darauf den Wagen vorfahren.

Ich trat auf die Terrasse. Der Regen hatte die Luft gereinigt, es roch frisch und süß nach Gras. Sobald die Sonne höher stieg, würden wir einen wunderbaren Tag haben. Ich dachte, daß wir heute vor dem Essen einen Spaziergang ins Glückliche Tal gemacht und nachmittags mit unseren Büchern und Zeitungen unter der Kastanie gesessen hätten. Ich schloß die Augen und fühlte die Sonnenwärme auf Gesicht und Armen.

Maxim rief mich von drinnen. Ich ging ins Haus zurück und ließ mir von Frith in den Mantel helfen. Dann hörte ich wieder einen Wagen vorfahren. Es war Frank.

«Oberst Julyan wartet schon am Parktor», sagte er. «Er wollte nicht erst hier herunterfahren.»

«Schön», sagte Maxim.

«Ich werde mich den ganzen Tag im Büro aufhalten, falls ein Anruf von euch kommt», sagte Frank. «Nach dem Besuch bei Baker werdet ihr mich vielleicht in London gebrauchen können.»

«Ja», sagte Maxim, «das ist möglich.»

«Es ist gerade neun», sagte Frank, «du bist ganz pünktlich. Und gutes Wetter habt ihr auch. Ihr werdet eine glatte Fahrt haben.»

«Ja.»

«Hoffentlich strengt es Sie nicht so sehr an, Mrs. de Winter», sagte Frank dann zu mir. «Sie haben einen langen Tag vor sich.»

«Oh, das macht mir nichts», sagte ich. Ich sah auf Jasper herunter, der mit hängenden Ohren und seinen traurigen Spanielaugen vorwurfsvoll zu mir aufblickte.

«Nehmen Sie bitte Jasper mit zu sich ins Büro», bat ich. «Er sieht so traurig aus.»

«Ja, das werde ich gern tun.»

«So, jetzt wollen wir aber starten», sagte Maxim, «sonst wird Julyan noch ungeduldig. Mach's gut, Frank.»

Ich stieg in den Wagen und setzte mich neben Maxim. Frank schlug die Tür zu.

«Du wirst mich doch bestimmt anrufen, nicht wahr?» sagte er.

«Ja, natürlich», sagte Maxim.

Ich blickte zum Haus zurück. Frith stand oben auf der Freitreppe und Robert ein paar Schritte hinter ihm. Meine Augen füllten sich mit Tränen. Ich wandte mich ab und machte mir an meinen Schuhen zu schaffen, damit niemand es sähe. Dann startete Maxim den Wagen, wir bogen um die Kurve in die Anfahrt ein, und das Haus war nicht mehr zu sehen.

Am Parktor hielten wir an, um Oberst Julyan aufzunehmen. Er stieg hinten ein. Als er mich erblickte, sagte er in bedenklichem Ton: «Wir haben einen langen Tag vor uns, ich weiß nicht, ob Sie sich dem hätten aussetzen sollen. Ich hätte schon auf Ihren Mann achtgegeben.»

«Aber ich wollte gern mit», erwiderte ich.

Er sagte nichts mehr dazu und machte es sich in seiner Ecke bequem. «Wenigstens haben wir gutes Wetter, das ist immerhin etwas», sagte er.

«Ja», sagte Maxim.

«Favell will uns an der Kreuzung treffen. Wenn er nicht schon da ist, warten wir aber nicht auf ihn. Wir kommen sehr viel besser ohne ihn aus. Hoffentlich hat sich dieser Kerl verschlafen!»

Als wir jedoch die Kreuzung erreichten, sah ich schon von weitem den langen grünen Sportwagen, und mein Herz sank. Ich hatte auch gehofft, er würde nicht pünktlich sein. Favell saß hutlos am Steuer, eine Zigarette im Mund. Er grinste, als er uns kommen sah, und winkte uns, nicht anzuhalten. Ich rutschte tiefer auf meinem Sitz und legte die Hand auf Maxims Knie. Die Stunden verrannen; Meile nach Meile wurde zurückgelegt. Ich starrte wie in einer Art Betäubung auf die Landstraße. Oberst Julyan hinter uns schlief von Zeit zu Zeit ein. Ich drehte mich gelegentlich nach ihm um und sah ihn mit offenem Mund auf dem Polster ruhen. Der grüne Wagen hielt sich dicht in unserer Nähe; manchmal schoß er an uns vorbei, manchmal blieb er zurück, aber er blieb immer in Sicht. Um ein Uhr hielten wir an, um in einem dieser altmodischen Gasthäuser kleiner Provinzstädte zu Mittag zu essen. Oberst Julyan kämpfte sich durch das ganze Menü durch, fing mit Suppe und Fisch an und hörte mit Roastbeef und Yorkshirepudding auf. Maxim und ich nahmen nur etwas kalten Braten und eine Tasse Kaffee.

Halb und halb hatte ich erwartet, Favell in den Speisesaal kommen und sich an unseren Tisch setzen zu sehen. Aber als wir wieder hinaustraten, erblickte ich seinen Wagen vor einem Café auf der anderen Straßenseite. Er mußte uns vom Fenster aus beobachtet haben, denn keine drei Minuten später kam er wieder an uns vorbeigesaust.

Gegen drei erreichten wir die Vororte von London. Jetzt erst begann ich müde zu werden; der Lärm des Großstadtverkehrs machte mich schwindlig. Und es war heiß in London. Die Straßen flimmerten und glänzten in der Augusthitze, und die Blätter hingen matt von den Zweigen. Unser Unwetter gestern abend hatte sich offenbar nur örtlich ausgewirkt; hier war bestimmt kein Tropfen gefallen.

Die Frauen gingen alle in dünnen Sommerkleidern, und die Männer trugen keine Hüte. Es roch nach Auspuffgasen und heißem Asphalt und Orangenschalen. Die Omnibusse rollten schwerfällig dahin, und die Taxis krochen förmlich. Mein Rock und meine Jacke scheuerten mich an Handgelenk und Knien, und meine Strümpfe klebten auf der Haut.

Oberst Julyan setzte sich hoch und sah durchs Fenster. «Hier hat es offenbar nicht geregnet», sagte er.

«Nein», sagte Maxim.

«Könnten es hier aber auch gut gebrauchen.»

«Ja.»

«Wir haben Favell leider nicht abschütteln können. Er ist immer noch dicht hinter uns.»

Auf den Geschäftsstraßen wimmelte es von Menschen. Müde Frauen mit schreienden Babies im Kinderwagen starrten in die Auslagen; Straßenhändler riefen ihre Waren aus; kleine Jungens hängten sich hinten an Lastwagen an. Der Lärm war unerträglich, und selbst die verbrauchte stickige Luft strömte Reizbarkeit aus.

Die Fahrt durch London kam mir endlos vor, und als wir schließlich aus dem dicksten Gewühl heraus waren und Hampstead hinter uns lag, da dröhnte es in meinem Kopf unerträglich, und meine Augen brannten.

Auch Maxim mußte müde sein. Er war sehr blaß, und unter seinen Augen lagen tiefe Schatten. Aber er sagte nichts. Oberst Julyan gähnte ununterbrochen; er riß seinen Mund weit auf und gähnte laut, und hinterher seufzte er zufrieden. Das wiederholte sich alle paar Minuten. Ich spürte eine dumpfe Wut darüber in mir aufsteigen, und ich mußte alle Beherrschung zusammennehmen, um mich nicht umzudrehen und ihn anzuschreien.

Hinter Hampstead zog er einen Straßenplan hervor und begann Maxim nach Barnet zu dirigieren. Der Weg war zwar gar nicht zu verfehlen, da an jeder Kreuzung Wegweiser standen, aber er ließ es sich trotzdem nicht nehmen, Maxim auf jede Abzweigung aufmerksam zu machen, und wenn Maxim doch einmal zögerte, dann kurbelte Oberst Julyan die Fensterscheibe herunter und zog bei den Passanten Erkundigungen ein.

Und als wir Barnet erreicht hatten, mußte Maxim jeden Augenblick anhalten. «Können Sie mir vielleicht sagen, wo hier eine Villa Roseland ist? Sie gehört einem Doktor Baker, der erst kürzlich hergezogen ist», und der Befragte stand dann mit gerunzelter Stirn da, und daß er keine Ahnung hatte, war ihm deutlich vom Gesicht abzulesen.

«Doktor Baker? Ich kenne hier keinen Doktor Baker. In der Nähe der Kirche gibt's ein Haus, das Rosenschlößchen heißt, dort wohnt allerdings eine Mrs. Wilson.»

«Nein, wir suchen Roseland, Doktor Bakers Haus», sagte Oberst Julyan, und dann fuhren wir weiter und hielten diesmal vor einem Kindermädchen, das einen Sportwagen schob. «Können Sie uns sagen, wo hier eine Villa Roseland ist?»

«Tut mir leid, ich bin hier auch fremd.»

«Sie kennen nicht zufällig einen Doktor Baker?»

«Doktor Davidson kenne ich.»

«Nein, wir suchen einen Doktor Baker.»

Ich blickte zu Maxim auf. Er sah sehr müde aus. Sein Mund bildete eine schmale harte Linie. Hinter uns kroch Favells grüner staubbedeckter Wagen.

Schließlich zeigte uns ein Postbote den richtigen Weg. Ein quadratisches, efeuumranktes Haus ohne Namensschild, an dem wir schon zweimal vorübergefahren waren. Mechanisch öffnete ich meine Handtasche und puderte mir das Gesicht. Maxim hielt draußen am Rinnstein. Er fuhr nicht in die Garteneinfahrt hinein. Wir saßen eine Weile, ohne zu sprechen.

«So, da wären wir also», sagte Oberst Julyan dann. «Und es ist jetzt genau zwölf Minuten nach fünf. Wir werden ihn gerade beim Tee überraschen. Vielleicht warten wir besser noch ein Weilchen.»

Maxim zündete sich eine Zigarette an und streckte mir seine Hand hin. Aber er sprach nicht. Ich hörte Oberst Julyan mit dem Straßenplan rascheln.

«Wir hätten London gar nicht zu berühren brauchen», sagte er. «Das hätte uns gute vierzig Minuten eingespart. Die ersten zweihundert Meilen haben wir einen guten Durchschnitt gemacht, aber von Chiswick an wurden wir aufgehalten.»

Ein Botenjunge radelte pfeifend vorüber. An der Ecke hielt ein Omnibus, und zwei Frauen stiegen aus. Irgendwo schlug eine Kirchenuhr die Viertelstunde. Favell in seinem Wagen hinter uns rauchte ebenfalls. Jede Empfindung war in mir abgestorben. Ich saß da und beobachtete diese unwichtigen kleinen Dinge. Die beiden Frauen gingen die Straße entlang. Der Botenjunge bog um die Ecke. Ein Spatz hüpfte vor dem Auto herum und pickte im Straßenschmutz.

«Dieser Baker ist offenbar kein Gärtner», sagte Oberst Julyan. «Sehen Sie doch nur, wie er die Büsche über den Zaun wachsen läßt. Die hätten längst gekappt werden müssen.» Er faltete den Plan zusammen und steckte ihn in die Tasche. «Merkwürdig, sich ausgerechnet hier zur Ruhe zu setzen», fuhr er fort. «Unmittelbar an der Hauptstraße und noch dazu von den Nachbarhäusern eingezwängt. Mich könnte das nicht begeistern. Aber die Villa hat gewiß einmal eine schöne Lage gehabt, bevor die Neubauten sich dazwischendrängten. Zweifellos gibt's aber in der Nähe einen guten Golfplatz.»

Er schwieg eine Weile, dann öffnete er die Tür und stieg aus. «So, de Winter, was meinen Sie, wollen wir jetzt hineingehen?»

«Von mir aus gern», sagte Maxim.

Wir stiegen alle aus. Favell schlenderte auf uns zu.

«Worauf habt ihr denn gewartet? Daß das Herzklopfen sich beruhigt?»

Niemand antwortete ihm. Wir gingen durch den Garten zur Haustür, eine bunte Gesellschaft. Hinter dem Haus entdeckte ich einen Tennisplatz und hörte den dumpfen Aufprall der Bälle. Eine Jungenstimme rief: «Vierzig fünfzehn, nicht dreißig beide. Erinnerst du alter Esel dich nicht mehr an den Ball, den du ausgeschlagen hast?»

«Sie sind offenbar fertig mit Teetrinken», sagte Oberst Julyan. Er zögerte einen Augenblick, dann läutete er. Die Glocke schlug irgendwo in den hinteren Räumen an. Nach längerem Warten öffnete ein sehr junges Hausmädchen die Tür. Der Anblick so vieler Fremder schien sie etwas zu erschrecken.

«Doktor Baker zu Hause?» fragte der Oberst.

«Ja, Sir, kommen Sie bitte herein.»

Sie führte uns durch die Diele in den Salon, der im Sommer anscheinend nicht oft benutzt wurde. Das Porträt einer sehr einfach aussehenden brünetten Frau hing an der Wand. Ich dachte, ob das wohl Mrs. Baker sei. Die Chintzbezüge auf den Sesseln und dem Sofa waren neu und glänzten. Auf dem Kaminsims standen die Photographien von zwei Schuljungen mit runden, lächelnden Gesichtern. In der Ecke am Fenster stand ein großer Radioapparat. Antennendraht und Verbindungsschnüre hingen an ihm herunter. Favell betrachtete das Porträt; Oberst Julyan stellte sich vor den leeren Kamin. Maxim und ich sahen aus dem Fenster. Unter einem Baum entdeckte ich einen Liegestuhl, aus dem ein Frauenkopf emporschaute. Der Tennisplatz mußte auf der anderen Seite liegen. Ich hörte die Jungen einander zurufen. Ein alter Scotchterrier kratzte sich mühsam mitten auf dem Gartenweg. Wir warteten etwa fünf Minuten. Ich hatte mich noch nie so gefühlt, so stumpf und leer.

Dann öffnete sich die Tür, und ein Mann trat ins Zimmer. Er war von mittlerer Größe, hatte ein ziemlich langes Gesicht und ein etwas hervorstehendes Kinn. Sein aschblondes Haar fing schon an, grau zu werden. Er trug weiße Tennishosen und eine blaue Sportjacke.

«Entschuldigen Sie bitte, daß ich Sie habe warten lassen», sagte er, ebenso erstaunt wie das Hausmädchen beim Anblick der vielen Besucher. «Ich mußte mir nur schnell die Hände waschen, weil ich gerade Tennis spielte, als es klingelte. Bitte nehmen Sie doch Platz», sagte er zu mir. Ich setzte mich auf den nächsten Stuhl und wartete.

«Sie werden sich vermutlich fragen, was dieser sonderbare Überfall soll, Doktor Baker», sagte Oberst Julyan. «Und ich bitte Sie herzlich für uns alle um Entschuldigung. Mein Name ist Julyan. Das ist Mr. de Winter, Mrs. de Winter und Mr. Favell. Sie haben vielleicht jüngst in der Zeitung den Namen de Winter gelesen?»

«Oh!» sagte Doktor Baker. «Ja ja, ich erinnere mich. Irgendeine Gerichtsverhandlung, nicht wahr? Meine Frau hat den ganzen Fall verfolgt.»

«Die Geschworenen nahmen Selbstmord an», sagte Favell, vortretend, «und ich halte das für völlig ausgeschlossen. Die verstorbene Mrs. de Winter war meine Cousine, und ich kannte sie von Kind an. Sie wäre nie auf diesen Gedanken verfallen, und außerdem hatte sie auch gar keinen Beweggrund. Und von Ihnen möchten wir gern wissen, was sie ein paar Stunden bevor sie starb, bei Ihnen gesucht hat.»

«Überlaß das bitte Oberst Julyan und mir», sagte Maxim ruhig. «Doktor Baker hat keine Ahnung, wovon du sprichst.»

Er wandte sich an den Arzt, der mit gerunzelter Stirn dastand und dessen höfliches Lächeln, mit dem er uns begrüßt hatte, erstarrt war. «Der Vetter meiner verstorbenen Frau ist mit dem Gerichtsbefund nicht einverstanden», erklärte Maxim, «und wir sind deshalb hergefahren, weil wir Ihren Namen und die Adresse Ihrer früheren Praxis in ihrem Terminkalender gefunden haben. Sie hatte sich offenbar bei Ihnen angesagt und muß wohl auch um zwei Uhr bei Ihnen gewesen sein, da sie hinter Ihren Namen ein Kreuz gemacht hatte. Können Sie das wohl noch feststellen?»

Doktor Baker hörte mit großem Interesse zu, aber als Maxim geendet hatte, schüttelte er den Kopf. «Es tut mir sehr leid», sagte er. «Aber ich fürchte, hier liegt ein Irrtum vor. Ich hätte bestimmt den Namen de Winter nicht vergessen, aber ich habe in meinem ganzen Leben keine Mrs. de Winter behandelt.»

Oberst Julyan zog seine Brieftasche heraus und reichte ihm die Seite aus Rebeccas Notizbuch, die er herausgerissen hatte. «Hier steht es», sagte er. «Baker zwei Uhr. Und daneben ein großes Kreuz als Zeichen, daß diese Verabredung auch eingehalten wurde. Und hier steht Ihre Telefonnummer, Museum 0488.»

Doktor Baker starrte nachdenklich auf das Blatt Papier. «Sehr eigenartig, wirklich sehr merkwürdig. Ja, die Nummer stimmt, Sie haben recht.»

«Könnte sie Ihnen nicht einen falschen Namen angegeben haben?» fragte Oberst Julyan.

«Doch ja, das ist natürlich möglich, das könnte sie getan haben. Es wäre allerdings etwas ungewöhnlich, und ich sehe so etwas auch nicht gern. Es schadet nur unserem Berufsstand, wenn so etwas einreißt.»

«Sie haben doch bestimmt Ihre Eintragungen vom vorigen Jahr aufgehoben?» sagte Oberst Julyan. «Ich weiß, daß es gegen Ihre Schweigepflicht verstößt, aber es handelt sich hier um ganz besondere Umstände. Wir sind zu der Überzeugung gekommen, daß der Besuch der Verstorbenen bei Ihnen in irgendeinem Zusammenhang mit ihrem – Selbstmord stehen muß.»

«Ermordung», sagte Favell.

Doktor Baker blickte mit fragend gehobenen Augenbrauen auf Maxim. «Das konnte ich natürlich nicht ahnen, daß es sich um so etwas handeln würde», sagte er leise. «Selbstverständlich werde ich alles tun, was in meiner Macht steht, um Ihnen zu helfen. Wenn Sie mich für ein paar Minuten entschuldigen wollen, werde ich nach oben gehen und meine Bücher heraussuchen. Ich habe jeden Besuch notiert und eine kurze Charakteristik des Krankheitsbildes hinzugefügt. Bitte, bedienen Sie sich mit Zigaretten. Für einen Sherry ist es wohl noch etwas früh, nicht wahr?»

Oberst Julyan und Maxim schüttelten den Kopf. Ich glaubte schon, Favell würde etwas sagen, aber Doktor Baker war bereits aus dem Zimmer.

«Scheint ein ordentlicher Mann zu sein», bemerkte Oberst Julyan.

«Er hätte uns auch einen Whisky Soda anbieten können», meinte Favell. «Den hält er wahrscheinlich hinter Schloß und Riegel. Mir hat er nicht sehr gefallen. Ich glaube nicht, daß er uns weiterhelfen wird.»

Maxim sagte nichts. Ich hörte noch immer die Bälle auf dem

Tennisplatz aufspringen. Der Terrier bellte, und eine Frauenstimme rief ihm zu, still zu sein. Sommerferien. Baker hat mit seinen Söhnen gespielt, und wir hatten sie gestört. Eine hell tönende goldene Uhr unter einem Glassturz tickte hastig auf dem Kamin. Daneben lehnte eine Ansichtskarte vom Genfer See. Die Bakers hatten also Freunde, die gerade in der Schweiz waren.

Doktor Baker trat wieder mit einem großen Buch und einem Karteikasten ins Zimmer. Er stellte beides auf den Tisch. «Ich habe das ganze vorige Jahr mitgebracht», sagte er. «Ich hab's mir nicht wieder angesehen, seit ich umgezogen bin. Ich habe meine Praxis erst vor sechs Monaten aufgegeben, wie Sie ja wissen.» Er schlug das Buch auf und blätterte die Seiten um. Ich sah atemlos auf seine Hände. Natürlich würde er die Eintragung finden; es war nur noch eine Frage von Minuten, Sekunden. «Siebenten, achten, neunten», murmelte er, «nein, nichts, zwölften, sagten Sie? Um zwei Uhr? Aha!»

Keiner von uns rührte sich. Wir sahen ihn alle an.

«Am zwölften um zwei Uhr war eine Mrs. Danvers bei mir», sagte er.

«Danny? Was in aller Welt ...» fing Favell an. Maxim unterbrach ihn.

«Sie hat natürlich einen falschen Namen angegeben», sagte er. «Das war uns ja von vornherein klar. Erinnern Sie sich jetzt an den Besuch, Doktor?»

Doktor Baker suchte bereits in der Kartei. Seine Finger durchblätterten die Abteilung D, und er fand die gesuchte Karte fast augenblicklich. Er überflog sie rasch. «Ja», sagte er dann, «ja, Mrs. Danvers. Jetzt erinnere ich mich genau.»

«Groß, schlank, brünett und sehr schön?» fragte Oberst Julyan ruhig.

«Ja», sagte Doktor Baker, «ja, das stimmt.»

Er las die Aufzeichnungen auf der Karte durch und ordnete sie dann wieder ein. «Selbstverständlich verstößt es gegen unseren Berufskodex», sagte er zu Maxim. «Wir betrachten unsere Patienten als unsere Beichtkinder. Aber Ihre Frau ist tot, und die Umstände sind, wie Sie sagten, wirklich ganz außergewöhnlich. Sie wollen von mir wissen, ob ich Ihnen einen Grund angeben kann, weswegen Ihre Frau Selbstmord begangen haben könnte? Ich glaube, das kann ich. Die Frau, die sich mir gegenüber als Mrs. Danvers ausgab, war schwer krank.»

Er hielt inne und sah uns der Reihe nach an.

«Ich erinnere mich sehr gut an sie», sagte er und wandte sich wieder seinen Karteikarten zu. «Das erstemal war sie eine Woche vor dem bewußten Datum bei mir. Sie klagte über Schmerzen, die mich veranlaßten, sie zu röntgen. Zum zweitenmal kam sie, um das Ergebnis der Röntgenaufnahmen zu erfahren. Ich habe die Bilder nicht hier, aber ich habe die Diagnose niedergeschrieben. Ich erinnere mich, wie sie in meinem Sprechzimmer vor mir stand und die Hand nach den Aufnahmen ausstreckte. ‹Ich will die Wahrheit wissen›, sagte sie, ‹ich will keine Ausreden und schonenden Vorbereitungen. Wenn ich dran glauben muß, dann sagen Sie es mir bitte unumwunden.›» Er hielt wieder inne und sah erneut auf die Karteikarte.

Ich wartete und wartete. Warum sagte er es denn nicht endlich, damit diese Qual ein Ende hatte und wir gehen konnten? Warum mußten wir hier noch sitzen bleiben und mit den Augen an seinen Lippen hängen?

«Sie wollte also die Wahrheit wissen», fuhr er fort, «und ich habe sie ihr nicht vorenthalten. Einige Patienten beruhigt es, wenn man nicht lange drumherum redet. Ihre verstorbene Frau war ein solcher Typ. Aber das wissen Sie ja selbst. Sie hörte mich völlig gelassen an, ohne auch nur mit der Wimper zu zucken. Sie sagte nur, sie habe schon selbst so etwas geahnt. Dann zahlte sie das Honorar und ging; und ich habe sie nie wiedergesehen.»

Doktor Baker klappte den Karteikasten zu und schloß das Buch. «Der Schmerz hatte noch nicht richtig eingesetzt, aber das Gewächs war bereits fest im Gewebe verwurzelt, und in höchstens drei, vier Monaten hätten wir sie ständig unter Morphium halten müssen. Eine Operation hätte nicht die geringste Aussicht auf Erfolg gehabt, das sagte ich ihr auch. Dazu war die Wucherung schon zu weit fortgeschritten. In einem solchen Fall kann man nichts anderes tun, als Morphium geben und abwarten.»

Niemand sprach. Die kleine Uhr tickte auf dem Kaminsims, und vom Garten tönte das Rufen der spielenden Jungen herein. Ein Flugzeug brummte über das Haus hinweg.

«Dem äußeren Anschein nach hätte man sie allerdings für eine kerngesunde Frau halten müssen», fuhr der Arzt fort. «Etwas zu dünn und zu blaß, wenn ich mich recht erinnere, aber das ist ja heute leider Gottes modern. Danach kann man bei einem Patienten nicht mehr gehen. Nein, der Schmerz hätte sich von Woche zu

Woche gesteigert, wie ich Ihnen bereits sagte, und in spätestens vier Monaten hätte sie ohne Morphium nicht mehr auskommen können. Übrigens erinnere ich mich, daß die Röntgenaufnahme eine leichte Deformierung der Gebärmutter zu erkennen gab, das heißt, daß sie niemals ein Kind hätte bekommen können. Aber das, wie gesagt, nur nebenbei; mit der eigentlichen Krankheit hatte das ja nichts zu tun.»

Danach hörte ich Oberst Julyan sprechen. Er sagte etwas davon, wie freundlich es von Doktor Baker gewesen sei, sich so viel Mühe zu machen. «Sie haben uns alles gesagt, was wir wissen wollten», sagte er, «und wenn Sie uns noch eine Abschrift Ihrer Karteikarte schicken könnten, würden Sie uns damit einen großen Dienst erweisen.»

«Aber das ist doch ganz selbstverständlich», sagte Doktor Baker.

Alle hatten sich erhoben, und ich stand ebenfalls auf und schüttelte Doktor Baker die Hand, und dann verabschiedeten sich die anderen auch von ihm. Er ging uns in die Diele voraus. Eine Frau steckte ihren Kopf aus der gegenüberliegenden Tür und zog sich hastig wieder zurück, als sie uns erblickte. Jemand ließ sich oben ein Bad ein, das Wasser lief sehr laut. Der Scotchterrier war hereingekommen und beschnupperte meine Füße.

«Soll ich die Abschrift Ihnen oder Mr. de Winter schicken?» fragte Doktor Baker.

«Vielleicht brauchen wir sie auch gar nicht», entgegnete Oberst Julyan. «Ich glaube sogar bestimmt, daß wir darauf verzichten können. Mr. de Winter und ich werden Ihnen jedenfalls deshalb noch Bescheid geben. Hier ist meine Karte.»

«Es freut mich wirklich, daß ich Ihnen von Nutzen sein konnte», entgegnete Doktor Baker. «Ich hätte es mir natürlich nie träumen lassen, daß Mrs. de Winter und Mrs. Danvers ein und dieselbe Person gewesen sind.»

«Nein, natürlich nicht», sagte Oberst Julyan.

«Fahren Sie wieder nach London zurück?»

«Ja, ich denke doch.»

«Dann fahren Sie am besten gleich links am Briefkasten vorbei und halten sich dann rechts von der Kirche; von da ab ist es ein gerader Weg.»

«Danke schön, vielen Dank!»

Wir gingen in den Garten hinaus und auf unsere Wagen zu.

Doktor Baker zog den Terrier ins Haus zurück, und ich hörte, wie die Tür hinter uns ins Schloß fiel. Gegenüber auf der Straße begann ein Leierkastenmann mit einem Holzbein «Die letzte Rose» zu spielen.

27

Vor dem Wagen blieben wir stehen. Ein paar Minuten lang sagte niemand etwas. Oberst Julyan reichte sein Zigarettenetui herum. Favell war grau im Gesicht, und ich bemerkte, daß die Hand, die das Streichholz hielt, zitterte. Der Leierkastenmann unterbrach sein Spielen und humpelte mit der Mütze in der Hand zu uns herüber. Maxim gab ihm zwei Shilling, dann humpelte der Mann wieder zurück und fing sein Gedudel von neuem an. Die Kirchturmuhr schlug sechs. Favell fing an zu sprechen. Er versuchte sich unbekümmert und gelassen zu geben, aber sein Gesicht verriet ihn. Er sah keinen von uns an, sondern blickte nur auf die Zigarette, die er zwischen seinen Fingern hin und her drehte. «Krebs», sagte er. «Weiß jemand von euch, ob es ansteckend ist?»

Niemand antwortete ihm. Oberst Julyan zuckte nur die Achseln.

«Das habe ich wirklich nicht ahnen können», sagte Favell, und sein Gesicht zuckte. «Daß sie es sogar vor Danny geheimgehalten hat! Was für eine gottverfluchte Geschichte, was? Kein Mensch wäre je darauf gekommen, so was bei Rebecca zu vermuten. Ist euch nicht auch nach einem Whisky? Ich fühle mich ganz geschlagen, das muß ich offen zugeben. Krebs! Mein Gott!»

Er lehnte sich gegen den Wagen und bedeckte seine Augen mit der Hand. «Sagt doch diesem verdammten Kerl da drüben, er soll sich mit seinem Dudelkasten weiterscheren», sagte er, «ich halte den Höllenkrach nicht aus.»

«Wäre es nicht viel einfacher, wenn wir uns selbst davonmachten?» sagte Maxim. «Glaubst du, daß du mit deinem Wagen fertig wirst, oder soll Oberst Julyan für dich fahren?»

«Eine Sekunde, ich bin gleich wieder in Ordnung», murmelte Favell. «Ihr könnt das nicht verstehen. Die ganze Geschichte ist ein furchtbarer Schlag für mich gewesen.»

«Reißen Sie sich um Himmels willen zusammen, Mensch»,

sagte Oberst Julyan. «Wenn Sie eine Stärkung brauchen, dann gehen Sie wieder zurück und bitten Sie Baker darum. Er dürfte für Sie genau das richtige Mittel finden. Aber lassen Sie sich nicht mitten auf der Straße so gehen.»

«Ja, ihr habt's gut, ihr seid fein raus», sagte Favell, während er sich aufrichtete und Maxim und den Oberst ansah. «Ihr braucht euch keine grauen Haare mehr wachsen zu lassen. Max ist wieder ganz obenauf. Sie haben jetzt Ihren Beweggrund, und Baker wird ihn Ihnen gratis schwarz auf weiß bestätigen, wann Sie nur wünschen. In Zukunft können Sie sich daraufhin als Ehrengast von Manderley betrachten und sich noch was darauf einbilden. Und Max wird Sie zweifellos bitten, bei seinem ersten Kind Pate zu stehen.»

«Wollen wir langsam an Aufbruch denken?» sagte Oberst Julyan zu Maxim. «Wir können uns ja noch unterwegs überlegen, was jetzt zu tun ist.»

Maxim öffnete den Wagenschlag, und Oberst Julyan stieg ein. Ich setzte mich wieder vorn auf meinen Platz. Favell lehnte sich immer noch gegen den Wagen und rührte sich nicht vom Fleck. «Ich würde Ihnen raten, auf kürzestem Weg nach Hause zu fahren und sich hinzulegen», sagte Oberst Julyan kühl. «Und fahren Sie langsam, oder Sie landen noch wegen fahrlässiger Tötung im Gefängnis. Und da ich Sie wohl so bald nicht wiedersehen werde, lassen Sie sich's jetzt gleich gesagt sein, daß ich in meiner Eigenschaft als Polizeirichter über gewisse Machtmittel verfüge, die ich mich nicht anzuwenden scheue, wenn Sie sich in Kerrith und meinem Bezirk sehen lassen. Erpressung ist auf die Dauer kein einträglicher Beruf, Mr. Favell, und Sie werden sich wundern, was für einen kurzen Prozeß wir hier mit Leuten Ihres Schlages machen.»

Favell starrte Maxim an. Sein Gesicht hatte seine natürliche Farbe wiedergewonnen, und das alte unsympathische Lächeln spielte um seine Lippen. «Ja, Max, du hast ein verdammtes Glück entwickelt», sagte er langsam. «Und du glaubst wahrscheinlich, dir kann nichts mehr geschehen? Aber das Gesetz kann dich immer noch zu packen kriegen und ich auch, wenn auch auf eine andere Weise ...»

Maxim ließ den Motor an. «Hast du sonst noch was zu sagen?» fragte er. «Wenn ja, dann mach's bitte kurz.»

«Nein», sagte Favell. «Du bist entlassen.»

Er trat auf den Bürgersteig zurück, und der Wagen glitt vorwärts. Als wir um die Ecke bogen, blickte ich zurück und sah ihn dort stehen und lachend hinter uns her winken.

Wir fuhren eine Weile, ohne etwas zu sagen. «Er kann nichts mehr tun», brach der Oberst dann das Schweigen. «Er will sich selbst und uns mit seinem Lächeln und seinem Winken nur bluffen. Diese Burschen sind sich alle gleich. Er hat auch nicht die Spur einer Chance, von einem Gericht gehört zu werden. Bakers Aussage wird seine phantastischen Anschuldigungen immer widerlegen.»

Maxim antwortete nicht. Ich warf einen verstohlenen Blick auf sein Gesicht, aber es sagte mir nichts. «Ich hatte immer das Gefühl, daß des Rätsels Lösung bei Baker liegen würde», sagte Oberst Julyan. «Diese Heimlichkeit ihrer Besuche bei ihm, und daß sie nicht einmal Mrs. Danvers davon erzählt hat! Sie hatte schon geahnt, wie es um sie stand, jedenfalls wußte sie, daß etwas mit ihr nicht in Ordnung war. Es muß schrecklich für sie gewesen sein. Kein Wunder, daß eine so junge und schöne Frau wie sie darüber den Kopf verlor.»

Wir fuhren jetzt auf der Hauptstraße. Telegraphenpfähle, Omnibusse, offene Sportwagen, kleine Zweifamilienhäuser flogen an meinen Augen vorüber und hinterließen in meinem Gedächtnis ein buntes Bild.

«Und Ihnen selbst ist der Gedanke auch nie gekommen, was, de Winter?» fragte Oberst Julyan nach einer Weile.

«Nein», sagte Maxim.

«Viele Leute haben eine geradezu krankhafte Angst davor», meinte Oberst Julyan, «vor allem Frauen. Das muß auch bei Ihrer Frau der Fall gewesen sein. Feige konnte man sie ja weiß Gott nicht nennen, aber vor diesen Schmerzen muß sie sich gefürchtet haben. Nun, wenigstens ist ihr das erspart geblieben.»

«Ja», sagte Maxim.

«Ich glaube, es wird vielleicht ganz gut sein, wenn ich bei uns in Kerrith und der Nachbarschaft unauffällig durchsickern lasse, daß ein Londoner Spezialist uns über den Beweggrund zur Tat aufgeklärt hat», fuhr Oberst Julyan fort. «Nur, um jedem Klatsch von vornherein die Spitze abzubrechen. Man kann nie wissen, die Menschen sind manchmal sehr komisch. Wenn sie die Wahrheit erfahren, wird das vielleicht auch Ihnen und Ihrer Frau manches erleichtern.»

«Ja», sagte Maxim, «ja, Sie haben recht.»

«Es ist sehr merkwürdig und sehr ärgerlich», sagte Oberst Julyan nachdenklich, «wie lange ein Gerücht sich auf dem Land hält. Ich weiß zwar nicht, warum, aber leider ist es nun einmal so. Nicht daß ich irgendwelche Unannehmlichkeiten für Sie erwarte, aber sicher ist sicher. Schon bei dem geringsten Anlaß ergehen sich die Leute in den wildesten Vermutungen.»

«Ja», sagte Maxim.

«Mit Ihren eigenen Leuten auf Manderley werden Sie und Crawley natürlich fertig, und ich kann für Kerrith garantieren. Ich werde auch meine Tochter einweihen, sie kommt doch mit einer Menge junger Leute zusammen, und das sind oft die schlimmsten Klatschbasen. Die Zeitungen werden Sie, glaube ich, nicht mehr behelligen, das braucht Sie nicht mehr zu beunruhigen. Die werden die ganze Angelegenheit schon in zwei Tagen fallenlassen.»

«Ja», sagte Maxim.

Wir durchfuhren die nördlichen Vorstädte und gelangten wieder nach Hampstead.

«Halb sieben», sagte Oberst Julyan. «Was haben Sie jetzt vor? Ich würde gern meine Schwester überraschen, die in St. John's Wood wohnt, und mich bei ihr zum Essen einladen, und dann später den letzten Zug von Paddington nehmen. Ich weiß, daß sie erst nächste Woche verreisen wollte. Sie würde sich gewiß sehr freuen, Sie beide auch bei sich zu sehen.»

Maxim zögerte und blickte mich fragend an. «Das ist sehr freundlich von Ihnen», sagte er, «aber ich glaube, wir machen uns besser selbständig. Ich muß noch Frank anrufen und dies und jenes erledigen. Wir werden voraussichtlich irgendwo einen kleinen Imbiß zu uns nehmen und dann weiterfahren und unterwegs in einem kleinen Gasthaus übernachten. Ja, ich glaube, das wird das beste sein.»

«Natürlich», sagte Oberst Julyan, «das verstehe ich sehr gut. Könnten Sie mich wohl bei meiner Schwester absetzen? Es ist gleich an der Ecke von Avenue Road.»

Maxim hielt ein kleines Stück vor dem Haus, das der Oberst ihm bezeichnete. «Ich weiß nicht, wie ich Ihnen für alles danken soll, was Sie heute für uns getan haben», sagte er. «Aber Sie wissen hoffentlich, wie hoch ich Ihnen das anrechne.»

«Lieber de Winter», erwiderte Oberst Julyan, «ich habe nie

etwas mit größerer Freude getan. Wenn wir nur gleich gewußt hätten, was Baker wußte, dann wäre uns das alles erspart geblieben. Aber wir wollen nicht mehr davon reden. Sie müssen diese unselige Geschichte einfach als einen unangenehmen Zwischenfall abtun. Von Favell haben Sie meiner Meinung nach bestimmt keine Schwierigkeiten mehr zu erwarten. Und falls doch, dann bitte ich Sie, mich sofort zu unterrichten. Ich weiß jetzt, wie ich mit ihm umzuspringen habe.» Er stieg aus dem Wagen und nahm seinen Mantel und seinen Straßenplan auf. «An Ihrer Stelle», sagte er, ohne uns anzusehen, «würde ich mich jetzt ein wenig erholungsbedürftig fühlen. Machen Sie doch eine kleine Reise, vielleicht irgendwohin ins Ausland.»

Wir sagten nichts. Oberst Julyan sah angelegentlich auf seine Karte. «Die Schweiz soll in dieser Jahreszeit besonders schön sein», sagte er. «Wir verbrachten einmal unsere Ferien dort und haben es von Herzen genossen. Man kann da herrliche Spaziergänge machen.» Er zögerte und räusperte sich. «Es besteht eine ganz kleine Möglichkeit, daß sich noch ein paar kleine Schwierigkeiten ergeben», sagte er dann. «Nicht von Favell, sondern von dem einen oder anderen unserer Nachbarn. Man kann ja nie wissen, was dieser Tabb erzählt haben mag. Natürlich lächerlich, aber Sie kennen ja das Sprichwort: ‹Aus den Augen, aus dem Sinn.› Wenn man nicht da ist, wird auch nicht über einen gesprochen, so ist die Welt nun einmal beschaffen.»

Er zählte noch einmal seine Siebensachen. «Jetzt habe ich, glaube ich, alles: Plan, Brille, Stock und Mantel. Alles beisammen. Also gute Nacht Ihnen beiden! Muten Sie sich nicht mehr zu viel zu. Es ist ein anstrengender Tag gewesen.»

Er ging durch die Gartenpforte und die Stufen zum Haus hinauf. Ich sah eine Frau aus dem Fenster gucken und ihm zuwinken und lächeln. Wir fuhren die Straße hinunter und bogen um die Ecke. Ich lehnte mich in meinem Sitz zurück und schloß die Augen. Jetzt, da wir wieder allein waren und die Spannung sich gelegt hatte, empfand ich ein fast unerträgliches Gefühl von Erleichterung. Es war, als ob ein schmerzhafter Abszeß geöffnet worden wäre. Maxim sprach nicht. Er legte nur seine freie Hand auf meine. Wir wanden uns durch den Verkehr hindurch, aber ich sah nichts davon. Ich hörte das Rattern der Omnibusse, das Hupen der Taxis, den ewigen, unermüdlichen Londoner Lärm, aber ich hatte keinen Teil daran. Ich ruhte an einem Ort aus, wo es kühl und still und ruhig war. Nichts konnte uns mehr berühren. Wir hatten unsere Krise überstanden.

Als der Wagen hielt, öffnete ich die Augen wieder und setzte mich auf. Wir befanden uns vor einem der unzähligen kleinen Restaurants in den schmalen Straßen von Soho. Verwirrt und benommen sah ich mich um.

«Du bist müde», sagte Maxim kurz, «hungrig und müde, völlig erledigt. Du wirst dich gleich besser fühlen, wenn du etwas gegessen hast. Ich auch. Komm, wir wollen hier hineingehen und etwas zu Essen bestellen. Ich kann dann auch gleich Frank anrufen.»

Wir stiegen aus dem Wagen. Im Restaurant befanden sich nur der Geschäftsführer, ein Kellner und die Kassiererin. Es war kühl und dunkel dort. Wir wählten den Tisch rechts in der Ecke, und Maxim bestellte das Essen. «Favell hat recht gehabt. Ich könnte auch etwas zu trinken vertragen, und du nicht weniger. Du wirst einen Cognac bekommen.»

Der Geschäftsführer war dick und lächelte übers ganze Gesicht. Er stellte uns Salzstengel auf den Tisch. Sie waren frisch und knusprig, und ich machte mich gleich mit einem wahren Wolfshunger darüber her. Mein Cognac schmeckte sanft und wärmte und beruhigte mich.

«Nach dem Essen wollen wir ganz langsam fahren», sagte Maxim. «Abends wird es dann auch kühler sein. Wir werden schon irgendein Gasthaus finden, in dem wir übernachten können. Dann fahren wir früh morgens weiter nach Manderley.»

«Ja», sagte ich.

«Du wolltest doch nicht etwa bei Julyans Schwester essen und dann den letzten Zug von Paddington nehmen?»

«Nein.»

Maxim trank sein Glas aus. Seine Augen waren unnatürlich groß, und tiefe Schatten lagen darunter.

«Wie weit, glaubst du, hat Oberst Julyan die Wahrheit erraten?» fragte er.

Ich beobachtete ihn, ohne zu antworten, über den Rand meines erhobenen Glases hinweg.

«Er wußte alles», sagte Maxim langsam. «Natürlich wußte er alles.»

«Wenn er es wirklich weiß», sagte ich, «dann wird er sich nie etwas anmerken lassen, niemals.»

«Nein», sagte Maxim, «das wird er nicht.»

Er bestellte sich noch einen Whisky, und wir saßen schweigend und zufrieden in unserer dunklen Ecke.

«Ich glaube», sagte Maxim, «daß Rebecca mich mit voller Absicht angelogen hat. Ihr letzter, großartiger Bluff. Sie wollte, daß ich sie tötete. Sie hat alles vorausgesehen. Deshalb lachte sie auch, als ich auf sie schoß.»

Ich sagte nichts. Ich nippte ruhig an meinem Cognac. Das war alles vorbei und erledigt. Das interessierte mich nicht mehr. Maxim hatte gar keinen Grund, so bleich und besorgt auszusehen.

«Es war ihr letzter Streich», fuhr Maxim fort, «und ihr bester. Ich bin mir gar nicht so sicher, ob sie nicht am Ende doch noch triumphiert.»

«Wie meinst du das? Inwiefern könnte sie noch triumphieren?»

«Ich weiß nicht», sagte er, «ich weiß es noch nicht.» Er stürzte auch seinen zweiten Whisky hinunter. Dann stand er auf. «Ich werde jetzt Frank anrufen», sagte er.

Ich saß dort in meiner Ecke, und bald brachte der Kellner mir das Fischgericht. Hummer. Sehr heiß und gut. Ich bestellte mir ebenfalls einen zweiten Drink. Es war angenehm und gemütlich, dort zu sitzen und zu wissen, daß man keine Sorgen mehr zu haben brauchte. Ich lächelte dem Kellner freundlich zu und bat aus Übermut auf französisch noch um etwas Brot. Wie friedlich und behaglich es doch im Restaurant war. Maxim und ich waren zusammen. Alles war überstanden und geklärt. Rebecca war tot und konnte uns nichts mehr antun. Sie hatte ihren letzten Streich gespielt, wie Maxim gesagt hatte. Jetzt konnte sie keinen Schaden mehr anrichten. Nach etwa zehn Minuten kam Maxim wieder zurück.

«Nun», fragte ich, und meine Stimme klang mir selbst ganz fern, «wie sieht's bei Frank aus?»

«Bei Frank ist soweit alles in Ordnung», antwortete Maxim. «Er war noch im Büro, wo er seit vier Uhr auf unseren Anruf gewartet hat. Ich erzählte ihm, wie unser Besuch verlaufen ist, und er schien sich darüber zu freuen.»

«Ja, das glaube ich wohl.»

«Aber etwas Merkwürdiges ist passiert», sagte Maxim nachdenklich mit gerunzelter Stirn. «Er sagte, er glaube, Mrs. Danvers habe sich aus dem Staub gemacht. Auf jeden Fall ist sie verschwunden. Sie hat niemandem etwas gesagt, aber sie muß schon den ganzen Tag über ihre Sachen gepackt haben, und die Bahnhofsdroschke holte ihr Gepäck um vier Uhr ab. Frith rief Frank deswegen an, und Frank sagte Frith, er solle ihm Mrs. Danvers ins Büro schicken. Er wartete, aber sie kam einfach nicht. Jetzt eben, kurz bevor ich anrief, telephonierte Frith wieder zu Frank hinüber, um ihm zu sagen, er habe eben ein Ferngespräch für Mrs. Danvers in ihr Zimmer umgelegt, und sie habe geantwortet. Es muß so gegen zehn nach sechs gewesen sein. Um Viertel vor sieben klopfte Frank bei ihr an, aber ihre beiden Zimmer waren leer. Sie suchten nach ihr, konnten sie aber nirgends finden. Sie muß also einfach aus dem Haus und durch den Wald gegangen sein. Am Pförtnerhäuschen ist sie nicht vorbeigekommen.»

«Aber das ist doch eigentlich großartig», sagte ich. «Das erspart uns eine Menge Ärger. Wir hätten sie ja doch entlassen müssen. Ich glaube, sie hat auch etwas vermutet. Es lag so etwas in ihrem Gesicht gestern abend. Ich mußte auf der Fahrt nach London immer wieder daran denken.»

«Das gefällt mir nicht», sagte Maxim, «das gefällt mir nicht.»

«Sie kann ja doch nichts mehr tun», versuchte ich ihn zu beruhigen. «Wenn sie wirklich gegangen ist, um so besser. Der Anruf war natürlich von Favell. Er hat ihr sicher über Baker Bericht erstattet und ihr gesagt, was Oberst Julyan zu ihm gesagt hat. Oberst Julyan sagte doch, wir sollten es ihn gleich wissen lassen, wenn wir noch einmal einem Erpressungsversuch ausgesetzt würden. Sie werden es nicht wagen. Es ist zu gefährlich für sie.»

«An Erpressung denke ich jetzt gar nicht», sagte Maxim.

«Was könnten sie denn sonst tun? Wir müssen tun, wie Oberst Julyan uns riet. Wir müssen das alles vergessen. Wir dürfen wirklich nicht mehr daran denken. Das ist jetzt alles vorbei, Liebster. Wir müssen Gott auf den Knien dafür danken.»

Maxim antwortete nicht. Er starrte vor sich hin ins Leere.

«Dein Hummer wird kalt, Liebster», sagte ich. «Iß doch etwas. Es wird dir guttun, du hattest doch Hunger. Du bist müde.» Ich benutzte dieselben Worte, die er zu mir gesagt hatte. Ich fühlte mich bereits kräftiger und wohler. Jetzt war ich es, die für ihn sorgen mußte. Er sah so schrecklich müde und blaß aus. Ich hatte meine Schwäche und Erschöpfung überwunden, aber jetzt setzte die Reaktion bei ihm ein. Das kam nur daher, weil er so hungrig und müde war. Sonst lag doch gar kein Grund vor, sich zu beunruhigen. Mrs. Danvers war also weg. Auch dafür mußten wir Gott danken. Alles war plötzlich so sehr einfach geworden. «Iß doch deinen Hummer», sagte ich.

In Zukunft würde alles ganz anders werden. Ich würde mich nicht mehr von den Dienstboten einschüchtern und irritieren lassen. Nachdem Mrs. Danvers jetzt nicht mehr da war, würde ich die Führung des Haushalts selbst übernehmen. Ich würde selbst mit der Köchin in der Küche sprechen. Das Personal würde Respekt vor mir haben und mich auch lieben. Bald würde Mrs. Danvers ganz vergessen sein. Wir würden viel Hausbesuch haben, und mir würde es Spaß machen, die Gästezimmer herzurichten, Blumen und Bücher hinzustellen und für das Essen zu sorgen. Und Kinder würden wir haben, natürlich würden wir Kinder haben …

«Bist du fertig?» unterbrach Maxim plötzlich meinen Gedankengang. «Ich glaube, ich habe genug. Nur noch Kaffee, schwarz bitte und sehr stark. Und dann die Rechnung», fügte er zum Kellner gewandt hinzu.

Ich verstand nicht, warum er so schnell aufbrechen wollte. Es saß sich doch hier so gemütlich, und es lag doch gar kein Grund zur Eile vor. Ich fühlte mich auf meinem Sofa sehr wohl, wo ich mich, den Kopf an das Polster gelehnt, ungestört meiner Zukunftsträumerei hingeben konnte. Ich wäre gern noch eine ganze Zeit sitzen geblieben.

Gähnend und etwas unsicher auf den Beinen, folgte ich Maxim hinaus. «Hör mal», sagte er auf der Straße, «glaubst du, daß du im Wagen schlafen könntest, wenn ich dich ordentlich in die Decke einwickle und dich auf den hinteren Sitz bette? Ein Kissen haben wir ja auch, und meinen Mantel kannst du ebenfalls haben.»

«Ich dachte, wir wollten irgendwo unterwegs übernachten?» erwiderte ich erstaunt. «In einem von diesen netten kleinen Dorfgasthäusern?»

«Ja», sagte er, «aber ich habe plötzlich das Gefühl, ich müßte heute nacht noch zurückfahren. Könntest du nicht versuchen, es dir im Wagen bequem zu machen?»

«Doch», sagte ich mit zweifelnder Miene, «doch natürlich.»

«Jetzt ist es Viertel vor acht. Wenn wir gleich losfahren, müßten wir gegen halb drei ankommen. Zu dieser Zeit ist ja nicht viel Verkehr auf den Straßen.»

«Aber du bist doch auch müde», warf ich ein. «Es wird dir bestimmt zuviel werden.»

«Nein.» Er schüttelte den Kopf. «Ich bin ganz frisch. Ich will nach Manderley. Ich weiß, daß da irgend etwas nicht in Ordnung ist. Ich will schleunigst zurück.»

Sein Gesicht sah merkwürdig besorgt aus. Er öffnete die Wagentür und machte mir auf dem hinteren Sitz ein Lager zurecht.

«Aber was soll denn schon sein?» fragte ich, «ich verstehe dich gar nicht, warum machst du dir jetzt noch Sorgen, nachdem alles vorüber ist?»

Er antwortete nicht. Ich stieg ein und legte mich auf den Sitz. Er deckte mich mit dem Plaid zu. Es war sehr bequem, viel besser, als ich es mir vorgestellt hatte, und ich schob mir das Kissen unter den Kopf.

«Wie geht es?» fragte er. «Macht es dir bestimmt nichts aus?»

«Nein, nein», sagte ich lächelnd. «Ich liege hier fein, ich werde gleich einschlafen. Jetzt möchte ich gar nicht mehr irgendwo übernachten. Ich will auch viel lieber nach Hause. Wir werden noch vor Sonnenaufgang in Manderley sein.»

Er setzte sich ans Steuer und ließ den Motor an. Ich schloß die Augen. Der Wagen fuhr an, und ich spürte das leichte Wiegen der Federn unter mir. Ich drückte mein Gesicht auf das Kissen. Der Wagen bewegte sich in einem gleichmäßigen Rhythmus vorwärts, und meine Gedanken stimmten allmählich in diesen Rhythmus ein. Hunderte von Bildern zogen an meinen geschlossenen Augen vorüber; alles mögliche, was ich gesehen, erlebt und auch, was ich bereits vergessen hatte, formte sich zu einem wirren bunten Muster. Die Feder an Mrs. Van Hoppers Hut, die harten steiflehnigen Stühle in Franks Eßzimmer, das offene Fenster im Flur des Westflügels, die erdbeerfarbene Dame auf dem Kostümball, das Bauernmädchen auf der Landstraße bei Monte Carlo.

Manchmal sah ich Jasper auf dem Rasen hinter Schmetterlingen herjagen, manchmal Doktor Bakers Scotchterrier sich neben dem Liegestuhl das Fell kratzen. Der Postbote, der uns heute den Weg gezeigt hatte, tauchte wieder auf, und Clarices Mutter, die in ihrer guten Stube mit ihrer Schürze einen Stuhl für mich abwischte. Ben reichte mir lächelnd eine Handvoll Muscheln, und die Frau des Bischofs bat mich, doch zum Tee dazubleiben. Ich fühlte die saubere Kühle meines frisch bezogenen Bettes und den knirschenden Kies des Strandes unter meinen Füßen. Ich roch das Farnkraut im Wald, das feuchte Moos und die welken Azaleenblüten. Ich fiel in einen Halbschlaf, aus dem ich dann und wann erwachte, um mich in meiner verkrampften Stellung hinter Maxims Rücken wiederzufinden. Die Dämmerung war der Nacht gewichen. Lichter entgegenkommender Wagen leuchteten auf und verschwanden. Dörfer sausten an uns vorbei, und ich sah das Licht hinter den Vorhängen hervorschimmern. Und dann streckte ich mich und drehte mich auf den Rücken und schlief wieder ein.

Ich sah die Treppe von Manderley und Mrs. Danvers in ihrem schwarzen Kleid oben stehen und auf mich warten. Wie ich die Stufen emporstieg, wich sie in die Galerie zurück und verschwand. Und ich suchte sie und konnte sie nicht finden. Plötzlich blickte ihr Gesicht mich aus einer dunklen Türöffnung an, und ich schrie laut auf, und da verschwand sie wieder.

«Wie spät ist es?» rief ich Maxim zu.

Er drehte mir sein in der Dunkelheit gespenstisch blaß wirkendes Gesicht zu. «Halb zwölf», sagte er. «Wir haben schon über die Hälfte hinter uns. Versuch noch einmal einzuschlafen.»

«Ich habe Durst», sagte ich.

Im nächsten Dorf hielt er an. Der Garagenbesitzer sagte, seine Frau sei noch nicht zu Bett gegangen und würde uns gern etwas Tee machen. Wir stiegen aus und gingen in die Garage hinein. Ich ging stampfend auf und ab, um mein erstarrtes Blut wieder in Bewegung zu bringen. Maxim rauchte. Es war sehr kalt. Ein eisiger Wind pfiff durch die Tür und zerrte an dem Wellblechdach. Mich fröstelte, und ich knöpfte mir den Mantel zu.

«Ja, es ist frisch heute abend», sagte der Mann, während er die Benzinpumpe betätigte. «Das Wetter ist heute nachmittag umgeschlagen. Dieses Jahr werden wir wohl kaum noch eine Hitzewelle erleben. Wir werden bald daran denken müssen zu heizen.»

«In London war es noch sehr heiß», sagte ich.

«So?» sagte er. «Dort haben sie ja immer die größten Gegensätze. Und das schlechte Wetter kommt immer von unserer Seite. An der Küste wird es schon stürmen.»

Seine Frau brachte uns den Tee. Er schmeckte wie bitteres Holz, aber er war heiß. Ich trank ihn in gierigen Schlucken. Maxim sah bereits wieder auf die Uhr.

«Wir müssen weiter», sagte er. «Es ist zehn vor zwölf.» Ich verließ die schützende Garage nur sehr ungern. Der kalte Wind blies mir ins Gesicht. Die Wolken jagten einander über den Himmel.

Wir stiegen ein, und ich kuschelte mich wieder unter meine Decke. Wir fuhren weiter. Ich schloß die Augen. Da war der Leierkastenmann mit seinem Holzbein, und ich summte «Die letzte Rose» im Takt des federnden Wagens. Frith und Robert deckten den Teetisch in der Bibliothek. Die Pförtnersfrau nickte mir kurz zu und rief ihren Jungen. Ich sah die Schiffsmodelle im Bootshaus und den hauchdünnen Staub. Ich sah die Spinnweben in den kleinen Masten. Ich hörte den Regen auf das Dach trommeln und das Meer rauschen. Ich wollte ins Glückliche Tal gehen, aber es war nicht mehr da. Der Wald stand finster um mich herum, aber das Tal war nicht mehr da. Nur dunkle Bäume und hellgrüner Farn. Die Eulen schrien. Der Mond spiegelte sich in den Fenstern von Manderley, im Garten wucherten die Nesseln, zehn, zwanzig Fuß hoch.

«Maxim!» rief ich, «Maxim!»

«Ja», sagte er, «schlaf nur, ich bin hier.»

«Ich habe geträumt», sagte ich.

«Was denn?» fragte er.

«Ich weiß nicht mehr.»

Und wieder versank ich in die unruhige Tiefe meines Bewußtseins. Ich schrieb im Morgenzimmer, ich schickte Einladungen aus. Ich schrieb sie alle selbst mit einem großen schwarzen Federhalter. Aber als ich das betrachtete, was ich geschrieben hatte, da war es nicht meine kleine eckige Handschrift, es waren lange schräge, merkwürdig geschwungene Schriftzüge. Ich schob die Karten fort und versteckte sie. Ich erhob mich und trat vor den Spiegel, aber das Gesicht, das mir entgegenblickte, war nicht das meine. Es war sehr blaß und sehr schön, und eine Wolke dunklen Haares umgab es. Die Augen zogen sich zu einem Lächeln zusammen, die Lippen öffneten sich. Das Gesicht im Spiegel starrte mich spöttisch an und lachte. Und dann sah ich, daß sie auf dem Stuhl vor ihrem Frisiertisch saß, und Maxim bürstete ihr das Haar. Er hielt die Haare in der Hand, und während er sie bürstete, flocht er sie zu einem langen dicken Seil. Es wand sich wie eine Schlange, und er ergriff es mit beiden Händen, lächelte auf Rebecca hinab und legte es sich um den Hals.

«Nein», schrie ich. «Nein! Wir müssen in die Schweiz fahren. Oberst Julyan hat gesagt, wir müssen in die Schweiz fahren.»

Ich fühlte Maxims Hand auf meinem Gesicht. «Was ist denn?» sagte er. «Was hast du denn?»

Ich setzte mich auf und strich mir das Haar aus der Stirn. «Ich kann nicht schlafen», sagte ich.

«Du hast geschlafen», sagte er. «Zwei gute Stunden. Es ist Viertel nach zwei. Wir haben noch vier Meilen bis Lanyon.»

Es war noch kälter als vorher. Mich fröstelte. «Ich werde mich wieder nach vorn neben dich setzen», sagte ich. «Um drei sind wir ja schon zu Hause.»

Ich kletterte hinüber und setzte mich neben ihn und starrte vor mich durch die Windschutzscheibe. Ich legte meine Hand wieder auf sein Knie. Meine Zähne klapperten vor Kälte.

«Du frierst», sagte er.

«Ja», sagte ich.

Die Hügel ragten vor uns auf, versanken wieder und erhoben sich aufs neue. Es war eine pechschwarze Nacht, die Sterne waren verschwunden.

«Wie spät ist es, sagtest du?»

«Zwanzig nach zwei», sagte Maxim.

«Merkwürdig», sagte ich. «Fast könnte man glauben, daß es dort hinten, jenseits der Hügelkette, schon dämmert. Aber das ist doch nicht möglich, es ist doch noch viel zu früh!»

«Du siehst in die falsche Richtung», sagte er, «dort ist Westen.»

«Ja, ich weiß», sagte ich. «Komisch, nicht wahr?»

Er antwortete nicht, und ich starrte zum Horizont hinüber. Vor meinen Augen schien es dort drüben immer heller zu werden. Wie die ersten rötlichen Strahlen des Sonnenaufgangs breitete sich der Lichtschein allmählich über den Himmel aus.

«Nordlicht sieht man doch nur im Winter, nicht wahr?» fragte ich. «Oder im Sommer auch?»

«Das ist kein Nordlicht», sagte er. «Das ist Manderley.»

Ich sah ihn entsetzt an, sein Gesicht, seine Augen.

«Maxim!» rief ich, «Maxim, was ist das?»

Er fuhr immer schneller. Wir waren jetzt oben auf dem Hügel und sahen Lanyon unter uns liegen. Dort zur Linken zog sich das Silberband des Flusses hin, das sich nach Kerrith zu verbreiterte. Der Weg nach Manderley lag vor uns. Der Himmel über uns war tiefschwarz wie Tinte. Aber am Horizont war der Himmel gar nicht dunkel. Rote Strahlen zuckten an ihm empor wie Blutspritzer, und der salzige Seewind trieb uns die Asche entgegen.

Knaur®

Daphne DuMaurier

(60244)

(60243)

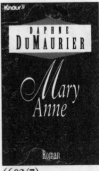

(60247)

(60245)